JEFFREY
ARCHER

KAIN UND ABEL

Aus dem Englischen
von Ilse Winger

BASTEI
LÜBBE

BASTEI-LÜBBE-TASCHENBUCH
Band 12 343

1. Auflage Juni 1995
2. Auflage Nov. 1995
3. Auflage Jan. 2000

Titel der englischen Originalausgabe:
Kane and Abel

Lizenzausgabe: Gustav Lübbe Verlag GmbH,
Bergisch Gladbach
Printed in Great Britain
Einbandgestaltung: Manfred Peters
Titelfotos: Tony Stone
Satz: KCS GmbH, Buchholz/Hamburg
Druck und Verarbeitung: Cox & Wyman
ISBN 3-404-12343-0

Für
Michael und Jane

Der Autor möchte den beiden Männern danken, die dieses Buch ermöglicht haben. Beide wollen anonym bleiben; der eine, weil er an seiner eigenen Autobiographie arbeitet, und der andere, weil er in den Vereinigten Staaten noch immer im Blickpunkt der Öffentlichkeit steht.

Erstes Buch

1

18. April 1906 *Slonim, Polen*

Sie hörte erst zu schreien auf, als sie starb. In diesem Augenblick begann er zu schreien.

Der Junge, der im Wald Kaninchen jagte, war sich nicht ganz sicher, ob es der letzte Schrei der Frau oder der erste des Kindes war, der ihn aufmerksam machte. Eine Gefahr witternd, drehte er sich abrupt um, und seine Augen suchten nach dem Tier, das da offenbar verletzt worden war. Noch nie hatte er ein Tier so schreien gehört. Vorsichtig schlich er in die Richtung, aus der die Klagelaute kamen; der Schrei war jetzt zu einem Wimmern geworden, aber auch das klang nicht nach einem ihm bekannten Tier. Hoffentlich, dachte der Junge, ist es so klein, daß ich es töten kann; es wäre einmal etwas anderes als das ewige Kaninchen zum Abendbrot.

Der seltsame Lärm kam vom Fluß, und so schlich der Junge in diese Richtung. Er lief von einem Baum zum nächsten und preßte die Schulterblätter gegen die Baumrinde; man konnte sie angreifen, und das war beruhigend. Bleib nie ohne Deckung, hatte ihn sein Vater gelehrt. Als er den Waldrand erreichte, konnte er das ganze Tal bis zum Fluß überschauen, aber auch jetzt dauerte es noch eine Weile, bis ihm klar wurde, daß der merkwürdige Schrei nicht von einem Tier ausgestoßen worden war. Er kroch weiter, doch jetzt war er ungeschützt auf freiem Feld. Plötzlich sah er die Frau – das Kleid über die Hüften gezogen, die bloßen Beine auseinandergespreizt. So hatte er noch nie eine Frau gesehen. Rasch lief er zu ihr hin, starrte auf ihren Bauch hinab und hatte Angst, sie anzurühren. Zwischen den Beinen der Frau lag der Körper eines kleinen, feuchten rosa Tieres, mit etwas angebunden, das wie ein Strick aussah. Der junge Jäger ließ seine frisch gehäuteten Kaninchen fallen und kniete neben dem kleinen Lebewesen nieder.

Eine ganze Weile schaute er es fassungslos an, dann blickte er auf die Frau; er bereute es sofort. Sie war schon blau vor Kälte; das erschöpfte Gesicht der Dreiundzwanzigjährigen schien dem Jungen bereits alt. Niemand mußte ihm sagen, daß sie tot war. Er hob den schlüpfrigen kleinen Körper auf; hätte ihn jemand gefragt, warum – und niemand fragte ihn je danach –, er hätte geantwortet, daß die winzigen Fingernägel, die sich in das verdrückte Gesichtchen preßten, ihn dazu bewogen hatten. Jetzt merkte er, daß Mutter und Kind, mit jener schleimigen Schnur verbunden, nicht zu trennen waren.

Vor ein paar Tagen hatte er die Geburt eines Lammes mit angesehen, und er versuchte sich zu erinnern ... Ja, das war es, was der Schäfer gemacht hatte, aber konnte er es auch bei einem Kind tun? Das Wimmern hatte aufgehört, und der Junge wußte, daß er handeln mußte. Er zog das Messer, mit dem er die Kaninchen abgehäutet hatte, aus der Scheide, wischte es an seinem Ärmel ab und zögerte nur einen Augenblick, bevor er die Schnur knapp am Körper des Kindes durchtrennte. Aus den abgeschnittenen Enden floß Blut. Was hatte der Schäfer dann mit dem neugeborenen Lamm getan? Er hatte einen Knoten gemacht, um das Fliegen des Blutes zu unterbinden. Natürlich, natürlich; der Junge riß ein paar Grashalme aus und knüpfte hastig einen Knoten in die Schnur. Dann nahm er das Kind in die Arme. Langsam stand er auf und ließ drei tote Kaninchen und die tote Frau zurück, die dieses Kind geboren hatte. Bevor er ihr endgültig den Rücken drehte, zog er ihr das Kleid über die Knie und schob die Beine zusammen. Er hatte das Gefühl, daß er das tun mußte.

»Großer Gott«, sagte er laut – etwas, das er immer sagte, wenn er etwas sehr Gutes oder etwas sehr Schlechtes getan hatte. Noch wußte er nicht genau, wie diese Tat einzuordnen war.

Der junge Jäger lief zu dem kleinen Haus, in dem seine Mutter das Abendbrot zubereitete und auf die Kaninchen wartete; alles andere würde schon fertig sein. Sicher fragte sie sich, wie viele er heute gefangen hatte; für eine achtköpfige Familie brauchte sie mindestens drei Kaninchen. Manchmal brachte er eine Ente, eine Gans oder sogar einen Fasan, der sich von dem Gut des Barons, auf dem sein Vater arbeitete, in den Wald verirrt hatte. Heute abend hatte er ein anderes Tier gefangen, und als der junge Jäger das Haus erreichte, getraute er sich nicht, seine Beute auch nur mit einer Hand loszulassen. Mit dem bloßen Fuß stieß er an die Tür, bis seine Mutter ihm öffnete. Schweigend streckte er ihr seine Gabe entgegen. Sie nahm ihm das kleine Geschöpf nicht gleich ab, sondern starrte es, eine Hand auf die Brust gelegt, eine Weile an.

»Großer Gott«, sagte sie und bekreuzigte sich. Der Junge suchte im Gesicht seiner Mutter nach einem Anzeichen von Freude oder Ärger. Ihr Blick verriet jetzt eine Zärtlichkeit, die der Junge noch nie an ihr gesehen hatte. Da wußte er, daß das, was er getan hatte, gut war.

»Ist es ein Baby, Matka?«

»Es ist ein kleiner Junge«, sagte seine Mutter und nickte sorgenschwer. »Wo hast du ihn gefunden?«

»Unten am Fluß, Matka«, sagte er.

»Und die Mutter?«

»Tot.«

Wieder bekreuzigte sie sich.

»Lauf rasch zu deinem Vater und sag ihm, was geschehen ist. Er soll Urszula Wojnak holen, sie ist auf dem Gut; du mußt sie beide zu der Mutter führen und nachher hierherbringen.«

Der junge Jäger gab den kleinen Jungen seiner Mutter und war froh, daß er das kleine schlüpfrige Wesen nicht hatte fallen lassen. Von seiner Beute befreit, rieb er die Hände an der Hose sauber und lief aus dem Haus, um seinen Vater zu suchen.

Die Mutter schloß mit der Schulter die Tür und rief ihrem ältesten Kind, einer Tochter, zu, den Kochtopf auf den Herd zu stellen. Sie selbst setzte sich auf einen Holzschemel, knüpfte die Bluse auf und schob ihre müde Brustwarze in den kleinen faltigen Mund. Sophia, ihre sechs Monate alte Tochter, würde heute ohne Nachtessen auskommen müssen; und der restlichen Familie würde es nicht anders ergehen.

»Und warum?« fragte die Frau laut und legte ein Tuch um das Kind an ihrer Brust. »Armer kleiner Wurm, morgen früh wirst du ja doch tot sein.«

Aber als die alte Hebamme Urszula Wojnak spätabends den kleinen Körper wusch und den Stumpf der Nabelschnur versorgte, wiederholte sie diese Worte nicht. Schweigend stand ihr Mann daneben und beobachtete die Szene.

»Wenn ein Gast ins Haus kommt, kommt Gott ins Haus«, sagte die Frau; es war ein altes polnisches Sprichwort.

Der Mann spuckte aus. »Zum Teufel mit ihm. Wir haben genug eigene Kinder.«

Die Frau tat so, als hörte sie ihn nicht, während sie das dunkle dünne Haar auf dem Kopf des Kindes streichelte.

»Wie wollen wir ihn nennen?« fragte sie und schaute zu ihrem Mann auf.

Er zuckte die Achseln. »Wen kümmert's? Er kann auch namenlos begraben werden.«

2

18. April 1906 *Boston, Massachusetts*

Der Arzt hob das Neugeborene an den Knöcheln hoch und gab ihm Klapse auf das Gesäß. Das Neugeborene begann zu schreien.

In Boston, Massachusetts, gibt es eine Klinik, wo diejenigen versorgt werden, die an Wohlstandskrankheiten leiden; hin und wieder dürfen die Reichen auch dort gebären. Im *Massachusetts General Hospital* schreien die Mütter nicht, und sie gebären auch nicht angekleidet. Das schickt sich nicht.

Vor dem Kreißsaal ging ein junger Mann auf und ab. In dem Saal befanden sich zwei Frauenärzte und der Hausarzt. Bei seinem ersten Kind wollte der Vater keine Risiken eingehen; die beiden Frauenärzte würden allein für ihre Anwesenheit ein stattliches Honorar erhalten. Einer von ihnen – er trug bereits einen Smoking unter dem weißen Mantel – würde später zu einer Dinner-Party gehen, aber von dieser Geburt hier fernzubleiben, konnte er sich nicht leisten. Die drei hatten ausgelost, wer das Kind zur Welt bringen würde, und der Hausarzt Dr. MacKenzie hatte gewonnen. Ein guter, verläßlicher Name, überlegte der Vater, während er auf und ab ging. Eigentlich hatte er keinen Grund, nervös zu sein. Richard hatte seine Frau Anne heute morgen in seinem hübschen Wagen zum Krankenhaus gebracht, da sie ausgerechnet hatte, daß es der 28. Tag des neunten Monats war. Die Wehen hatten kurz nach dem Frühstück eingesetzt, und man hatte ihm versichert, daß die Geburt bestimmt nicht stattfinden würde, bevor seine Bank schloß. Der Vater war ein disziplinierter Mann und sah keinen Grund, warum eine Geburt sein wohlorganisiertes Tagesprogramm durcheinanderbringen sollte. Trotzdem ging er weiter auf und ab. Krankenschwestern und junge Ärzte eilten an ihm vorbei, dämpften die Stimmen in seiner Nähe und wurden wieder lauter, wenn sie außer Hörweite waren. Er merkte es gar nicht, weil ihn immer alle Menschen so behandelten. Die meisten von ihnen kannten ihn nicht persönlich; doch alle wußten, wer er war.

Würde es ein Junge werden, so würde er wahrscheinlich den neuen Kindertrakt bauen lassen, den die Klinik so dringend benötigte; eine Bibliothek und eine Schule hatte er bereits errichten lassen. Der künftige Vater versuchte die Abendzeitung zu lesen, doch die Worte ergaben keinen Sinn. Er war nervös und sogar ein klein wenig besorgt. Sie (fast alle Menschen waren für ihn »sie«) konnten nicht begreifen, daß es ein Junge werden *mußte*, ein Junge, der eines Tages seinen Platz als Präsident der Bank einnehmen würde. Er blätterte im *Evening Transcript*. Die Boston Red Sox hatten die New York Highlands geschlagen – die würden feiern. Dann erinnerte er sich an die Balkenüberschrift auf der ersten Seite und blätterte zurück: Das schlimmste Erdbeben in der Geschichte Amerikas. Verheerungen in San Franzisko, mindestens vierhundert Tote – dort würde man trauern. Das war ihm zuwider. Es würde die Aufmerksamkeit von der Geburt seines Sohnes ablenken; die Leute würden sich erinnern, daß an diesem Tag noch etwas anderes geschehen war. Daß es ein Mädchen werden könnte, kam ihm nicht einen Moment lang in den Sinn. Er wandte sich den Finanznachrichten zu und studierte die Börsenberichte – alles war gefallen. Dieses verdammte Erdbeben hatte seine Wertpapiere in der Bank um hunderttausend Dollar vermindert; aber da sein persönliches Vermögen mehr als sechzehn Millionen Dollar betrug, würde es mehr als ein Erdbeben in Kalifornien brauchen, um ihn zu erschüttern! Er konnte bequem von seinen Zinseszinsen leben; die sechzehn Millionen würden unangetastet bleiben und auf seinen noch ungeborenen Sohn warten. Er ging weiter auf und ab und tat so, als lese er den *Transcript*.

Der Frauenarzt kam im Smoking durch die Tür des Kreißsaales, um die Neuigkeit mitzuteilen. Er hatte das Gefühl, für sein großes Honorar irgend etwas tun zu müssen, überdies war er für die Ankündigung am passendsten gekleidet. Die beiden Männer schauten sich einen Moment lang an. Auch der Arzt war ein wenig nervös, aber er wollte es sich dem Vater gegenüber nicht anmerken lassen.

»Ich gratuliere, Sir, Sie haben einen Sohn, einen hübschen, kleinen Sohn.«

Was für dumme Bemerkungen die Menschen machen, wenn ein Kind geboren wird, dachte der Vater; wie denn sollte das Kind sein, wenn nicht klein? Die Neuigkeit war noch nicht ganz in ihn eingedrungen – ein Sohn. Beinahe dankte er Gott. Der Frauenarzt wagte eine Frage, um das Schweigen zu brechen.

»Wissen Sie schon, wie er heißen wird?«

Ohne Zögern antwortete der Vater: »William Lowell Kane.«

3

Lange nachdem die Aufregung über das Baby abgeklungen und die übrige Familie zu Bett gegangen war, blieb die Mutter mit dem Kind im Arm noch wach. Helena Koskiewicz glaubte an das Leben und sie hatte neun Kinder zur Welt gebracht, um es zu beweisen. Obwohl drei von ihnen ganz jung gestorben waren, hatte sie jedes von ihnen betrauert.

Heute, mit fünfunddreißig Jahren, wußte sie, daß ihr einst so kräftiger Jasio ihr keine Söhne und Töchter mehr schenken würde. Gott hatte ihr dieses Kind hier geschickt; bestimmt würde es leben. Helena war eine anspruchslose Frau, und das war gut, denn das Schicksal sollte ihr nie mehr als ein einfaches Leben bescheren. Sie war mager und grau, eine Folge von Unterernährung, harter Arbeit und ständigem Geldmangel. Es fiel ihr nicht ein, sich zu beklagen, aber die Furchen in ihrem Gesicht hätten besser zu einer Großmutter als zu einer Mutter gepaßt. Nicht ein einziges Mal in ihrem Leben hatte sie ein neues Kleid getragen.

Helena drückte an den müden Brüsten, so daß um die Warzen blaßrote Flecken erschienen. Kleine Milchtropfen traten aus. Wir alle haben mit fünfunddreißig, nach einer halben Lebensspanne, nützliche Kenntnisse weiterzugeben; und diejenigen Helena Koskiewiczs' waren jetzt besonders wertvoll.

»Matkas Kleinstes«, flüsterte sie zärtlich und fuhr mit der milchigen Brustwarze über den Mund des Kindes. Die blauen Augen öffneten sich, und auf der Nase des Babys erschienen kleine

Schweißtropfen, als es zu trinken versuchte. Schließlich versank die Mutter gegen ihren Willen in tiefen Schlaf.

Als Jasio Koskiewicz, ein schwerfälliger, langsamer Mann mit einem üppigen Schnurrbart – das einzige Zeichen der Selbstbehauptung in einer ansonsten servilen Existenz – um fünf Uhr morgens aufstand, fand er seine Frau und das Baby schlafend im Schaukelstuhl vor. Daß sie das Bett nicht mit ihm geteilt hatte, war ihm entgangen. Er starrte auf den kleinen Kerl, der zum Glück zu wimmern aufgehört hatte. War er bereits tot? Jasio kam zu der Ansicht, daß zur Arbeit zu gehen und sich nicht mit dem Eindringling zu beschäftigen die beste Methode war, Probleme zu vermeiden. Sollte sich die Frau um Leben und Tod kümmern, *er* hatte bei Tagesanbruch auf dem Gut des Barons zu sein. Er trank ein paar Schluck Ziegenmilch und wischte den prächtigen Bart am Ärmel ab. Dann nahm er in die eine Hand ein Stück Brot, in die andere seine Fallen und schlich leise aus dem Haus, um die Frau nicht zu wecken und ja nicht in diese Sache verwickelt zu werden. Ohne an den kleinen Eindringling einen weiteren Gedanken zu verschwenden – außer, daß er ihn vermutlich zum letzten Mal gesehen hatte –, schritt er auf den Wald zu.

Bald darauf, bevor die alte Uhr sechs Uhr zeigte, kam Florentyna, die ältere Tochter, in die Küche. Die Uhr war nur eine ungefähre Hilfe für jene, die wissen wollten, ob es an der Zeit sei, aufzustehen oder zu Bett zu gehen; seit vielen Jahren zeigte sie die ihr genehme Zeit an. Zu Florentynas täglichen Pflichten gehörte das Zubereiten des Frühstücks, an und für sich eine leichte Aufgabe, die nur im Verteilen der Ziegenmilch und eines Laibes Brot an die achtköpfige Familie bestand. Trotzdem erforderte es salomonische Weisheit, die Aufgabe so auszuführen, daß niemand sich über eine zu kleine Portion beklagte.

Sah man Florentyna zum erstenmal, so wirkte sie wie ein hübsches, zartes, etwas mickriges Mädchen. Daß sie seit drei Jahren nur ein einziges Kleid zum Anziehen hatte, war betrüblich, doch wer das Kind sah und es sich in einer anderen Umgebung vorstellen konnte, verstand, warum sich Jasio in ihre Mutter verliebt hatte. Florentynas langes Haar war von einem schimmernden Blond, und die haselnußbraunen Augen funkelten, ihrer traurigen Umwelt und der spärlichen Nahrung zum Trotz.

Auf Zehenspitzen näherte sie sich dem Schaukelstuhl und schaute ihre Mutter und den kleinen Jungen an, den sie vom ersten Moment an ins Herz geschlossen hatte. Mit ihren acht Jahren hatte sie noch nie eine Puppe besessen. Ja, sie hatte nur ein einziges Mal eine Puppe gesehen, als die Familie zu einer Sankt-Nikolaus-Feier in das Schloß des Barons eingeladen worden war. Selbst damals hatte sie den schönen Gegenstand nicht zu berühren gewagt, aber jetzt empfand sie das unerklärliche Verlangen, dieses Baby im Arm zu halten. Sie beugte sich hinab, nahm das Kind auf, schaute ihm in die blauen Augen – so blaue Augen – und begann leise zu summen. Der Wechsel von der Wärme der Mutter zu den kalten Händen des Mädchens empörte das Baby. Es fing laut zu schreien an und weckte die Mutter, die sich sofort schuldbewußt fühlte, weil sie eingeschlafen war.

»Guter Gott, er lebt noch«, sagte sie zu Florentyna. »Mach das Frühstück für die Jungen, ich will versuchen, ihn trinken zu lassen.«

Widerwillig übergab ihr Florentyna das Baby und schaute zu, wie die Mutter wieder versuchte, aus ihren schmerzenden Brüsten etwas Milch zu pressen. Das kleine Mädchen war fasziniert.

»Beeil dich, Florcia«, schalt die Mutter, »auch die andern wollen essen.«

Florentyna gehorchte; als die Brüder vom Dachboden kamen, wo sie geschlafen hatten, küßten sie ihrer Mutter die Hand und starrten den kleinen Neuankömmling ehrfürchtig an. Sie wußten nur, daß er nicht aus dem Bauch der Mutter gekommen war. Florentyna war zu aufgeregt, um ihr Frühstück zu essen, also teilten die Brüder ihre Portion unter sich auf und ließen das Frühstück der Mutter auf dem Tisch stehen. Dann ging jeder an seine Arbeit, und niemand bemerkte, daß die Mutter seit der Ankunft des Babys keinen Bissen gegessen hatte.

Helena Koskiewicz war froh, daß ihre Kinder schon frühzeitig gelernt hatten, sich allein um alles Nötige zu kümmern. Sie wußten, wie man die Tiere fütterte, Kühe und Ziegen molk und den Gemüsegarten betreute, und sie erledigten ihre tägliche Arbeit ohne besondere Aufforderung und Hilfe. Als Jasio abends heimkam, fiel ihr plötzlich ein, daß sie kein Abendbrot für ihn vorbereitet hatte. Doch Florentyna hatte ihrem Bruder Franck, dem Jäger, bereits die Kaninchen abgenommen und ausgenommen. Sie war stolz, für das Essen verantwortlich zu sein; sonst war das nur der Fall, wenn ihre Mutter sich nicht wohl fühlte, und diesen Luxus erlaubte sich die Mutter selten.

Der junge Jäger hatte vier Kaninchen, der Vater sechs Pilze und drei Kartoffeln nach Hause gebracht; heute abend würde es ein richtiges Festmahl geben.

Nach dem Essen saß der Vater auf seinem Stuhl neben dem Feuer und schaute zum erstenmal das Baby prüfend an. Er hielt es unter den Achseln, stützte mit den Daumen den kleinen Hals und studierte den Säugling mit Kennerblick. An dem faltigen, zahnlosen Wesen waren nur die schönen blauen Augen bemerkenswert. Als Jasio den mageren Körper anschaute, fiel ihm sofort etwas auf; brummend fuhr er mit dem Daumen über die zarte Brust.

»Hast du es bemerkt, Helena?« fragte der Waldhüter und wies auf die Rippen des Kleinen. »Der häßliche Kerl hat nur eine Brustwarze.«

Seine Frau runzelte die Stirn und strich ihrerseits mit dem Daumen über die Haut, als könne sie das fehlende Organ herbeizaubern. Ihr Mann hatte recht; links hatte das Kind eine winzige Brustwarze, doch rechts war die flache Brust glatt und gleichförmig rosa.

Sofort erwachte der Aberglaube der Frau. »Er wurde mir von Gott geschenkt«, rief sie aus, »das ist ein göttliches Mal!«

Ärgerlich gab ihr der Mann das Baby zurück. »Du bist eine Närrin, Helena. Dieses Kind wurde seiner Mutter von einem Mann mit schlechtem Blut gemacht.« Er spuckte ins Feuer, um seinen Worten über die Abstammung des Kindes Nachdruck zu verleihen. »Jedenfalls würde ich nicht einmal eine Kartoffel auf das Überleben des Kindes verwerten.«

Jasio war das Überleben des Kindes mehr als gleichgültig; er war kein hartherziger Mann, aber schließlich war der Junge nicht sein Kind, und noch ein hungriges Maul würde seine Probleme nur noch vergrößern. Sollte das Kind aber am Leben bleiben, so würde er sich in den Ratschluß des Allmächtigen fügen; ohne sich weiter mit dem Kind zu beschäftigen, versank er neben dem Feuer in tiefen Schlaf.

Als die Tage vergingen, begann sogar Jasio Koskiewicz an das Überleben des Kindes zu glauben; hätte er gewettet, er hätte seine Kartoffel verloren. Der älteste Sohn, der Jäger, bastelte, unterstützt von seinen Brüdern, ein Kinderbettchen aus Holz, das sie im Wald des Barons gesammelt hatten. Florentyna machte dem Baby Kleider, indem sie von ihren eigenen kleine Stücke abschnitt und zusammennähte. Hätten sie die Bedeutung des Wortes Harlekin gekannt, dann hätten sie den Jungen so genannt. Seit langem hatte in der Familie nichts so große Meinungsverschiedenheiten hervorgerufen wie das Problem, wie man das Kind nennen sollte. Nur der Vater enthielt sich einer Äußerung. Schließlich einigte man sich auf Wladek; am folgenden Sonntag wurde der Junge in der Gutskapelle auf den Namen Wladek Koskiewicz getauft. Die Mutter dankte Gott, daß er das junge Leben erhalten hatte, und der Vater fand sich damit ab; was sein mußte, mußte sein.

An diesem Abend gab es zur Feier der Taufe ein kleines Fest das durch eine Gans vom Gut des Barons bereichert wurde. Die ganze Familie griff herzhaft zu.

Und von diesem Tag an lernte Florentyna, durch neun zu teilen.

4

Anne Kane hatte die ganze Nacht hindurch friedlich geschlafen. Als ihr Sohn William nach dem Frühstück von einer Krankenschwester wieder zu ihr gebracht wurde, konnte sie es nicht erwarten, ihn an sich zu drücken.

»Nun, Mrs. Kane«, sagte die weißgekleidete Schwester fröhlich, »sollen wir dem Baby auch ein Frühstück geben?«

Sie half Anne, die sich plötzlich ihrer geschwollenen Brust bewußt wurde, im Bett aufsetzen. Anne erkannte, daß Verlegenheit nicht am Platz war, starrte unentwegt in Williams blaue Augen, die noch blauer waren als die seines Vaters, und freundete sich mit ihrer neuen Aufgabe an, bei der man glücklich zu sein hatte. Anne war einundzwanzig und hatte das Gefühl, daß ihr nichts im Leben abging. Als eine geborene Cabot und verehelichte Lowell hatte sie nun einen Sohn, der jene Tradition fortsetzen würde, die eine ihrer Schulfreundinnen so treffend in einem Kartengruß zusammengefaßt hatte:

Here's to the city of Boston
Land of the bean und the cod
Where Cabots talk only to Lowells
And Lowells talk only to God.
(Auf das Wohl der Stadt Boston,
wo Bohnen und Stockfisch gedeihen,
wo Cabots nur mit Lowells reden
und Lowells nur mit Gott.

Anne versuchte eine halbe Stunde lang, sich mit William zu unterhalten; das Echo war allerdings eher gering. Hierauf wurde ihr Sohn wieder fortgetragen. Heroisch widerstand Anne den Früchten und Süßigkeiten, die sich neben ihrem Bett türmten. Sie war fest entschlossen, zu Beginn der Sommersaison wieder so schlank zu sein, daß sie ihre Kleider tragen und den ihr zukommenden

Platz in sämtlichen fashionablen Magazinen einnehmen konnte. Hatte der Prince de Garonne nicht gesagt, sie sei der einzig schöne Gegenstand in Boston? Ihr langes goldenes Haar, die feingeschnittenen Züge und die schlanke Gestalt erregten in Städten Bewunderung, die sie nie bereist hatte.

Prüfend schaute sie in den Spiegel; keine verräterischen Linien im Gesicht; die Leute würden kaum für möglich halten, daß sie die Mutter eines kräftigen Knaben war. Gott sei Dank, daß es ein Junge ist, dachte Anne.

Sie nahm ein leichtes Mittagessen zu sich und bereitete sich auf die Besucher vor, die, von ihrer Privatsekretärin ausgesucht, am Nachmittag erscheinen würden. Jene, die während der ersten Tage kommen durften, mußten entweder Familienmitglieder oder Mitglieder der besten Familien sein; den anderen würde man sagen, daß sie noch nicht bereit sei, zu empfangen. Doch da Boston diejenige Stadt Amerikas war, in der noch jeder seinen Platz in der gesellschaftlichen Hierarchie sehr genau kannte, würde sich kaum ein unerwarteter Besuch einfinden.

In dem Zimmer, in dem Anne allein lag, wäre noch leicht Platz für fünf weitere Betten gewesen, sah man von der Unmenge von Blumen ab. Ein zufällig Eintretender hätte sich inmitten einer Gartenausstellung geglaubt, wäre da nicht die junge Mutter aufrecht im Bett gesessen. Anne knipste das elektrische Licht an, das noch neu für sie war; Richard und sie hatten gewartet, bis die Cabots es installiert hatten; von diesem Moment an wußte man in ganz Boston, daß der elektrische Strom gesellschaftsfähig war.

Die erste Besucherin war Annes Schwiegermutter, Mrs. Thomas Lowell Kane, das Oberhaupt der Familie, seit ihr Mann vor einem Jahr gestorben war. Die elegante Sechzigerin hatte die Kunst, so in ein Zimmer zu rauschen, daß sie selbst davon tief befriedigt, alle anderen aber verwirrt waren, perfekt gelernt. Sie trug ein langes Chemise-Kleid, das die Knöcheln verhüllte; der einzige Mann, der jemals ihre Knöcheln gesehen hatte, war jetzt tot. Sie war immer schlank gewesen. Nach ihrer Meinung deutete Fett auf schlechte Ernährung und auf einen noch schlechteren Stammbaum hin. Heute war sie die älteste lebende Lowell und auch die älteste Kane. Daher erwartete sie – und man erwartete es von ihr –, daß sie die erste war, die das Neugeborene zu Gesicht bekam. War es nicht sie gewesen, die Anne und Richard zusammengebracht hatte? Liebe erschien Mrs. Kane nicht besonders wichtig. Reichtum, Ansehen und gesellschaftliche Stellung, das zählte. Liebe war schön und gut, aber zumeist nicht von Dauer; die erstgenannten Dinge waren es. Sie küßte ihre Schwiegertochter beifällig auf die Stirn. Anne berührte einen Knopf an der Wand, und ein leises Summen ertönte. Das Geräusch überraschte Mrs. Kane; sie konnte nicht glauben, daß sich die Elektrizität tatsächlich durchsetzte. Die Schwester erschien mit dem Erben im Arm. Mrs. Kane schaute ihn prüfend an, schnaubte zufrieden und winkte ihn fort.

»Gut gemacht, Anne«, sagte die alte Dame, als hätte ihre Schwiegertochter einen Preis in einem bedeutenden sportlichen Wettbewerb gewonnen. »Wir sind alle stolz auf dich.«

Einige Minuten später erschien Annes Mutter, Mrs. Edward Cabot. Sie war, wie Mrs. Kane, vor kurzem Witwe geworden, und ihre Erscheinung war jener von Mrs. Kane so ähnlich, daß Leute, die die beiden von weitem sahen, sie gelegentlich verwechselten. Aber man mußte ihr zugute halten, daß sie sich wesentlich länger mit ihrem neuen Enkel und ihrer Tochter beschäftigte. Dann wurden die Blumen inspiziert.

»Wie nett, daß die Jacksons daran gedacht haben«, murmelte Mrs. Cabot.

Mrs. Kane wandte sich sofort dem Wesentlichsten zu; nach einem flüchtigen Blick auf die Blumenpracht studierte sie die Karten der Absender. Leise murmelte sie die beruhigenden Namen: Adams, Lawrence, Lodge, Higginson. Keine der Großmütter kommentierte die ihnen unbekannten Namen; sie waren beide über das Alter hinaus, etwas Neues oder jemanden Neuen kennenlernen zu wollen. Befriedigt verließen sie gemeinsam das Zimmer:

ein Erbe war geboren und schien, soweit man das beurteilen konnte, in Ordnung zu sein. Sie waren beide der Meinung, daß sie ihre letzte familiäre Pflicht erfolgreich erledigt hatten und von nun an Zuschauer sein durften.

Sie irrten sich beide.

Anne und Richards engere Freunde kamen am Nachmittag mit Geschenken und guten Wünschen – erstere in Gold und Silber, letztere in dem hochgestochenen Tonfall der exklusiven Gesellschaft.

Als ihr Mann nach Bankschluß erschien, war Anne erschöpft. Richard hatte zum erstenmal im Leben zum Lunch Champagner getrunken – der alte Amos Kerbes hatte darauf bestanden, und da der ganze Somerset Club zuschaute, konnte Richard nicht gut ablehnen. Er erschien seiner Frau etwas weniger steif als gewöhnlich. Der kräftige Mann im langen schwarzen Gehrock und Hose mit Nadelstreif war gut einen Meter sechsundachtzig groß; sein dunkles, in der Mitte gescheiteltes Haar glänzte im Licht der großen Glühbirne. Die wenigsten hätten sein Alter – er war erst dreiunddreißig – richtig erraten. Jugend war ihm niemals wichtig erschienen; Substanz war das einzige, was im Leben zählte. Wieder wurde nach William Lowell Kane geklingelt, und der Vater inspizierte den Kleinen, als prüfe er am Ende eines Banktages den Kontostand. Alles schien in Ordnung. Der Junge hatte zwei Beine, zwei Arme, zehn Finger, zehn Zehen, und Richard entdeckte nichts, was ihn später vielleicht in Verlegenheit bringen konnte. Also wurde William wieder fortgeschickt.

»Gestern telegrafierte ich dem Direktor von St. Paul. William wird für September 1918 aufgenommen.«

Anne erwiderte nichts. Richard hatte also bereits begonnen, Williams Laufbahn zu planen.

»Nun, meine Liebe, hast du dich bereits erholt?« erkundigte sich Richard. Er selbst hatte mit seinen dreiunddreißig Jahren noch nie einen Tag im Krankenhaus verbracht.

»Ja – nein – ich glaube«, antwortete seine Frau zögernd und versuchte, die aufsteigenden Tränen zu unterdrücken, die ihm, wie sie wußte, mißfallen hätten. Ihre Antwort war nicht gerade von der Art, die Richard verstand. Er küßte seine Frau auf die Wange und kehrte in der hübschen Kutsche zum Familiensitz – Red House auf dem Louis Square – zurück. Mit Personal, Dienerschaft, dem neuen Baby und dem Kindermädchen würden jetzt neun Mäuler zu füttern sein, aber darauf verschwendete er keinen Gedanken.

In Anwesenheit all derer, die in Boston etwas zählten und einiger weniger, die nicht zählten, erhielt William Lowell Kane in der *Protestant Episcopal Church* von St. Paul den Segen der Kirche und die Namen, die sein Vater ihm bereits vor seiner Geburt zugedacht hatte. Der alte Bischof Lawrence hielt den Gottesdienst. J. P. Morgan und Alan Lloyd, beides hochangesehene Bankleute, und Milly Preston, Annes beste Freundin, waren die Taufpaten. Der Bischof träufelte Weihwasser auf Williams Stirn; der Junge gab keinen Ton von sich. Er lernte bereits, wie man sich in seinen Kreisen zu benehmen hatte. Anne dankte Gott für die Geburt eines gesunden Knaben; und auch Richard dankte Gott, der für ihn so etwas wie ein externer Buchhalter war, dem es oblag, die Taten der Kanes von Generation zu Generation festzuhalten; er dankte also Gott dafür, daß er einen Sohn bekommen hatte, dem er sein Vermögen hinterlassen konnte. Aber wahrscheinlich sollte er auf Nummer Sicher gehen und einen zweiten Sohn bekommen. Während er so kniete, sah er die Frau an seiner Seite an, mit der er zufrieden war.

Zweites Buch

5

Wladek Koskiewicz wuchs langsam. Allmählich wurde seiner Ziehmutter klar, daß seine zarte Gesundheit immer zu schaffen machen würde. Er bekam alle Krankheiten, die heranwachsende Kinder bekommen, und viele, die sie nicht bekommen, und gab sie wahllos an die übrige Familie weiter. Helena behandelte ihn wie den Rest ihrer Brut und verteidigte ihn heftig, wenn Jasio nicht Gott, sondern den Teufel für Wladeks Anwesenheit im Haus verantwortlich machte. Florentyna aber bemutterte Wladek, als sei er ihr Kind. Sie liebte ihn vom ersten Moment an mit einer Intensität, die ihrer Angst entsprang, als Mädchen aus armer Familie keinen Mann zu finden und kinderlos zu bleiben. Wladek war ihr Kind.

Der älteste Bruder, der Jäger, der Wladek gefunden hatte, behandelte ihn wie ein Spielzeug und hatte Angst, vor seinem Vater zuzugeben, daß er das schwächliche Baby, das jetzt zu einem kräftigen Kleinkind heranwuchs, gern mochte. Jedenfalls würde der Jäger im kommenden Januar die Schule verlassen und auf dem Gut des Barons zu arbeiten beginnen, und Kinder waren Weibersache, so hatte ihm sein Vater gesagt. Die drei jüngeren Brüder, Stefan, Josef und Jan, bekundeten wenig Interesse für Wladek, und die jüngere Tochter Sophia begnügte sich damit, ihn dann und wann zu streicheln.

Worauf die Eltern jedoch nicht vorbereitet waren, war Wladeks Persönlichkeit, die sich so sehr von der ihrer eigenen Kinder unterschied. Niemand konnte übersehen, daß er in jeder Hinsicht anders war als sie – äußerlich und innerlich. Die Koskiewicz waren alle groß, grobknochig, hatten blondes Haar und graue Augen. Was Bildung betraf, so waren ihre Ambitionen gering, und sie verließen die Dorfschule, sobald es ihr Alter erlaubte, oder auch nach eigenem Gutdünken. Wladek begann zwar spät zu laufen, aber er sprach mit achtzehn Monaten. Mit drei Jahren konnte er sich zwar nicht allein ankleiden, wohl aber lesen. Mit fünf Jahren konnte er schreiben, näßte aber immer noch das Bett. Sein Vater war wütend, seine Mutter stolz. Seine ersten vier Lebensjahre zeichneten sich durch fortwährende Versuche aus, mit Hilfe einer Krankheit diese Erde zu verlassen, und durch die entschlossenen Anstrengungen der Mutter und Florentynas, dies zu verhindern. In seinen Harlekinkleidern lief er in dem kleinen Holzhaus barfuß hinter der Mutter her, und kam Florentyna aus der Schule, so wechselte er seine Gefolgschaft und wich nicht von ihrer Seite, bis sie ihn zu Bett brachte. Wenn Florentyna die Mahlzeit in neun Portionen teilte, gab sie Wladek nicht selten die Hälfte ihres Anteils, und wenn er krank war, die ganze Portion. Wladek trug die Kleider, die sie ihm anfertigte, sang die Lieder, die sie ihn lehrte, und teilte mit ihr die wenigen Spielsachen, die sie besaß.

Da Florentyna beinahe den ganzen Tag in der Schule war, wünschte der kleine Wladek sie schon bald zu begleiten. Sobald man es ihm erlaubte, marschierte er, Florentyna fest an der Hand haltend, die achtzehn Werst durch moosbedeckte Birken- und Pappelwälder und Obstgärten voller Apfel- und Kirschbäume nach Slonim, um seine Erziehung zu beginnen.

Die Schule gefiel Wladek vom ersten Tag an; sie bot eine Abwechslung zu dem winzigen Haus, das bis jetzt die ganze Welt für ihn gewesen war. In der Schule lernte er auch zum erstenmal in seinem Leben die bitteren Folgen der russischen Besetzung Ostpolens kennen. Er erfuhr, daß seine polnische Muttersprache nur zu Hause gesprochen werden durfte, während man in der Schule russisch sprechen mußte, und er spürte bei den anderen Kindern den wilden Stolz auf die unterdrückte Muttersprache und die eigene Kultur. Auch er empfand diesen Stolz. Zu seinem Erstaunen stellte Wladek fest, daß ihn der Lehrer, Herr Kotowski, nicht auslachte, wie es der Vater zu Hause oft tat. Obwohl er, wie zu Hause, der jüngste war, übertraf er seine Mitschüler sehr bald in allem, außer an Größe. Sein schmächtiger Wuchs verleitete die andern fortwährend dazu, seine Fähigkeiten zu unterschätzen; Kinder glauben immer, der Größte sei der Beste. Mit fünf Jahren war Wladek in jedem Gegenstand Klassenbester, außer in Bastelarbeiten mit Eisen.

Während die anderen Kinder abends Beeren pflückten, Holz hackten, Kaninchen fingen oder Kleider nähten, saß Wladek in dem kleinen Holzhaus und las und las, bis er die Bücher seines ältesten Bruders und dann jene seiner ältesten Schwester kannte – beide hatten sie noch nicht einmal geöffnet. Langsam dämmerte es Helena Koskiewicz, daß sie sich damals, als der junge Jäger statt drei Kaninchen das kleine Lebewesen nach Hause gebracht hatte, mehr aufgeladen hatte als erwartet. Schon heute stellte Wladek Fragen, die sie nicht beantworten konnte. Sie wußte, daß sie sehr bald außerstande sein würde, mit ihm Schritt zu halten, und überlegte hin und her, wie sie das Problem meistem sollte. Aber sie besaß einen unerschütterlichen Glauben an das Schicksal und war daher nicht überrascht, als ihr die Entscheidung abgenommen wurde.

An einem Herbstabend des Jahres 1911 trat der erste Wendepunkt in Wladeks Leben ein. Die Familie hatte soeben ihr kärgliches Abendbrot – Rote-Bete-Suppe und Fleischklöße – beendet. Jasio Koskiewicz saß schnarchend am Feuer, Helena nähte, die Kinder spielten und Wladek hockte lesend zu Füßen seiner Mutter. Während Stefan und Josef sich gerade um einen frisch bemalten Tannenzapfen zankten, ertönte ein lautes Klopfen an der Tür. Sofort wurden alle still. Ein Klopfen war bei den Koskiewicz immer etwas Ungewöhnliches, denn das kleine Haus war achtzehn Werst von Slonim und über sechs Werst vom Gut des Barons entfernt. Besucher waren selten, und man konnte ihnen nichts anderes bieten als Beerensaft und die Gesellschaft der lärmenden Kinder. Ängstlich blickte die ganze Familie zur Tür. Als hätten sie nichts gehört, warteten sie auf eine Wiederholung des Klopfens. Diesmal war es lauter. Schlaftrunken erhob sich Jasio von seinem Stuhl, ging zur Tür und öffnete vorsichtig. Als sie den Mann auf der Schwelle sahen, senkten alle die Köpfe, außer Wladek, der zu der stattlichen aristokratischen Gestalt im schweren Bärenfellmantel aufschaute. Diese Gestalt füllte das kleine Zimmer aus, und in die Augen des Vaters trat Furcht. Ein freundliches Lächeln beschwichtigte diese Angst, und der Waldhüter bat Baron Rosnovski, einzutreten. Niemand sprach. Der Baron hatte sie noch nie aufgesucht, und man wußte nicht recht, was man sagen sollte.

Wladek legte das Buch weg, stand auf, ging auf den Fremden zu und streckte, bevor der Vater ihn zurückhalten konnte, die Hand aus.

»Guten Abend, Herr«, sagte Wladek.

Der Baron nahm seine Hand, und sie starrten einander an. Als der Baron Wladeks Hand losließ, fiel dessen Blick auf einen herrlichen silbernen Armreif mit einer Inschrift, die er nicht entziffern konnte.

»Du mußt Wladek sein.«

»Ja, Herr«, sagte der Junge; weder klang es erstaunt noch war er erstaunt darüber, daß der Baron seinen Namen kannte.

»Ich möchte deinetwegen mit deinem Vater sprechen«, sagte der Baron.

Wladek blieb vor dem Baron stehen und starrte ihn unverwandt an. Der Waldhüter bedeutete den Kindern mit einer Handbewegung, ihn mit seinem Gebieter allein zu lassen; zwei von ihnen machten einen Knicks, vier verbeugten sich, und alle sechs zogen sich schweigend auf den Dachboden zurück. Wladek blieb zurück, und niemand dachte daran, ihn fortzuschicken.

»Koskiewicz«, begann der Baron – immer noch stehend, da ihn niemand zum Sitzen aufgefordert hatte. Aus zwei Gründen hatte ihm der Waldhüter keinen Stuhl angeboten; erstens, weil er zu schüchtern war, und zweitens, weil er annahm, der Baron sei gekommen, um einen Tadel auszusprechen. »Ich bin gekommen, weil ich dich um etwas bitten möchte.«

»Was immer Sie wünschen, was immer«, sagte der Vater und fragte sich, was er dem Baron geben könnte, das dieser nicht schon hundertfach besaß.

Der Baron fuhr fort: »Mein Sohn Leon ist jetzt sechs Jahre alt und wird auf dem Schloß von zwei Privatlehrern unterrichtet; der eine ist Pole wie wir, der andere kommt aus Deutschland. Man sagt mir, daß Leon ein aufgeweckter Junge sei, aber es fehlt ihm, da er allein ist, der Ansporn. Herr Kotowski, der Dorfschullehrer in Slonim, versicherte mir, Wladek sei der einzige, der Leon die Herausforderung bieten könnte, die er so dringend braucht. Würdest du deinem Sohn erlauben, die Dorfschule zu verlassen, um im Schloß gemeinsam mit Leon unterrichtet zu werden?«

Wladek stand immer noch vor dem Baron, während er eine wunderbare Vision hatte, von Speisen und Getränken, von Büchern und Lehrern, die viel klüger waren als Herr Kotowski. Er schaute seine Mutter an. Auch sie blickte auf den Baron, und auf ihrem Gesicht spiegelten sich Erstaunen und Schmerz. Der Vater wandte sich der Mutter zu, und dem Kind erschien der Augenblick schweigender Verständigung zwischen ihnen wie eine kleine Ewigkeit.

Mit rauher Stimme und gebeugtem Kopf murmelte der Waldhüter: »Wir wären sehr geehrt, Herr.«

Der Baron schaute Helena Koskiewicz fragend an.

»Die Heilige Jungfrau verhüte, daß ich jemals meinem Kind im Wege stünde«, sagte sie leise, »obwohl sie allein weiß, wie schwer es mir fällt.«

»Ihr Sohn kann regelmäßig nach Hause kommen, um Sie zu besuchen, Frau Koskiewicz.«

»Ja, Herr. Ich nehme an, daß er das anfangs auch tun wird.« Sie wollte eine Bitte hinzufügen, überlegte es sich aber anders.

Der Baron lächelte. »Gut, dann ist das eine beschlossene Sache. Bitte bringt den Jungen morgen um sieben Uhr morgens ins

Schloß. Während der Schulzeit wird Wladek bei uns wohnen, und in den Weihnachtsferien kann er zu euch zurückkehren.«

Wladek brach in Tränen aus.

»Ruhig, Junge«, befahl Jasio.

»Ich will nicht gehen«, sagte Wladek bestimmt und wollte doch sehr gern gehen.

»Ruhig, Junge«, sagte der Vater jetzt etwas lauter.

»Warum nicht?« fragte der Baron. In seiner Stimme schwang Mitleid mit.

»Ich werde Florcia nie verlassen – nie.«

»Florcia?« fragte der Baron.

»Meine älteste Tochter, Herr«, unterbrach der Waldhüter. »Kümmern Sie sich nicht um sie, Herr. Der Junge wird tun, was man ihm sagt.«

Niemand sprach. Der Baron überlegte. Wladek ließ seinen Tränen freien Lauf.

»Wie alt ist das Mädchen?« erkundigte sich der Baron.

»Vierzehn«, erwiderte der Waldhüter.

»Kann sie Küchenarbeit verrichten?« fragte der Baron und bemerkte erleichtert, daß Helena Koskiewicz nicht in Tränen ausbrach.

»Oh, ja, Herr Baron«, erwiderte sie. »Florcia kann kochen und nähen und ...«

»Schon gut, dann kann sie mitkommen. Ich erwarte beide morgen um sieben Uhr morgens.«

Der Baron ging zur Tür, drehte sich um und lächelte Wladek an, der das Lächeln erwiderte. Wladek hatte seine erste Schlacht gewonnen und ließ sich von der Mutter umarmen, während er auf die geschlossene Tür starrte und sie flüstern hörte: »Ach, Matka, mein Kleinster, was wird aus dir werden?«

Das herauszufinden konnte Wladek kaum erwarten.

In der Nacht packte Helena Koskiewicz für die beiden Kinder – nicht daß es lange gedauert hätte, die Habseligkeiten der ganzen Familie zu packen! Am Morgen standen alle vor der Tür und sahen Wladeks und Florcias Abmarsch zum Schloß zu; jedes Kind hielt ein Paket unter dem Arm. Florentyna, groß und anmutig, sah sich wieder und wieder um, weinte und winkte. Wladek, klein und unbeholfen, drehte sich kein einziges Mal um. Auf dem Weg zum Schloß hielt Florentyna die ganze Zeit Wladeks Hand fest; ihre Rollen waren jetzt vertauscht. Von diesem Tag an verließ sie sich auf ihn.

Der prächtig aussehende Mann in der gestickten grünen Livree, der auf ihr schüchternes Klopfen die schwere Eichentür öffnete, hatte sie offensichtlich erwartet. Beide Kinder hatten schon in der Stadt die grauen Uniformen der Soldaten bewundert, die die nahe russisch-polnische Grenze bewachten, aber noch nie hatten sie etwas so Großartiges gesehen wie diesen livrierten Diener, der sie um mehrere Haupteslängen überragte und bestimmt von allergrößter Wichtigkeit war. In der Halle lag ein dicker Teppich, und Wladek starrte, von dessen Schönheit verwirrt, auf das grün-rote Muster und überlegte, ob er sich die Schuhe ausziehen sollte. Erstaunt stellte er fest, daß seine Schritte kein Geräusch verursachten, als er darüberging. Die blendende Erscheinung führte die Kinder zu ihren Schlafzimmern im Westflügel. Getrennte Schlafzimmer – würden sie jemals einschlafen können? Wenigstens gab es eine Verbindungstür, so daß sie nicht gar so weit voneinander entfernt waren, und anfangs schliefen sie viele Nächte im selben Bett.

Als sie ausgepackt hatten, führte man Florentyna in die Küche, während Wladek in das Spielzimmer im Südflügel geleitet wurde, um Leon, den Sohn des Barons, kennenzulernen. Die Begrüßung des großen, hübschen Jungen war so warm und herzlich, daß Wladek erstaunt und erleichtert auf die kämpferische Pose verzichtete, die einzunehmen er sich angeschickt hatte. Leon war einsam gewesen und hatte niemanden zum Spielen gehabt als Niania, seine treu ergebene litauische Amme, die seit dem vorzeitigen Tod seiner Mutter für alle seine Bedürfnisse sorgte. Der untersetzte Junge aus dem Wald bot Aussicht auf Gesellschaft. Und zumindest in einer Hinsicht waren sie, das wußten beide, für gleichwertig befunden worden.

Leon machte sich sofort erbötig, Wladek das Schloß zu zeigen, und die Besichtigung dauerte den ganzen Vormittag. Wladek war tief beeindruckt von der Größe, den herrlichen Möbeln und Stoffen und von den Teppichen in allen Räumen. Leon gegenüber zeigte er sich nur angenehm berührt; schließlich hatte er seinen Platz im Schloß durch eigene Verdienste erworben. Die wesentlichsten Teile des Gebäudes seien frühgotisch, erklärte der Sohn des Barons, so als müsse Wladek wissen, was Gotik ist. Wladek nickte. Als nächstes führte Leon seinen neuen Freund in die riesigen Kellergewölbe, wo in langen Reihen verstaubte, mit Spinnweben überzogene Flaschen nebeneinander lagen. Wladeks liebster Raum war der große Speisesaal mit den von Säulen gestützten Gewölben und dem mit Steinplatten belegten Boden. An allen Wänden hingen Tierköpfe. Leon zeigte Wladek die Bären, Bisons, Elche, Eber und Vielfraße. Am Ende des Saales befand sich unter einem Hirschgeweih das prächtige Familienwappen. »Das Glück ist mit den Tapferen«, war das Motto der Rosnovskis. Nach dem Mittagessen, dem Wladek kaum zusprach, weil er nicht mit Messer und Gabel umgehen konnte, lernte er seine beiden Lehrer kennen. Ihre Begrüßung war weniger herzlich. Abends kroch er in das größte Bett, das er je gesehen hatte, und erzählte Florentyna seine Erlebnisse. Sie hing an seinen Lippen und vergaß vor Staunen den Mund zu schließen, besonders als sie von Messer und Gabel hörte, die Wladek ihr, die Finger der rechten Hand eng aneinandergepreßt und die der linken weit auseinandergespreizt, beschrieb.

Der Unterricht begann vor dem Frühstück um Punkt sieben, und dauerte, nur von kurzen Essenspausen unterbrochen, den ganzen Tag. Anfangs war Leon deutlich besser als Wladek, aber Wladek kämpfte sich verbissen durch die Bücher, so daß der Vorsprung im Lauf der Wochen immer kleiner wurde, während sich zwischen den Jungen Freundschaft und Rivalität entwickelte. Dem deutschen und dem polnischen Lehrer fiel es schwer, zwischen dem Sohn eines Barons und dem eines Waldhüters keinen Unterschied zu machen, obwohl sie auf die Frage des Barons widerwillig zugeben mußten, daß Herr Kotowski die richtige Wahl getroffen hatte. Die Einstellung der Lehrer kümmerte Wladek nicht, weil Leon ihn stets als seinesgleichen behandelte.

Der Baron ließ mitteilen, daß er mit dem Fortschritt der beiden Knaben zufrieden sei, und von Zeit zu Zeit schenkte er Wladek als Belohnung Kleider oder Spielzeug. Wladeks anfänglich ferne, distanzierte Bewunderung für den Baron wurde zu Hochachtung, und als Weihnachten nahte und Wladek in das kleine Waldhaus zu Vater und Mutter zurückkehren mußte, bedrückte ihn der Gedanke, Leon zu verlassen.

Sein Kummer war begründet. Wohl war er anfänglich glücklich, seine Mutter wiederzusehen, doch nach den drei Monaten, die er im Schloß verbracht hatte, bemerkte er Mängel in seinem Heim, die ihn vorher nicht gekümmert hatten. Die Ferientage schleppten sich dahin. Wladek fühlte sich eingeengt in dem kleinen Haus mit dem einen Zimmer und dem Dachboden, und die kargen Speisen, die mit der Hand gegessen wurden, mochte er nicht mehr; im Schloß teilte niemand durch neun! Nach zwei Wochen sehnte er sich danach, ins Schloß und zu Leon zurückzukehren. Jeden Nachmittag ging er die sechs Werst bis zum Gut und starrte auf die hohen Mauern, die den Besitz umgaben. Florentyna, die ja mit dem Küchenpersonal gelebt hatte, fiel die Rückkehr leichter, und sie konnte nicht verstehen, daß das kleine Haus für Wladek nie mehr ein Zuhause sein würde. Der Ziehvater wußte nicht recht, wie er mit dem Jungen umgehen sollte, der jetzt ordentlich angezogen war, ordentlich sprach und mit sechs Jahren von Dingen erzählte, die der Mann weder verstand noch verstehen wollte. Der Junge schien nichts anderes zu tun, als den ganzen Tag zu lesen. Was soll aus ihm werden, fragte sich Jasio. Wie durfte er hoffen, ehrlich sein Brot zu verdienen, wenn er weder eine Axt schwingen noch einen Hasen fangen konnte? Auch der Vater betete, daß die Ferien rasch vorübergehen sollten.

Helena war stolz auf Wladek und wollte sich anfangs nicht eingestehen, daß zwischen ihm und den anderen Kindern eine Kluft bestand. Schließlich ließ es sich jedoch nicht übersehen. Als Stefan und Franck eines Abends Soldaten spielten – sie waren Generäle, die einander bekämpften – verboten sie Wladek mitzuspielen.

»Warum werde ich immer ausgeschlossen?« rief Wladek. »Ich will auch lernen, wie man kämpft.«

»Weil du nicht zu uns gehörst«, erklärte Stefan. »Du bist nicht wirklich unser Bruder.«

Ein langes Schweigen trat ein, bevor Franck fortfuhr: »Vater wollte dich gar nicht haben, nur Matka war auf deiner Seite.«

Wladek stand bewegungslos da, und seine Augen suchten in dem Kreis von Kindern nach Florentyna.

»Was meint Franck, wenn er behauptet, ich sei nicht euer Bruder?« fragte er. So erfuhr Wladek von den Umständen seiner Geburt und begriff, warum er anders war als die Brüder und Schwestern. Die Mutter war zwar verzweifelt, weil Wladek sich jetzt völlig zurückzog, doch er freute sich insgeheim, daß nicht das gemeine Blut des Waldhüters in seinen Adern floß und eine ihm unbekannte Abstammung alle Möglichkeiten offenließ.

Als die verunglückten Ferien endlich zu Ende gingen, war Wladek froh, ins Schloß zurückkehren zu dürfen. Leon empfing ihn mit offenen Armen; auch für ihn, den der Reichtum des Vaters isolierte wie Wladek die Armut des Waldhüters, waren es trübselige Weihnachten gewesen. Von diesem Augenblick an schlossen sich die Jungen noch enger zusammen und wurden bald unzertrennlich. Als die Sommerferien kamen, bat Leon seinen Vater, Wladek im Schloß zu lassen. Der Baron willigte ein; auch er hatte Wladek liebgewonnen. Wladek war selig; er betrat das Haus der Zieheltern nur noch einmal in seinem Leben.

Wenn Wladek und Leon ihre Aufgaben gemacht hatten, verbrachten sie die restliche Zeit mit Spielen. Ihr liebstes Spiel hieß *chowa-*

nego, eine Art Versteckspiel; da das Schloß zweiundsiebzig Zimmer hatte, wurde dieser Zeitvertreib nie monoton. Wladeks Lieblingsversteck war der Kerker unter dem Schloß; das einzige Licht, das einen dort verraten konnte, fiel durch ein kleines Steingitter hoch oben an der Wand ein; doch trotz dieses Lichts brauchte man noch eine Kerze, um seinen Weg zu finden. Wladek wußte nicht recht, wofür der Kerker gut war, und keiner der Diener erwähnte seinen Zweck, da er, solange man denken konnte, nicht mehr benutzt worden war.

Wladek war sich bewußt, daß er mit Leon nur im Schulzimmer konkurrieren konnte und an den Freund in keinem Spiel außer Schach heranreichte. Der Fluß Strchara, der den Besitz begrenzte, bot reichlich Gelegenheit zu Unterhaltung. Im Frühling fischten die Jungen, im Sommer schwammen sie und im Winter, wenn der Fluß zufror, zogen sie Schlittschuhe mit hölzernen Kufen an und jagten über das Eis, während Florentyna am Ufer saß und ihnen ängstliche Warnungen zurief, wenn das Eis irgendwo dünn war. Wladek hörte nie auf sie, und er war immer derjenige, der einbrach. Leon wuchs rasch, lief rasch, schwamm gut und schien nie zu ermüden oder krank zu sein. Wladek begann zu begreifen, wieviel gutes Aussehen und ein robuster Körperbau bedeuteten; er wußte, daß er niemals hoffen konnte, Leon im Schwimmen, Laufen oder Schlittschuhlaufen ebenbürtig zu werden. Noch schlimmer war, daß das, was Leon den »Bauchknopf« nannte – er war bei ihm fast unsichtbar – bei Wladek als ein häßlicher dicker Stumpf aus dem Bauch hervorragte. Wladek verbrachte viele Stunden damit, allein in seinem Zimmer vor dem Spiegel seinen Körper zu betrachten und sich zu fragen: Warum? Warum hatte er zum Beispiel nur eine Brustwarze, während alle anderen Jungen, deren bloßen Oberkörper er gesehen hatte, zwei besaßen? Manchmal, wenn er schlaflos im Bett lag, strich er über seine glatte Brust und Tränen des Selbstmitleids liefen ihm über die Wangen. Bevor er endlich einschlief, betete er, daß die Dinge am Morgen anders sein würden. Seine Gebete wurden nicht erhört.

Jeden Abend nahm Wladek sich Zeit Turnübungen zu machen, bei denen nicht einmal Florentyna zuschauen durfte. Durch eiserne Selbstdisziplin gelang es ihm, sich so zu halten, daß er größer wirkte. Er kräftigte Arme und Beine und klammerte sich, in der Hoffnung, daß er danach wachsen würde, mit den Fingerspitzen an einen Deckenbalken. Leon wuchs sogar, während er schlief. Wladek mußte sich mit der Tatsache abfinden, daß er immer einen Kopf kleiner bleiben würde als der Sohn des Barons und daß nichts, absolut nichts die fehlende Brustwarze hervorzaubern konnte. Wladeks Verachtung für seinen eigenen Körper hatte keinen äußeren Anlaß, denn Leon äußerte sich nie über das Aussehen seines Freundes; er kannte keine Kinder außer Wladek, und ihn liebte er kritiklos.

Auch Baron Rosnovski gewann den dunkelhaarigen Jungen immer lieber. Wladek war an den Platz von Leons jüngerem Bruder gerückt, der gleichzeitig mit der Mutter bei der Geburt gestorben war.

Die beiden Jungen nahmen mit dem Baron im großen Speisesaal mit den steinernen Wänden das Abendbrot ein, während flackernde Kerzen die unheimlichen Schatten der Tierköpfe auf die Wände warfen, und die Diener lautlos mit großen Silberplatten kamen und gingen, auf denen sich Gänse, Schinken, Hummer und manchmal *mazureks* türmten, die Wladek besonders schätzte. Wenn nach der Mahlzeit die Dunkelheit um den Tisch dichter wurde, entließ der Baron die wartenden Diener, erzählte den Jungen Ereignisse aus der polnischen Geschichte und erlaubte ihnen, Danziger Goldwasser zu kosten, in dem winzige Goldblättchen funkelten. Sooft er konnte, bat Wladek um die Geschichte von Tadeus Kosciuszko.

»Ein großer Patriot und ein Held«, pflegte der Baron zu sagen. »Das Symbol unseres Kampfes um Unabhängigkeit. Er wurde in Frankreich ausgebildet ...«

»Dessen Söhne wir bewundern und lieben, wie wir die Russen und die Österreicher hassen gelernt haben«, ergänzte Wladek.

Seine Freude an der Geschichte war um so größer, als er sie auswendig konnte.

»Wer erzählt wem die Geschichte, Wladek?« Der Baron lachte.

». . . und dann kämpfte er in Amerika mit George Washington für Demokratie und Freiheit. 1792 kommandierte er die Polen in der Schlacht bei Dubienka. Als unser armseliger König Stanislas Augustus uns verriet und sich zu den Russen schlug, kehrte Kosciuszko in sein geliebtes Heimatland zurück, um das Joch des Zaren abzuschütteln. Er gewann die Schlacht von wo, Leon?«

»Raclawice, Herr, und dann befreite er Warschau.«

»Richtig, mein Kind. Dann sammelten die Russen ein großes Heer bei Maciejowice, und Kosciuszko wurde geschlagen und gefangengenommen. Mein Ururgroßvater focht an Kosciuszkos Seite, und später kämpfte er mit Dabrowskis Legionen für den mächtigen Herrscher Napoleon Bonaparte.«

»Und wurde für seine Verdienste um Polen zum Baron Rosnovski erhoben, ein Titel, den Ihre Familie in Erinnerung an jene großen Tage ewig tragen wird«, sagte Wladek so bestimmt, als würde er eines Tages den Titel erben.

»Die großen Tage werden wiederkehren«, sagte der Baron ruhig. »Ich bete nur, daß ich sie noch erlebe.«

Zu Weihnachten brachten die Bauern des Gutes ihre Familien ins Schloß, um die Heilige Nacht zu feiern. Sie fasteten den ganzen Weihnachtsabend, und die Kinder schauten aus dem Fenster nach dem ersten Stern, mit dessen Erscheinen das Fest begann. Der Baron sprach mit seiner schönen tiefen Stimme den Segen. Nachdem sich alle gesetzt hatten, wurde Wladek stets verlegen, weil Jasio Koskiewicz bei jedem der dreizehn Gänge herzhaft zugriff – vom Borschtsch bis zu den Kuchen und Pflaumen – und auf dem Nachhauseweg, wie in früheren Jahren, im Wald erbrechen würde.

Nach dem Fest genoß es Wladek, die Geschenke von dem mit Kerzen und Früchten geschmückten Weihnachtsbaum an die vor Ehrfurcht stummen Bauernkinder zu verteilen – eine Puppe für

Sophia, ein Feldmesser für Josef, ein neues Kleid für Florentyna, das erste Geschenk, das Wladek je vom Baron erbeten hatte.

»Es stimmt«, sagte Josef zu seiner Mutter, als er von Wladek sein Geschenk empfing, »er ist nicht unser Bruder, Matka.«

»Nein«, erwiderte sie, »aber er wird immer mein Sohn bleiben.«

Im Winter und Frühling 1914 trainierte Wladek seinen Körper weiter und lernte eifrig. Im Juli dann verließ der deutsche Lehrer plötzlich das Schloß, ohne sich zu verabschieden; keiner der Knaben wußte, warum. Es fiel ihnen nicht ein, diese Abreise mit der Ermordung des Erzherzogs Franz Ferdinand in Sarajewo zu verbinden, die ihnen von ihrem anderen Lehrer mit ungewöhnlich feierlichen Worten beschrieben wurde.

Der Baron zog sich von ihnen zurück; keiner der Jungen wußte, warum. Die jungen Bediensteten, an denen die Kinder gehangen waren, verließen, einer nach dem anderen, das Schloß; keiner der Jungen wußte, warum. Als das Jahr vorüberging, wurde Wladek stärker und Leon größer, und beide wurden klüger.

1915, an einem Sommermorgen – eine Zeit schöner, geruhsamer Tage – brach der Baron zu einer Reise nach Warschau auf, um, wie er sich ausdrückte, seine Angelegenheiten zu ordnen. Er blieb dreieinhalb Wochen fort, fünfundzwanzig Tage, die Wladek jeden Morgen auf seinem Kalender im Schlafzimmer abstrich; es schien ihm eine Ewigkeit zu sein. An dem Tag, an dem der Baron zurückkehrte, gingen die beiden Jungen zum Bahnhof in Slonim, um den Zug, der nur einen einzigen Waggon mitführte und nur einmal wöchentlich verkehrte, zu erwarten und den Baron zu empfangen. Schweigend fuhren die drei nach Hause.

Wladek fand, daß der große Mann müde und gealtert aussah, ein weiterer unerklärlicher Umstand. In der folgenden Woche führte der Baron oftmals rasche, besorgte Zwiegespräche mit den älteren Bediensteten, die sofort unterbrochen wurden, wenn Leon oder Wladek das Zimmer betraten – eine ungewohnte Heimlichtuerei; und die beiden Jungen begannen zu fürchten, sie könnten deren ungewollter Anlaß sein. Wladek hatte große Angst, daß der Baron ihn in das Haus des Wildhüters zurückschicken würde – schließlich war er in diesem Schloß ein Fremder.

Eines Abends, ein paar Tage nach seiner Rückkehr, rief der Baron die Kinder zu sich in die große Halle. Ängstlich schlichen sie hinein. Ohne weitere Erklärungen teilte ihnen der Baron mit, daß sie zu einer großen Reise aufbrechen würden. Das kurze Gespräch, das Wladek damals eher belanglos schien, blieb ihm sein ganzes Leben in Erinnerung.

»Meine lieben Kinder«, begann der Baron mit leiser, stockender Stimme, »die Kriegshetzer aus Deutschland und Österreich-Ungarn stehen vor den Toren Warschaus und werden bald hier sein.«

Wladek erinnerte sich an einen Satz, den der polnische Lehrer dem deutschen während der letzten Tage an den Kopf geworfen hatte und den er nicht verstanden hatte. »Bedeutet das, daß die Stunde der unterdrückten Völker Europas angebrochen ist?« fragte er.

Zärtlich betrachtete der Baron Wladeks unschuldiges Kindergesicht. »Unser Nationalbewußtsein hat hundertfünfzig Jahre Unterdrückung überlebt«, erwiderte er. »Vielleicht steht das Schicksal Polens ebenso auf dem Spiel wie das Serbiens. Aber wir können nichts unternehmen, um den Lauf der Geschichte zu beeinflussen; wir sind den drei mächtigen Reichen, die uns umgeben, auf Gnade oder Ungnade ausgeliefert.«

»Wir sind stark, wir können kämpfen«, sagte Leon. »Wir haben hölzerne Schwerter und Schilde und wir haben keine Angst vor den Deutschen oder den Russen.«

»Mein Sohn, ihr habt nur Krieg gespielt; aber die bevorstehende Schlacht wird nicht zwischen Kindern ausgetragen. Wir müssen so rasch wie möglich fort von hier und an einem ruhigen Platz warten, bis die Geschichte unser Schicksal entschieden hat. Ich kann nur beten, daß das nicht das Ende eurer Kindheit bedeutet.«

Die Kinder wurden aus den Worten des Barons nicht klug. Krieg war doch ein aufregendes Abenteuer, das sie bestimmt versäumen würden, wenn sie das Schloß verließen. Die Bediensteten verbrachten einige Tage damit, die Sachen des Barons zu packen, und man teilte Wladek und Leon mit, daß sie am folgenden Montag zu dem kleinen Sommerhaus nördlich von Grodno aufbrechen würden. Die beiden Jungen arbeiteten und spielten wie früher, weitgehend unbeaufsichtigt, aber sie konnten im ganzen Schloß niemanden finden, der Zeit oder Lust hatte, ihre tausend Fragen zu beantworten.

Samstags war nur am Vormittag Unterricht. Sie übersetzten eben Adam Mickiewiczs' *Pan Tadeusz* ins Lateinische, als sie Schüsse hörten. Anfangs dachte Wladek, daß sich einer der Wildhüter auf der Jagd befände, und sie wandten sich wieder ihrer Übersetzung zu. Eine zweite Gewehrsalve in viel größerer Nähe ließ die Jungen aufmerken. Dann hörten sie unten Schreie. Verwirrt schauten sie einander an; sie empfanden keine Furcht, da sie in ihrem kurzen Dasein nichts erlebt hatten, das sie ängstlich gemacht hätte. Der Lehrer floh und ließ sie allein. Ein weiterer Schuß fiel, diesmal im Korridor vor ihrem Zimmer. Die beiden Jungen saßen bewegungslos da, und jetzt schnürte ihnen Angst die Kehlen zu.

Plötzlich wurde die Tür aufgerissen, und ein Mann, kaum älter als ihr Lehrer, in grauer Soldatenuniform und Stahlhelm, stand vor ihnen. Leon klammerte sich an Wladek, der den Eindringling anstarrte. Der Soldat schrie sie auf deutsch an und wollte wissen, wer sie seien; obwohl beide Knaben ebenso fließend deutsch wie polnisch sprachen, sagte keiner von ihnen ein Wort. Ein anderer Soldat erschien, während der erste auf die Jungen zuging, sie wie zwei Hühner am Hals packte, und sie in den Gang, durch die Halle und in den Garten zerrte. Dort fanden sie eine hysterisch schreiende Florentyna vor, die vor sich ins Gras starrte. Leon konnte den Anblick nicht ertragen und vergrub seinen Kopf an Wladeks Schulter. Fassungslos und entsetzt schaute Wladek auf die Reihe toter Körper, die, das Gesicht nach unten, im Gras lagen. Der Anblick eines Schnurrbartes im Profil, der sich von einer

Blutlache abhob, hypnotisierte ihn. Es war der Wildhüter. Wladek fühlte nichts. Florentyna schrie weiter.

»Ist Vater dabei?« fragte Leon. »Ist Vater dabei?«

Wladek schaute nochmals auf die Reihe der Toten und dankte Gott, daß Baron Rosnovski nicht darunter war. Eben wollte er es Leon sagen, als ein Soldat auf sie zukam.

»Wer hat gesprochen?« fragte er wütend.

»Ich«, sagte Wladek trotzig.

Der Soldat hob sein Gewehr hoch und ließ den Kolben auf Wladeks Kopf krachen. Wladek fiel mit blutüberströmtem Gesicht zu Boden. Wo war der Baron? Was geschah? Warum wurden sie in ihrem eigenen Haus so mißhandelt? Leon warf sich rasch über Wladek, um ihn vor dem zweiten Schlag zu schützen, der Wladeks Magen gegolten hätte. Als der Gewehrkolben mit voller Kraft niedersauste, traf er Leons Hinterkopf.

Beide Jungen lagen bewegungslos, Wladek, weil ihn der Schlag und das plötzliche Gewicht von Leons Körper betäubt hatte, und Leon, weil er tot war.

Wladek hörte, wie ein anderer Soldat ihren Peiniger zurechtwies. Man hob Leon auf, aber Wladek klammerte sich an ihn, und zwei Soldaten waren nötig, um ihn von seinem Freund loszureißen. Dann wurde die Leiche achtlos, das Gesicht nach unten, zu den anderen geworfen. Keinen Augenblick lang wandte Wladek den Blick von dem bewegungslosen Körper seines besten Freundes; schließlich trieb man ihn mit einer Handvoll anderer Überlebender zurück ins Schloß und in den Kerker. Niemand sprach ein Wort, bis die Kerkertür versiegelt und das Gemurmel der Soldaten in der Ferne verklungen war. Jeder hatte Angst, die Reihe der Leichen draußen im Gras zu verlängern. Dann sagte Wladek: »Großer Gott!« In einer Ecke, an die Wand gelehnt, saß der Baron. Er war nicht verletzt, sondern starrte wie betäubt ins Leere; die Sieger hatten ihn am Leben gelassen, weil sie jemanden brauchten, der für die Gefangenen verantwortlich war. Wladek ging zu ihm, während sich die anderen so weit als möglich von ihrem Gebieter zurückzogen. Die beiden schauten einander an, wie sie es am ersten Tag ihrer Bekanntschaft getan hatten. Wladek streckte die Hand aus, und wie am ersten Tag nahm sie der Baron in die seine. Wladek sah Tränen über das stolze Gesicht des Barons laufen. Keiner sprach. Beide hatten den Menschen verloren, den sie auf dieser Welt am meisten liebten.

6

William Kane wuchs rasch, und alle, die um ihn waren – in seinen ersten Lebensjahren waren es im allgemeinen bewundernde Verwandte und ergebene Bedienstete – fanden, daß er ein reizendes Kind war.

Im obersten Stockwerk des Hauses am Louisburg Square auf Beacon Hill – es war ein Haus aus dem 18. Jahrhundert – hatte man ein Kinderzimmer eingerichtet und mit Spielzeug vollgestopft. Ein weiteres Schlafzimmer und ein Wohnzimmer standen dem neuen Kindermädchen zur Verfügung. Das Kinderzimmer war so weit von Richard Kane entfernt, daß er von Problemen wie Zahnen, nassen Windeln und dem lauten Geschrei nach mehr Nahrung unberührt blieb. Der erste Zahn, der erste Schritt, das erste Wort – das alles wurde von Williams Mutter in ein Familienbuch eingetragen, ebenso wie Größe und Gewicht des Kindes. Anne war erstaunt, daß diese Eintragungen sich kaum von jenen über andere Kinder unterschieden, die sie kannte.

Das aus England importierte Kindermädchen führte ein Regiment, das einem preußischen Kavallerieoffizier gefallen hätte. Jeden Tag um Punkt sechs kam Williams Vater zu Besuch. Da er sich weigerte, eine Babysprache zu sprechen, redete er überhaupt nicht mit dem Kleinen; die beiden starrten einander nur an. William packte den Zeigefinger des Vaters, den Finger, mit dem dieser die Kontoauszüge durchblätterte, und hielt sich daran fest.

Richard gestattete sich ein Lächeln. Nach einem Jahr wurde die Routine insofern ein wenig verändert, als der kleine Junge hinunterkommen durfte, um seinen Vater zu besuchen. Richard saß in seinem dunklen Ledersessel mit der hohen Lehne und schaute zu, wie sein Erstgeborener auf allen vieren zwischen den Möbeln umherkroch und immer dort auftauchte, wo man ihn am wenigsten erwartete, woraus Richard schloß, daß sein Sohn bestimmt Senator werden würde. Mit dreizehn Monaten machte William, an die Rockschöße seines Vaters geklammert, die ersten Schritte. Sein erstes Wort war »Papa«, worüber man allgemein entzückt war, einschließlich der Großmütter Kane und Cabot, die zu den regelmäßigen Besucherinnen zählten. Sie schoben den Kinderwagen, in dem William durch Boston spazierenfuhr, nicht wirklich, aber sie ließen sich jeden Donnerstagnachmittag herbei, einen Schritt hinter dem Kindermädchen zu marschieren und die andern Kinder mißbilligend anzuschauen, die ein weniger diszipliniertes Gefolge hatten. Während die anderen Kinder in den öffentlichen Parkanlagen Enten fütterten, schloß William Freundschaft mit den Schwänen auf dem Teich vor Mr. Jack Gamers extravagantem venezianischen Palais.

Nach zwei Jahren deuteten die beiden Großmütter taktvoll an, daß es an der Zeit für ein zweites Wunderkind sei, einen Spielgefährten für William. Anne, fügsam wie immer, wurde sofort schwanger und war unglücklich, als sie sich vom vierten Monat an immer schlechter fühlte.

Als Doktor MacKenzie die werdende Mutter untersuchte, hörte er auf zu lächeln, und als Anne kurz darauf eine Fehlgeburt hatte, war er nicht erstaunt, erlaubte ihr jedoch nicht, in Kummer zu versinken. Er sagte zu ihr: »Anne, Sie haben sich so schlecht gefühlt, weil Sie einen zu hohen Blutdruck haben, der mit fortschreitender Schwangerschaft noch höher geworden wäre. Bisher haben die Ärzte noch kein Mittel gegen zu hohen Blutdruck gefunden, wir wissen nur, daß er für schwangere Frauen besonders gefährlich ist.«

Anne hielt die Tränen zurück und versuchte sich eine Zukunft ohne weitere Kinder vorzustellen.

»Bei meiner nächsten Schwangerschaft wird sich das doch bestimmt nicht wiederholen?« fragte sie und versuchte, dem Arzt eine günstige Antwort zu entlocken.

»Ich wäre erstaunt, wenn es nicht der Fall wäre, meine Liebe. Es tut mir leid, Ihnen das sagen zu müssen, aber ich muß Ihnen von einer weiteren Schwangerschaft abraten.«

»Aber es macht mir nichts, wenn ich mich ein paar Monate schlecht fühle, solange ...«

»Ich spreche nicht davon, daß Sie sich schlecht fühlen, Anne, ich spreche davon, daß Sie nichts Lebensgefährliches riskieren dürfen.«

Das war ein furchtbarer Schlag für Richard und Anne, die beide Einzelkinder gewesen waren; ihre Väter waren früh verstorben. Sie hatten auf eine Familie gehofft, die der Größe des Hauses und ihrer Verantwortung gegenüber der nächsten Generation entsprechen würde. »Was sonst kann eine junge Frau tun?« fragte Großmutter Cabot Großmutter Kane. Niemand erwähnte mehr das Thema, und alle konzentrierten ihre Aufmerksamkeit auf William.

Richard, der 1904 nach dem Tod seines Vaters Präsident der *Kane and Cabot Bank and Trust Company* wurde, hatte sich immer schon in seine Arbeit, das Bankgeschäft, vergraben. Seine Bank, die sich – eine Bastion architektonischer und finanzieller Solidität – in der State Street befand, hatte in New York, London und San Franzisko Filialen. Kurz nach Williams Geburt wurde letztere ein Problem, als sie ebenso wie die Crocker National Bank, die Well Fargo und die California Bank zusammenbrach, und zwar nicht finanziell, sondern im wahrsten Sinn des Wortes: nämlich beim großen Erdbeben von 1906. Richard, ein vorsichtiger Mann, war bei *Lloyds of London* hoch versichert, und wie es Gentlemen geziemt, zahlten diese bis auf den letzten Cent, so daß Richard die Bank wieder aufbauen konnte. Trotzdem verbrachte Richard ein unangenehmes Jahr damit, mit dem Zug zwischen Boston und San

Franzisko hin- und herzufahren – eine Reise, die damals vier Tage in Anspruch nahm –, um den Wiederaufbau zu überwachen. Im Oktober 1907 eröffnete das neue Büro auf dem Union Square; gerade im richtigen Moment, denn er mußte seine Aufmerksamkeit nun neuen Problemen an der Ostküste zuwenden. Es gab einen kleineren Run auf die New Yorker Banken, und viele der weniger bedeutenden Bankhäuser hatten Mühe, ihn zu überleben. J. P. Morgan, der legendäre Vorsitzende der mächtigen Bank, die seinen Namen trug, forderte Richard auf, sich einem Konsortium anzuschließen, um gegen die Krise gefeit zu sein. Richard stimmte zu, der mutige Schritt bewährte sich und die Krise ging vorüber, aber Richard hatte sie einige schlaflose Nächte gekostet.

William hingegen schlief fest und gut, unberührt von Erdbeben und Bankrott. Schließlich gab es Schwäne, die gefüttert werden mußten, und es gab endlose Fahrten nach Milton, Brookline und Beverly zu den vornehmen Verwandten.

Im Vorfrühling des folgenden Jahres kaufte Richard ein neues Spielzeug, das im Zusammenhang mit einer vorsichtigen Kapitalanlage bei einem Mann namens Henry Ford stand. Dieser Mann behauptete, er könne ein Auto für das Volk produzieren. Die Bank lud Mr. Ford zum Lunch ein, und Richard wurde überredet, für die stolze Summe von achthundertfünfzig Dollar ein Modell T zu kaufen. Henry Ford versicherte Richard, daß der Preis im Laufe von wenigen Jahren auf dreihundertfünfzig Dollar fallen und alle Leute sein Auto kaufen würden, wenn ihn die Bank unterstützte; der Gewinn für die Kapitalgeber würde beachtlich sein. Richard stieg ein; es war das erste Mal, daß er jemanden finanzierte, der sein Produkt um die Hälfte verbilligen wollte.

Anfangs war Richard etwas besorgt, daß ein Auto, selbst ein dezentes schwarzes, für einen Bankpräsidenten kein seriöses Transportmittel sei, aber die bewundernden Blicke der Fußgänger beruhigten ihn bald. Das Auto fuhr fünfzehn Kilometer in der Stunde und machte mehr Krach als ein Pferd, doch hatte es den

Vorteil, nicht mitten auf Mount Vermont Street Schmutzhaufen zu hinterlassen. Richard ärgerte sich nur, weil Henry Ford nicht auf seinen Vorschlag eingehen wollte, das Modell T in verschiedenen Farben zu erzeugen. Ford bestand darauf, alle Autos schwarz zu liefern, um den Preis möglichst niedrig zu halten. Anne, die mehr auf die Spielregeln der Gesellschaft achtete als ihr Mann, fuhr erst im Auto, als auch die Cabots eins gekauft hatten.

William hingegen liebte das »Automobil«, wie es die Zeitungen nannten, abgöttisch und war sofort überzeugt, daß man das Auto nur für ihn gekauft hatte, um den jetzt überflüssigen Kinderwagen zu ersetzen. Auch zog er den Chauffeur – mit großer Brille und flacher Mütze – seinem Kindermädchen vor. Die Großmütter Kane und Cabot erklärten, daß sie niemals diese schrecklichen Maschinen benützen würden, und sie hielten auch Wort, obwohl diesbezüglich anzumerken ist, daß Großmutter Kane in einem Auto zu ihrem Begräbnis gefahren wurde, worüber sie allerdings nicht informiert worden war.

Während der folgenden zwei Jahre wurden sowohl die Bank als auch William immer größer und kräftiger. Die Amerikaner investierten wieder, und große Geldsummen fanden ihren Weg zu Kane and Cabot, um in Projekten wie der Lederfabrik in Lowell, Massachusetts, investiert zu werden. Richard nahm das Wachstum seiner Bank und das Wachstum seines Sohnes ohne Verwunderung, aber mit Befriedigung zur Kenntnis. An Williams fünftem Geburtstag entfernte er das Kind aus der Obhut der Frauen und engagierte um vierhundertfünfzig Dollar pro Jahr einen Hauslehrer namens Mr. Munro, den er persönlich aus einer Liste von acht Bewerbern aussuchte, die von seinem Privatsekretär zusammengestellt worden war. Mr. Munro sollte dafür sorgen, daß William mit zwölf Jahren für den Eintritt in St. Paul's bereit sein würde. Der neue Hauslehrer gefiel William; er fand ihn sehr alt und sehr gescheit. Tatsächlich war er dreiundzwanzig und im Besitz eines Diploms (mit Auszeichnung in Englisch) von der Universität Edinburgh.

Schreiben und Lesen erlernte William ohne Schwierigkeiten, aber seine Liebe gehörte den Zahlen. Er beklagte sich, daß es unter den täglichen acht Unterrichtsstunden nur eine einzige Arithmetikstunde gab. Sehr bald erklärte William seinem Vater, daß ein Achtel des Arbeitstages für das Rechnen ein geringer Zeitaufwand für jemand sei, der einmal Bankpräsident werden wollte.

Um die mangelnde Voraussicht seines Lehrers auszugleichen, quälte William alle Verwandten in Reichweite, ihm Rechenaufgaben zu stellen, die er im Kopf lösen konnte. Großmutter Cabot, die man nie davon überzeugen konnte, daß eine Zahl dividiert durch vier dasselbe Resultat ergibt wie eine Zahl mal ein Viertel – und tatsächlich ergaben diese beiden Rechenoperationen bei ihr oft verschiedene Resultate –, wurde binnen kurzem von ihrem Enkel überflügelt; doch Großmutter Kane, die intellektuelle Ansprüche stellte, plagte sich heroisch mit vulgären Bruchzahlen, Zinseszinsen und der Verteilung von acht Kuchen an neun Kinder.

»Großmutter«, sagte William freundlich, aber bestimmt, als sie wieder einmal nicht imstande war, eine Aufgabe zu lösen, »kauf mir einen Rechenschieber; dann muß ich dich nicht mehr belästigen.«

Sie war zwar verblüfft über die Frühreife ihres Enkels, aber sie kaufte ihm das Gewünschte und fragte sich, ob er den Rechenschieber wohl benutzen konnte. Es war dies das erste Mal, daß Großmutter Kane den bequemsten Ausweg aus einer Situation wählte.

Richards Probleme verlagerten sich ostwärts. Der Präsident seiner Londoner Filiale starb an seinem Schreibtisch, und Richard hatte das Gefühl, daß seine Anwesenheit in der Lombard Street vonnöten sei. Er schlug Anne vor, ihn gemeinsam mit William zu begleiten; eine Reise nach Europa sei bestimmt erzieherisch wertvoll, und William könnte alle Orte besuchen, von denen ihm Mr. Munro so oft erzählt hatte. Anne, die noch nie in Europa gewesen war, gefiel der Vorschlag, und sie füllte drei Schrankkoffer mit eleganten neuen Kleidern, um sich der Alten Welt standesgemäß zu präsentieren. William fand es unfair von seiner Mutter, daß sie ihm nicht erlauben wollte, etwas ebenso Wichtiges auf die Reise mitzunehmen, nämlich sein Fahrrad.

Die Kanes fuhren per Zug nach New York, um sich dort auf der *Aquitania* einzuschiffen und nach Southampton zu reisen. Der Anblick der vielen Einwanderer, die auf der Straße ihre Waren feilboten, schockierte Anne, und sie war froh, als sie an Bord und in der Sicherheit ihrer Kabine war. William hingegen war tief beeindruckt von der Größe New Yorks; bisher war er der Meinung gewesen, die Bank seines Vaters sei das größte Gebäude Amerikas, wenn nicht der Welt. Von einem weißgekleideten Mann mit Strohhut wollte er unbedingt rosa und gelbe Eiscreme kaufen, doch sein Vater erlaubte es nicht; außerdem hatte Richard niemals Kleingeld bei sich.

Das große Schiff gefiel William sofort, und er befreundete sich rasch mit dem Kapitän, der ihm alle Geheimnisse des Stolzes der Cunard Linie zeigte. Richard und Anne, die natürlich am Kapitänstisch saßen, hielten es bald nach der Abreise für angebracht, sich zu entschuldigen, daß ihr Sohn die Mannschaft so oft belästigte.

»Macht gar nichts, macht nichts«, sagte der weißbärtige Kapitän, »William und ich sind bereits gute Freunde. Ich wollte nur, ich könnte alle seine Fragen über Zeit, Geschwindigkeit und Entfernungen beantworten. Der Schiffsingenieur bereitet mich jeden Abend vor, damit ich am folgenden Tag die richtigen Antworten gebe.«

Nach sechs Tagen lief die *Aquitania* in Southampton ein. William ging nur ungern von Bord, und sicherlich wären Tränen geflossen, hätte nicht am Kai ein Rolls-Royce Silver Ghost, komplett mit Chauffeur, gewartet, der die Familie nach London brachte. Ohne viel nachzudenken, beschloß Richard augenblicklich, das Auto am Ende der Reise nach New York mitzunehmen – eine spontane Entscheidung, die für ihn höchst uncharakteristisch war. Anne gegenüber behauptete er wenig überzeugend, daß er Henry Ford das Auto zeigen wolle.

Wann immer die Kanes in London waren, stiegen sie im Ritz in Piccadilly ab, von dem aus Richards Büro in der City bequem zu erreichen war. Während Richard in der Bank war, zeigte Anne ihrem Sohn den Tower, Buckingham Palace und die Wachablöse. William fand alles toll, außer dem englischen Akzent, den er nur mit Mühe verstand.

»Warum sprechen sie nicht so wie wir, Mama?« fragte er und war erstaunt zu hören, daß diese Frage meist umgekehrt gestellt wurde, weil »sie« zuerst dagewesen waren. Die Wache in den hellroten Uniformen mit den großen glänzenden Messingknöpfen vor dem Buckingham Palace zu beobachten, wurde Williams Lieblingsbeschäftigung. Er versuchte, mit den Soldaten ein Gespräch zu beginnen, aber sie starrten unbeweglich an ihm vorbei ins Leere.

»Können wir sie nach Hause mitnehmen?« fragte er seine Mutter.

»Nein, Liebling. Sie müssen hierbleiben und den König bewachen.«

»Aber er hat so viele, kann ich wenigstens einen haben?«

Eine »große Besonderheit«, wie sich Anne ausdrückte, war es, daß Richard sich einen Nachmittag frei nahm und Frau und Sohn ins Hippodrom führte, wo eine traditionelle englische Pantomime namens »Jack and the Beanstalk« aufgeführt wurde. William war begeistert von Jack, und in der Meinung, daß sich unter jedem Baum ein Ungeheuer verbergen müsse, wollte er sofort alle Bäume der Umgebung fällen. Nach der Vorführung tranken sie bei *Fortnum and Mason* Tee, und William durfte nicht nur zwei Stück Sahnekuchen, sondern auch etwas Neumodisches essen, das sich *Doughnut* nannte. Hernach mußte William täglich zu *Fortnum and Mason* geführt werden, wo er jedesmal ein Doughnut vertilgte.

Für William und seine Mutter vergingen die Ferientage zu rasch, während Richard, der seine Arbeit in der Lombard Street erledigt hatte und mit dem neuen Präsidenten zufrieden war, sich auf die Abreise freute. Aus Boston kamen täglich Telegramme, und er sehnte sich bereits wieder nach seinem eigenen Direktionszimmer.

Als er die Nachricht erhielt, daß sich fünfundzwanzigtausend Arbeiter einer Baumwollfabrik, an der seine Bank hohe Anteile besaß, in Streik befanden, war er froh, daß die geplante Abreise unmittelbar bevorstand.

William freute sich auf die Rückkehr, auf seine beiden Großmütter und darauf, Mr. Munro von all den aufregenden Dingen zu berichten, die er in England gesehen hatte. Auch Anne fuhr gerne wieder zurück, obwohl sie die Reise beinahe so genossen hatte wie ihr Sohn, denn ihre Schönheit und Eleganz waren von den üblicherweise kühlen Inselbewohnern sehr bewundert worden. Zum Abschluß ihres Aufenthaltes nahm Anne einen Tag vor der Abreise William zu einem Tee auf dem Eaton Square mit, den die Frau des neuen Direktors von Richards Londoner Filiale gab. Ihr achtjähriger Sohn Stuart, mit dem William zwei Wochen lang eifrig gespielt hatte, war ein unentbehrlicher älterer Freund für den kleinen Amerikaner geworden. Daß Stuart sich nicht wohl fühlte, nahm der Einladung allerdings viel von ihrem Reiz. William erklärte sich sofort mit seinem Freund solidarisch und verkündete seiner Mutter, daß er ebenfalls krank sei. Man kehrte früher als geplant ins Hotel zurück. Anne hatte nichts dagegen, da sie auf diese Weise das Packen der Schrankkoffer überwachen konnte; außerdem war sie überzeugt, daß William nur seinem Freund zuliebe vorgab, krank zu sein. Als sie William abends ins Bett steckte, stellte sie leichtes Fieber fest und erzählte Richard davon beim Nachtessen.

»Vermutlich nur die Aufregung vor der Abreise«, meinte Richard unbesorgt.

»Ich hoffe es«, erwiderte Anne. »Ich möchte nicht, daß er während der sechstägigen Seereise krank ist.«

»Morgen ist er bestimmt wieder in Ordnung«, erklärte Richard, und es klang beinahe wie ein Befehl; doch als Anne am nächsten Morgen ihren Sohn weckte, war er von kleinen roten Flecken übersät und hatte hohes Fieber. Der Hotelarzt stellte Masern fest und erklärte höflich, aber bestimmt, daß William nicht nur seinetwegen, sondern auch im Interesse der anderen Passagiere nicht reisen dürfte. Es blieb nichts anderes übrig, als William mit einer Wärmflasche im Bett zu lassen und auf die Abfahrt des nächsten Schiffes zu warten. Eine dreiwöchige Verzögerung seiner Rückkehr konnte Richard sich jedoch nicht leisten. Er beschloß, die Reise wie geplant anzutreten. Widerwillig stimmte Anne den veränderten Reiseplänen zu. William bettelte, mit seinem Vater reisen zu dürfen; die einundzwanzig Tage bis zur Rückkehr der *Aquitania* nach Southampton schienen dem Kind wie eine Ewigkeit. Richard blieb hart und ließ eine Krankenpflegerin kommen, um seinen Sohn zu betreuen.

Anne fuhr mit Richard im neuen Rolls-Royce nach Southampton.

»Ohne dich werde ich in London sehr einsam sein, Richard«, sagte sie schüchtern beim Abschied, obwohl Richard gefühlvolle Frauen nicht schätzte.

»Nun, meine Liebe, auch ich werde in Boston ohne dich etwas allein sein«, erwiderte er, und seine Gedanken waren bereits bei den streikenden Baumwollarbeitern.

Anne fuhr mit dem Zug nach London zurück und fragte sich, womit sie sich während der nächsten drei Wochen beschäftigen sollte. William verbrachte eine ruhigere Nacht, und am Morgen sahen seine Flecken weit weniger gefährlich aus. Der Arzt und die Krankenpflegerin bestanden jedoch auf Bettruhe. Anne schrieb lange Briefe an die Familie, während William protestierend im Bett lag, aber Donnerstag morgens stand er zeitig auf und erschien, weitgehend sein altes Selbst, im Schlafzimmer der Mutter. Er kroch zu ihr ins Bett, und seine kalten Hände weckten sie sofort. Anne war froh, ihn wiederhergestellt zu sehen, und bestellte für ihn und für sich ein Frühstück im Bett – ein Luxus, den Williams Vater nicht gebilligt hätte.

Ein leises Klopfen an der Tür, und ein Mann in roter Livree mit goldenen Tressen brachte ein großes silbernes Frühstückstablett. Eier, Speck, Tomaten, Toast, Jam – ein richtiges Fest. William schaute gierig auf die Speisen, als könne er sich nicht mehr erinnern, wann er zum letzten Mal ordentlich gegessen hatte. Anne warf einen flüchtigen Blick auf die Morgenzeitung. Richard pflegte in London immer die *Times* zu lesen, daher nahm die Hoteldirektion an, daß auch sie eine Zeitung haben wolle.

»Schau«, sagte William und zeigte auf ein Bild in der Zeitung, »ein Foto von Vatis Schiff. Was ist eine Ka-ta-strophe, Mami?«

Das Bild der *Titanic* nahm beinahe die ganze Seite ein.

Anne vergaß, wie eine Lowell oder eine Cabot sich zu benehmen hat, brach in Tränen aus und preßte ihren Sohn an sich. Eng umschlungen saßen sie eine Weile im Bett; William verstand nicht ganz genau, warum. Anne wußte, daß sie beide den Menschen verloren hatten, den sie auf der Welt am meisten liebten.

Kurz darauf kam Sir Piers Campbell, der Vater des kleinen Stuart, ins Ritz. Er wartete in der Halle, während die Witwe ein Kostüm anzog, das einzige dunkle Kleidungsstück, das sie besaß. Auch William zog sich an und wußte immer noch nicht recht, was eine Katastrophe bedeutete. Anne bat Sir Piers, William die Bedeutung der Nachricht zu erklären. William erwiderte nur: »Ich wollte mit meinem Vater auf dem Schiff sein, aber man ließ es nicht zu.« Er weinte nicht, weil er nicht glauben wollte, daß seinem Vater etwas zustoßen konnte. Bestimmt würde er unter den Überlebenden sein.

In seiner ganzen Karriere als Politiker, Diplomat und jetzt als Präsident von Kane and Cabot hatte Sir Piers niemals bei jemand so jungem eine solche Selbstbeherrschung gesehen. Beherrschung ist nur wenigen gegeben, hörte man ihn später sagen. Richard Kane hatte sie besessen und an seinen Sohn weitergegeben.

Wieder und wieder las Anne die Listen der Überlebenden, die aus den Vereinigten Staaten eintrafen. Jede von ihnen bestätigte, daß Richard Lowell Kane vermißt, vermutlich ertrunken war. Nach einer weiteren Woche gab sogar William beinahe alle Hoffnung auf.

Anne fiel es schwer, an Bord der *Aquitania* zu gehen, aber William war seltsam ungeduldig, in See zu stechen. Er saß stundenlang auf dem Sonnendeck und starrte auf die eintönige See.

»Morgen werde ich ihn finden«, versprach er seiner Mutter, zuerst voller Zuversicht und später mit einer Stimme, die seine eigene Hoffnungslosigkeit nicht mehr verbarg.

»Niemand kann drei Wochen im Atlantik überleben, William.«

»Nicht einmal mein Vater?«

»Nicht einmal dein Vater.«

Als Anne nach Boston zurückkehrte, wurde sie im *Red House* von beiden Großmüttern erwartet, die sich ihrer neuen Pflicht voll bewußt waren. Sie hatten wieder die Verantwortung übernommen, und Anne akzeptierte ihr besitzergreifendes Verhalten. Annes Leben hatte keinen Inhalt mehr außer William, dessen Schicksal die Großmütter zu bestimmen schienen. William war höflich, aber unkooperativ. Tagsüber ließ er sich schweigend von Mr. Munro unterrichten, und nachts weinte er im Schoß der Mutter.

»Er braucht die Gesellschaft anderer Kinder«, erklärten die Großmütter energisch, entließen Mr. Munro und das Kindermädchen und schickten William, in der Hoffnung, daß er durch den Eintritt in die reale Welt und die Gesellschaft anderer Kinder wieder der alte werden würde, auf die *Syre Academy.*

Richard hatte William praktisch zum Universalerben eingesetzt; bis zu seinem einundzwanzigsten Geburtstag war sein Vermögen im Familientrust. Das Testament enthielt ein Kodizill: Richard erwartete, daß sein Sohn durch eigene Verdienste Präsident von Kane and Cabot werden würde. Das war der einzige Teil des Testaments, der William einigen Ansporn gab, denn alles andere war schließlich sein Geburtsrecht. Anne erhielt ein Kapital von fünfhunderttausend Dollar und auf Lebenszeit eine Apanage von hunderttausend Dollar pro Jahr nach Abzug der Steuern. Im Falle einer Wiederverheiratung ginge sie dieses Einkommens verlustig. Sie bekam das Haus auf Beacon Hill, das Sommerhaus an der Nordküste, das Haus in Maine und eine kleine Insel bei Cape Cod mit der Auflage, daß bei ihrem Tod der ganze Besitz an William übergehen müsse. Beide Großmütter erhielten zweihundertfünfzigtausend Dollar und Briefe, die keinen Zweifel über ihre Pflichten ließen. Der Familientrust wurde von der Bank verwaltet, Williams Taufpaten waren die Treuhänder. Die Zinsen sollten jedes Jahr in konservative Unternehmen rückinvestiert werden.

Die Großmütter trugen ein volles Jahr Trauer, und obwohl Anne erst achtundzwanzig war, sah sie zum erstenmal im Leben so alt aus wie sie war.

Anders als Anne verbargen die Großmütter ihren Kummer vor dem Kind, bis William ihnen schließlich Vorwürfe machte.

»Geht dir mein Vater nicht ab?« fragte er und schaute Großmutter Kane mit großen blauen Augen an, die sie an ihren Sohn erinnerten.

»Doch, mein Kind, aber er hätte nicht gewollt, daß wir herumsitzen und uns bemitleiden.«

»Aber ich will, daß wir immer an ihn denken – immer«, sagte William, und seine Stimme zitterte.

»William, ich will einmal mit dir so reden, als wärst du bereits erwachsen. Wir werden das Andenken deines Vaters immer in Ehren halten, und du wirst das deine dazu tun, indem du das erreichst, was dein Vater von dir erhofft hat. Du bist jetzt das Oberhaupt der Familie und der Erbe eines großen Vermögens. Deshalb hast du die Pflicht, dich dieses Erbes würdig zu erweisen und im gleichen Geist weiterzuarbeiten, in dem dein Vater gearbeitet und dein Vermögen vermehrt hat.«

William antwortete nicht. Sein Leben hatte jetzt einen Sinn bekommen, und er nahm sich den Rat der Großmutter zu Herzen. Er lernte mit seinem Schmerz zu leben, ohne zu jammern. Von diesem Moment an stürzte er sich auf die Arbeit in der Schule und war erst zufrieden, wenn Großmutter Kane sich beeindruckt zeigte. Er sammelte in allen Gegenständen Auszeichnungen, und im Rechnen war er nicht nur der Klassenbeste, sondern seinen Mitschülern weit voraus. Was immer sein Vater erreicht hatte, wollte er übertreffen. William schloß sich noch enger an seine Mutter an und begegnete jedem, der nicht zur Familie gehörte, mit Mißtrauen, so daß man ihn oft für einen Einzelgänger und – ungerechterweise – für einen Snob hielt.

An Williams siebentem Geburtstag hielten die Großmütter die Zeit für gekommen, William mit dem Wert des Geldes bekannt zu machen. Sie gaben ihm jede Woche einen Dollar Taschengeld, bestanden jedoch darauf, daß er über alle Ausgaben Buch führe. Zu diesem Zweck erhielt er ein in grünes Leder gebundenes Kassenbuch, das fünfundzwanzig Cents gekostet hatte; dieser Betrag wurde von seinem ersten Dollar Taschengeld abgezogen. Jeden Samstagmorgen erhielt William von den Großmüttern das Taschengeld. Er investierte fünfzig Cents, gab zwei Cents aus, spendete zehn Cents für wohltätige Zwecke und behielt zwanzig Cents in Reserve. Vierteljährlich überprüften die Großeltern die Ausgaben und den handschriftlichen Bericht über alle Transaktionen. Nach den ersten drei Monaten war William bereit, Rechenschaft abzulegen: Er hatte den eben gegründeten *Boy Scouts of America* einen Dollar und zwanzig Cents gespendet und vier Dollar erspart, mit denen Großmutter Kane auf sein Bitten bei der Bank seines Taufpaten J. P. Morgan ein Sparkonto eröffnete. Seine Privatausgaben, über die er keine Rechenschaft ablegen mußte, betrugen drei Dollar und achtzig Cents, einen Dollar behielt er in Reserve. Sein Kassenbuch war für die Großmütter eine Quelle tiefer Befriedigung; kein Zweifel, William war Richard Kanes Sohn.

In der Schule hatte William wenig Freunde, zum Teil, weil er zu schüchtern war, sich an jemand anderen anzuschließen als an Cabots, Lowells oder Kinder aus noch reicheren Häusern. Damit war die Auswahl der Freunde beschränkt, und er wurde ein verschlossenes Kind, was seiner Mutter Sorgen bereitete. Ihr wäre es lieber gewesen, wenn William ein normales Leben geführt hätte, und im geheimen gefiel ihr weder das Kassenbuch noch das Investitionsprogramm. An Stelle alter Ratgeber wünschte sie sich für William viele junge Freunde; sie wollte, er liefe schmutzig und zerschunden umher und sähe nicht wie aus dem Ei gepellt aus; sie wollte, er sammelte Käfer und Kröten und nicht Aktien und Bilanzen. Mit einem Wort, sie wollte ein Kind haben, das so war wie alle anderen Kinder. Aber sie brachte nie den Mut auf, mit den Großmüttern darüber zu reden, und die Großmütter interessierten sich auch nicht für andere Kinder.

An seinem neunten Geburtstag überreichte William den Großmüttern sein Buch zur zweiten jährlichen Oberprüfung. Das grüne Lederbuch wies nach zwei Jahren nun einen Sparbetrag von mehr als fünfzig Dollar aus. Auf eine mit B 6 bezeichnete Eintragung war William besonders stolz; sie zeigte, daß William sofort nach Bekanntwerden des Todes von J. B. Morgan sein Geld aus dessen Bank genommen hatte, weil er sich erinnerte, daß die Aktien der väterlichen Bank gefallen waren, nachdem der Tod seines Vaters bekannt geworden war. Den gleichen Betrag hatte er drei Monate später, bevor die Öffentlichkeit erkannte, daß der Tod des großen Finanziers der Gesellschaft nichts anhaben konnte, wieder angelegt.

Die Großmütter zeigten sich beeindruckt und erlaubten William, sein altes Fahrrad zu verkaufen und ein neues anzuschaffen, wonach er immer noch eine Kapitalsumme von mehr als hundert Dollar besaß, die seine Großmutter für ihn bei der *Standard Oil Company of New Jersey* anlegte. Erdöl, sagte William weise, kann nur teurer werden. Er hielt das grüne Lederbuch bis zu seinem einundzwanzigsten Geburtstag sorgfältig à jour. Wären die Großmütter zu diesem Zeitpunkt noch am Leben gewesen, sie wären auf die letzte Eintragung in der rechten Spalte unter »Haben« stolz gewesen.

7

Wladek war der einzige der Überlebenden, der sich in den Verliesen auskannte. Schließlich hatte er mit Leon viele glückliche Stunden verbracht, in den Kerkern Verstecken zu spielen – unbeschwert, in der Gewißheit, jederzeit wieder ins Schloß zurückkehren zu können.

Es gab vier Kerker auf zwei Ebenen. Zwei, ein größerer und ein kleinerer, befanden sich zu ebener Erde. Der kleinere lag an der Schloßmauer und erhielt durch ein kleines vergittertes Fenster hoch oben in der Steinwand schwaches Licht. Fünf Stufen tiefer lagen zwei weitere luftlose Räume in völliger Dunkelheit. Wladek führte den Baron in den kleinen oberen Kerker, wo er schweigend und bewegungslos in einer Ecke sitzen blieb und ins Leere starrte. Wladek bestimmte Florentyna zu seiner persönlichen Dienerin.

Da Wladek als einziger wagte, in demselben Raum zu bleiben wie der Baron, stellten die Bediensteten seine Autorität keinen Moment lang in Frage. So übernahm er mit neun Jahren die Verantwortung für seine Mitgefangenen, und in den Verliesen wurde er zu ihrem Gebieter. Er teilte die vierundzwanzig Bediensteten in drei Achtergruppen ein und versuchte, wo immer möglich, Familien beisammen zu lassen. Er führte ein Schichtsystem ein – die ersten acht Stunden in den oberen Verliesen, um Licht, Luft und Nahrung zu tanken und Bewegung zu machen; die nächsten acht Stunden – die beliebteste Schicht – Arbeit im Schloß für die Sieger; die letzten acht Stunden Ruhezeit in den unteren Verliesen. Außer dem Baron und Florentyna wußte niemand genau, wann Wladek eigentlich schlief, da er jeden Schichtwechsel persönlich überwachte. Alle zwölf Stunden wurde Essen verteilt. Die Wächter brachten Ziegenmilch, schwarzes Brot, Hirse und ein paar Nüsse; Wladek teilte das Essen in achtundzwanzig Portionen, wobei der Baron, ohne dessen Wissen, stets zwei Portionen erhielt. Die neuen Bewohner der Verliese fanden es nicht sonderbar, daß ein Neunjähriger ihren Tageslauf bestimmte; die Einkerkerung hatte ihren Gleichmut in dumpfe Betäubung verwandelt.

Sobald Wladek alle Schichten organisiert hatte, kehrte er in den kleinen Kerker zum Baron zurück. Anfangs hatte er Hilfe und Richtlinien von ihm erwartet, doch der starre Blick seines Herrn war – auf seine Art – ebenso undurchdringlich und trostlos wie derjenige der ständig wechselnden deutschen Wachen. Von dem Moment an, in dem man den Baron in seinem eigenen Schloß zum

Gefangenen gemacht hatte, sprach er kein einziges Wort mehr. Der Bart fiel ihm glanzlos und matt auf die Brust, und aus dem kräftigen Hünen wurde ein schwacher Greis. Der einst so stolze Blick war einem Ausdruck tiefer Resignation gewichen. Wladek konnte sich kaum mehr an die geliebte Stimme seines Herrn erinnern und gewöhnte sich an den Gedanken, daß er sie nie mehr hören würde. Nach einer Weile fügte er sich dem unausgesprochenen Wunsch des Barons und schwieg in dessen Gegenwart.

Wladek hatte, als er noch in der Sicherheit des Schlosses gelebt hatte und von morgens bis abends mit allen Möglichkeiten beschäftigt gewesen war, nie an den vergangenen Tag gedacht. Jetzt war er nicht einmal imstande, sich an die vergangene Stunde zu erinnern, denn es änderte sich nichts; hoffnungslose Minuten wurden zu Stunden, Stunden zu Tagen und schließlich zu Monaten. Er verlor jedes Zeitgefühl. Nur die Essensausgabe, Licht oder Dunkelheit wiesen darauf hin, daß wieder zwölf Stunden vergangen waren. Die Intensität des Lichtes, das Einsetzen der Stürme, das Eis, das sich an den Kerkerwänden bildete und erst schmolz, als die Sonne wiederkehrte – das alles zeigte die Jahreszeiten auf eine Art an, wie sie Wladek im Naturgeschichtsunterricht nie hätte lernen können. Während der langen Nächte spürte Wladek den Geruch des Todes, der die fernsten Ecken der vier Verliese erfüllte, noch stärker. Nur ein gelegentlicher Strahl der Morgensonne, eine kühle Brise oder ein ersehnter Regen milderten die Penetranz dieses Geruches.

Am Ende eines stürmischen Tages machten sich Wladek und Florentyna den Regen zunutze und wuschen sich in einer Wasserpfütze in einem der oberen Kerker. Keiner von ihnen merkte, daß der Baron interessiert zuschaute, als Wladek sein zerrissenes Hemd auszog, sich wie ein junger Hund in dem relativ sauberen Wasser hin- und herrollte und sich solange rieb, bis auf seinem Körper weiße Streifen erschienen. Plötzlich sprach der Baron.

»Wladek«, sagte er, die Worte waren kaum hörbar –, »ich kann dich nicht genau sehen, komm näher.«

Nach so langem Stillschweigen erschrak Wladek über die Stimme seines Herrn und schaute nicht einmal in die Richtung, aus der sie kam. Er war überzeugt, das dies der Beginn des Wahnsinns sein müsse, der bereits zwei Dienstleute umfangen hatte.

»Komm her, mein Junge.«

Ängstlich folgte Wladek der Aufforderung und stellte sich vor den Baron, der die geschwächten Augen zusammenkniff und alle Kraft zusammennahm, um seine Hand auszustrecken. Er fuhr mit dem Finger über Wladeks Brust und schaute sie ungläubig an.

»Wladek, kannst du diesen kleinen Geburtsfehler erklären?«

»Nein, Herr«, antwortete Wladek verlegen. »Meine Ziehmutter pflegte zu sagen, es sei ein Mal, das der Herrgott hinterlassen hat.«

»Dumme Frau. Es ist das Mal deines eigenen Vaters«, sagte der Baron leise und versank einige Minuten in Schweigen.

Wladek blieb vor ihm stehen und bewegte keinen Muskel.

Als der Baron wieder sprach, war seine Stimme fest. »Setz dich, mein Junge.«

Wladek folgte gehorsam. Beim Niedersetzen fiel ihm wieder das schwere Silberband auf, das jetzt locker um das Handgelenk des Barons hing. Ein Lichtstrahl, der im Dunkel des Kerkers durch einen Mauerspalt einfiel, brachte die herrliche Gravur des Rosnovskischen Wappens zum Aufleuchten.

»Ich weiß nicht, wie lange die Deutschen uns hier festzuhalten beabsichtigen. Zuerst dachte ich, dieser Krieg würde in ein paar Wochen vorüber sein. Ich irrte mich, und jetzt müssen wir mit der Möglichkeit rechnen, daß er noch sehr lang dauern kann. Deshalb müssen wir die Zeit besser nutzen; ich weiß, daß mein Lebensende nahe ist.«

»Nein, nein«, begann Wladek zu protestieren, doch der Baron fuhr fort, als hätte er ihn nicht gehört.

»Dein Leben fängt erst an, mein Kind. Ich werde daher deine Erziehung fortsetzen.«

An diesem Tag sprach der Baron nicht mehr. Es war, als müsse er die Folgen seiner Ankündigung überlegen. So gewann Wladek einen neuen Lehrer, und da weder Lese- noch Schreibmaterial verfügbar war, mußte Wladek alles wiederholen, was der Baron vortrug. Er lernte große Stücke aus den Gedichten von Adam Mickiewicz und Jan Kochanowski auswendig und lange Passagen aus der *Aeneis*. Er lernte im Kerker Geographie, Mathematik und vier Sprachen: Russisch, Deutsch, Französisch und Englisch. Aber seine glücklichsten Momente kamen, wie schon früher, wenn er Geschichte lernte: Die Geschichte seines Volkes während hundert Jahren der Teilung, die vergeblichen Hoffnungen auf ein geeintes Polen, die Verzweiflung der Polen, als Napoleon 1812 von den Russen besiegt wurde. Er lernte von stolzen Taten und Ereignissen früherer und glücklicherer Zeiten, als König Jan Kasimir, nachdem er die Schweden bei Tschenstochau zurückgeschlagen hatte, Polen der heiligen Jungfrau weihte; er erfuhr, wie der mächtige Prinz Radziwill, der große Gutsherr und Liebhaber der Jagd, in seinem Schloß bei Warschau hofgehalten hatte. Die letzte Unterrichtsstunde jeden Tages war der Familiengeschichte der Rosnovskis gewidmet. Wieder und wieder hörte Wladek – und wurde niemals müde, es zu hören –, wie der berühmte Vorfahre des Barons 1794 unter General Dabrowski und 1809 unter Napoleon gedient hatte, und von dem großen Kaiser mit Adelstitel und Landbesitz belohnt worden war. Er lernte, wie der Großvater des Barons Mitglied des Rates von Warschau wurde und sein Vater am Aufbau eines neuen Polens mitgearbeitet hatte. Wladek war sehr glücklich, wenn der Baron das kleine Verlies zu seinem Schulzimmer machte.

Die Wachen an den Kerkertüren wurden alle vier Stunden abgelöst, Gespräche zwischen ihnen und den Gefangenen waren strengstens verboten. In Bruchstücken erfuhr Wladek trotzdem vom Fortgang des Krieges, von Hindenburg und Ludendorff, von der Revolution in Rußland und Rußlands Ausscheiden aus dem Krieg nach dem Vertrag von Brest-Litowsk.

Wladek war beinahe überzeugt, daß nur der Tod ihn aus der

Gefangenschaft erlösen würde. Während der folgenden zwei Jahre öffneten sich die Türen nur neunmal, und Wladek fragte sich, ob es ihm bestimmt war, den Rest seiner Tage in diesem schmutzigen Loch zu verbringen und einen vergeblichen Kampf gegen die Verzweiflung zu führen, während er Hirn und Geist, die niemals die Freiheit kennenlernen würden, mit nutzlosem Wissen anfüllte.

Obwohl seine Sehkraft und sein Gehör deutlich nachließen, fuhr der Baron mit dem Unterricht fort. Jeden Tag mußte sich Wladek ein wenig näher zu ihm setzen.

Florentyna – seine Schwester, Mutter und beste Freundin – bekämpfte die Unbilden des Gefängnisses auf handgreiflichere Weise. Von Zeit zu Zeit bekam sie von den Wärtern einen Eimer Sand oder etwas Stroh, um den verschmutzten Boden damit zu bedecken. Das milderte für ein paar Tage den Gestank. Ungeziefer kroch in der Dunkelheit umher, suchte nach Brotkrumen oder Abfall, verbreitete Krankheit und vermehrte den Schmutz. Der saure Geruch von Urin und Fäkalien war allgegenwärtig und verursachte Wladek regelmäßig Übelkeit. Vor allem sehnte er sich danach, einmal sauber zu sein, und er verbrachte Stunden damit, gegen die Decke zu starren und sich an die Zuber mit dampfendem heißen Wasser und an die gute rauhe Seife zu erinnern, mit der Niania ihn und Leon nach einem Tag fröhlichen Spiels abgeschrubbt hatte, während sie freundlich über schmutzige Fingernägel und verschmutzte Knie schimpfte. Ganz nahe von hier war das gewesen, aber wie lange war es schon her!

Im Frühjahr 1918 waren nur noch fünfzehn der sechsundzwanzig Gefangenen, die man mit Wladek eingekerkert hatte, am Leben. Der Baron wurde von allen als der Gebieter und Wladek als sein persönlicher Adlatus behandelt. Am traurigsten war Wladek über seine geliebte Florentyna, die jetzt, mit zwanzig Jahren, am Leben verzweifelte und überzeugt war, die ihr verbleibenden Tage im Kerker zubringen zu müssen. In ihrer Gegenwart ließ Wladek sich keine Niedergeschlagenheit anmerken, aber auch er, obwohl erst zwölf Jahre alt, hatte kaum mehr Hoffnung auf eine Zukunft.

An einem Abend im Frühherbst kam Florentyna zu Wladek ins obere Verlies. »Der Baron ruft nach dir.«

Rasch stand Wladek auf, überließ die Essensverteilung einem älteren Diener und ging zu dem alten Mann. Der Baron wand sich in Schmerzen, und Wladek sah mit furchtbarer Klarheit, wie die Krankheit den Baron ausgezehrt hatte, so daß die grünliche Haut einen Totenkopf zu umspannen schien. Der Baron bat um Wasser, und Florentyna brachte einen halbvollen Krug. Als der alte Mann getrunken hatte, sprach er langsam und mit Mühe.

»Du hast den Tod so genau kennengelernt, daß ein weiterer Toter dir nichts ausmachen sollte. Ich habe keine Angst mehr, aus dieser Welt zu scheiden.«

»Nein, nein, das darf nicht sein«, rief Wladek und klammerte sich zum erstenmal in seinem Leben an den alten Mann. »Wir haben es beinahe geschafft, geben Sie nicht auf, Baron. Die Wachen versicherten mir, daß der Krieg zu Ende geht, und dann werden wir bald frei sein.«

»Das versprechen sie uns seit Monaten, Wladek. Wir können ihnen nicht mehr glauben, und ich jedenfalls fürchte, daß ich in der neuen Welt, die sie schaffen, nicht leben möchte.« Er hielt inne und lauschte dem Schluchzen des Knaben. Der Baron überlegte, die Tränen des Jungen als Trinkwasser zu nutzen, doch dann erinnerte er sich, daß Tränen salzig sind, und lachte.

»Rufe meinen Leibdiener und den ersten Lakai, Wladek.«

Wladek tat, wie ihm geheißen, obwohl er nicht wußte, warum der Baron nach ihnen verlangte.

Die beiden Bediensteten, aus tiefem Schlaf geweckt, kamen herbei und traten vor den Baron. Nach dreijähriger Gefangenschaft war Schlaf ihr einziger Trost. Die beiden trugen immer noch ihre bestickten Uniformen, aber das Grün und das Gold, die stolzen Rosnovskifarben, waren nicht mehr erkenntlich. Die Männer standen schweigend da und warteten auf die Worte ihres Herrn.

»Sind sie hier, Wladek?« fragte der Baron.

»Ja, Herr. Können Sie sie nicht sehen?« Wladek merkte zum erstenmal, daß der Baron völlig erblindet war.

»Bring sie näher, damit ich sie berühren kann.«

Wladek schob die beiden Männer vor, und der Baron berührte ihre Gesichter.

»Setzt euch«, befahl er. »Könnt ihr mich hören, Ludwik und Alfons?«

»Ja, Herr.«

»Mein Name ist Baron Rosnovski.«

»Das wissen wir, Herr«, erwiderte der Leibdiener.

»Unterbrich mich nicht«, sagte der Baron. »Ich sterbe.«

Der Tod war etwas so Alltägliches geworden, daß die beiden Männer nicht widersprachen.

»Ich kann kein neues Testament aufsetzen, weil ich kein Papier, keine Feder und keine Tinte habe. Ich mache daher mein Testament in eurer Gegenwart und ihr sollt meine beiden Zeugen sein, wie das im alten polnischen Gesetz vorgesehen ist. Versteht ihr, was ich sage?«

»Ja, Herr«, sagten die zwei Männer gleichzeitig.

»Mein erstgeborener Sohn Leon ist tot.« Der Baron hielt inne. »Daher vermache ich meine Ländereien und meinen gesamten Besitz dem Jungen, der als Wladek Koskiewicz bekannt ist.«

Wladek hatte seinen Familiennamen jahrelang nicht gehört und verstand die Worte des Barons nicht sofort.

»Als Beweis meines Entschlusses«, fuhr der Baron fort, »gebe ich ihm das Familienband.«

Langsam hob der alte Mann den rechten Arm, streifte den silbernen Reifen ab und hielt ihn dem sprachlosen Wladek hin. Dann packte er den Jungen und fuhr mit den Fingern über seine Brust, als wolle er sich versichern, daß er es war. »Mein Sohn«, sagte er und legte das Silberband um das Handgelenk des Jungen.

Wladek weinte und lag die ganze Nacht in den Armen des Barons, bis er keinen Herzschlag mehr hörte und fühlte, wie die

Finger seines Herrn steif wurden. Am Morgen wurde die Leiche des Barons von den Wachen entfernt, und man erlaubte Wladek, ihn neben seinem Sohn Leon im Familienfriedhof bei der Kapelle zu beerdigen. Als der Körper in das flache, von Wladek mit bloßen Händen gegrabene Grab hinabgelassen wurde, öffnete sich das zerfetzte Hemd des Barons. Wladek starrte auf die Brust des toten Mannes.

Der Baron hatte nur eine Brustwarze.

So erbte Wladek Koskiewicz mit zwölf Jahren, während er unter der Erde im Kerker lebte, sechzigtausend Morgen Land, ein Schloß, zwei Herrschaftshäuser, siebenundzwanzig Bauernhäuser und eine wertvolle Sammlung von Gemälden, Möbeln und Juwelen. Von diesem Tag an sahen die Gefangenen in ihm ihren rechtmäßigen Herrn; sein Reich waren vier Verliese, sein Gefolge dreizehn todkranke Bedienstete und seine einzige Liebe Florentyna.

Er kehrte wieder zur Alltagsroutine zurück, die, so schien es ihm, ewig weitergehen würde. Der Winter 1918 neigte sich langsam dem Ende zu. An einem milden, trockenen Tag hörten die Gefangenen eine Gewehrsalve und den Lärm eines kurzen Kampfes. Wladek war überzeugt, daß die polnische Armee gekommen sei, um ihn zu befreien, so daß er sein rechtmäßiges Erbe antreten können würde. Als die deutschen Wärter die eisernen Kerkertüren verließen, zogen sich die Gefangenen in angstvollem Schweigen in die tiefer gelegenen Räume zurück. Wladek stand allein am Eingang, spielte mit dem Silberreif an seinem Handgelenk und wartete triumphierend auf die Befreier. Schließlich erschienen diejenigen, die die Deutschen besiegt hatten; sie sprachen jene harte slawische Sprache, die Wladek aus der Schulzeit kannte und mehr zu fürchten gelernt hatte als das Deutsche. Wladek und seine Leute wurden ohne viel Umstände in den Gang geschleift. Die Gefangenen warteten eine Weile, dann wurden sie flüchtig inspiziert und wieder in den Kerker zurückgestoßen. Die neuen Sieger ahnten nicht, daß dieser zwölfjährige Junge Herr war über alles, soweit das Auge reichte. Sie sprachen nicht seine Sprache und sie hatten einen klaren, eindeutigen Befehl: jene zu töten, die sich gegen den Vertrag von Brest-Litowsk auflehnten, der ihnen diesen Teil Polens zugesichert hatte; die anderen auf Lebenszeit in das Lager 201 zu senden. Die Deutschen hatten sich hinter ihre neuen Grenzen zurückgezogen, während Wladek und seine Leute voller Hoffnung auf ein neues Leben warteten und nicht ahnten, was ihnen bevorstand.

Nach zwei weiteren Nächten im Kerker fand sich Wladek mit dem Gedanken ab, wieder lange Zeit eingesperrt zu werden. Die neuen Wächter sprachen kein Wort mit ihm, und das Leben glich jenem vor drei Jahren; Wladek merkte, daß die Disziplin, die unter den Deutschen allmählich nachgelassen hatte, jetzt wieder eisern war.

Am Morgen des dritten Tages wurden die Gefangenen zu Wladeks Erstaunen auf den Rasen vor das Schloß geschleift – fünfzehn ausgemergelte, schmutzige Gestalten. Zwei der Bediensteten brachen im ungewohnten Sonnenlicht zusammen. Auch Wladek konnte die plötzliche Helligkeit nur schwer ertragen und mußte die Augen abschirmen. Die Gefangenen standen schweigend im Gras und warteten auf die Befehle der Soldaten. Man befahl ihnen, die Kleider abzulegen und sich im Fluß zu waschen. Wladek versteckte den Silberreif in seinen Kleidern und lief zum Flußufer; noch bevor er es erreicht hatte, versagten ihm die Beine beinahe den Dienst. Er sprang in das eisige Wasser, rang nach Atem und genoß gleichzeitig das herrliche Gefühl, Wasser auf der Haut zu spüren. Die übrigen Gefangenen folgten ihm und versuchten vergebens, sich einer dreijährigen Schmutzschicht zu entledigen.

Als Wladek erschöpft aus dem Fluß kam, bemerkte er, daß einige der Wächter Florentyna, die sich ebenfalls wusch, seltsam anstarrten. Die anderen Frauen schienen nicht das gleiche Interesse zu erwecken. Einer der Wächter, ein großer häßlicher Mann, der Florentyna nicht aus den Augen gelassen hatte, packte sie am Arm und warf sie zu Boden. Dann begann er rasch und gierig seine Kleider auszuziehen und sie ordentlich gefaltet ins Gras zu legen. Ungläubig starrte Wladek auf den dicken aufgerichteten Penis des Mannes, dann warf er sich auf den Kerl, der Florentyna niederhielt, und traf ihn mit dem Kopf mitten in die Magengrube. Der Mann taumelte zurück, ein zweiter Soldat sprang vor und drehte Wladek die Arme auf den Rücken. Der Zwischenfall machte die anderen Soldaten neugierig, und sie kamen herbeigeschlendert. Der Mann, der Wladek umklammerte, lachte jetzt ein tiefes Lachen ohne jede Freundlichkeit. Die Worte der anderen Soldaten verstärkten Wladeks Verzweiflung.

»Da kommt der große Beschützer«, sagte der erste.

»Kommt, um die Ehre seiner Nation zu verteidigen«, der zweite.

»Er soll einen guten Platz haben zum Zuschauen.« Das war der Mann, der ihn festhielt.

Weitere Bemerkungen, die Wladek nicht alle verstand, wurden von Gelächter unterbrochen. Er schaute zu, wie sich der nackte, gut genährte Soldat Florentyna näherte, die aufschrie. Wieder versuchte Wladek sich freizukämpfen, aber die Arme des Soldaten hielten ihn eisern fest. Der nackte Mann ließ sich ungeschickt auf Florentyna fallen, küßte sie und schlug sie, als sie sich befreien wollte. Schließlich drang er in sie ein. Sie stieß einen geltenden Schrei aus, wie Wladek ihn noch nie gehört hatte. Die Wächter unterhielten sich und lachten; einige schauten nicht einmal hin.

»Verdammte Jungfrau«, sagte der erste Soldat, als er sich zurückzog. Alles lachte.

»Du hast mir die Sache etwas leichter gemacht«, sagte der zweite Soldat.

Wieder Gelächter. Als Florentyna Wladek anschaute, erbrach er sich. Der Soldat, der ihn festhielt, paßte auf, daß weder seine Uniform noch seine Stiefel beschmutzt wurden; das war das einzige, was ihn interessierte. Der erste Soldat, den Penis mit Blut beschmiert, lief zum Fluß und sprang schreiend ins Wasser. Ein zweiter Soldat zog sich aus, während ein anderer Florentyna festhielt. Der zweite Soldat brauchte ein wenig länger zu seinem Vergnügen und schien es besonders zu genießen, Florentyna zu schlagen; als er in sie eindrang, schrie sie wieder auf, aber etwas weniger laut.

»Schluß, Wladi, das war lang genug.«

Der Mann zog sich plötzlich zurück und folgte seinem Kumpan in den Fluß nach. Wladek zwang sich, Florentyna anzuschauen. Sie war zerschunden und blutig zwischen den Beinen. Der Soldat, der ihn festhielt, sagte: »Komm und halt den kleinen Kerl fest, Boris. Jetzt bin ich an der Reihe.«

Der erste Soldat kam aus dem Fluß und hielt Wladek fest. Wieder versuchte der Junge, um sich zu schlagen, und die Soldaten brachen in Gelächter aus.

»Jetzt kennen wir die ganze Stärke der polnischen Armee.«

Das Gelächter hörte nicht auf, und der nächste Soldat zog sich aus, um seinen Spaß zu haben. Florentyna reagierte kaum mehr.

»Ich glaube, es beginnt ihr zu gefallen«, grinste einer der Soldaten, während er in der Sonne saß und seinem Kameraden zuschaute. Der vierte Soldat näherte sich Florentyna. Er drehte sie um, spreizte die Beine so weit wie möglich und strich mit seinen großen Händen über ihren zarten Körper. Ihr Schrei, als er eindrang, war nur mehr ein Stöhnen. Wladek zählte sechzehn Soldaten, die seine Schwester vergewaltigten. Als der letzte Soldat fertig war, fluchte er laut: »Ich glaube, ich habe eine Tote gebumst«, sagte er und ließ den reglosen Körper des Mädchens im Gras liegen.

Alle lachten noch ein wenig lauter, während der verärgerte Soldat zum Fluß marschierte. Endlich ließen sie Wladek los. Er lief zu Florentyna; die Soldaten lagen im Gras umher und tranken Wodka und Wein aus dem Keller des Barons und aßen Brot aus der Küche.

Mit Hilfe zweier Bediensteter trug Wladek Florentynas schmächtigen Körper zum Fluß. Er weinte, als er ihre Verletzungen wusch. Es war nutzlos, denn sie war überall schwarz und rot, spürte nichts und konnte nicht sprechen. Als Wladek alles getan hatte, was in seiner Macht stand, bedeckte er sie mit seiner Jacke und hielt sie in den Armen. Ganz zart küßte er sie auf den Mund, die erste Frau, die er je geküßt hatte. Sie lag in seinen Armen, doch er wußte, daß sie ihn nicht erkannte. Während seine Tränen auf ihren geschundenen Körper fielen, spürte er, wie sie schwer wurde. Er trug die Tote über die Uferböschung. Die Soldaten wurden still, als sie ihn zur Kapelle gehen sahen. Er bettete sie neben dem Grab des Barons ins Gras und begann mit bloßen Händen zu graben. Als das Schloß in der Abendsonne einen langen Schatten über den Friedhof warf, hatte er seine Arbeit beendet. Er begrub Florentyna neben Leon und machte aus zwei Stäben ein kleines Kreuz. Dann fiel er zwischen den Gräbern zu Boden und schlief ein, und es kümmerte ihn nicht, ob er je wieder erwachen würde.

8

Im September kehrte William in die Sayre Academy zurück und suchte sofort nach Rivalen unter den älteren Mitschülern. Was immer er begann – er gab sich nicht zufrieden, bevor er sich nicht darin auszeichnete, und seine Altersgenossen waren ihm beinahe immer unterlegen. William stellte bald fest, daß jene, die aus einem ähnlich privilegierten Milieu kamen wie er, wenig Ehrgeiz zeigten, und daß er echten Konkurrenzkampf eher bei jenen fand, die aus bescheidenen Verhältnissen stammten.

1915 wurde die Sayre Academy von einer Art Fieber befallen: man sammelte Streichholzschachtel-Etiketten. Mit großem Interesse verfolgte William eine Woche lang das hektische Treiben, beteiligte sich jedoch nicht. Binnen weniger Tage wurden für gewöhnliche Etiketten fünf Cents gezahlt, für Raritäten bis zu fünfzig Cents. William wog die Situation ab und beschloß, nicht Sammler, sondern Händler zu werden.

Am folgenden Samstag ging er zu Leavitt and Pearce, einem der größten Tabakläden von Boston, und verbrachte einen Nachmittag damit, Namen und Adresse aller wichtigen Streichholzschachtelfabrikanten der Welt zu notieren, vor allem jener, deren Länder keinen Krieg führten. Er investierte fünf Dollar in Briefpapier, Kuverts und Briefmarken und schrieb den Vorsitzenden oder Direktoren aller Fabriken auf seiner Liste. Sein Brief war einfach, obwohl er ihn siebenmal ausbesserte.

Lieber Herr Direktor oder lieber Herr Präsident,

ich bin ein leidenschaftlicher Sammler von Streichholzschachtel-Etiketten, aber ich kann es mir nicht leisten, alle Streichhölzer zu kaufen. Mein Taschengeld beträgt einen Dollar pro Woche, aber ich lege eine 3-Cent-Briefmarke bei, um zu beweisen, wie ernst es mir mit meinem Sammeln ist. Es tut mir leid, Sie persönlich zu belästigen, aber ich konnte keinen anderen Namen finden, den ich hätte anschreiben können.

Ihr Freund William Kane (neun Jahre)

PS. Ihre Etiketten sind mir die liebsten.

Nach drei Wochen waren fünfundfünfzig Prozent seiner Briefe beantwortet, und William erhielt hundertachtundsiebzig verschiedene Etiketten. Beinahe alle Adressaten schickten, wie William vorausgesehen hatte, auch die 3-Cent-Briefmarke zurück.

Während der folgenden Woche eröffnete William in der Schule eine Börse für Etiketten und prüfte, bevor er etwas kaufte, sorgfältig, was er weiterverkaufen konnte. Er stellte fest, daß manche Jungen kein Interesse an der Seltenheit eines Etiketts hatten, sondern nur an dessen Aussehen; mit ihnen schloß er rasch Tauschgeschäfte ab, um für die anspruchsvolleren Sammler Stücke mit Seltenheitswert zu bekommen. Nach zwei weiteren Wochen des Kaufens und Verkaufens glaubte er zu wissen, daß der Handel seinen Höhepunkt erreicht hatte. Die Ferien näherten sich, und wenn er nicht vorsichtig war, würde das Interesse abklingen. Mit viel Propagandaaufwand in Form einer gedruckten Ankündigung – sie kostete ihn einen weiteren halben Cent pro Blatt –, die auf jedes Pult gelegt wurde, verkündete William, daß er seine Etiketten, zweihundertelf an der Zahl, versteigern würde. Die Auktion fand während der Mittagspause im Waschraum der Schule statt und war besser besucht als die meisten Hockeyspiele.

William verzeichnete Einnahmen von siebenundfünfzig Dollar und zweiunddreißig Cents, das war nach Abzug seiner ursprünglichen Investition ein Reingewinn von zweiundfünfzig Dollar und zweiunddreißig Cents! William legte fünfundzwanzig Dollar zu zweieinhalb Prozent verzinst auf die Bank, kaufte eine Kamera für elf Dollar, spendete der Young Men's Christian Association, die ihre Aktivitäten erweitert hatte und dem Strom von Einwanderern half, fünf Dollar, kaufte seiner Mutter einen Blumenstrauß und steckte die verbleibenden paar Dollar in die Tasche. Der Markt für Zündholzschachtel-Etiketten brach bereits vor Semesterende zusammen. Es war das erste von vielen Malen, daß William am Höhepunkt der Konjunktur ausstieg. Die Großmütter wären stolz auf ihn gewesen: ihre Ehemänner hatten ihr Vermögen in der Panik von 1873 nicht viel anders gemacht.

Als die Ferien kamen, wollte William versuchen, bessere Zinsen als zweieinhalb Prozent für sein Kapital zu bekommen. Mit Hilfe von Großmutter Kane kaufte er in den folgenden drei Monaten vom *Wall Street Journal* wärmstens empfohlene Aktien. Während des ersten Schulsemesters verlor er die Hälfte des Geldes, das ihm die Zündholzschachtel-Etiketten eingebracht hatten. Es war das einzige Mal in seinem Leben, daß er sich auf eine im *Wall Street Journal* vertretene Meinung oder auf eine an jeder Straßenecke zu hörende Information verließ.

Über den Verlust von mehr als zwanzig Dollar verärgert, beschloß William, sie während der Osterferien wieder zu verdienen. Zu Hause angekommen, ließ er sich sagen, welche Parties er auf Wunsch seiner Mutter zu besuchen hatte, und stellte fest, daß er vierzehn freie Tage zur Verfügung hatte, gerade genug für sein neues Abenteuer. Er verkaufte seine Aktien, die ihm zwölf Dollar einbrachten. Mit dem Geld erstand er ein Holzbrett, zwei Paar Räder, eine Achse und einen Strick – ein Einkauf, der ihn nach einigem Handeln fünf Dollar kostete. Dann zog er einen alten, zu klein gewordenen Anzug an, setzte eine Stoffmütze auf und begab sich zum Bahnhof. Er stand beim Ausgang, sah müde und hungrig drein und teilte diesem und jenem Reisenden mit, daß sich die wichtigsten Hotels von Boston in Bahnhofsnähe befanden, so daß man weder ein Taxi noch einen der wenigen vorhandenen Pferdewagen brauche. Er würde das Gepäck um zwanzig Prozent des Preises, den die Taxis verlangten, auf seinem fahrbaren Brett zum Hotel bringen. Auch sei ein Spaziergang sehr gesund. Er stellte fest, daß er in sechs Arbeitsstunden rund vier Dollar verdienen konnte.

Fünf Tage vor Schulanfang hatte er seine Verluste wettgemacht und zehn Dollar verdient. Da stieß er auf ein Problem. Die Taxifahrer begannen sich über ihn zu ärgern. William mit seinen neun Jahren versprach ihnen, sich aus dem Geschäft zurückzuziehen, wenn ihm jeder von ihnen fünfzig Cents gäbe, um die Kosten seines selbst angefertigten Handwagens hereinzubringen. Sie willigten ein und er verdiente weitere acht Dollar fünfzig Cents. Auf dem Nachhauseweg verkaufte William einem zwei Jahre älteren Schulfreund seinen Handwagen um fünf Dollar. Leider mußte dieser bald feststellen, daß das große Geschäft vorbei war. Überdies regnete es die ganze folgende Woche.

Am letzten Ferientag trug William sein Geld wieder zur Bank und legte es, zu zweieinhalb Prozent verzinst, an. Jetzt machte er sich keine Sorgen mehr, denn sein Sparkonto wuchs ständig. Der Untergang der *Lusitania* und Wilsons Kriegserklärung an Deutschland im April 1917 kümmerten William nicht. Nichts und niemand konnte Amerika schlagen, versicherte er seiner Mutter. Um seiner Überzeugung Nachdruck zu verleihen, legte William sogar zehn Dollar in Liberty Bonds an.

An Williams elften Geburtstag wies die Habenspalte seines Kassenbuches einen Gewinn von vierhundertzwölf Dollar aus. Er schenkte seiner Mutter eine Füllfeder und kaufte jeder der Großmütter in einem kleinen Juwelierladen eine Brosche. Die Füllfeder war eine Parker, und die Broschen kamen in Schachteln von Shreve, Crump and Low an, die er nach langem Suchen in den Abfallkübeln hinter dem berühmten Geschäft gefunden hatte. Man muß gerecht sein; der Junge hatte nicht die Absicht, die Großmütter zu beschwindeln; er hatte jedoch aus seinen Geschäften mit den Zündholzschachtel-Etiketten gelernt, wie wichtig eine gute Verpackung ist. Die Großmütter, die die fehlenden Echtheitsstempel von Shreve, Crump und Low vermißten, trugen ihre Broschen trotzdem mit großem Stolz.

Die beiden alten Damen verfolgten jedes Detail von Williams Entwicklung und beschlossen, ihn mit zwölf Jahren, wie vorgesehen, in die St. Paul's School in Concord, New Hampshire, zu schicken. Überdies gewann William als bester in Mathematik ein Stipendium und ersparte der Familie ganz unnötigerweise etwa dreihundert Dollar pro Jahr. William nahm das Stipendium an, und die Großmütter überließen das Geld einem »weniger vom Glück begünstigten Kind«, wie sie es ausdrückten. Anne war unglücklich, daß William sie verließ und in ein Internat kam, aber die Großmütter bestanden darauf; und, was noch wichtiger war, es war das, was Richard gewollt hätte. Anne nähte Namensschilder an Williams Siebensachen, markierte seine Schuhe, kontrollierte die Garderobe und packte schließlich ohne Hilfe der Dienstboten persönlich einen Schrankkoffer. Bei der Abreise fragte sie William, wieviel Taschengeld er für das nächste Semester haben wolle.

»Gar keins«, erklärte er ohne nähere Erklärung.

William küßte die Mutter auf die Wange; wie sehr sie ihn vermissen würde, ahnte er nicht. In seiner ersten langen Hose, das Haar sehr kurz geschoren, einen kleinen Koffer in der Hand, so marschierte er den Pfad entlang zu Roberts, dem Chauffeur. Er setzte sich auf den Rücksitz des Rolls-Royce, und der Wagen fuhr ab. William drehte sich nicht um. Seine Mutter winkte und winkte, und später weinte sie. Auch William hätte gern geweint, aber er wußte, daß sein Vater das nicht gebilligt hätte.

Das erste, was William Kane in der neuen Schule auffiel, war, daß niemand sich darum kümmerte, wer er war. Die bewundernden Blicke, das schweigende Zur-Kenntnis-Nehmen seiner illustren Gegenwart hatten aufgehört. Ein älterer Junge fragte ihn tatsächlich, wer er war; und, schlimmer noch, als er hörte, wen er da vor sich hatte, schien er nicht beeindruckt zu sein. Manche nannten ihn sogar Bill, was er sich mit der Erklärung verbat, daß niemand seinen Vater Dick genannt habe.

Williams neues Reich war ein kleines Zimmer mit einem Bücherregal aus Holz, zwei Tischchen, zwei Stühlen, zwei Betten und einem bequemen, schäbigen Ledersofa. Er teilte es mit einem Jungen namens Matthew Lester aus New York, dessen Vater ebenfalls Bankier war.

William gewöhnte sich rasch an den Schulalltag. Aufstehen um 7.30 Uhr, Waschen, Frühstück im großen Speisesaal mit sämtlichen Mitschülern – zweihundertzwanzig Jungen, die Eier, Speck und Porridge vertilgten. Nach dem Frühstück Besuch der Kapelle. Drei Unterrichtsstunden zu fünfzig Minuten vor dem Lunch, und zwei nachher. Dann eine Musikstunde, die William nicht leiden konnte, weil er keinen richtigen Ton herausbrachte und auch keine Lust hatte, ein Instrument zu spielen. Fußball im Herbst, Eishockey und Squash im Winter, Rudern und Tennis im Frühling – es blieb ihm wenig Freizeit. Als Stipendiat in Mathematik erhielt er dreimal in der Woche Privatunterricht von seinem Housemaster G. Raglan, Esquire, von den Jungen Grumpy genannt.

Während des ersten Jahres erwies sich William seines Stipendiums mehr als würdig; in beinahe jedem Gegenstand war er unter den ersten, und in Mathematik allen anderen weit voraus. Nur sein neuer Freund Matthew Lester war ein wirklicher Rivale, und das vermutlich, weil sie beide das Zimmer teilten. William war nicht nur ein ausgezeichneter Schüler, sondern erwarb sich auch einen

Ruf als Finanzmann. Obwohl seine erste Erfahrung an der Börse eher niederschmetternd gewesen war, hielt er an der Überzeugung fest, daß man, um wirklich Geld zu machen, am Aktienmarkt verdienen müsse. Mißtrauisch las er das *Wall Street Journal*, und mit zwölf Jahren begann er mit einem imaginären Portfolio zu experimentieren. Er notierte seine imaginären Käufe und Verkäufe, die guten und die weniger guten, in einem neuen Kassenbuch, und verglich an jedem Monatsende seinen Stand mit dem übrigen Markt. Die allgemein bekannten, führenden Aktien interessierten ihn nicht, er konzentrierte sich auf unbekannte Firmenanteile, von denen manche gar nicht an der Börse gehandelt wurden, so daß man immer nur einige Aktien erwerben konnte. Von seinen Anlagen erwartete William vielerlei: ein angemessenes Verhältnis zwischen Einkaufspreis und Verzinsung, eine hohe Wachstumsrate, eine gute Basis der Aktiva und günstige Wiederverkaufschancen. Er fand nicht viele Aktien, die diesen strengen Ansprüchen genügten, aber was er fand, brachte ihm fast immer einen Gewinn.

Sobald er feststellte, daß er mit seinem imaginären Anlageprogramm jedesmal besser war als der Dow-Jones-Index, war er bereit, wieder eigenes Geld anzulegen. Er begann mit hundert Dollar und hörte nicht auf, seine Methode zu verfeinern. Was stieg, behielt er, was fiel, wurde sofort verkauft. Sobald Aktien den doppelten Wert erreicht hatten, verkaufte er die Hälfte und betrachtete die ihm verbleibende Hälfte als Bonus.

Manche seiner Aktien, wie Eastman Kodak und IBM, entwickelten sich zu erstklassigen Papieren. Er investierte auch in das erste Versandhaus, weil er überzeugt war, daß dieses Geschäft eine große Zukunft haben würde.

Als das erste Schuljahr zu Ende ging, beriet er nicht nur einen großen Teil des Lehrkörpers, sondern auch einige Eltern. William Kane war glücklich in seiner Schule.

Seit Williams Abreise nach St. Paul fühlte sich Anne Kane einsam und unglücklich. Die Familie bestand jetzt nur mehr aus den beiden betagten Großmüttern, und Anne wurde sich sehr deutlich bewußt, daß sie über dreißig und ihre jugendliche Schönheit verblaßt war. Sie begann wieder mit ein paar alten Freunden zu verkehren, die sie seit Richards Tod kaum mehr gesehen hatte. John Preston und seine Frau Milly, Williams Taufpatin, die sie seit ihrer Kindheit kannte, luden sie zum Nachtessen oder ins Theater ein und sorgten dafür, daß immer ein Partner für Anne mit dabei war. Die Auswahl der Prestons war allerdings nicht nach Annes Geschmack, und sie lachte insgeheim über Millys vergebliche Versuche, ihr einen Mann zuzuschanzen. Im Januar 1919, kurz nachdem William für das Wintersemester in die Schule zurückgekehrt war, wurde Anne wieder einmal zu einem Abendessen zu viert geladen. Milly sagte ihr, daß sie den vierten, einen gewissen Henry Osborne, selbst nicht kenne, daß er jedoch vermutlich zur gleichen Zeit wie John in Harvard gewesen war.

»Eigentlich«, beichtete Milly am Telefon, »weiß John sehr wenig von ihm, außer daß er recht gut aussieht.«

Mit dieser Behauptung hatte John, wie Anne und Milly feststellen konnten, völlig recht. Als Anne eintrat, wärmte sich Henry Osborne gerade vor dem Kamin, und er stand sofort auf, um sich von Milly vorstellen zu lassen. Fast zwei Meter groß mit dunklen, beinahe schwarzen Augen und glattem dunklen Haar, wirkte er sportlich und schlank. Anne war überaus erfreut, diesen jugendlich und energisch aussehenden Mann als Partner für den Abend zu haben, während Milly sich mit ihrem Mann begnügen mußte, der, verglichen mit seinem Schulkollegen, wesentlich älter und gesetzter wirkte. Henry Osborne trug einen Arm in einer Schlinge, die seine Harvard-Krawatte beinahe verdeckte.

»Eine Kriegsverletzung?« fragte Anne mitfühlend.

»Nein, eine Woche nach meiner Rückkehr von der Westfront bin ich die Treppe hinuntergefallen«, erwiderte er lachend.

Es wurde einer der für Anne jetzt so seltenen Abende, an dem die Zeit angenehm und rasch verflog. Henry Osbome beantwortete alle ihre neugierigen Fragen; nach seinem Abgang von Harvard hatte er in einer Grundstücksmaklerfirma in seiner Geburtsstadt Chicago gearbeitet, sich aber bei Ausbruch des Krieges nach Übersee gemeldet. Er wußte unzählige Geschichten von Europa zu erzählen und von seinem Leben als junger Leutnant, der die Ehre Amerikas an der Marne verteidigt hatte. Milly und John hatten Anne seit Richards Tod nicht mehr so oft lachen gehört, und sie blinzelten einander wissend zu, als Henry fragte, ob er Anne nach Hause bringen dürfe.

»Was werden Sie jetzt machen, nachdem Sie in das Land der Heldensöhne zurückgekehrt sind?« erkundigte sich Anne, während Henry Osborne seinen Stutz hinaus auf die Charles Street lenkte.

»Hab mich noch nicht festgelegt«, sagte er. »Zum Glück hab ich ein wenig Geld, so daß ich nichts übereilen muß. Vielleicht baue ich sogar hier in Boston meine eigene Maklerfirma auf. Seit meiner Zeit in Harvard habe ich mich hier wie zu Hause gefühlt.«

»Sie werden also nicht nach Chikago zurückkehren?«

»Nein, es zieht mich nichts zurück. Meine Eltem sind beide gestorben, und ich habe keine Geschwister. Ich kann also, wo immer ich will, neu beginnen. Wo soll ich einbiegen?«

»Die erste Straße rechts«, sagte Anne.

»Sie wohnen auf Beacon Hill?«

»Ja. Etwa hundertfünfzig Meter nach rechts, die Chestnut Street hinauf; es ist das rote Haus an der Ecke von Louisburg Square.« Henry Osborne parkte den Wagen und begleitete Anne zum Haustor.

Nachdem er sich verabschiedet hatte, war er so rasch verschwunden, daß sie nicht einmal Zeit hatte, ihm zu danken. Sie schaute dem Wagen nach, der langsam Beacon Hill hinunterfuhr, und wußte, daß sie ihn wiedersehen wollte. Als er am nächsten Morgen anrief, war sie entzückt, aber nicht wirklich überrascht.

»Boston Symphony Orchestra: Mozart und dieser neue schillernde Komponist Mahler. Nächsten Montag. Kann ich Sie überreden?«

Anne war ein wenig verwirrt, daß sie sich so sehr auf diesen Montag freute. Es schien endlos lang her, daß ein Mann, den sie mochte, ihr den Hof gemacht hatte. Henry Osborne holte sie pünktlich ab, sie gaben einander ein wenig verlegen die Hand, und er akzeptierte einen Highball.

»Es muß hübsch sein, am Louisburg Square zu wohnen. Sie haben es gut getroffen.«

»Ja, vermutlich. Ich habe nie darüber nachgedacht. Ich bin in der Commonwealth Avenue geboren und aufgewachsen. Eigentlich finde ich es hier ein wenig beengt.«

»Falls ich mich entschließe, in Boston zu bleiben, werde ich vielleicht auch ein Haus auf dem Hügel kaufen.«

»Es sind nicht viele zu haben«, sagte Anne, »aber vielleicht haben Sie Glück. Sollten wir nicht gehen? Es ist mir unangenehm, zu spät in ein Konzert zu kommen und anderen Leuten auf die Zehen zu treten, um zu meinem Sitz zu gelangen.«

Henry schaute auf die Uhr. »Ja, Sie haben recht, wir sollten den Auftritt des Dirigenten nicht versäumen. Aber um die Füße der anderen Leute müssen Sie sich keine Sorgen machen, wir haben Ecksitze.«

Nachher, noch umrauscht von den Kaskaden der Musik, erschien es ganz natürlich, daß Henry Annes Arm nahm, als sie ins Ritz gingen. Der einzige, der dies seit Richards Tod getan hatte, war William, und ihn hatte Anne dazu überreden müssen, weil er es »weibisch« fand. Wieder vergingen die Stunden wie im Flug. War es das ausgezeichnete Essen oder Henrys Gesellschaft? Diesmal lachte Anne über seine Schnurren aus Harvard und weinte über seine Kriegserinnerungen. Obwohl sie wußte, daß er jünger wirkte als sie selbst, fühlte sie sich in seiner Gegenwart köstlich jung und unerfahren. Sie erzählte ihm vom Tod ihres Mannes und vergoß ein paar Tränen. Er nahm ihre Hand, und sie erzählte stolz und voller Liebe von ihrem Sohn. Er bemerkte, daß er sich schon immer einen Sohn gewünscht habe. Chikago und sein eigenes Zuhause erwähnte Henry kaum, aber Anne war überzeugt, daß er seine Familie vermißte. Als er sie an diesem Abend nach Hause brachte, blieb er für einen kurzen Drink und küßte sie sanft auf die Wange, als er ging. Bevor sie einschlief, durchlebte Anne in Gedanken nochmals jede Minute des Abends.

Dienstag gingen sie ins Theater, Mittwoch besichtigten sie Annes Landhaus auf Cape Cod, Donnerstag tanzten sie zu *Grizzly Bear* und *Temptation Rag*, Freitag wanderten sie durch ein paar Antiquitätenläden und Samstag schliefen sie zusammen. Milly und John Preston zeigten sich absolut entzückt, daß ihre Verkupplungsversuche endlich von Erfolg gekrönt waren, und Milly erzählte in ganz Boston, daß sie die beiden zusammengebracht hatte. Die Verlobung im folgenden Sommer war für niemanden eine Überraschung außer für William. Er fand Henry von dem Moment an, in dem Anne die beiden mit einiger Besorgnis bekannt gemacht hatte, besonders unsympathisch. Ihr erstes Gesprach spielte sich so ab, daß Henry eine Menge Fragen stellte, um zu dokumentieren, daß er Williams Freund werden wollte, und William einsilbig antwortete, um zu dokumentieren, daß er eben dies ablehnte. Und diesen Standpunkt behielt er auch bei. Anne führte die Antipathie ihres Sohnes auf verständliche Eifersucht zurück; schließlich war William seit Richards Tod der Mittelpunkt ihres Lebens gewesen. Überdies erschien es nur natürlich, daß nach Williams Ansicht niemand den Platz seines Vaters einnehmen konnte. Anne überzeugte Henry, daß William mit der Zeit über seine Verärgerung hinwegkommen würde.

Im Oktober desselben Jahres, etwa zehn Monate, nachdem sie einander kennengelernt hatten, wurden Anne Kane und Henry Osborne in der Old North Church getraut. Um der Hochzeit nicht beiwohnen zu müssen, täuschte William eine Krankheit vor und blieb in der Schule. Die Großmütter kamen zwar zur Trauung, machten aber aus ihrer Mißbilligung über Annes Wiederverheiratung – besonders mit einem Mann, der so viel jünger zu sein schien – kein Hehl. »Das kann nur schlecht ausgehen«, prophezeite Großmutter Kane.

Die Jungvermählten reisten am folgenden Tag nach Griechenland und kehrten erst in der zweiten Dezemberwoche in das Red House auf dem Hügel zurück – gerade rechtzeitig, um William willkommen zu heißen, der über die Weihnachtsferien nach Hause kam. William war verstört, als er feststellen mußte, daß das Haus neu eingerichtet war und kaum mehr an seinen Vater erinnerte. Obwohl er von Henry ein Fahrrad bekam – eine Bestechung, wie William es bei sich nannte –, änderte sich nichts an seiner Einstellung seinem Stiefvater gegenüber. Henry Osborne fand sich resigniert mit dieser Ablehnung ab. Anne war etwas betrübt, daß ihr prächtiger neuer Ehemann sich so wenig bemühte, die Zuneigung ihres Sohnes zu gewinnen.

William fühlte sich in seinem veränderten Zuhause nicht mehr wohl und verschwand oft für viele Stunden. Wann immer Anne sich erkundigte, wohin er denn ginge, erhielt sie keine genaue Auskunft; bestimmt aber besuchte er nicht eine der Großmütter. Als die Ferien zu Ende gingen, war William mehr als froh, wieder in die Schule zurückkehren zu können, und Henry war über seine Abreise nicht traurig. Nur Anne hatte ein ungutes Gefühl, wenn sie an die beiden Männer in ihrem Leben dachte.

9

»Auf, Junge, auf.«

Einer der Soldaten stieß seinen Gewehrkolben in Wladeks Seite. Erschreckt fuhr der Junge auf und schaute auf das Grab seiner Schwester und auf die Gräber Leons und des Barons. Seine Augen blieben trocken, als er sich dem Soldaten zuwandte.

»Ich werde leben, du wirst mich nicht töten«, sagte er auf polnisch. »Das ist mein Haus und du bist auf meinem Land.«

Der Soldat spuckte Wladek an, dann schob er ihn auf den Rasen zurück, wo die Bediensteten umherstanden. Alle hatten etwas an, das wie graue Pyjamas aussah, und auf dem Rücken hatten sie Nummern. Wladek war über den Anblick zutiefst erschrocken; jetzt wußte er, was ihm bevorstand. Die Soldaten brachten ihn zur Nordseite des Schlosses und ließen ihn niederknien. Er spürte ein Messer über seinen Kopf streichen, und sein dichtes schwarzes Haar fiel ins Gras; wie ein Schaf wurde er geschoren, und mit zehn kräftigen Schnitten war alles erledigt. Kahl rasiert, befahl man ihm, die neue Uniform anzuziehen, ein graues grobes Hemd und eine graue Hose. Es gelang Wladek, seinen Silberreif zu verbergen; er kehrte wieder zu seinen Dienstleuten vor dem Schloß zurück.

Während alle warteten – sie waren jetzt keine Individuen mehr, sondern Nummern –, hörte Wladek in der Ferne einen Lärm, den er noch nie gehört hatte. Er schaute in die Richtung des bedrohlichen Geräusches. Durch die schweren Eisentore kam ein Gefährt auf vier Rädern, das weder von Pferden noch von Ochsen gezogen wurde. Ungläubig starrten alle Gefangenen auf das Fahrzeug, das sich von selbst bewegte. Als es stehenblieb, schleppten die Soldaten die widerwilligen Gefangenen vor das Gefährt und befahlen ihnen einzusteigen. Dann drehte sich der pferdelose Wagen um und fuhr den Weg zurück und durch das Tor hinaus. Niemand wagte zu sprechen. Wladek saß im hinteren Teil des Wagens und starrte auf das Schloß, bis er die gotischen Türmchen nicht mehr sehen konnte. Der pferdelose Wagen fuhr irgendwie von selbst in Richtung Slonim. Wladek hätte sich den Kopf zerbrochen, wie das Gefährt funktionierte, hätte er sich nicht noch mehr darüber den Kopf zerbrochen, wohin er und die anderen gebracht wurden. Er erkannte einige Straßen aus seiner Schulzeit wieder, aber drei Jahre Kerker hatten sein Gedächtnis geschwächt, und er konnte sich nicht mehr erinnern, wohin die Straße führte. Nach ein paar Meilen hielt das Gefährt an, und alle mußten aussteigen. Man war vor dem Bahnhof angelangt. Wladek, hatte den Bahnhof nur einmal im Leben gesehen, als er und Leon den Baron bei seiner Rückkehr aus Warschau abholten. Er erinnerte sich, daß die

Wache gegrüßt hatte, als sie auf den Bahnsteig getreten waren; diesmal grüßte keine Wache. Die Gefangenen erhielten etwas Ziegenmilch, Kohlsuppe und schwarzes Brot. Auch jetzt organisierte Wladek die Verteilung, und jeder der vierzehn Gefangenen erhielt seine Portion. In der Annahme, daß man auf einen Zug wartete, setzte er sich auf eine der Holzbänke. In der Nacht schliefen sie alle unter dem Sternenhimmel auf dem Boden – eine willkommene Abwechslung nach den Nächten im Kerker. Er dankte Gott für den milden Winter.

Der Morgen kam, und man wartete immer noch. Wladek ordnete an, daß alle ein paar Schritte gehen sollten, die meisten brachen jedoch nach wenigen Minuten zusammen. Er versuchte sich die Namen derer, die bis jetzt überlebt hatten, einzuprägen. Von den siebenundzwanzig Eingekerkerten waren elf Männer und zwei Frauen übriggeblieben. Übriggeblieben wofür? dachte Wladek. Sie verbrachten den Rest des Tages damit, auf einen Zug zu warten, der nicht kam. Einmal fuhr sogar ein Zug ein, und es stiegen Soldaten aus, die alle die verhaßte Sprache sprachen, aber der Zug rollte wieder an, ohne Wladeks traurigen kleinen Haufen mitzunehmen. Wieder schliefen sie auf dem Bahnsteig.

Wladek lag wach, schaute zum Sternenhimmel auf und überlegte, ob es eine Fluchtmöglichkeit gab. Doch in derselben Nacht lief einer der dreizehn über die Bahngleise und wurde, noch bevor er die andere Seite erreicht hatte, von der Wache niedergeschossen. Wladek starrte auf den Fleck, wo sein Leidensgenosse lag, und und hatte Angst, ihm zu Hilfe zu eilen und das gleiche Schicksal zu erleiden. Als Warnung für alle jene, die etwas Ähnliches im Sinne hatten, ließen die Wachen die Leiche auf den Schienen liegen.

Am nächsten Morgen erwähnte niemand den Vorfall, obwohl Wladek immer wieder auf den toten Mann starrte. Es war Ludwik, der Leibdiener des Barons und einer der Zeugen des Testaments und seines Erbes.

Am Abend des dritten Tages fuhr ein anderer Zug ein, mit offenen Güterwagen, gezogen von einer großen Dampflokomotive; auf dem Boden der Waggons lag Stroh, an den Seiten war das Wort »Vieh« geschrieben. Einige Waggons waren bereits voll, voll von Menschen, die so furchtbar ausschauten wie Wladek. Woher sie kamen, konnte Wladek nicht erraten. Er wurde mit seinem Haufen in einen der Waggons verladen, und nach ein paar Stunden bewegte sich der Zug langsam aus der Station. Nach dem Stand der Sonne zu urteilen, ging die Reise nach Osten.

Je drei Wagen wurden von einem Wärter bewacht, der mit gekreuzten Beinen auf dem Wagendach saß. Während der endlosen Reise hörte Wladek gelegentlich Schüsse von oben, die ihm klarmachten, daß jeder Gedanke an eine Flucht vergebens war.

Als der Zug ins Minsk stehenblieb, erhielten sie ihre erste ordentliche Mahlzeit: schwarzes Brot, Wasser, Nüsse und Brei. Dann ging die Reise weiter. Manchmal fuhren sie drei Tage lang, ohne eine Station zu sehen. Viele der Gefangenen verhungerten, und ihre Leichen wurden aus dem Zug geworfen. Wenn der Zug anhielt, warteten sie oft tagelang, um einem westwärts fahrenden Zug die Gleise freizugeben. Diese Züge waren immer voll Soldaten; offenbar hatten Truppentransporte Priorität. Wladek konnte an nichts anderes denken als an Flucht, aber drei Gründe machten alle seine Pläne zunichte: erstens war es noch niemandem gelungen zu fliehen; zweitens gab es auf beiden Seiten der Gleise nichts als Wildnis und drittens waren jene, die das Kerkerdasein überlebt hatten, jetzt völlig auf seinen Schutz angewiesen. Es war Wladek, der die Verteilung von Essen und Trinken organisierte, und es war Wladek, der versuchte, ihren Überlebenswillen zu stärken. Er war der jüngste von ihnen und der einzige, der noch an das Leben glaubte.

Nachts wurde es bitterkalt, oft hatte es minus dreizehn Grad, und sie lagen alle nebeneinander auf dem Boden der Waggons, so daß ein Körper den anderen wärmte. Wladek sagte sich, während er einzuschlafen versuchte, Verse aus der Aeneis vor. Ein Umdrehen war nur möglich, wenn alle einverstanden waren, daher lag

Wladek am Ende der Reihe und klopfte nach jeder Stunde – der Wechsel der Wachen gab ihm eine ungefähre Zeitidee – gegen die Wagenwand, worauf sich alle umdrehten und in die andere Richtung schauten. Ein Körper nach dem anderen drehte sich, es sah aus wie Dominosteine, die umfielen. Blieb ein Körper bewegungslos, so wurde Wladek informiert. Er teilte es den Wachen mit, und vier der Männer hoben den leblosen Körper auf und warfen ihn aus dem Zug. Die Wachen jagten ihm ein paar Kugeln nach, um sicherzugehen, daß es sich nicht um einen Fluchtversuch handelte.

Mehr als dreihundert Kilometer hinter Minsk kamen sie in der kleinen Stadt Smolensk an, wo sie warme Kohlsuppe und schwarzes Brot erhielten. In Wladeks Waggon wurden ein paar neue Gefangene gepfercht, die die Sprache der Wachen sprachen; ihr Anführer schien ungefähr so alt zu sein wie Wladek. Wladek und seine verbleibenden zehn Gefährten mißtrauten den Neuankömmlingen, und sie teilten den Waggon so gut es ging, so daß die zwei Gruppen ein paar Tage getrennt blieben.

Eines Nachts, als Wladek wachlag und in den Sternenhimmel starrte, bemerkte er, wie der Anführer der Gruppe aus Smolensk mit einem Stück Strick in der Hand zum letzten Mann in Wladeks Reihe kroch. Er sah, wie er dem schlafenden Alfons, einem Bediensteten des Barons, den Strick um den Hals legte. Wladek wußte, daß der Junge ihn hören und in seine Wagenhälfte flüchten würde, wenn er sich zu rasch bewegte. So kroch er langsam auf dem Bauch die Reihe seiner polnischen Gefährten entlang. Manche starrten ihn an, aber niemand sprach ein Wort. Als er das Ende der Reihe erreicht hatte, stürzte er sich auf den Jungen mit der Schlinge, und sofort war der ganze Waggon wach. Jede Gruppe zog sich in ihre Wagenhälfte zurück, außer Alfons, der bewegungslos vor ihnen lag.

Der Führer der anderen war größer und beweglicher als Wladek, aber da die beiden auf dem Boden kämpften, spielte das kaum eine Rolle. Der Kampf dauerte ein paar Minuten, die

Wachen schauten lachend zu und schlossen Wetten auf die beiden Gladiatoren ab. Eine Wache, dem das unblutige Ringen langweilig wurde, warf ein Bajonett in die Wagenmitte. Der Junge aus Smolensk war schneller. Unter dem Beifall seiner Gruppe stieß er das Bajonett in Wladeks Bein, zog den blutbedeckten Stahl heraus und ging zum zweiten Angriff über. Diesmal blieb die Klinge neben Wladeks Ohr im Holzboden des Wagens stecken. Während der gegnerische Führer sie herauszuziehen versuchte, stieß Wladek ihn mit der ganzen ihm verbleibenden Kraft in den Unterleib. Der Junge taumelte zurück und riß im Fallen die Klinge aus dem Holz. Wladek packte den Griff, sprang auf seinen Widersacher zu und trieb ihm die Klinge in den Mund. Der Kerl stieß einen solchen Schrei aus, daß der gesamte Zug erwachte. Wladek zog die Klinge mit einer leichten Drehung heraus, und stieß wieder zu, wieder und wieder, noch lange, nachdem der Körper sich zu bewegen aufgehört hatte. Schweratmend kniete Wladek über ihm, dann packte er die Leiche und warf sie aus dem Wagen. Er hörte den Aufprall auf der Böschung und die Schüsse, die die Wachen dem Körper nachsandten.

Wladek kroch zu Alfons, der immer noch bewegungslos auf den Holzplanken lag, und kniete neben dem leblosen Körper nieder; sein zweiter Zeuge war tot. Wer würde jetzt glauben, daß er, Wladek, der vom Baron eingesetzte Erbe des gesamten Vermögens war? Hatte sein Leben noch irgendeinen Sinn? Mit beiden Händen nahm er das Bajonett auf und richtete die Klinge gegen seinen Magen. Sofort sprang eine Wache vom Dach und riß ihm die Waffe aus der Hand.

»Oh, nein, das tust du nicht«, brummte er. »Wir brauchen Leute wie dich für die Lager. Du kannst nicht erwarten, daß wir die ganze Arbeit selbst machen.«

Wladek vergrub den Kopf in die Hände und spürte zum erstenmal den brennenden Schmerz in seinem Bein. Er hatte sein Erbe verloren und war statt dessen der Anführer einer Bande von Leuten aus Smolensk geworden, die keinen Groschen besaßen.

Wieder mußte er für einen ganzen Waggon sorgen, und jetzt hatte er zwanzig Gefangene zu betreuen. Er teilte sie sofort, so daß neben jedem Polen ein Smolensker schlief und die Möglichkeit weiterer Zwistigkeiten ausgeschlossen war.

Wladek verbrachte viel Zeit damit, die ihm fremde Sprache zu lernen, und merkte erst nach einigen Tagen, daß es sich um Russisch handelte – so anders war sie als jenes klassische Russisch, das ihn der Baron gelehrt hatte. Die wirkliche Bedeutung seiner Entdeckung erkannte er zum erstenmal, als ihm klar wurde, wohin der Zug sie brachte.

Wladek nahm sich zwei Smolensker als Lehrer, und sobald diese müde waren, holte er sich zwei andere, und so ging es weiter, bis alle erschöpft waren.

Allmählich konnte er sich mit seinen neuen Kumpanen mühelos verständigen. Einige von ihnen waren russische Soldaten, deren Verbrechen darin bestanden hatten, daß sie sich von den Deutschen hatten gefangennehmen lassen. Die übrigen waren Weißrussen, Bauern, Bergleute und Arbeiter – Leute, die von der großen Revolution nichts wissen wollten.

Der Zug dampfte durch die Landschaft, die kahler und öder war als alles, was Wladek bisher gesehen hatte, und durch Städte, deren Namen er nie gehört hatte – Omsk, Nowosibirsk, Krasnojarsk. Die Namen hatten einen unheimlichen Klang. Nach drei Monaten und an die fünftausend Kilometer erreichten sie Irkutsk, wo die Gleise plötzlich aufhörten.

Man trieb sie aus dem Zug, gab ihnen zu essen und teilte Pelzstiefel, Jacken und Wintermäntel aus. Um die wärmsten Kleidungsstücke entbrannten Kämpfe; doch boten sie nur ungenügenden Schutz gegen die eisige Kälte.

Wieder tauchten pferdelose Wagen auf, ähnlich jenem, mit dem die polnischen Gefangenen aus dem Schloß gefahren waren. Ketten wurden ausgelegt. Und zu Wladeks ungläubigem Entsetzen wurden die Gefangenen mit einer Hand an eine Kette gefesselt, fünfundzwanzig Paare an jeder Seite einer Kette. Die Wagen zerrten die Gefangenen vorwärts, während die Wachen in den Fahrzeugen saßen. So marschierten sie zwölf Stunden lang, durften sich zwei Stunden ausruhen und mußten wieder weitermarschieren. Nach drei Tagen glaubte Wladek, vor Kälte und Erschöpfung zu sterben. Doch als sie das bewohnte Gebiet verlassen hatten, marschierten sie nur noch tagsüber und ruhten während der Nacht. Morgens und abends erhielten sie aus einer von Gefangenen betreuten mobilen Feldküche Rübensuppe und Brot. Von seinen Mitgefangenen erfuhr Wladek, daß die Zustände in den Lagern noch schlimmer seien.

Während der ersten Woche blieben sie ständig angekettet doch später, als jeder Gedanke an eine Flucht müßig wurde, ließ man sie in der Nacht frei, so daß sie sich Löcher in den Schnee graben konnten. Manchmal, an guten Tagen, fanden sie einen Wald, in dem sie dann kampierten; der Luxus nahm seltsame Formen an. Weiter und weiter marschierten sie, an riesigen Seen vorbei und über gefrorene Flüsse, weiter nach Norden, eisigen Wind und Schneeflocken im Gesicht. Wladek hatte fortwährend Schmerzen in seinem verletzten Bein, aber die Erfrierungen an Fingern und Ohren waren schlimmer. In all dem endlosen Weiß gab es kein Zeichen von Leben oder Nahrung, und Wladek wußte, daß jeder nächtliche Fluchtversuch mit dem Hungertod enden mußte. Die Alten und Kranken, die Glück hatten, starben wortlos und leise bei Nacht; jene, die weniger Glück hatten, wurden, wenn sie nicht mehr Schritt halten konnten, von der Kette genommen und zurückgelassen. Die Überlebenden aber marschierten weiter gegen Norden, bis Wladek jedes Zeitgefühl verlor und nur mehr das unaufhörliche Ziehen der Kette spürte. Wenn er sich abends ein Loch in den Schnee grub, um zu schlafen, war er niemals sicher, ob er am Morgen erwachen würde; jene, die kein Loch gruben, erfroren.

Nach einem Marsch über eintausendfünfhundert Kilometer trafen die Überlebenden auf die Ostjaken, Nomaden der russischen Steppe mit Rentierschlitten. Die Fahrzeuge luden ihre Fracht ab und kehrten um. Die Gefangenen wurden an die Schlitten gekettet und zogen weiter. Zwei Tage zwang sie ein Schneesturm, haltzumachen, und Wladek nutzte die Gelegenheit, sich mit dem jungen Ostjaken zu unterhalten, an dessen Schlitten er gekettet war. Sein klassisches Russisch mit dem polnischen Akzent wurde nur mühsam verstanden, aber er erfuhr, daß die Ostjaken die Russen aus dem Süden haßten und von ihnen beinahe so schlecht behandelt wurden wie die Gefangenen. Die Ostjaken bemitleideten die armseligen Gefangenen – die »Unglückseligen«, wie sie sie nannten.

Nach neun Tagen erreichten sie im fahlen Licht einer arktischen Winternacht das Lager 201. Niemals hätte Wladek geglaubt, daß er froh sein würde, einen solchen Ort zu sehen: Reihen um Reihen von Holzhütten im Niemandsland. Die Hütten hatten ebenso wie die Gefangenen Nummern. Wladeks Hütte war Nummer 33. In der Mitte des Raumes gab es einen kleinen schwarzen Ofen, und an den Wänden standen hölzerne Stockbetten mit Strohsäcken und je einer dünnen Decke. In der ersten Nacht gelang es kaum einem Gefangenen zu schlafen, und das Stöhnen und Schreien, das aus Hütte 33 drang, übertönte oft das Heulen der Wölfe. Am nächsten Morgen wurden sie vor Sonnenaufgang von den Schlägen eines Hammers auf ein Eisendreieck geweckt. Die Außen- wie die Innenseite des Fensters war dick mit Eis bedeckt, und Wladek vermeinte vor Kälte zu sterben. Das Frühstück in dem eisigen Gemeinschaftsraum dauerte kaum zehn Minuten und bestand aus einem Napf mit lauwarmem Brei, in dem stinkende Fischstücke und Kohlblätter schwammen. Die Neuankömmlinge spuckten die Gräten auf den Tisch, während die erfahrenen Gefangenen sowohl Gräten wie Fischaugen aßen.

Nach dem Frühstück wurde ihnen die Arbeit zugewiesen. Wladek wurde Holzfäller. Man schickte ihn zehn Kilometer weit über die kahle Steppe in einen Wald und befahl ihm, täglich eine bestimmte Anzahl von Bäumen zu fällen. Die Wache ließ ihn mit seiner Gruppe von sechs Leuten und einer Essensration, bestehend aus gelblichem Brei und Brot, allein. Ein Fluchtversuch war ausgeschlossen, denn abgesehen davon, daß niemand wußte, in welcher Richtung die nächste Stadt lag, war sie über fünfzehnhundert Kilometer weit entfernt.

Am Ende jeden Tages kam die Wache zurück und zählte die gefällten Baumstämme. Man hatte der Gruppe mitgeteilt, daß das Essen für den folgenden Tag gestrichen würde, falls die geforderte Anzahl nicht erreicht war. Doch wenn die Wache gegen sieben Uhr kam, um die Holzfäller abzuholen, war es bereits dunkel, und man konnte nicht genau sehen, wie viele Stämme untertags gefällt worden waren. Wladek befahl seiner Gruppe, den letzten Teil des Nachmittags darauf zu verwenden, den Schnee von dem am vorhergehenden Tag gefällten Holz zu fegen und es zu den frisch geschlagenen Bäumen zu legen. Dieser Plan gelang immer, und Wladeks Leute verloren nie ihre Essensration. Manchmal glückte es ihnen, mit einem kleinen Holzstück, das sie an der Innenseite des Beines befestigten, in das Lager zurückzukehren und es in der Nacht in den Kohleofen zu stecken. Doch da hieß es vorsichtig sein, denn wann immer sie aus dem Wald kamen, wurde mindestens einer von ihnen durchsucht, und oft mußten sie einen oder beide Stiefel ausziehen und barfuß im Schnee stehen. Wurde einer erwischt, bedeutete das drei Tage ohne Nahrung.

Im Laufe der Wochen wurde Wladeks Bein steif und schmerzte noch mehr. Er sehnte sich nach den besonders kalten Tagen, an denen die Temperatur unter vierzig Grad fiel und die Arbeit im Freien ausgesetzt wurde, obwohl der verlorene Tag an dem sonst freien Sonntag eingebracht werden mußte.

Eines Abends – Wladek hatte viele Baumstämme über die Steppe geschleppt – verspürte er ein unbarmherziges Pochen im Bein. Die Narbe war angeschwollen und glänzte. Er zeigte sie der Wache, und man befahl ihm, sich am nächsten Morgen vor Tagesanbruch beim Lagerarzt zu melden. Wladek verbrachte die ganze Nacht, von nassen Stiefeln umgeben, vor dem Ofen sitzend, doch die Wärme war so schwach, daß sie die Schmerzen nicht linderte.

Am nächsten Morgen stand Wladek eine Stunde früher auf als gewöhnlich. Ging man nicht vor Arbeitsbeginn zum Arzt, mußte man bis zum nächsten Morgen warten. Wladek war nicht gewillt, die Schmerzen noch einen Tag zu ertragen, meldete sich beim Arzt und gab Nummer und Namen an. Pierre Dubien war ein freundlicher alter Mann. Wortlos untersuchte er Wladeks Bein.

»Wird die Wunde heilen?« fragte Wladek.

»Du sprichst russisch?«

»Ja, Herr.«

»Obwohl du immer ein wenig hinken wirst, wird das Bein in Ordnung kommen. In Ordnung wofür? Um Holz zu schleppen.«

»Nein, Herr Doktor. Ich will fliehen und nach Polen zurückkehren«, sagte Wladek.

Der Arzt sah ihn prüfend an. »Sprich leise, dummer Junge. Du mußt doch bereits eingesehen haben, daß eine Flucht unmöglich ist. Ich bin seit fünfzehn Jahren gefangen, und kein Tag ist vergangen, an dem ich nicht an Flucht dachte. Es gibt keine Hoffnung; niemand hat eine Flucht überlebt, und nur davon zu sprechen bedeutet zehn Tage in der Strafzelle, wo es nur jeden dritten Tag Essen gibt und der Ofen nur geheizt wird, um das Eis von den Wänden zu schmelzen. Wenn du lebend aus der Zelle kommst kannst du dich glücklich preisen.«

»Ich werde fliehen, ich werde fliehen«, wiederholte Wladek und starrte den alten Mann an.

Der Arzt blickte Wladek in die Augen und lächelte. »Mein Freund, sprich nie mehr von Flucht, oder sie bringen dich um. Arbeite weiter, bewege dein Bein und melde dich jeden Morgen bei mir.«

Wladek kehrte in den Wald und zum Holzfällen zurück, mußte jedoch feststellen, daß er die Stämme kaum weiter als ein paar Meter ziehen konnte und die Schmerzen immer stärker wurden.

Als er am nächsten Morgen wiederkam, untersuchte der Arzt die Wunde etwas genauer.

»Wird schlechter«, sagte er. »Wie alt bist du, mein Junge?«

»Ich glaube, ich bin dreizehn«, sagte Wladek, »welches Jahr schreiben wir?«

»1919«, erwiderte der Arzt.

»Ja, dann bin ich dreizehn. Wie alt sind Sie?« fragte Wladek.

Der alte Mann schaute in die blauen Augen des Jungen; die Frage erstaunte ihn.

»Achtunddreißig«, sagte er leise.

»Mein Gott«, entfuhr es Wladek.

»Du wirst genauso aussehen, wenn du fünfzehn Jahre Gefangenschaft hinter dir hast, mein Junge«, sagte der Arzt trocken.

»Warum sind Sie überhaupt hier?« fragte Wladek. »Warum hat man Sie nicht längst entlassen?«

»Ich wurde 1904 kurz nach meinem Doktorat in Moskau gefangengenommen. Damals arbeitete ich an der französischen Botschaft. Es wurde behauptet, ich sei ein Spion, und man warf mich in Moskau ins Gefängnis. Ich hielt das für sehr schlimm – bis zur Revolution. Da schickte man mich in diese Hölle. Heute haben auch die Franzosen meine Existenz vergessen. Die wenigsten haben Lager 201 lebend verlassen; so muß ich hier sterben wie alle anderen auch, und je früher, desto besser.«

»Sie dürfen die Hoffnung nicht aufgeben, Herr Doktor.«

»Hoffnung? Für mich habe ich sie schon längst aufgegeben. Für dich gebe ich sie vielleicht nicht auf, aber hüte dich davor, diese Hoffnung jemals zu erwähnen. Es gibt hier Gefangene, die lose Zungen verraten, selbst wenn sie nur mit einem Stück Brot oder vielleicht einer Decke dafür belohnt werden. Wladek, ich werde dich jetzt einen Monat lang zum Küchendienst abstellen, und du mußt dich jeden Morgen bei mir melden. Das ist die einzige Chance, wenn du dein Bein nicht verlieren willst, und ich wäre nicht gern derjenige, der es abnimmt. Unsere Instrumente sind nicht die modernsten«, fügte er hinzu und starrte auf ein großes Tranchiermesser. Wladek schauderte.

Doktor Dubien schrieb Wladeks Namen auf ein Stück Papier. Am nächsten Morgen meldete sich Wladek in der Küche, wo er in eisigem Wasser Teller spülte und später Essen herrichtete, das keiner Kühlung bedurfte. Nach dem Holzschleppen empfand er es als angenehme Abwechslung: extra Fischsuppe, dicke schwarze Brotschnitten mit gehackten Nesseln und die Möglichkeit, im Warmen zu bleiben. Einmal teilte er sogar ein Ei mit dem Koch, obwohl keiner von ihnen genau wußte, welches Federvieh es gelegt hatte. Wladeks Bein heilte nur langsam, und ein deutliches Hinken blieb zurück. Doktor Dubien konnte, da er praktisch keine Medikamente zur Verfügung hatte, kaum etwas anderes tun, als Wladeks Genesung beobachten. Im Lauf der Zeit wurden Wladek und der Arzt Freunde, und Dubien begann sogar an Wladeks jugendliche Hoffnung zu glauben. Jeden Morgen unterhielten sie sich in einer anderen Sprache, doch der alte Mann sprach am liebsten Französisch, seine Muttersprache.

»In einer Woche mußt du zur Waldarbeit zurückkehren, Wladek. Die Wachen werden dein Bein untersuchen, und ich werde dich nicht mehr länger in der Küche halten können. Also hör gut zu, denn ich habe einen Fluchtplan für dich ausgeheckt.«

»Gemeinsam«, sagte Wladek, »gemeinsam.«

»Nein, du allein. Ich bin zu alt für eine so lange Reise, und obwohl ich fünfzehn Jahre von einer Flucht geträumt habe, würde ich dich nur aufhalten. Es wird mir das Wissen genügen, daß jemand anderer es geschafft hat, und du bist der erste Mensch, der mich überzeugt hat, daß die Flucht gelingen kann.«

Wladek saß auf dem Boden und hörte dem Arzt schweigend zu.

»Ich habe im Lauf der fünfzehn Jahre zweihundert Rubel erspart – als russischer Gefangener wird man für Überstunden kaum bezahlt.« Wladek versuchte über diesen uralten Lagerwitz zu lächeln. »Das Geld ist in einer Medikamentenflasche verborgen – vier Fünfzig-Rubel-Noten. Wenn du uns verläßt, muß das Geld in deine Kleider eingenäht sein. Das werde ich für dich besorgen.«

»Was für Kleider?« fragte Wladek.

»Vor zwölf Jahren, als ich noch an eine Fluchtmöglichkeit glaubte, habe ich einen Wächter bestochen, mir einen Anzug und ein Hemd zu überlassen. Sie sind nicht mehr ganz modern, aber gut genug für diesen Zweck.«

Fünfzehn Jahre, um zweihundert Rubel zusammenzukratzen und einen Anzug und ein Hemd; und der Arzt war dabei, Wladek alles abzutreten. Nie mehr in seinem Leben sollte Wladek auf solche Selbstlosigkeit treffen.

»Nächsten Donnerstag erhältst du deine große Chance«, fuhr der Arzt fort. »In Irkutsk kommt ein Zug mit neuen Gefangenen an. Die Wachen werden vier Leute aus der Küche mitnehmen, um den Lastwagen mit Lebensmitteln für die Neuankömmlingen zu organisieren. Ich habe bereits mit dem Küchenchef gesprochen« er lachte über das Wort – »er bekommt ein paar Medikamente, und dafür wirst du auf dem Küchenlastwagen sein. Es war nicht sehr schwierig, denn niemand reißt sich um die lange Reise hin und wieder zurück – aber du wirst nur die Hinreise mitmachen.«

Wladek hörte gespannt zu.

»Warte auf dem Bahnhof, bis der Zug mit den Gefangenen ankommt. Sobald alle auf dem Bahnsteig sind, gehst du über die Schienen zu dem Zug nach Moskau, der erst nach Ankunft des Gefangenenzuges abfahren kann, weil es nur einen Schienenstrang gibt. Bete, daß die Wachen dein Verschwinden nicht bemerken werden; es stehen ja währenddessen Hunderte neue Gefangene herum. Von diesem Moment an bist du auf dich selbst angewiesen. Denk daran, daß du, wenn man dich entdeckt, sofort erschossen wirst. Es gibt nur noch eines, das ich für dich tun kann: Als ich vor fünfzehn Jahren hierhergebracht wurde, zeichnete ich aus dem Gedächtnis eine Karte mit der Route von Moskau in die Türkei. Vielleicht stimmt sie nicht mehr genau, aber sie sollte dir genügen. Vergewissere dich, daß die Russen nicht auch die Türkei besetzt haben. Gott allein weiß, was sie in letzter Zeit alles getan haben. Vielleicht ist ganz Frankreich in russischer Hand.«

Der Arzt ging zum Medikamentenschrank und entnahm ihm eine große Flasche, die aussah, als sei sie mit einer braunen Substanz angefüllt. Er schraubte den Verschluß auf und nahm ein altes Stück Pergament heraus. Im Laufe der Jahre war die schwarze Tinte verblaßt. Oktober 1904, stand auf der Karte, auf der der Weg von Moskau nach Odessa und von Odessa in die Türkei eingezeichnet war – zweitausendsiebenhundert Kilometer bis zur Freiheit.

»Komm jeden Morgen zu mir, und wir werden deinen Plan in allen Details besprechen. Wenn er mißlingt – ungenügende Vorbereitungen dürfen jedenfalls nicht die Schuld tragen.«

Wladek blieb jede Nacht wach, starrte durch das Fenster auf die glühenden Augen der Wölfe, überlegte, wie er sich in den verschiedensten Situationen verhalten würde, und machte sich auf alle Eventualitäten gefaßt. Am Morgen besprach er den Plan mit dem Arzt wieder und wieder. Mittwoch abend, am Vortag der Flucht, faltete der Arzt die Karte achtmal zusammen, legte sie zu den vier Fünfzig-Rubel-Noten und nähte das kleine Paket in den Ärmel des Anzugs. Wladek zog sich aus, zog den Anzug und die Gefangenenkleidung darüber. Während er sich umzog, fiel der Blick des Arztes auf den Silberreif, den Wladek, aus Angst, die Wärter könnten seinen Schatz entdecken und stehlen, über seinem Ellbogen trug.

»Was ist das?« fragte er. »Es sieht sehr prächtig aus.«

»Ein Geschenk meines Vaters«, sagte Wladek. »Darf ich es Ihnen als Zeichen meines Dankes schenken?« Er legte den Reifen ab und reichte ihn dem Arzt.

Der Arzt schaute den Silberreifen eine Weile an, dann schüttelte er den Kopf. »Nein«, sagte er. »Dieser Reifen darf nur einem Menschen gehören.« Er starrte den Jungen wortlos an. »Dein Vater muß ein großer Mann gewesen sein.«

Der Arzt streifte den Reifen über Wladeks Handgelenk und ergriff seine Hand.

»Viel Glück, Wladek. Ich hoffe, wir sehen uns nie mehr wieder.«

Sie umarmten einander, und Wladek kehrte zu seiner Hütte zurück, wo er, so betete er inbrünstig, zum letztenmal übernachten würde. Von der Angst gequält, die Wärter könnten seinen Anzug entdecken, fand er keinen Schlaf. Als die Morgenglocke läutete, war er bereits angezogen, um sich rechtzeitig in der Küche zu melden. Der älteste Gefangene in der Küche schob Wladek vorwärts, als die Wachen kamen, um die Mannschaft des Lebensmittelwagens abzuholen. Es waren vier Mann, und Wladek war bei weitem der jüngste.

»Warum gerade ihn?« fragte einer der Wachen und wies auf Wladek. »Er ist noch kaum ein Jahr im Lager.«

Wladeks Herzschlag setzte aus und es lief ihm kalt über den Rücken. Der Plan des Arztes würde scheitern; und der nächste Gefangenentransport kam frühestens in drei Monaten. Dann würde er längst nicht mehr in der Küche sein.

»Er ist ein ausgezeichneter Koch«, sagte der Älteste, »hat im Schloß eines Baron gelernt. Für die Wachen ist das Beste eben gut genug.«

»Ach so«, sagte der Wärter, und Gier besiegte jedes Mißtrauen. »Dann beeil dich.«

Die vier liefen zum Fahrzeug, und der ganze Zug setzte sich in Bewegung. Wieder war die Reise lang und anstrengend, aber wenigstens mußte Wladek diesmal nicht marschieren, und da es Sommer war, hatte die Kälte nachgelassen. Wladek beteiligte sich eifrig an der Zubereitung der Mahlzeiten, und da er nicht auffallen wollte, sprach er zu keinem Menschen außer zu dem alten Koch Stanislaw.

Nach sechzehn Tagen erreichten sie Irkutsk. Der Zug nach Moskau stand schon in der Station. Er wartete bereits seit einigen Stunden, da er seine Fahrt erst nach der Ankunft des Gefangenenzuges fortsetzen konnte. Wladek saß mit seinen Gefährten aus der Feldküche auf dem Bahnsteig; drei blickten teilnahmslos vor sich hin, der vierte aber beobachtete jede Bewegung und studierte sorgfältig den Zug auf der anderen Seite. Es gab einige offene Türen, und Wladek entschied sich rasch, welche er wählen würde, wenn es soweit war.

»Versuchst du zu fliehen?« fragte Stanislaw plötzlich.

Wladek brach der Schweiß aus, aber er antwortete nicht.

Stanislaw schaute ihn an. »Versuchst du es?«

Wladek schwieg.

Der alte Koch starrte den dreizehnjährigen Jungen an und nickte mehrmals zustimmend mit dem Kopf. Hätte er einen Schwanz gehabt, er hätte gewedelt.

»Viel Glück. Ich werde es so einrichten, daß sie dich erst in zwei Tagen vermissen.«

Stanislaw berührte seinen Arm, und Wladek sah den Zug mit den Gefangenen herankommen. Seine Muskeln spannten sich, das Herz pochte, seine Augen verfolgten jede Bewegung der Soldaten. Er wartete, bis der Zug anhielt, und schaute zu, wie Hunderte erschöpfte Gefangene ausstiegen und sich auf dem Bahnsteig versammelten – namenlose Männer, die nur mehr eine Vergangenheit besaßen. Als die Station einem Ameisenhaufen glich und die Wachen voll beschäftigt waren, kroch Wladek unter einem Waggon durch und sprang auf den anderen Zug. Niemand beachtete ihn, als er in die Toilette am Waggonende ging. Er schloß ab und betete und erwartete fortwährend ein Klopfen an der Tür. Es schien eine Ewigkeit, bis der Zug sich in Bewegung setzte. In Wahrheit dauerte es siebzehn Minuten.

»Endlich, endlich«, sagte Wladek laut vor sich hin. Er schaute aus dem kleinen Fenster und sah, wie der Bahnhof kleiner und kleiner wurde und die neuen Gefangenen an die Ketten gelegt wurden, um die Reise zum Lager 201 anzutreten. Er sah die Soldaten lachen. Wie viele würden das Lager lebend erreichen? Wie viele würden die Beute der Wölfe werden? Wann würde man ihn vermissen?

Wladek blieb noch ein paar Minuten auf der Toilette; er hatte Angst, sich zu bewegen, war nicht sicher, was er jetzt tun sollte. Plötzlich wurde an die Tür gehämmert. Wladek überlegte rasch die Wache, der Schaffner, ein Soldat – eine Folge von Bildern tauchten vor ihm auf, und jedes war erschreckender als das andere. Jetzt mußte er tatsächlich die Toilette benutzen. Es wurde weiter an die Tür getrommelt.

»Heraus, heraus«, rief ein Mann in ungehobeltem Russisch.

Wladek blieb keine Wahl. War es ein Soldat, so gab es keine Rettung. Nicht einmal ein Zwerg hätte sich durch das kleine Fenster zwängen können. War es kein Soldat, so wurde er durch ein weiteres Verbleiben nur die Aufmerksamkeit auf sich lenken. Rasch zog er die Gefängniskleidung aus, faltete sie zu einem möglichst kleinen Bündel und warf sie aus dem Fenster. Dann zog er aus der Anzugtasche eine weiche Kappe, bedeckte den kahlgeschorenen Schädel und öffnete die Tür. Ein aufgeregter Mann stürzte herein und hatte die Hose schon heruntergezogen, bevor Wladek gegangen war.

Im Gang fühlte sich Wladek isoliert und schrecklich auffallend in seinem altmodischen Anzug – ein Apfel auf einem Haufen Apfelsinen. Sofort macht er sich auf die Suche nach einer anderen Toilette. Als er eine gefunden hatte, schloß er sich wieder ein, öffnete die Stiche in seinem Anzug und nahm einen der vier Fünfzig-Rubel-Scheine heraus. Die andern steckte er zurück und ging wieder auf den Gang. In der Mitte des Wagens spielten ein paar Leute, um sich die Zeit zu vertreiben, ein Würfelspiel. Wladek hatte Leon dabei immer geschlagen, wenn sie im Schloß gespielt hatten, und er hätte sich gern beteiligt, aber er hatte Angst, zu gewinnen und die Mitfahrenden auf sich aufmerksam zu machen. Das Spiel ging weiter, und Wladek begann sich an verschiedene Tricks zu erinnern. Die Versuchung, seine zweihundert Rubel zu riskieren, war fast unwiderstehlich.

Einer der Spieler, der eine erkleckliche Menge Geld verloren hatte, zog sich verärgert zurück und setzte sich fluchend zu Wladek.

»Sie haben kein Glück gehabt«, sagte Wladek, weil er den Ton der eigenen Stimme hören wollte.

»Ach, es geht nicht um Glück«, erwiderte der Spieler, »meistens gelingt es mir, diese Bauern zu schlagen, aber ich habe keine Rubel mehr.«

»Wollen Sie Ihren Mantel verkaufen?« fragte Wladek.

Der Spieler war einer der wenigen Fahrgäste, die einen ordentlichen schweren Bärenfellmantel trugen. Er schaute den Jungen an.

»Wenn ich mir deinen Anzug anschaue, würde ich meinen, du kannst ihn dir nicht leisten, Junge.«

An dem Tonfall des Mannes erriet Wladek, daß dieser bereit war, zu verkaufen. »Ich verlange fünfundsiebzig Rubel.«

»Ich biete vierzig«, sagte Wladek.

»Sechzig«, sagte der Spieler.

»Fünfzig«, sagte Wladek.

»Nein. Sechzig ist mein letztes Angebot; der Mantel hat mich über hundert Rubel gekostet.«

»Das ist aber schon lange her«, sagte Wladek, während er überlegte, ob er eine weitere Note aus dem Anzugfutter holen sollte. Er entschied sich dagegen, um niemanden auf sich aufmerksam zu machen. Er würde eine andere Gelegenheit abwarten. Da er jedoch nicht zugeben wollte, daß er sich den Mantel nicht leisten konnte, griff er verächtlich nach dem Kragen. »Sie haben zuviel gezahlt, mein Freund. Fünfzig Rubel und keine Kopeke mehr.« Wladek stand auf, als wollte er gehen.

»Warte«, sagte der Spieler, »du kannst ihn um fünfzig haben.«

Wladek zog fünfzig Rubel aus der Tasche, der Spieler zog den Mantel aus und tauschte ihn gegen die schmutzige Geldnote. Der Mantel war Wladek viel zu groß und berührte beinahe den Boden, aber er war genau das, was er brauchte, um seinen auffallenden Anzug zu verbergen. Einen Augenblick schaute er dem Mann zu, der sich wieder am Spiel beteiligte und wieder verlor. Von diesem seinem neuen Lehrer hatte er zwei Dinge gelernt: nur dann zu spielen, wenn überlegenes Wissen oder größere Geschicklichkeit einen Gewinn wahrscheinlich machen, und immer bereit sein aufzuhören, wenn man seine Grenze erreicht hat.

Wladek, der sich unter seinem alten Mantel etwas sicherer fühlte, verließ den Waggon und begann mit neugewonnenem Selbstvertrauen den Zug zu inspizieren. Die Waggons waren sichtlich in zwei Klassen eingeteilt; in eine allgemeine Klasse, wo die Fahrgäste herumstanden oder auf Holzbänken lagen, und in eine besondere, wo man auf gepolsterten Bänken sitzen konnte. Wladek stellte fest, daß alle Abteile bis auf eines voll waren. In diesem Abteil saß ganz allein eine Frau mittleren Alters; sie war ein wenig besser gekleidet und hatte etwas mehr Fleisch an den Knochen als die übrigen Menschen. Sie trug ein dunkelblaues Kleid, und auf dem Kopf einen Schal. Wladek starrte sie an, und sie lächelte ihm zu. Das gab ihm den Mut, in ihr Abteil einzutreten.

»Darf ich mich setzen?«

»Natürlich«, sagte die Frau und betrachtete ihn prüfend.

Wladek setzte sich schweigend und unterzog das Abteil und seine Insassin einer Prüfung. Ihre Haut war blaß, ihr Gesicht von Fältchen durchzogen und sie hatte ein wenig Übergewicht, das wenige, das man bei russischer Kost bekommen kann. Sie hatte kurzes schwarzes Haar und braune Augen; vermutlich war sie einmal hübsch gewesen. Im Gepäcknetz lagen zwei große Kleidersäcke, und neben der Frau stand ein kleiner Koffer. Trotz der gefährlichen Situation, in der Wladek sich befand, fühlte er sich auf einmal todmüde. Er überlegte, ob er es riskieren konnte, einzuschlafen, als die Frau ihn ansprach.

»Wohin fährst du?«

Wladek war auf die Frage nicht vorbereitet und überlegte rasch. »Moskau«, sagte er und hielt den Atem an.

»Ich auch«, erwiderte die Frau.

Schon bereute Wladek, daß er sich zu der Frau gesetzt und mit ihr gesprochen hatte. Sprich mit niemandem, hatte ihn der Arzt gewarnt, vergiß nicht, vertraue niemandem.

Zu seiner Erleichterung stellte die Frau keine weiteren Fragen. Als sein Selbstvertrauen wiederkehrte, öffnete sich die Tür, und der Schaffner schaute in das Abteil. Trotz einer Temperatur von minus zwanzig Grad brach Wladek der Schweiß aus. Der Schaffner nahm den Fahrschein der Frau, markierte ihn und gab ihn zurück. Dann wandte er sich an Wladek. »Fahrschein, Genosse«, sagte er in einem langsamen, monotonen Tonfall.

Wladek wußte nicht, was er sagen sollte, und kramte in seiner Manteltasche.

»Das ist mein Sohn«, sagte die Frau bestimmt.

Der Schaffner schaute die Frau an und dann Wladek, verbeugte sich vor der Frau und verließ wortlos das Abteil.

Wladek starrte sie an. »Danke«, hauchte er und wußte nicht, was er sonst sagen sollte.

»Ich habe beobachtet, wie du unter dem Gefangenenzug hervorgekommen bist«, bemerkte die Frau leise. Wladek wurde übel. »Aber ich werde dich nicht verraten. Mein junger Neffe ist in einem dieser schrecklichen Lager, und wir alle fürchten, eines Tages dort zu enden. Was hast du unter dem Mantel an?«

Wladek überlegte, ob er den Mantel öffnen oder aus dem Waggon flüchten sollte. Wenn er den Wagen verließ, gab es keinen Fluchtweg.

Er öffnete den Mantel.

»Nicht so schlimm wie ich dachte«, sagte sie. »Was hast du mit deiner Gefangenenkleidung gemacht?«

»Aus dem Fenster geworfen.«

»Hoffentlich findet man sie nicht, bevor du Moskau erreicht hast.«

Wladek schwieg.

»Kannst du irgendwo in Moskau unterschlüpfen?«

Wieder dachte Wladek an den Rat des Arztes, niemandem zu trauen, aber er mußte ihr die Wahrheit sagen.

»Ich weiß nicht, wo ich hingehen werde.«

»Dann kannst du bei mir bleiben, bis du eine Unterkunft findest. Mein Mann«, erklärte sie, »ist Stationsvorstand in Moskau, und dieses Abteil ist nur für Staatsangestellte. Wenn du noch einmal einen solchen Fehler begehst, wird man dich nach Irkutsk zurückschicken.«

Wladek schluckte. »Soll ich jetzt weggehen?«

»Nein, jetzt hat dich der Schaffner gesehen. Vorläufig hast du nichts zu fürchten. Besitzt du einen Identitätsausweis?«

»Nein. Was ist das?«

»Seit der Revolution muß jeder Russe einen Identitätsausweis haben, in dem steht, wer er ist, wo er wohnt und wo er arbeitet. Sonst wirft man ihn ins Gefängnis, bis er einen Ausweis hat, und da er im Gefängnis keinen Ausweis bekommt, bleibt er ewig drin«, fügte sie trocken hinzu. »Du wirst bei mir bleiben, sobald wir in Moskau sind, und nicht den Mund aufmachen.«

»Sie sind sehr gütig zu mir«, sagte Wladek mißtrauisch.

»Seit der Zar tot ist, ist niemand mehr sicher. Ich hatte Glück, mit dem richtigen Mann verheiratet zu sein«, sagte sie, »aber es gibt keinen Bürger in Rußland, nicht einmal einen Staatsangestellten, der nicht in fortwährender Angst vor den Lagern lebt. Wie heißt du?«

»Wladek.«

»Gut. Schlaf jetzt, Wladek. Du schaust erschöpft aus, die Reise ist lang, und noch bist du nicht in Sicherheit.«

Wladek schlief.

Als er aufwachte, waren einige Stunden vergangen, und draußen war es dunkel. Er schaute seine Beschützerin an, und sie lächelte. Wladek erwiderte das Lächeln und betete heimlich, daß sie niemandem verraten würde, wer er war – oder hatte sie es bereits getan? Sie öffnete eines ihrer Bündel und zog etwas zu essen hervor. Wladek verzehrte schweigend, was sie ihm anbot. Als sie die nächste Station erreichten, stiegen fast alle Fahrgäste aus, einige, weil sie ihr Ziel erreicht hatten, andere, um sich nach einer Erfrischung umzusehen oder die Glieder zu strecken.

Die Frau stand auf und schaute Wladek an. »Komm mit mir«, befahl sie.

Er stand auf und folgte ihr auf den Bahnsteig. Würde sie ihn jetzt anzeigen? Sie streckte die Hand aus und er nahm sie, wie es ein Dreizehnjähriger tun würde, der seine Mutter begleitet. Sie ging auf eine für Frauen bestimmte Toilette zu. Wladek zögerte.

Sie schob ihn hinein und forderte ihn auf, seine Kleider auszuziehen. Er gehorchte ihr so vorbehaltlos, wie er seit dem Tod des Barons niemandem mehr gehorcht hatte. Während er sich auszog, drehte sie den einzigen vorhandenen Wasserhahn auf, der ein paar Tropfen kaltes, bräunliches Wasser produzierte. Angewidert schaute sie es an. Für Wladek aber war es nach dem Wasser im Lager eine beachtliche Verbesserung. Mit einem feuchten Lappen wusch die Frau seine Wunden und versuchte ihn ohne viel Erfolg zu säubern. Als sie die Narbe an seinem Bein sah, zuckte sie zusammen. Sie versuchte, so vorsichtig wie möglich zu sein, und Wladek gab keinen Laut von sich, obwohl jede Berührung schmerzte.

»Wenn wir zu Hause sind, werde ich diese Wunden besser versorgen«, sagte sie. »Vorläufig müssen wir damit zufrieden sein.«

Dann bemerkte sie den silbernen Armreif, studierte die Gravierung und schaute Wladek ernst an. »Gehört er dir?« fragte sie. »Von wem hast du ihn gestohlen?«

Wladek war empört. »Ich habe ihn nicht gestohlen. Mein Vater gab ihn mir, bevor er starb.«

Wieder schaute sie ihn an, und der Ausdruck ihrer Augen veränderte sich. War es Angst oder Respekt? Sie senkte den Kopf. »Sei vorsichtig, Wladek, für eine solche Kostbarkeit sind Menschen bereit zu morden.« Er nickte und begann sich rasch wieder anzuziehen. Sie kehrten zu ihrem Waggon zurück. Ein Aufenthalt von einer Stunde in einer Station war nichts Ungewöhnliches, und als der Zug langsam abfuhr, war Wladek froh, wieder das Rattern der Räder unter sich zu spüren. Zwölfeinhalb Tage brauchte der Zug nach Moskau. Wann immer ein Schaffner erschien, gab die Frau Wladek als ihren Sohn aus; Wladek versuchte vergeblich, jung und unerfahren auszuschauen, die Frau spielte überzeugend eine Mutter. Die Schaffner verbeugten sich immer respektvoll vor der älteren Frau, und Wladek überlegte, daß ein Stationsvorstand in Rußland sehr wichtig sein mußte.

Am Ende der langen Reise vertraute Wladek seiner Begleiterin voll und ganz und freute sich, ihr Haus kennenzulernen. Der Zug erreichte Moskau am frühen Nachmittag. Obwohl Wladek schon einiges erlebt hatte, kannte er noch keine große Stadt, geschweige denn die Hauptstadt von Rußland. Er war völlig verstört, und die Angst vor dem Unbekannten schnürte ihm die Kehle zu. Es gab so viele Menschen, und alle eilten in verschiedene Richtungen. Die ältere Frau fühlte seine Furcht.

»Bleib bei mir, sprich nicht, und was immer geschieht, nimm deine Mütze nicht ab.«

Wladek nahm die Bündel aus dem Gepäcknetz, zog die Kappe über die Ohren – sein Kopf war bereits mit schwarzen Stoppeln bedeckt – und folgte der Frau auf den Bahnsteig. Vor einer Sperre stauten sich die Menschen. Bevor sie durch einen schmalen Ausgang hinausdurften, mußte jeder seinen Ausweis herzeigen. Als sie sich der Sperre näherten, hörte Wladek sein Herz wie eine Trommel schlagen, doch als sie an die Reihe kamen, war die Angst urplötzlich verschwunden. Die Wache warf bloß einen Blick auf die Dokumente der Frau.

»Genossin«, sagte er und salutierte. Er schaute Wladek an.

»Mein Sohn«, erklärte sie.

»Natürlich, Genossin.« Wieder salutierte er.

Wladek war in Moskau.

Trotz des Vertrauens, das er seiner Begleiterin entgegenbrachte, war sein erster Instinkt, davonzulaufen. Hundertfünfzig Rubel hätten jedoch kaum zum Leben genügt, also entschloß er sich, vorläufig zu bleiben, wo er war. Später konnte er immer noch davonlaufen. Vor dem Bahnhof wurden sie von einem Pferdewagen erwartet, der die Frau und ihren neuen Sohn nach Hause brachte. Der Stationsvorstand war nicht da, als sie ankamen, und die Frau machte sich sofort daran, für Wladek ein Bett herzurichten. Dann setzte sie Wasser auf, goß es in eine große Blechwanne und forderte Wladek auf, in die Wanne zu steigen. Abgesehen von einem kurzen Untertauchen im Fluß, war es Wladeks erstes Bad seit vier Jahren. Sie erhitzte etwas mehr

Wasser, und Wladek erneuerte seine Bekanntschaft mit Seife. Sie wusch ihm den Rücken, den einzigen Körperteil, dessen Haut unversehrt war. Das Wasser begann sich zu verfärben, und nach zwanzig Minuten war es schwarz. Sobald Wladek trocken war, rieb die Frau ihm Arme und Beine mit einer Salbe ein und bandagierte die Stellen, die besonders schlimm aussahen. Verblüfft starrte sie auf die eine Brustwarze. Er zog sich rasch an und ging mit der Frau in die Küche. Sie hatte bereits eine Schüssel Bohnensuppe zubereitet, und Wladek stürzte sich hungrig auf das Festmahl. Keiner von ihnen sprach ein Wort. Als Wladek gegessen hatte, meinte sie, es sei ratsamer für Wladek, ins Bett zu gehen und sich auszuruhen.

»Ich möchte nicht, daß mein Mann dich sieht, bevor ich ihm erklärt habe, warum du hier bist«, erklärte sie. »Möchtest du bei uns bleiben, wenn mein Mann einverstanden ist?«

Wladek nickte dankbar.

»Dann marsch ins Bett.«

Wladek gehorchte und betete, daß der Mann ihm erlauben würde, bei ihnen zu bleiben. Er zog sich langsam aus und kletterte ins Bett. Er war zu sauber, die Laken waren zu sauber und die Matratze war zu weich; er warf das Kissen auf den Boden, dann übermannte ihn die Müdigkeit und er schlief trotz des ungewohnten Luxus ein.

Ein paar Stunden später weckten ihn Stimmen, die aus der Küche drangen, aus tiefem Schlaf. Er wußte nicht, wie lang er geschlafen hatte. Draußen war es schon dunkel, als er aus dem Bett kroch, zur Tür ging, sie leise öffnete und dem Gespräch lauschte, das unten in der Küche stattfand.

»Dumme Frau.« Wladek hörte eine erregte Stimme. »Verstehst du nicht, was geschehen wäre, wenn man euch erwischt hätte? Man hätte dich in eins der Lager geschickt.«

»Aber wenn du ihn gesehen hättest, Pjotr. Wie ein gehetztes kleines Tier.«

»Und daher hast du beschlossen, uns ebenfalls zu gehetzten Tieren zu machen, was?« sagte die männliche Stimme. »Hat ihn sonst jemand gesehen?«

»Nein«, antwortete die Frau. »Ich glaube nicht.«

»Gott sei Dank. Er muß sofort verschwinden, bevor jemand erfährt, daß er bei uns ist. Das ist unsere einzige Hoffnung.«

»Aber wohin, Pjotr? Er ist verloren und kennt keinen Menschen«, flehte Wladeks Beschützerin. »Und ich habe mir schon immer einen Sohn gewünscht.«

»Was du dir wünscht und wohin er geht, ist mir egal, wir sind nicht für ihn verantwortlich und müssen ihn sofort loswerden.«

»Aber Pjotr, ich glaube, er hat königliches Blut, sein Vater war ein Baron. Er trägt einen Silberreif am Arm, auf dem die Worte stehen ...«

»Das macht es nur noch schlimmer. Du weißt, was unsere Führer beschlossen haben. Keinen Zaren, keinen Adel, keine Privilegien. Vermutlich würde man uns gar nicht erst in ein Lager bringen, sondern gleich erschießen.«

»Wir wollten immer einen Sohn haben, Pjotr. Können wir nicht einmal im Leben etwas riskieren?«

»Du vielleicht. Ich nicht. Ich sage dir, daß er verschwinden muß, und zwar sofort.«

Wladek brauchte nicht mehr länger zuzuhören. Er konnte seiner Wohltäterin nur helfen, wenn er sofort, ohne eine Spur zu hinterlassen, verschwand. Er zog sich rasch an, schaute auf das zerwühlte Bett und hoffte, daß es nicht wieder vier Jahre dauern würde, bis er das nächste sah. Eben war er dabei, das Fenster zu öffnen, als die Tür aufgerissen wurde und der Stationsvorstand eintrat – ein kleiner Mann, nicht größer als Wladek, mit einem großen Bauch und ein paar grauen Haarsträhnen auf dem beinahe kahlen Kopf. Er trug eine randlose Brille, die unter den Augen kleine rote Halbkreise hinterlassen hatten. Der Mann hatte eine Paraffinlampe in der Hand. Er stand da und starrte Wladek an. Wladek starrte trotzig zurück.

»Komm herunter«, befahl der Mann.

Wladek folgte ihm widerwillig in die Küche. Die Frau saß weinend am Küchentisch.

»Hör zu, Junge«, sagte der Mann.

»Er heißt Wladek«, unterbrach die Frau.

»Hör zu, Junge«, wiederholte der Mann. »Du hast Schwierigkeiten. Ich möchte, daß du von hier verschwindest, und zwar möglichst weit fort. Ich werde dir sagen, was ich zu tun bereit bin, um dir zu helfen.«

Helfen? Wladek blickte ihn unverwandt an.

»Ich werde dir eine Fahrkarte geben. Wohin willst du?«

»Odessa«, sagte Wladek, ohne zu wissen, wo es war oder was es kostete. Er wußte nur, daß es auf der Landkarte des Arztes die nächste Stadt auf dem Weg in die Freiheit gewesen war.

»Odessa, die Brutstätte der Verbrecher – ein passendes Ziel«, höhnte der Mann. »Dort wirst du unter deinesgleichen sein und nur Übles erfahren.«

»Dann erlaube ihm doch, bei uns zu bleiben, Pjotr. Ich werde für ihn sorgen, ich werde ...«

»Niemals. Lieber bezahle ich dem Gauner eine Fahrkarte.«

»Aber wie kann er an den Wachen vorbeikommen?« fragte die Frau.

»Ich werde ihm einen Arbeitsspaß für Odessa ausstellen.« Er wandte sich an Wladek. »Ich setze dich in den Zug, und ich wünsche dich nie mehr in Moskau zu sehen oder von dir zu hören. Sonst lasse ich dich verhaften und ins nächste Gefängnis werfen. Dann wirst du im Handumdrehen wieder im Arbeitslager sein, falls man dich nicht vorher erschießt.«

Der Stationsvorstand schaute auf die Uhr auf dem Küchenbord: fünf nach elf. Er drehte sich zu seiner Frau um. »Um Mitternacht geht ein Zug nach Odessa. Ich werde ihn selbst zum Bahnhof bringen, damit ich sicher bin, daß er Moskau verläßt. Hast du Gepäck, Junge?«

Wladek wollte eben verneinen, als die Frau sagte: »Ja, ich werde es holen.«

Wladek und der Stationsvorstand schauten einander voller Verachtung an. Die Frau blieb lang aus. Einmal schlug die Küchenuhr während ihrer Abwesenheit. Noch immer wechselten die beiden kein Wort, und der Stationsvorsteher wandte keinen Blick von Wladek. Die Frau kehrte mit einem großen braunen Paket zurück, das sie mit einer Schnur zugebunden hatte. Wladek schaute es an und wollte protestieren, aber als sich ihre Blicke trafen, las Wladek so viel Furcht in ihren Augen, daß er nur »vielen Dank« stammelte.

»Iß das«, sagte sie und schob ihm eine Schüssel mit kalter Suppe zu.

Er gehorchte, obwohl sein verengter Magen übervoll war. So rasch er konnte, würgte er die Suppe hinunter, um der Frau nicht noch mehr Schwierigkeiten zu bereiten.

»Tier«, sagte der Mann.

Wladek schaute ihn an, und seine Augen waren haßerfüllt. Er bemitleidete die Frau, die mit diesem Mann ein Leben verbringen mußte.

»Komm, Junge, es ist Zeit«, sagte der Stationsvorstand. »Wir wollen doch nicht, daß du den Zug versäumst, nicht wahr?«

Wladek folgte dem Mann aus der Küche. Als er an der Frau vorbeikam, zögerte er, dann berührte er ihre Hand und spürte ihre Erwiderung. Es wurde nichts gesprochen; Worte waren unzulänglich. Der Stationsvorstand und der Flüchtling schlichen durch die Straßen Moskaus und hielten sich im Schatten, bis sie den Bahnhof erreichten. Der Stationsvorstand kaufte eine Karte nach Odessa und übergab Wladek das kleine rote Papier.

»Und mein Paß?« fragte Wladek trotzig.

Aus einer Rocktasche zog der Mann ein amtlich aussehendes Formular, unterschrieb es eilig und steckte es Wladek ängstlich zu. Er hielt fortwährend nach möglichen Gefahren Ausschau. Diese Blicke hatte Wladek während der vergangenen Jahre nur zu oft gesehen: die Blicke eines Feiglings.

»Komm mir nie mehr unter die Augen«, sagte der Mann kalt und brutal.

Auch diesen Tonfall hatte Wladek in den vergangenen vier Jahren oft gehört. Er schaute auf und wollte etwas sagen, doch der Stationsvorstand hatte sich bereits in die Schatten der Nacht zurückgezogen. Dort gehörte er auch hin. Wladek blickte in die Augen der Menschen, die an ihm vorbeieilten. Die gleichen Augen, die gleiche Angst; war irgend jemand auf dieser Welt frei? Wladek drückte das Paket fest unter den Arm, zog die Kappe herunter und ging auf die Sperre zu. Diesmal fühlte er sich sicherer; er zeigte der Wache seinen Arbeitsspaß und wurde wortlos durchgelassen. Er stieg in den Zug ein. Sein Aufenthalt in Moskau war kurz gewesen, und er würde die Stadt nie mehr wiedersehen, aber sich immer an die Güte der Frau erinnern, an die Frau des Stationsvorstandes, die Genossin, die Kameradin... Er wußte nicht einmal ihren Namen.

Wladek blieb während der ganzen Reise in der allgemeinen Klasse. Odessa schien weniger weit von Moskau zu sein als Irkutsk – auf der Karte des Arztes eine Daumenlänge, in Wahrheit eintausendvierhundert Kilometer. Während Wladek seine unzulängliche Karte studierte, wurde er wieder von einem Würfelspiel abgelenkt, das in seinem Waggon stattfand. Er faltete das Papier zusammen, steckte es in das Anzugfutter zurück und schaute interessiert dem Spiel zu. Er stellte fest, daß einer der Spieler fortwährend gewann, selbst wenn er wenig Chancen hatte. Bei näherer Betrachtung erkannte er, daß der Mann schwindelte.

Wladek ging an das andere Wagenende, um sich zu vergewissern, daß er den Schwindler noch immer herausfinden konnte, doch es gelang ihm nicht. Er ging zurück und setzte sich unter die Spieler. Wann immer der Schwindler zweimal hintereinander verlor, setzte Wladek einen Rubel ihm nach und verdoppelte, bis er gewann. Entweder fühlte der Schwindler sich geschmeichelt oder er hielt es für angezeigt, Wladeks Glück nicht zu kommentieren; jedenfalls schaute er nicht einmal in dessen Richtung. Als sie die nächste Station erreichten, hatte Wladek vierzehn Rubel gewonnen. Für zwei Rubel kaufte er einen Apfel und einen Teller heiße Suppe. Er hatte genug gewonnen, um sich während der ganzen Reise zu verköstigen. Beglückt über die Vorstellung, daß er mit seinem neuen System noch einiges dazugewinnen konnte, dankte er im stillen dem unbekannten Spieler und stieg, bereit, seine Strategie fortzusetzen, wieder in den Zug ein. Als sein Fuß die oberste Stufe berührte, wurde er in eine Ecke geschleudert, während jemand ihm seinen Arm auf den Rücken drehte und sein Gesicht gegen die Wand des Waggons preßte. Er bekam Nasenbluten und spürte, wie ein Messer sein Ohr berührte.

»Hörst du mich, Junge?«

»Ja«, sagte Wladek tödlich erschrocken.

»Wenn du wieder in meinen Waggon kommst, schneide ich dir dieses Ohr ab. Dann wirst du mich nicht mehr hören, nicht wahr?«

»Nein, Herr.«

Wladek spürte, wie die Messerspitze die Haut hinter seinem Ohr aufschlitzte und Blut über seinen Hals lief.

»Das soll dir eine Warnung sein, Junge.«

Plötzlich stieß der Spieler sein Knie mit aller Kraft gegen Wladeks Nieren. Wladek fiel zu Boden. Eine Hand suchte in seiner Manteltasche, und die eben erst gewonnenen Rubel verschwanden.

»Die gehören mir«, sagte die Stimme.

Wladek blutete aus der Nase und hinter dem Ohr. Als er wagte, aus seiner Ecke aufzuschauen, war der Korridor leer und der Spieler verschwunden. Wladek versuchte aufzustehen, aber seine Beine versagten ihm den Dienst. Eine Weile blieb er in seiner Ecke liegen. Schließlich hinkte er langsam bis an das andere Ende des Zuges, möglichst weit weg von dem Waggon der Spieler. In einem Wagen, der fast nur von Frauen und Kindern besetzt war, ließ er sich fallen und schlief ein.

An der nächsten Station stieg Wladek nicht aus. Er öffnete sein Paket und untersuchte den Inhalt: Äpfel, Brot, Nüsse, zwei Hemden, eine Hose und sogar Schuhe. Was für eine Frau! Was für ein Mann.

Wladek aß, schlief und träumte. Und nach sechs Nächten und fünf Tagen fuhr der Zug endlich im Bahnhof von Odessa ein. Wieder eine Kontrollsperre, doch diesmal schaute ihn die Wache kaum an; seine Papiere waren in Ordnung. Jetzt war er völlig auf sich selbst angewiesen. Er besaß immer noch hundertfünfzig Rubel, in sein Anzugfutter eingenäht, und hatte nicht die Absicht, auch nur einen Rubel davon auszugeben.

Den Rest des Tages verbrachte Wladek damit, in der Stadt umherzuwandern und sich zu orientieren. Aber er wurde fortwährend von Dingen abgelenkt, die er noch nie gesehen hatte: von großen Stadthäusern, Geschäften mit Schaufenstern, Händlern, die ihre bunte Ware in den Straßen feilhielten, Gaslichter, ja sogar ein Affe an einem Strick war da. Wladek ging zum Hafen und schaute auf die offene See. Ja, das war es, was der Baron einen Ozean genannt hatte. Sehnsüchtig schaute er auf die blaue Weite. Dort lag die Freiheit, dort lag die Rettung. Die Stadt mußte einige Kämpfe erlebt haben. Die ausgebrannten Häuser, der Schmutz und das Elend nahmen sich grotesk aus in der lauen, von Blumenduft erfüllten Sommerluft. Wladek fragte sich, ob die Stadt noch im Kriegszustand war. Es gab niemanden, den er fragen konnte. Als die Sonne hinter den hohen Häusern verschwand, begann er nach einem Nachtquartier zu suchen. Er bog in eine Nebenstraße ein und marschierte weiter. In seinem bodenlangen Pelzmantel, das braune Paket unter dem Arm, mußte er einen seltsamen Anblick geboten haben. Nichts erschien ihm sicher genug, bis er auf einem toten Gleise einen verlassenen alten Waggon stehen sah. Vorsichtig schaute er hinein. Dunkelheit und Stille. Leer. Er warf sein Paket in den Waggon, zog seinen müden Körper die Treppe hinauf und kroch in eine Ecke, um zu schlafen. Als sein Kopf den Boden berührte, warf sich jemand auf ihn, und zwei Hände legten sich um seinen Hals. Er rang nach Atem. »Wer bist du?« zischte eine Stimme in der Dunkelheit; sie klang kaum älter wie seine.

»Wladek Koskiewicz.«

»Woher kommst du?«

»Moskau.« Beinahe hätte er Slonim gesagt.

»Jedenfalls wirst du nicht in meinem Waggon schlafen, Moskowiter«, sagte die Stimme.

»Tut mir leid«, sagte Wladek, »ich wußte es nicht.«

»Hast du Geld?« Zwei Daumen preßten sich in Wladeks Hals.

»Wenig«, sagte Wladek.

»Wieviel?«

»Sieben Rubel.«

»Gib sie her.«

Wladek kramte in der Manteltasche. Auch der Junge steckte seine Hand hinein, und der Druck um Wladeks Hals ließ nach. Blitzschnell stieg Wladek sein Knie zwischen die Beine des Jungen. Sein Gegner fiel mit einem Schmerzenslaut zurück und preßte die Hände auf seine Hoden. Wladek warf sich über ihn und schlug auf ihn ein; so war der Junge noch nie geschlagen worden. Er war kein Gegner für Wladek; in einem verlassenen Eisenbahnwagen zu schlafen war ein Luxus mit fünf Sternen, verglichen mit dem Kerker und einem russischen Arbeitslager.

Wladek hielt inne, als sein Gegner hilflos auf dem Boden lag. Der Junge winselte.

»Geh zum anderen Wagenende und bleib dort«, befahl Wladek. »Wenn du auch nur einen Muskel bewegst, bringe ich dich um.«

»Ja, ja«, flüsterte der Junge und kroch weg.

Wladek hörte, wie er das andere Waggonende erreichte. Er lauschte eine Weile, aber es rührte sich nichts. Hierauf legte er sich wieder auf den Boden, und einen Augenblick später schlief er fest.

Als er aufwachte, schien bereits die Sonne durch die Ritzen der Planken. Er drehte sich langsam um und schaute den Gegner der letzten Nacht zum erstenmal genauer an. Der Junge lag, eingerollt wie ein kleines Kind, in der hintersten Wagenecke.

»Komm her«, befahl Wladek.

Der Junge erwachte langsam.

»Komm her«, wiederholte Wladek lauter.

Der Junge kam sofort. Sie waren ungefähr gleich alt, doch der Junge war wesentlich größer, hatte blondes Haar und ein Gesicht, das jünger wirkte als dasjenige Wladeks. Sein Aussehen deutete darauf hin, daß er ein Gespräch über Wasser und Seife als tiefe Beleidigung empfinden würde.

»Das Wichtigste zuerst«, sagte Wladek. »Wie verschafft man sich etwas zu essen?«

»Komm mit mir«, sagte der Junge und sprang aus dem Waggon. Wladek hinkte hinter ihm her über den Hügel und in die Stadt, wo eben der morgendliche Markt begann. Seit den großartigen Diners auf dem Schloß hatte Wladek nicht mehr so viel verlockende Nahrung gesehen. Reihe um Reihe von Ständen, vor denen sich Früchte und Gemüse türmten und sogar seine Lieblingsnüsse. Der Junge merkte, daß der Anblick Wladek überwältigte.

»Jetzt will ich dir sagen, was wir tun«, sagte der Junge, und seine Stimme klang zum erstenmal selbstsicher. »Ich gehe zum Eckstand, stehle eine Apfelsine und laufe weg. Du rufst so laut du kannst ›Haltet den Dieb!‹. Der Budenbesitzer wird mir nachrennen, und inzwischen kannst du deine Taschen füllen. Sei nicht zu gierig. Nimm nicht mehr, als du für eine Mahlzeit brauchst. Dann kommst du wieder hierher. Verstanden?«

»Ja, ich denke schon«, sagte Wladek.

»Zeig, was du kannst, Moskowiter.« Der Junge schaute ihn an, grinste und war verschwunden. Wladek blickte ihm bewundernd nach, als er mit wiegenden Schritten auf den ersten Stand zuging, eine Apfelsine von der Pyramidenspitze nahm, dem Besitzer etwas Unverständliches zurief und sich in Trab setzte. Er drehte sich nach Wladek um, der völlig vergessen hatte, »Haltet den Dieb!« zu rufen, aber der Verkäufer schaute auf und lief sofort hinter dem Jungen her. Während alle Blicke auf Wladeks Gefährten gerichtet waren, ging dieser rasch zu dem Stand, nahm drei Apfelsinen, einen Apfel und eine Kartoffel und stopfte alles in die Manteltaschen. Als der Standbesitzer den Jungen beinahe eingeholt hatte, warf dieser die Apfelsine zurück. Der Mann blieb stehen, hob sie auf, stieß einen lauten Fluch aus, schüttelte die Faust und beklagte sich, während er zu seinem Stand zurückkehrte, lauthals bei den anderen Verkäufern.

Wladek schüttelte sich vor Vergnügen, während er das Schauspiel betrachtete. Da legte sich eine Hand auf seine Schulter. Überzeugt, daß man ihn erwischt hatte, drehte er sich entsetzt um.

»Hast du was genommen, Moskowiter, oder bist du hier nur Zuschauer?«

Erleichtert lachte Wladek auf und zeigte seine Apfelsinen, den Apfel und die Kartoffel. Jetzt lachte auch der Junge.

»Wie heißt du?« fragte Wladek.

»Stefan.«

»Machen wir es nochmals, Stefan.«

»Langsam, Moskowiter. Werd nicht übermütig. Wenn wir die Sache wiederholen wollen, müssen wir auf die andere Seite des Marktes gehen und mindestens eine Stunde warten. Du arbeitest jetzt mit einem Profi, aber bilde dir nicht ein, daß man nicht dann und wann erwischt wird.«

Die zwei Jungen gingen schweigend auf die andere Seite des Marktes hinüber. Für Stefans Leichtfüßigkeit hätte Wladek gern nicht nur Apfelsinen, Apfel und Kartoffel, sondern auch seine hundertfünfzig Rubel gegeben. Sie mischten sich unter die Käufer, und als Stefan den Zeitpunkt für gekommen hielt, wiederholten sie noch zweimal ihren Trick. Befriedigt kehrten sie zu ihrem Waggon zurück und genossen die Beute: sechs Apfelsinen, fünf Äpfel, drei Kartoffeln, eine Birne, verschiedene Nüsse und als Krönung eine Melone. Stefans Taschen waren nie groß genug gewesen, eine aufzunehmen, während Wladek alles in seinem überdimensionierten Mantel unterbringen konnte.

»Nicht schlecht«, sagte Wladek und biß in eine Kartoffel.

»Ißt du auch die Schale?« fragte Stefan entsetzt.

»Ich habe an Orten gelebt, wo noch die Schale ein Luxus war«, erwiderte Wladek.

Stefan schaute ihn ehrfürchtig an.

»Nächstes Problem: Wie verschaffen wir uns Geld?« fragte Wladek.

»Du willst alles an einem Tag haben, großer Herr, nicht wahr?« sagte Stefan. »Dockarbeit ist das beste, wenn du ihr gewachsen bist, Moskowiter.«

»Zeig sie mir«, sagte Wladek.

Nachdem sie die Hälfte des Obstes vertilgt und die andere Hälfte unter dem Stroh versteckt hatten, führte Stefan seinen neuen Geführten die Treppe zum Hafen hinunter und zeigte ihm die Schiffe. Wladek traute seinen Augen nicht. Der Baron hatte ihm von den großen Schiffen erzählt, die über die Meere fahren und ihre Fracht in fremde Länder bringen, aber diese Schiffe waren viel größer, als er sie sich jemals vorgestellt hatte, und es waren so viele, daß er das Ende der Reihe nicht absehen konnte.

Stefan unterbrach seine Gedanken. »Siehst du das große grüne Schiff dort drüben? Die Arbeit geht so vor sich, daß man unten auf dem Landungssteg einen Korb mit Getreide füllt, die Leiter hinaufklettert und ihn in den Laderaum schüttet. Für viermal Hinaufklettern bekommt man einen Rubel. Zähl richtig, Moskowiter, denn das Schwein von einem Aufseher betrügt dich mit dem größten Vergnügen und steckt das Geld selbst ein.«

Stefan und Wladek verbrachten den Nachmittag damit, Kornkörbe die Leiter hinaufzuschleppen. Gemeinsam verdienten sie sechsundzwanzig Rubel. Nach einem Nachtessen, bestehend aus Nüssen, Brot und einer Zwiebel, die sie eigentlich gar nicht hatten stehlen wollen, schliefen sie glücklich in ihrem Waggon ein.

Als Stefan am nächsten Morgen aufwachte, studierte Wladek bereits seine Karte.

»Was ist das?« erkundigte sich Stefan.

»Darauf ist der Weg eingezeichnet, der mich aus Rußland führt.«

»Warum willst du fort aus Rußland, wenn du hierbleiben und mein Partner werden kannst?«

»Nein, ich muß in die Türkei. Dort werde ich zum erstenmal ein freier Mensch sein. Warum kommst du nicht mit mir, Stefan?«

»Ich könnte nie aus Odessa fortgehen. Hier ist mein Zuhause, der Waggon ist meine Wohnung, und hier sind die Leute, die ich kenne, seit ich auf der Welt bin. Es ist nicht besonders gut, aber in dem Land, das du Türkei nennst, könnte es schlechter sein. Wenn du aber fortwillst, dann werde ich dir helfen, weil ich weiß, wie man herausfindet, wo ein Schiff herkommt.«

»Wie kann ich feststellen, welches Schiff in die Türkei fährt?«

»Ganz einfach. Ein-Zahn-Josef am Ende des Kais wird es uns sagen. Du mußt ihm einen Rubel dafür geben.«

»Möchte wetten, daß er das Geld mit dir teilt.«

»Fünfzig-fünfzig«, sagte Stefan. »Du lernst rasch, Moskauer.« Sprach's und sprang aus dem Waggon.

Wladek folgte seinem neuen Freund, der behende den Waggon entlanglief, und wurde sich wieder bewußt, mit welcher Leichtigkeit sich andere Jungen bewegten, während er schwerfällig hinkte. Am Ende des Kais führte ihn Stefan in ein kleines, mit verstaubten Büchern und alten Fahrplänen angeräumtes Zimmer. Wladek konnte niemanden im Zimmer entdecken, doch dann hörte er hinter einem großen Bücherhaufen eine Stimme fragen: »Was willst du, Gassenjunge? Ich habe keine Zeit für dich.«

»Eine Information für meinen Reisegefährten, Josef. Wann fährt der nächste Luxuskreuzer in die Türkei?«

»Zuerst das Geld«, sagte ein alter Mann, dessen Kopf hinter den Büchern auftauchte. Ein zerfurchtes, wetterhartes Gesicht und darüber eine Seemannskappe. Die schwarzen Augen schauten Wladek prüfend an.

»Er war einmal ein großer Seebär«, flüsterte Stefan so laut, daß Josef es hören konnte.

»Keine Keckheiten, mein Junge. Wo bleibt der Rubel?«

»Mein Freund verwahrt meine Geldbörse«, sagte Stefan. »Zeig ihm den Rubel, Wladek.«

Wladek zog eine Münze hervor. Josef biß mit seinem einzigen Zahn auf das Geldstück, schlurfte zum Bücherregal und zog einen großen grünen Fahrplan hervor. Staub wirbelte auf, und der Alte hustete, während er die schmutzigen Seiten durchblätterte und mit dem Finger lange Namenslisten entlangfuhr.

»Am nächsten Donnerstag kommt die *Renaska,* um Kohle zu laden. Wird vermutlich Samstag wieder auslaufen. Wenn sie rasch genug laden können, fährt sie vielleicht schon Freitag nacht und spart sich die Kosten für einen Liegeplatz. Sie wird bei Nr. 17 anlegen.«

»Danke, Ein-Zahn«, sagte Stefan, »ich will sehen, ob ich noch ein paar meiner begüterten Geschäftsfreunde vorbeibringen kann.«

Während Stefan und Wladek aus dem kleinen Zimmer auf den Kai liefen, hob Ein-Zahn-Josef die Faust und sandte ihnen ein paar Flüche nach.

Während der folgenden drei Tage stahlen die beiden Jungen Lebensmittel, luden Getreide und schliefen. Als am nächsten Donnerstag das türkische Schiff ankam, hatte Stefan seinen Freund beinahe überredet, in Odessa zu bleiben. Aber Wladeks Angst vor den Russen war stärker als der Reiz des neuen Lebens mit Stefan.

Nebeneinander standen sie am Kai und schauten auf den Neuankömmling, der an Liegeplatz 17 andockte.

»Wie werde ich jemals auf das Schiff kommen?« fragte Wladek.

»Ganz einfach«, erwiderte Stefan. »Morgen melden wir uns zu den Ladearbeiten. Ich arbeite hinter dir, und wenn fast die ganze Kohle eingeladen ist, springst du hinein und versteckst dich, während ich deinen Korb nehme und auf der anderen Seite hinuntersteige.«

»Und meinen Lohn kassierst, nicht wahr?« sagte Wladek.

»Natürlich«, meinte Stefan. »Schließlich muß meine überlegene Klugheit belohnt werden. Wie sonst sollte ein Mensch seinen Glauben an den freien Wettbewerb aufrechterhalten?«

Am nächsten Morgen schleppten sie Kohle den Laufsteg hinauf und hinunter, bis sie beide zum Umfallen müde waren. Aber es war nicht genug; als die Nacht einbrach, war der Laderaum kaum halb voll. Die zwei kohlegeschwärzten Jungen schliefen sehr fest nach diesem Tag. Am nächsten Morgen gingen sie wieder zur Arbeit, und zu Mittag, als der Laderaum beinahe voll war, stieß Stefan an Wladeks Knöchel.

»Beim nächstenmal, Moskowiter«, sagte er.

Als sie das obere Ende des Laufstegs erreichten, warf Wladek seine Kohle hinein, ließ den Korb auf das Deck fallen, sprang in den Laderaum und landete auf dem Kohleberg, während Stefan seinen Korb aufnahm und pfeifend die andere Seite des Laufstegs hinunterging.

»Leb wohl, mein Freund«, sagte er, »und viel Glück bei den gottlosen Türken.«

Wladek preßte sich in eine Ecke des Laderaums und schaute zu, wie neben ihm der Kohleberg wuchs. Der Staub war überall, in seiner Nase und im Mund, in Lungen und Augen. Aus Angst, es könnte ihn jemand von der Mannschaft hören, bemühte er sich verzweifelt, nicht zu husten. Als er glaubte, die Luft im Laderaum nicht mehr ertragen zu können, und zu Stefan zurückkehren wollte, um einen anderen Fluchtweg zu ersinnen, wurden die Türen über ihm geschlossen. Er hustete lang und ausführlich.

Kurz darauf spürte er einen Biß an seinem Knöchel. Als er feststellte, woher der Biß stammte, wurde ihm kalt vor Entsetzen. Kaum hatte er dem Biest ein Stück Kohle nachgeworfen, als ein anderes herbeikam, und dann wieder eines und noch eines. Die mutigen attackierten seine Beine. Schwarz, groß und hungrig schienen sie aus dem Nichts aufzutauchen. Wladek stellte fest, daß Ratten tatsächlich rote Augen haben. Er kletterte auf die Spitze des Kohleberges und öffnete die Falltür. Sonnenlicht fiel ein, und sofort verschwanden die Ratten in ihre Gänge zwischen der Kohle. Er begann hinaufzuklettern, aber das Schiff hatte sich bereits vom Kai entfernt. Schreckensbleich ließ er sich wieder in den Laderaum fallen. Wenn das Schiff umkehrte und Wladek auslieferte, würde das eine Reise ohne Rückkehr ins Lager 201 und zu den Weißrussen bedeuten. Er zog es vor, bei den schwarzen Ratten zu bleiben. Kaum hatte Wladek die Tür geschlossen, als die Biester ihn wieder umringten. Sosehr er auch mit Kohlestücken um sich warf, es tauchten immer wieder andere gierige Tiere auf. Wladek mußte alle paar Minuten die Tür öffnen, denn Licht schien das einzige, was die schwarzen Nager vertrieb.

Zwei Tage und drei Nächte lang verteidigte sich Wladek gegen die Ratten, ohne einen Augenblick Schlaf zu finden. Als das Schiff endlich Konstantinopel erreichte und ein Matrose den Laderaum öffnete, war Wladek vom Kopf bis zu den Knien mit Kohlenstaub bedeckt, und von den Knien bis zu den Zehen mit Blut verschmiert. Der Matrose zog ihn hinaus. Wladek versuchte, sich aufzurichten, brach jedoch auf dem Deck zusammen.

Als Wladek – weder wußte er wo noch wann – wieder zu sich kam, lag er in einem kleinen Zimmer in einem Bett; drei Männer in langen weißen Mänteln standen um ihn herum und sprachen eine Sprache, die er nicht verstand. Wie viele Sprachen gab es auf der Welt? Er betrachtete sich, sah, daß er immer noch schwarz und rot war, und als er sich aufzusetzen versuchte, drückte ihn einer der weißgekleideten Männer, der älteste – er hatte ein hageres, zerfurchtes Gesicht und einen Ziegenbart – in die Kissen zurück. Er sprach Wladek in der fremden Sprache an. Wladek schüttelte den Kopf. Der Arzt versuchte es mit Russisch. Wieder schüttelte Wladek den Kopf – das wäre der rascheste Weg zurück, woher er gekommen war. Als nächstes versuchte der Arzt es mit Deutsch, und Wladek merkte, daß er es besser sprach als sein Befrager.

»Du sprichst deutsch?«

»Ja.«

»Also bist du kein Russe?«

»Nein.«

»Was hast du in Rußland gemacht?«

»Ich habe versucht zu flüchten.«

»Ach so.« Der Mann wandte sich an seine Kollegen und schien über das Gespräch zu berichten. Sie verließen das Zimmer.

Eine Krankenschwester kam und schrubbte Wladek sauber, ohne viel auf seine Schmerzenslaute zu achten. Sie bedeckte seine Beine mit einer dicken braunen Salbe, dann ließ sie ihn weiterschlafen. Als Wladek zum zweitenmal erwachte, war er allein. Er starrte zur weißen Zimmerdecke empor und überlegte, was er tun sollte.

Immer noch nicht ganz sicher, in welchem Land er sich befand, kletterte er auf das Fenstersims und schaute aus dem Fenster. Er sah einen Marktplatz, ähnlich jenem in Odessa, doch hier trugen die Männer lange weiße Gewänder und hatten eine dunklere Haut. Auf dem Kopf hatten sie farbenfrohe Hüte, die wie umgestülpte Blumentöpfe aussahen, und an den Füßen Sandalen. Die Frauen waren schwarz gekleidet und hatten sogar das Gesicht bedeckt, nur die Augen waren frei. Wladek schaute zu, wie diese seltsamen Menschen auf dem Markt um ihr tägliches Brot feilschten; das wenigstens schien überall auf der Welt gleich zu sein.

Er beobachtete die Szene eine Weile, bis ihm plötzlich auffiel, daß an einer Seite des Gebäudes eine rote Eisenleiter bis zum Boden reichte – sie glich der Feuerleiter in seinem Schloß in Slonim. Sein Schloß. Wer würde ihm das glauben? Er kletterte vom Fensterbrett, ging vorsichtig zur Tür und lugte in den Korridor. Frauen und Männer gingen auf und ab, aber niemand interessierte sich für ihn. Leise schloß er die Tür, fand seine Habseligkeiten in einer Kommode in der Zimmerecke und zog sich rasch an. Seine Kleider waren immer noch schwarz vom Kohlenstaub und kratzten auf der sauberen Haut. Wieder zurück zum Fenster. Es ließ sich ganz leicht öffnen. Er schwang sich auf die Feuerleiter und kletterte hinab in die Freiheit. Das erste, was ihn wie ein Schlag traf, war die Hitze. Er wollte, er hätte keinen so warmen Mantel an.

Unten angekommen, versuchte Wladek zu laufen, aber seine

Beine waren so geschwächt und schmerzten so, daß er nur langsam vorwärts kam. Wie gern würde er das Hinken loswerden. Erst als er sich unter die Menschen auf dem Marktplatz gemengt hatte, drehte er sich nach dem Krankenhaus um.

Wladek begutachtete die verlockenden Lebensmittel auf den Ständen und beschloß, eine Apfelsine und ein paar Nüsse zu kaufen. Er tastete sein Anzugfutter ab; das Geld war doch unter seinem rechten Arm eingenäht gewesen? Ja, aber es war nicht mehr da, und was noch viel schlimmer war, auch der Silberreif war verschwunden. Die Männer in den weißen Mänteln hatten sein Hab und Gut gestohlen. Er überlegte, ob er ins Krankenhaus zurückgehen und sein Erbstück zurückfordern sollte, entschied aber, daß er vorher etwas zu essen haben wollte. Vielleicht fand er noch etwas Geld in der Tasche. Er suchte in den riesigen Manteltaschen und fand darin drei Geldscheine und ein paar Münzen. Auch die Landkarte und der Silberreif waren da. Wladek war glücklich. Er streifte den Silberreif über den Arm und schob ihn bis zum Ellbogen hinauf.

Wladek entschied sich für die größte Apfelsine, die er sah, und eine Handvoll Nüsse. Der Verkäufer sagte etwas, das er nicht verstand. Eine 50-Rubel-Note würde die Verständigung am schnellsten bewerkstelligen, fand Wladek. Doch der Verkäufer schaute den Schein nur an und hob die Arme zum Himmel.

»Allah«, rief er aus, nahm Wladek die Orange und die Nüsse wieder weg und deutete ihm an, zu verschwinden. Betrübt ging Wladek weiter, eine andere Sprache bedeutete offenbar auch anderes Geld. In Rußland war er arm gewesen; hier besaß er keinen Heller. Er würde die Apfelsine stehlen müssen; wenn man ihn erwischte, würde er sie zurückwerfen. Wladek ging, wie es Stefan getan hatte, an das andere Ende des Marktes, aber weder konnte er so stolzieren wie dieser noch verspürte er das gleiche Selbstvertrauen. Er wählte den letzten Stand, und als er sicher war, daß ihn niemand beobachtete, nahm er eine Apfelsine und lief davon. Plötzlich gab es einen Aufruhr. Es war, als jagte ihn die ganze Stadt.

Ein großer Mann stürzte sich auf den hinkenden Jungen und warf ihn zu Boden. Sechs oder sieben Leute griffen nach seinen verschiedenen Körperteilen, und eine Gruppe von Menschen umgab ihn, während man ihn zum Stand zurückzerrte. Dort erwartete ihn bereits ein Polizist. Er schrieb etwas auf und führte eine laute Unterhaltung mit dem Verkäufer. Bei jeder neuen Feststellung wurden die Stimmen schriller. Dann wandte sich der Polizist an Wladek und schrie ihm etwas zu, was Wladek nicht verstand. Der Polizist zuckte die Achseln, packte ihn am Ohr und führte ihn ab. Die Umstehenden fuhren fort, Wladek zu beschimpfen, und jemand bespuckte ihn. Auf der Polizeistation führte man Wladek in das Kellergeschoß und warf ihn in eine winzige Zelle, in der sich bereits zwanzig oder dreißig Kriminelle befanden – Halunken, Diebe, Gott weiß wer. Wladek sprach sie nicht an, und sie zeigten auch keine Lust, sich mit ihm zu unterhalten. Schweigend und in Todesangst kauerte er mit dem Rücken zur Wand in einer Ecke. So blieb er mindestens einen Tag und eine Nacht; ohne Licht und ohne Nahrung. Der Gestank der Exkremente verursachte ihm Übelkeit, und er erbrach, bis er nichts mehr in sich hatte. Nie hätte er gedacht, daß ihm eines Tages der Kerker von Slonim friedlich und ruhig erscheinen würde.

Am folgenden Tag holten ihn zwei Wächter aus dem Verlies und brachten ihn in einen Raum, wo er sich mit anderen Gefangenen in Reih und Glied aufstellen mußte. Mit einem Strick aneinandergefesselt, wurden die Häftlinge aus dem Gefängnis und auf die Straße getrieben. Draußen war bereits eine Menschenmenge versammelt, und ihr lautes Geschrei ließ Wladek vermuten, daß sie auf das Erscheinen der Gefangenen gewartet hatte. Rufend, brüllend und klatschend folgte ihnen die Menge auf den Marktplatz. Warum, wollte sich Wladek gar nicht ausmalen. Als sie den Marktplatz erreicht hatten, blieben die Gefangenen stehen. Der erste Gefangene wurde losgebunden und in die Mitte des Platzes geschoben, wo sich bereits Hunderte schreiende Menschen drängten.

Ungläubig beobachtete Wladek das Schauspiel. Als der erste Gefangene die Platzmitte erreicht hatte, wurde er von einem Wärter auf die Knie gezwungen; seine rechte Hand wurde an einen Holzblock geschnallt. Ein Riese von einem Mann schwang ein Schwert über seinem Kopf und ließ es mit voller Kraft auf das Handgelenk des Mannes herabsausen. Er traf jedoch nur die Fingerspitzen. Der Gefangene brüllte auf, und das Schwert wurde zum zweitenmal gehoben. Diesmal traf er das Gelenk, aber die Arbeit war noch nicht erledigt, denn das Gelenk baumelte am Ann des Gefangenen, und sein Blut flog in den Sand. Ein drittes Mal wurde das Schwert gehoben, ein drittes Mal sauste es herab. Endlich fiel die Hand des Gefangenen zu Boden, und die Menge schrie Beifall. Der Gefangene wurde freigegeben und sank bewußtlos zu Boden. Eine gleichgültige Wache schleppte ihn fort, und ein weinendes Weib – seine Frau, vermutete Wladek – schlang rasch ein blutiges Tuch um den Stumpf. Der zweite Gefangene starb an dem Schock, bevor das Schwert zum viertenmal niedersauste. Der riesige Henkersknecht fuhr mit seiner Arbeit fort, der Tote interessierte ihn nicht; er wurde bezahlt, Hände abzuschlagen.

Verzweifelt schaute sich Wladek um und hätte erbrochen, wäre noch etwas in seinem Magen gewesen. Wo gab es Hilfe, wo eine Fluchtmöglichkeit? Niemand hatte ihm gesagt, daß nach mohammedanischem Gesetz die Strafe für einen Fluchtversuch das Abhacken eines Fußes ist. Seine Blicke überflogen die vielen Gesichter, bis er in der Menge einen europäisch aussehenden Mann in dunklem Anzug sah. Der Mann stand etwa zwanzig Meter von Wladek entfernt und beobachtete das Schauspiel mit offensichtlichem Ekel. Aber weder schaute er in Wladeks Richtung, noch konnte er, inmitten des Geschreis, das bei jedem Schwertstreich ausbrach, Wladeks Hilferufe hören. War er Franzose, Engländer, Deutscher oder vielleicht sogar Pole? Wladek wußte es nicht, aber aus irgendeinem Grund war der Mann hier, um das Spektakel zu beobachten. Wladek starrte ihn an und versuchte verzweifelt, seinen Blick zu erhaschen. Der Europäer zollte ihm keine Beachtung. Wladek winkte mit seinem freien Arm. Vergeblich. Man band den zweiten Mann vor Wladek los und schleifte ihn zu dem Holzblock. Wieder brüllte die Menge begeistert, als das Schwert gehoben wurde, und der Mann im dunklen Anzug schaute angewidert weg. Und wieder winkte Wladek ihm verzweifelt zu.

Jetzt blickte der Mann Wladek an und wandte sich seinem Begleiter zu, den Wladek nicht bemerkt hatte. Die Wache zerrte jetzt den letzten Gefangenen vor Wladek zur Platzmitte und legte dessen Hand in die Lederschlinge. Das herabfallende Schwert trennte die Hand diesmal mit einem einzigen Schlag ab. Die Menge schien enttäuscht. Wladek starrte immer noch auf den Europäer. Die beiden Männer blickten ihn jetzt an. Er wollte, sie würden eine Bewegung machen, aber sie schauten bloß zu ihm hinüber.

Die Wache kam auf Wladek zu, warf seinen Fünfzig-Rubel-Mantel auf den Boden, öffnete sein Hemd und rollte den Ärmel hinauf. Vergebens versuchte Wladek, sich zu wehren, als man ihn auf den Platz schleifte: gegen den Wärter kam er nicht auf. Als Wladek vor dem Holzblock stand, stieß ihn der Wärter in die Knie, und Wladek fiel zu Boden. Man schnallte sein rechtes Handgelenk fest, und es blieb ihm nichts mehr zu tun, als fest die Augen zu schließen, während das Schwert hochgehoben wurde. In panischer Angst wartete er auf den furchtbaren Schlag, als plötzlich ein Raunen durch die Menge ging; der Silberreif glitt von Wladeks Ellbogen über sein Handgelenk auf den Holzblock. Eine unheimliche Stille trat ein. Das kostbare Schmuckstück glänzte im hellen Sonnenlicht. Der Riese legte das Schwert beiseite und betrachtete verblüfft den Silberreif. Wladek öffnete die Augen. Der Mann versuchte den Reif von Wladeks Handgelenk zu streifen, aber der Ledergurt war im Weg. Ein Mann in Uniform kam herbeigelaufen und wollte ihm helfen. Auch er studierte den Reif und die Inschrift, dann rannte er zu einem anderen Mann. Offenbar war es sein Vorgesetzter, denn er näherte sich Wladek mit gemessenen

Schritten. Das Schwert lag noch immer auf dem Boden, und die Menschenmenge begann zu johlen und zu buhen. Auch der zweite Mann versuchte vergebens den Silberreif abzustreifen, schien jedoch nicht gewillt, die Lederschlinge zu lösen. Er rief Wladek etwas zu, was dieser nicht verstand. Wladek sagte auf polnisch: »Ich verstehe eure Sprache nicht.«

Der Beamte schien erstaunt, hob die Hände zum Himmel und rief, »Allah!«. Das muß das gleiche bedeuten wie »Du guter Gott«, dachte Wladek. Der Beamte ging langsam zu den zwei europäisch gekleideten Männern, während er die Arme in alle Richtungen schwang; er glich einer wildgewordenen Windmühle. Wladek betete zu Gott; in solchen Augenblicken betet jeder Mensch, sei es zu Allah, sei es zur Jungfrau Maria. Die Europäer schauten Wladek an, und dieser nickte verzweifelt mit dem Kopf. Einer der Europäer ging mit dem Beamten zu dem Holzblock, kniete neben Wladek nieder, betrachtete prüfend zuerst den Silberreif und dann Wladek. Wladek wartete. Er beherrschte fünf Sprachen und betete, daß der Mann eine von ihnen verstand. Sein Mut sank, als der Europäer sich dem Beamten zuwandte und mit ihm türkisch sprach. Die Menge war jetzt bereits erbost und warf faule Früchte auf den Richtblock. Der Beamte nickte zustimmend, während der Europäer Wladek aufmerksam betrachtete.

»Sprichst du englisch?«

Wladek seufzte erleichtert. »Ja, Sir. Ein wenig. Ich bin Pole.«

»Wie kamst du in den Besitz des Silberreifens?«

»Er meinem Vater gehören, Sir. Er stirbt im Gefängnis von Deutschen und Polen. Ich gefangen werden und in Lager nach Rußland geschickt. Ich flüchte und komme mit Schiff hierher. Ich nicht essen viele Tage. Wenn Verkäufer meinen Rubel für Apfelsine nicht nimmt, ich eine nehmen, weil sehr sehr hungrig.«

Der Engländer stand langsam auf, wandte sich an den Beamten und erklärte ihm etwas mit großer Bestimmtheit. Der Beamte wandte sich seinerseits an den Riesen mit dem Schwert, der unsicher dreinschaute; doch als der Beamte den Befehl etwas lauter wiederholte, bückte er sich widerwillig und löste die Lederschlinge. Diesmal erbrach Wladek.

»Komm«, sagte der Engländer, »und zwar rasch, bevor sie sich anders besinnen.«

Immer noch halb betäubt nahm Wladek seinen Mantel und folgte ihm. Die Menge schrie und schimpfte, als er fortging, und warf ihm alles mögliche nach. Rasch schnallte der Henkersknecht die Hand des nächsten Gefangenen an den Holzblock und schlug mit dem ersten Schlag nur dessen Daumen ab. Das schien den Pöbel zu besänftigen.

Der Engländer drängte sich eilends durch die Menge. Als er den Platz verließ, holte ihn sein Begleiter ein.

»Was ist los, Edward?«

»Der Junge behauptet, er sei Pole und aus Rußland geflüchtet. Ich sagte dem Beamten, er sei Engländer, daher sind wir jetzt für ihn verantwortlich. Bringen wir ihn auf die Botschaft. Dort werden wir ja sehen, ob seine Geschichte halbwegs der Wahrheit entspricht.«

Wladek lief zwischen den beiden Männern durch den Bazar und dann in die Straße der Sieben Könige. Aus der Ferne drang immer noch das Gebrüll der Menge, das anschwoll, wenn das Schwert zuschlug.

Die zwei Engländer gingen über einen kiesbedeckten Hof auf ein großes graues Gebäude zu und bedeuteten Wladek, ihnen zu folgen. Am Tor standen die beruhigenden Worte »Britische Botschaft«. Als Wladek das Gebäude betrat fühlte er sich zum erstenmal seit langer Zeit in Sicherheit. Einen Schritt hinter den beiden Männern ging er durch eine große Halle, an deren Wänden Gemälde von seltsam gekleideten Soldaten und Seeleuten hingen. Am hinteren Ende der Halle sah Wladek das prächtige Porträt eines alten Mannes in einer blauen Marineuniform, die über und über mit Orden geschmückt war. Der schöne Bart erinnerte Wladek an den des Barons. Plötzlich tauchte aus dem Nichts ein Soldat auf und salutierte.

»Korporal Smithers, nehmen Sie den Jungen und sehen Sie zu, daß er ein Bad bekommt. Lassen Sie ihm in der Küche etwas zu essen geben. Bringen Sie ihn, wenn er gegessen hat und etwas weniger wie ein wandelnder Schweinestall riecht, in mein Büro.«

»Zu Befehl, Sir«, sagte der Korporal und salutierte.

»Komm mit mir, mein Junge.« Der Soldat ging, und Wladek folgte ihm gehorsam; er mußte laufen, um mit ihm Schritt halten zu können. Er wurde in ein kleines Zimmer im Untergeschoß der Botschaft gebracht; es hatte ein Fenster. Der Korporal befahl Wladek, sich auszuziehen, und ließ ihn dann allein. Als er ein paar Minuten später zurückkam, fand er Wladek immer noch angekleidet auf der Bettkante sitzen; wie im Traum drehte und drehte er den Silberreif an seinem Handgelenk.

»Beeil dich, Junge. Du bist hier nicht auf Erholungsurlaub.«

»Entschuldigen Sie, Sir«, sagte Wladek.

»Nenn mich nicht Sir. Ich bin Korporal Smithers, und du nennst mich Korporal.«

»Ich bin Wladek Koskiewicz. Nennen Sie mich Wladek.«

»Mach keine Witze mit mir, Junge. Wir haben schon genug seltsame Leute in der britischen Armee – auch ohne dich.«

Wladek verstand nicht, was der Soldat meinte. Rasch zog er sich aus.

»Komm mit mir, und zwar schnell.«

Wieder einmal ein herrliches Bad mit heißem Wasser und Seife. Wladek dachte an seine russische Wohltäterin und daran, daß er ihr Sohn hätte werden können, wäre ihr Mann nicht gewesen. Neue Kleider, etwas merkwürdig, aber sauber und mit dem Geruch der Frische. Wessen Sohn hatten sie einmal gehört? Der Soldat stand schon an der Tür.

Korporal Smithers führte Wladek in die Küche und ließ ihn in der Obhut einer beleibten Köchin zurück. Sie hatte das freundlichste rosa Gesicht, das Wladek seit langem gesehen hatte, sie erinnerte ihn an Niania. Wladek versuchte sich vorzustellen, wie ihre füllige Gestalt wohl nach ein paar Wochen in Lager 201 aussehen würde.

»Hallo«, sagte sie mit strahlendem Lächeln. »Wie heißt du?«

Wladek nannte seinen Namen.

»Du siehst aus, als könntest du eine ordentliche britische Mahlzeit vertragen, mein Junge. Dieses türkische Zeug ist nicht das richtige für dich. Wir werden mit heißer Suppe und Rindfleisch anfangen. Wenn du Mr. Prendergast vorgestellt wirst, brauchst du etwas Handfestes im Magen.« Sie lachte. »Denk daran, bellende Hunde beißen nicht. Obwohl er Engländer ist, hat er das Herz auf dem rechten Fleck.«

»Sie sind keine Engländerin, Frau Köchin?« fragte Wladek erstaunt.

»Du guter Gott, nein. Ich bin Schottin, das ist etwas ganz anderes. Wir hassen die Engländer mehr als es die Deutschen tun«, sagte sie lachend. Dann stellte sie eine dampfende Schüssel mit Fleisch und Gemüse vor Wladek hin. Er hatte ganz vergessen, daß Essen so gut riechen und schmecken konnte. Aus Angst, daß er nicht so bald wieder eine Mahlzeit bekommen würde, aß er das Fleisch ganz langsam.

Wieder erschien der Korporal. »Hast du genug zu essen bekommen, mein Junge?«

»Ja danke, Mr. Korporal.«

Der Korporal sah Wladek mißtrauisch an, konnte aber keine Spur von Frechheit in dessen Ausdruck entdecken. »Gut, dann wollen wir gehen. Bei Mr. Prendergast darf man sich nicht verspäten.«

Der Korporal verschwand durch die Küchentür, und Wladek schaute die Köchin an. Er verabschiedete sich ungern von jemandem, den er eben erst kennengelernt hatte, besonders wenn dieser jemand so freundlich war.

»Ab mit dir, Junge, wenn dir deine Haut lieb ist.«

»Danke, Frau Köchin«, sagte Wladek, »ich kann mich nicht erinnern, jemals so gut gegessen zu haben.«

Die Köchin lächelte ihm zu. Wieder mußte Wladek sehr rasch hinken, um den Korporal einzuholen. Wenn dieser marschierte, konnte Wladek nur laufen. Vor einer Tür, an die Wladek um ein Haar angeprallt wäre, blieb der Korporal unvermittelt stehen.

»Paß auf, wo du hinläufst, mein Junge.«

Der Korporal klopfte kurz und militärisch an die Tür.

»Herein«, sagte eine Stimme.

Der Korporal öffnete die Tür und salutierte. »Der polnische Junge, Sir. Gewaschen und gefüttert wie befohlen.«

»Danke, Korporal. Würden Sie so freundlich sein, Mr. Grant zu mir zu bitten?«

Edward Prendergast blickte von seinem Schreibtisch auf, deutete Wladek an, sich zu setzen, und fuhr fort, seine Akten zu studieren. Wladek nahm Platz und schaute zuerst Mr. Prendergast und dann die Porträts an der Wand an. Wieder Generäle und Admiräle, und wieder jener alte bärtige Mann, diesmal in Khakiuniform. Ein paar Minuten später kam der zweite Engländer, den er vom Marktplatz her kannte, herein.

»Danke, daß du gekommen bist, Harry. Setz dich, mein Alter.«

Mr. Prendergast wandte sich an Wladek. »Und jetzt, mein Junge, erzähl deine Geschichte von Anfang an, ohne Übertreibungen und nur die Wahrheit, verstanden?«

»Ja, Sir.«

Wladek begann seine Geschichte, und er brauchte eine ganze Weile, bis er die richtigen Worte fand. Anfangs war den beiden Engländern von ihren Mienen abzulesen, daß sie der Sache mißtrauten. Dann und wann unterbrachen sie ihn, fragten ihn etwas und nickten einander zu, wenn er antwortete. Nach einer Stunde beendete Wladek die Erzählung seiner Lebensgeschichte im Büro des Zweiten Konsuls Ihrer Britischen Majestät zu Konstantinopel.

»Ich glaube, Harry«, sagte der Zweite Konsul, »es ist unsere Pflicht, sofort das polnische Konsulat zu informieren. Unter den gegebenen Umständen ist es für ihn verantwortlich.«

»Einverstanden«, sagte der Mann namens Harry. »Weißt du,

mein Junge, heute auf dem Marktplatz hast du großes Glück gehabt. Das alte islamische Gesetz, nach dem einem Dieb die Hand abgeschlagen wird, ist theoretisch seit Jahren nicht mehr in Kraft. Nach dem Strafrecht der Osmanen ist eine derartige Bestrafung sogar ein Verbrechen. Dessenungeachtet fahren die Barbaren munter damit fort.« Er zuckte die Achseln.

»Wieso haben sie meine Hand nicht abgeschlagen?« fragte Wladek und hielt sein Handgelenk fest.

»Ich sagte ihnen, sie könnten so viele Hände abschlagen, wie sie wollten, aber nicht die Hand eines Engländers«, warf Edward Prendergast ein.

»Gott sei gedankt«, murmelte Wladek schwach.

»Eigentlich Edward Prendergast«, sagte dieser und lächelte zum erstenmal. Der Zweite Konsul fuhr fort: »Du kannst heute bei uns übernachten, und morgen bringen wir dich zu deiner Delegation; die Polen haben keine Botschaft in Konstantinopel«, sagte er ein wenig verächtlich. »Aber für einen Ausländer ist mein Kollege ein ordentlicher Kerl.« Er drückte auf einen Knopf, und sofort erschien der Korporal.

»Sir.«

»Korporal, führen Sie den jungen Koskiewicz auf sein Zimmer. Am Morgen bekommt er ein Frühstück, und Punkt neun hat er hier zu erscheinen.«

»Ja, Sir. Komm mit mir, mein Junge.«

Wladek wurde weggeführt und hatte nicht einmal Zeit, seinen beiden Schutzengeln, die ihm die Hand und vielleicht das Leben gerettet hatten, zu danken. In einem sauberen kleinen Zimmer angekommen – das Bett war aufgebettet, als sei er ein Ehrengast – zog er sich aus, warf das Kissen auf den Boden und schlief tief und fest, bis die Morgensonne durch das winzige Fenster schien.

»Raus aus den Federn, Junge.«

Es war der Korporal, in tadelloser Uniform, mit messerscharfen Bügelfalten. Wladek, der aus tiefem Schlaf erwachte, glaubte einen Moment lang, wieder im Lager 201 zu sein; das Geräusch, das der Korporal mit seinem Stab auf dem Bettrahmen verursachte, glich jenem, das Wladek nur allzu gut gekannt hatte. Er fiel aus dem Bett und griff nach seinen Kleidern.

»Zuerst wirst du dich waschen, mein Junge. Wir wollen doch nicht, daß Mr. Prendergast so früh am Morgen von deinem scheußlichen Geruch belästigt wird, nicht wahr?«

Wladek wußte nicht recht, was er waschen sollte, so ungewohnt sauber fühlte er sich. Der Korporal starrte ihn an.

»Was ist mit deinem Bein los?«

»Nichts, gar nichts«, sagte Wladek und wandte sich von den prüfenden Blicken ab.

»Gut. Ich bin in drei Minuten zurück. Drei Minuten, verstanden, mein Junge? Sieh zu, daß du fertig bist.«

Wladek wusch rasch Gesicht und Hände, dann zog er sich an. Er stand in seinem langen Bärenfellmantel am Bettende, als Korporal Smither zurückkam, um ihn zum Zweiten Konsul zu führen. Mr. Prendergast begrüßte ihn und schien wesentlich freundlicher als bei der ersten Audienz.

»Guten Morgen, Koskiewicz.«

»Guten Morgen, Sir.«

»Hat dir das Frühstück geschmeckt?«

»Ich kein Frühstück gehabt, Sir.«

»Warum nicht?« fragte der Zweite Konsul den Korporal.

»Er hat verschlafen, Sir. Er hätte sich verspätet.«

»Nun, dann müssen wir sehen, was sich da machen läßt. Fragen Sie Mrs. Henderson, ob sie einen Apfel oder sonst etwas einpacken kann, Korporal.«

»Ja, Sir.«

Wladek und der Zweite Konsul gingen langsam den Korridor entlang zum Tor der Botschaft und über den kiesbestreuten Hof zu einem wartenden Wagen. Es war ein Austin, eines der wenigen Automobile in der Türkei, und es war Wladeks erste Autofahrt. Die Botschaft, der erste Ort, an dem er sich seit langer Zeit sicher gefühlt hatte, zu verlassen, fiel ihm nicht leicht. Ob er jemals in seinem Leben mehr als eine Nacht in demselben Bett schlafen würde? Der Korporal kam die Treppe heruntergelaufen und setzte sich auf den Fahrersitz. Er gab Wladek einen Apfel und ein Stück frisches warmes Brot.

»Paß auf, daß du keine Brotkrumen im Auto verstreust, Junge. Übrigens läßt dich unsere Köchin schön grüßen.«

Sie fuhren im Schrittempo durch die heißen, überfüllten Straßen, da die Türken überzeugt waren, daß sich nichts schneller als ein Kamel bewegen könne.

Daher machten sie nicht einmal den Versuch, dem kleinen Austin auszuweichen. Trotz des offenen Fensters schwitzte Wladek in der drückenden Hitze, während Mr. Prendergast kühl und gelassen blieb. Aus Angst, jemand, der gestern auf dem Marktplatz gewesen war, könne ihn erkennen und den Pöbel neuerlich aufhetzen, drückte sich Wladek in eine Wagenecke. Als der kleine Austin vor einem niedrigen, verfallenen Gebäude mit der Aufschrift »Konsulat Polski« anhielt, war Wladek nicht nur aufgeregt, sondern auch ein wenig enttäuscht.

Alle drei stiegen aus.

»Wo ist das Kerngehäuse des Apfels?« fragte der Konsul.

»Gegessen.«

Der Korporal lachte und klopfte an die Tür. Sie wurde von einem freundlich aussehenden Mann mit dunklem Haar und breitem Kinn geöffnet. Der Mann war in Hemdsärmeln und braungebrannt. Er sprach sie auf polnisch an. Seit dem russischen Arbeitslager waren es die ersten Worte, die Wladek in seiner Muttersprache hörte. Wladek antwortete rasch und erklärte, warum er gekommen war. Sein Landsmann wandte sich an den Zweiten britischen Konsul.

»Hier herein, Mr. Prendergast«, sagte er in perfektem Englisch. »Ich danke Ihnen, daß Sie den Jungen persönlich zu mir gebracht haben.«

Bevor Mr. Prendergast und der Korporal sich verabschiedeten, wurden noch einige diplomatische Floskeln ausgetauscht. Wladek schaute die beiden an und suchte nach einem englischen Wort, das mehr ausdrückte als ›danke‹.

Mr. Prendergast streichelte Wladeks Kopf, als wäre der Junge ein Cockerspaniel. Der Korporal schloß die Tür und nickte Wladek zu. »Viel Glück, mein Junge, weiß Gott, du verdienst es.«

Der polnische Konsul stellte sich Wladek als Pawel Zaleski vor. Wieder wurde Wladek aufgefordert, seine Lebensgeschichte zu erzählen, und er fand es auf polnisch wesentlich einfacher als auf englisch. Pawel Zaleski hörte ihn schweigend an, dann schüttelte er sorgenvoll den Kopf.

»Mein armes Kind«, sagte er betrübt. »Für jemanden so jungen hast du mehr als deinen Anteil am Leid unserer Heimat ertragen. Und was sollen wir jetzt mit dir tun?«

»Ich will nach Polen, um mein Schloß zurückzufordern«, sagte Wladek.

»Polen«, erwiderte Pawel Zaleski. »Wo ist das? In der Gegend, in der du gelebt hast, finden immer noch heftige Kämpfe zwischen Polen und Russen statt. General Pilsudski tut alles, was in seiner Macht steht, um die territoriale Integrität unserer Heimat zu schützen. Aber allzu großer Optimismus wäre töricht. In Polen bleibt wenig zu tun für dich; das Beste wäre, in England oder Amerika ein neues Leben zu beginnen.«

»Aber ich will nicht nach England oder Amerika. Ich bin Pole.«

»Wo du auch lebst, du wirst immer Pole bleiben, Wladek. Das kann dir niemand wegnehmen. Aber du solltest dein Leben, das kaum noch begonnen hat, realistisch sehen.«

Mutlos senkte Wladek den Kopf. Hatte er das alles mitgemacht, um jetzt zu erfahren, daß er nie mehr in seine Heimat zurückkehren können würde? Er kämpfte mit den Tränen.

Pawel Zaleski legte einen Arm um die Schultern des Jungen. »Vergiß nie, daß du zu den Glücklichen gehörst, denen es gelang, diesen Völkermord zu überleben. Du mußt nur an deinen Freund

Doktor Dubien denken, dann weißt du, wie dein Leben hätte aussehen können.«

Wladek erwiderte nichts.

»Du mußt jetzt alle Gedanken an die Vergangenheit verbannen und nur an deine Zukunft denken, Wladek. Vielleicht wirst du die Wiedergeburt Polens noch erleben – das ist mehr, als ich zu hoffen wage.« Wladek antwortete nicht.

»Du mußt ja nicht sofort einen Entschluß fassen«, sagte der Konsul freundlich. »Bis du entschieden hast, wie deine Zukunft aussehen soll, kannst du gern hierbleiben.«

10

Anne machte sich Sorgen über die Zukunft. Die ersten Monate ihrer Ehe waren glücklich gewesen und nur getrübt durch Williams Abneigung gegen ihren Mann und Henrys offensichtliche Unlust, sich für eine Tätigkeit zu entscheiden. In diesem Punkt war Henry empfindlich; er erklärte Anne, daß er noch immer vom Krieg verunsichert und nicht bereit sei, sich in etwas zu stürzen, bei dem er vermutlich sein weiteres Leben lang bleiben würde. Sie konnte sich nur schwer damit abfinden, und schließlich kam es zum ersten Streit.

»Ich verstehe nicht, warum du dieses Realitätenbüro, das dich so lockte, nicht eröffnest, Henry.«

»Es geht nicht, es ist jetzt nicht der richtige Zeitpunkt. Im Augenblick sieht der Realitätenmarkt nicht sehr rosig aus.«

»Das behauptest du seit einem Jahr. Ich frage mich, ob er jemals rosig genug für dich sein wird.«

»Bestimmt. Die Wahrheit ist, daß ich etwas mehr Startkapital brauche. Wenn du mir Geld leihen könntest, wäre ich morgen im Geschäft.«

»Das ist unmöglich, Henry. Du kennst Richards Testamentsbestimmungen. Meine Apanage wurde am Tag unserer Eheschließung eingestellt, und jetzt besitze ich nur mehr mein Vermögen.«

»Ein wenig davon würde mir bereits helfen. Und vergiß nicht, dein geliebter Sohn hat über zwanzig Millionen im Familientrust.«

»Du scheinst eine Menge über Williams Trust zu wissen«, sagte Anne mißtrauisch.

»Ach, bitte Anne, gib mir eine Chance, dein Mann und nicht nur Gast in meinem eigenen Haus zu sein.«

»Was ist mit deinem Geld geschehen, Henry? Du hast mich immer in dem Glauben gelassen, du hättest genügend Kapital, um etwas anzufangen.«

»Du wußtest immer, daß ich finanziell nicht an Richard heranreiche. Und es gab eine Zeit, in der du fandest, das spiele keine Rolle, Anne. ›Ich würde dich auch heiraten, wenn du keinen Groschen hättest, Henry‹«, äffte er sie nach.

Anne brach in Tränen aus, und Henry versuchte sie zu trösten. Den Rest des Abends lag sie in seinen Armen, und sie besprachen das Problem. Anne redete sich ein, daß sie kleinlich und lieblos sei. Sie besaß mehr Geld, als sie jemals brauchen würde. Konnte sie nicht dem Mann, dem sie ihr Leben anvertraut hatte, auch etwas von ihrem Vermögen anvertrauen?

Als Folge dieser Überlegungen gab sie Henry hunderttausend Dollar, um in Boston ein Realitätenbüro zu eröffnen. Binnen einem Monat hatte Henry ein elegantes neues Büro in einem eleganten Stadtviertel gefunden und Personal aufgenommen. Er begann zu arbeiten. Bald verkehrte er mit allen Politikern der Stadtverwaltung und mit allen Grundstücksmaklern von Boston. Sie sprachen von steigenden Landpreisen und schmeichelten Henry. Anne verkehrte nicht gern mit diesen Leuten, aber Henry war glücklich und schien Erfolg zu haben.

William war jetzt vierzehn Jahre alt und das dritte Jahr in St. Paul. Er war der sechste in der Gesamtbewertung und der beste Mathematiker seiner Klasse. Auch im Diskussionsklub wurde man auf ihn aufmerksam. Einmal in der Woche schrieb er an seine Mutter und berichtete ihr von seinen Fortschritten; er adressierte die Briefe an Mrs. Richard Kane und ignorierte die Existenz eines Henry Osborne. Anne wußte nicht recht, ob sie mit Henry darüber sprechen sollte, und jeden Montag nahm sie vorsorglich Williams Brief aus dem Postfach, so daß Henry den Umschlag nicht zu Gesicht bekam. Sie gab die Hoffnung nicht auf, daß William sich eines Tages mit Henry anfreunden würde, aber als er sie in einem Brief bat die Sommerferien bei seinem Freund Matthew verbringen zu dürfen, wußte sie, wie unrealistisch diese Hoffnung war. Williams Bitte war eine herbe Enttäuschung für Anne, doch sie wählte den einfachsten Weg und stimmte Williams Plänen zu.

William haßte Henry Osborne, und er hegte und pflegte diesen Haß, ohne recht zu wissen, was er gegen seinen Stiefvater unternehmen konnte. Er war froh, daß Henry ihn nie in der Schule besuchte; der Gedanke, die anderen Jungen könnten seine Mutter mit diesem Mann sehen, schien ihm unerträglich. Schlimm genug, daß er in Boston mit ihm leben mußte.

Zum erstenmal seit der Heirat seiner Mutter wartete William ungeduldig auf den Ferienbeginn.

Der Packard der Lesters brachte William und Matthew in das Feriencamp in Vermont. Auf der Fahrt erkundigte sich Matthew beiläufig, was William nach dem Verlassen der Schule denn zu tun gedenke.

»Wenn ich St. Paul verlasse, werde ich Klassenbester und Klassenpräsident sein. Außerdem werde ich das Hamilton Memorial-Stipendium für Harvard gewonnen haben«, erwiderte William, ohne zu zögern.

»Warum ist das alles so wichtig?« erkundigte sich Matthew.

»Meinem Vater ist es auch gelungen.«

»Wenn du es aufgegeben hast, deinen Vater zu übertreffen, werde ich dich meinem Vater vorstellen.«

William lächelte.

Die beiden Jungen verbrachten vier vergnügte und ausgefüllte Wochen in Vermont und beteiligten sich an allen Spielen, von Schach bis Football. Nach einem Monat fuhren sie nach New York, um den Rest der Ferien mit der Familie Lester zu verbringen. An der Tür wurden sie von einem Diener empfangen, der Matthew mit »Sir« ansprach, und von einem zwölfjährigen Mädchen mit Sommersprossen, das ihn »Dickerchen« nannte. William lachte, denn sein Freund war gertenschlank, während das Mädchen ziemlich dick war. Sie lächelte und zeigte ihre Zähne, die beinahe zur Gänze von einer Zahnspange bedeckt waren.

»Man würde nicht glauben, daß Susan meine Schwester ist, nicht wahr?« sagte Matthew verächtlich.

»Nein, kaum«, sagte William und lächelte Susan an. »Sie ist so viel hübscher als du.«

Von diesem Moment an vergötterte sie William.

William aber vergötterte Matthews Vater vom ersten Moment an; er erinnerte ihn in so vieler Hinsicht an seinen eigenen Vater. William bat Charles Lester, ihm die große Bank, deren Präsident er war, zu zeigen. Charles Lester überlegte sich die Bitte sehr genau. Noch nie hatte ein Kind die geheiligten Räume von 17, Broad Street, betreten, nicht einmal sein eigener Sohn. Wie es Bankiers so oft zu tun pflegen, schloß er einen Kompromiß und führte den Jungen an einem Sonntagnachmittag durch das Gebäude in der Wallstreet.

William war fasziniert von den verschiedenen Räumen, den Tresoren, den Büros für Transaktionen in Fremdwährung, dem Sitzungssaal und dem Büro des Präsidenten. Die Lester Bank war wesentlich größer als Kane and Cabot, und William wußte von seinem eigenen bescheidenen Anlagekonto, dem er eine Kopie des Jahresberichtes verdankte, daß die Bank über ein wesentlich umfangreicheres Stammkapital verfügte als Kane and Cabot. Als sie mit dem Auto nach Hause fuhren, war William schweigsam und nachdenklich.

»Nun, William, hat dir der Besuch in meiner Bank gefallen?« fragte Charles Lester leutselig.

»Oh, ja, Sir«, antwortete William, »er hat mir sehr gefallen.« Er hielt einen Moment inne, dann fügte er hinzu: »Ich habe die Absicht, eines Tages Präsident Ihrer Bank zu werden, Mr. Lester.«

Charles Lester lachte und erzählte bei jeder Gelegenheit, wie der junge William Kane auf Lester and Co. reagiert hatte, was alle Zuhörer erheiterte.

Nur, William hatte die Bemerkung nicht im Spaß gemeint.

Anne war schockiert, als Henry eine weitere Geldsumme von ihr verlangte.

»Die Sache ist so sicher wie ein Haus«, erklärte er. »Frag Alan Lloyd. Als Präsident der Bank hat er nur deinen Vorteil im Auge.«

»Aber zweihundertfünfzigtausend?« zögerte Anne.

»Eine großartige Gelegenheit, meine Liebe. Sieh es als eine Anlage an, die in zwei Jahren doppelt so viel wert sein wird.«

Nach einem anderen, etwas längeren Streit gab Anne nochmals nach, und damit kehrten sie wieder zur bequemen Alltagsroutine zurück. Als Anne ihr Konto bei der Bank kontrollierte, stellte sie fest daß sie nur noch hundertfünfzigtausend Dollar besaß. Aber Henry schien die richtigen Leute zu kennen und die richtigen Abschlüsse zu tätigen. Sie überlegte, ob sie das Problem mit Alan Lloyd bei Kane and Cabot besprechen sollte, sah aber letztlich davon ab. Es hätte bedeutet, dem Mann zu mißtrauen, den alle Welt respektieren sollte, und bestimmt hätte Henry den Vorschlag nicht gemacht, wäre er nicht sicher gewesen, daß das Darlehen von Alan gebilligt wurde.

Anne ging auch zu Dr. MacKenzie und fragte ihn, ob sie ein zweites Kind haben könne. Der Arzt riet ihr ab; mit dem hohen Blutdruck, der die erste Fehlgeburt verursacht hatte, hielt er nichts davon, mit fünfunddreißig Jahren nochmals einen Versuch zu wagen. Anne besprach die Frage mit den Großmüttern, und auch sie schlossen sich voll und ganz der Meinung des Arztes an. Keine von beiden hielt viel von Henry Osborne, und noch viel weniger hielten sie von einem Osborne-Sprößling, der nach ihrem Tod

Ansprüche an das Familienvermögen der Kane stellen könnte. Anne fand sich mit der Tatsache ab, daß William ihr einziges Kind bleiben würde. Henry war ärgerlich über ihren ›Verrat‹, wie er es nannte, und behauptete, daß Anne, wäre Richard noch am Leben, bestimmt einen Versuch gewagt hätte. Wie verschieden die beiden Männer doch waren, überlegte Anne, und konnte sich nicht erklären, warum sie beide liebte. Sie versuchte Henry zu besänftigen und betete, daß seine Projekte Erfolg haben und ihn beschäftigen würden; in letzter Zeit blieb er abends sehr lang im Büro.

An einem Montag im Oktober, eine Woche nachdem sie ihren zweiten Hochzeitstag gefeiert hatten, bekam Anne die ersten Briefe von einem unbekannten »Freund«, die sie informierten, daß Henry in der Stadt in Begleitung anderer Frauen gesehen werde, insbesondere mit einer Dame, deren Namen der Schreiber nicht nennen wollte. Zuerst verbrannte Anne die Briefe sofort, und obwohl der Inhalt ihr im Kopf herumging, sprach sie mit Henry nicht darüber, sondern hoffte bei jedem Brief, es würde der letzte sein. Sie brachte nicht einmal den Mut auf, die Sache aufs Tapet zu bringen, als Henry sie um die letzten hundertfünfzigtausend Dollar bat.

»Ich verliere das ganze Geschäft, wenn ich nicht sofort das Geld bekomme, Anne.«

»Aber es ist alles, was ich besitze, Henry. Wenn ich dir das Geld gebe, bleibt mir kein roter Heller.«

»Allein dieses Haus ist über zweihunderttausend wert. Du könntest morgen eine Hypothek aufnehmen.«

»Das Haus gehört William.«

»William, William, William. Es ist immer William, der meinem Erfolg im Weg steht«, schrie Henry und stürmte aus dem Zimmer.

Kurz nach Mitternacht kehrte er reumütig nach Hause zurück und versicherte Anne, es sei ihm lieber, sie behalte ihr Geld und er ginge unter; denn wenigstens würden sie einander haben. Anne ließ sich von seinen Worten trösten und später von ihm lieben. Am nächsten Morgen stellte sie einen Scheck über hundertfünfzigtausend Dollar aus und versuchte zu vergessen, daß sie keinen Heller besaß, bis Henrys Geschäfte Fruchte tragen würden. Ob es ein reiner Zufall war, daß Henry genau den Betrag verlangt hatte, der von ihrer Erbschaft noch übrig war?

Im nächsten Monat blieb Annes Periode aus.

Doktor MacKenzie war besorgt, versuchte sich aber nichts anmerken zu lassen. Die Großmütter waren entsetzt und machten keinen Hehl daraus. Henry war entzückt und beteuerte, es sei das schönste, was ihm in seinem ganzen Leben widerfahren sei. Er versprach sogar, den neuen Kindertrakt zu bauen, den Richard vor seinem Tod geplant hatte.

Als William durch einen Brief seiner Mutter von der Neuigkeit erfuhr, verbrachte er einen ganzen Abend tief in Gedanken versunken und war nicht einmal imstande, Matthew zu erzählen, was ihn beschäftigte. Er bat Grumpy Raglan um Sonderurlaub, nahm am folgenden Samstagmorgen einen Zug nach Boston und hob nach seiner Ankunft hundert Dollar von seinem Sparkonto ab. Dann ging er in die Anwaltskanzlei von Cohen, Cohen and Yablons in der Jefferson Street. Der Seniorpartner, Mr. Thomas Cohen, ein großer hagerer Mann mit dunklem Teint, war ein wenig erstaunt, als man William in sein Büro führte.

»Ich wurde noch nie von einem Sechzehnjährigen konsultiert«, begann Mr. Cohen. »Das wird etwas ganz Neues für mich sein ...«, er zögerte, »— Mr. Kane.« Er stellte fest, daß ihm das Mr. Kane nicht leicht von den Lippen kam. »Besonders, da Ihr Vater für Angehörige meiner Religion — wie soll ich mich ausdrücken? — nicht viel übrig hatte.«

»Mein Vater«, erwiderte William, »bewunderte die Leistungen des jüdischen Volkes und insbesondere Ihrer Firma, wenn Sie seine Konkurrenten vertraten. Ich hörte ihn mehrmals Ihren Namen erwähnen. Deshalb, Mr. Cohen, habe ich Sie gewählt, nicht Sie mich. Das sollte Sie beruhigen.«

Mr. Cohen schob die Tatsache, daß William erst sechzehn war, rasch beiseite. »In der Tat, ich glaube, daß ich für Richard Kanes

Sohn eine Ausnahme machen muß. Was können wir für Sie tun?«

»Ich möchte, daß Sie mir drei Fragen beantworten, Mr. Cohen. Erstens: Falls meine Mutter, Mrs. Henry Osborne, ein Kind bekommt – sei es einen Sohn oder eine Tochter –, möchte ich wissen, ob dieses Kind legale Ansprüche auf den Familienfonds der Kanes hat. Zweitens: Habe ich gegenüber Mr. Henry Osborne irgendwelche gesetzliche Verpflichtungen, weil er meine Mutter geheiratet hat? Drittens: Wie alt muß ich sein, um darauf dringen zu können, daß Mr. Henry Osborne mein Haus am Louisburg Square in Boston verläßt?«

Thomas Cohens Feder fuhr in Windeseile über das vor ihm liegende Blatt Papier und spritzte kleine blaue Punkte auf die bereits mit Tinte befleckte Schreibtischplatte.

William legte hundert Dollar auf den Tisch. Der Anwalt schien etwas erstaunt, nahm jedoch die Geldscheine und zählte sie.

»Gehen Sie vorsichtig mit dem Geld um, Mr. Cohen. Wenn ich Harvard verlasse, werde ich einen guten Anwalt brauchen.«

»Sie wurden bereits in Harvard aufgenommen, Mr. Kane? Meine Glückwünsche. Ich hoffe, daß mein Sohn auch hingehen wird.«

»Nein, ich bin noch nicht aufgenommen, aber in zwei Jahren werde ich es sein. In einer Woche komme ich wieder nach Boston, um Sie zu besuchen, Mr. Cohen. Sollte ich jemals im Leben von jemand anderem als von Ihnen ein Wort über dieses Thema hören, dann können Sie unsere Verbindung als beendet betrachten. Guten Tag, Sir.«

Auch Thomas Cohen hätte guten Tag gesagt, hätte er die Worte hervorgebracht, bevor William die Tür schloß.

Eine Woche später kam William wieder in das Büro von Cohen, Cohen and Yablons.

»Ach, Mr. Kane«, sagte Thomas Cohen, »wie nett, Sie wiederzusehen. Möchten Sie eine Tasse Kaffee?«

»Nein, danke.«

»Soll ich ein Coca-Cola holen lassen?«

Williams Gesicht war ausdruckslos.

»Also gleich zum geschäftlichen Teil«, sagte Mr. Cohen ein wenig verlegen. »Wir haben uns in Ihrer Angelegenheit mit Hilfe eines angesehenen Detektivbüros ein wenig umgesehen, um Ihre Fragen, die nicht rein akademischer Natur sind, zu beantworten. Ich glaube sagen zu dürfen, daß wir alle Antworten haben. Sie fragten, ob Mr. Osbornes Kind von Ihrer Mutter – sollte es eins geben – einen Anspruch auf das Vermögen der Kanes und insbesondere auf den Trust Ihres Vaters hat. Die Antwort lautet: nein. Aber natürlich steht es Mrs. Osborne frei, jeden Betrag aus dem von Ihrem Vater ererbten Vermögen zu vermachen, wem sie will.«

Mr. Cohen schaute auf.

»Es wird Sie jedoch interessieren, Mr. Kane, daß Ihre Mutter während der vergangenen achtzehn Monate die gesamte Summe von fünfhunderttausend Dollar von ihrem Privatkonto bei Kane and Cabot abgehoben hat. Wie das Geld verwendet wurde, konnten wir nicht feststellen. Vielleicht entschloß sich Ihre Mutter, es bei einer anderen Bank zu deponieren.«

William war bestürzt – der erste kleine Mangel an Selbstbeherrschung, den Thomas Cohen feststellen konnte.

»Es gibt keinen Grund, warum sie das hätte tun sollen«, sagte William. »Das Geld kann nur an eine Person gegangen sein.«

Der Anwalt schwieg, in der Erwartung, Näheres zu erfahren, aber William faßte sich und fügte nichts hinzu. Mr. Cohen fuhr fort.

»Die Antwort auf Ihre zweite Frage lautet daß Sie keinerlei persönliche oder legale Verpflichtungen gegenüber Henry Osborne haben. Nach den testamentarischen Bestimmungen Ihres Vaters sind Ihre Mutter, ein Mr. Alan Lloyd und eine Mrs. John Preston, Ihre Taufpatin, Treuhänder Ihres Vermögens, bis Sie mündig sind, das heißt, einundzwanzig Jahre sind.«

Wieder schaute Thomas Cohen auf. Williams Gesicht blieb ausdruckslos. Mr. Cohen hatte bereits gelernt, daß er in diesem Fall fortzufahren hatte.

»Und drittens, Mr. Kane, können Sie Mr. Osborne nicht zwingen, Beacon Hill zu verlassen, solange er mit Ihrer Mutter verheiratet ist und mit ihr lebt. Beim Tod Ihrer Mutter geht das Haus an Sie über. Sollte Mr. Osborne zu diesem Zeitpunkt noch am Leben sein, können Sie verlangen, daß er auszieht. Ich glaube, damit sind alle Ihre Fragen beantwortet, Mr. Kane.«

»Danke, Mr. Cohen«, sagte William. »Ich danke Ihnen für Ihre Tüchtigkeit und für Ihre Diskretion in dieser Angelegenheit. Seien Sie so freundlich und teilen Sie mir Ihre Honorarforderung mit.«

»Hundert Dollar decken die Sache nicht zur Gänze, Mr. Kane, aber wir haben Vertrauen in Ihre Zukunft und ...«

»Ich möchte niemandem verpflichtet sein, Mr. Cohen. Sie müssen mich so behandeln, als würden wir nie mehr etwas miteinander zu tun haben. Wieviel schulde ich Ihnen, so besehen?«

Mr. Cohen überlegte einen Moment. »Unter diesen Umständen würden wir zweihundertzwanzig Dollar berechnen, Mr. Kane.«

William entnahm der Innentasche seines Sakkos sechs Zwanzig-Dollar-Scheine und gab sie Mr. Cohen. Diesmal zählte sie der Anwalt nicht.

»Ich danke Ihnen für Ihre Hilfe, Mr. Cohen. Wir werden einander bestimmt wiedersehen. Guten Tag, Sir.«

»Guten Tag, Mr. Kane. Darf ich mir erlauben zu sagen, daß ich nie die Ehre hatte, Ihren Vater persönlich kennenzulernen, aber nachdem ich mit Ihnen zu tun hatte, wünschte ich, ich hätte ihn kennengelernt.«

Williams Lächeln wurde wärmer. »Danke, Sir.«

Die Vorbereitungen für das Baby nahmen Anne voll in Anspruch. Zudem stellte sie fest, daß sie leicht ermüdete und viel Ruhe brauchte. Wann immer sie Henry fragte, wie die Geschäfte gingen, hatte er eine plausible Antwort bereit, die sie in dem Glauben wiegte, daß alles zum besten stehe, ohne ihr Details mitzuteilen.

Dann kamen wieder anonyme Briefe. Diesmal enthielten sie mehr Einzelheiten, die Namen der Frauen und die Plätze, an denen sie mit Henry anzutreffen waren. Anne verbrannte die Briefe, noch bevor sie sich Namen und Orte einprägen konnte. Sie wollte nicht glauben, daß ihr Mann untreu war, während sie sein Kind trug. Jemand war eifersüchtig und hatte es auf Henry abgesehen; und dieser jemand log.

Es trafen weitere Briefe ein, manchmal mit neuen Namen. Anne verbrannte auch sie, aber jetzt konnte sie sie nicht mehr vergessen. Gern hätte sie das Problem mit jemandem besprochen, aber es fiel ihr niemand ein, dem sie sich hätte anvertrauen können. Die Großmütter wären entsetzt gewesen, und in jedem Fall waren sie gegen Henry voreingenommen. Von Alan Lloyd in der Bank konnte sie kaum Verständnis erwarten, weil er nie geheiratet hatte, und William war viel zu jung. Es schien niemanden zu geben. Nachdem Anne eine Vorlesung von Sigmund Freud gehört hatte, dachte sie kurzzeitig daran, einen Psychiater aufzusuchen. Aber daß eine Lowell ein Familienproblem mit einem Fremden besprechen könnte, war einfach unvorstellbar.

Die Angelegenheit kam letztlich in einer Weise zur Sprache, auf die Anne nicht vorbereitet war. Eines Montagmorgens erhielt sie drei Briefe; den üblichen, an Mrs. Richard Kane adressierten von William, in dem er fragte, ob er die Sommerferien wieder mit seinem Freund Matthew Lester in New York verbringen dürfe; einen anonymen Brief, der andeutete, daß Henry eine Affäre hatte mit, und zwar mit... Milly Preston. Der dritte war von Alan Lloyd in seiner Eigenschaft als Präsident der Bank, der sie bat, anzurufen, um eine Zusammenkunft zu vereinbaren. Anne ließ sich in einen Stuhl fallen, fühlte sich atemlos und elend und zwang sich, die drei Briefe nochmals zu lesen. Williams Brief tat ihr weh, weil er so unpersönlich war, und es schmerzte sie zu hören, daß er es vorzog, seine Ferien mit Matthew Lester zu verbringen. Seit ihrer Heirat mit Henry hatten sich Mutter und Sohn mehr und mehr entfremdet. Der anonyme Brief mit dem Hinweis, daß Henry sie mit ihrer besten Freundin betrog, ließ sich nicht ignorieren. Milly hatte ihr nicht nur Henry vorgestellt, sie war auch Williams Taufpatin.

Alan Lloyds Brief ängstigte sie irgendwie noch mehr. Der einzige Brief, den sie jemals von Alan erhalten hatte, war ein Beileidsschreiben anläßlich Richards Tod gewesen. Sie hatte das unbestimmbare Gefühl, daß auch dieser Brief nur schlechte Nachrichten ankündigen konnte.

Als sie die Bank anrief, wurde sie sofort mit Alan Lloyd verbunden.

»Alan, du wolltest mich sprechen?«

»Ja, meine Liebe, ich möchte mich bei Gelegenheit mit dir unterhalten. Wann würde es dir denn passen?«

»Schlechte Nachrichten?« fragte Anne.

»Nicht wirklich. Aber ich möchte lieber nichts am Telefon erwähnen. Du brauchst dir keine Sorgen zu machen. Hast du vielleicht Zeit, mit mir zu Mittag zu essen?«

»Gern, Alan.«

»Dann treffen wir uns doch um ein Uhr im Ritz. Ich freue mich, dich zu sehen, Anne.«

Ein Uhr – in drei Stunden. Ihre Gedanken wanderten von Alan über William zu Henry und blieben bei Milly Preston hängen. Konnte es wahr sein? Anne beschloß, ein Bad zu nehmen und ein neues Kleid anzuziehen. Es half nicht viel; sie fühlte sich aufgedunsen und sah auch ein wenig so aus. Ihre Waden und Knöchel, bisher schlank und elegant, waren jetzt verfärbt und geschwollen. Die Vorstellung, wie sie sich bis zur Geburt des Kindes noch verändern würde, war nicht angenehm. Sie seufzte vor ihrem Spiegelbild und begann sich zu verschönern, so gut es ging.

»Du siehst sehr schick aus, Anne. Wäre ich kein alter Junggeselle, der über diese Dinge hinweg sein sollte, ich würde schamlos mit dir flirten«, sagte der silberhaarige Bankier und begrüßte sie mit einem Kuß auf die Wange.

Er führte Anne zu seinem Tisch. Es war Tradition, daß der Präsident von Kane and Cabot, wenn er nicht in der Bank speiste, immer an einem bestimmten Ecktisch saß; so hatte es Richard gehalten, und so hielt es Alan Lloyd. Anne saß zum erstenmal an diesem Tisch. Kellner schwirrten wie Schwalben umher und schienen genau zu wissen, wann sie zu erscheinen und wann sie zu verschwinden hatten, um ein privates Gespräch nicht zu stören.

»Wann soll das Baby kommen, Anne?«

»Ach, erst in drei Monaten.«

»Hoffentlich keine Komplikationen. Ich glaube mich zu erinnern . . .«

»Ja«, gab Anne zu, »der Arzt kommt jede Woche und zieht ein besorgtes Gesicht wegen meines Blutdrucks. Aber ich mache mir keine Sorgen.«

»Das freut mich, meine Liebe«, sagte er und berührte sanft wie ein Onkel ihre Hand. »Du siehst etwas müde aus; ich hoffe, du bist vorsichtig.«

Alan Lloyd hob ein wenig die Hand. Ein Kellner erschien, und sie bestellten.

»Anne, ich möchte deinen Rat.«

Anne wußte, daß Alan Lloyd ein ausgezeichneter Diplomat war; er aß nicht mit ihr zu Mittag, um ihren Rat zu hören, sondern um ihr einen Rat zu erteilen, darüber war sie sich im klaren.

»Hast du irgendeine Ahnung, wie sich Henrys Grundstückstransaktionen entwickeln?«

»Nein«, erwiderte Anne. »Ich kümmere mich nicht um Henrys Geschäfte. Du wirst dich erinnern, daß ich es bei Richard genauso gehalten habe. Warum? Gibt es Grund zur Besorgnis?«

»Nein, nein. Nichts, wovon wir in der Bank wüßten. Im Gegenteil, wir wissen, daß sich Henry um einen großen städtischen Auftrag für das neue Krankenhaus bemüht. Ich frage nur, weil er bei der Bank um einen Kredit über fünfhunderttausend Dollar angesucht hat.«

Anne war sprachlos.

»Ich sehe, daß du erstaunt bist«, sagte Alan. »Wir wissen, daß du auf deinem Aktiendepot eine Reserve von etwas weniger als zwanzigtausend Dollar hast, während dein Privatkonto um siebzehntausend Dollar überzogen ist.«

Entsetzt ließ Anne den Suppenlöffel fallen. Sie hatte nicht geahnt, daß sie um so viel überzogen hatte. Alan merkte ihre Panik.

»Das ist nicht der Anlaß unseres Mittagessens, Anne«, fügte er hinzu. »Die Bank ist gern bereit, auf deinem Privatkonto Geld zu verlieren, solange du lebst. Die Zinsen von Williams Fonds betragen über eine Million Dollar pro Jahr, also sind diese Summen nicht von großer Bedeutung, ebensowenig übrigens wie die fünfhunderttausend, die Henry haben möchte, wenn wir deine Zustimmung als Williams gesetzlicher Vormund erhalten.«

»Ich wußte nicht, daß ich irgendeine Verfügungsgewalt über Williams Vermögen habe«, sagte Anne.

»Nicht über das Stammkapital, aber die Zinsen aus dem Trust können in jedem Projekt angelegt werden, das William Gewinn verspricht. Du, ich und Milly Preston bestimmen darüber bis zu Williams Großjährigkeit. Milly teilte mir bereits mit, daß sie einverstanden sei. Damit hättet ihr zwei Stimmen, und meine Meinung wäre gleichgültig.«

»Milly Preston gab ihre Zustimmung, Alan?«

»Ja. Hat sie nicht mit dir darüber gesprochen?«

Anne antwortete nicht sofort. »Und was ist *deine* Meinung?« fragte sie schließlich.

»Nun, ich kenne Henrys finanzielle Lage nicht. Seine Firma ist erst achtzehn Monate alt, und wir sind nicht seine Bank. Daher weiß ich nicht, wie hoch seine Passiva im laufenden Jahr sind und mit welchen Gewinnen er für 1923 rechnet.«

»Weißt du, daß ich Henry in den letzten achtzehn Monaten fünfhunderttausend Dollar von meinem eigenen Geld gegeben habe?« fragte Anne.

»Mein Hauptkassierer informiert mich, wann immer ein großer Barbetrag von einem Konto abgehoben wird. Ich wußte nicht, daß du das Geld dafür verwendet hast, und es geht mich auch nichts an, Anne. Dieses Geld hast du von Richard geerbt, um es auszugeben, wie du es für richtig hältst.

Die Zinsen aus dem Familientrust sind eine andere Sache. Wenn du beschließt, fünfhunderttausend Dollar in Henrys Firma zu stecken, dann muß die Bank seine Bücher prüfen; das Geld wäre eine neue Anlage für Williams Portefeuille. Richard räumte den Treuhändern des Trusts nicht das Recht ein, Darlehen zu geben, sondern nur, für William zu investieren. Diesen Sachverhalt habe ich Henry bereits erklärt, und falls wir uns zu der Investition entschließen, müssen die Treuhänder entscheiden, welche Beteiligung an Henrys Firma den fünfhunderttausend Dollar entspricht. William ist natürlich informiert, was wir mit den Eingängen aus seinem Fonds tun, denn wir hatten keine Veranlassung, seine Bitte, ebenso wie die Treuhänder einen vierteljährlichen Bericht zu erhalten, abzulehnen. Ich bin überzeugt, daß er in dieser Angelegenheit, von der er im nächsten Vierteljahresbericht erfahren wird, eine eigene Meinung hat. Vielleicht amüsiert es dich, zu hören, daß William mir seit seinem sechzehnten Lebensjahr seine Meinung zu allen unseren Investitionen mitteilt. Anfangs las ich diese Mitteilungen mit dem flüchtigen Interesse eines wohlwollenden Vormundes. In letzter Zeit studiere ich seine Kommentare mit einiger Hochachtung. Wenn William einmal seinen Platz im Vorstand von Kane and Cabot einnimmt, wird sich unsere Bank vielleicht als zu klein für ihn erweisen.«

»Bisher hat man mich nie um Rat bezüglich Williams Fonds gefragt«, sagte Anne hilflos.

»Meine Liebe, du erhältst vierteljährlich einen Bericht von der Bank, und du hättest als Treuhänderin des Fonds jede Investition, die wir für William tätigen, überprüfen können.«

Alan Lloyd zog einen Papierstreifen aus der Tasche und schwieg, bis der Weinkellner den Nuits Saint Georges eingeschenkt hatte. Sobald der Kellner außer Hörweite war, fuhr er fort:

»William hat über einundzwanzig Millionen, zu viereinhalb Prozent verzinst, bis zu seinem einundzwanzigsten Geburtstag auf der

Bank liegen. Die Zinsen legen wir jedes Jahr in Aktien und Obligationen an. In eine Privatfirma haben wir bisher nie investiert. Es mag dich erstaunen, daß wir diese Wiederanlagen jetzt auf eine Basis von fünfzig zu fünfzig durchführen: fünfzig Prozent nach Gutdünken der Bank, und fünfzig Prozent nach Williams Vorschlägen. Im Augenblick stehen wir, sehr zur Zufriedenheit von Tony Simmons, dem Anlageberater, etwas besser da als William. Für jedes Jahr, in dem wir den Jungen um mehr als zehn Prozent schlagen, hat er Simmons einen Rolls-Royce versprochen.«

»Aber woher will William, falls er die Wette verliert, zehntausend Dollar für einen Rolls nehmen, da er den Fonds doch vorläufig nicht anrühren darf?«

»Darauf weiß ich keine Antwort, Anne. Was ich weiß, ist, daß er viel zu stolz wäre, um direkt zu uns zu kommen. Zudem bin ich überzeugt, daß er die Wette nicht angeboten hätte, wenn er sie nicht einhalten könnte. Hast du vielleicht einmal sein berühmtes Kassenbuch gesehen?«

»Dasjenige, das er von den Großmüttern bekommen hat?«

Alan Lloyd nickte.

»Nein, nicht, seit er in St. Paul ist. Ich wußte nicht einmal, daß es noch existiert.«

»Es existiert noch, und ich würde ein Monatsgehalt dafür geben, zu erfahren, was jetzt auf der Habenseite steht«, sagte der Bankier. »Ich nehme an, du weißt, daß er sein Geld bei Lester in New York und nicht bei uns liegen hat? Sie akzeptieren keine Privatkonten unter zehntausend Dollar, und ich bin ziemlich sicher, daß sie da auch für Richard Kanes Sohn keine Ausnahme machen.«

»Der Sohn Richard Kanes«, wiederholte Anne.

»Verzeih, Anne, ich wollte nicht unhöflich sein.«

»Nein, nein, kein Zweifel, er ist Richard Kanes Sohn. Weißt du, daß er mich seit seinem zwölften Lebensjahr nie um einen Penny gebeten hat?« Sie machte eine Pause. »Ich glaube, ich sollte dich warnen, Alan. William wird nicht erfreut sein, wenn er hört, daß er fünfhunderttausend Dollar seines Fonds in Henrys Firma investieren soll.«

»Vertragen die beiden sich nicht?« fragte Alan mit hochgezogenen Brauen.

»Leider nein«, erwiderte Anne.

»Das tut mir leid. Wenn sich William tatsächlich gegen den Plan ausspricht, so würde das die ganze Transaktion erschweren. Er hat zwar bis zu seiner Großjährigkeit kein Verfügungsrecht über den Trust; aber wir haben erfahren, daß er einen Anwalt aufsuchte, um sich über seine gesetzlichen Rechte zu informieren.«

»Mein Gott«, sagte Anne. »Das kann nicht dein Ernst sein.«

»O doch, aber du brauchst dir deswegen keine Sorgen zu machen. Um ehrlich zu sein, wir hier in der Bank waren eher beeindruckt, und sobald wir wußten, wer hinter der Anfrage steckt, gaben wir Auskünfte, die wir für gewöhnlich nie gegeben hätten. Offenbar wollte William aus privaten Gründen nicht direkt an uns herantreten.«

»Meine Güte«, sagte Anne. »Wie wird er mit dreißig sein?«

»Das hängt davon ab«, sagte Alan, »ob er das Glück hat, sich in jemand so Reizenden wie dich zu verlieben, Anne. Das war Richards große Stärke.«

»Du bist ein alter Schmeichler, Alan. Können wir das Problem mit den fünfhunderttausend Dollar nicht aufschieben, bis ich mit Henry darüber gesprochen habe?«

»Natürlich, meine Liebe. Ich sagte dir ja, daß ich deinen Rat haben wollte.«

Alan bestellte Kaffee und nahm Annes Hand behutsam in die seine. »Paß auf dich auf, Anne. Du bist viel wichtiger als alles, was mit ein paar tausend Dollar geschieht.«

Als Anne vom Lunch nach Hause kam, begann sie sich über die beiden anderen Briefe, die sie am Morgen erhalten hatte, Gedanken zu machen. Nach allem, was sie von Alan Lloyd über ihren Sohn erfahren hatte, wußte sie eines mit Sicherheit: Sie mußte

William erlauben, die bevorstehenden Ferien mit seinem Freund Matthew Lester zu verbringen.

Für die Beziehung zwischen Henry und Milly fand sie keine so einfache Lösung. Tief in Gedanken saß sie auf Richards Lieblingsstuhl aus kastanienfarbenem Leder und schaute durch das große Fenster auf ein weiß-rotes Rosenbeet, ohne etwas zu sehen. Anne brauchte immer lang, um einen Entschluß zu fassen, aber wenn sie sich einmal entschieden hatte, dann blieb sie meistens dabei.

An diesem Abend kam Henry früher nach Hause als gewöhnlich, und sie fragte sich, warum. Sie sollte es bald herausfinden.

»Ich habe gehört, daß du mit Alan Lloyd zu Mittag gegessen hast«, sagte er, als er ins Zimmer trat.

»Wer hat es dir erzählt, Henry?«

»Ich habe überall meine Spione«, erwiderte er lachend.

»Ja, Alan hat mich zum Lunch eingeladen. Er wollte meine Meinung zu der Idee hören, fünfhunderttausend Dollar von Williams Fonds in deiner Firma zu investieren.«

»Und was hast du gesagt?« erkundigte sich Henry und versuchte, nicht allzu interessiert zu klingen.

»Ich sagte ihm, daß ich zuerst mit dir darüber sprechen möchte. Aber warum, um Gottes willen, hast du mir denn nicht gesagt, daß du an die Bank herangetreten bist? Mir war es nicht angenehm, zuerst von Alan darüber zu hören.«

»Ich dachte, du hättest kein Interesse an geschäftlichen Dingen, meine Liebe, und ich erfuhr durch einen reinen Zufall, daß du, Alan Lloyd und Milly Preston Treuhänder seid und jeder eine Stimme bei Williams Investitionen hat.«

»Wie hast du es erfahren, wenn ich selbst nichts davon wußte?« fragte Anne.

»Du kümmerst dich nie um Details, Liebling. Und bis vor kurzem habe auch ich es nicht getan. Ganz zufällig erzählte mir Milly Preston von den testamentarischen Bestimmungen; als Williams Taufpatin scheint sie auch Treuhänderin zu sein. Für mich war das eine Überraschung. Jetzt wollen wir versuchen, die Lage zu unserem Vorteil zu nutzen. Milly sagte mir ihre Unterstützung zu, falls du einverstanden bist.«

Allein die Nennung von Millys Namen gab Anne ein ungutes Gefühl.

»Ich glaube nicht, daß wir Williams Geld angreifen sollten«, sagte sie. »Ich hatte nie das Gefühl, daß der Trust etwas mit mir zu tun hat. Daher wäre es mir viel lieber, wenn die Bank sich, wie bisher, um die Anlage der Zinsen kümmerte.«

»Warum sollen wir uns mit dem Investitionsprogramm der Bank zufriedengeben, wenn ich mit dem Auftrag für das städtische Krankenhaus eine so gute Sache bekommen kann? William würde durch meine Firma wesentlich mehr verdienen, das war doch auch Alans Meinung, nicht?«

»Ich bin mir nicht ganz sicher. Wie immer war er sehr zurückhaltend. Immerhin sagte er, es wäre ausgezeichnet, den städtischen Vertrag zu bekommen und du hättest gute Chancen.«

»Eben.«

»Aber er möchte, bevor er eine Entscheidung trifft, deine Bücher sehen, und er würde auch gern wissen, was mit meinen fünfhunderttausend Dollar geschehen ist.«

»Unseren fünfhunderttausend Dollar geht es sehr gut, wie du bald feststellen wirst. Ich werde Alan morgen meine Bücher schicken, damit er sie selbst prüfen kann; bestimmt wird er beeindruckt sein.«

»Das hoffe ich um deinet- und um meinetwillen«, sagte Anne. »Warten wir ab, was er sich für ein Bild macht; du weißt wie sehr ich Alan vertraue.«

»Aber mir nicht«, warf Henry ein.

»O nein, Henry, damit wollte ich nicht sagen ...«

»Es war nur ein Scherz. Ich will doch annehmen, daß du deinem eigenen Mann vertraust.«

Anne fühlte Tränen aufsteigen; vor Richard hatte sie sie immer verborgen, vor Henry versuchte sie gar nicht, sie zurückzuhalten.

»Ich hoffe, ich kann dir vertrauen. Bisher mußte ich mich nie um Geldangelegenheiten kümmern, und im Moment ist es einfach zuviel für mich. Das Baby macht mich fortwährend müde und niedergeschlagen.«

Sofort zeigte Henry Besorgnis. »Ich weiß, Liebling. Ich will nicht, daß du dir jemals den Kopf über Geschäfte zerbrechen mußt; das ist meine Aufgabe. Warum legst du dich nicht hin, und ich bringe dir später das Abendessen hinauf in dein Zimmer. Ich könnte ins Büro zurückgehen und die Unterlagen für Alan vorbereiten.«

Anne willigte ein. Als Henry gegangen war, versuchte sie jedoch trotz ihrer Müdigkeit nicht, einzuschlafen. Sie saß im Bett und las Sinclair Lewis. Henry brauchte etwa fünfzehn Minuten bis in sein Büro. Sie wartete zwanzig Minuten, dann rief sie an. Das Telefon klingelte beinahe eine Minute.

Zwanzig Minuten später versuchte Anne es nochmals. Immer noch keine Antwort. Alle zwanzig Minuten rief sie an, und nie bekam sie eine Antwort. Henrys Bemerkung über Vertrauen hatte einen bitteren Nachgeschmack bekommen.

Als Henry schließlich nach Mitternacht nach Hause kam, schien er besorgt, sie noch wach zu finden.

»Du hättest nicht auf mich warten sollen.«

Er küßte sie zärtlich. Anne vermeinte Parfüm zu riechen – oder war sie zu mißtrauisch?

»Ich mußte etwas länger als geplant im Büro bleiben, weil ich nicht alle Unterlagen für Alan finden konnte. Diese dumme Sekretärin hat verschiedenes falsch abgelegt.«

»Es muß trist sein, mitten in der Nacht allein im Büro zu sitzen«, sagte Anne.

»Ach, es ist nicht so schlimm, wenn es um eine Arbeit geht, die der Mühe wert ist«, erwiderte Henry, legte sich zu ihr ins Bett und schmiegte sich an ihren Rücken. »Einen Vorteil hat es jedenfalls: Man kann viel mehr erledigen, wenn man nicht gestört wird.«

Eine Minute später schlief er ein. Anne lag wach; jetzt war sie fest entschlossen, den Plan durchzuführen, den sie sich am Nachmittag zurechtgelegt hatte.

Als Henry am nächsten Morgen nach dem Frühstück zur Arbeit ging – nicht, daß Anne gewußt hätte, wo Henry jetzt überhaupt arbeitete – studierte sie die kleinen Anzeigen im *Boston Globe*. Dann traf sie telefonisch eine Vereinbarung, und kurz vor Mittag fuhr sie in ein Viertel im Süden von Boston. Die Schäbigkeit der Gebäude entsetzte Anne. Sie war noch nie in den südlichen Bezirken der Stadt gewesen, und unter normalen Umständen hätte sie ihr Leben lang nicht gewußt, daß es solche Bezirke überhaupt gab.

Eine kleine, mit Streichhölzern, Zigarettenstummeln und Schmutz bedeckte Holztreppe führte zu einer Tür mit einer Milchglasscheibe. Darauf stand in großen schwarzen Buchstaben »Glen Ricardo«, und darunter »Privatdetektiv«. Anne klopfte an die Tür.

»Nur herein, die Tür ist offen«, rief eine tiefe, rauhe Stimme.

Anne trat ein.

Der Mann hinter dem Schreibtisch, dessen Füße auf der Tischplatte lagen, schaute von einer Zeitschrift auf, die stark nach einem Sex-Magazin aussah. Als er Anne erblickte, fiel ihm beinahe die Zigarre aus dem Mund. Es war das erstemal, daß jemand in einem Nerzmantel in sein Büro kam.

»Guten Morgen«, sagte er und stand rasch auf. »Mein Name ist Glen Ricardo.« Er beugte sich über den Schreibtisch und reichte Anne eine nikotinbefleckte Hand. Sie ergriff die Hand und war froh, daß sie Handschuhe trug.

»Sind Sie angemeldet?« fragte Ricardo, obwohl ihm das ganz egal war. Für eine Aussprache mit einem Nerzmantel hatte er immer Zeit.

»Ja.«

»Ach, dann sind Sie Mrs. Osborne. Darf ich Ihnen den Mantel abnehmen?«

»Ich behalte ihn lieber an«, sagte Anne, da sie außer dem Fußboden keinen Platz für ihren Mantel sah.

»Natürlich, natürlich.«

Anne musterte Ricardo verstohlen, während er sich in seinen Stuhl zurücklehnte und eine neue Zigarre anzündete. Weder gefiel ihr der hellgrüne Anzug noch die bunte Krawatte, noch das pomadisierte Haar. Nur weil sie bezweifelte, daß sie anderswo etwas Besseres finden würde, blieb sie sitzen.

»Was haben Sie für Probleme?« fragte Ricardo und spitzte mit einem stumpfen Messer einen Bleistiftstummel. Die Holzspäne fielen überallhin, nur nicht in den Papierkorb. »Haben Sie Ihren Hund, Ihren Schmuck oder Ihren Gatten verloren?«

»Zuerst möchte ich mich Ihrer absoluten Diskretion versichern.«

»Natürlich, natürlich. Das ist ganz selbstverständlich«, sagte Ricardo, ohne von dem langsam verschwindenden Bleistift aufzuschauen. »Trotzdem möchte ich es betonen«, sagte Anne.

»Natürlich, natürlich.«

Wenn der Mann noch einmal »natürlich« sagt, fange ich zu schreien an, dachte Anne. Sie holte Atem. »Ich erhielt anonyme Briefe, in denen behauptet wird, daß mein Mann ein Verhältnis mit meiner besten Freundin hat. Ich möchte wissen, wer die Briefe schreibt und ob die Behauptung wahr ist.«

Als Anne ihre Ängste zum erstenmal laut ausgesprochen hatte, empfand sie ungeheure Erleichterung. Ricardo schaute sie unbewegt an, als höre er derlei nicht zum erstenmal. Er fuhr sich mit der Hand durch das lange schwarze Haar, das, wie Anne feststellte, gut zu seinen Fingernägeln paßte.

»Gut«, sagte er. »Der Gatte – das ist einfach. Herauszufinden, wer die Briefe schreibt, wird wesentlich mühsamer sein. Sie haben die Briefe natürlich aufgehoben?«

»Nur den letzten.«

Glen Ricardo seufzte und streckte müde die Hand aus. Widerstrebend nahm Anne den Brief aus der Handtasche, dann zögerte sie einen Moment.

»Ich weiß, was Sie empfinden, Mrs. Osborne. Aber wenn ich die Hände gebunden habe, kann ich Ihren Auftrag nicht ausführen.«

»Natürlich, Mr. Ricardo. Entschuldigen Sie.«

Anne konnte nicht glauben, daß sie »natürlich« gesagt hatte.

Bevor Ricardo fortfuhr, überflog er zwei-, dreimal den Brief. »Wurden alle Briefe auf diesem Papier geschrieben und in diesen Kuverts geschickt?«

»Soweit ich mich erinnern kann«, sagte Anne, »glaube ich schon.«

»Wenn der nächste kommt...«

»Sind Sie so sicher, daß noch einer kommt?« unterbrach Anne.

»Natürlich. Heben Sie ihn jedenfalls auf. Und jetzt geben Sie mir, bitte, alle Details, was Ihren Gatten betrifft. Haben Sie ein Foto?«

»Ja.« Wieder zögerte sie.

»Ich möchte mir nur das Gesicht anschauen. Wir wollen doch nicht unsere Zeit damit vertun, den falschen Mann zu beobachten, nicht?«

Wieder öffnete Anne die Handtasche und reichte Ricardo ein abgegriffenes Bild von Henry in Leutnantsuniform.

»Gutaussehender Mann, dieser Mr. Osborne«, bemerkte der Detektiv. »Wann wurde das Foto gemacht?«

»Vor etwa fünf Jahren, glaube ich«, sagte Anne. »Ich kannte ihn noch nicht, als er beim Militär war.«

Ricardo erkundigte sich nach Henrys Tagesablauf. Anne war erstaunt, wie wenig sie von Henrys Gewohnheiten oder von seiner Vergangenheit wußte.

»Das sind nicht sehr viele Hinweise, Mrs. Osborne, aber ich werde mein möglichstes tun. Mein Honorar beträgt zehn Dollar pro Tag plus Spesen. Ich werde Ihnen jede Woche einen schriftlichen Bericht übergeben. Zwei Wochen Vorauszahlung, wenn ich bitten darf.« Wieder streckte er seine Hand über den Tisch, diesmal etwas eifriger.

Anne öffnete zum drittenmal die Handtasche, nahm zwei neue Hundert-Dollar-Scheine heraus und gab sie Ricardo. Er prüfte die Noten sehr sorgfältig, als sei er nicht ganz sicher, welcher berühmte Amerikaner darauf abgebildet sein sollte. Benjamin Franklin blickte Ricardo, der ihn offenbar schon eine Weile nicht gesehen hatte, ungerührt an. Ricardo gab Anne sechzig Dollar in schmutzigen Fünfern zurück.

»Ich sehe, daß Sie auch sonntags arbeiten, Mr. Ricardo«, sagte Anne, zufrieden mit ihren Rechentalenten.

»Natürlich«, sagte er. »Paßt Ihnen nächste Woche um die gleiche Zeit?«

»Natürlich«, sagte Anne und ging rasch hinaus, um dem Mann hinter dem Schreibtisch nicht die Hand geben zu müssen.

Als William in seinem Vierteljahresbericht von Kane and Cabot las, daß Henry Osborne – er wiederholte den Namen laut, um es glauben zu können – fünfhunderttausend Dollar für eine persönliche Investition verlangte, verbrachte er einen schlechten Tag. Zum erstenmal seit vier Jahren in St. Paul wurde er bei der Mathematikprüfung nur zweiter. Matthew Lester, der erster geworden war, erkundigte sich, ob William sich nicht wohl fühlte.

Am selben Abend rief William Alan Lloyd zu Hause an. Nach Annes Erzählung über die schlechte Beziehung zwischen ihrem Sohn und Henry war der Präsident von Kane and Cabot nicht erstaunt, von William zu hören.

»William, mein Junge, wie geht es dir und wie geht es in St. Paul?«

»Hier ist alles in Ordnung, danke, Sir. Aber das ist nicht der Grund meines Anrufs.«

Der Takt eines vorrückenden Panzers, dachte Alan.

»Nein, das dachte ich mir«, antwortete er trocken. »Was kann ich für dich tun?«

»Ich würde Sie gern morgen nachmittag besuchen, Sir.«

»An einem Sonntag, William?«

»Ja, es ist der einzige Tag, an dem ich die Schule verlassen kann. Ich komme, wann Sie wollen und wohin Sie wollen.« Williams Stimme klang, als sei dies ein besonderes Entgegenkommen seinerseits. »Meine Mutter darf unter keinen Umständen von unserem Zusammentreffen erfahren.«

»Nun, William...« begann Alan Lloyd.

Williams Stimme wurde härter. »Ich brauche Sie nicht darauf aufmerksam zu machen, Sir, daß die Investition von Kapital aus dem Trust in ein persönliches Abenteuer meines Stiefvaters zwar nicht als ungesetzlich, aber ohne Zweifel als unethisch angesehen werden kann.«

Alan Lloyd schwieg einen Moment und überlegte, ob er versuchen solle, den Jungen am Telefon zu beschwichtigen. Den Jungen. Er dachte sogar daran, ihn zurechtzuweisen, aber diese Zeit war vorüber.

»Gut, William. Warum kommst du nicht um ein Uhr zum Lunch in den Hunt Club?«

»Ich freue mich, Sie zu sehen, Sir.« Der Hörer wurde aufgelegt.

Wenigstens wird sich die Auseinandersetzung auf meinem Territorium abspielen, dachte Alan Lloyd erleichtert, als auch er den Hörer zurücklegte und Mr. Bell ob der Erfindung dieses verdammten Apparates verfluchte.

Alan hatte den Hunt Club gewählt, weil er das Treffen nicht zu privat halten wollte. Als William im Golfklub ankam, bat er als erstes, ob er nach dem Essen eine Runde Golf spielen dürfe.

»Mit Vergnügen, mein Junge«, sagte Alan und reservierte den ersten Abschlag für drei Uhr.

Er war erstaunt, daß William während des Essens Henry Osbornes Wünsche mit keinem Wort erwähnte. Der Junge sprach gut informiert über Präsident Hardings Ansichten, über die Steuerreform und über die Untüchtigkeit Charles G. Dawes', des Finanzberaters des Präsidenten. Alan fragte sich, ob William, nachdem er die Sache überschlafen hatte, vielleicht seine Meinung über Henry Osbornes Darlehen geändert habe, aber trotzdem gekommen war, um es nicht zugeben zu müssen. Nun, wenn der Junge es so haben wollte, sollte es ihm recht sein. Alan freute sich auf einen ruhigen Nachmittag auf dem Golfplatz. Nach einem angenehmen Lunch und mehr als einer halben Flasche Wein – William begnügte sich mit einem Glas – zogen sie sich im Klubhaus um und gingen zum ersten Abschlag.

»Haben Sie immer noch ein Handicap von neun, Sir?«

»In etwa, mein Junge. Warum?«

»Sind Sie mit zehn Dollar pro Loch einverstanden?«

Alan Lloyd zögerte und erinnerte sich, daß Golf das einzige Spiel war, das William gut spielte. »Ja, einverstanden.«

Beim ersten Loch, das Alan mit vier und William mit fünf Schlägen machte, wurde nicht gesprochen. Alan gewann auch das zweite und das dritte Loch ohne Anstrengung und begann sich, mit seinem Spiel zufrieden, zu entspannen. Als sie das vierte Loch erreichten, waren sie mehr als einen halben Kilometer vom Klubhaus entfernt. William wartete, bis Alan den Schläger hob.

»Unter keinen Umständen werden Sie fünfhunderttausend Dollar aus meinem Fonds einer Firma oder einer Person leihen, die mit Henry Osborne in Verbindung steht.«

Alans Abschlag war schlecht, und der Ball landete irgendwo weit abseits. Sein einziger Vorteil war, daß er ihn von William, der einen guten Drive geschlagen hatte, weit genug wegführte, so daß er Zeit hatte, sich zu überlegen, was er erstens mit William und zweitens mit dem Ball tun sollte. Nachdem Alan Lloyd drei weitere Schläge absolviert hatte, trafen sie einander schließlich auf dem Green. Alan verlor.

»Du weißt, William, daß ich als Treuhänder nur eine von drei Stimmen habe, und du weißt auch, daß die Beschlüsse der Treuhänder von dir nicht beeinflußt werden können, weil du erst mit einundzwanzig Jahren über dein Vermögen verfügungsberechtigt bist. Zudem sollte dir klar sein, daß wir eigentlich gar nicht über dieses Thema sprechen dürften.«

»Ich bin mir über die gesetzliche Situation völlig im klaren, aber da die beiden anderen Treuhänder mit Henry Osborne schlafen ...«

Alan Lloyd war zutiefst schockiert.

»Sie können doch nicht der einzige Mensch in Boston sein, der nicht weiß, daß mein Stiefvater ein Verhältnis mit Milly Preston hat, Sir?«

Alan Lloyd schwieg.

William fuhr fort:

»Ich möchte sicher sein, daß ich Ihre Stimme habe und daß Sie versuchen werden, meiner Mutter von diesem Darlehen abzuraten, selbst wenn das bedeuten sollte, daß man ihr die Wahrheit über Milly Preston sagen muß.«

Alan schlug noch schlechter ab. Williams Ball flog genau in die Mitte des Fairways. Den nächsten Ball schlug Alan in einen Busch, von dessen Existenz er bisher nichts gewußt hatte, und fluchte zum erstenmal in dreiundvierzig Jahren laut vor sich hin. Auch diesmal hatte er Muße zum Nachdenken.

»Das ist ein wenig viel verlangt«, sagte er, als er William auf dem fünften Green traf.

»Es ist nichts gegen das, was ich unternehmen würde, wenn ich Ihrer Unterstützung nicht sicher wäre, Sir.«

»Ich glaube nicht, daß dein Vater Drohungen gebilligt hätte«, sagte Alan, während er zuschaute, wie Williams Ball aus fünf Meter Höhe herabkam.

»Das einzige, was mein Vater nicht gebilligt hätte, ist Osborne«, erwiderte William. Einen Meter vor dem Loch puttete Alan Lloyd zweimal.

»Jedenfalls wissen Sie von einer Klausel im Testament meines Vaters, die besagt, daß das vom Trust investierte Geld eine Privatsache ist, und der Begünstigte nie erfahren darf, daß die Familie Kane persönlich involviert ist. Diese Regel hat mein Vater als Bankier nie gebrochen. Nur so konnte er sicher sein, daß es keinen Interessenskonflikt zwischen den Investitionen der Bank und jenen des Familientrusts gab.«

»Deine Mutter ist offenbar der Ansicht, daß diese Regel bei einem Familienmitglied durchbrochen werden darf.«

»Henry Osborne ist kein Mitglied meiner Familie, und wenn ich die Kontrolle über den Trust habe, werde ich mich ebenso wie mein Vater an diese Regel halten.«

»Vielleicht wirst du diese starre Haltung eines Tages bereuen, William.«

»Ich glaube nicht, Sir.«

»Versuche dir einen Moment lang vorzustellen, welchen Eindruck eine solche Haltung auf deine Mutter machen muß«, fügte Alan hinzu.

»Meine Mutter hat bereits fünfhunderttausend Dollar ihres eigenen Vermögens verloren, Sir. Ist das nicht genug für einen Ehemann? Warum muß ich auch fünfhunderttausend verlieren?«

»Wir wissen gar nicht, ob das der Fall ist, William. Die Anlage kann immer noch ausgezeichnete Zinsen abwerfen; ich hatte noch keine Gelegenheit, Henrys Bücher zu prüfen.«

William zuckte zusammen, als Alan Lloyd seinen Stiefvater Henry nannte.

»Ich kann Ihnen versichern, daß er das Geld meiner Mutter fast zur Gänze zum Fenster hinausgeworfen hat. Um präzis zu sein: Er besitzt noch dreiunddreißigtausendvierhundertzwölf Dollar von der ursprünglichen Summe. Ich würde vorschlagen, weniger Osbornes Bücher als seinen Lebenslauf zu prüfen – frühere Geschäfte und Geschäftsverbindungen. Gar nicht davon zu reden, daß er spielt – und zwar sehr hoch.«

Vom achten Abschlag schlug Alan seinen Ball direkt in einen Teich, den zu vermeiden gewöhnlich selbst Anfänger imstande waren. Er verlor das Loch.

»Woher hast du deine Informationen über Henry?« fragte Alan und war ziemlich sicher, daß sie aus Thomas Cohens Büro stammten.

»Das möchte ich lieber nicht sagen, Sir.«

Alan überlegte; vielleicht war es besser, diese kleine Trumpfkarte für einen späteren Zeitpunkt aufzuheben.

»Wenn sich deine Behauptungen als richtig erweisen, dann muß ich deiner Mutter natürlich von einer Beteiligung an Henrys Firma abraten, William. Und es wäre meine Pflicht, die ganze Sache auch mit Henry offen zu besprechen.«

»Ja, Sir.«

Alan gelang ein besserer Schlag, trotzdem hatte er nicht das Gefühl, noch gewinnen zu können.

William fuhr fort: »Vielleicht interessiert es Sie auch, daß Osborne die fünfhunderttausend Dollar aus meinem Fonds nicht für die Spitalsausschreibung, sondern zur Deckung einer alten Schuld in Chikago benötigt. Ich nehme an, daß Sie das nicht wußten, Sir?«

Alan schwieg. Natürlich hatte er das nicht gewußt. William gewann das Loch.

Als sie das achtzehnte Loch erreichten, war Alan acht Löcher hinten und vollendete eben die schlechteste Runde, die er je gespielt hatte. Er hatte einen Zwei-Meter-Putt, der es ihm zumindest erlauben würde, das letzte Loch mit William zu teilen.

»Hast du noch weitere brisante Neuigkeiten für mich?« fragte Alan.

»Vor oder nach Ihrem Putt, Sir?«

Alan lachte und entschloß sich zur Ehrlichkeit. »Vor dem Putt, William«, sagte er und lehnte sich gegen seinen Schläger.

»Osborne wird das Krankenhaus nicht bekommen. Die maßgeblichen Leute glauben, daß er junge Beamte der Stadtverwaltung besticht. Man wird darüber Stillschweigen bewahren, aber um etwaige spätere Unannehmlichkeiten zu vermeiden, wurde sein Name von der endgültigen Liste gestrichen. Kirkbride and Carter werden den Zuschlag erhalten. Diese letzte Information ist vertraulich, Sir. Auch Kirkbride and Carter werden es erst übernächsten Donnerstag erfahren. Ich wäre Ihnen daher dankbar, wenn Sie darüber Stillschweigen bewahrten, Sir.«

Alan verfehlte seinen Schlag. William lochte ein, ging zum Präsidenten und schüttelte ihm herzlich die Hand.

»Vielen Dank für das Spiel, Sir. Ich glaube, Sie schulden mir neunzig Dollar.«

Alan zog seine Brieftasche heraus und entnahm ihr eine Hundert-Dollar-Note. »William, ich glaube, es ist an der Zeit, daß du mich nicht mehr Sir, sondern Alan nennst.«

»Danke, Alan.« William gab ihm zehn Dollar zurück.

Als Alan Lloyd am Montag morgens in die Bank kam, hatte er mehr zu tun, als er vor dem Wochenende angenommen hatte. Fünf Abteilungsleiter wurden sofort beauftragt, Williams Behauptungen zu überprüfen. Alan glaubte bereits zu wissen, was die Nachforschungen ergeben würden; und um Annes Stellung in der Bank zu schützen, vergewisserte er sich, daß keine Abteilung erfuhr, was die andere tat. Seine Anweisungen an die Abteilungsleiter waren klar: alle Berichte waren streng vertraulich und ausschließlich für den Präsidenten bestimmt. Am Mittwoch derselben Woche hatte er fünf vorläufige Berichte auf seinem Schreibtisch liegen. Sie alle schienen Williams Informationen zu bestätigen, obwohl jeder Manager um etwas mehr Zeit bat, um Details zu verifizieren. Alan entschloß sich, Anne erst zu informieren, wenn er ganz konkrete Informationen vorliegen hatte. Im Augenblick wollte er nichts anderes tun, als an einem Buffet-Dinner teilnehmen, das die Osbornes am selben Abend gaben. Bei dieser Gelegenheit wollte er Anne raten, mit einer Entscheidung über das Darlehen noch zuzuwarten.

Als Alan zu den Osbornes kam, war er über Annes schlechtes Aussehen entsetzt; das veranlaßte ihn, noch behutsamer mit ihr umzugehen. Als es ihm gelang, sie allein zu sprechen, hatten sie nur ein paar Minuten Zeit. Wenn sie nur nicht ausgerechnet jetzt ein Baby erwartete, dachte er.

Anne wandte sich lächelnd zu ihm. »Wie lieb von dir, daß du gekommen bist, obwohl dich die Bank doch so sehr beschäftigt.«

»Deine Parties möchte ich um keinen Preis versäumen, meine Liebe. Sie sind noch immer das Beste, was Boston zu bieten hat.«

Sie lächelte. »Ich möchte wissen, ob du jemals etwas Falsches sagst.«

»Nur zu oft, Anne. Hattest du Zeit, über das Darlehen nachzudenken?« Er versuchte, die Worte beiläufig klingen zu lassen.

»Nein, leider nicht. Ich war mit so vielen anderen Dingen beschäftigt, Alan. Wie sahen Henrys Bücher aus?«

»Gut, aber wir haben nur die Zahlen aus einem Jahr zur Verfügung, daher glaube ich, daß unsere Buchhalter sie überprüfen sollten. Das ist bei jedem, der weniger als drei Jahre im Geschäft ist, die normale Bankpraxis. Ich bin überzeugt, daß Henry unseren Standpunkt versteht und damit einverstanden ist.«

»Anne, Liebling, was für eine reizende Party«, sagte eine laute Stimme hinter Alans Schulter. Das Gesicht kannte er nicht, vermutlich war es einer von Henrys politischen Freunden. »Wie geht es der entzückenden kleinen künftigen Mutter?« fuhr die überschwengliche Stimme fort.

Alan brach das Gespräch ab und hoffte, für die Bank etwas Zeit gewonnen zu haben. Es waren eine Menge Politiker anwesend, zum Teil von der Stadtverwaltung, zum Teil sogar vom Kongreß, und Alan fragte sich, ob William sich bezüglich des Klinikauftrages vielleicht geirrt hatte. Nicht, daß die Bank sich darum kümmern mußte; die offizielle Entscheidung des Rathauses war nächste Woche fällig. Er verabschiedete sich von den Gastgebern, holte seinen schwarzen Mantel aus der Garderobe und ging.

»Nächste Woche um diese Zeit«, sagte er laut vor sich hin, wie um sich zu beruhigen, während er die Chestnut Street zu seinem Haus zurückwanderte.

Die Party bot Anne Gelegenheit, Henry und Milly Preston zu beobachten. Nichts wies auf eine intime Beziehung hin; im Gegenteil, Henry verbrachte mehr Zeit mit John Preston als mit Milly; Anne fragte sich, ob sie ihren Mann nicht falsch einschätzte, und hatte Lust, ihre Verabredung mit Glen Ricardo am folgenden Tag abzusagen. Die Party endete zwei Stunden später, als Anne gedacht hatte; das bedeutete, wie sie hoffte, daß alle sich gut unterhalten hatten.

»Großartige Party, Anne, danke für die Einladung.« Es war wieder die laute Stimme, die sich als letzte verabschiedete. Anne konnte sich nicht an den Namen des Mannes erinnern. Er hatte irgend etwas mit dem Rathaus zu tun. Er verschwand unten in der Einfahrt.

Anne stolperte die Treppe hinauf und öffnete ihr Kleid, bevor sie noch im Schlafzimmer war. Vor der Ankunft des Babys in zehn Wochen würde sie keine Einladung mehr geben, das gelobte sie sich.

Henry zog sich bereits aus. »Hattest du Gelegenheit, mit Alan zu sprechen, Liebling?«

»Ja«, erwiderte Anne. »Er sagte, die Bücher seien in Ordnung, aber da deine Firma erst ein Jahr alt ist, muß er seine eigenen Buchhalter heranziehen. Offenbar ist das normale Bankpraxis.«

»Zum Teufel mit der normalen Bankpraxis. Spürst du nicht, daß William hinter alldem steckt? Er versucht, das Darlehen zu hintertreiben, Anne.«

»Wie kannst du so etwas sagen? Alan erwähnte kein Wort von William.«

»Nein?« Henrys Stimme wurde lauter. »Er fand es nicht der Mühe wert, dir zu sagen, daß er mit William Sonntag im Golfklub zu Mittag aß, während wir allein zu Hause saßen?«

»Was?« sagte Anne. »Das glaube ich nicht. William würde nie nach Boston kommen, ohne mich zu besuchen. Du mußt dich irren.«

»Meine Liebe, die halbe Stadt war dort, und ich glaube nicht, daß William achtzig Kilometer fuhr, um mit Alan Lloyd eine Runde Golf zu spielen. Hör zu, Anne, ich brauche dieses Darlehen, sonst scheide ich als Bewerber für den Auftrag der Stadt aus. Eines Tages – und zwar sehr bald – wirst du dich entscheiden müssen, ob du William vertraust oder mir. Ich muß das Geld morgen in einer Woche haben, denn wenn ich im Rathaus nicht beweisen kann, daß ich für diesen Betrag gut bin, werde ich nicht berücksichtigt. Nicht berücksichtigt, weil William nicht wollte, daß du mich heiratest. Bitte, Anne, wirst du Alan morgen anrufen und ihm sagen, daß er das Geld überweisen soll?«

Seine ärgerliche Stimme dröhnte in Annes Kopf und machte sie schwach und schwindlig.

»Nein, morgen nicht, Henry. Hat es bis Freitag Zeit? Morgen habe ich viel zu tun.«

Henry bewahrte mühsam die Fassung und ging zu ihr hin, während sie nackt vor dem Spiegel stand. Seine Hand strich über ihren Bauch. »Der kleine Kerl soll eine ebensolche Chance haben wie William.«

Hundertmal sagte sich Anne am nächsten Tag, daß sie nicht zu Glen Ricardo gehen werde, doch kurz vor Mittag rief sie ein Taxi und fuhr hin. Sie kletterte die knarrende Treppe hinauf und hatte Angst vor dem, was sie erfahren würde. Sie konnte immer noch zurück. Ein kurzes Zögern – dann klopfte sie an.

»Herein.«

Sie öffnete die Tür. »Ach, Mrs. Osborne, nett, Sie wiederzusehen. Bitte nehmen Sie Platz.«

Anne setzte sich, und sie schauten einander an.

»Meine Nachrichten sind leider nicht gut«, sagte Glen Ricardo und fuhr mit der Hand durch sein langes dunkles Haar.

Anne fühlte Übelkeit.

»Mr. Osborne wurde in der letzten Woche weder mit Mrs. Preston noch mit irgendeiner anderen Frau gesehen.«

»Aber Sie sagten doch, Sie hätten schlechte Nachrichten.«

»Natürlich, Mrs. Osborne, ich dachte, Sie brauchen einen Scheidungsgrund. Verärgerte Frauen kommen selten in der Hoffnung zu mir, die Unschuld ihrer Ehegatten feststellen zu lassen.«

»Nein, nein«, sagte Anne zutiefst erleichtert, »das sind die besten Neuigkeiten, die ich seit Wochen hatte.«

»Gut«, sagte Mr. Ricardo etwas erstaunt. »Hoffen wir, daß auch die zweite Woche nichts ergibt.«

»Ach, Sie können die Nachforschungen jetzt einstellen, Mr. Ricardo. Ich bin überzeugt, daß auch die nächste Woche nichts von Bedeutung erbringen wird.«

»Ich glaube nicht, daß das klug ist, Mrs. Osborne. Aufgrund der Beobachtungen innerhalb einer Woche ein endgültiges Urteil zu fällen, wäre, gelinde gesagt, verfrüht.«

»Gut, wenn Sie glauben, daß es besser ist – aber ich bin ganz sicher, daß Sie auch nächste Woche nichts finden werden.«

»Jedenfalls«, fuhr Glen Ricardo fort und zog an seiner Zigarre, die, so fand Anne, größer aussah und besser roch als die von letzter Woche, »haben Sie schon für zwei Wochen bezahlt.«

»Und wie steht es mit den Briefen?« fragte Anne. »Ich nehme an, sie stammen von jemandem, der auf die Erfolge meines Mannes eifersüchtig ist.«

»Nun, ich habe schon letzte Woche darauf hingewiesen, daß es nicht leicht ist, den Absender anonymer Brief festzustellen. Wir konnten jedoch das Geschäft ausfindig machen, in dem das Briefpapier gekauft wurde, da die Sorte etwas außergewöhnlich ist; mehr kann ich im Moment nicht darüber sagen. Vielleicht habe ich auch hier nächste Woche einen Hinweis. Haben Sie in den letzten Tagen weitere Briefe erhalten?«

»Nein.«

»Gut, dann scheint sich alles zum besten zu wenden. Hoffen wir um Ihretwillen, daß wir uns nächste Woche zum letztenmal sehen.«

»Ja«, sagte Anne glücklich, »das wollen wir hoffen. Kann ich Ihre Auslagen nächste Woche begleichen?«

»Natürlich, natürlich.«

Anne hatte die Worte beinahe vergessen, doch diesmal lachte sie darüber. Als sie nach Hause fuhr, beschloß sie, daß Henry die fünfhunderttausend Dollar haben sollte und damit eine Möglichkeit, William und Alan Lügen zu strafen. Sie hatte sich immer noch nicht von dem Schock erholt, daß William nach Boston gekommen war, ohne sie davon zu unterrichten; vielleicht hatte Henry recht und William unternahm wirklich etwas hinter ihrem Rücken.

Henry war glücklich, als Anne ihm an diesem Abend ihren Entschluß mitteilte, und am nächsten Morgen legte er ihr die entsprechenden Dokumente zur Unterschrift vor.

Anne konnte sich des Gedankens nicht erwehren, daß er die Papiere bereits einige Zeit vorbereitet haben mußte, besonders, da Milly Preston bereits unterschrieben hatte. Oder war sie wieder zu mißtrauisch? Sie schlug den Gedanken in den Wind und unterschrieb rasch. Als Alan Lloyd am folgenden Montag morgen telefonierte, war Anne gut vorbereitet.

»Anne, laß mich wenigstens bis Donnerstag warten. Dann werden wir wissen, wer den Auftrag erhalten hat.«

»Nein, Alan. Die Entscheidung kann nicht aufgeschoben werden. Henry braucht das Geld sofort. Er muß dem Rathaus beweisen, daß er finanziell in der Lage ist, den Vertrag zu erfüllen, und du hast bereits die Unterschrift von zwei Treuhändern. Damit bist du die Verantwortung los.«

»Die Bank kann jederzeit für Henry garantieren, ohne tatsächlich das Geld zu überweisen. Ich bin überzeugt, daß das Rathaus damit einverstanden wäre. Und ich hatte auch noch nicht Zeit, die Bücher seiner Firma überprüfen zu lassen.«

»Aber du hattest Zeit genug, letzten Sonntag mit William zu Mittag zu essen, ohne mich zu informieren.«

Am anderen Ende der Leitung wurde es einen Moment lang still.

»Anne, ich ...«

»Behaupte nicht, du hättest keine Gelegenheit gehabt. Du warst Mittwoch bei uns eingeladen, und da hättest du es mir ohne weiteres erzählen können. Aber du wolltest nicht. Statt dessen fandest du Zeit, mir zu raten, die Entscheidung über Henrys Darlehen aufzuschieben.«

»Anne, es tut mir schrecklich leid. Ich kann verstehen, wie du es siehst und warum du verärgert bist, aber es gab für mein Verhalten einen bestimmten Grund. Darf ich zu dir kommen und dir alles erklären?«

»Nein, Alan. Ihr habt euch alle gegen meinen Mann verschworen. Keiner von euch will ihm eine Chance geben, sich zu bewähren. Nun, ich werde ihm diese Chance geben.«

Anne legte den Hörer auf und war mit sich zufrieden. Sie hatte das Gefühl, diesmal so loyal zu Henry gewesen zu sein, daß damit ihre vorübergehenden Zweifel wiedergutgemacht waren.

Alan Lloyd rief nochmals an, aber Anne gab dem Mädchen Weisung, zu sagen, daß sie den Rest des Tages nicht zu Hause sei. Als Henry abends nach Hause kam, war er entzückt über Armes Bericht, wie sie Alan zurechtgewiesen hatte.

»Es wird sich alles zum besten wenden, meine Liebe, du wirst es sehen. Donnerstag morgen bekomme ich den Kontrakt, und dann kannst du dich wieder mit Alan versöhnen. Bis dahin solltest du ihn lieber meiden. Übrigens, wenn du Lust hast, können wir Donnerstag mittag im Ritz feiern und ihm von der anderen Seite des Speisesaals zuwinken.«

Anne lächelte und willigte ein. Es fiel ihr ein, daß sie an diesem Tag um zwölf Uhr Ricardo zum letztenmal sehen sollte. Trotzdem konnte sie um ein Uhr im Ritz sein und beide Triumphe gleichzeitig feiern...

Alan versuchte verschiedentlich, Anne zu erreichen, aber das Hausmädchen hatte immer eine Ausrede zur Hand. Da das Dokument von zwei Treuhändern unterzeichnet war, konnte er die Überweisung nicht länger als vierundzwanzig Stunden aufschieben. Der Wortlaut war typisch für eine von Richard Kane entworfene gesetzliche Vereinbarung; alles war klar, und es gab keine einzige Hintertür.

Als der Scheck über fünfhunderttausend Dollar Dienstag nachmittag von der Bank einem speziellen Boten übergeben wurde, setzte sich Alan hin und schrieb William einen langen Brief, in dem er ihm alle Ereignisse darlegte, die zur Überweisung des Geldes geführt hatten. Nur die unbestätigten Berichte seiner Abteilungen erwähnte er nicht. Er sandte jedem Direktor seiner Bank eine Kopie des Briefes und war sich bewußt, daß er, obwohl er völlig korrekt gehandelt hatte, der Verschleierung von Tatsachen beschuldigt werden konnte.

William erhielt Alan Lloyds Brief am Donnerstagmorgen in St. Paul, während er mit Matthew frühstückte.

Am Donnerstagmorgen war das Frühstück auf Beacon Hill nicht anders als sonst: Speck mit Eiern, Toast, Porridge und eine Kanne dampfender Kaffee. Henry war gleichzeitig nervös und übermütig, keifte mit dem Mädchen und scherzte mit einem jungen Rathausbeamten, der anrief, um ihm mitzuteilen, daß der Name der Firma, die den Auftrag erhalten hatte, gegen zehn Uhr auf dem Nachrichtenbrett des Rathauses angeschlagen werden würde. Anne freute sich beinahe auf ihre letzte Zusammenkunft mit Glen Ricardo. Sie blätterte die *Vogue* durch und versuchte, Henrys zitternde Hände zu ignorieren, die den *Boston Globe* hielten.

»Was tust du heute vormittag?« fragte Henry, um Konversation zu machen.

»Ach, nichts Besonderes, bis zu unserer mittäglichen Feier. Wirst du den Kinderpavillon dem Andenken Richards widmen?« fragte Anne.

»Nicht Richards Andenken, mein Liebling. Es wird meine Leistung sein, und dir zu Ehren soll der Trakt ›Mrs. Henry Osborne Pavillon‹ heißen«, sagte er großartig.

»Das ist eine hübsche Idee«, sagte Anne, legte die Zeitschrift beiseite und lächelte ihn an. »Aber du darfst mich mittags nicht zuviel Champagner trinken lassen. Ich gehe heute nachmittag zu Dr. MacKenzie zur Untersuchung und ich glaube nicht, daß er mich neun Wochen vor der Geburt des Babys gern betrunken sieht. Wann wirst du mit Sicherheit wissen, daß du den Auftrag bekommen hast?«

»Ich weiß es bereits jetzt«, sagte Henry. »Der Beamte, mit dem ich eben sprach, war hundertprozentig sicher, aber offiziell bekanntgegeben wird es um zehn Uhr.«

»Dann mußt du gleich Alan anrufen und ihm die gute Nachricht mitteilen. Ich bin schon richtig schuldbewußt, weil ich ihn letzte Woche so schlecht behandelt habe.«

»Kein Grund, schuldbewußt zu sein. Er nahm sich nicht die Mühe, dich über Williams Aktion zu unterrichten.«

»Nein, aber er versuchte später, es mir zu erklären, und ich gab ihm keine Gelegenheit, mir seinen Standpunkt darzulegen.«

»Schon gut, wie du meinst. Wenn es dich glücklich macht, telefoniere ich zehn Minuten nach zehn mit ihm, und dann kannst du William sagen, daß ich ihm eine weitere Million verschafft habe.«

Er schaute auf die Uhr. »Ich muß gehen. Halt mir die Daumen.«

»Ich dachte, du brauchst kein Daumenhalten«, sagte Anne.

»Nein, nein. Das war nur so hergesagt. Ich sehe dich um ein Uhr im Ritz.« Er küßte sie auf die Stirn. »Heute abend wirst du über Alan, William und alle Verträge lachen können. Das alles wird Vergangenheit sein, glaub mir. Leb wohl, mein Schatz.«

»Hoffentlich hast du recht, Henry.«

Vor Alan Lloyd stand das Frühstück unberührt. Er las die Finanznachrichten des *Boston Globe* und fand einen kleinen Absatz in der rechten Spalte, der besagte, daß die Stadt heute um zehn Uhr mitteilen würde, welche Firma den Auftrag für das Fünf-Millionen-Dollar-Krankenhaus bekommen habe.

Alan Lloyd hatte bereits beschlossen, was er tun würde, falls Henry den Auftrag nicht bekam und sich alle Behauptungen Williams als wahr herausstellen sollten. Er würde genau das gleiche tun, was Richard in einer solchen Situation getan hätte, und nur im Interesse der Bank handeln. Die letzten Berichte seiner Abteilungen über Henrys finanzielle Situation beunruhigten ihn sehr. Osborne war tatsächlich ein leidenschaftlicher Spieler, und von den fünfhunderttausend Dollar war offenbar nichts in Henrys Firma investiert worden. Alan Lloyd trank ein Glas Orangensaft und ließ das übrige unberührt. Er entschuldigte sich bei der Haushälterin und ging zur Bank. Es war ein sonniger Tag.

»William, hast du Lust, heute nachmittag Tennis zu spielen?«

Matthew Lester stand neben William, als dieser zum zweitenmal Alan Lloyds Brief las.

»Was hast du gesagt?«

»Bist du taub oder nur senil? Willst du von mir heute nachmittag vernichtend auf dem Tennisplatz geschlagen werden?«

»Nein, ich bin heute nachmittag nicht hier, Matthew. Ich habe Wichtigeres zu tun.«

»Natürlich, alter Knabe, ich vergaß, daß du wieder eine deiner geheimnisvollen Fahrten ins Weiße Haus unternimmst. Ich weiß, daß sich Präsident Harding nach einem neuen Finanzberater umsieht, und du bist genau der richtige Mann, den Platz von Charles G. Dawes, diesem Angeber und Narren, einzunehmen. Sag ihm, du akzeptierst unter der Bedingung, daß Matthew Lester der nächste Justizminister wird.«

William antwortete nicht.

»Ich weiß, der Witz ist nicht sehr gut, trotzdem hättest du ihn wenigstens zur Kenntnis nehmen können«, sagte Matthew, setzte sich zu William und schaute seinen Freund etwas genauer an. »Es sind die Eier, nicht wahr? Sie schmecken, als kämen sie aus einem russischen Gefangenenlager.«

»Matthew, ich brauche deine Hilfe«, sagte William und schob Alans Brief in den Umschlag zurück.

»Du hast einen Brief von meiner Schwester bekommen, und sie findet, daß du als vorübergehender Ersatz für Rudolf Valentino nicht schlecht bist.«

William stand auf. »Hör mit deinen Scherzen auf, Matthew. Würdest du herumsitzen und Witze reißen, wenn die Bank deines Vaters ausgeraubt wurde?«

Kein Zweifel, Williams Gesicht war ernst. Matthews Ton änderte sich. »Nein, bestimmt nicht.«

»Eben. Gehen wir irgendwohin, und ich werde dir alles erklären.«

Anne verließ Beacon Hill kurz nach zehn, um vor ihrer Besprechung mit Glen Ricardo noch ein paar Einkäufe zu erledigen. Als sie die Chestnut Street hinunterging, klingelte das Telefon. Das Hausmädchen schaute aus dem Fenster und stellte fest, daß ihre Herrin zu weit weg war, um zurückgerufen zu werden. Wäre Anne zurückgekehrt, so hätte sie erfahren, wem das Rathaus den Vertrag für das neue Krankenhaus zugesprochen hatte; statt dessen kaufte sie Seidenstrümpfe und versuchte ein neues Parfüm. Kurz nach zwölf war sie in Ricardos Büro und hoffte, daß das neue Parfüm den Zigarrengeruch neutralisieren würde.

»Ich hoffe, ich habe mich nicht verspätet«, begann sie munter.

»Setzen Sie sich, Mrs. Osborne.« Ricardo sah nicht sehr fröhlich aus, aber, dachte Anne, das tat er nie. Dann bemerkte sie, daß er nicht seine gewohnte Zigarre rauchte.

Glen Ricardo öffnete ein elegantes braunes Dossier, die einzige Neuanschaffung, die Anne im Büro feststellen konnte, und entfernte die Büroklammern von einigen Papieren.

»Sollen wir mit den anonymen Briefen beginnen, Mrs. Osborne?«

Anne gefielen weder sein Tonfall noch das Wort »beginnen«.

»Ja, gut«, brachte sie mühsam hervor.

»Sie stammen von einer Mrs. Ruby Flowers.«

»Wer? Warum?« fragte Anne, ungeduldig auf eine Antwort wartend, die sie nicht hören wollte.

»Ich nehme an, daß Mrs. Flowers gegen ihren Mann jetzt geklagt hat.«

»Nun, das erklärt das ganze Geheimnis«, sagte Anne. »Sie will sich rächen. Wieviel schuldet ihr Henry angeblich?«

»Sie spricht nicht von einer Schuld, Mrs. Osborne.«

»Wovon denn?«

Glen Ricardo stemmte sich von seinem Stuhl, als ob er beide Arme brauchte, um seinen müden Körper aufzurichten. Er ging zum Fenster und schaute über den geschäftigen Hafen von Boston.

»Sie klagt wegen gebrochenen Eheversprechens, Mrs. Osborne.«

»Oh, nein«, rief Anne aus.

»Es scheint, daß die beiden, als Mr. Osborne Sie kennenlernte, kurz vor der Eheschließung standen. Dann wurde die Verlobung plötzlich ohne Angabe von Gründen gelöst.«

»Sie muß es auf Henrys Geld abgesehen haben.«

»Nein, das glaube ich nicht. Mrs. Flowers ist selbst recht vermögend. Natürlich nicht so reich wie Sie, aber immerhin. Ihr verstorbener Gatte erzeugte alkoholfreie Getränke und ließ Mrs. Flowers gut versorgt zurück.«

»Ihr verstorbener Mann – wie alt ist sie?«

Der Detektiv ging zum Schreibtisch zurück, blätterte in dem Dossier und fuhr mit dem Finger eine Seite hinunter. Der schwarze Nagel hielt inne.

»Sie wird dreiundfünfzig.«

»Oh, mein Gott«, sagte Anne. »Die arme Frau. Sie muß mich hassen.«

»Das glaube ich auch, Mrs. Osborne, aber es hilft uns nicht sehr. Jetzt möchte ich mich den anderen Aktivitäten Ihres Gatten zuwenden.«

Die von Nikotin gefärbten Finger überblätterten einige Seiten.

Anne verspürte Übelkeit. Warum war sie gekommen, warum hatte sie nicht letzte Woche damit Schluß gemacht? Sie mußte nicht alles wissen. Sie wollte nicht alles wissen. Warum stand sie nicht auf und ging? Sie wollte, Richard wäre bei ihr. Er wüßte, wie man sich in einer solchen Situation verhält. Wie hypnotisiert von Glen Ricardo und dem Inhalt des eleganten Dossiers war sie nicht imstande, sich zu bewegen.

Sie schwieg.

»Letzte Woche verbrachte Mr. Osborne zweimal mehr als drei Stunden allein mit Mrs. Preston.«

»Das beweist noch nichts«, begann Anne verzweifelt, »ich weiß, daß sie eine wichtige finanzielle Angelegenheit besprachen.«

»In einem Hotel in der La Salle Street.«

Anne unterbrach den Detektiv nicht mehr.

»Man sah sie beide Male lachend und flüsternd in das Hotel gehen; sie hielten einander an der Hand. Das ist natürlich noch kein Beweis, aber wir haben Fotos von ihnen, wie sie das Hotel betraten und verließen.«

»Vernichten Sie sie«, sagte Anne leise.

Glen Ricardo zwinkerte. »Wie Sie wollen, Mrs. Osborne. Leider gibt es noch einiges zu berichten. Weitere Nachforschungen ergaben, daß Mr. Osborne nie in Harvard und auch kein Offizier der amerikanischen Armee war. Es gab einen Henry Osborne in Harvard; er war einen Meter sechzig, hatte helles Haar und kam aus Alabama. Er fiel 1917 an der Marne. Wir wissen auch, daß Ihr Gatte wesentlich jünger ist, als er behauptet. Sein richtiger Name ist Vittorio Togna und er diente –«

»Ich will nichts mehr hören«, sagte Anne tränenüberströmt. »Ich will nichts mehr hören.«

»Natürlich, Mrs. Osborne, ich verstehe. Es tut mir leid, daß meine Nachrichten so bitter sind. Manchmal ist es in meinem Beruf...«

Anne kämpfte um eine Spur von Selbstbeherrschung. »Danke, Mr. Ricardo. Ich danke Ihnen für alles, was Sie getan haben. Wieviel schulde ich Ihnen?«

»Für zwei Wochen haben Sie bereits vorausbezahlt, meine Spesen belaufen sich auf dreiundsiebzig Dollar.«

Anne gab ihm eine Hundert-Dollar-Note und stand auf.

»Sie bekommen etwas zurück, Mrs. Osborne.«

Sie schüttelte den Kopf und winkte gleichgültig ab.

»Fühlen Sie sich wohl, Mrs. Osborne? Sie sind sehr blaß. Darf ich Ihnen ein Glas Wasser oder etwas anderes bringen?«

»Es geht mir ganz gut«, log Anne.

»Würden Sie mir erlauben, Sie nach Hause zu fahren?«

»Nein, vielen Dank, Mr. Ricardo. Ich bin imstande, allein nach Hause zu kommen.« Sie drehte sich um und lächelte. »Aber Ihr Anerbieten ist sehr freundlich.«

Glen Ricardo schloß leise die Tür hinter seiner Klientin, ging langsam zum Fenster, biß das Ende seiner letzten großen Zigarre ab, spuckte aus und verfluchte seinen Job.

Anne blieb vor der Treppe stehen und klammerte sich an das Geländer; beinahe wäre sie ohnmächtig geworden. Das Baby bewegte sich kräftig und verursachte ihr Übelkeit. An der Hausecke fand sie ein Taxi, und als sie darin saß, konnte sie weder die Tränen zurückhalten noch entscheiden, was sie weiter tun sollte. Sobald sie nach *Red House* kam, eilte sie, bevor jemand vom Personal sie weinen sehen konnte, in ihr Schlafzimmer. Als sie eintrat, klingelte das Telefon, und sie nahm, mehr aus Gewohnheit als aus Neugierde, den Hörer ab.

»Kann ich, bitte, Mrs. Osborne sprechen?«

Sofort erkannte sie Alans knappen Tonfall. Eine andere müde, unglückliche Stimme.

»Hallo, Alan. Hier Anne.«

»Anne, meine Liebe, ich war so betrübt, als ich heute morgen die Nachricht erfuhr.«

»Wieso weißt du davon, Alan, wie kannst du davon wissen? Wer hat es dir gesagt?«

»Das Rathaus rief mich kurz nach zehn an und berichtete mir alle Einzelheiten. Ich versuchte, dich telefonisch zu erreichen, aber das Mädchen sagte, du seist einkaufen gegangen.«

»Oh, mein Gott«, sagte Anne. »Den Auftrag hatte ich ganz vergessen.« Sie ließ sich schwer auf einen Stuhl fallen und rang nach Atem.

»Fühlst du dich wohl, Anne?«

»Ja, mir geht es gut«, sagte sie und versuchte vergeblich, das Schluchzen in ihrer Stimme zu verbergen. »Was hat dir das Rathaus gesagt?«

»Eine Firma namens Kirkbride and Carter bekam den Auftrag. Offenbar war Henry nicht einmal unter den ersten drei. Ich versuchte, ihn den ganzen Vormittag zu erreichen, aber es scheint, daß er kurz nach zehn sein Büro verlassen hat und nicht mehr zurückgekommen ist. Weißt du vielleicht, wo er ist?«

»Nein, ich habe keine Ahnung.«

»Möchtest du, daß ich hinüberkomme? Ich könnte in ein paar Minuten bei dir sein«, sagte er.

»Nein, danke, Alan.« Anne hielt inne und schöpfte mühsam Atem. »Bitte sei nicht böse, daß ich dich in den letzten Tagen so schlecht behandelt habe. Wenn Richard noch am Leben wäre, wurde er mir nie verzeihen.«

»Sei nicht kindisch, Anne. Unsere Freundschaft ist so viele Jahre alt, daß ein solcher kleiner Zwischenfall überhaupt keine Bedeutung hat.«

Die Wärme seiner Stimme löste ein neuerliches Schluchzen aus. Anne stand schwankend auf.

»Ich muß gehen, Alan. Ich höre jemanden an der Eingangstür; vielleicht ist es Henry.«

»Paß auf dich auf, Anne, und mach dir keine Sorgen über das, was geschehen ist. Solange ich Präsident bin, wird dich die Bank immer unterstützen. Ruf mich gleich an, wenn du mich brauchst.«

Anne legte den Hörer auf. Es dröhnte ihr in den Ohren. Das Atmen wurde immer mühsamer. Während sie zu Boden sank, verspürte sie – beinahe hatte sie vergessen, wie das war – die ersten Wehen.

Ein paar Minuten später klopfte das Stubenmädchen leise an die Tür. Sie schaute ins Zimmer, hinter ihr stand William. Seit ihrer Wiederverheiratung hatte er das Schlafzimmer seiner Mutter nicht mehr betreten. Beide liefen auf Anne zu. Sie wand sich in Krämpfen und bemerkte nicht einmal ihre Anwesenheit. Kleine Schaumspritzer bedeckten ihre Oberlippe. In ein paar Sekunden war der Anfall vorüber, und sie lag leise stöhnend auf dem Boden.

»Mutter«, sagte William eindringlich. »Was ist los?«

Anne öffnete die Augen und starrte ihren Sohn verwirrt an. »Richard. Gott sei Dank, daß du hier bist. Ich brauche dich.«

»Ich bin William, Mutter.«

Ihr Blick trübte sich. »Ich habe keine Kraft mehr, Richard. Ich muß für meine Fehler bezahlen. Verzeih...«

Ihre Stimme wurde zu einem Stöhnen, als eine andere starke Wehe einsetzte.

»Was ist los?« fragte William hilflos.

»Ich glaube, das Kind kommt«, sagte das Hausmädchen, »obwohl es erst in ein paar Wochen kommen sollte.«

»Rufen Sie sofort Dr. MacKenzie an«, sagte William zu dem Mädchen und lief zur Tür. »Matthew«, rief er, »komm schnell herauf.«

Matthew eilte die Treppe hinauf und stürzte zu William ins Schlafzimmer.

»Hilf mir, meine Mutter ins Auto zu tragen«, sagte William.

Matthew kniete nieder. Die beiden Jungen hoben Anne auf und trugen sie vorsichtig hinunter und zum Auto. Sie stöhnte und keuchte; offensichtlich hatte sie furchtbare Schmerzen. William lief ins Haus zurück und riß dem Mädchen den Hörer aus der Hand, während Matthew im Auto wartete.

»Doktor MacKenzie?«

»Ja, wer spricht?«

»Ich bin William Kane, Sie werden mich nicht kennen, Sir.«

»Nicht kennen, junger Mann? Ich hab dich zur Welt gebracht. Was kann ich für dich tun?«

»Ich glaube, bei meiner Mutter haben die Wehen eingesetzt. Ich bringe sie sofort ins Krankenhaus; wir sollten in ein paar Minuten dort sein.«

Doktor MacKenzies Ton änderte sich. »Gut, William, mach dir keine Sorgen. Ich werde dich erwarten, und wenn ihr kommt, wird alles vorbereitet sein.«

»Danke, Sir.« William zögerte. »Sie scheint eine Art Anfall zu haben. Ist das normal?« Der Arzt erschrak. Auch er zögerte.

»Nein, es ist nicht ganz normal. Aber sobald das Baby auf der Welt ist, wird es ihr besser gehen. Bring sie so rasch du kannst.«

William legte auf, lief aus dem Haus und sprang in den Rolls-Royce. Immer im ersten Gang und ohne ein einzigesmal stehenzubleiben, brachte er das Auto irgendwie bis zum Krankenhaus. Die beiden Jungen trugen Anne hinein, und eine Krankenschwester mit einer Bahre führte sie in die Geburtenabteilung. Doktor MacKenzie stand vor der Tür zu einem Operationssaal. Er bat die Jungen, draußen zu warten.

Die Jungen saßen schweigend auf einer kleinen Bank und warteten. Erschreckende Schreie, anders als alles, was sie je gehört hatten, drangen aus dem Kreißsaal zu ihnen; darauf folgte eine noch furchtbarere Stille. Zum erstenmal in seinem Leben fühlte sich William völlig hilflos. Mehr als eine Stunde saßen die beiden Jungen dort, ohne ein einziges Wort zu wechseln. Endlich erschien Doktor MacKenzie; er war völlig erschöpft. Die Jungen standen auf, und der Arzt schaute Matthew Lester an.

»William?« fragte er.

»Nein, Sir, ich bin Matthew Lester, das ist William.«

Der Arzt wandte sich zu William und legte eine Hand auf seine Schulter. »Es tut mir furchtbar leid. Deine Mutter ist vor ein paar Minuten gestorben ... das Kind, ein kleines Mädchen, ist totgeboren.« Williams Beine gaben nach, und er sank auf die Bank. »Wir haben alles getan, was in unseren Kräften stand, aber es war hoffnungslos.« Müde schüttelte er den Kopf. »Sie wollte nicht auf mich hören. Sie bestand darauf, das Kind zu haben. Es hätte nicht geschehen dürfen.«

Betäubt von dem schneidenden Klang der Worte saß William schweigend da.

»Wie *konnte* sie sterben?« flüsterte er. »Wie konnten Sie sie sterben *lassen*?«

Der Arzt setzte sich zwischen die Jungen auf die Bank. »Sie wollte nicht auf mich hören«, wiederholte er langsam. »Nach ihrer Fehlgeburt warnte ich sie, daß sie kein zweites Kind haben dürfte, aber als sie wieder heiratete, schlugen sie und dein Stiefvater die Warnungen in den Wind. Während ihrer letzten Schwangerschaft hatte sie einen zu hohen Blutdruck. Er machte mir auch jetzt Sorgen, obwohl er nie die Gefahrenzone erreichte. Aber als du sie heute herbrachtest, war der Blutdruck aus keinem ersichtlichen Grund so gestiegen, daß eine Eklampsie auftrat.«

»Eklampsie?«

»Krämpfe. Manchmal überleben Patienten mehrere Anfälle. Manchmal hören sie einfach auf – zu atmen.«

William atmete stoßweise und vergrub den Kopf in die Hände. Matthew führte seinen Freund behutsam durch den Korridor. Der Arzt folgte ihnen. Als sie die Tür erreichten, schaute er William an.

»Ihr Blutdruck ist ganz plötzlich angestiegen, das ist sehr ungewöhnlich. Und sie kämpfte auch nicht um ihr Leben; so, als wäre ihr alles gleichgültig. Merkwürdig. Hat ihr irgend etwas in letzter Zeit Kummer gemacht?«

William hob das tränenüberströmte Gesicht. »Nicht *etwas*«, sagte er haßerfüllt. *»Jemand.«*

Als die beiden Jungen ins *Red House* zurückkehrten, saß Alan Lloyd in einer Ecke des Wohnzimmers. Er stand auf, als sie eintraten.

»William«, begann er sofort. »Ich mache mir Vorwürfe, daß ich das Darlehen bewilligt habe.«

William starrte ihn an, ohne seine Worte zu begreifen.

Matthew Lester unterbrach die Stille. »Ich glaube, das ist nicht mehr wichtig, Sir«, sagte er leise. »Williams Mutter ist soeben während der Entbindung gestorben.«

Alan Lloyd wurde aschfahl, suchte Halt am Kaminsims und wandte sich ab. Es war das erstemal, daß die Jungen einen erwachsenen Mann weinen sahen.

»Es ist meine Schuld«, sagte der Bankier. »Ich werde es mir nie verzeihen. Ich habe ihr nicht alles gesagt, was ich wußte. Ich liebte sie so sehr, daß ich sie nicht unglücklich sehen wollte.«

Sein Schmerz half William, sich zu beruhigen.

»Es ist ganz bestimmt nicht deine Schuld, Alan«, sagte er bestimmt. »Du hast alles getan, was du konntest, das weiß ich, und jetzt bin ich es, der deine Hilfe braucht.«

Alan Lloyd riß sich zusammen. »Wurde Osborne vom Tod deiner Mutter informiert?«

»Weder weiß ich es, noch kümmert es mich.«

»Ich habe ihn den ganzen Tag wegen des Darlehens zu erreichen versucht. Er verließ kurz nach zehn sein Büro und wurde seitdem nicht mehr gesehen.«

»Früher oder später wird er wieder hier auftauchen«, sagte William eisig.

Nachdem Alan Lloyd gegangen war, saßen William und Matthew fast die ganze Nacht im Wohnzimmer und dösten vor sich hin. Um vier Uhr morgens zählte William die Schläge der alten Wanduhr und glaubte, auf der Straße ein Geräusch zu hören. Matthew schaute aus dem Fenster und auf die Einfahrt. William ging auf steifen Beinen zu ihm. Gemeinsam beobachteten sie Henry Osborne, der, eine halbvolle Flasche in der Hand, über den Louisburg Square torkelte. Eine Weile suchte er seine Schlüssel, und schließlich erschien er an der Türschwelle und starrte verwirrt auf die zwei Jungen. »Ich will Anne, nicht dich. Warum bist du nicht in der Schule? Ich will dich nicht sehen«, lallte er mit schwerer, undeutlicher Stimme und versuchte, William zur Seite zu stoßen. »Wo ist Anne?«

»Meine Mutter ist tot«, sagte William leise.

Ein paar Sekunden starrte Henry Osborne ihn verständnislos an. Die Leere seines Blickes zerstörte Williams Selbstbeherrschung.

»Wo waren Sie, als sie ihren Mann brauchte?« schrie er.

Osborne stand immer noch leicht schwankend da. »Was ist mit dem Baby?«

»Eine Totgeburt. Ein kleines Mädchen.«

Henry Osborne ließ sich in einen Sessel fallen, während ihm die Tränen der Trunkenheit über das Gesicht liefen. »Sie hat mein kleines Baby verloren?«

Vor Schmerz und Wut konnte William kaum sprechen. »Ihr Baby? Hören Sie ausnahmsweise auf, nur an sich zu denken«, schrie er. »Sie wissen ganz genau, daß Doktor MacKenzie ihr abgeraten hat, noch ein Kind zu bekommen.«

»Ach, auch hier bist du Experte, wie in allen anderen Dingen?

Hättest du dich um deine eigenen Angelegenheiten gekümmert, hätte ich mich ohne deine Einmischung um meine Frau kümmern können.«

»Und auch um ihr Geld, wie es scheint.«

»Geld. Du kleines, geiziges Schwein. Ich wette, der Verlust tut dir mehr weh als alles andere.«

»Stehen Sie auf«, stieß William zwischen den Zähnen hervor.

Henry Osborne stand mühsam auf und zerbrach die Flasche an der Stuhlkante. Whisky flog über den Teppich. Die zerbrochene Flasche in der Hand schwankte er auf William zu. William wich nicht von der Stelle, während Matthew dazwischentrat und dem Betrunkenen ohne Schwierigkeit die Flasche aus der Hand nahm.

William schob seinen Freund zur Seite und ging vor, bis sein Gesicht nur Zentimeter von dem Osbornes entfernt war.

»Hören Sie mir jetzt genau zu. Ich wünsche, daß Sie dieses Haus binnen einer Stunde verlassen. Sollte ich jemals wieder von Ihnen hören, werde ich eine gerichtliche Untersuchung darüber veranlassen, was mit der Fünfhunderttausend-Dollar-Investition meiner Mutter in Ihrer Firma tatsächlich geschehen ist. Ich werde meine Nachforschungen bezüglich Ihrer Person und Ihres Vorlebens in Chikago wiederaufnehmen. Wenn ich anderseits nie mehr ein Wort von Ihnen höre, betrachte ich die Angelegenheit für erledigt. Und jetzt verschwinden Sie, bevor ich Sie umbringe.«

Schluchzend, stammelnd, wütend verschwand Henry Osborne; die beiden Jungen schauten zu.

Am nächsten Morgen ging William in die Bank. Er wurde sofort in das Büro des Präsidenten geführt. Alan Lloyd steckte eben einige Dokumente in eine Aktentasche. Er schaute auf und übergab William schweigend ein Papier. Es war ein kurzer Brief an alle Vorstandsmitglieder, in dem er seinen Rücktritt als Präsident der Bank mitteilte.

»Könntest du deine Sekretärin bitten, hereinzukommen?« fragte William ruhig.

»Wie du willst.«

Alan Lloyd drückte auf einen Knopf neben seinem Schreibtisch, und eine schlicht gekleidete ältere Dame trat durch eine Seitentür ins Zimmer. »Guten Morgen, Mr. Kane«, sagte sie, als sie William sah. »Mein herzliches Beileid.«

»Danke«, sagte William. »Hat jemand diesen Brief gesehen?«

»Nein, Sir«, antwortete die Sekretärin. »Ich bin eben dabei, zwölf Kopien zu tippen und sie Mr. Lloyd zur Unterschrift vorzulegen.«

»Schreiben Sie sie bitte nicht und vergessen Sie, bitte, daß dieser Briefentwurf existierte. Erwähnen Sie ihn nie und niemandem gegenüber, verstehen Sie?«

Sie starrte in die blauen Augen des sechzehnjährigen Jungen. Ganz wie sein Vater, dachte sie. »Ja, Mr. Kane.« Sie ging und schloß leise die Tür. Alan Lloyd schaute auf.

»Kane and Cabot braucht im Augenblick keinen neuen Präsidenten, Alan. Du hast nichts getan, was mein Vater unter den gleichen Umständen nicht auch getan hätte.«

»So einfach ist das nicht«, sagte Alan.

»Es ist so einfach«, erwiderte William. »Wenn ich einundzwanzig bin, können wir wieder darüber sprechen, aber nicht früher. Bis dahin wäre ich dankbar, wenn du meine Bank in deiner gewohnten diplomatischen und konservativen Weise weiterführen wolltest. Ich möchte nicht, daß das, was vorgefallen ist, außerhalb dieses Büros auch nur erwähnt wird. Ich bitte dich, sämtliche deiner Informationen über Henry Osborne zu vernichten und die Angelegenheit als beendet zu betrachten.«

William zerriß den Rücktrittsbrief und warf die Papierstückchen ins Feuer. Dann legte er den Arm um Alans Schulter.

»Ich habe keine Familie mehr, Alan, nur dich. Um Himmels willen, verlaß mich nicht.«

William ließ sich nach Beacon Hill zurückfahren. Bei seiner Ankunft informierte ihn der Butler, daß Mrs. Kane und Mrs. Cabot im Wohnzimmer auf ihn warteten. Beide standen auf, als er das

Zimmer betrat. Zum erstenmal wurde es William bewußt daß er jetzt das Familienoberhaupt der Kanes war.

Das Begräbnis fand zwei Tage später in aller Stille in der Old-North-Kirche auf Beacon Hill statt. Nur die Familie und die engsten Freunde waren geladen, der einzige Abwesende war Henry Osborne. Bevor die Trauergäste gingen, sprachen sie William ihr Beileid aus. Wie eine Garde standen die beiden Großmütter einen Schritt hinter ihm, beobachteten und billigten sein gefaßtes und würdevolles Verhalten. Als alle gegangen waren, begleitete William Alan Lloyd zu dessen Auto.

Der Präsident war hocherfreut über die einzige Bitte, die William äußerte.

»Alan, du weißt, daß meine Mutter immer die Absicht hatte, zum Andenken an meinen Vater eine Kinderstation für das neue Krankenhaus zu stiften. Ich möchte, daß ihr Wunsch verwirklicht wird.«

11

Wladek blieb achtzehn Monate im polnischen Konsulat in Konstantinopel, arbeitete Tag und Nacht für Pawel Zaleski und wurde dessen unentbehrliche Stütze und guter Freund. Nichts war zuviel für Wladek, und Zaleski fragte sich bald, wie er seine Arbeit vor Wladeks Ankunft bewältigt hatte. Einmal in der Woche ging Wladek in die britische Botschaft, um in der Küche mit Mrs. Henderson, der schottischen Köchin, zu essen, und einmal speiste er sogar mit dem Zweiten Konsul Seiner Britischen Majestät persönlich.

Um sie herum löste sich die alte Welt des Islams allmählich auf, und das Osmanische Reich zerfiel. Der Name Mustafa Kemal war in aller Munde. Das Gefühl einer bevorstehenden Veränderung machte Wladek unruhig. Seine Gedanken kehrten ununterbrochen zum Baron zurück und zu allen jenen im Schloß, die er geliebt hatte. In Rußland hatte die Notwendigkeit des Überlebens sie aus seinen Gedanken verdrängt, aber in der Türkei erstanden sie wieder auf – eine schweigende, langsame Prozession. Manchmal sah er seine Lieben gesund und glücklich – Leon, im Fluß schwimmend, Florentyna, die im Schlafzimmer mit der Katze spielte, das Gesicht des Barons, markant und stolz im abendlichen Kerzenlicht. Aber jedes dieser geliebten Gesichter begann nach einer Weile zu verschwinden, und sosehr Wladek auch versuchte, sie festzuhalten, sie wurden zu gräßlichen letzten Erinnerungen; Leon leblos auf ihm liegend, Florentyna in Todesqualen und der Baron, gebrochen und erblindet.

Wladek begann sich mit dem Gedanken abzufinden, daß er in dieses von Gespenstern bevölkerte Land erst zurückkehren konnte, wenn er aus seinem Leben etwas gemacht hatte. Diese Überzeugung trieb ihn zu dem Entschluß – wie vor langer Zeit seinen Landsmann Tadeusz Kosciuszko, von dem ihm der Baron so viele aufregende Geschichten erzählt hatte –, nach Amerika zu gehen. Pawel Zaleski nannte die Vereinigten Staaten die »Neue Welt«, und allein der Name gab Wladek Hoffnung auf die Zukunft und auf eine Möglichkeit, im Triumph nach Polen zurückzukehren. Pawel Zaleski trieb das Geld auf, um für Wladek die Schiffspassage auf einem Einwandererdampfer nach Amerika zu bezahlen. So etwas war nicht leicht zu bekommen, denn die Überfahrten waren immer schon mindestens für ein Jahr ausgebucht. Wladek schien es, als wolle ganz Osteuropa flüchten und ein neues Leben in den Staaten beginnen.

Im Frühling 1921 verlies Wladek Koskiewicz endlich Konstantinopel und schiffte sich auf der *S. S. Black Arrow* nach Ellis Island, New York, ein. Er besaß einen Koffer, der alle seine Habseligkeiten enthielt, und eine Reihe von Dokumenten, die ihm Pawel Zaleski ausgestellt hatte.

Der polnische Konsul begleitete ihn an den Kai und umarmte ihn herzlich. »Geh mit Gott, mein Junge.«

Aus den Tiefen von Wladeks früherer Kindheit kam ganz selbstverständlich die traditionelle polnische Antwort. »Bleib mit Gott«, erwiderte er.

Als er das Ende der Gangways erreichte, erinnerte sich Wladek an seine furchtbare Reise von Odessa nach Konstantinopel. Diesmal war keine Kohle zu sehen – da waren nur Menschen, überall Menschen – Polen, Litauer, Esten, Ukrainer und viele andere, deren Herkunft Wladek nicht kannte. Er preßte seine Habseligkeiten an sich und wartete in einer Schlange – die erste von vielen, mit denen er später in Gedanken seine Einreise in die Vereinigten Staaten verband.

Seine Papiere wurden sehr genau geprüft, offenbar hegte der Offizier den Verdacht, daß Wladek dem türkischen Militärdienst entkommen wolle. Aber Paul Zaleskis Dokumente erwiesen sich als einwandfrei. Als Wladek sah, wie andere zurückgewiesen wurden, wünschte er Gottes Segen auf das Haupt seines Landsmannes herab.

Hierauf folgten eine Impfung und eine flüchtige medizinische Untersuchung, die Wladek ohne achtzehn Monate Erholung und guter Nahrung in Konstantinopel bestimmt nicht bestanden hätte. Nach allen diesen Formalitäten erlaubte man ihm endlich, sich in das Zwischendeck zu begeben. Es gab getrennte Abteilungen für Männer, Frauen und Ehepaare. Wladek ging rasch in die Männerabteilung und stellte fest, daß die Polen eine große Anzahl von Kabinen mit je vier Stockbetten belegt hatten. Auf jedem Bett lagen eine dünne Strohmatratze und eine dünne Decke, aber kein Kissen. Letzteres störte Wladek nicht, denn seit seiner Zeit in Rußland war er nie mehr imstande gewesen, auf einem Kissen zu schlafen.

Wladek wählte ein Bett unterhalb dem eines ungefähr gleich alten Jungen und stellte sich vor.

»Ich bin Wladek Koskiewicz.«

»Ich bin Jerzy Nowak aus Warschau«, erwiderte der Junge auf polnisch, »und ich werde in Amerika mein Glück machen.«

Der Junge streckte die Hand aus.

Wladek und Jerzy verbrachten ihre Zeit vor der Abfahrt des Schiffs damit, einander ihre Lebensgeschichte zu erzählen, und beide waren froh, jemanden zu haben, mit dem sie ihre Einsamkeit teilen konnten. Keiner von beiden war bereit zuzugeben, daß er von Amerika keine Ahnung hatte. Jerzy hatte beide Eltern im Krieg verloren, sonst aber wenig Aufregendes erlebt. Wladeks Geschichten faszinierten ihn: der Sohn eines Barons, aufgewachsen in der Hütte eines Wildhüters, von Deutschen und Russen gefangengenommen, aus Sibirien und später aus den Händen eines türkischen Strafvollziehers entkommen – dank eines schweren Silberreifs, an dem sich Jerzy nicht satt sehen konnte. Wladek hatte in fünfzehn Jahren mehr erlebt als Jerzy von seinem ganzen Leben erwarten konnte. Die ganze Nacht erzählte Wladek von seiner Vergangenheit, während Jerzy aufmerksam zuhörte. Keiner von ihnen wollte schlafen, keiner zugeben, daß er Angst vor der Zukunft hatte.

Am nächsten Morgen lief die *Black Arrow* aus. Wladek und Jerzy standen an der Reling und schauten zu, wie Konstantinopel in der blauen Ferne versank. Nach dem ruhigen Marmarameer machte die rauhe Ägäis den Jungen und den meisten anderen Passagieren zu schaffen. Die für die Zwischendeckpassagiere bestimmten beiden Waschräume mit je zehn Waschbecken, sechs Toiletten und Wasserhähnen, aus denen kaltes Salzwasser strömte, waren bald überschwemmt. Nach ein paar Tagen wurde der Gestank beinahe unerträglich.

Das Essen wurde in einem großen, schmutzigen Speisesaal auf langen Tischen serviert: warme Suppe, Kartoffeln, Fisch, gekochtes Rindfleisch und Kohl, schwarzes oder helles Brot. Seit Rußland hatte Wladek nicht mehr so schlecht gegessen, und er war froh über den Proviant, den er mitgenommen hatte: Würste, Nüsse und ein wenig Brandy. In einer Ecke der Kabine kauernd teilten Wladek und Jerzy diese Schätze.

Am dritten Tag auf See brachte Jerzy zum Nachtessen ein polnisches Mädchen an den Tisch. Sie hieß, sagte er beiläufig zu Wladek, Zaphia. Es war das erstemal, daß Wladek mehr als einen Blick auf ein weibliches Wesen warf; aber Zaphia wurde er nicht müde anzuschauen. Sie erweckte Erinnerungen an Florentyna: die warmen grauen Augen, das lange blonde Haar, das ihr auf die Schultern fiel, die sanfte Stimme. Wladek bemerkte, daß er sie berühren wollte. Manchmal lächelte das Mädchen zu Wladek hinüber, der sich schmerzlich bewußt war, um wieviel besser sein Freund Jerzy aussah als er. Er trottete mit, als Jerzy Zaphia zur Frauenabteilung zurückbegleitete.

Nachher wandte sich Jerzy ein wenig ärgerlich an ihn. »Kannst du dir nicht ein eigenes Mädchen suchen? Die gehört mir.«

Wladek war nicht bereit zuzugeben, daß er keine Ahnung hatte, wie man sich ein eigenes Mädchen sucht.

»Wenn wir in Amerika sind, werden wir genug Zeit für Mädchen haben«, sagte er verächtlich.

»Warum bis Amerika warten? Ich will auf diesem Schiff so viele haben wie irgend möglich.«

»Wie willst du das anstellen?« fragte Wladek, begierig, neue Kenntnisse zu erwerben, ohne seine Unwissenheit zugeben zu müssen.

»Wir fahren noch zwölf Tage auf diesem gräßlichen Pott, und ich werde zwölf Weiber haben«, prahlte Jerzy.

»Was willst du mit zwölf Frauen machen?« fragte Wladek.

»Sie bumsen, was sonst?«

Wladek schaute ihn verwirrt an.

»Mein Gott«, sagte Jerzy, »du willst doch nicht behaupten, daß ein Kerl, der die Deutschen überlebt hat und den Russen entkommen ist, der mit zwölf Jahren einen Mann getötet hat und dem um ein Haar von den wilden Türken die Hand abgehackt worden wäre, noch nie eine Frau gehabt hat?«

Er lachte laut, und sofort befahl ihm ein vielsprachiger Chor aus den umgebenden Betten, still zu sein.

»Also«, fuhr Jerzy flüsternd fort, »es ist an der Zeit, deine Erziehung zu erweitern, denn ich hab endlich etwas gefunden, was ich dich lehren kann.« Er beugte sich hinunter über seine Bettkante, obwohl er Wladeks Gesicht im Dunkeln nicht erkennen konnte. »Zaphia ist ein gescheites Mädchen. Ich glaube, man kann sie dazu bringen, deine Erziehung ein wenig zu erweitern. Ich werde das in die Hand nehmen.«

Wladek antwortete nicht.

Das Thema wurde nicht mehr berührt, aber am nächsten Tag war Zaphia freundlicher zu Wladek. Sie saß bei den Mahlzeiten neben ihm, und sie unterhielten sich stundenlang über ihre Erlebnisse und ihre Hoffnungen. Sie war eine Waise aus Posen und fuhr zu ihren Vettern nach Chikago. Wladek erzählte ihr, daß er nach New York reise und vermutlich mit Jerzy zusammenziehen werde.

»Ich hoffe, New York ist nicht weit von Chikago«, sagte Zaphia.

»Du kannst mich besuchen kommen, wenn ich Bürgermeister bin«, sagte Jerzy überschwenglich.

»Du bist zu polnisch, Jerzy, du kannst nicht einmal so gut englisch sprechen wie Wladek«, meinte sie herablassend.

»Das werde ich lernen«, erwiderte Jerzy zuversichtlich, »und als erstes werde ich meinen Namen amerikanisieren. Von heute an bin ich George Novak. So werde ich keine Schwierigkeiten haben. Jeder in Amerika wird glauben, ich sei Amerikaner. Wie steht es mit dir, Wladek Koskiewicz? Du kannst nicht viel mit deinem Namen anfangen, nicht wahr?«

Wladek schaute den neugetauften George an und kränkte sich im stillen über seinen Namen. Den Titel, als dessen rechtmäßiger Erbe er sich fühlte, konnte er nicht annehmen, aber er haßte den Namen Koskiewicz, der ihn fortwährend an seine illegitime Geburt erinnerte.

»Ich komme schon durch«, sagte er. »Wenn du willst, werde ich dir sogar mit deinem Englisch helfen.«

»Und ich helfe dir, ein Mädchen zu finden.«

Zaphia kicherte. »Das mußt du nicht, er hat schon eines gefunden.«

Jerzy oder George, wie man ihn jetzt nennen mußte, zog sich jeden Abend nach dem Nachtessen mit einem anderen Mädchen in eines der mit Segeltuch bedeckten Rettungsboote zurück. Wladek hätte gern gewußt, was er dort tat, obwohl einige der Mädchen nicht nur schmutzig waren – das waren schließlich alle –, sondern auch sauber geschrubbt nicht sehr anziehend gewesen wären.

Eines Abends, nach dem Nachtessen – George war wieder verschwunden – saßen Wladek und Zaphia auf dem Deck; sie legte ihren Arm um Wladeks Schulter und forderte ihn auf, sie zu küssen. Hart preßte er seinen Mund auf ihre Lippen, bis ihre Zähne sich berührten; er hatte nicht die geringste Ahnung, was man von ihm erwartete. Zu seiner Verwunderung und Verlegenheit steckte sie ihre Zunge zwischen seine Lippen. Nach einem Augenblick der Angst fand er ihren geöffneten Mund überaus erregend und erschrak, als sein Penis steif wurde. Beschämt suchte er sich von ihr zurückzuziehen, aber es schien ihr nichts auszumachen. Im Gegenteil, sie preßte ihren Körper sanft und rhythmisch gegen den seinen und legte seine Hände über ihr Gesäß. Sein dicker Penis drängte sich erregt gegen ihren Körper, und er verspürte ein beinahe unerträgliches Lustgefühl. Sie löste sich von seinen Lippen und flüsterte:

»Soll ich meine Kleider ausziehen, Wladek?«

Er brachte keine Antwort hervor.

Lachend zog sie sich zurück. »Vielleicht morgen«, sagte sie, stand auf und ließ ihn allein.

Benommen stolperte Wladek in seine Kabine zurück und beschloß, morgen zu vollenden, was Zaphia begonnen hatte. Kaum hatte er sich auf sein Bett gelegt und überlegt, wie er an die Sache herangehen sollte, als ihn eine große Hand an den Haaren packte und aus dem Bett auf den Fußboden zog. Zwei Männer, die er noch nie gesehen hatte, standen vor ihm. Sie schleiften ihn in eine Ecke und preßten ihn gegen die Wand. Jetzt lag die große Hand über Wladeks Mund, und ein Messer berührte seinen Hals.

»Sei ruhig«, flüsterte der Mann mit dem Messer und schob die

Klinge an seine Haut. »Wir wollen nur den Silberreif an deinem Arm.«

Die plötzliche Erkenntnis, man könne seinen Schatz stehlen, war für Wladek beinahe so furchtbar wie der Gedanke, seine Hand zu verlieren. Bevor er überlegen konnte, was er tun sollte, hatte einer der Männer den Reif von seinem Handgelenk gestreift. Er konnte ihre Gesichter in der Dunkelheit nicht erkennen und glaubte schon, den Reif für immer verloren zu haben, als jemand auf den Rücken des Mannes mit dem Messer sprang. Das gab Wladek die Chance, dem Mann, der ihn am Boden festhielt, einen Schlag zu versetzen. Jetzt erwachten die Kabinengenossen rundum und begannen sich für das zu interessieren, was hier vorging. Die Männer flohen, so rasch sie konnten, aber nicht, bevor Wladek dem einen das Messer in die Seite gestoßen hatte.

»Fahr zum Teufel«, rief ihm Wladek nach.

»Sieht aus, als ob ich gerade rechtzeitig gekommen wäre«, sagte George. »Ich glaube nicht, daß sie sich noch einmal sehen lassen werden.« Er starrte auf den Silberreif, der in dem zertrampelten Sägemehl auf dem Boden lag. »Er ist prachtvoll«, sagte er beinahe feierlich. »Es wird immer Männer geben, die ein solches Stück stehlen wollen.«

Wladek hob den Reifen auf und streifte ihn wieder über den Arm.

»Diesmal hättest du das verdammte Ding beinahe endgültig verloren«, sagte George, »ein Glück, daß ich heute ein wenig später zurückgekommen bin.«

»Warum bist du später zurückgekommen?« fragte Wladek.

»Ich habe jetzt einen Ruf zu verteidigen«, erklärte George großspurig. »Heute fand ich einen anderen Idioten in meinem Rettungsboot vor. Er hatte bereits die Hose runtergelassen. Als ich ihm sagte, ich hätte sein Mädchen schon letzte Woche gebumst, wenn ich nicht Angst gehabt hätte, daß sie Tripper hat, bin ich ihn schnell losgeworden. Noch nie habe ich jemanden sich so rasch anziehen gesehen.«

»Was machst du in dem Boot?« fragte Wladek.

»Bumsen, was sonst?« Damit drehte er sich um und schlief ein.

Wladek schaute hinauf zur Decke, berührte seinen Silberreif, überlegte, was sein Freund George gesagt hatte und wie es sein würde, Zaphia zu »bumsen«.

Am folgenden Tag setzte ein Sturm ein und alle Passagiere mußten unter Deck bleiben.

Es schien Wladek, als dringe ihm der von der Dampfheizung des Schiffes intensivierte Gestank bis ins Mark.

»Und das Schlimmste ist«, stöhnte George, »ich werde kein volles Dutzend schaffen.«

Als der Sturm nachließ, flüchteten fast alle Passagiere auf Deck. Dankbar für die frische Luft, kämpften sich Wladek und George durch die überfüllten Gänge. Viele Mädchen lächelten George zu, aber keine, so schien es Wladek, bemerkte ihn. Dabei hätte er gedacht, daß man ihn in seinem Fünfzig-Rubel-Mantel nicht übersehen könne. Ein dunkelhaariges Mädchen mit vom Wind geröteten Wangen ging an George vorbei und lächelte ihn an. Er wandte sich zu Wladek.

»Die werde ich heute abend vernaschen.«

Wladek starrte das Mädchen an und versuchte festzustellen, wie sie George anschaute.

»Heute abend«, sagte George, als sie in Hörweite war. Sie gab vor, ihn nicht zu hören, und ging, etwas zu rasch, weiter.

»Dreh dich um, Wladek, und sag mir, ob sie sich nach mir umschaut.«

Wladek drehte sich um. »Ja«, stellte er erstaunt fest.

»Heute abend gehört sie mir«, sagte George. »Hast du Zaphia schon gehabt?«

»Nein«, sagte Wladek, »heute abend.«

»Ist auch an der Zeit, nicht? Sobald wir in New York sind, siehst du keines der Mädchen wieder.«

Wie vorausgesagt, erschien George beim Nachtessen mit dem dunkelhaarigen Mädchen. Ohne ein Wort zu wechseln, gingen

Wladek und Zaphia eng umschlungen auf Deck und schlenderten ein paarmal um das Schiff. Wladek schielte auf ihr hübsches junges Profil. Jetzt oder nie, beschloß er. Er führte sie in eine dunkle Ecke und küßte sie mit offenem Mund, wie sie es gestern getan hatte. Sie lehnte sich zurück, bis ihre Schultern die Wand berührten, und Wladek folgte ihrer Bewegung. Langsam zog sie seine Hände auf ihre Brust. Er berührte sie vorsichtig und war erstaunt über ihre Weichheit. Sie machte ein paar Knöpfe ihrer Bluse auf und schob seine Hand hinein. Das nackte Fleisch zu spüren, war atemberaubend.

»Mein Gott, deine Hand ist kalt«, sagte Zaphia.

Wladek preßte sich schwer atmend an sie. Sein Mund war ganz trocken. Sie öffnete ein wenig die Beine, und Wladek stieß, behindert von einigen Kleiderschichten, ungeschickt gegen sie. Ein paar Minuten bewegte sie sich mit ihm, dann schob sie ihn zurück.

»Nicht hier auf Deck«, sagte sie, »suchen wir uns ein Rettungsboot.«

Die ersten drei, die sie inspizierten, waren bereits besetzt, aber schließlich fanden sie ein leeres Boot und krochen unter das Segeltuch. In der Dunkelheit machte Zaphia irgend etwas mit ihrer Kleidung, das Wladek nicht recht verstand, dann zog sie ihn sanft auf sich. Es gelang ihr rasch, Wladek durch die wenig verbleibenden Kleidungsstücke hindurch wieder zu erregen. Er stieß seinen Penis in die nachgebende Weichheit zwischen ihren Beinen und war nahe dem Orgasmus, als sie ihren Mund abwandte.

»Zieh deine Hose aus«, flüsterte sie.

Er kam sich wie ein Idiot vor, zog sie aber rasch aus und stieß wieder zu. Es kam ihm sofort, und er spürte die klebrige Nässe seine Schenkel herabrinnen. Verblüfft von der Plötzlichkeit des Geschehens, lag er ganz benommen da und fühlte auf einmal die Holznuten des Bootes, die sich unangenehm in seine Ellbogen und Knie bohrten.

»Warst du zum erstenmal mit einem Mädchen?« fragte Zaphia und wünschte, er würde sich zur Seite legen.

»Nein, natürlich nicht«, log Wladek.

»Liebst du mich, Wladek?«

»Ja«, sagte er, »und sobald ich mich in New York zurechtgefunden habe, komme ich dich in Chikago besuchen.«

»Das wäre fein«, sagte sie, während sie ihre Bluse zuknöpfte. »Ich hab dich auch lieb.«

»Hast du sie gebumst?« war Georges erste Frage, als Wladek zurückkehrte.

»Ja.«

»War es gut?«

»Ja«, sagte Wladek vage und schlief ein.

Am Morgen wurden sie von aufgeregten Passagieren geweckt, die sich freuten, den letzten Tag an Bord der *Black Arrow* zu sein. Einige von ihnen waren bereits vor Sonnenaufgang auf Deck gegangen, in der Hoffnung, die ersten Anzeichen von Land zu sehen. Wladek packte seine Habseligkeiten in den neuen Koffer, zog seinen einzigen Anzug an, setzte eine Kappe auf und ging mit Zaphia und George an Deck. Die drei starrten in den Nebel über dem Meer und warteten schweigend auf den ersten Anblick der Vereinigten Staaten von Amerika.

»Da ist es«, rief ein Passagier auf dem Deck über ihnen, und beim Anblick des grauen Streifens von Long Island, der sich langsam näherte, brach allgemeiner Jubel aus.

Kleine Schleppboote umringten die *Black Arrow* und geleiteten sie zwischen Brooklyn und Staten Island in den Hafen von New York. Während die drei tiefbeeindruckt die langsam auftauchende Skyline von Manhattan betrachteten, blickte die riesenhafte Freiheitsstatue, den langen Arm hoch in den Herbsthimmel erhoben, streng auf sie herab.

Endlich legte das Schiff nahe den mit Türmchen geschmückten roten Ziegelgebäuden von Ellis Island an. Die Passagiere mit Einzelkabinen verließen als erste das Schiff. Bis zu diesem Augenblick hatte Wladek sie gar nicht bemerkt. Sie mußten auf einem eigenen Deck mit eigenem Speisesaal gewesen sein. Träger schleppten ihr Gepäck an Land, und sie wurden am Kai von lächelnden Gesichtern begrüßt. Wladek wußte, daß er das nicht erwarten durfte.

Nachdem die wenigen Privilegierten an Land gegangen waren, verkündete der Kapitän über den Lautsprecher, daß die übrigen Passagiere das Schiff erst in einigen Stunden verlassen dürften. Enttäuschte Rufe wurden laut; Zaphia setzte sich auf das Deck und brach in Tränen aus. Wladek versuchte sie zu trösten. Nach einer Weile brachte ein Steward Kaffee und hing jedem eine Nummer um den Hals. Wladek war B 127; es erinnerte ihn an das letztemal, als er eine Nummer gewesen war. Worauf hatte er sich eingelassen? War Amerika wie ein russisches Arbeitslager?

Die Zwischendeckpassagiere erhielten weder etwas zu essen noch weitere Informationen, aber am Nachmittag wurden sie mit Barken nach Ellis Island übergesetzt. Dort trennte man die Männer von den Frauen, und sie wurden in verschiedene Baracken geschickt. Wladek umarmte Zaphia und wollte sich nicht von ihr trennen, so daß er die Wartenden aufhielt. Ein Beamter trennte die beiden.

»Los, geht«, sagte er. »Wenn ihr so weitermacht, werden wir euch gleich verheiraten.«

Wladek wurde gemeinsam mit George vorwärts geschoben und verlor Zaphia aus den Augen. Die Nacht verbrachten sie in einem alten feuchten Schuppen und konnten nicht schlafen, weil zwischen den überfüllten Bettenreihen Dolmetscher hin- und hergingen und den verwirrten Einwanderern zwar kurz angebunden, aber nicht unfreundlich ihre Hilfe anboten.

Am Morgen schickte man sie zur ärztlichen Untersuchung. Die erste Hürde war die schlimmste; man befahl Wladek, eine steile Treppe hinaufzuklettern. Der blau uniformierte Arzt ließ ihn zweimal hinaufsteigen und prüfte sorgfältig seinen Gang. Wladek versuchte krampfhaft, sein Hinken zu verbergen, und schließlich gab sich der Arzt zufrieden. Dann mußte Wladek Kappe und steifen

Kragen ablegen, so daß Gesicht, Augen, Haar, Hals und Hände genau untersucht werden konnten. Der Mann hinter Wladek hatte eine Hasenscharte; sofort hielt ihn der Arzt auf, machte ein Kreidekreuz auf seine Schulter und schickte ihn ans andere Ende des Schuppens. Nach der Untersuchung reihte sich Wladek in einer anderen langen Schlange vor dem öffentlichen Prüfungssaal an, wo offenbar jeder fünf Minuten verbrachte. Als George drei Stunden später eingelassen wurde, überlegte sich Wladek, was man ihn fragen würde.

Als George herauskam, grinste er Wladek an und sagte: »Ganz einfach. Du wirst glatt durchkommen.« Wladek spürte den Schweiß auf seinen Handflächen, als er hineinging.

Er folgte dem Beamten in einen kleinen schmucklosen Raum. Dort saßen zwei Prüfer und schrieben eifrig in Papiere, die wie Dokumente aussahen.

»Sprechen Sie Englisch?« fragte der erste Prüfer.

»Ja, Sir, ganz gut«, antwortete Wladek und wollte, er hätte auf der Reise mehr Englisch gesprochen.

»Wie heißen Sie?«

»Wladek Koskiewicz, Sir.«

Die Männer reichten ihm ein großes schwarzes Buch. »Wissen Sie, was das ist?«

»Ja, Sir, die Bibel.«

»Glauben Sie an Gott?«

»Ja, Sir, ich glaube an Gott.«

»Legen Sie die Hand auf die Bibel und schwören Sie, daß Sie unsere Fragen wahrheitsgetreu beantworten werden.«

Wladek nahm die Bibel in seine linke Hand, legte seine rechte darauf und sagte: »Ich gelobe, die Wahrheit zu sagen.«

»Welche Staatsbürgerschaft haben Sie?«

»Die polnische.«

»Wer zahlte für Ihre Überfahrt?«

»Ich habe sie von dem Geld bezahlt, das ich im polnischen Konsulat in Konstantinopel verdiente.«

Einer der Beamten studierte Wladeks Papiere, nickte und fragte: »Haben Sie einen Ort, wo Sie wohnen können?«

»Ja, Sir. Ich werde wohnen bei Mr. Peter Novak. Er ist Onkel von meinem Freund. Er lebt in New York.«

»Gut. Haben Sie Arbeit?«

»Ja, Sir. Ich werde arbeiten in der Bäckerei von Mr. Novak.«

»Waren Sie jemals im Gefängnis?«

Rußland kam Wladek in den Sinn. Das konnte nicht zählen. Die Türkei – das würde er nicht erwähnen.

»Nein, Sir, niemals.«

»Sind Sie ein Anarchist?«

»Nein, Sir. Ich hasse Kommunisten. Sie töteten meine Schwester.«

»Sind Sie bereit, die Gesetze der Vereinigten Staaten von Amerika zu befolgen?«

»Ja, Sir.«

»Haben Sie Geld bei sich?«

»Ja, Sir.«

»Können wir es sehen?«

»Ja, Sir.« Wladek legte ein Banknotenbündel und ein paar Münzen auf den Tisch.

»Danke«, sagte der Prüfer. »Sie können das Geld wieder einstecken.«

Der zweite Prüfer schaute ihn an. »Wieviel ist 21 plus 24?«

»45«, sagte Wladek ohne Zögern.

»Wie viele Füße hat eine Kuh?«

Wladek traute seinen Ohren nicht. »Vier, Sir«, sagte er und überlegte, ob die Frage ein Trick sei.

»Und ein Pferd?«

»Vier, Sir«, sagte Wladek immer noch ungläubig.

»Was würden Sie über Bord werfen, wenn Sie in einem kleinen Boot, das zuviel Ballast hat, auf dem Meer wären, Brot oder Geld?«

»Das Geld, Sir«, sagte Wladek.

»In Ordnung«, sagte der Prüfer, nahm eine Karte mit der Aufschrift »Zugelassen« und übergab sie Wladek. »Zeigen Sie diese Karte, nachdem Sie Ihr Geld gewechselt haben, dem Einwanderungsbeamten. Sagen Sie ihm Ihren vollen Namen, und er wird ihnen eine Registrierungskarte geben. Hierauf erhalten Sie eine Einreiseerlaubnis. Wenn Sie fünf Jahre lang keine kriminelle Handlung begehen und eine einfache Lese- und Schreibprüfung bestehen, dürfen Sie um die amerikanische Staatsbürgerschaft ansuchen. Viel Glück, Wladek.«

»Danke, Sir.«

Beim Geldwechselschalter wechselte Wladek das Geld, das er sich in der Türkei im Laufe von achtzehn Monaten erspart hatte, und die drei Fünfzig-Rubel-Noten. Er erhielt siebenundvierzig Dollar und zwanzig Cents für das türkische Geld, erfuhr jedoch, daß die Rubel wertlos seien. Er dachte an Doktor Dubien, der sie sich beharrlich in fünfzehn Jahren erspart hatte ... Die letzte Station war der Einwanderungsbeamte, der an einem Pult an der Ausgangssperre direkt unter einem Bild von Präsident Harding saß. Wladek und George gingen zu ihm.

»Voller Name?« fragte der Beamte George.

»George Novak«, erwiderte Jerzy bestimmt. Der Beamte schrieb den Namen auf eine Karte.

»Und Ihre Adresse?«

»286, Broome Street, New York, New York.«

Der Beamte gab George seine Karte. »Das ist Ihr Einwanderungspaß, 21871-George Novak. Willkommen in den Vereinigten Staaten, George. Auch ich bin Pole. Es wird Ihnen hier gefallen. Meinen Glückwunsch und alles Gute.«

George lächelte und schüttelte dem Beamten die Hand, trat zur Seite und wartete auf Wladek. Der Beamte starrte Wladek an, der in seinem langen Bärenfellmantel vor ihm stand. Wladek gab ihm die Karte mit der Aufschrift »Zugelassen«.

»Voller Name?« fragte der Beamte.

Wladek zögerte. »Wie heißen Sie?« wiederholte der Beamte etwas lauter und ein wenig ungeduldig.

Verstand der Junge kein Englisch?

Wladek brachte die Worte nicht heraus. Wie er diesen Bauernnamen haßte.

»Zum letztenmal, wie heißen Sie?«

George und auch die anderen, die sich vor dem Einwanderungsbeamten angereiht hatten, schauten Wladek an. Wladek sprach immer noch nicht. Plötzlich packte ihn der Beamte am Arm, sah auf die Inschrift auf dem Silberreifen, schrieb etwas auf eine Karte und übergab sie Wladek.

»21872-Baron Abel Rosnovski. Willkommen in den Vereinigten Staaten. Viel Glück und alles Gute, Abel.«

12

Im September 1923 kehrte William nach St. Paul zurück, um sein letztes Jahr zu absolvieren, und wurde, genau dreiunddreißig Jahre, nachdem sein Vater das gleiche Amt innehatte, zum Präsidenten der Seniorenklasse gewählt. Diese Wahl gewann William nicht auf die übliche Art – als bester Sportler oder als der beliebteste Junge der Schule. Nach diesen Kriterien hätte sein bester Freund Matthew Lester ohne Zweifel jede Wahl gewonnen. Es war einfach so, daß William der außergewöhnlichste Junge der Schule war, und deshalb war Matthew Lester nicht zu bewegen, gegen ihn anzutreten. Die Schule nominierte William als ihren Kandidaten für das Hamilton-Memorial-Mathematik-Stipendium, und William arbeitete das ganze Wintersemester verbissen auf dieses Ziel hin.

Als er zu Weihnachten nach Beacon Hill kam, freute er sich auf eine ungestörte Zeit, in der er sich mit den *Principia Mathematica* auseinandersetzen konnte. Aber es wurde anders als er dachte, denn er fand bei seiner Ankunft verschiedene Einladungen zu Parties und Hausbällen vor. Die meisten konnte er taktvoll absagen, aber ein Fest war absolut unvermeidlich: die Großmütter hatten im Red House am Louisburg Square einen Ball arrangiert. William fragte sich, in welchem Alter er imstande sein würde, sein Haus gegen die beiden großen alten Damen zu verteidigen, und stellte fest, daß diese Zeit noch nicht gekommen war. Er besaß nur wenige gute Freunde in Boston, was die Großmütter jedoch nicht hinderte, eine beachtlich lange Gästeliste zusammenzustellen.

Zu diesem Anlaß schenkten sie William den ersten Smoking – doppelreihig, wie es die Mode damals vorschrieb. Zwar gab er vor, von dem Geschenk nicht besonders beeindruckt zu sein, aber später stolzierte er damit im Schlafzimmer umher und betrachtete sich angelegentlich im Spiegel. Am nächsten Tag meldete er ein Ferngespräch nach New York an und lud Matthew Lester für das schicksalhafte Wochenende ein. Matthews Schwester wollte mitkommen, aber ihre Mutter hielt es für unschicklich.

William holte ihn vom Bahnhof ab.

»Übrigens, da fällt mir ein«, sagte Matthew, während der Chauffeur sie nach Beacon Hill brachte, »wäre es nicht an der Zeit, daß du mit einem Mädchen schläfst? Es muß doch in Boston ein paar Mädchen geben, die absolut keinen Geschmack haben?«

»Warum? Hast *du* schon ein Mädchen gehabt, Matthew?«

»Natürlich, letzten Winter in New York.«

»Was hab ich damals gemacht?«

»Vermutlich dich mit Bertrand Russell auseinandergesetzt.«

»Du hast mir nie davon erzählt.«

»Es gab nicht viel zu erzählen. Überdies scheinst du dich mehr für die Bank meines Vaters zu interessieren als für mein knospendes Liebesleben. Es ist bei einem Betriebsfest passiert, das mein Vater zur Feier von Washingtons Geburtstag gab. Um den Zwischenfall richtig zu schildern: Ich wurde von einer der Direktionssekretärinnen vergewaltigt, einer stattlichen Dame namens Cynthia mit noch stattlicheren Brüsten, die wabbelten, als ...«

»Hat es dir Spaß gemacht?«

»Ja, aber ich glaube nicht, daß es Cynthia Spaß gemacht hatte. Sie war viel zu betrunken, um mein Vorhandensein zu bemerken.

Trotzdem, irgendwo muß man anfangen, und sie war bereit, dem Sohn des Chefs hilfreich beizustehen.«

William sah plötzlich Alan Lloyds korrekte, betagte Sekretärin vor sich.

»Ich glaube nicht, daß ich große Chancen habe, von der Sekretärin unseres Präsidenten in die Mysterien der Liebe eingeweiht zu werden«, überlegte er.

»Du wirst dich noch wundern«, sagte Matthew wissend. »Die, die die Beine so besonders eng zusammenpressen, sind oft diejenigen, die es nicht erwarten können, sie zu öffnen. Ich nehme jetzt alle Einladungen, formelle wie informelle, an. Nicht, daß die Kleidung bei diesen Dingen eine Rolle spielt.«

Der Chauffeur brachte den Wagen in die Garage, und die zwei jungen Männer liefen die Treppen in Williams Haus hinauf.

»Du hast einiges geändert, seit ich zum letztenmal hier war«, sagte Matthew und bewunderte die modernen Rohrmöbel und die neuen Tapeten. Nur der Armstuhl aus rotem Leder stand unverändert an seinem alten Platz.

»Das Haus hat ein wenig Fröhlichkeit gebraucht«, meinte William. »Es sah aus, als lebten wir in der Steinzeit. Überdies wollte ich nicht erinnert werden an ... Komm, jetzt haben wir keine Zeit, uns über Innenarchitektur zu unterhalten.«

»Wann erscheinen die Leute zu dieser Party?«

»Hausball, Matthew, die Großmütter bestehen darauf, von einem Hausball zu sprechen.«

»Bei diesen Anlässen gibt es nur eine Sache, die man als Ball bezeichnen kann.«

»Matthew, eine Direktionssekretärin gibt dir noch nicht das Recht, dich für eine nationale Autorität auf dem Gebiet der Sexualerziehung zu halten.«

»Mein Gott, welche Eifersucht, und noch dazu von meinem besten Freund«, seufzte Matthew spöttisch.

William lachte und schaute auf die Uhr. »In ein paar Stunden sollten die ersten Gäste hier sein. Wir haben genug Zeit, uns zu duschen und umzuziehen. Hast du daran gedacht, deinen Smoking mitzubringen?«

»Ja. Andernfalls könnte ich meinen Pyjama anziehen. Ich vergesse meistens das eine oder das andere, aber bisher ist es mir noch nie gelungen, beides zu vergessen. Vielleicht würde ich eine ganz neue Mode kreieren, wenn ich im Pyjama zum Ball käme.«

»Ich glaube nicht, daß meine Großmütter einen solchen Scherz so recht zu würdigen wüßten.«

Um sechs Uhr erschienen, dreiundzwanzig Mann hoch, die Diener und der Partyservice, um sieben die Großmütter, in bodenlanger schwarzer Spitze königlich anzuschauen. William und Matthew gesellten sich kurz vor acht zu ihnen in das Empfangszimmer.

William war eben dabei, eine einladende Kirsche von einer herrlich glacierten Torte zu entfernen, als er Großmutter Kanes Stimme hinter sich hörte.

»Rühr nichts an, William, das ist nicht für dich.«

Rasch drehte er sich um. »Für wen sonst?« fragte er und küßte sie auf die Wange.

»Sei nicht keck, William. Daß du mehr als einen Meter achtzig groß bist, heißt nicht, daß ich dich nicht verprügeln könnte.«

Matthew Lester lachte.

»Großmutter, darf ich dir meinen besten Freund Matthew Lester vorstellen?«

Großmutter Kane musterte ihn kritisch durch ihr Lorgnon, bevor sie ihn ansprach: »Guten Tag, junger Mann.«

»Es ist mir eine Ehre, Sie kennenzulernen, Mrs. Kane. Ich glaube, Sie kannten meinen Großvater.«

»Ich kannte Ihren Großvater? Caleb Longworth Lester? Vor fünfzig Jahren bat er um meine Hand. Ich hab ihm einen Korb gegeben und ihm erklärt, daß er zuviel trinke und sein Leben früh beenden werde. Ich behielt recht. Also trinkt nicht, ihr beiden, und denkt daran, Alkohol schwächt den Geist.«

»Die Prohibition bietet uns nicht sehr viel Gelegenheit«, bemerkte Matthew unschuldig.

»Die wird leider bald zu Ende sein«, sagte Großmutter Kane naserümpfend. »Präsident Coolidge vergißt seine Kinderstube. Er wäre nie Präsident geworden, wäre dieser idiotische Harding nicht törichterweise gestorben.«

William lachte. »Also wirklich, Großmutter, dein Gedächtnis läßt ein wenig nach. Während des Polizeistreiks hast du kein Wort gegen ihn hören wollen.«

Mrs. Kane antwortete nicht.

Die Gäste erschienen; viele von ihnen waren dem Gastgeber völlig unbekannt, und er war entzückt, als er Alan Lloyd unter ihnen entdeckte.

»Du siehst gut aus, mein Junge«, sagte Alan und schaute zum erstenmal im Leben zu William auf.

»Du auch, Alan. Es war nett von dir, zu uns zu kommen.«

»Nett? Hast du vergessen, daß die Einladung von deinen Großmüttern stammt? Vielleicht brächte ich den Mut auf, einer von ihnen abzusagen, aber beiden ...«

»Auch du, Alan?« William lachte. »Hast du einen Augenblick Zeit für ein paar Worte unter vier Augen?« Er führte seinen Gast in eine ruhige Ecke. »Ich möchte meinen Anlageplan ein wenig ändern und Lesters Bankaktien kaufen, wann immer sie auf den Markt kommen. Wenn ich einundzwanzig bin, hätte ich gern etwa fünf Prozent ihrer Aktien.«

»Das ist nicht einfach«, sagte Alan. »Lesters Aktien sind in privaten Händen und kommen nur selten auf den Markt, aber ich werde sehen, was ich tun kann. Was führst du im Schild, William?«

»Nun, mein wirkliches Ziel ist ...«

»William.« Großmutter Cabot näherte sich ihnen in großer Eile. »Da stehst du in einer Ecke und heckst mit Mr. Lloyd eine Verschwörung aus, anstatt mit den jungen Mädchen zu tanzen. Warum, meinst du, haben wir diesen Ball gegeben?«

»Ganz richtig«, sagte Alan Lloyd und stand auf. »Setzen Sie sich zu mir, Mrs. Cabot, und ich werde den Jungen in die Welt hinausstoßen. Wir können uns ausruhen, ihm beim Tanzen zuschauen und der Musik zuhören.«

»Musik? Das ist keine Musik, Alan. Es ist nichts als eine laute Kakophonie ohne jede Melodie.«

»Meine liebe Großmama«, sagte William, »man spielt eben ›Yes, we have no Bananas‹, den neuesten Schlager.«

»Dann ist für mich die Zeit gekommen, diese Welt zu verlassen«, sagte Großmutter Cabot betrübt.

»Niemals«, meinte Alan Lloyd galant.

William tanzte mit ein paar jungen Mädchen, an die er sich vage erinnerte, aber er hatte alle Namen vergessen, und als er Matthew in einer Ecke entdeckte, war er froh, eine Entschuldigung zu haben, um das Tanzparkett zu verlassen. Erst als er vor Matthew stand, bemerkte er, daß ein Mädchen neben ihm saß. Als sie zu William aufschaute, wurden seine Knie weich.

»Kennst du Abby Blount?« fragte Matthew beiläufig.

»Nein«, sagte William und mußte sich mühsam zurückhalten, nicht seine Krawatte zurechtzurücken.

»Das ist unser Gastgeber, Mr. William Lowell Kane.«

Die junge Dame blickte sittsam zu Boden, als William sich neben sie setzte. Matthew hatte den Blick bemerkt, mit dem sein Freund Abby angeschaut hatte, und machte sich auf die Suche nach einem Punsch.

»Wie kommt es, daß ich mein ganzes Leben in Boston verbracht habe, und wir einander nie begegnet sind?« fragte William.

»Wir haben uns schon einmal getroffen. Damals haben Sie mich im Park in den Teich gestoßen; wir waren beide drei Jahre alt. Ich habe vierzehn Jahre gebraucht, um mich davon zu erholen.«

»Das tut mir leid«, sagte William nach einer Pause, in der er vergeblich nach einer geistreicheren Antwort gesucht hatte.

»Sie haben ein hübsches Haus, William.«

Wieder trat eine Pause ein. »Danke«, sagte William matt. Er schielte zu Abby hinüber, bemüht, sich nicht anmerken zu lassen, daß er sie anschaute. Sie war schlank, gertenschlank, hatte riesige braune Augen, lange Wimpern, und ihr Profil faszinierte ihn. Abby trug das Haar in einer Weise gelockt, die William bis zu diesem Moment nicht hatte leiden können.

»Matthew sagte mir, daß Sie nächstes Jahr nach Harvard gehen«, machte sie einen neuerlichen Versuch.

»Ja. Ich wollte sagen, möchten Sie tanzen?«

»Danke«, sagte sie.

Die Schritte, die ihm noch vor kurzem so leichtgefallen waren, schienen ihm jetzt Schwierigkeiten zu bereiten. Er stieg seiner Partnerin auf die Zehen und stieß fortwährend mit anderen Paaren zusammen. William entschuldigte sich, und Abby lächelte. Er hielt sie etwas fester und sie tanzten weiter.

»Kennen wir die junge Dame, die William seit einer Stunde in Beschlag genommen hat?« fragte Großmutter Cabot argwöhnisch.

Großmutter Kane nahm ihr Lorgnon auf und studierte das Mädchen, das soeben mit William durch die geöffnete Tür auf den Rasen schlenderte.

»Abby Blount«, erklärte Großmutter Kane.

»Die Tochter von Admiral Blount?« erkundigte sich Großmutter Cabot.

»Ja.«

Großmutter Cabot nickte mit einem Anflug von Zustimmung.

William führte Abby Blount in den abgelegenen Teil des Gartens zu einem Kastanienbaum, den er bisher nur zum Klettern benützt hatte.

»Versuchst du alle Mädchen zu küssen, die du zum erstenmal triffst?« fragte Abby.

»Um ganz ehrlich zu sein«, sagte William, »ich habe noch nie ein Mädchen geküßt.«

Abby lachte. »Ich fühle mich sehr geschmeichelt.«

Sie bot ihm die rosige Wange und dann ihre rosigen Lippen, und dann bestand sie darauf, wieder hineinzugehen. Die Großmütter beobachteten das baldige Wiedererscheinen mit einiger Erleichterung.

Später besprachen die beiden Jungen in Williams Schlafzimmer den Abend.

»Keine schlechte Party«, bemerkte Matthew. »Fast die Reise von New York bis in die Provinz wert, obwohl du mir mein Mädchen geklaut hast.«

»Glaubst du, daß sie mir helfen wird, meine Jungfräulichkeit zu verlieren?« fragte William, Matthews scherzhafte Beschuldigung ignorierend.

»Nun, es bleiben dir drei Wochen, um es festzustellen, aber ich fürchte, sie ist selbst noch Jungfrau«, sagte Matthew. »Meine Erfahrung in diesen Dingen ist so ungeheuer, daß ich bereit bin, fünf Dollar zu wetten: Sie wird sogar dem Charme von William Lowell Kane widerstehen.«

William plante seine Strategie sehr sorgfältig. Jungfräulichkeit war eine Sache, aber an Matthew fünf Dollar zu verlieren, war etwas ganz anderes. Er sah Abby Blount beinahe jeden Tag und nutzte zum erstenmal den Vorteil, mit siebzehn Jahren nicht nur ein Haus, sondern auch ein Auto zu besitzen. Allmählich kam er zu der Überzeugung, daß er es ohne die fortwährende diskrete Überwachung durch Abbys Eltern, die niemals weit weg zu sein schienen, leichter haben würde; als der letzte Ferientag herankam, war er seinem Ziel noch nicht wesentlich näher gekommen.

Entschlossen, die fünf Dollar zu gewinnen, schickte er Abby am Morgen ein Dutzend Rosen, führte sie zu einem teuren Dinner bei Joseph's aus und überredete sie schließlich, mit ihm nach Hause zu kommen.

»Wie hast du während der Prohibition eine Flasche Whisky aufgetrieben?« fragte Abby.

»Ach, das war gar nicht so schwer«, prahlte William.

In Wahrheit hatte er kurz nach dem Verschwinden von Henry Osborne eine von dessen Bourbon-Flaschen im Schlafzimmer versteckt und war jetzt froh, sie nicht, wie ursprünglich beabsichtigt, weggeschüttet zu haben.

William schenkte Drinks ein, die ihn nach Atem ringen ließen und Abby Tränen in die Augen trieben. Er setzte sich zu ihr und legte selbstsicher den Arm um ihre Schultern. Sie schmiegte sich an ihn.

»Abby, ich finde dich unglaublich hübsch«, murmelte er einleitend in ihre braunen Locken.

Mit ihren großen braunen Augen schaute sie ihn ernst an.

»Oh, William«, hauchte sie, »und ich finde dich einfach wundervoll.«

Ihr Puppengesicht war unwiderstehlich. Sie erlaubte ihm einen Kuß. Ermutigt schob William seine Hand von ihrem Handgelenk zu ihrer Brust und ließ sie dort liegen, wie ein Verkehrspolizist, der einen Strom von Autos aufhält. Sie war empört und schob seinen Arm weg; die Autos konnten weiterfahren.

»William, das darfst du nicht tun.«

»Warum nicht?« fragte William und versuchte vergeblich, sie festzuhalten.

»Weil man nicht weiß, wo das endet.«

»Ich kann es mir ungefähr vorstellen.«

Bevor er seine Versuche fortsetzen konnte, schob ihn Abby weg, stand rasch auf und strich ihr Kleid glatt.

»Ich glaube, ich muß jetzt nach Hause gehen, William.«

»Aber du bist doch eben erst gekommen.«

»Mama wird wissen wollen, was wir getan haben.«

»Das wirst du ihr sagen können – nichts.«

»Und ich glaube, es ist am besten, daß es auch so bleibt«, fügte sie hinzu.

»Ich fahre morgen zurück.« Er vermied zu sagen: »In die Schule.«

»Du kannst mir ja schreiben, William.«

Anders als Rodolfo Valentino wußte William, wann er geschlagen war. Er stand auf, rückte die Krawatte zurecht, nahm Abby an der Hand und führte sie nach Hause.

Am nächsten Tag in der Schule nahm Matthew die ihm gebotene

Fünf-Dollar-Note mit hochgezogenen Brauen und gespieltem Erstaunen entgegen.

»Sag ein einziges Wort, Matthew, und ich jage dich mit einem Baseballschläger rund um St. Paul.«

»Mir fallen nicht die richtigen Worte ein, um dir mein tiefes Bedauern auszusprechen.«

»Matthew, jetzt wirst du um St. Paul gejagt.«

Auf die Frau seines Housemasters wurde William während seiner zwei letzten Semester in St. Paul aufmerksam; sie sah gut aus, vielleicht ein wenig üppig um die Hüften, aber sie hatte einen herrlichen Busen und dichtes schwarzes Haar, ohne eine graue Strähne, das sie hoch aufgekämmt trug, eine Frisur, die ihr ausgezeichnet stand. Eines Samstags, als sich William auf dem Hockeyplatz das Handgelenk verstaucht hatte, machte sie ihm eine kalte Kompresse, stand vielleicht ein wenig näher als nötig und erlaubte Williams Arm, ihre Brust zu berühren. Es gefiel ihm. Bei einer anderen Gelegenheit – er mußte wegen eines Fieberanfalls ein paar Tage im Krankenzimmer bleiben – brachte sie ihm persönlich alle Mahlzeiten und saß an seinem Bett; durch die dünne Decke spürte er ihren Körper, während er aß. Auch das gefiel ihm.

Man erzählte sich, sie sei Grumpy Raglans zweite Frau. Niemand im Haus konnte sich vorstellen, wie es Grumpy gelungen war, auch nur *eine* Frau zu erobern. Und hin und wieder deutete Mrs. Raglan durch schwache Seufzer und kleine Gesprächspausen an, daß auch sie selbst es sich kaum vorstellen konnte.

Zu Williams Pflichten als Hausaufseher gehörte es, sich jeden Abend um halb elf vor dem Schlafengehen, wenn er die Runde des Lichterlöschens beendet hatte, bei Grumpy Raglan zu melden. Als er Montag abends an Grumpys Tür klopfte, erstaunte es ihn, Mrs. Grumpys Stimme zu hören, die ihn einzutreten bat. Sie lag in einem losen Seidengewand, das ein wenig japanisch aussah, auf einer Chaiselongue.

William hielt sich an dem kalten Türknopf fest. »Alle Lichter sind gelöscht, und ich habe die Eingangstür geschlossen, Mrs. Raglan. Gute Nacht.«

Mit einem Schwung, der unter den Seidenfalten einen blassen Schenkel sehen ließ, stellte sie die Füße auf den Boden.

»Du bist immer so in Eile, William. Du kannst es nicht erwarten, dein Leben zu beginnen, nicht wahr?« Sie ging zu einem kleinen Tischchen.

»Warum trinkst du nicht ein wenig heiße Schokolade? Zu dumm, ich vergaß, daß Mr. Raglan erst Samstag zurückkommt, und hab genug für zwei gemacht.«

Auf dem Wort »Samstag« lag zweifellos eine besondere Betonung. Sie brachte William eine dampfende Tasse und schaute ihn an, um festzustellen, ob er den Sinn ihrer Worte begriffen hatte. Befriedigt reichte sie ihm die Tasse und berührte wie zufällig seine Hand. Er rührte emsig in der heißen Schokolade.

»Gerald ist zu einer Konferenz gefahren«, erklärte sie. Es war das erstemal, daß er Grumpys Vornamen hörte. »Bitte mach die Tür zu, William, und setz dich.«

William zögerte; er schloß die Tür, aber weder wollte er in Grumpys Stuhl noch neben Mrs. Raglan sitzen. Er entschied, daß Grumpys Stuhl das kleinere Übel sei, und ging auf ihn zu.

»Nein, nein«, protestierte Mrs. Raglan und deutete auf den Platz neben sich.

Leicht nervös setzte sich William zu ihr und starrte auf der Suche nach einer Eingebung in seine Tasse. Da er dort keine fand, leerte er sie auf einen Zug und verbrannte sich die Zunge. Erleichtert bemerkte er, daß Mrs. Raglan aufstand. Ohne auf seine gemurmelte Ablehnung zu hören, schenkte sie ihm eine zweite Tasse ein, rauschte wortlos durchs Zimmer, zog das Grammophon auf und setzte die Nadel auf eine Platte auf.

»Nice and easy does it«, waren die ersten Worte, die William hörte. Als sie zurückkam, schaute er immer noch zu Boden.

»Du wirst eine Dame wohl nicht allein tanzen lassen, nicht wahr?«

Er blickte auf; Mrs. Raglan wiegte sich im Takt der Musik. *»We're on the road to romance, that's clear to say«*, schmachtete Rodolfo Valentino. William stand auf und legte sehr formell seinen Arm um Mrs. Raglan; Grumpy hätte mühelos zwischen dem Paar Platz gehabt. Nach ein paar Takten kam sie näher, während er starr über ihre rechte Schulter schaute, um anzudeuten, daß er ihre linke Hand, die von der Schulter seinen Rücken abwärts geglitten war, nicht bemerkte. Als die Platte zu Ende war, glaubte William zur Sicherheit der heißen Schokolade zurückkehren zu können, aber Mrs. Raglan drehte die Platte um und war, bevor er flüchten konnte, wieder in seinen Armen.

»Mrs. Raglan, ich glaube, ich sollte ...«

»Entspann dich ein wenig, William.«

Endlich fand er den Mut, ihr in die Augen zu sehen. Er versuchte etwas zu sagen, aber es fiel ihm nichts ein. Ihre Hand strich jetzt sanft über seinen Rücken, ihre Schenkel preßten sich gegen seine Lenden. Sein Griff um ihre Taille wurde fester.

»Das ist schon besser«, bemerkte sie.

Eng aneinandergepreßt drehten sie sich langsam im Kreis und immer langsamer, im Takt der Musik, bis die Platte leise verklang. Als sie wegschlüpfte, um das Licht zu löschen, wartete William ungeduldig auf ihre Rückkehr. Unbeweglich stand er in der Dunkelheit, hörte das Rascheln der Seide, sah undeutlich ihre Gestalt; sie ließ die Kleider fallen.

Der Sänger hatte sein Lied beendet, und als Mrs. Raglan William aus den Kleidern geholfen und ihn zur Chaiselongue zurückgeführt hatte, kratzte die Nadel in der Mitte der Platte. In der Dunkelheit griff er nach ihr, und seine unerfahrenen Finger trafen auf verschiedene Körperteile, die sich keineswegs so anfühlten, wie er es sich vorgestellt hatte. Rasch ließ er die Finger zu der relativen Vertrautheit ihrer Brüste zurückkehren. Ihre Finger waren weniger zurückhaltend, und er empfand Gefühle, die er nie für möglich gehalten hätte. Er wollte laut aufstöhnen, und nur die Angst, es könne dumm klingen, hielt ihn zurück. Ihre Hände hatten ihn umfaßt, und sie zog ihn sanft an sich.

William bewegte sich hin und her und fragte sich, wie er jemals in sie eindringen würde, ohne seine völlige Unerfahrenheit zu zeigen. Es war nicht so leicht, wie er erwartet hatte, und er wurde mit jeder Sekunde verzweifelter. Doch dann glitten ihre Finger über seinen Magen abwärts und gaben ihm die nötige Hilfe; er drang in sie ein und hatte sofort einen Orgasmus.

»Es tut mir leid«, sagte William und wußte nicht recht, was er jetzt tun sollte. Er lag eine Weile auf ihr, bevor sie etwas sagte.

»Morgen wird es besser sein.«

Das Geräusch der kratzenden Nadel drang jetzt wieder an sein Ohr.

An diesem endlosen Dienstag konnte William seine Gedanken nicht von Mrs. Raglan losreißen. An diesem Abend seufzte sie. Mittwoch stöhnte sie. Donnerstag wimmerte sie, und Freitag schrie sie auf.

Samstag kehrte Grumpy von seiner Besprechung zurück.

Doch zu diesem Zeitpunkt war Williams Erziehung bereits vollendet.

Während der Osterferien, um genau zu sein, zu Christi Himmelfahrt, erlag Abby Blount endlich Williams Verführungskünsten. Das kostete Matthew fünf Dollar und Abby die Jungfernschaft. Nach Mrs. Raglan war sie eine leichte Enttäuschung. Während der ganzen Osterferien war das das einzige bemerkenswerte Ereignis, denn Abby fuhr mit ihren Eltern nach Palm Beach, und William verbrachte die meiste Zeit mit seinen Büchern und war für niemanden zu sprechen, außer für die Großmütter und Alan Lloyd. Bis zu seinen Abschlußprüfungen waren es nur mehr ein paar Wochen, und da Grumpy Raglan zu keinen weiteren Besprechungen mehr fuhr, hatte William keine Gelegenheiten zu weiteren Aktivitäten.

Während des letzten Semesters in St. Paul saßen William und

Matthew stundenlang in ihrem Arbeitszimmer und wechselten kein Wort, außer, Matthew stieß auf ein mathematisches Problem, das er allein absolut nicht lösen konnte. Die lang erwarteten Prüfungen kamen endlich, und sie dauerten nur eine, allerdings harte Woche. Kaum waren sie vorüber, taten die beiden Jungen so, als wären sie gänzlich uninteressiert an den Resultaten; doch als die Tage vergingen und sie warteten und warteten, schwand ihr Selbstvertrauen. Das Hamilton-Memorial-Stipendium für Harvard wurde ausschließlich für hervorragende Leistungen vergeben, und jeder Schüler in Amerika konnte es bekommen. William vermochte nicht zu beurteilen, wie gut seine Konkurrenten waren. Als die Zeit verstrich und er nichts hörte, begann er das Schlimmste zu befürchten.

Als das Telegramm ankam, spielte er eben mit ein paar Schulkollegen Baseball, um die letzten Schultage totzuschlagen – jene warmen Sommertage, an denen die Jungen oft wegen Trunkenheit oder eingeschlagener Fensterscheiben von der Schule verwiesen werden; oder auch, weil sie versuchen, mit den Töchtern ihrer Lehrer und manchmal auch mit deren Frauen ins Bett zu gehen.

William erklärte eben lauthals, daß er seinen ersten Lauf gleich um sämtliche Male machen würde. Der Champion von St. Paul, spottete Matthew. Die Prahlerei wurde mit großem Gelächter aufgenommen. Als man William das Telegramm übergab, war der Lauf plötzlich vergessen. Er ließ die Schlagkeule fallen und riß den kleinen gelben Umschlag auf. Der Werfer wartete ungeduldig, den Ball in der Hand, und ebenso warteten die anderen Spieler. Langsam las William die Nachricht.

»Man will dich zu einem Profi machen«, rief jemand vom Spielfeld; die Ankunft eines Telegramms während eines Baseball-Spieles war doch eher ungewöhnlich. Matthew kam auf William zu und versuchte an dessen Gesichtsausdruck zu erkennen, ob die Nachricht gut oder schlecht war. Ohne eine Miene zu verziehen, reichte William Matthew das Telegramm. Dieser las es, vollführte einen Luftsprung, ließ das Papier zu Boden fallen und begleitete William auf seinem Lauf um sämtliche Male. Der Werfer schaute zu, nahm das Papier vom Boden auf, las es und warf seinen Ball lustvoll auf die Tribüne. Dann wurde das kleine Stück Papier von Spieler zu Spieler weitergereicht. Der letzte, der die Nachricht las, war der Überbringer des Telegramms. Er fand, daß er, der soviel Freude bereitet hatte, ohne einen Dank dafür zu erhalten, wenigstens zu wissen verdiente, was der Anlaß für die Aufregung war.

Das Telegramm war an Mr. William Lowell Kane gerichtet. Es lautete: »Gratulieren zu Erhalt des Hamilton-Memorial-Mathematik-Stipendiums von Harvard. Alle weiteren Details folgen. Abbot Lawrence Lowell, Präsident.« William konnte seinen Lauf nicht vollenden, da er von mehreren Spielern umarmt wurde.

Matthew freute sich über den Erfolg seines Freundes, anderseits war er betrübt, weil das vermutlich eine Trennung bedeutete. William dachte das gleiche, sagte aber nichts. Die beiden Jungen mußten noch neun Tage warten, bis sie erfuhren, daß auch Matthew in Harvard aufgenommen war.

Ein weiteres Telegramm kam an, diesmal von Charles Lester, der seinem Sohn gratulierte und die beiden Jungen zum Tee ins Plaza Hotel nach New York einlud. Beide Großmütter übersandten William ihre Glückwünsche, obwohl Großmutter Kane etwas schnippisch zu Alan Lloyd bemerkte: »Der Junge hat nicht mehr getan, als von ihm erwartet wurde, und nicht mehr, als sein Vater vor ihm getan hat.«

Stolzgeschwellt wanderten die beiden Jungen am verabredeten Tag die Fifth Avenue hinunter. Viele Mädchenaugen blickten ihnen nach, die so taten, als bemerkten sie nichts. Als sie um 15 Uhr 59 das Plaza betraten, gaben sie ihre Strohhüte ab, schlenderten lässig durch die Halle und erblickten die Familiengruppe, die sie im Wintergarten erwartete. Dort saßen sehr aufrecht in ihren bequemen Stühlen die beiden Großmütter Kane und Cabot und flankierten eine andere alte Dame, die, so nahm William an, in der Familie Lester in etwa dem entsprach, was Großmutter Kane war. Mr. und

Mrs. Charles Lester, ihre Tochter Susan (die keinen Blick von William wandte) und Alan Lloyd vervollständigten den Kreis. Zwei freie Stühle warteten auf William und Matthew.

Mit hochgezogenen Brauen winkte Großmutter Kane den nächsten Kellner herbei. »Frischen Tee und etwas mehr Kuchen, bitte.«

Rasch verschwand der Kellner in der Küche. »Mehr Tee und Kuchen für Tisch 23«, rief er in das Tellergeklapper.

»Kommt schon«, antwortete eine Stimme aus der dampfenden Dunkelheit.

»Frisch aufgegossener Tee und etwas Sahnekuchen, Madam«, sagte der Kellner, als er wieder erschien.

»Dein Vater wäre heute stolz auf dich, William«, sagte der ältere Mann zu dem größeren der beiden Jungen.

Der Kellner fragte sich, was der gutaussehende junge Mann erreicht hatte, um eine solche Bemerkung zu verdienen.

William hätte den Kellner kaum beachtet, hätte dieser nicht einen Silberreif am Handgelenk getragen. Der Schmuck hätte ohne weiteres von Tiffany stammen können; ihn bei einem Kellner zu sehen, wunderte ihn.

»William«, sagte Großmutter Kane, »zwei Stück Kuchen sind genug. Das ist nicht deine letzte Mahlzeit, bevor du nach Harvard fährst.«

13

Als Abel in dieser Nacht in seinem kleinen Zimmer im Plaza Hotel wach lag und an jenen William dachte, dessen Vater stolz auf den Sohn gewesen wäre, wurde ihm zum erstenmal klar, was er im Leben erreichen wollte: er wollte von den Williams dieser Welt als ihresgleichen akzeptiert werden.

Abel hatte es nach seiner Ankunft in New York nicht leicht gehabt. Er mußte mit George und zwei seiner Cousins ein Zimmer teilen, in dem sich nur zwei Betten befanden, und er konnte daher nur schlafen, wenn eines der Betten frei war. Georges Onkel konnte ihm keine Arbeit geben, und Abel suchte ein paar Wochen lang, in denen er beinahe seine ganzen Ersparnisse verbrauchte, zwischen Brooklyn und Queens nach einem Broterwerb. Schließlich fand er Arbeit bei einem Fleischer, der ihm für eine Sechseinhalb-Tage-Woche neun Dollar bezahlte und ihm erlaubte, in einer Kammer über dem Laden zu schlafen. Der Laden lag im Herzen eines beinahe autonomen kleinen polnischen Viertels an der unteren East Side, und Abel verlor bald die Geduld mit der Ghettomentalität seiner Landsleute, von denen die meisten sich nicht einmal die Mühe nahmen, ein bißchen Englisch zu lernen.

An den Wochenenden traf er regelmäßig mit George und seinen fortwährend wechselnden Mädchen zusammen, doch an den meisten freien Abenden besuchte er einen Kurs, in dem er englisch lesen und schreiben lernte.

Seine langsamen Fortschritte bekümmerten ihn nicht, denn er hatte seit seinem achten Lebensjahr kaum Gelegenheit gehabt, überhaupt zu schreiben. Nach zwei Jahren sprach er Englisch fließend; er hatte nur den Anflug eines Akzents behalten. Jetzt war er bereit, den Fleischerladen zu verlassen – aber wie und wohin sollte er gehen? Als er eines Tages eine Lammkeule zurichtete, hörte er einen der besten Kunden des Geschäfts, den Personalchef des Plaza Hotels, sich darüber beklagen, daß er einen jungen Kellner wegen eines kleinen Diebstahls hatte entlassen müssen.

»Wo soll ich so rasch einen Ersatz hernehmen?« ärgerte sich der Manager.

Der Fleischer wußte keine Lösung. Abel wußte sie. Er zog seinen einzigen Anzug an, ging siebenundvierzig Häuserblocks weiter und bekam die Stellung.

Kaum war er im Plaza, schrieb er sich in einen Abendkurs an der Columbia University ein. Abend für Abend arbeitete er und schrieb, das Wörterbuch in der Hand, vor sich hin. Am Morgen, zwischen dem Servieren des Frühstücks und dem Tischdecken für den Lunch, kopierte er den Leitartikel der *New York Times* und schlug jedes ihm unbekannte Wort in seinem Wörterbuch nach, das er antiquarisch gekauft hatte.

In den folgenden drei Jahren arbeitete sich Abel durch die Reihen der Kellner im Plaza hinauf, bis er schließlich zum Kellner im *Oak Room* avancierte und mit Trinkgeldern fünfundzwanzig Dollar pro Woche verdiente. In seiner eigenen Welt fehlte es ihm an nichts.

Abels Lehrer an der Columbia University war von seinen Fortschritten in Englisch so beeindruckt, daß er ihm riet, einen weiteren Abendkurs zu besuchen; das würde der erste Schritt zum B. A., dem Bachelor of Art, und damit zu einem akademischen Grad sein. Abel stellte sich um und konzentrierte sich in seiner Freizeit nicht mehr auf Englisch, sondern auf Finanzwissenschaften; er schrieb die Leitartikel des *Wall Street Journal* und nicht mehr jene der *New York Times* ab. Seine neue Welt nahm ihn völlig gefangen, und von George abgesehen, verlor er jeden Kontakt mit seinen polnischen Freunden.

Wenn Abel im *Oak Room* servierte, studierte er alle berühmten Gäste – die Bakers, Loebs, Whitneys, Morgans und Phelps – und versuchte festzustellen, was die Reichen von den übrigen Menschen unterschied. Er las *The American Mercury* von H. L. Mencken, Scott Fitzgerald, Sinclair Lewis und Theodora Dreiser; sein Wissensdurst war unersättlich. Während die anderen Kellner den *Mirror* durchblätterten, studierte er die *New York Times*, und während die anderen in ihrer Arbeitspause vor sich hin dösten, las er das *Wall Street Journal*. Wohin ihn sein frisch erworbenes Wissen führen würde, wußte er nicht, aber nie bezweifelte er den Grundsatz des Barons, daß es für gute Erziehung keinen Ersatz gab.

An einem Donnerstag im August 1926 – er erinnerte sich gut, denn es war der Tag, an dem Rodolfo Valentino starb und viele der Damen, die in der Fifth Avenue auf Einkaufsbummel waren,

Trauer trugen – servierte Abel wie immer an einem der Ecktische. Diese Tische waren für Geschäftsmagnaten reserviert, die ungestört und ohne Angst, gehört zu werden, speisen wollten. An diesem bestimmten Tisch servierte er besonders gern, denn hier wurden oft neue Geschäfte angebahnt, und aus den Bruchstücken der Gespräche entnahm Abel oft wertvolle kleine Hinweise. Kam der Gastgeber von einer Bank oder einer großen Holdinggesellschaft, so informierte sich Abel nach dem Lunch über den finanziellen Stand des Unternehmens der Gäste. Hatte er das Gefühl, das Gespräch sei besonders gut verlaufen, so investierte er hundert Dollar in Aktien des kleineren Unternehmens, in der Hoffnung, es werde von der größeren Gesellschaft übernommen werden oder könne mit deren Hilfe expandieren. Bestellte der Gastgeber nach der Mahlzeit Zigarren, so riskierte Abel zweihundert Dollar. Sieben- von zehnmal verdoppelte sich der Wert der Aktien, die er auf diese Weise erwarb, innerhalb von sechs Monaten – das war der Zeitraum, den er sich für das Halten der Aktien gesetzt hatte. Während der vier Jahre, die er im Plaza arbeitete, verlor er nur dreimal Geld.

Was an diesem bestimmten Tag so ungewöhnlich war an dem Ecktisch, war, daß die Gäste bereits vor der Mahlzeit Zigarren bestellten. Später kamen neue Gäste, die ebenfalls Zigarren bestellten. Abel suchte in dem Buch für Tischreservierungen nach dem Namen des Gastgebers. Woolworth. Diesen Namen hatte er vor kurzem auf der Finanzseite gelesen, wußte jedoch im Moment nicht, wohin er gehörte. Ein anderer Gast war Charles Lester, ein regelmäßiger Besucher des Plaza und, wie Abel wußte, ein bekannter Bankier. Während er das Essen servierte, hörte er zu, so gut er konnte. Die Gäste zeigten absolut kein Interesse für den aufmerksamen Kellner. Abel konnte keine Einzelheiten aufschnappen, glaubte aber zu verstehen, daß man irgendeinen Vertrag abgeschlossen hatte, der der Öffentlichkeit im Lauf des Tages mitgeteilt werden sollte. Dann plötzlich erinnerte er sich. Er hatte den Namen im *Wall Street Journal* gelesen. Woolworth war der Mann, der Amerikas erstes Five-and-ten-Cent-Warenhaus eröffnen würde. Während die Gäste das Dessert aßen – einen von Abel empfohlenen Erdbeer- und Quarkkuchen –, verließ er rasch für ein paar Minuten den Speisesaal und rief seinen Makler in der Wall Street an.

»Wie hoch steht Woolworth im Augenblick?« fragte er.

Am anderen Ende des Drahtes trat eine kurze Pause ein. »Zwei und eins Komma acht. In letzter Zeit ziemlich viel Bewegung, obwohl ich nicht weiß, warum«, war die Antwort.

»Kaufen Sie bis zum Limit meines Kontos, bis Sie im Lauf des Tages eine Erklärung der Gesellschaft hören.«

»Was wird diese Erklärung beinhalten?« fragte der verwundene Makler.

»Ich bin nicht in der Lage, diese Art von Information telefonisch weiterzugeben«, sagte Abel.

Der Makler war entsprechend beeindruckt; Abels bisherige Käufe hatten ihn bewogen, sich nicht zu genau nach dessen Informationsquellen zu erkundigen.

Abel eilte in den Speisesaal zurück, um den Kaffee zu servieren. Die Gäste blieben noch eine Weile sitzen, und Abel kehrte erst an den Tisch zurück, als man aufbrach. Der Herr, der die Rechnung übernahm, dankte Abel für die aufmerksame Bedienung und sagte so laut, daß seine Freunde es hören konnten: »Wollen Sie einen Tip, junger Mann?«

»Gern, Sir«‹ sagte Abel.

»Kaufen Sie Woolworth-Aktien.«

Alle Gäste lachten. Auch Abel lachte, erhielt fünf Dollar Trinkgeld und bedankte sich. Während der folgenden sechs Monate strich er 2412 Dollar Profit aus den Woolworth-Aktien ein.

Als Abel kurz nach seinem einundzwanzigsten Geburtstag die Staatsbürgerschaft der Vereinigten Staaten erhielt, beschloß er, dieses Ereignis zu feiern. Er lud George und Monika, Georges neueste Liebe, und ein Mädchen namens Clara, Georges verflossene Liebe, ins Kino ein – man spielte »Don Juan« mit John Barrymore – und nachher zum Abendessen bei Bigo's. George war immer noch Gehilfe in der Bäckerei seines Onkels und verdiente acht Dollar pro Woche. Obwohl Abel ihn als seinen besten Freund ansah, merkte er, daß der Unterschied zwischen ihm und dem mittellosen George immer größer wurde. Er hatte jetzt über achttausend Dollar auf der Bank liegen und sein letztes Jahr an der Columbia University beendet, um seinen B. A. in Wirtschaftswissenschaften zu machen. Abel wußte, was sein Ziel war, während George niemandem mehr erzählte, daß er eines Tages Bürgermeister von New York sein würde.

Die vier verbrachten einen denkwürdigen Abend, nicht zuletzt deshalb, weil Abel genau wußte, was man von einem guten Restaurant erwarten darf. Seine drei Gäste aßen alle viel zuviel, und als die Rechnung kam, war George sprachlos; der Betrag war höher als sein Monatsgehalt. Abel zahlte die Rechnung, ohne sie eines weiteren Blickes zu würdigen. Muß man eine Rechnung bezahlen, dann tue man es so, als sei der Betrag ganz unwesentlich. Ist er es nicht, dann meide man in Zukunft das Restaurant; aber was immer man tut, man mache keine Bemerkungen und schaue nicht überrascht drein – auch das hatte Abel von den Reichen gelernt.

Als die vier sich gegen zwei Uhr morgens trennten, kehrten George und Monika nach der unteren East Side zurück; Abel dagegen fand, daß er sich Clara verdient hatte. Er schmuggelte sie durch den Bediensteteneingang des Plaza und mit dem Wäscheaufzug in sein Zimmer. Sie war rasch bereit, sich ins Bett zu legen, und Abel erledigte eilig, was er erledigen wollte. Schließlich mußte er ordentlich schlafen, bevor er sich zum Frühstücksdienst meldete. Zu seiner Zufriedenheit war alles um halb drei Uhr vorüber, und er versank in tiefen Schlaf, bis sein Wecker um sechs Uhr schrillte. Er hatte eben noch genug Zeit, um Clara vor dem Anziehen rasch nochmals zu lieben.

Clara setzte sich im Bett auf und schaute schmollend zu, wie

Abel die weiße Krawatte band und sie flüchtig zum Abschied küßte.

»Nimm den Weg, den wir gekommen sind, sonst kriege ich eine Menge Schwierigkeiten«, sagte Abel. »Wann sehe ich dich wieder?«

»Nie«, sagte Clara eisig.

»Warum nicht?« fragte Abel erstaunt. »Habe ich dir etwas getan?«

»Nein, du hast mir etwas nicht getan.« Sie sprang aus dem Bett und zog sich rasch an.

»Was hab ich dir nicht getan?« fragte Abel gekränkt. »Du wolltest doch mit mir ins Bett gehen, oder nicht?«

Sie drehte sich um und schaute ihn an. »Das dachte ich, bis ich feststellte, daß du nur etwas mit Valentino gemein hast – ihr seid beide tot. Du magst das Beste sein, was das Plaza in einem schlechten Jahr gesehen hat, aber im Bett bist du eine Niete.« Sie war jetzt fertig angezogen, und, die Hand an der Türklinke, versetzte sie ihm ihren letzten Hieb. »Sag mir, ist es dir je gelungen, mit einem Mädchen mehr als einmal ins Bett zu gehen?«

Völlig sprachlos starrte Abel auf die zugeworfene Tür und verbrachte den Tag damit, sich über Claras Worte den Kopf zu zerbrechen. Es fiel ihm niemand ein, mit dem er das Problem hätte besprechen können. George würde ihn bloß auslachen, und das Personal des Plaza Hotels hielt ihn beinahe für allwissend. Schließlich fand er, daß das Problem, wie viele andere in seinem Leben, mit Wissen oder mit Erfahrung gelöst werden müsse.

An seinem freien Nachmittag ging er nach dem Lunch in Scribner's Buchladen auf der Fifth Avenue. Bücher hatten alle seine ökonomischen und sprachlichen Probleme gelöst, aber er fand nichts, das so aussah, als könne es ihm auch nur im entferntesten bei sexuellen Problemen von Nutzen sein. Ein Buch über Etikettefragen war sinnlos, und *The Nature of Morals* von W. F. Colbert erwies sich ebenfalls als gänzlich ungeeignet.

Abel verließ den Buchladen, ohne etwas zu kaufen, und verbrachte den Rest des Nachmittags in einem schäbigen Kino am Broadway, ohne den Film wirklich anzuschauen; er dachte nur über Claras Worte nach. Der Film, eine Liebesgeschichte mit Greta Garbo, gipfelte ganz zum Schluß in einem Kuß und war ebensowenig hilfreich wie Scribner's Buchladen.

Als Abel aus dem Kino kam, war der Himmel bereits dunkel, und ein kalter Wind fegte den Broadway hinunter. Es erstaunte Abel immer noch, daß eine Stadt bei Nacht ebenso lärmend und hell sein konnte wie bei Tag. Er ging in Richtung 59. Straße und hoffte, daß die frische Luft Klarheit in seine Gedanken bringen würde. An der Ecke der 53. Straße blieb er stehen und kaufte eine Abendzeitung.

»Auf der Suche nach einem Mädchen?« fragte eine Stimme hinter dem Zeitungsstand.

Abel blickte auf; die Frau war etwa fünfunddreißig, sehr stark geschminkt; sie benutzte den modernsten Lippenstift. Ihre weiße Seidenbluse war ein wenig geöffnet, und sie trug einen langen schwarzen Rock, schwarze Strümpfe und schwarze Schuhe.

»Nur fünf Dollar. Gut angelegtes Geld«, sagte sie und schob eine Hüfte vor, so daß sich der geschlitzte Rock teilte und ihre Schenkel freigab.

»Wo?« fragte Abel.

»Ich hab im nächsten Block ein eigenes Zimmer.«

Sie wandte den Kopf, um Abel die Richtung anzudeuten, und jetzt sah er im Licht der Straßenbeleuchtung ihr Gesicht deutlich. Sie war nicht unhübsch. Abel nickte zustimmend, sie nahm seinen Arm, und sie gingen.

»Wenn uns ein Polizist aufhält –«, sagte sie, »ich heiße Joyce, und du bist ein alter Freund von mir.«

Sie gingen zum nächsten Block und betraten ein schäbiges Apartmenthaus. Das trostlose Zimmer, von einer einzigen Glühbirne erhellt, mit einem Stuhl, einem Waschbecken und einem zerwühlten Doppelbett ausgestattet, das offensichtlich an diesem Tag bereits mehrmals benützt worden war, entsetzte Abel.

»Hier wohnst du?« fragte er ungläubig.

»Mein Gott, nein. Dieses Zimmer ist nur für die Arbeit.«

»Warum machst du das?« fragte Abel und überlegte, ob er noch Lust hatte, seinen Plan auszuführen.

»Ich habe zwei Kinder und keinen Mann. Weißt du einen besseren Grund? Und jetzt: Willst du oder willst du nicht?«

»Ja, aber nicht so, wie du glaubst«, sagte Abel.

Sie betrachtete ihn argwöhnisch. »Gehörst du am Ende zu diesen brutalen Typen, den Nachfolgern von Marquis de Sade?«

»Keineswegs«, sagte Abel.

»Du wirst mich also nicht mit Zigaretten verbrennen?«

»Nichts dergleichen«, sagte Abel verblüfft. »Ich möchte belehrt werden, ich will Stunden nehmen.«

»Stunden? Mach keine Witze. Wofür hältst du das hier. Für einen Abendkurs im Bumsen?«

»So ähnlich«, sagte Abel, setzte sich auf die Bettkante und erzählte ihr, wie Clara letzte Nacht reagiert hatte. »Glaubst du, daß du mir helfen kannst?«

Das Freudenmädchen schaute Abel prüfend an und fragte sich, ob man wohl den 1. April schrieb.

»Natürlich«, sagte sie schließlich, »aber es wird dich jedesmal fünf Dollar für eine halbe Stunde kosten.«

»Kostspieliger als ein B. A. an der Columbia«‹ sagte Abel. »Wie viele Stunden werde ich brauchen?«

»Hängt davon ab, wie rasch du lernst, nicht wahr?« erwiderte sie.

»Gut, also fangen wir an«, sagte Abel, nahm fünf Dollar aus der Tasche und gab ihr das Geld. Sie steckte die Banknote in den Strumpf, ein sicheres Zeichen dafür, daß sie ihn nie auszog.

»Kleider runter, mein Schatz«, sagte sie. »Angezogen wirst du nicht viel lernen.«

Als er sich ausgekleidet hatte, betrachtete sie ihn kritisch. »Ein Double von Douglas Fairbanks bist du nicht gerade! Aber das macht nichts. Wenn das Licht gelöscht ist, zählt nicht, wie du aussiehst, sondern was du tust.«

Abel saß immer noch auf der Bettkante, während sie ihm erklärte, wie man eine Dame behandelt. Sie war sehr erstaunt, daß Abel sie tatsächlich nicht haben wollte, und noch erstaunter, als er während der folgenden zwei Wochen täglich bei ihr erschien.

»Wann werde ich wissen, daß ich soweit bin?« fragte Abel.

»Das wirst du feststellen, mein Kind«, erwiderte Joyce. »Wenn du mich dazu bringst, daß es mir kommt, dann gelingt es dir auch bei einer ägyptischen Mumie.«

Zuerst erklärte sie ihm die empfindsamen Zonen eines Frauenkörpers, dann lehrte sie ihn Geduld zu haben und zu erkennen, ob das, was er tat, der Partnerin gefiel; wie er Lippen und Zunge überall, nur nicht auf dem Mund einer Frau, benutzen könne.

Abel hörte aufmerksam zu und befolgte ihre Anweisungen peinlich genau, anfangs allerdings zu mechanisch. Trotz ihrer Versicherungen, daß er enorme Fortschritte mache, war er sich nicht sicher, ob sie die Wahrheit sagte, bis Joyce drei Wochen und hundertzehn Dollar später zu seiner Überraschung und Freude in seinen Armen zum erstenmal lebendig wurde. Sie hielt seinen Kopf eng an sich gepreßt, als er ihre Brustspitzen küßte. Als er sie sanft zwischen den Schenkel streichelte, stellte er fest, daß sie – zum erstenmal – feucht war. Als er in sie eindrang, stöhnte sie leise, ein Ton, den Abel noch nie gehört hatte und überaus angenehm fand. Sie bohrte ihre Nägel in seinen Rücken und befahl ihm, weiterzumachen. Das Stöhnen ging weiter, manchmal leise, manchmal lauter. Schließlich stieg sie einen kurzen Schrei aus, und die Arme, die ihn so fest umklammert hatten, sanken zurück.

Als sie wieder zu Atem kam, erklärte sie: »Baby, du bist soeben Klassenbester geworden.«

Abel selbst hatte keinen Orgasmus gehabt.

Abel feierte seinen Triumph, indem er George, Monika und eine widerwillige Clara auf die besten Sitze zur Weltmeisterschaft im Schwergewichtsboxen einlud. Nach dem Kampf fühlte sich Clara verpflichtet, ihn für seine splendide Einladung zu belohnen und mit ihm ins Bett zu gehen. Am nächsten Morgen flehte sie ihn an, sie nicht zu verlassen.

Abel ging nie mehr mit ihr aus.

Nachdem Abel die Abschlußprüfung an der Columbia University abgelegt hatte, wurde er mit seiner Stellung im Plaza unzufrieden, wußte jedoch nicht, wie er weiterkommen sollte. Obwohl er mit den reichsten und erfolgreichsten Männern Amerikas zu tun hatte, konnte er an keinen der Gäste direkt herantreten. Wenn er es tat, riskierte er seine Stellung; und überdies hätte wohl keiner von ihnen die ehrgeizigen Wünsche eines Kellners ernst genommen. Abel hatte schon längst beschlossen, daß er Oberkellner werden wollte.

Eines Tages kamen Mr. und Mrs. Ellsworth Statler in den Edwardian Room des Plaza zum Lunch, wo Abel seit einer Woche für einen Kollegen eingesprungen war. Er sah seine Chance gekommen, tat alles nur Erdenkliche, um den bekannten Hotelier zu beeindrucken, und das Mahl verlief ausgezeichnet. Als Statler ging, bedankte er sich herzlich bei Abel und drückte ihm eine Zehn-Dollar-Note in die Hand. Das war das Ende ihrer Bekanntschaft. Abel sah ihn durch die Drehtür verschwinden und fragte sich, ob er jemals eine Chance bekommen würde.

Sammy, der Oberkellner, klopfte ihm auf die Schulter. »Was hast du von Mr. Statler bekommen?«

»Nichts«, sagte Abel zerstreut.

»Er hat dir kein Trinkgeld gegeben?« fragte Sammy ungläubig.

»O doch, natürlich«, erwiderte Abel, »zehn Dollar.« Er übergab Sammy das Geld.

»Das ist besser«, sagte Sammy. »Ich dachte schon, du wolltest mich beschwindeln, Abel. Zehn Dollar, das ist sogar für Mr. Statler viel. Du mußt ihn beeindruckt haben.«

»Nein.«

»Was willst du damit sagen?« fragte Sammy.

»Ach, ist egal«, sagte Abel und wollte fortgehen.

»Warte einen Moment, Abel, ich habe eine Nachricht für dich. Der Herr von Tisch 17, ein Mr. Leroy, möchte persönlich mit dir sprechen.«

»Worüber, Sammy?«

»Woher soll ich das wissen? Vermutlich haben ihm deine blauen Augen gefallen.«

Abel schaute zu Tisch Nummer 17, der, weil er sich so nahe der Schwingtür in die Küche befand, den Schüchternen und Unbekannten vorbehalten war. Abel vermied es im allgemeinen, an den hinteren Tischen zu servieren.

»Wer ist das?« fragte Abel. »Was will er?«

»Ich weiß es nicht«, sagte Sammy und schaute nicht einmal hin. »Ich bin nicht so informiert über die Lebensgeschichten unserer Gäste wie du. Eine gute Mahlzeit servieren, ein ordentliches Trinkgeld bekommen und hoffen, daß die Leute wiederkommen – du hältst das vielleicht für eine primitive Philosophie, aber mir genügt sie. Vielleicht haben sie in Columbia vergessen, dir die grundlegenden Weisheiten beizubringen. Und jetzt beweg dich dort hinüber, und falls du ein Trinkgeld bekommst, vergiß nicht, es abzuliefern.«

Abel lächelte dem glatzköpfigen Sammy zu und ging zu Tisch 17. Zwei Leute saßen an dem Tisch, ein Mann in einem buntkarierten Sakko, das Abel mißbilligte, und eine hübsche junge Frau mit blondgelockten Haaren, die Abel einen Moment lang verwirrte; vermutlich war sie die New Yorker Freundin des Kerls in der karierten Jacke. Abel setzte ein »Es-tut-mir-so-leid-Lächeln« auf und wettete bei sich einen Silberdollar, daß der Mann, um die reizende Blondine zu beeindrucken, ein großes Getue wegen der Schwingtür machen und einen anderen Tisch verlangen würde. Niemand saß gern in der Nähe der Küchengerüche, dem andauernden Kommen und Gehen der Kellner ausgesetzt; aber wenn das Hotel bereits voll mit Hotelgästen und vielen New Yorkern war, die das Restaurant als ihren täglichen Mittagstisch ansahen und jeden fremden Gast als Eindringling betrachteten, dann mußte dieser Tisch eben benutzt werden. Warum überließ ihm Sammy immer die mühsamen Gäste? Vorsichtig näherte sich Abel dem Mann im karierten Sakko.

»Sie wollen mich sprechen, Sir?«

»Jawohl«, sagte der Mann mit dem Akzent der Südstaaten. »Mein Name ist Davis Leroy, und das ist meine Tochter Melanie.«

Abels Augen wandten sich einen Moment von Mr. Leroy und trafen auf ein Augenpaar von einem noch nie gesehenen Grün.

»Ich beobachte Sie seit fünf Tagen, Abel«, sagte Mr. Leroy in seinem gedehnten südlichen Tonfall.

Hätte man ihn gefragt, so hätte Abel zugeben müssen, daß er Mr. Leroy erst seit fünf Minuten bemerkt hatte.

»Ich war von dem, was ich gesehen habe, beeindruckt, Abel. Sie haben Klasse, echte Klasse, und das suche ich immer. Ellsworth Statler war ein Narr, Sie nicht sofort zu schnappen.«

Abel begann Mr. Leroy gründlicher zu studieren. Die roten Backen und das Doppelkinn sprachen dafür, daß er die Prohibition ignorierte. Daß er gutes Essen zu schätzen wußte, darauf deuteten die leeren Teller und der kugelrunde Bauch hin. Aber weder der Name noch das Gesicht sagten Abel etwas. Bei einem normalen Mittagessen wußte Abel, wer die Gäste an den siebenunddreißig der neununddreißig Tische im *Edwardian Room* waren und wohin sie gehörten; an diesem Tag war Mr. Leroys Tisch einer der zwei unbekannten gewesen.

Der Mann aus dem Süden sprach immer noch. »Ich gehöre nicht zu jenen Multimillionären, die, wenn sie im Plaza wohnen, einen eurer Ecktische haben müssen.«

Abel war beeindruckt. Von einem Durchschnittsgast erwartete man nicht, daß er die relativen Vorteile der verschiedenen Tische kannte.

»Aber ich kann mich nicht beklagen. Mein bestes Hotel kann durchaus eines Tages so großartig werden wie dieses hier, Abel.«

»Sicherlich, Sir«, sagte Abel, um Zeit zu gewinnen.

Leroy, Leroy, Leroy. Der Name sagte ihm nichts.

»Lassen Sie mich zur Sache kommen, Freund. Das erste Hotel meiner Gruppe braucht einen neuen Direktor-Stellvertreter, der die Restaurants beaufsichtigt. Kommen Sie nach Ihrem Dienst auf mein Zimmer, wenn Sie daran interessiert sind.«

Er übergab Abel eine große, geprägte Visitenkarte.

»Danke, Sir«, sagte Abel und schaute darauf: Davis Leroy. Die Richmond-Hotelgruppe, Dallas. Darunter stand das Motto: »Eines Tages ein Hotel in jedem Bundesstaat.« Noch immer wußte Abel mit dem Namen nichts anzufangen.

»Ich freue mich darauf, mich mit Ihnen zu unterhalten«, sagte der freundliche, karierte Texaner.

»Danke, Sir«, erwiderte Abel. Er lächelte Melanie an, deren Augen so grün waren wie zuvor, und kehrte zu Sammy zurück, der immer noch mit gesenktem Kopf seine Trinkgelder zählte.

»Hast du jemals von einer Richmond-Hotelgruppe gehört, Sammy?«

»Natürlich, mein Bruder hat einmal als Hilfskellner dort gearbeitet. Es müssen insgesamt acht oder neun Hotels sein, die über den ganzen Süden verstreut sind. Werden von einem verrückten Texaner geführt, aber ich habe seinen Namen vergessen. Warum fragst du?« Sammy schaute mißtrauisch auf.

»Kein bestimmter Grund«, sagte Abel.

»Du hast für alles einen Grund. Was wollte Tisch 17?« fragte Sammy.

»Beklagte sich über den Lärm aus der Küche. Kann man ihm auch nicht verübeln.«

»Was erwartet er, soll ich ihn auf die Veranda setzen? Wofür hält sich der Knabe, für John D. Rockefeller?«

Abel überließ Sammy seinem Gebrumme und seinen Trinkgeldern; er selbst räumte so rasch wie möglich seine Tische ab. Dann ging er in sein Zimmer und versuchte etwas über die Richmond-Gruppe zu erfahren; ein paar Anrufe, und seine Neugierde war befriedigt. Die Gruppe war eine Privatgesellschaft mit insgesamt elf Hotels; das eindrucksvollste war das Richmond Continental, ein Luxushotel in Chikago mit dreihundertzweiundvierzig Doppelzimmern. Abel fand, daß ein Besuch bei Mr. Leroy und Melanie nicht schaden könne. Mr. Leroy hatte Nummer 85, eines der besseren kleineren Zimmer. Abel ging kurz vor vier Uhr zu ihm und war ein wenig enttäuscht, daß Melanie nicht mehr bei ihrem Vater war.

»Nett, daß Sie kommen, Abel. Setzen Sie sich.«

Es war das erstemal in mehr als vier Jahren, daß sich Abel im Plaza als Gast niedersetzte.

»Wieviel verdienen Sie?« fragte Mr. Leroy.

Abel war auf die abrupte Frage nicht gefaßt. »Mit Trinkgeldern verdiene ich pro Woche rund fünfundzwanzig Dollar.«

»Ich biete ihnen als Anfangsgehalt fünfunddreißig pro Woche.«

»Von welchem Hotel sprechen Sie?« fragte Abel.

»Wenn ich Sie richtig beurteile, Abel, waren Sie um halb vier mit Ihrem Dienst fertig und haben die nächste halbe Stunde damit verbracht, sich über meine Hotels zu informieren? Habe ich recht?«

Abel begann den Mann sympathisch zu finden. »Das Richmond Continental in Chikago?« fragte er zögernd. Davis Leroy lachte. »Ich hatte recht. Ich habe mich nicht getäuscht in Ihnen.«

Abel überlegte rasch. »Wieviel Hotelangestellte stehen über dem Direktor-Stellvertreter?«

»Nur der Direktor und ich. Der Direktor ist langsam, freundlich und tritt bald in den Ruhestand. Da ich mich um zehn andere Hotels kümmern muß, werden Sie es vermutlich nicht schlecht haben – obwohl ich gestehen muß, daß das Hotel in Chikago, mein erstes Hotel im Norden, mein Liebling ist. Da Melanie dort zur Schule geht, verbringe ich mehr Zeit in der *Windy City*, als ich sollte. Verfallen Sie nie in den Irrtum der meisten New Yorker, Chikago zu unterschätzen. Sie glauben, Chikago sei nur eine Briefmarke auf einem großen Kuvert, und sie selbst seien das Kuvert.«

Abel lächelte.

»Im Moment ist das Hotel nicht gut geführt«, fuhr Mr. Leroy fort. »Der letzte Direktor-Stellvertreter kündigte ohne nähere Erklärung, daher brauche ich einen guten Mann, der etwas aus dem Hotel herausholt. Hören Sie zu, Abel, ich habe Sie die letzten fünf Tage genau beobachtet, und ich glaube, Sie sind der richtige Mann dafür. Wären Sie interessiert, nach Chikago zu gehen?«

»Vierzig Dollar und zehn Prozent vom vermehrten Gewinn, dann übernehme ich den Job.«

»Was?« fragte Davis Leroy fassungslos. »Keiner meiner Direktoren ist am Gewinn beteiligt. Die anderen wären empört, wenn sie davon erführen.«

»Wenn *Sie* es ihnen nicht sagen – ich sage es ihnen bestimmt nicht«, erklärte Abel.

»Jetzt weiß ich, daß ich den richtigen Mann gewählt habe, auch wenn er härter verhandelt als ein Yankee mit sechs Töchtern.« Er klopfte auf die Stuhllehne. »Ich bin einverstanden, Abel.«

»Brauchen Sie Referenzen, Mr. Leroy?«

»Referenzen? Ich kenne Ihre Geschichte von Ihrer Ankunft in Amerika bis zu Ihrer Abschlußprüfung in Wirtschaftswissenschaften. Was, glauben Sie, habe ich die letzten fünf Tage gemacht? Jemanden, von dem ich Referenzen brauche, würde ich nie als zweiten Mann in mein bestes Hotel nehmen. Wann können Sie anfangen?«

»Heute in einem Monat.«

»Gut. Ich freue mich, Sie dann zu sehen.«

Abel erhob sich, stehend fühlte er sich wohler. Er schüttelte Mr. Leroy die Hand – dem Mann von Tisch 17, der nur an Unbekannte vergeben wird.

New York und das Plaza Hotel zu verlassen, sein erstes richtiges Heim seit dem Schloß in Slonim, war schwieriger, als Abel gedacht hatte. George, Monika und seinen wenigen Freunden von der Universität Lebewohl zu sagen, fiel ihm unerwartet schwer. Sammy und die Kellner gaben ihm eine Abschiedsparty.

»Abel Rosnovski, von dir werden wir bestimmt noch hören«, sagte Sammy, und alle stimmten ihm zu.

Das Richmond Continental lag in der Michigan Avenue im Herzen von Chikago, der am schnellsten wachsenden Stadt Amerikas. Das gefiel Abel, der sich Ellsworth Statlers Grundsatz eingeprägt hatte: Bei einem Hotel sind nur drei Dinge wirklich wichtig: die Lage, die Lage, die Lage. Abel stellte allerdings rasch fest, daß eine gute Lage ungefähr das einzige war, das für das Richmond sprach. Davis Leroy hatte mit seiner Bemerkung, das Hotel sei schlecht geführt, nicht übertrieben. Desmond Pacey, der Direktor, war nicht sanft und langsam, wie Leroy ihn beschrieben hatte; er war einfach faul, und er wurde Abel nicht sympathischer, als er ihm ein winziges Zimmer im Personalgebäude auf der anderen Straßenseite zuwies. Eine kurze Buchprüfung ergab, daß durchschnittlich weniger als vierzig Prozent der Hotelzimmer belegt waren und daß das Restaurant für gewöhnlich halb leer war, nicht zuletzt wegen der schlechten Küche. Das Personal unterhielt sich in drei oder vier Sprachen, zu denen Englisch nicht gehörte, und der dumme Polacke aus New York wurde von niemandem willkommen geheißen. Es war nicht schwer festzustellen, warum der letzte Direktor-Stellvertreter auf und davon gegangen war. Falls das Richmond wirklich Davis Leroys Lieblingshotel war, dann fürchtete Abel für die anderen Hotels das Schlimmste – auch wenn sein neuer Dienstgeber in Texas unerschöpfliche Mittel zu besitzen schien.

Die einzig erfreuliche Nachricht, die Abel kurz nach seiner Ankunft in Chikago erfuhr, war, daß Melanie Leroy das einzige Kind seines Dienstherrn war.

14

Im Herbst 1924 begannen William und Matthew ihr erstes Jahr in Harvard. Obwohl die Großmütter es mißbilligten, nahm William das Hamilton-Memorial-Stipendium an und leistete sich um den

Preis von zweihundertneunzig Dollar eine »Daisy«, das letzte Modell T von Ford und die erste wirkliche Liebe seines Lebens. Er lackierte Daisy hellgelb, was ihren Wert um die Hälfte verminderte und die Anzahl seiner Freundinnen verdoppelte. Calvin Coolidge kehrte nach einem überwältigenden Wahlsieg ins Weiße Haus zurück, und das Volumen der New Yorker Börse erreichte Mit 2,336.160 Aktien einen Fünfjahresrekord.

Die beiden jungen Männer (wir können sie nicht mehr Kinder nennen, hatte Großmutter Cabot erklärt) hatten sich auf das College gefreut. Nach einem Sommer, den sie mit Tennis und Golf verbracht hatten, waren sie für eine seriösere Beschäftigung bereit. William begann am Tag seiner Ankunft in dem neuen Zimmer an der »Goldküste«, eine wesentliche Verbesserung gegenüber dem kleinen Arbeitszimmer in St. Paul, zu arbeiten; Matthew machte sich auf die Suche nach dem Ruderklub der Universität. Matthew wurde zum Mannschaftskapitän der Freshmen ernannt, und William legte jeden Sonntagnachmittag seine Bücher beiseite, um seinem Freund vom Ufer des Charles River aus zuzuschauen. Heimlich freute er sich über Matthews Erfolg, äußerlich gab er sich kritisch.

»Daß acht große Männer unförmige Holzstücke durch den Fluß befördern, während ein kleinerer Mann sie anschreit, ist kein Lebensinhalt«, erklärte er ätzend.

»Sag das den Knaben in Yale.«

William bewies seinen Mathematikprofessoren sehr bald, daß er in seinem Studium das war, was Matthew im Sport war — nämlich allen anderen um Meilen voraus. Er wurde Präsident des Diskussionsklubs seines Jahrgangs und überredete seinen Großonkel, Präsident Lowell, zur Einführung des ersten Versicherungsplans der Universität, demgemäß Studenten bei ihrem Abgang von Harvard eine Lebensversicherung für tausend Dollar aufnahmen und die Universität zum Begünstigten machten. William rechnete aus, daß die Kosten für jeden Teilnehmer weniger als einen Dollar pro Woche betrugen und Harvard von 1950 an ein festes Einkommen von drei Millionen Dollar jährlich haben würde, wenn sich vierzig Prozent der Studenten an dem Plan beteiligten. Der Präsident zeigte sich beeindruckt und gab dem Plan seine volle Unterstützung. Ein Jahr später forderte er William auf, Aufsichtsratsmitglied des *University Fund Raising Committee* zu werden. Ohne zu ahnen, daß diese Bestellung auf Lebensdauer galt, nahm William mit Freuden an. Präsident Lowell teilte Großmutter Kane mit, daß er ohne Unkosten einen der besten Köpfe seiner Generation geangelt habe. Großmutter Kane antwortete ihrem Cousin spitz, daß »alles sein Gutes habe und William wenigstens lernen werde, auch das Kleingedruckte zu lesen«.

Das zweite Studienjahr hatte kaum begonnen, als es Zeit wurde, sich für einen der Finals Clubs zu entscheiden, die das gesellschaftliche Milieu der Vermögenden in Harvard prägten. William wurde in den Porcellian aufgenommen, den ältesten, reichsten, exklusivsten und konservativsten dieser Clubs. Im Clubhaus an der Massachusetts Avenue, das sich – eher unpassend – über einer billigen Cafeteria befand, pflegte er in einem der bequemen Fauteuils zu sitzen und die Auswirkungen des Loeb-Leopold-Prozesses zu diskutieren oder mit Hilfe der geschickt placierten Spiegel dem Treiben auf der Straße zuzuschauen und der Musik aus dem großen neuen Radioapparat zuzuhören.

Während der Weihnachtsferien überredete ihn Matthew, mit ihm in Vermont Ski zu laufen, und eine Woche lang keuchte William hinter seinem sportlichen Freund die Hügel hinauf.

»Erklär mir, Matthew, was hat es für einen Sinn, eine Stunde lang einen Hügel hinaufzuklettern, nur um denselben Hügel in ein paar Sekunden hinabzusausen und dabei Leib und Leben zu riskieren?«

»Ich finde es wesentlich lustiger als Statistik«, brummte Matthew. »Warum gibst du nicht zu, daß du weder sehr gut hinauf- noch hinunterkommst?«

Im zweiten Jahr arbeiteten beide genug, um durchzukommen, obwohl ihre Auffassungen von Durchkommen sich grundlegend unterschieden. In den ersten drei Monaten der Sommerferien arbeiteten sie als Hilfskräfte in der Direktion von Charles Lesters Bank in New York; Matthews Vater hatte den Versuch, William fernzuhalten, schon längst aufgegeben. Während der Hundstage im August gondelten sie in Williams Daisy in New England herum, fuhren mit möglichst vielen Mädchen den Charles River hinunter und gingen zu jeder Party, zu der sie eine Einladung ergattern konnten. Binnen kurzem gehörten sie zu den bekanntesten Persönlichkeiten der Universität, den Eingeweihten als der »Scholar« und der »Schwitzer« bekannt. In der Gesellschaft von Boston wußte jeder, daß das Mädchen, das einmal William Kane oder Matthew Lester heiratete, nicht um ihre Zukunft bangen mußte. Aber sobald eine hoffnungsvolle Mutter mit ihrem hübschen Töchterlein aufkreuzte, wurde sie von Großmutter Kane und Großmutter Cabot ohne viel Federlesens verjagt.

Am 18. April 1927 feierte William seinen 21. Geburtstag damit, der letzten Zusammenkunft der Treuhänder seines Vermögens beizuwohnen. Alan Lloyd und Tony Simmons hatten alle Dokumente zur Unterschrift vorbereitet.

»William, mein Lieber«, sagte Milly Preston, als falle eine Last von ihren Schultern, »ich bin überzeugt, daß du dein Vermögen ebenso gut verwalten wirst wie wir.«

»Das hoffe ich, Mrs. Preston, aber wann immer ich über Nacht eine halbe Million verlieren will, weiß ich, an wen ich mich wenden muß.«

Milly Preston wurde dunkelrot, sah aber davon ab, zu antworten.

Sein Vermögen betrug jetzt über achtundzwanzig Millionen Dollar, und William hatte damit sehr bestimmte Pläne. Er hatte sich aber auch in den Kopf gesetzt, während seines Studiums in Harvard eine weitere Million zu verdienen. Verglichen mit seinem Vermögen war das keine große Summe, doch das geerbte Geld bedeutete ihm wesentlich weniger als sein Kontostand bei Lester's.

Aus Angst vor einem neuen Ansturm heiratsfähiger Mädchen

schickten die Großmütter William und Matthew im folgenden Sommer auf eine große Europareise, die sich für beide erfolgreich gestaltete. Matthew überwand alle linguistischen Schranken und fand in jeder Hauptstadt ein schönes Mädchen – Liebe, so versicherte er William, sei eine internationale Ware. William verschaffte sich Zutritt zu den Direktoren der meisten europäischen Großbanken – Geld, so versicherte er Matthew, sei auch eine internationale Ware. Von London über Berlin bis Rom hinterließen die beiden jungen Männer eine regelrechte Fährte gebrochener Herzen und beeindruckter Bankiers. Als sie im September nach Harvard zurückkehrten, waren sie bereit, sich ein letztes Jahr hinter ihre Bücher zu setzen.

Großmutter Kane starb fünfundachtzigjährig während des eisigen Winters 1927, und William weinte zum erstenmal seit dem Tod seiner Mutter. »Nimm dich zusammen«, sagte Matthew, nachdem er Williams Niedergeschlagenheit drei Tage lang ertragen hatte. »Sie hat ihr Leben genossen und lange gewartet, bis sie feststellen konnte, ob Gott ein Cabot oder ein Lowell ist.«

William vermißte die klugen Bemerkungen, die er zu Lebzeiten der Großmutter so wenig geschätzt hatte, und er arrangierte ein Begräbnis, auf das sie stolz gewesen wäre. Die große Dame traf in einem schwarzen Packard auf dem Friedhof ein (»eines dieser neumodischen Dinger – nur über meine Leiche«, aber, wie sich nun herausstellte, darunter), doch dieser anfechtbare Transport wäre ihre einzige Kritik an Williams Arrangement ihres Abgangs gewesen. Ihr Tod spornte William an, während seines letzten Jahres in Harvard noch verbissener zu arbeiten; er wollte zu ihrem Andenken den höchsten Preis in Mathematik gewinnen. Großmutter Cabot starb sechs Monate später, vermutlich, sagte William, weil sie niemanden mehr hatte, mit dem sie sich unterhalten konnte.

Im Februar 1928 erhielt William den Besuch des Leiters des Diskussionsklubs. Man wolle im März eine große Debatte über »Amerikas Zukunft: Kapitalismus oder Sozialismus« abhalten; natürlich wurde William aufgefordert, den Kapitalismus zu vertreten.

»Und wenn ich jetzt erkläre, ich sei nur bereit, im Namen der unterdrückten Massen zu sprechen?« fragte William den erstaunten Leiter. Es ärgerte ihn ein wenig, daß Außenstehende seine Überzeugungen nur aus der Tatsache ableiteten, daß er einen bekannten Namen und eine gutgehende Bank geerbt hatte.

»Nun, William, wir glaubten, daß deine Sympathien bei, eh, bei...«

»Richtig. Ich nehme die Einladung an. Darf ich meinen Partner auswählen?«

»Natürlich.«

»Gut, dann wähle ich Matthew Lester. Darf ich wissen, wer unsere Gegner sein werden?«

»Das wirst du erst am letzten Tag erfahren, wenn die Plakate angeschlagen werden.«

Während des nächsten Monats benutzten Matthew und William, anstatt beim Frühstück die rechts- und linksgerichteten Zeitungen zu kommentieren und abends über den Sinn des Lebens zu diskutieren, jede freie Minute dazu, eine Strategie für die »Große Debatte«, wie sie auf dem Campus bereits genannt wurde, zu entwerfen. William entschied, daß Matthew als erster sprechen solle.

Als der schicksalsschwere Tag näherrückte, zeigte es sich, daß beinahe alle politisch interessierten Studenten, Professoren und sogar einige prominente Leute aus Boston und Cambridge der Debatte beiwohnen würden. Am Morgen vor der Diskussion gingen William und Matthew hinüber in den Hof, um festzustellen, wer ihre Gegner sein würden.

»Leland Crosby und Thaddeus Cohen. Sagt dir einer der Namen etwas, William? Crosby muß einer der Crosbys aus Philadelphia sein, nehme ich an.«

»Natürlich. ›Der Verrückte vom Ritterhouse Square‹, wie ihn seine eigene Tante einmal so treffend nannte. Er ist der überzeugendste Revolutionär auf dem Campus; hat viel Geld und gibt es für alle populären radikalen Bewegungen aus. Ich kann jetzt schon seine Eröffnungsrede hören.«

William parodierte Crosbys schneidenden Tonfall. »›Ich kenne die Gier und den absoluten Mangel an gesellschaftlicher Verantwortung der amerikanischen Reichen aus erster Hand.‹ Wenn nicht jeder im Publikum das bereits fünfzigmal gehört hätte, könnte er einen ausgezeichneten Gegner abgeben.«

»Und Thaddeus Cohen?«

»Noch nie von ihm gehört.«

Ohne ihr Lampenfieber einzugestehen, gingen sie am folgenden Abend durch Schnee und Wind an den glänzenden Säulen der kürzlich fertiggestellten Widener Library vorbei – der Sohn des Erbauers war, wie Williams Vater, mit der *Titanic* untergegangen – zur Bolyston Hall. Ihre schweren Wintermäntel flatterten im Schneetreiben.

»Falls wir geschlagen werden, wird es nur wenige Zeugen geben, bei so einem Wetter wenigstens«, bemerkte Matthew hoffnungsvoll.

Als sie den Eingang der Bibliothek erreichten, sahen sie jedoch einen Strom vermummter, pustender Gestalten, die die Treppe hinaufstiegen und allmählich den Saal füllten. Man wies William und Matthew Sitze auf dem Podium an. William saß ganz still, aber seine Augen suchten bekannte Gesichter im Publikum: Präsident Lowell saß diskret in der Mittelreihe; der Botanikprofessor aus St. John; einige Blaustrümpfe, die er von Parties im Red House kannte; und zu seiner Rechten eine Gruppe etwas verwildert aussehender junger Männer und Frauen – einige trugen nicht einmal Krawatten –, die Beifall zu klatschen begannen, als ihre Sprecher Crosby und Cohen das Podium betraten.

Crosby war der auffallendere von beiden: groß und hager, beinahe wie eine Karikatur, nachlässig gekleidet – oder vielleicht trug er den schäbigen Tweedanzug absichtlich, jedoch mit einem steif gebügelten Hemd und einer Pfeife, die so lässig herunterhing, daß sie mit seinem Körper nur durch die Unterlippe verbunden schien. Thaddeus Cohen war kleiner, trug eine randlose Brille und einen fast zu tadellos geschnittenen dunklen Kammgarnanzug.

Die vier Sprecher schüttelten einander zögernd die Hand, während die letzten Vorbereitungen getroffen wurden. Die sieben Glockenschläge der nur dreißig Meter entfernten Memorial Church klangen vage und fern.

»Mr. Leland Crosby junior«, sagte der Leiter.

Bei Crosbys Rede gratulierte William sich selbst. Er hatte alles vorausgesehen – den scharfen Tonfall, die überbetonten, beinahe hysterischen Argumente. Crosby stimmte die Beschwörungsformeln des amerikanischen Radikalismus an: Haymarket, Money Trust, Standard Oil, sogar Cross of Gold. William fand, daß er sich bestenfalls in Szene gesetzt hatte, obwohl er von seiner Clique den erwarteten Applaus erntete. Als Crosby sich niedersetzte, hatte er offensichtlich keine neuen Anhänger gewonnen und vielleicht sogar einige der alten verloren. Der Vergleich mit William und Matthew – ebenso reich und gesellschaftlich ebenso angesehen –, die sich egoistisch weigerten, im Namen der sozialen Gerechtigkeit zu Märtyrern zu werden, konnte vernichtend werden.

Matthew sprach gut und zum Thema; er beruhigte seine Zuhörer – die Verkörperung liberaler Toleranz. William schüttelte seinem Freund herzlich die Hand, als dieser unter lautem Beifall zu seinem Stuhl zurückkehrte.

»Die Sache läuft gut für uns, glaube ich«, flüsterte er.

Thaddeus Cohen aber überraschte praktisch alle. Er hatte ein angenehmes bescheidenes Auftreten und eine verständnisvolle Art. Seine Hinweise und Zitate waren tolerant, pointiert und intelligent. Ohne den Zuhörern das Gefühl zu geben, er wolle sie bewußt beeindrucken, strömte er eine moralische Kraft aus, die jeden, der weniger davon besaß, zu einem menschlichen Versager zu machen schien. Die Übertreibungen der Bewegung, der er angehörte, und die Unzulänglichkeit ihrer Führer gab er bereitwillig zu, aber er hinterließ den Eindruck, daß es trotz der Gefahren überhaupt keine Alternative zum Sozialismus gebe, wenn sich das Los der Menschheit jemals bessern solle.

William war verwirrt. Ein analytischer, logischer Angriff auf Cohens politischen Standpunkt würde gegen die sanften, überzeugenden Worte seines Gegners wirkungslos sein. Ihn als Anwalt für Hoffnung und Glaube an den menschlichen Geist zu übertreffen, war schlechthin unmöglich. William konzentrierte sich daher zuerst darauf, einige von Crosbys Anklagen zu entkräftigen, und erwiderte dann Cohens Argumente mit einer Darlegung seines eigenen Glaubens an die Fähigkeit des amerikanischen Systems, durch intellektuellen und ökonomischen Wettbewerb die besten Resultate hervorzubringen. Er hatte das Gefühl, sich gut verteidigt zu haben, mehr nicht; als er sich setzte, nahm er an, von Cohen geschlagen worden zu sein.

Jetzt hatte Crosby wieder das Wort. Er begann wutentbrannt, als müsse er nicht nur William und Matthew, sondern auch Cohen widerlegen; er fragte das Publikum, ob es unter den Anwesenden einen »Volksfeind« entdecken könne. Ein paar Sekunden lang starrte er wütend um sich, während die Zuhörer verlegen schwiegen und seine getreuen Anhänger ihre Schuhspitzen studierten. Dann beugte er sich vor und schrie.

»Er steht vor euch. Er hat soeben in eurer Mitte gesprochen. Sein Name ist William Lowell Kane.« Mit einem Arm dorthin weisend, wo William, ohne ihn anzusehen, saß, donnerte er: »Seine Bank besitzt Minen, in denen die Bergleute sterben, damit die Besitzer eine Million mehr Dividende bekommen. Seine Bank unterstützt die verdammten korrupten Diktatoren Südamerikas. Seine Bank besticht den amerikanischen Kongreß, damit er die kleinen Farmer unterdrückt. Seine Bank ...«

Er fuhr noch eine Weile mit seiner Tirade fort. William saß in eisigem Schweigen da und machte von Zeit zu Zeit eine Notiz auf seinen Block. Einige Leute aus dem Publikum riefen »Nein«, und Crosbys Genossen schrien zurück. Diskussionsleiter und Saaldiener wurden nervös.

Crosbys Zeit war beinahe vorüber. Er hob die Faust und sagte: »Meine Herren, ich behaupte, daß wir hundert Meter von diesem Saal entfernt die Antwort auf die traurige Lage Amerikas finden. Dort steht die Widener Library, die größte Privatbibliothek der Welt. Dorthin kommen mittellose, eingewanderte Gelehrte ebenso wie Amerikaner mit der besten Ausbildung, um das Wissen und das Wohlergehen in der Welt zu vergrößern. Wieso existiert diese Bibliothek? Weil ein reicher Playboy das Pech hatte, sich vor sechzehn Jahren an Bord des Luxusdampfers *Titanic* zu begeben. Ich behaupte, meine Damen und Herren, daß erst dann, wenn das Volk von Amerika jedem Mitglied der herrschenden Klasse eine Karte für eine Privatkabine auf der *Titanic* des Kapitalismus übergibt – daß erst dann der gehortete Reichtum dieses großen Kontinents in den Dienst von Freiheit, Gleichheit und Fortschritt gestellt werden kann.«

Während Matthew zuhörte, wechselten seine Gefühle von Begeisterung darüber, daß der Sieg seiner Seite durch diese Tirade gesichert war, zu Verlegenheit über das Verhalten seines Gegners und schließlich zu heller Wut, als die *Titanic* erwähnt wurde. Er hatte keine Ahnung, wie William auf diese Provokation reagieren würde.

Als wieder halbwegs Ruhe eingetreten war, ging der Leiter zum Podium und sagte: »Mr. William Kane.«

William stellte sich vor das Rednerpult und schaute ins Publikum. Ein erwartungsvolles Raunen ging durch den Saal.

»Nach meiner Meinung verdienen die von Mr. Crosby vorgetragenen Ansichten keine Antwort.«

Er setzte sich. Einen Augenblick erstaunter Stille, dann lauter Beifall.

Der Leiter ging zum Podium zurück, schien aber nicht recht zu wissen, was er tun sollte. Eine Stimme hinter ihm durchbrach die Spannung.

»Mit Erlaubnis des Herrn Vorsitzenden möchte ich Mr. Kane bitten, daß er mir seine Redezeit überläßt.« Es war Thaddeus Cohen.

William nickte sein Einverständnis.

Cohen trat zum Rednerpult und schaute mit einem entwaffnenden Blick in das Publikum. »Es ist eine alte Wahrheit«, begann er, »daß der Radikalismus mancher seiner Anhänger das größte Hindernis für den Erfolg eines demokratischen Sozialismus in den Vereinigten Staaten ist. Nichts hätte diese unglückselige Wahrheit besser belegen können als die Rede meines Kollegen heute abend. Die Tendenz, der Sache des Fortschritts zu schaden, indem er nach der physischen Ausrottung ihrer Gegner schreit, mag bei einem militanten Einwanderer, bei einem Veteranen aus Kämpfen, die unbarmherziger sind als die unseren, entschuldbar sein. In Amerika ist es kläglich und unentschuldbar. Ich für meinen Teil möchte Mr. Kane aufrichtig um Entschuldigung bitten.«

Diesmal war der Beifall spontan. Praktisch das gesamte Publikum stand auf und applaudierte wie besessen.

William ging zu Thaddeus Cohen und schüttelte ihm die Hand. Es verwunderte niemanden, daß William und Matthew die Debatte mit einer Mehrheit von hundertfünfzig Stimmen gewannen. Der Abend war vorüber, das Publikum strömte ins Freie auf die stillen, schneebedeckten Wege und unterhielt sich laut und angeregt.

William bestand darauf, daß Thaddeus Cohen und Matthew mit ihm einen Drink nahmen. Gemeinsam wanderten sie die Massachusetts Avenuc entlang, konnten in dem Schneetreiben kaum sehen, wohin sie gingen, und blieben schließlich vor einem großen schwarzen Tor fast gegenüber von Bolyston Hill stehen. William sperrte auf, und sie betraten die Halle.

Bevor sich die Tür hinter ihm schloß, sagte Thaddeus Cohen: »Ich fürchte, hier wird man mich nicht gern sehen.«

Einen Moment lang war William bestürzt. »Unsinn, du bist doch mit mir.«

Matthew warf seinem Freund einen warnenden Blick zu, sah jedoch, daß dieser entschlossen war.

Sie gingen die Treppe hinauf in einen großen, bequemen, aber nicht luxuriös eingerichteten Raum, in dem etwa ein Dutzend junger Männer herumsaßen oder in Zweier- und Dreiergruppen beisammenstanden. Kaum sah man William an der Tür, als die Glückwünsche begannen.

»Du warst fabelhaft, William. Genauso muß man diese Leute behandeln.«

»Tritt im Triumph herein, Bolschewikenkiller.«

Thaddeus Cohen blieb im Schatten der Tür stehen, aber William hatte ihn nicht vergessen.

»Darf ich euch meinen würdigen Gegner vorstellen, Mr. Thaddeus Cohen.«

Zögernd machte Cohen einen Schritt vorwärts.

Alles verstummte. Einige Köpfe wandten sich ab, als schauten sie auf die Ulmenbäume im Hof, deren Äste schwer waren mit Schnee.

Schließlich hörte man das Knarren des Parkettbodens, als ein junger Mann den Raum durch eine andere Tür verließ. Dann ging ein anderer. Ohne Eile, scheinbar ohne sich abgesprochen zu haben, verschwand die ganze Gruppe. Der letzte, der ging, schaute William lange an, bevor auch er sich umdrehte und verschwand.

Betrübt sah Matthew seine Begleiter an. Thaddeus Cohen war rot geworden und stand mit gebeugtem Kopf da. Williams Lippen waren in der gleichen kalten Wut zusammengepreßt, die er bereits bei der Erwähnung der *Titanic* gezeigt hatte.

Matthew berührte den Ann des Freundes. »Gehen wir.«

Die drei gingen in Williams Wohnung und tranken schweigend irgendeinen Brandy.

Als William am Morgen erwachte, lag ein Kuvert unter seiner Tür. Ein kurzes Schreiben des Präsidenten des Porcellian Club teilte ihm mit, »man hoffe, daß es nie mehr eine Wiederholung des gestrigen Vorfalls geben würde, den man am besten vergesse«.

Zu Mittag erhielt der Präsident zwei Austrittserklärungen.

Nach Monaten harter Arbeit glaubten sich William und Matthew beinahe bereit – niemand hält sich je für ganz bereit – für die Abschlußprüfungen. Sechs Tage lang beantworteten sie Fragen und füllten Bogen um Bogen der kleinen Bücher aus. Dann warteten sie. Nicht vergeblich, denn beide wurden, wie erwartet, im Juni 1928 graduiert.

Eine Woche später wurde bekannt, daß William den Mathematikpreis des Präsidenten gewonnen habe. Er wollte, sein Vater hätte die Übergabezeremonie miterlebt. Matthew bekam ein ehrliches »C«, was ihn erleichterte und niemanden sonst erstaunte. Keiner von beiden hatte Lust, weiterzustudieren, beide wollten so rasch wie möglich hinaus in die Wirklichkeit.

Williams Bankkonto in New York überstieg, acht Tage bevor er Harvard verließ, die Millionengrenze. Jetzt besprach er zum erstenmal mit Matthew seinen Plan, eines Tages Lester's Bank zu übernehmen, indem er sie mit Kane and Cabot fusionierte.

Matthew war begeistert über die Idee und meinte: »Für mich ist das vermutlich die einzige Möglichkeit, das, was mein Vater mir hinterlassen wird, zu vermehren.«

Zur Graduierung kam Alan Lloyd, jetzt im sechzigsten Lebensjahr, nach Harvard. Nach der Zeremonie lud William seine Gäste zum Tee ein.

Alan sah den schlanken jungen Mann liebevoll an.

»Und was willst du jetzt, da du Harvard hinter dir hast, unternehmen?«

»Ich werde in Charles Lesters Bank in New York arbeiten, um ein wenig Erfahrung zu sammeln, bevor ich in ein paar Jahren zu Kane and Cabot komme.«

»Du hast doch seit deinem zwölften Lebensjahr praktisch in Lesters Bank gelebt, William. Warum kommst du nicht direkt zu uns? Wir würden dich sofort zum Direktor machen.«

William antwortete nicht. Alan Lloyds Angebot war für ihn eine Überraschung. Bei all seinem Ehrgeiz war er keinen Moment lang auf den Gedanken gekommen, daß man ihn zum Direktor der Bank machen würde, bevor er fünfundzwanzig war, das Alter, in dem seinem Vater diese Auszeichnung zuteil geworden war.

Alan Lloyd wartete auf seine Antwort. Sie kam nicht. »Ich muß sagen, William, daß du einmal sprachlos bist, das kommt selten vor.«

»Aber ich dachte nie, daß du mich auffordern würdest, vor meinem fünfundzwanzigsten Geburtstag in die Direktion einzutreten, wo doch mein Vater...«

»Es stimmt, daß dein Vater mit fünfundzwanzig Jahren Direktor wurde. Aber das sollte dich nicht abhalten, es früher zu werden, falls die anderen Direktoren einverstanden sind; und ich weiß, daß sie es sind. Es gibt auch persönliche Gründe, warum ich dich so rasch wie möglich als Direktor sehen möchte. Wenn ich mich in fünf Jahren zurückziehe, müssen wir sicher sein, den richtigen Präsidenten zu wählen. Du wirst diese Entscheidung besser beeinflussen können, wenn du fünf Jahre lang für Kane and Cabot gearbeitet hast. Nun, mein Junge, kommst du ins Direktorium?«

Zum zweitenmal an diesem Tag wünschte William, sein Vater wäre noch am Leben.

»Ich bin glücklich anzunehmen, Sir«, sagte William.

Alan schaute William an. »Das ist das erstemal, daß du ›Sir‹ zu mir sagst, seit wir zusammen Golf gespielt haben. Ich werde dich sehr genau beobachten müssen.«

William lächelte.

»Gut«, sagte Alan Lloyd. »Damit ist das geregelt. Du wirst direkt unter Tony Simmons als Direktor für Anlageberatung arbeiten.«

»Darf ich meinen Vertreter auswählen?« fragte William.

Alan Lloyd sah ihn fragend an. »Matthew Lester, ohne Zweifel?«

»Ja.«

»Nein, ich will nicht, daß er in unserer Bank das tut, was du beabsichtigt hast, in der Bank seines Vaters zu tun. Das sollte Thomas Cohen dich gelehrt haben.«

William sagte kein Wort, aber er unterschätzte Alan nie mehr.

Charles Lester lachte, als William ihm die Unterhaltung Wort für Wort wiedererzählte.

»Es tut mir leid zu hören, daß du nicht zu uns kommst – nicht einmal als Spion«, sagte er herzlich. »Aber ich bin überzeugt, daß du eines Tages bei uns enden wirst – in dieser oder in jener Funktion.«

Drittes Buch

15

Als William im September 1928 bei Kane and Cabot zu arbeiten begann, hatte er zum erstenmal in seinem Leben das Gefühl, etwas zu tun, das der Mühe wert war, getan zu werden. Seine Karriere begann in einem kleinen, mit Eichenholz getäfelten Büro, neben dem Arbeitszimmer von Tony Simmons, dem Finanzdirektor der Bank. Von der ersten Woche an wußte William, ohne daß ein Wort darüber gesprochen worden wäre, daß Tony Simmons Alan Lloyd als Präsident der Bank zu folgen hoffte.

Simmons war für das gesamte Investitionsprogramm der Bank verantwortlich. Sehr schnell übertrug er einige seiner Aufgaben William: vor allem private Investitionen kleinerer Unternehmungen, Grundstücksangelegenheiten und andere unternehmerische Aktivitäten, mit denen die Bank zu tun hatte. Zu Williams offiziellen Aufgaben gehörte es auch, einen monatlichen Bericht über jene Investitionen zusammenzustellen, die er dem Aufsichtsrat bei seiner Vollversammlung empfehlen wollte. Die vierzehn Mitglieder des Aufsichtsrates traten einmal im Monat in einem größeren eichenholzgetäfelten Raum zusammen, der von zwei großen Porträts beherrscht wurde. Eines stellte Williams Vater dar, das andere seinen Großvater. William hatte seinen Großvater nicht gekannt aber er hatte immer gedacht, was für ein Teufelskerl der doch gewesen sein mußte, weil er Großmutter Kane geheiratet hatte. An der Wand war noch reichlich Platz für sein eigenes Porträt.

Während der ersten Monate in der Bank war William überaus vorsichtig, und seine Kollegen im Vorstand begannen bald sein

Urteil zu schätzen und seinen Empfehlungen mit wenigen Ausnahmen zu folgen. Wie sich später zeigte, waren jene Empfehlungen, die sie ablehnten, die besten gewesen, die William je gegeben hatte. So suchte einmal ein Mr. Meyer um einen Kredit an, den er in »sprechenden Bildern« investieren wollte. Der Aufsichtsrat fand, daß das Projekt keinerlei Zukunftsaussichten habe. Ein anderes Mal trat ein Herr Paley an William mit einem großzügigen Plan für die Radiostation *United* heran. Alan Lloyd, der Telegraphie und Telepathie gleichermaßen geringschätzte, wollte mit dem Projekt nichts zu tun haben. Der Vorstand teilte Alans Ansicht. Louis B. Meyer wurde später Direktor von Metro Goldwyn Meyer, und William Paley leitete die Gesellschaft, aus der später die Radiostation C. B. S. wurde. William vertraute seinem Urteil und unterstützte beide Männer mit Geld aus seinem Vermögen.

Eine der eher unangenehmen Seiten von Williams Alltagsarbeit war die Behandlung der Liquidationen und Konkurse jener Kunden, die sich große Summen von der Bank geliehen hatten und sich später außerstande sahen, sie zurückzuzahlen. William war von Natur kein weicher Mensch, was Henry Osborne zu seinem Nachteil hatte erfahren müssen, aber darauf zu bestehen, daß alte, geachtete Kunden ihren Besitz liquidieren und sogar ihre eigenen Wohnhäuser verkaufen sollten, war kein gutes Ruhekissen. William lernte bald, daß diese Kunden in zwei Kategorien einzuteilen waren: die einen betrachteten den Konkurs als eine alltägliche Angelegenheit, die anderen erschraken schon vor dem bloßen Wort und hätten den Rest ihres Lebens mit dem Versuch verbracht, jeden Penny, den sie geliehen hatten, zurückzuzahlen. William fand es natürlich, die erste Gruppe streng zu behandeln; aber mit der zweiten ging er, mit der widerwilligen Zustimmung von Tony Simmons, viel sanfter um.

Im Zuge eines solchen Falles geschah es, daß William eine der goldenen Regeln der Bank brach und persönlich involviert wurde. Die Kundin hieß Katherine Brookes, und ihr Mann Max Brookes hatte von Kane and Cabot über eine Million Dollar geliehen, die er während der Grundstückhausse von 1925 in Florida investieren wollte – eine Investition, die William niemals unterstützt hätte, wäre er damals schon in der Bank gewesen. Nun galt aber Max Brookes in Massachusetts als eine Art Held, als einer der neuen unerschrockenen Ballonfahrer und Flieger und überdies als guter Freund von Charles Lindbergh. Über Brookes' tragischen Tod – sein kleines Flugzeug blieb hundert Meter nach dem Start an einem Baum hängen und stürzte aus einer Höhe von nur drei Metern ab – berichtete die Presse des ganzen Landes wie von einem nationalen Unglück.

William übernahm im Auftrag der Bank sofort die Brookesschen Liegenschaften, die bereits konkursreif waren, und versuchte, den Verlust der Bank zu vermindern, indem er alle Ländereien in Florida verkaufte, bis auf zwei Hektar, auf denen das Haus der Familie stand. Der Verlust der Bank betrug noch immer dreihunderttausend Dollar. Einige Direktoren standen Williams überstürzter Entscheidung, den Grundbesitz zu verkaufen, ziemlich kritisch gegenüber, und Tony Simmons war auch nicht damit einverstanden. William ließ Simmons' Mißbilligung seiner Handlungsweise zu Protokoll nehmen und war ein paar Monate später in der Lage, nachzuweisen, daß die Bank, wenn sie den Grundbesitz behalten hätte, den Großteil ihrer ursprünglichen Investition von einer Million Dollar verloren hätte. Dieser Beweis seiner Voraussicht machte ihn Tony Simmons nicht sympathischer. Die übrigen Mitglieder des Aufsichtsrates aber wurden sich Williams außergewöhnlichen Scharfblicks bewußt.

Als William alles, was bei der Bank unter dem Namen Brookes lief, liquidiert hatte, wandte er seine Aufmerksamkeit Mrs. Brookes zu, die die Bürgschaft für die Schulden ihres Gatten übernommen hatte. Obwohl William immer versuchte, für einen Kredit eine Bürgschaft zu bekommen, empfahl er seinen Freunden nie, eine solche Verpflichtung zu übernehmen, auch wenn sie noch soviel Vertrauen in das Unternehmen setzten, denn ein Bankrott stürzte den Bürgen fast immer in große finanzielle Schwierigkeiten.

Williams schrieb Mrs. Brookes einen formellen Brief und bat sie um eine Unterredung, um die Lage zu besprechen. Er hatte die Akte Brookes gewissenhaft studiert und wußte, daß Katherine Brookes erst zweiundzwanzig Jahre alt war, die Tochter von Andrew Higginson, dem Haupt einer alten und vornehmen Bostoner Familie, war und daß sie beträchtliches eigenes Vermögen besaß. Der Gedanke, sie zu veranlassen, dieses Vermögen der Bank zu überschreiben, war ihm nicht angenehm, aber er und Tony Simmons waren einander ausnahmsweise über die Vorgangsweise einig, und so bereitete sich William auf ein unerfreuliches Gespräch vor.

Womit William nicht gerechnet hatte, war Katherine Brookes selbst. Im späteren Leben erinnerte er sich genau an jedes Detail der Ereignisse jenes Vormittags. Er hatte eine eher heftige Auseinandersetzung mit Tony Simmons über eine recht beträchtliche Investition in Kupfer und Zinn gehabt, die er dem Vorstand empfehlen wollte. Der Bedarf der Industrie an diesen beiden Metallen stieg ständig, und William war sicher, daß ein weltweiter Mangel die Folge sein würde. Tony Simmons konnte ihm nicht beipflichten; er fand, man solle mehr Kapital in den Aktienmarkt investieren. Diese Angelegenheit ging William noch im Kopf herum, als seine Sekretärin Mrs. Brookes ins Büro führte. Mit einem zögernden Lächeln fegte sie Kupfer, Zinn und jedweden weltweiten Mangel aus seinen Gedanken. Bevor sie sich noch setzen konnte, war er auf der anderen Seite seines Schreibtisches und half ihr in den Sessel, einfach, um sich zu vergessen, daß sie bei genauerem Hinsehen nicht wie eine Fata Morgana verschwinden würde. Niemals hatte William eine Frau gesehen, die er annähernd so bezaubernd gefunden hatte wie Katherine Brookes. Das lange blonde Haar fiel in lockeren natürlichen Wellen über die Schultern, kleine Löckchen lösten sich unter dem Hutrand und ringelten sich an ihren Schläfen. Die Tatsache, daß sie in Trauer war, tat der Schönheit ihrer schlanken Gestalt keinen Abbruch. Ihre Zartheit garantierte dafür, daß sie in jedem Alter reizend aussehen würde. Die braunen Augen waren riesig groß; sie sahen der Unterredung mit William sichtlich besorgt entgegen.

William bemühte sich um einen geschäftsmäßigen Tonfall. »Mrs. Brookes, darf ich Ihnen sagen, wie leid es mir getan hat, vom Tod Ihres Mannes zu hören, und wie sehr ich die Notwendigkeit bedauert habe, Sie heute hierherbitten zu müssen.«

Zwei Lügen in einem einzigen Satz, die noch fünf Minuten vorher Wahrheit gewesen wären. Er war gespannt, sie sprechen zu hören.

»Danke, Mr. Kane.« Ihre Stimme war weich und angenehm tief. »Ich bin mir meiner Verpflichtung Ihrer Bank gegenüber bewußt und versichere Ihnen, daß ich alles in meiner Macht Stehende tun werde, um dieser Verpflichtung nachzukommen.«

William sagte nichts. Er hoffte, sie würde weitersprechen. Sie tat es nicht, also erklärte er ihr, wie er über Max Brookes' Grundbesitz disponiert hatte. Sie hörte mit niedergeschlagenen Augen zu. »Mrs. Brookes, Sie haben die Bürgschaft für den Kredit Ihres Gatten übernommen, und damit kommen wir zur Frage nach Ihrem persönlichen Besitz.« Er blätterte in den Akten. »Sie haben etwa achtzigtausend Dollar in Investitionen – Ihr Familienvermögen, glaube ich – und siebzehntausendvierhundertsechsundfünfzig Dollar auf Ihrem persönlichen Konto.«

Sie blickte auf. »Sie wissen über meine finanzielle Lage sehr gut Bescheid, Mr. Kane. Sie müssen aber noch hinzufügen: Buckhurst Park, unser Haus in Florida, das auf den Namen meines Mannes geschrieben ist, und mein ziemlich wertvoller Schmuck. Ich schätze, daß ich, alles zusammengerechnet, die dreihunderttausend Dollar besitze, die Sie noch zu fordern haben, und ich habe bereits veranlagt, daß der ganze Betrag so bald wie möglich flüssiggemacht wird.«

Ihre Stimme zitterte kaum merklich. William sah sie bewundernd an.

»Mrs. Brookes, die Bank hat nicht die Absicht, Sie Ihrer sämtlichen Besitztümer zu berauben. Ihr Einverständnis vorausgesetzt, würden wir Ihre Aktien und Obligationen verkaufen. Alles übrige, was Sie erwähnten, einschließlich des Hauses, sollte unserer Meinung nach in Ihrem Besitz verbleiben.«

Sie zögerte. »Ich weiß Ihre Großzügigkeit zu schätzen, Mr. Kane. Aber ich möchte Ihrer Bank in keiner Weise verpflichtet sein, und ich möchte auch nicht, daß am Namen meines Mannes ein Makel haftenbleibt.« Wieder das leichte Zittern in ihrer Stimme, das sie aber sofort unterdrückte. »Jedenfalls habe ich mich entschlossen, das Haus in Florida zu verkaufen und so bald wie möglich in mein Elternhaus zurückzukehren.«

Williams Herz schlug schneller bei der Nachricht, daß sie nach Boston zurückzukehren gedachte. »In diesem Fall können wir vielleicht eine Einigung über die Verkaufsmodalitäten erzielen«, sagte er.

»Das können wir jetzt gleich tun«, sagte sie entschlossen. »Sie müssen den gesamten Betrag bekommen.«

William versuchte, ein weiteres Zusammentreffen herauszuschlagen. »Wir wollen keine überstürzte Entscheidung treffen. Ich denke, ich sollte die Angelegenheit erst mit meinen Kollegen besprechen und später mit Ihnen weiter darüber verhandeln.«

Sie zuckte die Achseln. »Wie Sie wünschen. Mir liegt wirklich in keiner Weise an dem Geld, und ich möchte niemandem Unannehmlichkeiten bereiten.«

Williams Augenlider zuckten. »Mrs. Brookes, ich muß gestehen, daß ich über Ihre Großzügigkeit überrascht bin. Darf ich wenigstens das Vergnügen haben, Sie zum Mittagessen einzuladen?«

Sie lächelte zum erstenmal, wobei sich unerwartet ein Grübchen in ihrer rechten Wange zeigte. William starrte es entzückt an und tat im Verlauf eines langen Mittagessens im Ritz sein möglichstes, um es wieder hervorzuzaubern. Es war weit über drei Uhr, als er an seinen Schreibtisch zurückkehrte.

»Ein langes Mittagessen, William«, bemerkte Tony Simmons.

»Ja, das Brookes-Problem ist komplizierter, als ich dachte.«

»Mir erschien es beim Durchlesen der Akten eher einfach. Sie beklagt sich doch nicht über unser Angebot, oder? Ich glaube, wir waren, unter den gegebenen Umständen, ziemlich großzügig.«

»Ja, das findet sie auch. Ich mußte ihr die Idee ausreden, ihren letzten Dollar zu opfern, um unsere Reserven aufzufüllen.«

Tony Simmons zuckte zusammen. »Das klingt nicht nach dem William Kane, den wir alle kennen und lieben. Immerhin hat es nie einen besseren Moment für die Bank gegeben, großzügig zu sein.«

William schnitt eine Grimasse. Seit seinem Eintritt in die Bank herrschte zwischen Tony Simmons und ihm wachsende Uneinigkeit über die Zukunft des Aktienmarktes. Der Dow Jones war seit Herbert Hoovers Wahl zum Präsidenten im November 1928 ständig gestiegen. Tatsächlich verzeichnete die New Yorker Börse zehn Tage später einen Rekord: ein Aktienvolumen von über sechs Millionen an einem Tag. Aber William war überzeugt, daß der Aufwärtstrend – angeheizt durch den starken Zufluß von Geld aus der Automobilindustrie – eine bis zur Instabilität führende Inflation auslösen würde. Tony Simmons dagegen setzte auf ein Fortdauern der Hausse, so daß William, wenn er bei den Aufsichtsratssitzungen für Vorsicht eintrat, ständig überstimmt wurde. Mit seinem Vermögen aber konnte er seinen eigenen Ideen folgen, und so begann er, beträchtliche Summen in Grundstücken, Gold, Rohstoffen und sogar in ein paar sorgfältig ausgewählten impressionistischen Gemälden anzulegen.

Als die Federal Reserve Bank in New York eine Verordnung erließ, wonach sie Kredite an Banken, die Geld an ihre Kunden ausschließlich zu Spekulationszwecken verliehen, nicht mehr rediskontieren würde, fand William, daß dies der erste Nagel zum Sarg der Spekulanten sei. Sofort überprüfte er das Kreditprogramm der Bank und schätzte, daß Kane and Cabot über sechsundzwanzig Millionen Dollar in dieser Weise verliehen hatten. Er bat Tony Simmons, die Beträge einzufordern, denn er war sicher, daß die Aktien angesichts einer solchen Regierungsverordnung à la longue unweigerlich fallen müßten. Bei der allmonatlichen Aufsichtsratssitzung gerieten sie fast aneinander, und William wurde mit seinem Antrag zwölf zu zwei überstimmt.

Am 21. März 1929 gaben Blair and Company ihre Fusion mit der Bank of America bekannt. Das war die dritte in einer Reihe von Bankfusionen, die auf eine hellere Zukunft hinzuweisen schien. Am 25. März erhielt William von Tony Simmons ein Memo, in dem dieser ihm mitteilte, daß der Markt eine noch nie dagewesene Rekordhöhe erreicht habe und daß er noch größere Summen in Aktien anlegen werde. Zu dieser Zeit hatte William so disponiert, daß nur noch fünfundzwanzig Prozent seines Kapitals in Aktien angelegt waren, ein Vorgehen, das ihn bereits über zwei Millionen Dollar gekostet hatte und ihm einen beunruhigenden Verweis von Alan Lloyd eintrug.

»Ich hoffe zu Gott, daß du weißt, was du tust, William.«

»Alan, ich kenne den Aktienmarkt seit meinem vierzehnten Lebensjahr, und ich habe immer gewonnen, indem ich gegen den Strom schwamm.«

Als die Aufwärtsbewegung der Aktien im Lauf des Sommers 1929 jedoch weiter anhielt, hörte selbst William auf zu verkaufen und frage sich, ob Tony Simmons vielleicht doch recht hatte.

Als der Zeitpunkt des Ausscheidens von Alan Lloyd aus der Bank näherrückte, begann Tony Simmons' Absicht, seine Nachfolge anzutreten, zu einem *fait accompli* zu werden. Die Aussicht beunruhigte William, der Simmons' Ideen viel zu konventionell fand. Er war immer ein Stück hinter dem Markt zurück, was in Jahren der Hochkonjunktur, wenn alles gutging, in Ordnung war, aber in schlechten Zeiten, wenn die Konkurrenz härter wurde, gefährlich sein konnte. Ein kluger Geldanleger sollte nach Williams Ansicht nicht ständig mit der Herde gehen, sondern mußte sich im voraus Gedanken darüber machen, in welche Richtung sich die Herde demnächst wenden würde. William war bereits sicher, daß weitere Investitionen auf dem Aktienmarkt riskant waren, während Tony Simmons überzeugt war, daß Amerika einem goldenen Zeitalter entgegengehe.

Williams zweites Problem bestand einfach darin, daß Tony Simmons erst neununddreißig Jahre alt war, was bedeutete, daß William mindestens sechsundzwanzig Jahre warten mußte, bis er Präsident von Kane and Cabot werden konnte. Das paßte schlecht in das Schema, das man in Harvard als »Karrieremodell« bezeichnete.

Inzwischen stand ihm das Bild Katherine Brookes' ständig vor Augen. Sooft er konnte, schrieb er ihr über die Verkäufe ihrer Aktien und Obligationen. Es waren formelle maschinengeschriebene Briefe, die nichts weiter als formelle handschriftliche Antworten erforderten. Sie mußte ihn für den gewissenhaftesten Bankier der Welt halten. Wäre sie sich bewußt gewesen, daß ihre Aktenmappe zu einer der umfangreichsten in Williams Geschäftsbereich zu werden begann, sie hätte darüber – oder vielleicht über ihn – gründlicher nachgedacht. Zu Herbstbeginn teilte sie ihm mit, daß sie einen festen Käufer für den Besitz in Florida gefunden habe. In seiner Antwort bat William, sie möge ihm erlauben, die Verkaufsbedingungen im Namen der Bank auszuhandeln; sie war einverstanden.

Anfang September fuhr er nach Florida. Mrs. Brookes erwartete ihn auf dem Bahnhof. Er war überwältigt von ihrem Anblick: sie erschien ihm noch schöner als in seiner Erinnerung. Sie stand auf dem Bahnsteig, und ein leichter Wind preßte das schwarze Kleid an ihren Körper. William wandte keinen Blick von ihr.

Sie trug noch Trauer und benahm sich ihm gegenüber so reserviert und korrekt, daß William zunächst verzweifelt war, weil er fürchtete, überhaupt keinen Eindruck auf sie zu machen. Er zog die Verhandlungen mit dem Farmer, der Buckhurst Park kaufen wollte, soweit wie möglich in die Länge und überredete Katherine Brookes, ein Drittel des vereinbarten Kaufpreises anzunehmen, während die Bank zwei Drittel erhalten sollte. Als die Papiere schließlich unterzeichnet waren, konnte er keinen Vorwand mehr finden, nicht nach Boston zurückzukehren. Er lud sie in ein Hotel zum Abendessen ein, entschlossen, ihr seine Gefühle zumindest anzudeuten. Nicht zum erstenmal überraschte sie ihn. Bevor er das Thema angeschnitten hatte, fragte sie ihn, ihr Glas zwischen den Fingern drehend, um ihn nicht ansehen zu müssen, ob er ein paar Tage in Buckhurst Park bleiben wolle.

»Eine Art Ferien für uns beide.« Sie errötete. William blieb stumm.

Endlich fand sie den Mut fortzufahren. »Ich weiß, das klingt verrückt. Aber Sie müssen begreifen — ich bin sehr einsam gewesen. Das Merkwürdige ist, daß ich die letzte Woche mit Ihnen mehr genossen habe als irgendeine Zeit, an die ich mich erinnere.« Sie errötete von neuem. »Ich habe mich schlecht ausgedrückt, und Sie werden das Schlimmste von mir denken.«

Williams Herz schlug schneller. »Kate, ich habe mir seit neun Monaten gewünscht, etwas mindestens ebenso Schlimmes zu sagen.«

»Dann werden Sie ein paar Tage bleiben, William?«

»Ja, Kate, bestimmt.«

An diesem Abend brachte sie ihn im schönsten Gästezimmer von Buckhurst Park unter. Später erschienen William diese Tage als ein goldenes Zwischenspiel in seinem Leben. Er ritt mit Kate, und sie nahm höhere Hindernisse als er. Er schwamm mit ihr, und sie war schneller als er. Er ging mit ihr spazieren und kehrte immer früher um als sie. Schließlich kam er auf die Idee, mit ihr Poker zu spielen, und gewann dreieinhalb Millionen Dollar in ebenso vielen Stunden.

»Nehmen Sie einen Scheck?« fragte sie würdevoll.

»Sie vergessen, Mrs. Brookes, daß ich Ihre finanziellen Verhältnisse kenne. Aber ich schlage Ihnen ein Geschäft vor. Wir spielen weiter, bis Sie alles zurückgewonnen haben.«

»Das kann ein paar Jahre dauern«, meinte Kate.

»Ich werde warten«, sagte William.

Er ertappte sich dabei, ihr längst vergessene Ereignisse aus seiner Vergangenheit zu erzählen, Dinge, die er selbst mit Matthew kaum besprochen hatte; von seiner Achtung für seinen Vater, seiner Liebe zu seiner Mutter, seinem blinden Haß auf Henry Osborne, seinem Ehrgeiz für das Bankhaus Kane and Cabot. Sie erzählte ihm von ihrer Kindheit in Boston, ihrer Schulzeit in Virginia und von ihrer frühen Ehe mit Max Brookes.

Fünf Tage später, als sie am Bahnhof Abschied nahmen, küßte er sie zum erstenmal.

»Kate, ich werde etwas sehr Anmaßendes sagen. Ich hoffe, daß du mich eines Tages lieber haben wirst als Max.«

»Ich beginne schon, etwas Ähnliches zu fühlen«, sagte sie leise.

William sah sie fest an. »Verschwinde nicht wieder für neun Monate aus meinem Leben.«

»Das kann ich nicht. Du hast mein Haus verkauft.«

Auf der Rückfahrt nach Boston fühlte sich William ruhiger und glücklicher als jemals zuvor seit dem Tod seines Vaters. Er entwarf einen Bericht über den Verkauf von Buckhurst Park, aber seine Gedanken kehrten dauernd zu Kate und den vergangenen fünf Tagen zurück. Kurz bevor der Zug in Boston einlief, kritzelte er ein paar Zeilen in seiner ordentlichen, aber unleserlichen Handschrift:

Kate, Du fehlst mir, und es sind erst ein paar Stunden. Bitte schreib mir und teile mir mit, wann Du nach Boston kommst. Mittlerweile werde ich zu den Bankgeschäften zurückkehren und feststellen, daß ich Dich für längere Zeiträume (das heißt für fünf bis zehn Minuten) aus meinen Gedanken verbannen kann.

In Liebe
William

Er hatte den Umschlag eben in den Briefkasten an der Charles Street geworfen, als das Rufen eines Zeitungsverkäufers jeden Gedanken an Kate aus seinem Kopf vertrieb.

»Wall Street zusammengebrochen!«

Er riß dem Mann die Zeitung aus der Hand und überflog den Leitartikel. Der Markt war über Nacht zusammengebrochen. Manche Finanziere betrachteten es als eine bloße Sanierungsmaßnahme; William sah es als den Beginn des Erdrutsches an, den er seit Monaten vorausgesagt hatte. So schnell wie möglich fuhr er zur Bank und ging direkt ins Büro des Präsidenten.

»Ich bin sicher, daß sich der Markt auf die Dauer erholen wird«, sagte Alan Lloyd beruhigend.

»Niemals«, erwiderte William. »Der Markt ist übersättigt, überladen mit kleinen Anlegern, die sich rasche Gewinne erhofften und die sicherlich jetzt um ihr Leben rennen werden. Siehst du nicht, daß der Ballon am Platzen ist? Ich werde alles verkaufen. Zu Jahresende wird der Markt einen Tiefstand erreicht haben, und ich habe dich schon im Februar gewarnt, Alan.«

»Ich bin noch immer nicht deiner Meinung, William, aber ich werde für morgen eine Aufsichtsratssitzung einberufen, so daß wir deine Ansichten ausführlich diskutieren können.«

»Danke«, sagte William. Er ging in sein Büro und hob den Hörer der Sprechanlage ab.

»Alan, ich vergaß dir zu sagen, daß ich die Frau traf, die ich heiraten werde.«

»Weiß sie es schon?« fragte Alan.

»Nein«, sagte William.

»Ich verstehe. Deine Heirat wird sich ähnlich abspielen wie deine Bankkarriere, William. Die direkt Betroffenen werden erst informiert, wenn du deine Entscheidung getroffen hast.«

William lachte. Er nahm das andere Telefon und warf seinen Hauptaktienbesitz auf den Markt. Tony Simmons war eingetreten. Er stand in der offenen Tür und dachte, William sei völlig verrückt geworden.

»Sie werden über Nacht Ihr Hemd verlieren, wenn Sie Ihre Aktien bei dieser Marktlage verkaufen.«

»Wenn ich sie behalte, werde ich viel mehr verlieren.«

Der Verlust, den er in der folgenden Woche erlitt – über eine

Million Dollar – hätte einen weniger zuversichtlichen Mann erschüttert.

Bei der Aufsichtsratssitzung am nächsten Tag wurde sein Vorschlag, die Aktien der Bank zu liquidieren, acht zu sechs überstimmt. Tony Simmons überzeugte den Aufsichtsrat, daß es unverantwortlich wäre, nicht noch ein wenig zuzuwarten. Der einzige kleine Sieg, den William errang, war, daß er seine Mitdirektoren dazu überredete, die Bank solle nicht mehr kaufen.

An diesem Tag erholte sich der Markt ein wenig, was William Gelegenheit gab, etwas mehr von seinen eigenen Aktien zu verkaufen. Am Wochenende, als der Index an vier aufeinanderfolgenden Tagen ständig gestiegen war, begann William sich zu fragen, ob er nicht übertrieben reagiert habe, aber Instinkt und Erfahrung sagten ihm, daß er die richtige Entscheidung getroffen hatte. Alan Lloyd sagte nichts; das Geld, das William verlor, war nicht das seine, und er freute sich auf ruhige Pensionsjahre.

Am 22. Oktober erlitt der Markt weitere schwere Verluste, und William flehte Alan Lloyd an, auszusteigen, solange noch eine Möglichkeit dazu bestand. Diesmal hörte Alan auf ihn und erlaubte ihm, eine Verkaufsorder für einige der Hauptaktien der Bank zu geben. Am folgenden Tag versank der Markt in einer Lawine von Verkäufen, und es war egal, welche Bestände die Bank loszuschlagen versuchte, denn es gab keine Käufer mehr. Das Verschleudern der Aktien artete in Panik aus, denn jeder kleine Spekulant in Amerika versuchte zu verkaufen, um einem Totalverlust zu entgehen. So groß war die Panik, daß der Ticker mit dem Tempo der Transaktionen nicht mehr Schritt halten konnte. Erst wenn die Börse morgens öffnete, nachdem die Angestellten die ganze Nacht gearbeitet hatten, erfuhren die Verkäufer, wieviel sie am vergangenen Tag verloren hatten. Alan Lloyd telefonierte mit J. P. Morgan und vereinbarte mit ihm, daß Kane and Cabot sich einer Gruppe von Banken anschließen würde, die versuchen wollte, den nationalen Zusammenbruch der wichtigsten Aktien aufzuhalten. William hatte gegen dieses Vorhaben nichts einzuwenden, weil Kane and Cabot, wenn es zu einem Zusammenschluß der Gruppe käme, maßgeblich an der Aktion beteiligt sein sollte. Und natürlich wären alle Banken besser dran, falls die Sache funktionierte. Richard Whitney, der Vizepräsident der New Yorker Börse und Vertreter der Gruppe, die Morgan zusammengetrommelt hatte, betrat am nächsten Tag die New Yorker Börse und kaufte um dreißig Millionen erstklassige Papiere. Der Markt begann sich zu erholen. Zwölf Millionen achthundertvierundneunzigtausendsechshundertfünfzig Aktien wurden an diesem Tag gehandelt, und während der nächsten zwei Tage blieb der Markt fest. Jeder, von Präsident Hoover bis zu den Leuten, die die Maklerbüros stürmten, glaubte, daß das Ärgste vorüber sei.

William hatte fast alle seine privaten Aktien verkauft, und seine persönlichen Verluste waren verhältnismäßig viel geringer als jene der Bank, die innerhalb von vier Tagen auf über drei Millionen Dollar gestiegen waren. Selbst Tony Simmons hatte sich entschlossen, alle Vorschläge Williams zu befolgen. Am 29. Oktober, dem Tag, der unter dem Namen Schwarzer Dienstag bekannt wurde, brach der Markt wieder zusammen. Sechzehn Millionen sechshundertzehntausendunddreißig Aktien wurden gehandelt. Die Banken im ganzen Land erkannten die Wahrheit: sie waren insolvent. Wenn alle Kunden ihre Einlagen zu Geld machen wollten oder wenn sie – die Banken – versuchen wollten, ihre Kredite zurückzuverlangen, bräche das gesamte Bankensystem über ihren Köpfen zusammen.

Die Aufsichtsratsitzung am 9. November begann mit einer Schweigeminute zum Andenken an John J. Riordan, Präsident des County Trust und einen der Direktoren von Kane and Cabot, der sich in seiner Wohnung erschossen hatte. In den letzten zwei Wochen war es der elfte Selbstmord in Bostoner Bankkreisen. Der Tote war ein guter Freund von Alan Lloyd gewesen. Ferner teilte der Vorsitzende mit, daß Kane and Cabot an die vier Millionen verloren hatte, daß die Bemühungen der Morgan-Gruppe, die Banken zu einigen, gescheitert seien und daß jetzt jede Bank nach eigenem Gutdünken handeln müsse. Fast alle kleinen Anleger der Bank waren ausgeschieden, und die meisten der größeren Kunden hatten unlösbare Zahlungsprobleme. Vor den Banken in New York sammelte sich bereits ein wütender Mob, und die ältlichen Wachmannschaften mußten durch einen privaten Bewachungsdienst ergänzt werden. Noch eine solche Woche, sagte Alan, und wir alle sind weg vom Fenster. Er bot seinen Rücktritt an, aber die Mitglieder des Aufsichtsrates wollten nichts davon hören. Seine Lage unterschied sich in nichts von der jedes anderen Präsidenten einer amerikanischen Großbank. Tony Simmons bot ebenfalls seinen Rücktritt an, aber auch damit waren seine Kollegen nicht einverstanden. Tony war nicht mehr der designierte Nachfolger von Alan Lloyd, daher zeigte William überlegene Zurückhaltung. Als Kompromiß wurde Simmons nach London geschickt, um die Aufsicht über die Überseeinvestitionen zu übernehmen. Aus dem Weg geschafft, dachte William; er selbst war zum Leiter der Finanzabteilung, dem alle Investitionen der Bank unterstanden, ernannt worden. Sogleich forderte er Matthew Lester auf, sein Stellvertreter zu werden. Diesmal zuckte Alan Lloyd mit keiner Wimper.

Matthew war einverstanden, ab Neujahr, dem Zeitpunkt, an dem sein Vater ihn freigeben konnte, mit William zusammenzuarbeiten. Matthew und sein Vater hatten ebenfalls einige Probleme. Bis zu Matthews Eintritt führte William die Investitionsabteilung allein. Der Winter 1929 erwies sich für William als äußerst deprimierend, denn er mußte zusehen, wie kleine und große Firmen von Freunden, die er sein ganzes Leben gekannt hatte, zugrunde gingen. Manchmal fragte er sich, ob die Bank sich würde halten können.

Zu Weihnachten verbrachte William mit Kate eine herrliche Woche in Florida. Er half ihr, ihre Habseligkeiten für die Rückkehr nach Boston in Teekisten zu verpacken. »Das einzige, was Kane and Cabot mir gelassen haben«, scherzte sie.

Williams Weihnachtsgeschenke füllten eine zusätzliche Teekiste, und Kate fühlte sich ganz schuldbewußt ob seiner Großzügigkeit.

»Wie kann sich eine arme Witwe bei dir revanchieren?« fragte sie. William antwortete, indem er sie in eine übriggebliebene Teekiste packte und einen Zettel mit der Aufschrift »Geschenk für William« daran heftete.

In gehobener Stimmung kehrte er nach Boston zurück und hoffte, daß die Tage mit Kate ein gutes Vorzeichen für das kommende Jahr sein würden. Er ließ sich in dem Büro, das früher Tony Simmons gehört hatte, nieder, um die Morgenpost zu lesen. Er wußte, daß er die üblichen zwei oder drei Liquidationssitzungen, die in dieser Woche anfielen, leiten mußte, und fragte seine Sekretärin, wer der erste Besucher sei.

»Ich fürchte, es ist wieder ein Konkurs, Mr. Kane.«

»Ach ja, ich erinnere mich an den Fall«, sagte William. Der Name hatte ihm nichts gesagt. »Ich habe die Akte gestern abend überflogen; eine höchst unglückliche Geschichte. Wann soll er kommen?«

»Um zehn Uhr. Aber der Herr wartet bereits im Vorzimmer, Sir.«

»In Ordnung«, sagte William. »Bitte schicken Sie ihn herein. Wir wollen das rasch hinter uns bringen.«

William öffnete nochmals den Akt, um sich mit den wichtigsten Fakten vertraut zu machen. Der Name des ursprünglichen Kunden, eines Mr. Davis Leroy, war durchgestrichen und durch den des morgendlichen Besuchers ersetzt – Mr. Abel Rosnovski.

William erinnerte sich lebhaft an die letzte Unterredung, die er mit Mr. Rosnovski gehabt hatte, und bedauerte sie bereits.

16

Abel brauchte drei Monate, um das volle Ausmaß der Probleme zu übersehen, mit denen das Richmond Continental konfrontiert war, und um zu begreifen, warum das Hotel fortwährend soviel Geld verlor. Die einfache Schlußfolgerung, zu der er kam, nachdem er zwölf Wochen lang die Augen weit offengehalten hatte, während er die Belegschaft glauben machte, daß er traumverloren umhergehe, war, daß die Einnahmen des Hotels gestohlen wurden. Die Angestellten des Richmond Hotels arbeiteten nach einem abgekarteten System, und zwar in einem Ausmaß, das selbst Abel noch nicht untergekommen war. Das System rechnete jedoch nicht mit einem stellvertretenden Direktor, der in seiner Vergangenheit Brot von den Russen hatte stehlen müssen, um zu überleben. Abels erstes Problem war, niemanden das Ausmaß seiner Entdeckungen ahnen zu lassen, bevor er Gelegenheit gehabt hatte, alle Abteilungen des Hotels zu überprüfen. Er brauchte nicht lange, um festzustellen, daß jede Abteilung ihre Art zu stehlen vervollkommnet hatte.

Der Betrug begann an der Rezeption, wo die Angestellten nur acht von zehn Gästen ins Register eintrugen und die Zahlungen der restlichen zwei einsteckten. Das System, das sie anwandten, war primitiv; wer es im Plaza in New York versucht hätte, wäre in ein paar Minuten entdeckt worden und auf der Straße gesessen. Der Rezeptionschef wählte ein älteres Ehepaar aus der Provinz aus, das nur eine Nacht bleiben wollte. Er vergewisserte sich diskret, daß die Leute keine Geschäftsverbindungen in der Stadt hatten, und trug ihre Namen einfach nicht ein. Wenn sie am nächsten Morgen ihre Rechnung bar bezahlten, wurde das Geld eingesteckt. Und falls sie das Personenregister nicht unterschrieben hatten, gab es keinen Nachweis dafür, daß sie jemals das Hotel betreten hatten. Abel war seit langem der Ansicht, daß jeder Hotelgast automatisch registriert werden sollte. Im Plaza in New York geschah dies bereits.

Im Speisesaal war das System verfeinert. Die Zahlungen von Zufallsgästen, sei es beim Mittag- oder beim Abendessen, wurden natürlich gestohlen. Das hatte Abel erwartet, aber er brauchte ein wenig länger, um die Restaurantrechnungen zu kontrollieren und festzustellen, daß die Rezeption mit den Angestellten des Speisesaals zusammenarbeitete, um so sicherzugehen, daß die Gäste, die nicht eingetragen waren, keine Restaurantrechnungen bekamen. Überdies gab es ständig zerbrochenes Geschirr, Reparaturen, Besteck fehlte, Lebensmittel und Bettwäsche verschwanden, ja, gelegentlich fehlte sogar eine Matratze. Nachdem Abel jede Abteilung gründlich überprüft und Augen und Ohren offengehalten hatte, kam er zu dem Schluß, daß die Hälfte des Hotelpersonals in das Komplott verwickelt und keine einzige Abteilung einwandfrei war.

Als Abel im Richmond eingetreten war, hatte er sich gewundert, wieso der Direktor Desmond Pacey nicht schon längst bemerkt hatte, was unter seinen Augen vor sich ging. Als Grund nahm er fälschlich an, daß der Mann zu faul sei und sich nicht die Mühe machen wollte, irgendwelchen Beschwerden nachzugehen. Selbst Abel brauchte lange, bis er feststellte, daß der »faule« Direktor der Obergauner hinter der ganzen Verschwörung war und daß sie deshalb so gut funktionierte. Pacey hatte mehr als dreißig Jahre für die Richmond-Gruppe gearbeitet; es gab kein einziges Hotel, in dem er nicht zu der einen oder anderen Zeit eine leitende Stellung innegehabt hätte, was Abel für die Solvenz der anderen Hotels Böses ahnen ließ. Überdies war Desmond Pacey ein persönlicher Freund des Hotelbesitzers Davis Leroy. Das Richmond in Chikago verlor dreißigtausend Dollar im Jahr. Abel wußte, daß die Situation über Nacht geändert werden konnte, wenn man die Hälfte der Belegschaft entließ, beginnend mit Desmond Pacey. Das aber war ein Problem, denn Davis Leroy hatte in dreißig Jahren kaum jemanden entlassen. Er fand sich mit den Problemen ab und hoffte, daß sie sich mit der Zeit von selbst lösen würden. Soviel Abel sehen konnte, stahlen die Angestellten weiterhin wie die Elstern, bis sie widerstrebend in Pension gingen.

Abel war sich klar, daß er eine entscheidende Unterredung mit Davis Leroy herbeiführen mußte, und zu diesem Zweck fuhr er Anfang 1928 mit dem Expreßzug nach St. Louis und von dort nach Dallas. Er hatte einen zweihundert Seiten langen Bericht bei sich, den er in drei Monaten in seinem kleinen Zimmer in der

Dependance des Hotels angefertigt hatte. Als Davis Leroy das Beweismaterial durchgelesen hatte, sah er Abel bestürzt an.

»Diese Leute sind meine Freunde«, waren seine ersten Worte, als er die Mappe zuklappte. »Einige von ihnen haben dreißig Jahre mit mir zusammengearbeitet. Zum Teufel, es hat immer kleine Betrügereien in diesem Geschäft gegeben, aber jetzt wollen Sie behaupten, daß diese Leute mich hinter meinem Rücken planmäßig beraubt haben?«

»Manche von ihnen haben das dreißig Jahre lang getan, glaube ich.«

»Was in drei Teufels Namen soll ich denn tun?« fragte Leroy.

»Ich kann dem Unfug ein Ende bereiten, wenn Sie Desmond Pacey entlassen und mir *carte blanche* geben, ab morgen jeden hinauszuwerfen, der mit den Diebstählen zu tun hat.«

»Mein lieber Abel, ich wollte, das Problem wäre so einfach.«

»Das Problem ist so einfach«, sagte Abel. »Und wenn Sie mich nichts gegen die Schuldigen unternehmen lassen, dann trete ich in dieser Sekunde zurück, weil ich nicht daran interessiert bin, ein Angestellter des korruptesten Hotels von Amerika zu sein.«

»Könnten wir Desmond Pacey nicht zum stellvertretenden Direktor degradieren? Dann mache ich Sie zum Direktor, und Sie könnten sich mit dem Problem befassen.«

»Niemals«, erwiderte Abel. »Pacey hat noch zwei Jahre vor sich und hat das gesamte Personal fest in der Hand. Bis ich ihn zur Räson gebracht habe, sind Sie wahrscheinlich tot oder bankrott oder beides, denn ich vermute, daß Ihre übrigen Hotels in der gleichen skandalösen Art geführt werden. Wenn Sie wollen, daß sich die Dinge in Chikago ändern, müssen Sie jetzt sofort eine Entscheidung über Pacey treffen, oder Sie können allein in Konkurs gehen. Entweder – oder.«

»Wir Texaner haben den Ruf, zu sagen, was wir denken, Abel, aber an Sie reichen wir nicht heran. Okay, okay, ich gebe Ihnen die Vollmacht. Jetzt. Sofort. Ich gratuliere Ihnen. Sie sind der neue Direktor des Richmond Hotels von Chikago. Warten Sie, bis Al

Capone hört, daß Sie in Chikago angekommen sind. Er wird sofort zu mir nach Texas flüchten, in den Frieden und die Ruhe des großen Südwestens. Abel, mein Junge«, fuhr Leroy fort, stand auf und klopfte seinem neuen Direktor auf die Schulter, »glauben Sie nicht, daß ich undankbar bin. Sie haben in Chikago ausgezeichnete Arbeit geleistet und von nun an betrachte ich Sie als meine rechte Hand. Um ehrlich zu sein, Abel, ich habe an der Börse so gut verdient, daß ich den Verlust gar nicht bemerkte. Gott sei Dank habe ich einen ehrlichen Freund. Bleiben Sie doch über Nacht, und essen Sie einen Bissen mit mir.«

»Das wäre mir ein großes Vergnügen, Mr. Leroy, aber ich möchte aus persönlichen Gründen im Richmond Hotel von Dallas übernachten.«

»Sie werden doch niemanden laufenlassen, Abel, oder?«

»Nicht, wenn es sich vermeiden läßt.«

Am Abend lud Davis Leroy Abel zu einem köstlichen Essen ein und flößte ihm etwas zuviel Whisky zu trinken ein, was er mit südstaatlicher Gastfreundschaft erklärte. Er gestand auch, daß er auf der Suche nach einem Leiter für die ganze Gruppe der Richmond Hotels sei, um ein geruhsameres Leben führen zu können.

»Sind Sie sicher, daß Sie einen dummen Polacken wollen?« lallte Abel.

»Abel, ich bin dumm gewesen. Wenn Sie nicht so klug gewesen wären, diesen Gaunern auf die Schliche zu kommen, hätte ich Bankrott gemacht. Aber jetzt da ich die Wahrheit weiß, wollen wir die Gauner gemeinsam erledigen. Und ich biete Ihnen die Möglichkeit die Richmond-Gruppe wieder in die Höhe zu bringen.«

Mit unsicherer Hand hob Abel das Glas. »Darauf trinke ich, und auf eine gute Zusammenarbeit.«

»Mach sie fertig, mein Junge.«

Abel verbrachte die Nacht im Richmond Hotel von Dallas. Er gab einen falschen Namen an und sagte, daß er nur eine Nacht bleiben wolle. Als er am Morgen beobachtete, wie das einzige Exemplar seiner bar bezahlten Rechnung im Papierkorb verschwand, war sein Verdacht bestätigt. Es gab also nicht nur in Chikago Probleme. Er beschloß, Chikago zuerst in Ordnung zu bringen; die übrigen Hotels mußten bis später warten. Er rief Davis Leroy an und berichtete ihm, daß die Krankheit auf die ganze Gruppe übergegriffen habe.

Abel fuhr auf demselben Weg zurück, auf dem er gekommen war. Das Mississippital zog düster an den Waggonfenstern vorbei, verwüstet von den Überschwemmungen des Vorjahres. Abel dachte an die Verwüstungen, die er im Richmond Hotel von Chikago anrichten würde.

Als er ankam, war kein Nachtportier im Dienst und nur ein einziger Angestellter zu finden. Abel beschloß, ihnen allen eine gute Nachtruhe zu gönnen, bevor er sie hinauswarf. Ein junger Page öffnete ihm das Haupttor, als er zur Dependance ging.

»Haben Sie eine gute Reise gehabt, Mr. Rosnovski?« fragte er.

»Ja, danke. Was war hier los?«

»Oh, es war sehr ruhig.«

Kann sein, dachte Abel, daß du es morgen noch ruhiger finden wirst, wenn du als einziger von der ganzen Belegschaft übriggeblieben bist.

Abel packte aus und rief das Zimmerservice an, um eine Kleinigkeit zu essen zu bestellen. Der Imbiß wurde erst nach mehr als einer Stunde gebracht. Nachdem er den Kaffee getrunken hatte, nahm er eine kalte Dusche und legte sich einen Plan für den kommenden Tag zurecht. Er hatte einen guten Zeitpunkt für das Gemetzel gewählt; es war Anfang Februar und das Hotel nur zu fünfundzwanzig Prozent belegt. Abel war sicher, daß er das Hotel mit ungefähr der Hälfte der Angestellten führen konnte. Er stieg ins Bett, warf das Kissen auf den Boden und schlief so ruhig wie sein argloses Personal.

Desmond Pacey, der bei der Belegschaft nur »der Faulpelz« hieß, war zweiundsechzig Jahre alt. Er hatte beträchtliches Übergewicht und bewegte sich daher eher langsam auf seinen kurzen Beinen. Im Lauf der Zeit hatte er im Richmond sieben oder acht

Direktor-Stellvertreter kommen und gehen sehen. Einige waren geldgierig geworden und hatten mehr von seinen Einnahmen verlangt, andere hatten einfach nicht begriffen, wie die Sache funktionierte. Der Polack, fand er, war auch nicht klüger als die übrigen. Er summte vor sich hin, während er langsam auf Abels Büro zuging, wo die tägliche Besprechung zwischen den beiden stattfand. Es war siebzehn Minuten nach zehn.

»Tut mir leid, daß ich Sie warten ließ«, sagte der Direktor, und es klang, als täte es ihm gar nicht leid.

Abel gab keine Antwort.

»Ich wurde an der Rezeption aufgehalten, Sie wissen ja, wie das ist.«

Abel wußte genau, was an der Rezeption los war.

Langsam öffnete er die Schreibtischschublade und nahm ungefähr vierzig zerknüllte Hotelrechnungen heraus, die er aus Papierkörben und Aschenbechern eingesammelt hatte. Manche waren in vier oder fünf Stücke zerrissen. Es waren die Rechnungen jener Gäste, die bar bezahlt hatten und nie ins Register eingetragen worden waren. Er beobachtete den dicken, kleinen Hoteldirektor, der herauszubekommen versuchte, was das Durcheinander von zerknüllten Papieren zu bedeuten hatte.

Desmond Pacey konnte es nicht gleich feststellen. Nicht, daß es ihn sonderlich interessierte. Kein Grund, sich Sorgen zu machen. Wenn der dumme Polack das System entdeckt hatte, konnte er entweder einen Anteil bekommen oder gehen. Pacey fragte sich, was für einen Anteil er ihm geben müsse. Vielleicht würde er sich vorläufig durch ein hübsches Zimmer im Hotel beschwichtigen lassen.

»Sie sind entlassen, Mr. Pacey, und ich wünsche, daß Sie das Hotel binnen einer Stunde verlassen.«

Desmond Pacey begriff die Worte nicht gleich, weil er sie nicht glauben konnte.

»Was haben Sie gesagt? Ich glaube, ich habe nicht recht gehört.«

»Sie haben richtig gehört. Sie sind entlassen.«

»Sie können mich nicht entlassen. Ich bin der Direktor, und ich arbeite seit über dreißig Jahren in der Richmond-Gruppe. Wenn hier jemand jemanden entläßt, so bin ich es. Für wen, zum Teufel, halten Sie sich?«

»Ich bin der neue Direktor.«

»Sie sind was?«

»Der neue Direktor«, wiederholte Abel. »Mr. Leroy hat mich gestern ernannt, und ich habe Sie soeben entlassen, Mr. Pacey.«

»Weswegen?«

»Wegen Diebstahls in großem Stil.«

Abel griff in die Rechnungen und drehte sie herum, so daß der bebrillte Mann sie alle genau sehen konnte.

»Alle diese Gäste haben ihre Rechnungen bezahlt, aber nichts von diesem Geld gelangte in die Kassa des Hotels. Und die Rechnungen haben alle eines gemeinsam – sie tragen Ihre Unterschrift.«

»Nicht einmal in hundert Jahren können Sie das beweisen.«

»Ich weiß«, sagte Abel, »Sie haben ein gutes System aufgebaut. Sie können mit Ihrem System anderswohin gehen, denn hier haben Sie kein Glück mehr. Ein altes Sprichwort sagt: Der Krug geht so lange zum Brunnen, bis er bricht. Der Krug ist soeben gebrochen, und Sie sind entlassen.«

»Sie haben kein Recht, mich zu entlassen«, sagte Pacey. Trotz der Kälte des Februartages standen ihm Schweißtropfen auf der Stirn. »Davis Leroy ist ein guter Freund von mir. Er ist der einzige Mensch, der mich entlassen kann. Sie sind erst vor drei Monaten aus New York gekommen. Er wird Sie nicht einmal anhören, wenn ich erst einmal mit ihm gesprochen habe. Ein Anruf von mir wird genügen, um Sie aus diesem Hotel hinauszuwerfen.«

»Los, telefonieren Sie«, sagte Abel.

Er nahm den Telefonhörer ab und bat die Telefonistin, ihn mit Davis Leroy in Dallas zu verbinden. Die beiden Männer starrten einander an, während sie warteten. Der Schweiß tropfte jetzt von Paceys Nasenspitze. Einen Moment lang fragte sich Abel, ob sein neuer Arbeitgeber festbleiben würde.

»Guten Morgen, Mr. Leroy. Hier Abel Rosnovski aus Chikago. Ich habe Desmond Pacey soeben entlassen, und er möchte mit Ihnen sprechen.«

Zitternd ergriff Pacey den Hörer. Er hörte nur wenige Augenblicke zu.

»Aber Davis, ich ... Was hätte ich tun sollen ...? Ich schwöre, es ist nicht wahr ... Es muß ein Irrtum sein.«

Abel hörte, wie der Hörer aufgelegt wurde.

»Eine Stunde, Mr. Pacey«, sagte Abel, »oder ich übergebe diese Rechnungen der Polizei.«

»Warten Sie doch einen Moment«, sagte Pacey, »warum so eilig?« Sein Ton und sein Verhalten hatten sich jählings verändert. »Man könnte Sie in den ganzen Plan einbauen. Sie könnten ein regelmäßiges kleines Einkommen haben, wenn wir dieses Hotel gemeinsam führen, und niemand wüßte etwas davon. Dieses Einkommen wäre viel größer, als dasjenige, das Sie als Direktor-Stellvertreter verdienen, und wir alle wissen, daß Leroy den Verlust verkraften kann.«

»Ich bin nicht mehr stellvertretender Direktor, Mr. Pacey, ich bin Direktor. Schauen Sie, daß Sie weiterkommen, bevor ich Sie hinauswerfe.«

»Sie verdammter Polack«, rief der Exdirektor, als er begriff, daß er seine letzte Karte gespielt und verloren hatte. »Passen Sie auf, Sie werden noch auf Ihre wahre Größe zurechtgestutzt werden.«

Pacey ging. Zu Mittag fanden sich mit ihm auf der Straße vereint: der Oberkellner, der Küchenchef, die Beschließerin, der Chefrezeptionist, der Chefportier und siebzehn andere Mitglieder des Personals, die Abel für unverbesserlich hielt. Am Nachmittag rief er die übrigen Angestellten zusammen, erklärte ihnen ausführlich, warum das, was er getan hatte, notwendig gewesen war, und versicherte ihnen, daß ihre Stellung nicht in Gefahr sei.

»Aber wenn ich jemanden finde, der sich einen«, sagte Abel, »ich wiederhole, einen Dollar widerrechtlich aneignet, so wird er auf der Stelle und ohne Zeugnis entlassen. Haben Sie mich verstanden?«

Niemand sprach.

In den nächsten Wochen verließen mehrere andere Angestellte, als sie feststellen mußten, daß Abel Desmond Paceys System nicht fortzusetzen gedachte, das Richmond. Sie wurden rasch ersetzt.

Ende März lud Abel vier Angestellte des Plaza Hotels ein, ins Richmond einzutreten. Sie hatten drei Dinge gemeinsam: sie waren jung, ehrgeizig und ehrlich. Nach sechs Monaten waren nur noch siebenunddreißig Mitglieder der ursprünglichen Belegschaft von einhundertzehn im Richmond angestellt. Am Ende des ersten Jahres entkorkte Abel eine große Flasche Champagner, um mit Davis Leroy die Jahreseinnahmen des Hotels zu feiern. Sie ergaben einen Gewinn von dreitausendvierhundertsechsundachtzig Dollar. Es war nicht sehr viel, aber immerhin der erste Profit, den das Hotel in den dreißig Jahren seines Bestehens ausgewiesen hatte. Abel prophezeite für 1929 einen Gewinn von fünfundzwanzigtausend Dollar.

Davis Leroy war beeindruckt. Er kam jeden Monat nach Chikago und begann sich völlig auf Abels Urteil zu verlassen. Schließlich gab er sogar zu, daß das, was für das Richmond in Chikago gegolten hatte, vermutlich auch auf die anderen Hotels seiner Gruppe zutraf. Abel wollte zuerst das Hotel in Chikago nach den neuen Richtlinien in Schuß bringen, bevor er sich um die anderen Hotels kümmerte. Leroy war einverstanden und sprach von einer Partnerschaft mit Abel, falls er für die übrigen Hotels tun könne, was er für das Richmond getan hatte.

Wenn Davis nach Chikago kam, ging er mit Abel zum Baseball und zum Pferderennen. Als Davis einmal siebenhundert Dollar verloren hatte, hob er verärgert die Arme zum Himmel und sagte: »Warum gebe ich mich mit Pferden ab, Abel? Auf dich zu setzen war das Beste, was ich je getan habe.«

Wann immer ihr Vater in Chikago war, pflegte Melanie mit ihm zu speisen. Kühl, hübsch, schlank und langbeinig, erregte sie stets die Aufmerksamkeit der Hotelgäste. Abel wurde von ihr ein wenig hochmütig behandelt, was für die von ihm gehegten Hoffnungen nicht eben ermutigend war; sie forderte ihn auch erst auf, sie Melanie anstatt Miss Leroy zu nennen, als sie von seinem Diplom in Wirtschaftswissenschaften hörte und feststellen konnte, daß er mehr vom *discounted cash flow* wußte als sie. Danach wurde sie etwas zugänglicher, aß hin und wieder mit Abel allein und ließ sich bei ihrem Studium an der philosophischen Fakultät der Universität Chikago von ihm helfen. Ermutigt, führte er sie dann und wann in Konzerte oder ins Theater und verspürte eine possessive Eifersucht, wann immer sie mit einem anderen Mann im Hotel zu Abend aß, obwohl sie nie zweimal mit demselben Begleiter erschien.

Unter Abels eiserner Leitung hatte sich die Küche des Hotels so verbessert, daß Leute, die seit dreißig Jahren in Chikago gelebt und nie von der Existenz des Restaurants gewußt hatten, jetzt jeden Samstagabend ihre gastronomischen Streifzüge hier beendeten. Zum erstenmal in zwanzig Jahren ließ Abel das ganze Hotel renovieren und steckte das Personal in schicke grün-goldene Uniformen. Ein Gast, der jedes Jahr eine Woche im Richmond wohnte, verließ bei seiner Ankunft wieder die Halle, weil er glaubte, im falschen Hotel abgestiegen zu sein. Als Al Capone zur Feier seines dreißigsten Geburtstages in einem Privatzimmer ein Dinner für sechzehn Gäste bestellte, wußte Abel, daß er es geschafft hatte.

In diesen Tagen blühte der Aktienmarkt, und Abels Vermögen wuchs. Er hatte das Plaza vor achtzehn Monaten mit achttausend Dollar verlassen, jetzt waren seine Depots über dreißigtausend Dollar wert. Er vertraute darauf, daß die Börse weiter steigen würde, und legte seine Gewinne immer wieder an. Seine persönlichen Bedürfnisse waren bescheiden; er kaufte zwei neue Anzüge und sein erstes Paar brauner Schuhe. Zimmer und Essen erhielt er vom Hotel, und sonst hatte er wenig Ausgaben. Die Zukunft sah rosig aus. Continental Trust war seit dreißig Jahren die Bankverbindung des Richmond, daher hatte Abel bei seiner Übersiedlung nach Chikago sein Konto dorthin verlegt. Er ging täglich zur Bank und deponierte die Eingänge des Hotels vom vorhergehenden Tag. Als er an einem Freitagmorgen die Nachricht erhielt der Direktor der Bank wünsche ihn zu sprechen, war er überrascht. Da er sein persönliches Konto nie überzog, nahm er an, die Besprechung müsse etwas mit dem Richmond zu tun haben. Die Bank würde sich wohl kaum darüber beschweren, daß das Hotel zum ersten Mal in dreißig Jahren liquid war. Ein jüngerer Bankangestellter führte Abel durch ein Gewirr von Gängen zu einer hübschen holzgetäfelten Tür. Ein leises Klopfen, und er war im Zimmer des Direktors.

»Mein Name ist Curtis Fenton«, sagte der Mann hinter dem Schreibtisch und reichte Abel die Hand, bevor er ihn aufforderte, in einem grünen Lederfauteuil Platz zu nehmen. Der Direktor war ein wohlbeleibter Mann, der eine Halbmondbrille und einen dreiteiligen Anzug mit einem makellosen weißen Hemd und schwarzer Krawatte trug.

»Danke«, sagte Abel nervös.

Erinnerungen aus der Vergangenheit wurden in ihm wach, Erinnerungen, die er mit der Angst verband, nicht zu wissen, was als nächstes geschehen würde.

»Ich hätte Sie gern zum Lunch eingeladen, Mr. Rosnovski –«

Abels Herzschlag wurde etwas ruhiger. Zu genau wußte er, daß Bankdirektoren selten jemanden zum Essen einladen, wenn sie unangenehme Nachrichten zu übermitteln haben.

»– aber es ist etwas geschehen, das ein sofortiges Handeln erfordert. Daher hoffe ich, es macht Ihnen nichts aus, wenn wir das Problem jetzt gleich besprechen. Ich will zur Sache kommen, Mr. Rosnovski. Eine meiner angesehensten Kundinnen, eine alte Dame namens Miss Amy Leroy« – der Name ließ Abel sofort aufhorchen –, »besitzt fünfundzwanzig Prozent der Richmond-Aktien. Sie hat diese Aktien zu wiederholten Malen ihrem Bruder, Mr. Davis Leroy, angeboten, aber er zeigte sich immer desinteressiert. Ich kann Mr. Leroys Gründe gut verstehen. Er besitzt bereits fünfundsiebzig Prozent der Gesellschaft und hat mit Recht das Gefühl, die restlichen fünfundzwanzig Prozent nicht zu brauchen. Sie stammen übrigens aus einem Legat seines verstorbenen Vaters. Miss Amy Leroy möchte immer noch ihr Aktienpaket loswerden, da es nie Dividenden abgeworfen hat.«

Darüber war Abel nicht erstaunt.

»Mr. Leroy hat nichts gegen einen Verkauf einzuwenden, und seine Schwester meint, sie hätte lieber jetzt ein wenig Bargeld und wolle nicht mehr darauf warten, daß die Aktien eines Tages etwas tragen. Deshalb wollte ich Sie, Mr. Rosnovski, über die Situation informieren; vielleicht wissen Sie jemanden, der am Hotelgewerbe interessiert ist und die Aktien meiner Kundin übernehmen möchte.«

»Wieviel erwartet Miss Leroy für ihr Aktienpaket?«

»Ach, ich glaube, sie wäre gern bereit, es billig, das heißt für fünfundsechzigtausend Dollar, herzugeben.«

»Fünfundsechzigtausend Dollar ist ein ziemlich hoher Preis für Aktien, die nie etwas abgeworfen haben«, sagte Abel, »und auch in den nächsten Jahren wenig versprechen.«

»Ja«, sagte Curtis Fenton, »aber Sie dürfen nicht vergessen, daß auch der Wert der elf Hotels einkalkuliert werden muß.«

»Aber die Kontrolle über die Gesellschaft bliebe immer noch in Händen von Mr. Leroy, so daß Miss Leroys fünfundzwanzig Prozent nicht mehr sind als ein Stück Papier.«

»Mr. Rosnovski, fünfundzwanzig Prozent von elf Hotels für nur fünfundsechzigtausend Dollar sind eine recht günstige Anlage.«

»Nicht, solange Mr. Davis Leroy die gesamte Kontrolle besitzt. Bieten Sie Miss Leroy vierzigtausend Dollar, Mr. Fenton, dann kann ich vielleicht jemanden finden, der interessiert ist.«

»Sie glauben nicht, daß jemand ein etwas höheres Angebot machen würde?« Mr. Fentons Augenbrauen hoben sich bei dem Wort höher.

»Bestimmt nicht, Mr. Fenton.«

Der Direktor faltete behutsam die Fingerspitzen und schien mit seiner Einschätzung Abels zufrieden.

»Unter diesen Umständen muß ich Miss Amy fragen, wie sie sich zu einem solchen Angebot stellt. Sobald ich von ihr eine Weisung erhalte, werde ich mich wieder mit Ihnen in Verbindung setzen.«

Als Abel Curtis Fentons Büro verließ, hatte er ebensolches Herzklopfen wie beim Kommen. Er eilte ins Hotel zurück, um seine Kontoauszüge nochmals zu prüfen. Sein Aktiendepot war mit dreiunddreißigtausendeinhundertzwölf Dollar bewertet, sein Kontostand betrug dreitausendacht Dollar. Hierauf versuchte Abel, seiner üblichen Arbeit nachzugehen; es fiel ihm schwer, sich zu konzentrieren; er überlegte, wie sich Miss Amy Leroy zu seinem Angebot stellen und was er tun würde, wenn er fünfundzwanzig Prozent der Richmond-Gruppe besäße.

Er war sich nicht ganz im klaren, ob er Davis Leroy von seinem Angebot unterrichten sollte; vielleicht sah der freundliche Texaner in seinen Bestrebungen eine Bedrohung. Aber nach einigen Tagen des Überlegens entschied er, daß es am korrektesten war, Davis Leroy anzurufen und ihn zu informieren.

»Ich möchte, daß Sie wissen, warum ich das tue, Mr. Leroy. Ich glaube, daß die Richmond-Gruppe eine große Zukunft hat, und Sie können überzeugt sein, daß ich noch intensiver für Sie arbeiten werde, wenn ich selbst beteiligt bin.« Er hielt inne. »Aber natürlich kann ich sehr gut verstehen, wenn Sie selbst diese fünfundzwanzig Prozent übernehmen wollen.«

Zu seiner Überraschung griff Leroy nicht zu.

»Nein, mein Sohn, wenn du so viel Vertrauen in die Gruppe hast, dann kauf Amy ruhig den Anteil ab. Ich wäre stolz, dein Partner zu sein. Du hast es dir verdient. Übrigens komme ich nächste Woche zu den Red-Clubs-Spielen nach Chikago. Bis dann.«

Abel war selig. »Danke, Davis. Du wirst niemals Anlaß haben, deinen Entschluß zu bereuen.«

»Bestimmt nicht, Partner.«

Eine Woche später ging Abel wieder zur Bank. Diesmal verlangte *er* den Direktor zu sprechen. Wieder saß er in dem grünen

Lederfauteuil und wartete, daß Mr. Fenton das Gespräch begann.

»Ich bin überrascht«, begann Curtis Fenton und sah keineswegs überrascht aus, »daß Miss Leroy das Angebot von vierzigtausend für ihren Fünfundzwanzig-Prozent-Anteil an der Richmond-Gruppe akzeptiert.« Er machte eine Pause, bevor er Abel ansah. »Da ich ihre Zustimmung erhalten habe, muß ich Sie bitten, mir mitzuteilen, wer der Käufer ist.«

»Ja«, sagte Abel fest. »Das werde ich sein.«

»Ich verstehe, Mr. Rosnovski.« Wieder klang es nicht überrascht. »Darf ich Sie fragen, wie Sie die vierzigtausend bezahlen werden?«

»Ich werde meine Aktien liquidieren und mein Konto auflösen. Damit fehlen mir noch viertausend Dollar. Ich hoffe, Sie werden bereit sein, mir diese Summe zu kreditieren, da Sie so überzeugt waren, daß die Richmond-Aktien unterbewertet sind. Jedenfalls sind die viertausend Dollar vermutlich nichts anderes als die Kommission der Bank für die Transaktion.«

Curtis Fenton kniff die Augen zusammen und runzelte die Stirn; diese Art von Bemerkung war in seinem Büro nicht üblich. Sie schmerzte um so mehr, als Abel die Summe genau erraten hatte. »Würden Sie mir ein wenig Zeit lassen? Ich werde Sie dann verständigen, Mr. Rosnovski.«

»Wenn Sie lange genug warten, werde ich Ihr Darlehen nicht brauchen«, sagte Abel. »Wenn der Markttrend so weitergeht, sind meine Wertpapiere bald vierzigtausend wert.«

Abel mußte eine Woche warten, bis er erfuhr, daß Continental Trust bereit war, ihm Kredit zu geben. Sofort liquidierte er seine Konten und lieh etwas weniger als viertausend Dollar, um die vierzigtausend vollzumachen.

Zwischen März und August 1929 – es waren die besten Monate, die die Börse je erleben sollte – kaufte und verkaufte Abel geschickt ein paar Aktien und konnte sechs Monate später das Darlehen von viertausend Dollar zurückzahlen.

Im September waren seine beiden Konten wieder ein wenig aufgefüllt – er hatte sogar genug, um einen Buick zu kaufen –, und er war jetzt der Besitzer von fünfundzwanzig Prozent der Richmond-Hotelgruppe. Abel freute sich, in Davis Leroys Reich so fest Fuß gefaßt zu haben. Es gab ihm die Selbstsicherheit, dessen Tochter und die restlichen fünfundsiebzig Prozent anzuvisieren.

Anfang Oktober lud er Melanie in die Chikago Symphony Hall zu einem Konzert ein. Man spielte Mozart. Er trug seinen elegantesten Anzug – dessen Schnitt allerdings eine leichte Gewichtszunahme betonte – und seine erste Seidenkrawatte und war, als er sein Spiegelbild betrachtete, überzeugt, daß der Abend ein Erfolg werden müsse. Nach dem Konzert führte Abel Melanie trotz der ausgezeichneten Küche nicht ins Richmond, sondern in The Loop zum Dinner. Er gab sich besondere Mühe, nur von geschäftlichen und politischen Dingen zu sprechen, zwei Themen, über die er wesentlich besser informiert war als Melanie. Schließlich bat er sie, noch einen Drink bei ihm zu nehmen. Sie kannte seine Wohnung nicht und war über deren Eleganz überrascht und ein wenig pikiert.

Abel schenkte ihr ein Glas Coca-Cola ein, um das sie gebeten hatte, und ließ zwei Eiswürfel in das sprudelnde Getränk fallen. Das Lächeln, mit dem sie das Glas entgegennahm, gab ihm Selbstvertrauen. Er konnte sich nicht zurückhalten, länger als höflich auf ihre schlanken Beine zu starren.

Er goß sich einen Bourbon ein.

»Danke für einen besonders hübschen Abend, Abel.«

Er setzte sich zu ihr und schwenkte nachdenklich sein Glas hin und her. »Ich habe jahrelang keine Musik gehört. Als ich Mozart hörte, ging mir seine Musik näher als die jedes anderen Komponisten.«

»Wie europäisch Sie manchmal sind, Abel.« Sie befreite einen Zipfel ihres Seidenkleides, auf dem Abel saß. »Wer käme auf die Idee, daß ein Hoteldirektor etwas für Mozart übrig hat?«

»Einer meiner Vorfahren, der erste Baron Rosnovski«, sagte Abel, »lernte den Meister kennen, und dieser wurde ein Freund der Familie. Daher habe ich immer das Gefühl, daß er irgendwie Teil meines Lebens ist.«

Melanies Lächeln war unerforschlich. Abel lehnte sich zu ihr und küßte sie knapp oberhalb des Ohres, wo ihr blondes Haar zurückgekämmt war. Sie fuhr zu sprechen fort, als hätte sie nicht das geringste bemerkt.

»Finden Sie nicht auch, daß Frederick Stock die Stimmung des dritten Satzes perfekt eingefangen hat?«

Abel wiederholte den Kuß. Diesmal wandte sie ihm ihr Gesicht zu und ließ sich auf die Lippen küssen. Dann schob sie ihn zurück.

»Ich glaube, ich sollte auf die Universität zurück.«

»Aber Sie sind doch eben erst gekommen«, sagte Abel enttäuscht.

»Ich weiß, aber ich muß morgen früh aufstehen; ich habe einen anstrengenden Tag vor mir.«

Abel küßte sie nochmals, sie fiel auf die Couch zurück, und Abel versuchte, die Hand auf ihre Brust zu legen. Rasch löste sie sich von seinen Lippen und schob ihn weg.

»Ich muß gehen, Abel«, beharrte sie.

»Nein«, sagte er, »du mußt noch nicht gehen«, und wieder versuchte er, sie zu küssen.

Diesmal stieß sie ihn energisch zurück.

»Was stellen Sie sich vor, Abel? Daß Sie mich gelegentlich zum Essen oder in ein Konzert einladen, gibt Ihnen noch kein Recht, mich zu mißhandeln.«

»Aber wir gehen doch seit Monaten zusammen aus«, widersprach Abel. »Ich dachte, Sie hätten nichts dagegen.«

»Wir gehen nicht seit Monaten zusammen aus, Abel. Ich esse dann und wann mit Ihnen im Speisesaal meines Vaters; das bedeutet nicht, daß wir seit Monaten zusammen ausgehen.«

»Es tut mir leid«, sagte Abel. »Ich wollte wirklich nicht den Eindruck erwecken, Sie zu mißhandeln; ich wollte Sie einfach berühren.«

»Ich würde keinem Mann erlauben, mich zu berühren, außer ich würde ihn heiraten.«

»Aber ich will dich heiraten«, sagte Abel leise.

Melanie brach in lautes Gelächter aus.

»Was ist daran so komisch?« fragte Abel und wurde rot.

»Seien Sie nicht albern, Abel. Ich könnte Sie niemals heiraten.«

»Warum nicht?« wollte Abel wissen; die Heftigkeit in ihrer Stimme bestürzte ihn.

»Eine Dame aus dem Süden würde nie einen polnischen Einwanderer der ersten Generation heiraten«, erwiderte sie, setzte sich sehr aufrecht und schob ihr Seidenkleid zurecht.

»Aber ich bin ein Baron«, sagte Abel ein wenig hochmütig.

Wieder lachte Melanie. »Sie meinen, daß das irgend jemand glaubt, Abel? Wissen Sie nicht, daß das ganze Personal hinter Ihrem Rücken lacht, wenn Sie Ihren Titel erwähnen?«

Abel war wie betäubt. Er fühlte Übelkeit und wurde blaß. »Alle lachen hinter meinem Rücken?« Sein schwacher Akzent war jetzt deutlicher.

»Ja«, sagte sie. »Sie kennen doch sicher Ihren Spitznamen im Hotel? Der Chikago-Baron.«

Abel war sprachlos.

»Seien Sie nicht dumm, das ist kein Grund für Minderwertigkeitskomplexe. Sie haben wundervolle Arbeit für Daddy geleistet, finde ich, und ich weiß auch, daß er Sie bewundert. Aber ich könnte Sie nie heiraten.«

Abel saß ganz ruhig da. *»Ich könnte Sie nie heiraten«*, wiederholte er.

»Natürlich nicht. Daddy mag Sie gern, aber er wäre nie einverstanden, Sie als Schwiegersohn zu haben.«

»Es tut mir leid, Sie beleidigt zu haben«, sagte Abel.

»Das haben Sie nicht, Abel. Ich fühle mich geschmeichelt. Vergessen wir, daß Sie das Thema je erwähnt haben. Wären Sie so freundlich, mich nach Hause zu bringen?«

Sie stand auf und ging zur Tür; noch immer ganz benommen,

blieb Abel sitzen. Irgendwie gelang es ihm, sich aufzuraffen und Melanie in den Mantel zu helfen. Als sie durch den Korridor gingen, wurde er sich seines Hinkens bewußt. Sie fuhren im Fahrstuhl hinunter, und er brachte sie in einem Taxi nach Hause; keiner von ihnen sprach. Während das Taxi wartete, begleitete er sie zur Tür des Wohntraktes der Universität. Er küßte ihre Hand.

»Ich hoffe, das bedeutet nicht, daß wir keine Freunde bleiben können«, sagte Melanie.

»Natürlich nicht.«

»Danke, daß Sie mit mir im Konzert waren, Abel. Ich bin überzeugt, daß Sie ein nettes polnisches Mädchen finden werden, das Sie heiratet. Gute Nacht.«

»Gute Nacht«, sagte Abel.

Abel glaubte nicht, daß es an der New Yorker Börse Schwierigkeiten geben würde, bis ihn eines Tages ein Gast fragte, ob er seine Hotelrechnung mit Aktien begleichen könne. Abel selbst hatte nur wenige Aktien, da er beinahe sein ganzes Kapital in der Richmond-Gruppe investiert hatte, aber auf Anraten seines Maklers verkaufte er auch die wenigen Papiere, die er besaß, mit einem kleinen Verlust und war froh, daß das, was er hatte, in Ziegeln und Zement angelegt war. Die Schwankungen des Dow Jones Index beobachtete er nicht mehr so genau, seit er aus dem Börsengeschäft weitgehend ausgestiegen war.

Im ersten Halbjahr war das Geschäft im Hotel zufriedenstellend, und Abel nahm an, daß er seine Voraussage von über fünfundzwanzigtausend Dollar Profit für 1929 würde erfüllen können. Er hielt Davis Leroy immer über den Stand der Dinge informiert. Doch als im Oktober der Börsenkrach kam, war das Hotel halb leer. Am Schwarzen Dienstag telefonierte Abel mit Davis. Der Texaner war deprimiert und besorgt und nicht bereit, über die Entlassung von Hotelpersonal zu entscheiden, was Abel für dringend nötig hielt.

»Laß die Dinge, wie sie sind, Abel«, sagte er. »Ich komme nächste Woche, und dann werden wir gemeinsam eine Lösung finden – oder es zumindest versuchen.«

Abel gefiel der Ton des letzten Satzes nicht. »Hast du Probleme, Davis? Ist es etwas, wobei ich helfen kann?«

»Nicht im Moment.«

Abel verstand immer noch nicht. »Warum gibst du mir nicht einfach die Ermächtigung zu Entlassungen, und ich informiere dich über alles, wenn du nächste Woche kommst?«

»Es ist nicht so einfach, Abel. Ich wollte meine Probleme nicht telefonisch besprechen, aber die Bank macht mir Schwierigkeiten wegen meiner Verluste an der Börse; sie drohen mit einem Verkauf meiner Hotels, falls ich nicht genügend Geld aufbringe, um meine Schulden zu begleichen.«

Abel erstarrte.

»Kein Grund, sich Sorgen zu machen, mein Junge«, fuhr Davis fort, aber es klang nicht überzeugend. »Ich werde dir alle Details erzählen, wenn ich nächste Woche in Chikago bin. Bis dahin habe ich bestimmt eine Lösung gefunden.«

Abel hörte das Klicken des Telefons und spürte, wie ihm der Schweiß ausbrach. Seine erste Reaktion war, sich zu überlegen, wie er Davis helfen könne. Er rief Curtis Fenton an und erfuhr von ihm den Namen des Bankiers, der die Richmond-Gruppe kontrollierte. Abel dachte, daß es die Dinge für seinen Freund erleichtern würde, wenn er mit dem Mann spräche.

In den nächsten Tagen rief Abel Davis verschiedene Male an und teilte ihm mit, daß sich die Lage von Tag zu Tag verschlechtere und man einen Entschluß fassen müsse; aber Davis' Stimme klang immer besorgter, und er war weiterhin nicht bereit, eine Entscheidung zu treffen. Als Abel das Gefühl hatte, die Situation nicht mehr zu beherrschen, faßte er selbst einen Entschluß. Er bat seine Sekretärin, ihn mit dem Bankier, der die Richmond-Gruppe kontrollierte, zu verbinden.

»Wen möchten Sie sprechen, Mr. Rosnovski?« fragte eine kühle weibliche Stimme.

Abel nannte den Namen, den er aufgeschrieben hatte.
»Ich verbinde Sie.«
»Guten Morgen«, sagte eine selbstsichere Stimme. »Kann ich etwas für Sie tun?«
»Das hoffe ich. Mein Name ist Abel Rosnovski«, begann Abel nervös. »Ich bin der Direktor des Richmond Hotel in Chikago, und ich würde Sie gern besuchen, um die Zukunft der Richmond-Gruppe zu besprechen.«
»Ich bin nicht ermächtigt, mit jemandem anderen als mit Mr. Davis Leroy zu verhandeln«, sagte die selbstbewußte Stimme.
»Aber ich besitze fünfundzwanzig Prozent dieser Gruppe«, sagte Abel.
»Dann wird Ihnen ohne Zweifel jemand erklärt haben, daß Sie nur mit einundfünfzig Prozent in der Lage sind, ohne Ermächtigung von Mr. Leroy mit der Bank zu verhandeln.«
»Aber er ist ein guter persönlicher Freund ...«
»Daran zweifle ich nicht, Mr. Rosnovski.«
»... und ich möchte gern helfen.«
»Hat Mr. Leroy Sie ermächtigt, ihn zu vertreten?«
»Nein, aber ...«
»Dann tut es mir leid. Es wäre gegen die Usancen, dieses Gespräch fortzusetzen.«
»Sie wollen nicht helfen, nicht wahr?« fragte Abel und bereute sofort seine Worte.
»Ohne Zweifel sehen Sie die Dinge so, Mr. Rosnovski. Guten Tag, Sir.«
Ach, zum Teufel mit dir, dachte Abel und ließ den Hörer fallen. Jetzt dachte er noch intensiver nach, wie er Davis helfen könnte. Er sollte es bald erfahren.
Am folgenden Abend sah Abel Melanie im Restaurant sitzen; sie wirkte nicht, wie üblich, energisch und selbstbewußt, sondern müde und besorgt. Abel wollte sie fragen, ob alles in Ordnung sei, entschied sich jedoch dagegen. Als er den Speisesaal verließ, um in sein Büro zu gehen, sah er Davis Leroy allein in der Halle ste-

hen. Er trug dasselbe karierte Sakko wie damals, als er Abel im Plaza angesprochen hatte.

»Ist Melanie im Speisesaal?«

»Ja«, sagte Abel. »Ich wußte nicht, daß du heute ankommst Davis. Ich werde sofort die Luxussuite für dich herrichten lassen.«

»Nur für eine Nacht, Abel, und später möchte ich dich gern privat sprechen.«

»Natürlich.«

Der Klang des Wortes »privat« gefiel Abel nicht. Hatte Melanie sich bei ihrem Vater beklagt? Hatte er Davis deshalb in den letzten Tagen nicht zu einer Entscheidung bewegen können?

Davis Leroy eilte an ihm vorbei ins Restaurant, während Abel zur Rezeption ging, um festzustellen, ob die Suite im 17. Stock frei sei. Die Hälfte der Zimmer stand leer, und es erstaunte ihn nicht, daß auch die Luxussuite frei war. Abel meldete seinen Dienstgeber an, dann wartete er mehr als eine Stunde vor der Rezeption. Er sah Melanie mit einem Gesicht weggehen, das aussah, als hätte sie geweint. Kurz darauf kam ihr Vater aus dem Restaurant.

»Nimm eine Flasche Bourbon mit, Abel – behaupte nicht, daß wir keinen haben –, und komm zu mir in meine Suite.«

Abel nahm zwei Flaschen Bourbon aus seinem Safe und fuhr in die 17. Etage. Er fragte sich immer noch, ob Melanie ihrem Vater etwas gesagt hatte.

»Schenk dir einen doppelten Drink ein, Abel«, befahl Davis Leroy.

Wieder verspürte Abel die Angst vor dem Unbekannten. Seine Handflächen wurden feucht. Man würde ihn doch nicht entlassen, weil er die Tochter des Boß hatte heiraten wollen? Er und Leroy waren seit über einem Jahr befreundet, eng befreundet. Er mußte nicht lange auf eine Erklärung des Unbekannten warten.

»Trink den Bourbon aus.«

Abel leerte den Whisky in einem Zug, Davis Leroy tat das gleiche.

»Abel, ich bin erledigt.« Er hielt inne und füllte nochmals die

Gläser. »Und halb Amerika ist es auch, wenn man es so recht bedenkt.« Abel sagte nichts, zum Teil, weil er nichts darauf zu sagen wußte. Sie starrten einander eine ganze Weile an. Nach einem weiteren Glas Whisky stammelte Abel. »Aber du hast immer noch elf Hotels.«

»Ich hatte sie«, sagte Davis Leroy. »Man muß jetzt in der Vergangenheit sprechen, Abel. Mir gehört keines mehr; sie wurden letzten Donnerstag von der Bank übernommen.«

»Aber sie gehören doch dir, sie sind seit zwei Generationen in deiner Familie«, sagte Abel.

»Das waren sie. Sind es aber nicht mehr. Jetzt gehören sie einer Bank. Kein Grund, warum du nicht die volle Wahrheit erfahren solltest, Abel. Das gleiche geschieht im Augenblick fast jedem in Amerika, ob groß oder klein. Vor etwa zehn Jahren lieh ich zwei Millionen Dollar, gab die Hotelkette als Sicherheit und investierte das Geld ziemlich konservativ in Wertpapieren und Anleihen. Aus den zwei Millionen wurden fünf; das war einer der Gründe, warum mich die Verluste der Hotels nicht sehr bekümmerten – ich konnte sie immer gegen die Gewinne an der Börse von der Steuer absetzen. Heute sind meine Wertpapiere unverkäuflich; wir könnten sie ebensogut als Toilettenpapier in unseren elf Hotels verwenden. Während der letzten drei Wochen habe ich verkauft, was nur möglich war, aber es gibt keine Käufer mehr. Letzten Donnerstag legte die Bank ihre Hand auf die Hotels.«

Abel erinnerte sich, daß er an einem Donnerstag mit dem Bankier gesprochen hatte. »Die meisten Leute, die in den Börsenkrach hineingezogen wurden, können ihre Kredite nur mit Papierstücken decken, aber in meinem Fall hatte die Bank die Hotels als Sicherheit für meinen Kredit. Daher hat sie beim Zusammenbruch sofort auf die elf Hotels zurückgegriffen. Die Kerle haben mir mitgeteilt, daß sie die Hotelgruppe so rasch wie möglich verkaufen wollen.«

»Das ist ein Wahnsinn. Im Augenblick bekommen sie einen Pappenstiel dafür, aber wenn sie uns in der nächsten Zeit weiterhelfen, können wir ihnen eines Tages einen guten Gewinn für ihre Investition bieten.«

»Ich weiß, daß du das könntest, Abel. Aber mir halten sie meine Geschäftsführung während der letzten Jahre vor. Ich bin zu den Direktoren gegangen und hab ihnen eben das vorgeschlagen. Ich erzählte von dir, Abel, und daß ich meine gesamte Zeit für die Hotels aufwenden würde, falls die Bank uns Kredit gibt. Aber sie zeigten sich nicht interessiert. Ich wurde von einem jungen Kerl abgespeist, der alles wußte über *cash flow*, kein Stammkapital und Kreditrestriktionen. Bei Gott, wenn ich je wieder zum Zug kommen sollte, dann nehm ich mir erst diesen Kerl vor und dann seine Bank. Aber im Augenblick können wir nur eines tun: uns sinnlos betrinken. Denn ich bin erledigt, bankrott, fertig.«

»Ich auch«, sagte Abel leise.

»Nein, mein Sohn, du hast eine große Zukunft vor dir. Wer immer die Gruppe übernimmt, kann nicht ohne dich auskommen.«

»Du vergißt, daß ich fünfundzwanzig Prozent der Gruppe besitze.«

Davis Leroy starrte ihn an; offenbar hatte er das vergessen. »Du lieber Himmel, Abel! Ich hoffe, du hast nicht all dein Geld auf mich gesetzt.« Seine Zunge wurde bereits schwer.

»Bis auf den letzten Cent«, sagte Abel. »Aber ich bereue es nicht, Davis. Besser mit einem Weisen verlieren, als mit einem Narren gewinnen.« Er schüttete sich noch einen Whisky ein.

In Leroys Augen standen Tränen.

»Weißt du, Abel, du bist der beste Freund, den ein Mann haben kann. Du bringst dieses Hotel wieder in Schuß, du investierst dein eigenes Geld, durch meine Schuld verlierst du alles, und du beklagst dich nicht einmal. Um das Maß vollzumachen, weigert sich meine Tochter, dich zu heiraten.«

»Du warst doch nicht böse, daß ich sie darum bat?« fragte Abel, und wäre ohne Whisky dessen nicht so sicher gewesen.

»Dummes Gänschen. Erkennt nicht, was Qualität heißt. Sie will einen pferdezüchtenden Gentleman aus dem Süden mit drei Generälen im Stammbaum heiraten, und wenn es ein Mann aus dem Norden ist, dann muß sein Ahnherr mit der Mayflower herübergekommen sein. Wenn alle, die behaupten, auf diesem Schiff einen Verwandten gehabt zu haben, jemals an Bord dieses Schiffes gewesen wären, wäre das verdammte Ding mit Bomben und Granaten untergegangen, bevor es Amerika erreichte. Was für ein Pech, daß ich keine andere Tochter für dich habe, Abel. Niemand war loyaler zu mir als du. Ich wäre stolz gewesen, dich zu meiner Familie zu zählen. Wir beide wären ein gutes Gespann gewesen, aber ich glaube, du wirst es auch allein schaffen. Du bist jung. Du hast noch alles vor dir.«

Abel mit seinen dreiundzwanzig Jahren fühlte sich plötzlich sehr alt.

»Danke für dein Vertrauen, Davis«, sagte er. »Und wen kümmert schon die Börse? Du weißt, daß du der beste Freund bist, den ich je hatte.« Der Alkohol machte sich bemerkbar.

Abel füllte sein Glas und trank es auf einen Zug. In den frühen Morgenstunden hatten sie beide Flaschen geleert. Als Davis in seinem Fauteuil einschlief, wankte Abel in den 10. Stock, zog sich aus und fiel auf sein Bett. Ein lautes Pochen an der Tür weckte ihn aus tiefem Schlaf. Der Kopf brummte ihm, aber das Pochen wollte nicht aufhören. Es wurde lauter und lauter. Irgendwie gelang es ihm, aufzustehen und bis zur Tür zu taumeln. Es war ein Liftjunge.

»Kommen Sie rasch, Mr. Abel, kommen Sie rasch«, sagte er und lief den Gang entlang.

Abel warf einen Morgenrock über, zog Pantoffeln an und lief hinter dem Jungen her, der ihm die Lifttür offenhielt.

»Schnell, Mr. Abel«, wiederholte er.

»Warum die Eile?« fragte Abel; der Lift fuhr langsam hinunter, und in seinem Kopf drehte sich alles. Dann fiel ihm das Gespräch des letzten Abends ein. Vielleicht war jemand von der Bank da, um zu übernehmen.

»Jemand ist aus dem Fenster gesprungen.«

Sofort wurde Abel nüchtern. »Ein Gast?«

»Ich glaube«, sagte der Junge, »aber ich bin nicht sicher.«

Der Lift hielt im Erdgeschoß. Abel riß das Eisentor auf und stürzte auf die Straße. Die Polizei war bereits da. Wäre nicht die karierte Jacke gewesen, er hätte den Körper nicht erkannt. Ein Polizist nahm die Einzelheiten auf. Ein Mann in Zivil kam auf Abel zu.

»Sie sind der Direktor?«

»Ja.«

»Haben Sie eine Ahnung, wer es sein kann?«

»Ja«, sagte Abel tonlos. »Er heißt Davis Leroy.«

»Wissen Sie, woher er kommt und wie wir seine Verwandten verständigen können?«

Abel wandte den Blick von der Leiche ab und antwortete automatisch.

»Er ist aus Dallas, und seine engste Verwandte ist Miss Melanie Leroy, seine Tochter. Sie ist Studentin und wohnt auf dem Campus der Universität von Chikago.«

»Danke, wir werden sofort jemanden zu ihr schicken.«

»Nein, ich werde selbst hinfahren«, sagte Abel.

»Danke. Es ist immer besser, die Nachrichten nicht von einem Fremden zu erfahren.«

»Wie furchtbar sinnlos, so etwas zu tun«, sagte Abel, und sein Blick ruhte wieder auf der Leiche seines Freundes.

»Er ist heute der siebente in Chikago«, sagte der Polizist sachlich, schloß sein Notizbuch und ging zum Krankenwagen.

Abel schaute zu, wie die Sanitäter die Leiche auf die Bahre hoben. Ihm wurde kalt, er fiel auf die Knie und erbrach in den Rinnstein. Wieder hatte er seinen besten Freund verloren. Hätte er weniger getrunken und mehr nachgedacht, vielleicht hätte er ihn retten können. Er riß sich zusammen und ging in sein Zimmer zurück. Er nahm eine kalte Dusche, zog sich irgendwie an und bestellte schwarzen Kaffee. Widerwillig ging er in das Luxusapartment und schloß die Tür auf. Abgesehen von zwei leeren Whiskyflaschen gab es keine Anzeichen für die Tragödie, die sich vor kurzem abgespielt hatte. Dann sah er auf dem kleinen Tisch neben dem unberührten Bett die Briefe. Der erste war an Melanie gerichtet der zweite an einen Anwalt in Dallas, der dritte an Abel. Er riß ihn auf und war kaum imstande, Davis' letzte Worte zu lesen:

Lieber Abel,

nach der Entscheidung der Bank ist das der einzige Ausweg, der mir bleibt. Ich habe nichts mehr, wofür ich leben könnte. Um nochmals anzufangen, bin ich zu alt. Du bist der einzige Mensch, der imstande ist, aus diesem furchtbaren Schlamassel etwas Gutes zu machen. Davon bin ich überzeugt, und ich möchte, daß Du das weißt.

Ich habe ein neues Testament aufgesetzt, in dem ich Dir meine fünfundsiebzig Prozent der Richmond-Gruppe hinterlasse. Es ist mir klar, daß sie wertlos sind, aber sie werden Deine Stellung als legaler Besitzer der Gruppe sichern. Da Du den Mut hattest, mit Deinem eigenen Geld fünfundzwanzig Prozent zu kaufen, sollst Du die Möglichkeit haben, mit der Bank zu einem Übereinkommen zu gelangen. Alles, was ich sonst besitze, einschließlich des Hauses, vermache ich Melanie. Bitte überbringe Du ihr die Nachricht und nicht die Polizei. Ich wäre stolz gewesen, Dich als Schwiegersohn zu haben, Partner.

Dein Freund Davis

Wieder und wieder las Abel den Brief, dann faltete er ihn ordentlich zusammen und steckte ihn in die Brieftasche.

Am späteren Vormittag ging er zur Universität und teilte Melanie die Nachricht so behutsam wie möglich mit. Unsicher und nervös saß er auf der Couch und wußte nicht, was er zu der nackten Tatsache des Todes hinzufügen könnte. Sie hielt sich erstaunlich gut, beinahe als hätte sie geahnt, was geschehen würde. Keine Träne in Abels Gegenwart. Zum erstenmal in seinem Leben tat sie ihm leid.

Abel kehrte ins Hotel zurück. Er wollte nichts zu Mittag essen, sondern bestellte, während er die Post durchging, Tomatensaft. Ein Brief von Curtis Fenton von der Continental Trust Bank. Offenbar war das ein Tag der Briefe. Fenton hatte Mitteilung erhalten, daß eine Bank namens Kane and Cabot in Boston die finanzielle Verantwortung für die Richmond-Gruppe übernommen hatte. Bis man mit Mr. Davis Leroy eine Zusammenkunft arrangiert hatte, um den Verkauf der Hotels zu besprechen, sollten die Geschäfte wie üblich weitergeführt werden. Abel saß da, starrte die Worte an, und nach einem zweiten Glas Tomatensaft entwarf er einen Brief an den Präsidenten von Kane and Cabot, einen Mr. Alan Lloyd. Fünf Tage später erhielt er eine Antwort. Abel wurde gebeten, am 4. Januar nach Boston zu kommen, um mit dem für diese Angelegenheiten zuständigen Direktor die Liquidierung der Hotelgruppe zu besprechen. Bis dahin würde die Bank Zeit haben, die Folgen von Mr. Leroys plötzlichem tragischen Tod zu überlegen.

»Plötzlicher, tragischer Tod? Und wer ist schuld an diesem Tod?« sagte Abel laut und wütend. Plötzlich fielen ihm Leroys Worte ein: »Ich wurde von einem jungen Kerl abgespeist... Bei Gott, wenn ich je wieder zum Zug kommen sollte, dann nehme ich mir diesen Kerl vor und dann die Bank.«

»Keine Sorge, Davis, diese Arbeit werde ich für dich erledigen«, sagte Abel laut.

Während der letzten Wochen dieses Jahres führte Abel das Richmond Hotel mit eiserner Hand, sowohl was das Personal als auch was die Preise betraf. Es gelang ihm mit knapper Not, sich über Wasser zu halten. Er fragte sich, was sich in den anderen zehn Hotels der Gruppe abspielte, aber er hatte nicht die Zeit, es herauszufinden, und er war auch nicht mehr dafür verantwortlich.

17

Am 4. Januar 1930 traf Abel Rosnovski in Boston ein. Er fuhr mit einem Taxi vom Bahnhof zu Kane and Cabot und kam ein paar Minuten zu früh an. Er setzte sich ins Empfangszimmer, das größer und eleganter war als jedes Zimmer im Richmond Hotel, und blätterte im Wall Street Journal. 1930 würde ein besseres Jahr werden, versuchte die Zeitung den Lesern zu versichern. Abel zweifelte daran. Eine sehr korrekte Dame mittleren Alters betrat das Zimmer.

»Mr. Kane erwartet Sie, Mr. Rosnovski.«

Abel stand auf und folgte ihr durch einen langen Korridor in ein kleines, eichengetäfeltes Zimmer. Hinter einem Schreibtisch mit lederbezogener Platte saß ein großer, gutaussehender Mann, der, so überlegte Abel, etwa gleich alt war wie er. Seine Augen waren ebenso blau wie Abels Augen. An der Wand hing das Porträt eines älteren Mannes, dem der junge Mann hinter dem Schreibtisch sehr ähnlich sah. Ich wette, das ist der Vater, dachte Abel verbittert. Du kannst beruhigt sein, dein Sohn überlebt den Börsenkrach. Was immer auch geschieht, Banken scheinen immer auf die Butterseite zu fallen.

»Ich bin William Kane«, sagte der junge Mann, stand auf und streckte die Hand aus. »Bitte, nehmen Sie Platz, Mr. Rosnovski.«

»Danke«, sagte Abel.

William schaute den kleinen Mann in dem schlecht sitzenden Anzug an. Die entschlossenen Augen entgingen ihm nicht.

»Vielleicht erlauben Sie mir, Ihnen die Situation darzulegen, wie ich Sie sehe«, fuhr der blauäugige junge Mann fort.

»Natürlich.«

»Mr. Leroys tragischer und vorzeitiger Tod...« begann William und fand die Hohlheit seiner Worte widerlich.

Durch deine Gemeinheit herbeigeführt, dachte Abel.

»... hat es scheinbar mit sich gebracht, daß Sie für die Leitung der Hotels verantwortlich sind, bis die Bank einen Käufer für die

Gruppe gefunden hat. Obwohl jetzt hundert Prozent der Anteile Ihnen gehören, ist das Objekt – elf Hotels –, das als Sicherheit für Mr. Leroys Kredit von über zwei Millionen Dollar diente, legal in unserem Besitz. Damit sind Sie jeder Verantwortung entbunden, und wenn Sie sich von der ganzen Angelegenheit zurückziehen wollen, können wir das natürlich verstehen.«

Eine beleidigende Zumutung, dachte William, aber es mußte gesagt werden.

Typisch für eine Bank, so etwas von einem Mann zu erwarten; in dem Augenblick, in dem es Probleme gibt, abzuspringen! dachte Abel.

William Kane fuhr fort: »Bis die Schuld von zwei Millionen an die Bank bezahlt ist, müssen wir den Besitz des verstorbenen Mr. Leroy leider als insolvent betrachten. Wir in der Bank sind froh über Ihr persönliches Interesse an der Gruppe und wollten bezüglich eines Verkaufs nichts in die Wege leiten, bevor wir nicht mit Ihnen Kontakt aufgenommen hatten. Wir dachten, daß Sie vielleicht jemanden wüßten, der am Kauf dieser Gruppe interessiert ist, da die Gebäude, die Grundstücke und das Geschäft natürlich eine gute Anlage darstellen.«

»Aber nicht so gut, daß Sie mir Kredit geben würden«, sagte Abel und fuhr sich müde mit der Hand durch das dichte schwarze Haar. »Wie lange geben Sie mir Zeit, einen Käufer zu finden?«

Als William den Silberreif an Abel Rosnovskis Handgelenk sah, zögerte er einen Moment; diesen Reif hatte er schon einmal gesehen, aber er konnte sich nicht erinnern, bei welcher Gelegenheit. »Dreißig Tage. Sie müssen bedenken, daß die Bank die täglichen Verluste von zehn der elf Hotels tragen muß. Nur das Chikago Richmond wirft einen kleinen Gewinn ab.«

»Wenn Sie mir die Zeit und Ihre Hilfe gewährten, Mr. Kane, würde ich alle Hotels zu gewinnbringenden Unternehmen machen. Ich weiß, daß ich es kann«, sagte Abel. »Geben Sie mir die Chance, es zu beweisen, Sir.« Abel stellte fest, daß das letzte Wort ihm beinahe im Hals steckenblieb.

»Das gleiche versicherte uns Mr. Leroy, als er uns im Herbst besuchte«, sagte William. »Aber das sind schwere Zeiten, kein Mensch weiß, ob das Hotelgewerbe sich bessern wird, und wir sind keine Hoteliers, Mr. Rosnovski, wir sind Bankiers.«

Abel begann die Geduld mit dem elegant gekleideten Bankier zu verlieren – »jung«: Davis hatte recht gehabt. »Für das Hotelpersonal werden es sogar sehr harte Zeiten sein«, sagte er. »Was werden die Leute tun, wenn Sie das Dach über ihren Köpfen verkaufen? Was glauben Sie, wird mit ihnen geschehen?«

»Es tut mir leid, aber dafür sind wir nicht verantwortlich, Mr. Rosnovski. Ich muß im Interesse der Bank handeln.«

»In *Ihrem* Interesse, nicht wahr, Mr. Kane«, sagte Abel heftig.

Der junge Mann wurde rot. »Das ist eine ungerechte Bemerkung, Mr. Rosnovski, und ich würde Sie sehr übelnehmen, wenn ich Ihre Lage nicht verstünde.«

»Sehr bedauerlich, daß Ihr Verständnis für Davis Leroy zu spät kommt«, sagte Abel. »Er hätte es brauchen können. Sie haben ihn getötet, Mr. Kane, so sicher, als hätten Sie ihn selbst aus jenem Fenster hinausgestoßen; Sie und Ihre scheinheiligen Kollegen, die hier auf ihren Hintern sitzen, während wir vor die Hunde gehen, damit Sie in guten Zeiten Ihre Profite machen und in schlechten Zeiten auf den Menschen herumtrampeln können.«

Jetzt wurde auch William ärgerlich. Aber im Unterschied zu Abel Rosnovski ließ er sich nichts anmerken. »Diese Art der Unterhaltung ist fruchtlos, Mr. Rosnovski. Ich muß Sie darauf aufmerksam machen, daß ich, wenn Sie nicht binnen dreißig Tagen einen Käufer finden, keine andere Wahl habe, als die Hotels auf dem freien Markt zu versteigern.«

»Als nächstes werden Sie mir raten, eine andere Bank um einen Kredit zu bitten«, sagte Abel sarkastisch. »Sie kennen meine Leistungen und haben kein Vertrauen. An wen, zum Teufel, soll ich mich wenden?«

»Leider habe ich keine Ahnung«, erwiderte William, »das ist ausschließlich Ihre Sache. Die Anweisungen meiner Direktion sind klar:

Ich habe das Konto so rasch wie möglich zu schließen, und das beabsichtige ich auch zu tun. Vielleicht wären Sie so freundlich, mich spätestens bis zum 4. Februar anzurufen und mir mitzuteilen, ob Sie einen Käufer finden konnten. Guten Tag, Mr. Rosnovski.«

William stand auf und reichte Abel wieder die Hand. Diesmal ignorierte sie Abel und ging zur Tür.

»Nach unserem Telefongespräch dachte ich, Sie wären vielleicht so bestürzt, daß Sie Ihre Hilfe anbieten würden. Ich habe mich geirrt. Sie sind durch und durch gemein. Denken Sie an mich, wenn Sie abends zu Bett gehen, Mr. Kane. Denken Sie wieder an mich, wenn Sie morgens aufstehen, denn ich werde nie aufhören, an meine Pläne für Sie zu denken.«

William schaute stirnrunzelnd auf die sich schließende Tür. Der Silberreif ging ihm nicht aus dem Kopf – wo hatte er ihn bloß gesehen.

Die Sekretärin kam herein. »Was für ein schrecklicher kleiner Mann«, sagte sie.

»Nicht wirklich«, erwiderte William. »Er glaubt, daß wir seinen Partner in den Selbstmord getrieben haben, und jetzt lösen wir, ohne an die Angestellten geschweige denn an ihn zu denken, seine Unternehmen auf. Dabei ist er ein überaus tüchtiger Mann. Unter diesen Umständen war Mr. Rosnovski sogar erstaunlich höflich, und ich muß sagen, es tut mir beinahe leid, daß die Direktion sich nicht in der Lage sah, ihm zu helfen.« Er sah seine Sekretärin an. »Bitte verbinden Sie mich mit Mr. Cohen.«

18

Am Morgen des folgenden Tages war Abel wieder in Chikago und immer noch wütend über die Art, wie William Kane ihn behandelt hatte. Er verstand nicht genau, was der Zeitungsjunge an der Ecke schrie, rief ein Taxi herbei und setzte sich in den Wagenfond.

»Zum Richmond Hotel, bitte.«

»Sind Sie von der Zeitung?« fragte der Taxifahrer, als er in die State Street einbog.

»Nein, wie kommen Sie darauf?«

»Ach, nur, weil Sie zum Richmond wollen. Dort sind heute alle Reporter versammelt.«

Abel erinnerte sich an keinen offiziellen Anlaß, der das Interesse der Presse wecken könnte.

Der Taxifahrer fuhr fort. »Wenn Sie nicht von der Zeitung sind, sollte ich Sie vielleicht zu einem anderen Hotel bringen.«

»Warum?« fragte Abel noch erstaunter.

»Wenn Sie dort gebucht haben, werden Sie vermutlich nicht gut schlafen. Das Hotel ist abgebrannt.«

Als das Taxi um die Ecke bog, sah Abel die glosenden Trümmer des Richmond Hotels. Polizei, Feuerwehr, verbranntes Holz. Über die Straße rann Wasser. Abel stieg aus und starrte auf die niedergebrannten Überreste des Flaggschiffes der Leroy-Gruppe.

Der Pole wird aus Schaden klug, dachte Abel, als er die Faust ballte und auf sein lahmes Bein einschlug. Er verspürte keinen Schmerz – er hatte keine Gefühle mehr.

»Ihr Schweine«, rief er laut. »Mir ist es schon dreckiger gegangen als heute, und ich werde doch noch jeden von euch schlagen. Deutsche, Russen, Türken, Kane, dieser Schuft, und jetzt dies. Jeden. Ich schlage euch alle. Niemand bringt Abel Rosnovski um.«

Der stellvertretende Direktor sah Abel neben dem Taxi stehen und lief auf ihn zu. Abel zwang sich zur Ruhe.

»Konnten Personal und Gäste rechtzeitig das Hotel verlassen?« fragte er.

»Ja, Gott sei Dank. Das Hotel war fast leer, so daß es kein Problem war, alle hinauszuschaffen. Es gab ein paar kleine Verletzungen und Brandwunden, die jetzt im Krankenhaus behandelt werden. Aber kein Anlaß zur Besorgnis.«

»Gut, das ist eine Erleichterung. Zum Glück war das Hotel gut versichert. Ich glaube, auf über eine Million. Vielleicht können wir aus diesem Unglück noch Vorteile ziehen.«

»Nicht, wenn das, was die Nachtausgaben der Zeitungen andeuten, wahr ist.«

»Was soll das heißen?« fragte Abel.

»Mir wäre lieber, Sie würden es selbst lesen, Boß«, sagte der Direktor-Stellvertreter.

Abel ging zum Zeitungsstand und zahlte zwei Cents für die letzte Ausgabe der Chicago Tribune. Die Balkenlettern sagten alles.

RICHMOND HOTEL IN FLAMMEN –
VERDACHT AUF BRANDSTIFTUNG.

Abel schüttelte ungläubig den Kopf und las die Überschrift nochmals.

»Gibt es jetzt noch irgend etwas, was mir geschehen könnte?« murmelte er.

»Haben Sie ein Problem?« fragte der Zeitungsjunge.

»Ein kleines«, sagte Abel und kehrte zum stellvertretenden Direktor zurück.

»Wer leitet die polizeiliche Untersuchung?«

»Der Beamte, der sich an das Polizeiauto lehnt.« Der Direktor-Stellvertreter wies auf einen großen, mageren, beinahe kahlköpfigen Mann. »Er heißt Leutnant O'Malley.«

»Auch das noch«, sagte Abel. »Quartieren Sie das Personal in der Dependance ein; ich wünsche alle morgen um zehn Uhr zu sehen. Sollte mich jemand vorher brauchen, bin ich im Stevens, bis ich diese Sache in Ordnung gebracht habe.«

»O. K., Boß.«

Abel ging zu Leutnant O'Malley und stellte sich vor.

Der große hagere Polizist bückte sich ein wenig, um Abel die Hand zu geben.

»Ach, der verlorengegangene Ex-Direktor kehrt zu den eingeäscherten Resten zurück.«

»Ich finde es nicht sehr komisch«, sagte Abel.

»Tut mir leid«, sagte der Beamte. »Es ist nicht komisch. Die Nacht war lang. Gehen wir etwas trinken.«

Der Polizist nahm Abel am Ellbogen und führte ihn zu einem Café an der Ecke der Michigan Avenue. Leutnant O'Malley bestellte zwei Milchshakes.

Abel lachte, als man das weiße, schäumende Getränk vor ihn stellte; da er keine Jugend gehabt hatte, war es sein erster Milchshake.

»Ich weiß, es ist komisch; jeder in dieser Stadt bricht das Gesetz und trinkt Bourbon oder Bier«, sagte der Detektiv, »aber irgend jemand muß sich an das Gesetz halten. Jedenfalls wird die Prohibition nicht ewig dauern, und dann werde ich Schwierigkeiten haben. Denn dann werden die Gangster feststellen, daß ich Milchgetränke tatsächlich gern hab.«

Wieder lachte Abel.

»Und jetzt zu Ihren Problemen, Mr. Rosnovski. Einleitend muß ich Ihnen sagen, daß Sie wahrscheinlich nicht die geringste Chance haben, die Versicherungssumme für dieses Hotel zu kassieren. Die Feuerexperten durchkämmten die Überreste des Gebäudes mit dem feinsten Kamm und stellten fest, daß das Hotel mit Benzin geradezu getränkt war. Nicht einmal der Versuch, es zu verbergen. Im Kellergeschoß waren überall Spuren von dem Zeug. Ein Streichholz, und das Gebäude muß gebrannt haben wie eine Sprühkerze.«

»Haben Sie eine Ahnung, wer dafür verantwortlich sein könnte?« fragte Abel.

»Lassen Sie mich die Frage stellen. Haben Sie eine Ahnung, wer gegen das Hotel oder gegen Sie persönlich einen Groll haben könnte?«

Abel brummte. »Etwa fünfzig Leute, Leutnant. Als ich hierherkam, habe ich einiges an Parasiten ausgemistet. Ich könnte Ihnen eine Liste geben, falls das hilft.«

»Vielleicht, aber so wie die Leute hier reden, werde ich sie vermutlich gar nicht brauchen«, sagte der Leutnant. »Sollten Sie irgendeine definitive Information erhalten, verständigen Sie mich, bitte, Mr. Rosnovski. Verständigen Sie mich, weil ich Sie warnen muß: Sie haben hier Feinde.« Er zeigte auf die übervölkerte Straße.

»Was wollen Sie damit sagen?« fragte Abel.

»Jemand behauptet, Sie hätten es getan, weil Sie beim Börsenkrach alles verloren haben und die Versicherungsprämie brauchen.«

Abel sprang von seinem Stuhl auf.

»Beruhigen Sie sich. Ich weiß, daß Sie den ganzen Tag in Boston waren. Und, was wichtiger ist: Sie haben in Chikago den Ruf, Hotels aufzubauen und nicht niederzubrennen. Aber irgend jemand hat das Richmond angezündet, und Sie können sicher sein, daß ich herausfinden werde, wer. Belassen wir es im Moment dabei.« Er stand ebenfalls auf. »Die Milchshakes gehen auf meine Rechnung, Mr. Rosnovski. Irgendwann in der Zukunft werden Sie mir eine Gefälligkeit erweisen.«

Er lächelte der Kassiererin zu, bewunderte ihre Knöchel und verfluchte die neue Mode der langen Kleider. Er gab ihr fünfzig Cents. »Der Rest ist für Sie, mein Schatz.«

»Vielen tausend Dank«, erwiderte das Mädchen.

»Niemand schätzt mich so richtig«, beklagte sich der Leutnant.

Abel lachte zum drittenmal, was er noch vor einer Stunde nicht für möglich gehalten hätte.

»Übrigens«, sagte der Leutnant als sie die Tür erreichten, »die Leute von der Versicherung suchen Sie. Ich erinnere mich nicht an den Namen des Mannes, aber ich nehme an, er wird Sie finden. Schlagen Sie ihn nicht nieder. Wenn er glaubt, daß Sie etwas damit zu tun hatten, können Sie ihm doch keinen Vorwurf machen? Bleiben Sie mit mir in Verbindung, Mr. Rosnovski. Ich werde bestimmt nochmals mit Ihnen sprechen müssen.«

Abel schaute dem Leutnant nach, der in der Menge der Zuschauer verschwand, dann schlenderte er langsam zum Stevens

Hotel und nahm für eine Nacht ein Zimmer. Der Mann an der Rezeption, der bereits die meisten der Richmond-Gäste untergebracht hatte, konnte ein Lächeln nicht unterdrücken, als er auch den Hoteldirektor als Gast bekam. In seinem Zimmer schrieb Abel einen formellen Brief an Mr. William Kane, informierte ihn über alle ihm bekannten Einzelheiten des Brandes und teilte ihm mit, daß er seine unerwartete Freizeit dazu benutzen würde, die anderen Hotels der Gruppe zu besuchen. Er hielt es für unsinnig, in Chikago herumzusitzen und sich an der Glut des Richmond zu wärmen, in der Hoffnung, daß jemand daherkommen und ihm helfen würde.

Nach einem erstklassigen Frühstück – Abel hielt sich immer gern in einem gutgeführten Hotel auf – ging er am nächsten Morgen zu Curtis Fenton von der Continental Trust Bank, um ihn von Kane and Cabots Stellungnahme oder, besser gesagt, von William Kanes Stellungnahme zu unterrichten. Obwohl Abel auch diese Mitteilung für sinnlos hielt, fügte er hinzu, daß er einen Käufer für die Richmond-Gruppe suche; der Preis sei zwei Millionen Dollar.

»Dieser Brand wird uns nicht gerade helfen, aber ich will sehen, was ich tun kann«, sagte Fenton, und es klang wesentlich optimistischer, als Abel erwartet hatte. »Damals, als Sie von Miss Leroy fünfundzwanzig Prozent der Gruppe kauften, sagte ich Ihnen, daß ich die Hotels für eine günstige Anlage halte und daß Sie ein gutes Geschäft machten. Trotz des Börsenkrachs sehe ich keinen Grund, meine Meinung zu revidieren, Mr. Rosnovski. Ich beobachte seit zwei Jahren, wie Sie Ihr Hotel führen, und wenn ich persönlich zu entscheiden hätte, würde ich Ihnen einen Kredit geben. Ich fürchte jedoch, daß meine Bank nicht damit einverstanden wäre, in die Richmond-Gruppe zu investieren. Wir mußten die Finanzgebarung viel zu lang mitansehen, um noch Vertrauen in die Zukunft der Gruppe zu haben, und dieser Brand machte das Maß voll, wie man so schön sagt. Aber ich habe auch außerhalb der Bank Beziehungen, und ich will sehen, was sich machen läßt. Sie haben vermutlich mehr Bewunderer in dieser Stadt, als Sie glauben, Mr. Rosnovski.«

Nach Leutnant O'Malleys Bemerkungen hatte sich Abel gefragt, ob er in Chikago überhaupt noch Freunde hätte. Er dankte Curtis Fenton und ging in die Eingangshalle der Bank zurück, um bei einem Schalter fünftausend Dollar vom Hotelkonto abzuheben. Den verbleibenden Morgen verbrachte er in der Dependance des Richmond. Er zahlte jedem seiner Angestellten das Gehalt von zwei Wochen und sagte ihnen, daß sie mindestens einen Monat in der Dependance bleiben könnten, beziehungsweise, bis sie einen neuen Job gefunden hätten. Dann ging er ins Stevens zurück, packte die neuen Anzüge ein, die er wegen des Brandes hatte kaufen müssen, und bereitete sich auf einen Besuch der anderen Richmond-Hotels vor. Er fuhr in seinem Buick, den er kurz vor dem Börsenkrach gekauft hatte, nach Süden und begann mit dem Richmond in St. Louis. Der Besuch aller Hotels der Gruppe nahm einen Monat in Anspruch; obwohl sie samt und sonders heruntergewirtschaftet waren und ausnahmslos Geld verloren, war keines von ihnen, nach Abels Dafürhalten, ein hoffnungsloser Fall. Sie waren alle gut gelegen, einige sogar am besten Platz der Stadt. Der alte Leroy muß ein klügerer Mann gewesen sein als sein Sohn, dachte Abel. Er prüfte sorgfältig sämtliche Versicherungspolicen der Hotels; keine Probleme. Als er schließlich im Richmond von Dallas ankam, wußte er eines mit Bestimmtheit: wer immer die Gruppe für zwei Millionen Dollar kaufte, würde ein gutes Geschäft machen. Er wollte, man würde ihm eine Chance geben, denn er wußte haargenau, was zu tun war, um die Hotelkette wieder auf die Beine zu bringen.

Als er fast vier Wochen später wieder nach Chikago zurückkam, ging er ins Stevens, wo bereits verschiedene Nachrichten auf ihn warteten. Leutnant O'Malley wollte ihn sprechen und ebenso William Kane, Curtis Fenton und ein Mr. Henry Osborne.

Abel begann mit der Polizei. Nach einem kurzen Telefongespräch vereinbarte er ein Treffen mit O'Malley, in dem Café an der Michigan Avenue. Während Abel auf den Leutnant wartete, saß er mit dem Rücken zur Theke auf einem hohen Stuhl und betrachtete die rauchgeschwärzten Reste des Richmond Hotels. O'Malley kam ein paar Minuten zu spät und setzte sich ohne lange Entschuldigungen auf den Stuhl neben Abel.

»Warum treffen wir uns wieder hier?« wollte Abel wissen.

»Sie schulden mir eine Gefälligkeit«, sagte der Leutnant, »und niemand in Chikago, der O'Malley einen Milchshake schuldet, kann sich darum drücken.«

Abel bestellte zwei Milchshakes, einen gewöhnlichen und einen doppelten.

»Was haben Sie herausgefunden?« fragte Abel.

»Die Jungen von der Sicherheitspolizei hatten recht: es war Brandstiftung. Wir haben einen Kerl namens Desmond Pacey verhaftet, der der frühere Direktor des Richmond zu sein scheint. War das zu Ihrer Zeit?«

»Leider ja«, sagte Abel.

»Warum sagen Sie das?« fragte der Leutnant.

»Ich hab Pacey hinausgeworfen, weil er Hotelrechnungen unterschlug. Damals sagte er, er würde es mir heimzahlen. Ich hab dem keine Bedeutung beigemessen; ich habe in meinem Leben zu viele Drohungen gehört, um eine besonders ernst zu nehmen, besonders eine Drohung von einer Kreatur wie Pacey.«

»Nun, ich kann ihnen sagen, daß wir ihn ernst nehmen, und die Leute von der Versicherung tun es auch. Wie ich höre, weigern sie sich, auch nur einen Cent zu zahlen, bis feststeht, daß zwischen Ihnen und Pacey bezüglich der Brandlegung keine Absprache bestand.«

»Das hat gerade noch gefehlt«, bemerkte Abel. »Wieso sind Sie so sicher, daß es Pacey war?«

»Wir fanden ihn am Tag des Brandes in der Unfallstation des lokalen Krankenhauses; aufgrund einer Routinebefragung, ob an diesem Tag jemand mit schweren Brandwunden eingeliefert worden sei. Zufällig – da wir nicht alle als Sherlock Holmes geboren werden, spielt der Zufall bei der Polizeiarbeit eine große Rolle – erzählte uns die Frau eines Wachtmeisters, die als Kellnerin im

Richmond gearbeitet hatte, daß er dort einmal Direktor gewesen war. Sogar ich kann zwei und zwei addieren. Der Kerl war auch sofort geständig, und es schien ihm eher gleichgültig, daß man ihn erwischt hatte. Er war es zufrieden, sein privates Massaker inszeniert zu haben, wie er es nannte. Bis jetzt war mir nicht klar, wer das Objekt seiner Rache war, aber jetzt weiß ich es; und bin nicht überrascht. Damit ist der Fall wohl geklärt, Mr. Rosnovski.«

Der Leutnant sog an seinem Strohhalm, bis ein gurgelnder Ton ihn davon überzeugte, daß er den letzten Tropfen geleert hatte.

»Noch einen Milchshake?«

»Nein, diesmal nicht. Ich habe einen mühsamen Tag vor mir.« Er stand auf. »Viel Glück, Mr. Rosnovski. Wenn Sie den Leuten von der Versicherung beweisen können, daß Sie nichts mit Pacey zu tun hatten, werden Sie Ihr Geld erhalten. Wenn der Fall vor Gericht kommt, werde ich alles in meiner Macht Stehende tun, um zu helfen. Bleiben wir in Verbindung.«

Abel sah ihn durch die Tür verschwinden. Er gab der Kellnerin einen Dollar, ging auf die Straße und starrte in die Leere – eine Leere, in der vor weniger als einem Monat das Richmond Hotel gestanden war. Dann drehte er sich um und ging gedankenverloren zum Stevens zurück.

Wieder lag da eine Nachricht von einem Henry Osborne und kein Hinweis, wer das war. Es gab nur eine Möglichkeit, es festzustellen; Abel rief Osborne an, der, wie sich herausstellte, ein Angestellter der Great Western Casualty Insurance Company, der Versicherungsgesellschaft des Hotels, war. Abel traf mit ihm für Mittag eine Verabredung. Dann rief er William Kane in Boston an und gab ihm einen Bericht über die Hotels, die er besucht hatte.

»Darf ich nochmals wiederholen, Mr. Kane, daß ich die Verluste dieser Hotels in Gewinne umwandeln könnte, wenn Ihre Bank mir die Zeit und einen Kredit gewährte. Was ich in Chikago getan habe, kann ich bestimmt auch mit den anderen Hotels tun.«

»Vielleicht könnten Sie es, Mr. Rosnovski, aber ich fürchte, nicht mit dem Geld von Kane and Cabot. Darf ich Sie erinnern, daß Sie nur mehr fünf Tage Zeit haben, um einen Kreditgeber zu finden? Guten Tag, Mr. Rosnovski.«

»Du elitärer Snob«, sagte Abel in das stumme Telefon. »Ich bin nicht gut genug für dein Geld, was? Eines Tages, du Hurensohn ...«

Der Versicherungsmann stand als nächster auf Abels Liste. Henry Osborne war ein großer, gutaussehender Mann mit dunklen Augen und dunklem Haar, das etwas grau wurde. Abel fand seine natürliche Art sympathisch. Osborne hatte wenig zu O'Malleys Geschichte hinzuzufügen. Solange gegen Desmond Pacey Anklage wegen Brandstiftung erhoben wurde und nicht bewiesen war, daß Abel selbst nichts damit zu tun hatte, war die Great Western Casuality Insurance Company nicht zu zahlen bereit. Henry Osborne schien für das Problem viel Verständnis aufzubringen.

»Hat die Richmond-Gruppe genug Geld, um das Hotel wieder aufzubauen?« fragte er.

»Keinen roten Heller«, erwiderte Abel. »Die übrigen sind mit Hypotheken belastet, und die Bank drängt mich zu einem Verkauf.«

»Warum Sie?«

Abel erklärte, wie er in den Aktienbesitz der Gruppe gekommen war, ohne die Hotels tatsächlich zu besitzen. Henry Osborne war überrascht.

»Die Bank weiß doch bestimmt, wie gut Sie dieses Hotel geführt haben? Jedem Geschäftsmann in Chikago ist bekannt, daß Sie der erste Direktor waren, der für Davis Leroy einen Gewinn herausgeholt hat. Ich weiß, daß es auch die Banken heute nicht leicht haben, anderseits sollten sie wissen, wann man eine Ausnahme macht — zu ihrem eigenen Besten.«

»Nicht diese Bank.«

»Continental Trust?« fragte Osborne. »Ich habe den alten Curtis Fenton zwar immer ein wenig steif gefunden, aber durchaus angenehm.«

»Es ist nicht die Continental. Die Hotels gehören einer Bostoner Bank namens Kane and Cabot.«

Henry Osborne erblaßte und setzte sich.
»Fühlen Sie sich nicht wohl?« fragte Abel.
»Doch, doch.«
»Kennen Sie Kane and Cabot zufällig?«
»Sprechen wir privat?«
»Natürlich.«
»Ja, meine Gesellschaft hatte einmal mit diesen Leuten zu tun.« Er schien zu zögern. »Das Ende war, daß wir zu Gericht gehen mußten.«
»Warum?«
»Ich kann nicht über Einzelheiten sprechen. Eine unangenehme Affäre. Sagen wir, einer der Direktoren war nicht ganz ehrlich mit uns.«
»Welcher?« fragte Abel.
»Mit wem hatten Sie es zu tun?« fragte Osborne.
»Mit einem Mann namens William Kane.«
Wieder schien Osborne zu zögern. »Seien Sie vorsichtig«, sagte er. »Er ist der schlimmste Schweinehund der Welt. Ich könnte Ihnen einiges über ihn erzählen, aber das müßte ganz privat und unter uns bleiben.«
»Ich bin ihm jedenfalls nicht verpflichtet«, sagte Abel. »Es könnte durchaus sein, daß ich mich mit Ihnen in Verbindung setzen werde, Mr. Osborne. Ich habe mit Mr. Kane noch eine Rechnung zu begleichen, wegen der Art und Weise, wie er meinen Freund Davis Leroy behandelt hat.«
»Nun, Sie können auf meine Hilfe rechnen, wenn es um Mr. Kane geht«, sagte Osborne und stand auf. »Aber das bleibt unter uns. Und wenn das Gericht erklärt, daß Desmond Pacey das Richmond angezündet hat und niemand sonst daran beteiligt war, wird die Versicherung am selben Tag ausbezahlen. Vielleicht können wir dann mit Ihren anderen Hotels ins Geschäft kommen.«
»Vielleicht«, sagte Abel.
Er ging zum Stevens zurück und beschloß, dort Mittag zu essen und zu sehen, wie gut man den Speisesaal führte. An der Rezep-

tion fand er wieder eine Nachricht vor. Ein Mr. David Maxton wollte wissen, ob Abel Zeit habe, mit ihm um ein Uhr den Lunch zu nehmen.

»David Maxton«, sagte Abel laut, und die Empfangsdame schaute auf. »Woher kenne ich den Namen?« fragte er sie.

»Er ist der Besitzer dieses Hotels, Mr. Rosnovski.«

»Ach ja. Bitte, sagen Sie Mr. Maxton, daß ich mich freue, mit ihm zu Mittag zu essen.« Abel sah auf die Uhr. »Und würden Sie ihm bitte sagen, daß ich mich vielleicht ein paar Minuten verspäte?«

»Natürlich, Sir.«

Abel ging schnell auf sein Zimmer, zog ein neues weißes Hemd an und überlegte, was David Maxton von ihm haben wollte.

Als Abel den Speisesaal betrat, war dieser schon voll. Der Oberkellner führte ihn zu einem Tisch in einer Nische, wo der Besitzer des Stevens auf ihn wartete. Er stand auf, um Abel zu begrüßen.

»Abel Rosnovski, Sir.«

»Ich kenne Sie«, sagte Maxton, »Oder, um genauer zu sein, ich kenne Sie vom Hörensagen. Setzen Sie sich bitte, und bestellen wir.«

Abel konnte nicht umhin, das Stevens zu bewundern. Essen und Bedienung waren mindestens ebenso gut wie im Plaza. Wenn er das beste Hotel in Chikago haben wollte, dann mußte es besser sein als dieses hier, das wurde ihm klar.

Der Oberkellner kam mit der Speisekarte. Abel studierte sie eingehend, lehnte dankend eine Vorspeise ab und bestellte ein Beefsteak; so ließ sich am schnellsten feststellen, ob das Restaurant den richtigen Fleischer hatte. David Maxton ignorierte die Speisekarte und bestellte Lachs. Der Oberkellner eilte von dannen.

»Sie haben sich bestimmt gefragt, warum ich Sie zum Lunch eingeladen habe, Mr. Rosnovski?«

»Ich nahm an«, sagte Abel lachend, »daß Sie mir vorschlagen würden, für Sie das Stevens zu führen.«

»Sie haben völlig recht, Mr. Rosnovski.«

Jetzt lachte Maxton, und Abel war sprachlos. Selbst die Ankunft des Kellners, der ein herrliches Beefsteak brachte, gab ihm die Sprache nicht wieder. Der Kellner wartete, um das Fleisch aufzuschneiden. Maxton preßte eine Zitrone über seinen Lachs und fuhr fort:

»Mein Direktor wird sich nach zweiundzwanzig Jahren, in denen er mir treu gedient hat, in fünf Monaten zurückziehen, und kurz darauf geht der stellvertretende Direktor in Pension. Daher suche ich einen neuen Besen.«

»Der Platz scheint mir ziemlich sauber«, sagte Abel.

»Ich bin immer zu Verbesserungen bereit, Mr. Rosnovski. Man soll sich nie zufriedengeben mit dem, was man erreicht hat. Ich habe Ihre Tätigkeit sehr genau beobachtet. Erst als Sie die Leitung übernahmen, konnte man das Richmond wieder als Hotel bezeichnen. Vorher war es eine einzige Pleite. In zwei, drei Jahren hätten Sie dem Stevens Konkurrenz gemacht, hätte nicht ein Narr es niedergebrannt, bevor Sie eine Chance hatten.«

»Kartoffeln, Sir?«

Abel schaute zu einer hübschen jungen Kellnerin auf. Sie lächelte ihn an.

»Nein, danke«, sagte er. »Ich fühle mich sehr geschmeichelt, Mr. Maxton, sowohl von ihren Bemerkungen wie von Ihrem Angebot.«

»Ich glaube, Sie würden sich hier wohl fühlen, Mr. Rosnovski. Das Stevens ist ein gut geführtes Hotel, und ich bin bereit, Ihnen als Anfangsgehalt fünfzig Dollar pro Woche und zwei Prozent des Gewinnes zu zahlen. Sie könnten anfangen, sobald Sie Lust haben.«

»Ich muß mir Ihr großzügiges Angebot ein paar Tage überlegen, Mr. Maxton, aber ich gebe zu, daß es sehr verlockend ist. Allerdings habe ich noch einige Probleme bezüglich des Richmond zu erledigen.«

»Grüne Bohnen, Sir?« Dieselbe Kellnerin, dasselbe Lächeln.

Ihr Gesicht kam ihm bekannt vor. Abel war beinahe sicher, sie schon irgendwo gesehen zu haben. Vielleicht hatte sie einmal im Richmond gearbeitet.

»Ja, bitte.«

Er schaute ihr nach, als sie fortging. Sie hatte irgend etwas an sich.

»Warum bleiben Sie nicht ein paar Tage als mein Gast im Hotel?« fragte Maxton, »und sehen sich an, wie es geführt wird. Vielleicht hilft Ihnen das bei Ihrer Entscheidung.«

»Das ist nicht mehr nötig, Mr. Maxton. Ich wußte bereits nach einem Tag, wie gut das Hotel geführt ist. Mein Problem ist, daß mir die Richmond-Gruppe gehört.«

Überraschung zeigte sich auf David Maxtons Gesicht. »Das wußte ich nicht«, sagte er. »Ich nahm an, daß Davis Leroys Tochter jetzt die Besitzerin ist.«

»Das ist eine lange Geschichte«, sagte Abel und erzählte Maxton, wie er in den Besitz der Anteile der Gruppe gekommen war.

»Das Problem ist einfach, Mr. Maxton. Was ich wirklich möchte, ist, selbst die zwei Millionen auftreiben und aus der Gruppe etwas machen, das der Mühe wert ist. Etwas, das sogar für Sie eine gute Investition wäre.«

»Ich verstehe«, sagte Maxton und starrte mit undurchdringlichem Gesicht auf seinen leeren Teller. Ein Kellner kam, um abzuräumen.

»Möchten Sie Kaffee?« Dieselbe Kellnerin. Derselbe Eindruck von Vertrautheit. Es begann Abel zu ärgern.

»Und Sie sagen, daß Curtis Fenton von der Continental Trust sich für Sie nach einem Käufer umsieht?«

»Ja, schon seit beinahe einem Monat«, erwiderte Abel. »Ich werde heute nachmittag erfahren, ob er Erfolg hatte, aber ich bin nicht sehr optimistisch.«

»Nun, das ist überaus interessant. Ich hatte keine Ahnung, daß die Richmond-Gruppe zu verkaufen ist. Wollen Sie mich bitte auf jeden Fall auf dem laufenden halten?«

»Gerne«, sagte Abel.

»Wieviel Zeit gibt Ihnen die Bostoner Bank noch, um die zwei Millionen zu finden?«

»Nur noch ein paar Tage. Es wird also nicht lang dauern, bis ich Ihnen meine Entscheidung mitteilen kann.«

»Vielen Dank«, sagte Maxton. »Es war mir ein Vergnügen, Sie kennenzulernen, und ich weiß, daß ich gern mit Ihnen arbeiten würde.« Er schüttelte Abel herzlich die Hand.

»Danke, Sir«, sagte Abel.

Als er beim Verlassen des Speisesaals wieder an der Kellnerin vorbeikam, lächelte sie ihn neuerlich an. Als Abel den Oberkellner sah, blieb er stehen und erkundigte sich nach ihrem Namen.

»Es tut mir leid, Sir, aber wir dürfen keinem Gast die Namen unserer Angestellten mitteilen; das ist eine strikte Regel. Falls Sie eine Klage haben, seien Sie so freundlich, sich an mich zu wenden.«

»Keine Klage«, sagte Abel. »Im Gegenteil, ein exzellenter Lunch.«

Mit einem Stellenangebot in der Tasche sah Abel der Besprechung mit Curtis Fenton etwas selbstbewußter entgegen. Er war überzeugt, daß der Bankier keinen Käufer gefunden hatte, dessenungeachtet ging er mit beschwingten Schritten zur Continental Trust. Die Vorstellung, der Direktor des besten Hotels am Platz zu werden, gefiel ihm. Vielleicht konnte er das Stevens zum besten Hotel Amerikas machen? Als er in die Bank kam, wurde er sofort in Curtis Fentons Büro geführt. Der große schlanke Bankier – trug er jeden Tag denselben Anzug oder besaß er drei völlig gleiche Anzüge? – bat Abel, sich zu setzen, und auf seinem für gewöhnlich so feierlichen Gesicht zeigte sich ein breites Lächeln.

»Mr. Rosnovski, wie nett, Sie wiederzusehen. Wären Sie heute morgen gekommen, hätte ich keine Neuigkeiten für Sie gehabt, aber vor ein paar Minuten wurde ich von einem interessierten Kunden angerufen.«

Abel vollführte innerlich einen Luftsprung. Einen Augenblick blieb er still, dann fragte er: »Können Sie mir sagen, um wen es sich handelt?«

»Leider nicht. Der betreffende Kunde erteilte mir strikte Weisung, seinen Namen nicht zu nennen, da es sich bei der Transaktion um eine private Anlage handle, die möglicherweise mit seinem eigenen Unternehmen in Konflikt geraten könnte.«

»David Maxton«, murmelte Abel leise. »Gott segne ihn.«

Curtis Fenton antwortete nicht, sondern fuhr fort. »Also, wie gesagt, Mr. Rosnovski, ich bin nicht in der Lage ...«

»Schon gut«, sagte Abel. »Wann, glauben Sie, in der Lage zu sein, mir die Entscheidung Ihres Kunden mitteilen zu können?«

»Das weiß ich im Moment nicht. Aber vermutlich werde ich am Montag weitere Nachrichten für Sie haben. Wenn Sie zufällig vorbeikommen sollten ...«

»Zufällig vorbeikommen? Es geht um meine ganze Zukunft.«

»Dann sollten wir für Montag morgen eine fixe Vereinbarung treffen.«

Als Abel die Michigan Avenue zurück zu seinem Hotel ging, begann es zu regnen. Er pfiff »Singing in the rain« vor sich hin. In seinem Zimmer angekommen, rief er William Kane an, bat ihn um eine Fristverlängerung bis zum kommenden Montag und teilte ihm mit, daß er hoffe, einen Käufer gefunden zu haben. Kane zögerte, willigte jedoch schließlich ein.

»Schwein«, wiederholte Abel ein paarmal, während er den Hörer zurücklegte. »Laß mir ein wenig Zeit, Kane. Eines Tages wirst du bereuen, Davis Leroy getötet zu haben.«

Abel saß auf der Bettkante, trommelte mit den Fingern auf den Pfosten und überlegte, wie er die Zeit bis Montag totschlagen sollte. Er wanderte hinunter in die Hotelhalle. Da war sie wieder, die Kellnerin, die ihn mittags bedient hatte. Jetzt servierte sie im Tropical Garden den Tee. Die Neugierde war stärker, Abel setzte sich in eine Ecke. Sie erschien.

»Guten Tag, Sir. Darf ich Ihnen Tee bringen?« Wieder das vertraute Lächeln.

»Wir kennen einander, nicht wahr?« fragte Abel.

»Ja, Wladek.«

Als Abel den Namen hörte, zuckte er zusammen und wurde ein

wenig rot. Jetzt fiel ihm ein, wie lang und weich das jetzt kurze Haar gewesen war, wie einladend die grauen Augen. »Zaphia, wir sind auf demselben Schiff nach Amerika gekommen. Natürlich. Du bist nach Chikago gegangen. Was tust du hier?«

»Ich arbeite hier, wie du siehst. Möchten Sie Tee, Sir?« Ihr polnischer Akzent freute Abel.

»Komm mit mir heute zu Abend essen.«

»Das kann ich nicht, Wladek. Wir dürfen nicht mit den Gästen ausgehen. Sonst verlieren wir sofort unsere Stellung.«

»Ich bin kein Gast«, widersprach Abel, »ich bin ein alter Freund.«

»Der mich, sobald er sich zurechtgefunden hatte, in Chikago besuchen wollte. Du bist nicht gekommen und hast vergessen, daß ich hier bin.«

»Ich weiß, ich weiß. Verzeih mir, Zaphia. Gehen wir zusammen essen. Nur dieses eine Mal.«

»Nur dieses eine Mal«, wiederholte sie.

»Treffen wir uns um sieben Uhr bei Brundage. Paßt dir das?« Zaphia errötete, als sie den Namen hörte. Es war eines der teuersten Restaurants von Chikago, und sie wäre nervös gewesen, dort als Kellnerin hinzugehen, geschweige denn als Gast.

»Nein, gehen wir weniger großartig essen, Wladek.«

»Wohin?«

»Kennst du ›The Sausage‹ an der Ecke der 43. Straße?«

»Nein«, gestand er. »Aber ich werde es finden. Sieben Uhr.«

»Sieben Uhr, Wladek. Das wird gemütlich. Übrigens, möchtest du Tee?«

»Nein, ich glaube nicht.«

Sie lächelte und ging. Er blieb sitzen und schaute eine Weile zu, wie sie Tee servierte. Sie war viel hübscher, als er sie in Erinnerung hatte. Vielleicht würde es nicht so schwer sein, die Zeit bis Montag totzuschlagen.

»The Sausage« brachte Abels schlimmste Erinnerungen an seine ersten Tage in Amerika zurück. Er trank ein kaltes Ingwerbier, wartete auf Zaphia und schaute mit professioneller Mißbilligung zu, wie die Kellner die Speisen auf die Tische knallten. Was war schlimmer – die Bedienung oder das Essen? Schwer zu entscheiden. Zaphia erschien fast zwanzig Minuten zu spät, aber sie war hübsch in ihrem frischen gelben Kleid, das aussah, als wäre es vor kurzem erst länger gemacht worden, um der neuesten Mode zu entsprechen, aber es brachte ihre einst schmächtige Gestalt gut zur Geltung. Die grauen Augen suchten nach Wladek, und ihre Wangen röteten sich, als sie die Blicke der anderen Männer merkte.

»Guten Abend, Wladek«, sagte sie auf polnisch.

Abel stand auf und bot ihr einen Stuhl neben dem Kamin an. »Ich bin froh, daß du kommen konntest«, sagte er englisch.

Einen Augenblick lang sah sie ihn erstaunt an, dann sagte sie, ebenfalls auf englisch: »Es tut mir leid, daß ich verspätet bin.«

»Ach, ich hatte es gar nicht bemerkt. Willst du etwas trinken, Zaphia?«

»Nein, danke.«

Eine Weile sprachen sie beide nicht, dann sprachen sie beide gleichzeitig.

»Ich vergaß, wie hübsch...« sagte Abel.

»Wie hast du...« sagte Zaphia.

Sie lächelte schüchtern, und Abel wollte sie berühren. Damals, vor acht Jahren, erinnerte sich Abel, hatte er, als er sie zum erstenmal sah, den gleichen Wunsch verspürt.

»Wie geht's George?« fragte sie.

»Ich habe ihn seit mehr als zwei Jahren nicht gesehen«, erwiderte Abel und fühlte sich plötzlich schuldbewußt. »Ich habe hier in einem Hotel in Chikago gearbeitet und dann...«

»Ich weiß«, sagte Zaphia, »jemand hat das Hotel niedergebrannt.«

»Warum bist du nie gekommen, mir guten Tag sagen?«

»Ich dachte, du hättest mich vergessen, und ich hatte recht, Wladek.«

»Wie hast du mich überhaupt erkannt?« fragte Abel. »Ich bin viel dicker geworden.«

»Der Silberreif«, antwortete sie einfach.

Abel schaute auf sein Handgelenk und lachte. »Diesem Reif verdanke ich viel, und jetzt muß ich ihm danken, daß er uns wieder zusammengebracht hat.«

Sie vermied seinen Blick. »Was machst du jetzt, da du kein Hotel mehr führen kannst?«

»Ich suche einen Job«, sagte Abel und wollte sie nicht mit der Neuigkeit einschüchtern, daß man ihm angeboten hatte, das Stevens zu führen.

»Im Stevens wird eine großartige Stellung frei. Das hat mir mein Freund gesagt.«

»Dein Freund?« wiederholte Abel, und jedes Wort tat weh.

»Ja, man wird sich bald nach einem neuen Direktor-Stellvertreter umsehen müssen. Warum bewirbst du dich nicht um die Stellung? Ich bin sicher, du hättest gute Chancen, Wladek. Ich wußte immer, daß du in Amerika deinen Weg machen würdest.«

»Vielleicht werde ich mich bewerben. Nett von dir, an mich zu denken. Warum bewirbt sich dein Freund nicht?«

»Ach, er ist zu jung, um in Frage zu kommen; er bedient im Speisesaal, so wie ich.«

Plötzlich hätte Abel gern mit ihm getauscht.

»Wollen wir bestellen?« fragte er. »Ich bin nicht gewöhnt, auswärts zu essen«, sagte Zaphia. Unsicher studierte sie die Speisekarte. Plötzlich merkte Abel, daß sie immer noch nicht englisch lesen konnte, und bestellte für sie beide.

Sie aß mit Vergnügen und war voll des Lobes für das eher mittelmäßige Essen. Nach Melanies gelangweilter Überlegenheit fand Abel ihre unkritische Begeisterung erfrischend. Sie erzählten einander ihre Erlebnisse in Amerika. Zaphia hatte als Hausmädchen begonnen und war zur Kellnerin im Stevens avanciert. Diese Stellung hatte sie seit sechs Jahren inne. Abel erzählte ihr seinen ganzen Werdegang, bis sie schließlich auf seine Uhr schaute.

»Schau, wie spät es ist Wladek. Nach elf Uhr, und morgen bin ich zum ersten Frühstück um sechs Uhr eingeteilt.«

Abel hatte nicht bemerkt, daß vier Stunden vergangen waren. Er wäre gern sitzen geblieben und hätte ihr die ganze Nacht hindurch erzählt – ihre unverhohlene Bewunderung war Balsam für ihn.

»Darf ich dich wiedersehen, Zaphia?« Arm in Arm gingen sie zum Stevens zurück.

»Wenn du willst, Wladek.«

Vor dem Personaleingang des Hotels blieben sie stehen.

»Hier gehe ich hinein«, sagte sie. »Wenn du Direktor-Stellvertreter wirst, darfst du beim Haupteingang hineingehen.«

»Macht es dir etwas aus, mich Abel zu nennen?«

»Abel?« wiederholte sie und probierte den Namen wie einen neuen Handschuh. »Aber du heißt doch Wladek.«

»Nicht mehr. Jetzt heiße ich Abel Rosnovski.«

»Abel ist ein komischer Name, aber er paßt zu dir. Danke für das Nachtessen, Abel. Es war schön, dich wiederzusehen. Gute Nacht.«

»Gute Nacht, Zaphia.« Sie war verschwunden.

Er schaute ihr nach, dann ging er langsam um das Gebäude herum zum Haupteingang. Plötzlich – und nicht zum erstenmal im Leben – fühlte er sich einsam.

Abel dachte das ganze Wochenende an Zaphia und an die Erinnerungen, die mit ihr verbunden waren – an den Geruch des Zwischendecks, an die Einwanderer, die auf Ellis Island Schlange standen, und vor allem an die kurze, leidenschaftliche Begegnung im Rettungsboot. Er nahm alle Mahlzeiten im Hotelrestaurant ein, um Zaphia nahe zu sein und ihren Freund zu beobachten. Er kam zu dem Schluß, es müsse der junge Kellner mit den Pickeln sein. Er dachte, er hoffte, daß der Bursche Pickel hatte; ja, er hatte Pickel. Dessenungeachtet war er leider der hübscheste Junge unter den Kellnern.

Abel wollte Zaphia Samstag ausführen, sie mußte jedoch den ganzen Tag arbeiten. Immerhin gelang es ihm, sie am Sonntag in die Kirche zu begleiten; halb ärgerlich, halb wehmütig hörte er den Priester die unvergessenen Worte der Messe anstimmen. Seit Polen war es das erstemal, daß Abel eine Kirche betrat. Damals hatte er die Grausamkeiten noch nicht erlitten, die es ihm jetzt unmöglich machten, an einen gütigen Gott zu glauben. Die Belohnung für den Kirchenbesuch kam, als Zaphia ihm erlaubte, auf dem Heimweg ihre Hand zu halten.

»Hast du dir die Stellung im Stevens überlegt?« wollte sie wissen.

»Morgen früh werde ich die Entscheidung hören.«

»Ach, da freue ich mich. Ich bin sicher, daß du ein guter Direktor-Stellvertreter sein wirst.«

»Danke«, sagte Abel und merkte, daß jeder von etwas anderem gesprochen hatte.

»Willst du heute abend mit meinen Vettern essen?« fragte Zaphia. »Sonntag abends bin ich immer bei ihnen.«

»Ja, sehr gern.«

Zaphias Vettern wohnten in der Nähe von ›The Sausage‹, im Stadtzentrum. Sie waren unerhört beeindruckt, als Zaphia mit einem polnischen Freund aufkreuzte, der einen Buick fuhr. Die Familie, wie Zaphia sie nannte, bestand aus zwei Schwestern, Katja und Janina, und Katjas Mann, Janek. Abel brachte jeder Schwester einen Rosenstrauß, setzte sich und beantwortete in fließendem Polnisch alle ihre Fragen über seine Zukunftsaussichten. Zaphia war merkbar verlegen, aber Abel wußte, daß in einem polnisch-amerikanischen Haushalt jeder neue Freund Auskunft zu geben hatte. Er war bemüht, seine Erfolge, seit er das Fleischergeschäft verlassen hatte, möglichst herunterzuspielen, weil er Janeks neidvolle Blicke auf sich ruhen fühlte. Katja tischte ein einfaches polnisches Mahl auf – Pierogi und Bigos –, das Abel vor fünfzehn Jahren mit wesentlich mehr Vergnügen gegessen hätte. Er gab Janek als hoffnungslos auf und konzentrierte sich darauf, den Schwestern zu gefallen; es sah aus, als hätte er damit Erfolg. Vielleicht gefiel ihnen aber auch der Junge mit den Pickeln. Nein, unmöglich; der war nicht einmal Pole – oder vielleicht doch? Abel wußte nicht einmal seinen Namen und hatte ihn nie sprechen gehört.

Auf der Fahrt zurück ins Hotel erkundigte sich Zaphia mit einem Anflug der Koketterie, an die er sich gut erinnerte, ob es ratsam sei, ein Auto zu lenken und gleichzeitig die Hand einer Dame zu halten. Abel lachte und legte die Hand für den Rest der Fahrt aufs Lenkrad.

»Hast du morgen Zeit, mich zu sehen?« fragte er.

»Hoffentlich, Abel«, sagte sie. »Vielleicht bist du dann bereits mein Vorgesetzter. Jedenfalls viel Glück.«

Er lächelte, als er sie durch den Angestellteneingang gehen sah, und fragte sich, was sie denken würde, wenn sie die wahren Folgen der morgigen Entscheidung wüßte. Er rührte sich nicht von der Stelle, bis sie verschwunden war.

»Stellvertretender Direktor«, sagte er lachend vor sich hin, als er zu Bett ging. Was für Nachrichten würde Curtis Fenton morgen für ihn haben? Er warf das Kissen auf den Boden und versuchte, nicht mehr an Zaphia zu denken.

Am nächsten Morgen erwachte er kurz vor fünf. Das Zimmer war noch dunkel, als er sich die erste Ausgabe der *Tribune* bringen ließ und die Finanznachrichten las. Als das Restaurant um sieben Uhr öffnete, war er angezogen und bereit zum Frühstück. An diesem Morgen servierte nicht Zaphia im Speisesaal, sondern der Kellner mit den Pickeln; Abel nahm es als schlechtes Omen. Nach dem Frühstück ging er in sein Zimmer zurück; fünf Minuten später begann Zaphias Dienst, doch das wußte er nicht. Zum zwanzigstenmal prüfte er seine Krawatte im Spiegel und schaute wieder auf die Uhr. Wenn er sehr langsam ging, würde er gerade bei der Bank ankommen, wenn diese öffnete. In Wahrheit war er fünf Minuten zu früh dort, marschierte einmal um den Häuserblock und starrte, ohne viel zu sehen, in Schaufenster, in denen teurer Schmuck, neue Radios und maßgeschneiderte Anzüge lagen. Würde er sich jemals solche Anzüge leisten können? Vier Minuten nach neun stand er wieder vor der Bank.

»Mr. Fenton hat im Augenblick keine Zeit. Könnten Sie in einer halben Stunde wiederkommen, oder möchten Sie lieber warten?« fragte die Sekretärin.

»Ich komme wieder«, sagte Abel, der nicht zu interessiert wirken wollte.

Es waren die längsten dreißig Minuten in Chikago, an die er sich erinnern konnte. Er betrachtete alle Schaufenster, einschließlich die der Damenmodengeschäfte; sie erinnerten ihn an Zaphia und stimmten ihn fröhlicher.

Als er in die Bank zurückkehrte, teilte ihm die Sekretärin mit, daß Mr. Fenton ihn jetzt empfangen würde.

Abel betrat das Büro des Bankdirektors und fühlte seine Handflächen feucht werden.

»Guten Morgen, Mr. Rosnovski. Nehmen Sie Platz, bitte.«

Curtis Fenton nahm eine Mappe aus dem Schreibtisch, auf der, wie Abel sehen konnte, »Vertraulich« stand.

»Ich hoffe«, begann Mr. Fenton, »meine Neuigkeiten werden Ihnen recht sein. Der Kunde ist bereit, die Hotels zu kaufen, und ich kann seine Bedingungen nur als überaus günstig bezeichnen.«

»Großer Gott«, sagte Abel.

Curtis Fenton gab vor, nichts zu hören, und fuhr fort. »Tatsächlich, sehr günstige Bedingungen. Der Kunde wird die vollen zwei Millionen zahlen, um Mr. Leroys Schuld abzudecken, und gleichzeitig eine neue Gesellschaft gründen. In dieser Gesellschaft werden sechzig Prozent der Aktien ihm und vierzig Prozent Ihnen, Mr. Rosnovski, gehören. Ihre vierzig Prozent entsprechen daher einem Wert von achthunderttausend Dollar. Sie sollen als vierprozentiges Darlehen der neuen Gesellschaft an Sie gelten, ein Darlehen, das auf zehn Jahre gewährt wird und im gleichen Verhältnis aus den Gewinnen der Gesellschaft zurückgezahlt werden kann. Das heißt, wenn die Gesellschaft in einem Jahr einen Gewinn von hunderttausend Dollar macht, würden vierzigtausend dieses Gewinnes gegen Ihre Schuld von achthunderttausend abgesetzt werden, plus vier Prozent Zinsen. Zahlen Sie die achthunderttausend in weniger als zehn Jahren zurück, erhalten Sie eine einmalige Option, die restlichen sechzig Prozent der Gesellschaft für weitere drei Millionen Dollar zu erwerben. Das würde meinem Kunden eine erstklassige Verzinsung seiner Investition garantieren und Ihnen Gelegenheit geben, die ganze Richmond-Gruppe zu erwerben. Zusätzlich erhalten Sie ein Gehalt von dreihunderttausend Dollar pro Jahr, und Ihre Stellung als Präsident der Gruppe gibt Ihnen die absolute Kontrolle über die Hotels. Nur in finanziellen Angelegenheiten sind Sie gehalten, sich an mich zu wenden. Ich wurde mit der Aufgabe betraut, Ihrem Prinzipal direkt Bericht zu erstatten, und er bat mich, im Vorstand der Richmond-Gruppe seine Interessen zu vertreten. Ich bin auf diese Bedingungen gern eingegangen. Mein Kunde möchte nicht persönlich involviert werden. Wie bereits gesagt, könnte für ihn durch diese Transaktion ein Interessenkonflikt entstehen. Ich bin überzeugt, daß Sie das verstehen werden. Mein Kunde besteht auch darauf, daß Sie nie einen Versuch unternehmen, seine Identität festzustellen. Er gibt Ihnen vierzehn Tage, um sein Angebot zu überlegen, über das es keine Verhandlungen geben kann. Er meint, und da muß ich ihm voll und ganz zustimmen, daß die Bedingungen mehr als günstig sind.«

Abel brachte kein Wort hervor.

»Bitte äußern Sie sich, Mr. Rosnovski.«

»Ich brauche keine vierzehn Tage, um mich zu entscheiden«, sagte Abel schließlich. »Ich nehme die Bedingungen Ihres Kunden an. Bitte danken Sie ihm, und versichern Sie ihm, daß ich seinen Wunsch nach Anonymität immer respektieren werde.«

»Ausgezeichnet«, sagte Curtis Fenton und erlaubte sich ein kurzes Lächeln. »Jetzt noch ein paar Kleinigkeiten. Die Konten aller Hotels werden auf Continental Trust-Filialen übertragen. Ich erhalte als Direktor der neuen Gesellschaft tausend Dollar pro Jahr.«

»Ich freue mich, daß Sie von dem Geschäft profitieren«, sagte Abel.

»Wie bitte?«

»Ich freue mich, mit Ihnen zu arbeiten, Mr. Fenton.«

»Ihr Geldgeber hat zweihundertfünfzigtausend Dollar bei unserer Bank deponiert, um die im Laufe der nächsten Monate anfallenden Kosten für die Hotels abzudecken. Auch dieser Betrag ist als eine vierprozentige Anleihe anzusehen. Sollte Ihnen diese Summe nicht genügen, müssen Sie mir davon Mitteilung machen. Ich glaube, es würde Ihrem Ansehen zugute kommen, wenn diese zweihundertfünfzigtausend sich als ausreichend erwiesen.«

»Ich werde das im Auge behalten«, versuchte Abel die Ausdrucksweise des Bankiers nachzuahmen.

Curtis Fenton öffnete eine Schreibtischschublade und zog eine große Zigarre hervor.

»Rauchen Sie?«

»Ja, danke«, sagte Abel, der nie im Leben eine Zigarre geraucht hatte.

Er hustete die ganze La Salle Street hinunter bis zum Stevens. Als Abel ins Hotel kam, stand David Maxton in der Mitte der Hotelhalle. Abel drückte erleichtert seine Zigarre aus und ging auf ihn zu.

»Mr. Rosnovski, heute schauen Sie wie ein glücklicher Mensch aus.«

»Das bin ich, Sir, und es tut mir nur leid, daß ich nicht als Direktor dieses Hotels für Sie arbeiten werde.«

»Auch ich bedaure das, aber es überrascht mich nicht.«

»Ich danke Ihnen für alles«, sagte Abel und versuchte, sein ganzes Gefühl in die paar Worte und in seinen Blick zu legen.

Er verließ David Maxton und begab sich auf der Suche nach Zaphia in den Speisesaal, aber sie hatte bereits aufgehört zu arbeiten. Abel fuhr hinauf in sein Zimmer, zündete seine Zigarre wieder an, machte einen vorsichtigen Zug und rief Kane and Cabot an. Eine Sekretärin verband ihn mit William Kane.

»Mr. Kane, es ist mir gelungen, das nötige Geld aufzutreiben, um die Richmond-Gruppe zu übernehmen. Ein Mr. Curtis Fenton von Continental Trust wird Sie im Lauf des Tages anrufen und

Ihnen alle Einzelheiten mitteilen. Es besteht daher keine Notwendigkeit, die Hotels zu versteigern.«

Am anderen Ende der Leitung entstand eine kurze Pause. Mit Befriedigung malte sich Abel aus, wie diese Nachricht William Kane ärgern würde.

»Vielen Dank, daß Sie mich informieren, Mr. Rosnovski. Darf ich hinzufügen, wie es mich freut, daß Sie jemanden fanden, der Sie unterstützt? Ich wünsche Ihnen viel Erfolg für die Zukunft.«

»Das ist mehr als ich Ihnen wünsche, Mr. Kane.«

Abel legte den Hörer auf, streckte sich auf dem Bett aus und dachte an die Zukunft.

»Eines Tages«, versprach er der Zimmerdecke, »werde ich deine verdammte Bank kaufen und dir Lust machen, aus einem Hotelzimmer im 12. Stock zu springen.« Wieder nahm er den Hörer auf und bat die Telefonvermittlung, ihn mit Mr. Henry Osborne von der Great Western Casualty zu verbinden.

19

William legte den Hörer auf; Abel Rosnovskis ätzende Bemerkung amüsierte ihn mehr, als sie ihn ärgerte. Es tat ihm leid, daß es ihm nicht gelungen war, die Bank dazu zu bewegen, dem kleinen Polen, der so überzeugt war, die Richmond-Kette wieder hochzubringen, einen Kredit zu gewähren. Er erledigte, was noch zu tun war, informierte das Finanzkomitee, daß Abel Rosnovski einen Partner gefunden hatte, bereitete die Dokumente für die Übernahme der Hotels vor und schloß die Akte der Bank über die Richmond-Gruppe.

Als Matthew einige Tage später in Boston ankam, um seine Stellung als Direktor der Anlageabteilung der Bank anzutreten, war William hocherfreut. Charles Lester machte kein Geheimnis aus der Tatsache, daß alle in einer anderen Bank gewonnenen Erfahrungen seinem Sohn nur nützlich sein konnten; schließlich sollte er ja eines

Tages Präsident der Lester Bank werden. Williams Arbeitspensum wurde durch Matthews Ankunft sofort auf die Hälfte reduziert, dafür wurde er – zu seinem gespielten Entsetzen – in jedem freien Moment auf Tennisplätze und in Swimmingpools geschleppt; nur Matthews Vorschlag, einen Skiausflug nach Vermont zu unternehmen, wurde mit einem entschiedenen Nein abgelehnt; alle anderen Aktivitäten aber halfen William, seine Einsamkeit besser zu ertragen und die Ungeduld, wieder mit Kate beisammen zu sein.

Matthew war voll des ungläubigen Staunens.

»Ich muß die Frau kennenlernen, die einen William Kane dazu bringt, während einer Vorstandssitzung vor sich hinzuträumen, wenn es um die Frage geht, ob die Bank weitere Goldeinkäufe tätigen soll.«

»Warte, bis du sie kennenlernst, Matthew. Ich glaube, dann wirst du meiner Meinung sein: sie ist eine bessere Investition als alle Goldbarren.«

»Das glaube ich dir. Ich will nur nicht derjenige sein, der es Susan mitteilt; sie glaubt immer noch, du seist der einzige Mann auf der Welt.«

William lachte. Das war ihm nie in den Sinn gekommen. Der kleine Stapel von Kates Briefen, der jede Woche etwas größer wurde, lag in einer verschlossenen Schreibtischlade im Red House. William las die Briefe wieder und wieder und konnte bald alle auswendig. Endlich kam der Brief, auf den er gewartet hatte.

Buckhurst Park, 14. Februar 1930

Liebster William,

endlich habe ich hier alles gepackt, verkauft oder verschenkt und werde am 19. in einer Teekiste in Boston ankommen. Beinahe habe ich Angst, Dich wiederzusehen. Was tun wir, wenn dieses herrliche Märchen wie eine Seifenblase zerplatzt? Lieber Gott, ich hoffe nicht. Ich weiß nicht, wie ich diese einsamen Monate überstanden hätte, wenn Du nicht wärst.

In Liebe,
Kate

Am Abend vor Kates Ankunft gelobte sich William, daß er sie nicht zu etwas drängen wolle, das einer von ihnen später bereuen könnte. Er konnte nicht beurteilen, wie sich ihre Gefühle entwickelt hatten – schließlich befand sie sich nach dem plötzlichen Tod ihres Mannes in einer Art von Übergangsstadium, erklärte er Matthew.

»Hör auf, so unsicher zu sein«, erwiderte Matthew. »Du bist verliebt, und damit mußt du dich abfinden.«

Als William Kate auf dem Bahnhof sah, war er nahe daran, alle vorsichtigen Vorsätze sofort fallenzulassen; zu groß war seine Freude, ihr Lächeln aufleuchten zu sehen. Er drängte sich durch die Menge und nahm sie so fest in die Arme, daß sie kaum atmen konnte.

»Willkommen zu Hause, Kate.« William wollte sie küssen, aber sie zog sich zurück. Er war ein wenig erstaunt.

»William, ich glaube nicht, daß du meine Eltern kennst.«

An diesem Abend speiste William mit Kates Familie, und dann sah er Kate jeden Tag, wann immer er sich von der Bank und Matthews Tennisschläger freimachen konnte, zumindest für ein paar Stunden. Als Matthew Kate kennenlernte, bot er William alle seine Goldaktien im Austausch für Kate.

»Ich verkaufe nie zu billig«, erwiderte William.

»Dann mußt du mir wenigstens sagen«, beharrte Matthew, »wo man so etwas wie Kate finden kann.«

»In der Ausverkaufsabteilung, wo sonst?« erwiderte William mit einem breiten Lächeln.

»Mach sie sofort zu einem Aktivposten, William, denn wenn du es nicht tust, werde ich es tun.«

Die Verluste von Kane and Cabot im Börsenkrach von 1929 beliefen sich auf über sieben Millionen Dollar netto – das entsprach, wie sich zeigte, ungefähr dem Durchschnittsverlust einer Bank dieser Größe. Einige etwas kleinere Banken waren zugrunde gegangen, und 1930 mußte William große Anstrengungen machen, die Bank über Wasser zu halten.

Als Franklin D. Roosevelt mit einem Reformprogramm zum Präsidenten der Vereinigten Staaten gewählt wurde, war William besorgt, daß der *New Deal* Kane and Cabot wenig bieten würde. Die Wirtschaftslage besserte sich nur langsam, und William zögerte, zu expandieren.

Inzwischen hatte Tony Simmons die Aktivitäten der Londoner Bank erweitert und konnte in den ersten zwei Jahren gute Gewinne aufweisen. Verglichen mit William, dem es im gleichen Zeitraum nur mit Mühe gelang, keine Verluste zu machen, schienen seine Resultate noch spektakulärer.

Ende 1932 ließ Alan Lloyd Tony Simmons nach Boston kommen, um dem Vorstand einen genauen Bericht über die Tätigkeit der Londoner Bank vorzulegen. Kaum war Tony Simmons wieder zurück, als er verlauten ließ, daß er sich, wenn Alan Lloyd in fünfzehn Monaten in den Ruhestand trete, um die Stellung des Präsidenten der Bank bewerben wolle. Das traf William völlig unerwartet; er hatte Tony Simmons nach dessen unrühmlichem Abgang nach England einfach abgeschrieben. William schien es ungerecht, daß das jetzt alles vergessen war, und zwar nicht infolge von Simmons Tüchtigkeit, sondern weil es in der englischen Wirtschaft zu diesem Zeitpunkt etwas rosiger aussah und das Land von den Ereignissen weniger paralysiert war als die amerikanische Finanz- und Geschäftswelt.

Tony Simmons ging für ein weiteres erfolgreiches Jahr nach England, und nach seiner Rückkehr teilte er bei der ersten Vorstandssitzung strahlend mit, daß die Londoner Bank im dritten Jahr einen Gewinn von über einer Million aufwies – ein neuer Rekord. William konnte für denselben Zeitraum nur mit einem wesentlich geringeren Gewinn aufwarten. Da Tony Simmons plötzlich wieder so hoch im Kurs stand, hatte William nur noch wenige Monate Zeit, den Siegeszug seines Rivalen aufzuhalten und die Bank davon zu überzeugen, seine Nominierung zu unterstützen.

Kate hörte Williams Probleme stundenlang zu, machte dann und wann eine verständnisvolle Bemerkung und bat ihn eindringlich, die Dinge nicht zu dramatisieren. Matthew, Williams Spion, berichtete, daß die Abstimmung vermutlich fünfzig zu fünfzig ausfallen würde; die Hälfte hielt William für zu jung für eine so verantwortungsvolle Position, die andere hatte nicht vergessen, daß Tony Simmons für das Ausmaß der Verluste von 1929 verantwortlich war. Es schien, als ließen sich die nicht in der Bank arbeitenden Aufsichtsräte, die William nicht näher kannten, vom Altersunterschied zwischen den beiden Bewerbern mehr beeinflussen als von irgendeinem anderen Faktor. Wieder und wieder mußte Matthew die gleichen Worte hören: »Williams Zeit wird noch kommen.« Einmal übernahm Matthew versuchsweise die Rolle des teuflischen Verführers und sagte: »Mit deinem Aktienbesitz in der Bank könntest du den ganzen Aufsichtsrat entlassen, William, ihn durch Männer deiner Wahl ersetzen und dich zum Präsidenten wählen lassen.«

William wußte nur zu genau um diesen Weg; aber er lehnte diese Strategie ab, hatte sie nie ernstlich in Erwägung gezogen; er wollte durch eigene Verdienste Präsident werden. Schließlich hatte auch sein Vater auf diese Weise diese Position erhalten, und Kate würde nichts anderes von ihm erwarten.

Am 2. Januar 1934 verfaßte Alan Lloyd ein Rundschreiben an alle Aufsichtsräte und lud sie an seinem 65. Geburtstag zu einer Sitzung ein, bei der sein Nachfolger gewählt werden sollte. Als der Tag der Entscheidung näherrückte, zeigte es sich, daß Matthew die Investitionsabteilung beinahe allein führen und Kate ihn und William – die wieder und wieder Einzelheiten der Kampagne besprachen – verköstigen mußte. Matthew beklagte sich nie über die zusätzliche Arbeit, die er auf sich nehmen mußte, während sein Freund Stunden damit zubrachte, seine Strategie zur Erlangung des Präsidentenamtes zu verfeinern. William wußte, daß Matthew von seinem etwaigen Erfolg nicht profitieren konnte, da er eines Tages die Bank seines Vaters in New York übernehmen würde – ein wesentlich größeres Unternehmen als Kane and Cabot –, und hoffte nur, daß die Zeit kommen würde, in der er Matthew die gleiche selbstlose Unterstützung zuteil werden lassen könne. Sie kam schneller, als er dachte.

An der Feier von Alan Lloyds 65. Geburtstag nahmen alle sechzehn Aufsichtsratsmitglieder teil. Der Präsident eröffnete die Sitzung mit einer vierzehnminütigen Abschiedsrede, die William kein Ende zu nehmen schien. Tony Simmons klopfte nervös mit seinem Bleistift auf den vor ihm liegenden gelben Notizblock und schaute gelegentlich zu William hinüber. Keiner von ihnen hörte Alans Rede zu. Endlich setzte sich Alan unter lautem Beifall – das heißt der Beifall war so laut, wie es sechzehn Bostoner Bankiers für schicklich hielten. Als das Händeklatschen aufhörte, erhob sich Alan Lloyd zum letztenmal als Präsident von Kane and Cabot.

»Und jetzt, meine Herren, müssen wir meinen Nachfolger wählen. Der Aufsichtsrat hat die Wahl zwischen zwei ausgezeichneten Kandidaten, dem Direktor unserer Überseeabteilung, Mr. Anthony Simmons, und dem Direktor der amerikanischen Investitionsabteilung, Mr. William Kane. Beide sind Ihnen, meine Herren, gut bekannt, und ich habe nicht die Absicht, im einzelnen auf die Verdienste der beiden Kandidaten einzugehen. Statt dessen bat ich jeden Kandidaten, dem Aufsichtsrat darzulegen, wie er die Zukunft von Kane and Cabot sieht, würde er zum Präsidenten gewählt.«

William stand zuerst auf – das hatten die zwei Bewerber am Vorabend durch eine Münze entschieden – und sprach zwanzig Minuten lang. Er erklärte in allen Einzelheiten, daß es sein Ehrgeiz sein würde, neue Tätigkeitsfelder für die Bank zu erschließen. Im besonderen wolle er die Basis der Bank erweitern und von dem wirtschaftlich schwachen New England weg zum Zentrum des Bankwesens tendieren, das sich seiner Meinung nach jetzt in New York befinde. Er erwähnte sogar die Möglichkeit, eine Holdinggesellschaft zu gründen, die sich auf kommerzielle Bankgeschäfte konzentrieren sollte – ein Vorschlag, über den einige der älteren Aufsichtsratsmitglieder ungläubig den Kopf schüttelten. Die Bank sollte an eine Erweiterung denken, um mit der neuen Generation amerikanischer Finanzleute Schritt halten und in der zweiten Hälfte des 20. Jahrhunderts zu einer der großen finanziellen Institutionen der Vereinigten Staaten werden zu können. Als er sich setzte, war er zufrieden über das beifällige Gemurmel. Im großen und ganzen hatte der Aufsichtsrat seine Rede positiv aufgenommen.

Tony Simmons schlug einen wesentlich konservativeren Ton an: Die Bank solle in den nächsten Jahren ihre Stellung konsolidieren, nur sorgfältig ausgewählte Gebiete bearbeiten und sich im großen und ganzen an die traditionelle Art der Bankführung halten, die Kane and Cabot den Ruf verschafft hatte, dessen sie sich heute erfreute. Er habe aus dem Börsenkrach gelernt und das Wichtigste sei ihm, so fügte er unter allgemeinem Gelächter hinzu, daß Kane and Cabot bis zur zweiten Hälfte des 20. Jahrhunderts überlebe. Tony sprach vorsichtig und mit einer Autorität, über die William, dessen wurde er sich bewußt, noch nicht verfügte. Als Tony sich setzte, hatte William keine Ahnung, für wen der Aufsichtsrat sich entscheiden würde, obwohl er immer noch glaubte, daß die Majorität eine Expansion einem Stillstand vorziehen würde.

Alan Lloyd teilte den anderen Direktoren mit, daß weder er noch die zwei Bewerber ihre Stimmen abgeben würden. Die vierzehn Mitglieder erhielten kleine Stimmzettel, die sie ausfüllten und Alan zurückgaben. Dieser begann langsam zu zählen. William stellte fest, daß er nicht imstande war, von seinem vollgekritzelten Notizblock aufzuschauen, der deutlich den Abdruck seiner feuchten Hand zeigte. Als Alan die Stimmen ausgezählt hatte, wurde es ganz still im Saal. Sechs Stimmen für Kane, sechs Stimmen für Simmons, zwei Stimmenthaltungen, verkündete er. Die Aufsichtsräte begannen miteinander zu flüstern, und Alan bat um Ruhe. In der darauffolgenden Stille holte William tief und hörbar Atem.

Alan Lloyd machte eine kleine Pause, dann sagte er: »Unter diesen Umständen halte ich es für richtig, nochmals abzustimmen. Wenn einer der Anwesenden, der sich beim erstenmal der Stimme enthalten hat, diesmal einem der Kandidaten seine Stimme gibt, hätte einer der Bewerber die Majorität.«

Die kleinen Zettel wurden nochmals verteilt. Diesmal konnte William nicht einmal zuschauen. Während die Herren ihre Entscheidung niederschrieben, lauschte er dem Kratzen der Stahlfedern auf dem Papier. Wieder wurden die Stimmzettel zurückgegeben. Wieder öffnete Alan sie langsam, einen nach dem anderen, und jetzt rief er beim Lesen die Namen aus.

William Kane.

Anthony Simmons, Anthony Simmons, Anthony Simmons.

Drei zu eins für Tony.

William Kane, William Kane.

Anthony Simmons.

William Kane, William Kane, William Kane. Sechs zu vier für William.

Anthony Simmons, Anthony Simmons.

William Kane.

Sieben zu sechs für William.

Es schien William, der den Atem anhielt, als brauche Alan Lloyd hundert Jahre, um den letzten Stimmzettel zu öffnen.

»Anthony Simmons«, sagte er. »Die Abstimmung ergibt sieben zu sieben, meine Herren.«

William wußte, daß es jetzt an Alan war, die entscheidende Stimme abzugeben; und obwohl Alan nie erwähnt hatte, wem seine Unterstützung gehörte, hatte William immer angenommen, daß Alan ihm seine Stimme geben würde.

»Da die Abstimmung zweimal unentschieden war und ich nicht annehme, daß einer der Herren seine Meinung ändern wird, muß ich meine Stimme für den Kandidaten abgeben, der nach meinem Dafürhalten meine Nachfolge als Präsident von Kane and Cabot antreten soll. Ich weiß, daß mich niemand darum beneidet, aber ich habe keine andere Wahl, als mich auf mein eigenes Urteil zu verlassen und den Mann vorzuschlagen, der nach meiner Ansicht Präsident der Bank werden sollte. Dieser Mann ist Tony Simmons.«

William traute seinen Ohren nicht, und Tony Simmons war beinahe bestürzt. Er erhob sich unter allgemeinem Beifall, tauschte mit Alan Lloyd Platz und sprach zum erstenmal als Präsident der Bank. Er dankte dem Aufsichtsrat für seine Wahl und lobte William, weil er seine starke finanzielle und familiäre Position nie genutzt hatte, um die Abstimmung zu beeinflussen. Er forderte William auf, Vizepräsident des Aufsichtsrates zu werden, und schlug vor, daß Matthew Lester Alan Lloyd als Direktor ersetzen solle; beide Vorschläge wurden einstimmig angenommen. William schaute das Porträt seines Vaters an und hatte das bestimmte Gefühl, ihn enttäuscht zu haben.

20

Abel drückte die Corona zum zweitenmal aus und schwor, daß er die nächste Zigarre erst rauchen würde, wenn er die zwei Millionen verdient hatte, die er für eine absolute Kontrolle der Richmond-Kette benötigte. Jetzt, da der Dow Jones den tiefsten Punkt seiner Geschichte erreicht hatte und in jeder größeren Stadt Amerikas lange Schlangen Hungernder auf die Ausgabe von Suppe warteten, jetzt war nicht die Zeit für Zigarren. Er starrte zur Decke und überlegte, was als erstes zu tun sei. Zuerst mußte er sich die besten Angestellten des Richmond Chikago sichern.

Er stieg aus dem Bett, zog sich an und ging in die Dependance des Hotels, wo die meisten Angestellten, die noch keine Arbeit gefunden hatten, immer noch wohnten. Abel stellte jeden, zu dem er Vertrauen hatte, wieder an und bot jenen, die bereit waren, Chikago zu verlassen, Arbeit in einem der zehn anderen Hotels an. Er machte keinen Hehl daraus, daß in einer Zeit so hoher Arbeitslosigkeit die Jobs nur so lang gesichert waren, als die Hotels Gewinne abwarfen. Seiner Ansicht nach wurden die anderen Hotels ebenso unredlich geführt wie früher das Richmond in Chikago. Das mußte sich ändern, und zwar rasch ändern. Seinen drei stellvertretenden Direktoren wurde die Aufsicht über die Hotels in Dallas, Cincinnati und St. Louis übertragen. Für die übrigen sieben Hotels in Houston, Mobile, Charleston, Atlanta, Memphis, New Orleans und Louisville ernannte Abel neue Direktorstellvertreter. Die ursprünglichen Richmond-Hotels lagen alle im Süden und im Mittelwesten, einschließlich des Chikago Richmond, das einzige Hotel, das Davis Leroy gebaut hatte. Abel brauchte drei Wochen, um das ehemalige Personal aus Chikago in den anderen Hotels unterzubringen.

Sein eigenes Hauptquartier schlug Abel in der Dependance des Richmond Chikago auf, wo er im Erdgeschoß ein kleines Restaurant eröffnen wollte. Es schien ihm besser, in der Nähe seines Bankiers und seines Geldgebers zu bleiben, als sich in einem der Hotels im Süden niederzulassen. Zudem war Zaphia in Chikago, und Abel hatte das bestimmte Gefühl, daß sie im Lauf der Zeit den Jungen mit den Pickeln vergessen und sich in ihn verlieben würde. Sie war die einzige Frau, die ihm Selbstvertrauen einflößte. Bevor Abel nach New York fuhr um sich nach weiteren Angestellten umzusehen, bat er sie um das Versprechen, daß sie ihren pickeligen Freund nicht mehr sehen würde.

Am Abend vor seiner Abfahrt schliefen sie zum erstenmal zusammen; Zaphia war weich und warm und köstlich und kicherte.

Abels Einfühlungsvermögen und seine sanfte Geschicklichkeit überraschten Zaphia.

»Wie viele Mädchen hattest du seit der *Black Arrow?*«

»Keine, aus der ich mir etwas gemacht hätte.«

»Aber immerhin genug, um mich zu vergessen«, fügte sie hinzu.

»Dich habe ich nie vergessen«, sagte er, nicht ganz der Wahrheit entsprechend, beugte sich über sie und küßte sie; es war die einzige Möglichkeit dem Gespräch ein Ende zu bereiten.

Nach seiner Ankunft in New York sah Abel zuerst nach George, den er arbeitslos in einer Dachkammer in der Dritten Straße, East, antraf. Er hatte vergessen, wie jene Häuser waren, in denen oft zwanzig Familien wohnten: überall roch es nach Essen, die Wasserspülung der Toiletten funktionierte nicht, und in den Betten schliefen im Lauf von vierundzwanzig Stunden drei verschiedene Menschen. Die Bäckerei hatte schließen müssen, und Georges Onkel war jetzt in einer großen Mühle außerhalb von New York angestellt, die für George keine Arbeit hatte. George war glücklich über die Möglichkeit für Abel zu arbeiten – gleichgültig in welcher Stellung.

Abel fand drei neue Angestellte: einen Pâtissier, einen Buchhalter und einen Oberkellner. Dann fuhr er mit George nach Chikago zurück, wo sich beide in der Dependance des Richmond einquartierten. Abel war mit dem Erfolg seiner Reise zufrieden. Die meisten Hotels an der Ostküste hatten ihr Personal auf ein Minimum reduziert, so daß es nicht schwer gewesen war, erfahrene Leute zu finden; einer der drei Neuen war aus dem Plaza.

Anfang März brachen Abel und George zu einer Rundreise zu den übrigen Hotels auf. Abel forderte Zaphia auf, mitzukommen, und bot ihr an, sie könne sich das Hotel aussuchen, in dem sie arbeiten wolle. Doch Zaphia war nicht bereit, sich von der Stelle zu rühren; Chikago war der einzige Platz in Amerika, mit dem sie vertraut war. Als Kompromiß erklärte sie sich einverstanden, während Abels Abwesenheit in dessen Zimmer in der Dependance zu ziehen. George, der mit der amerikanischen Staatsbürgerschaft auch die moralischen Grundsätze des Mittelstandes angenommen hatte und katholisch erzogen war, setzte Abel die Vorteile einer Heirat auseinander, und Abel, der der Einsamkeit von Hotelzimmern langsam überdrüssig wurde, lieh ihm ein williges Ohr.

Abel war nicht erstaunt festzustellen, daß die anderen Hotels immer noch schlecht und zum Teil unehrlich geführt wurden; aber die allgemeine Arbeitslosigkeit brachte es mit sich, daß die meisten Angestellten ihn als Retter der Hotelgruppe begrüßten und über seine Ankunft froh zu sein schienen. Es erwies sich nicht als nötig, Entlassungen großen Stils vorzunehmen, wie seinerzeit im

Richmond von Chikago. Die meisten, die seinen Ruf kannten und vor seinen Methoden Angst hatten, waren bereits aus eigenem Antrieb gegangen. Einige Köpfe mußten fallen, und sie gehörten jenen, die seit langem für die Richmond-Gruppe gearbeitet hatten und außerstande waren, ihre unsauberen Praktiken zu ändern, nur weil David Leroy tot war. Manchmal fand Abel, daß eine Versetzung von Angestellten in ein anderes Hotel auch eine neue Einstellung mit sich brachte. Nach seinem ersten Jahr als Präsident arbeitete die Richmond-Kette mit der Hälfte der Angestellten und wies einen Nettoverlust von nur etwas über hunderttausend Dollar aus. Unter den höheren Angestellten gab es kaum einen Wechsel; Abels Vertrauen in die Zukunft der Gruppe wirkte ansteckend.

Sein Ziel war es, 1932 ohne Gewinn oder Verlust abzuschließen. So rasch eine solche Verbesserung zu erreichen, war nach seiner Meinung nur möglich, wenn er jedem Direktor der Gruppe die volle Verantwortung für sein Hotel übertrug und ihn am Gewinn beteiligte, wie es Davis Leroy getan hatte, als er selbst das Richmond in Chikago übernahm.

Abel reiste von Hotel zu Hotel, übersah nichts und blieb nirgends länger als drei Wochen. Außer dem treuen George, seinem Vertrauten in Chikago, wußte niemand, in welchem Hotel er als nächstes auftauchen würde. Diese erschöpfende Routine hielt Abel monatelang ein und durchbrach sie nur, wenn er gelegentlich Zaphia oder Curtis Fenton einen Besuch abstattete.

Als er einen vollständigen Überblick über die finanzielle Situation der Gruppe gewonnen hatte, erwiesen sich einige unangenehme Entscheidungen als unumgänglich; die radikalste war die Schließung der Hotels in Mobile und Charleston. Beide verloren so viel Geld, daß sie eine zu große Belastung für die Gruppe darstellten. Das Personal in den anderen Hotels sah die Axt zuschlagen und arbeitete härter. Wann immer Abel in sein kleines Büro in der Dependance in Chikago zurückkehrte, fand er einen Stoß Memos vor, die sofort erledigt werden mußten: geborstene Leitungen in Badezimmern, Küchenschaben in den Küchen, Streitigkeiten im Speisesaal und der unvermeidliche unzufriedene Gast, der mit einer Klage drohte.

Henry Osborne meldete sich mit einem willkommenen Angebot der Great Western Casualty, siebenhundertfünfzigtausend Dollar auszuzahlen, da sich kein Hinweis finden ließ, daß Abel etwas mit Desmond Pacey und dem Brand des Richmond Hotels zu tun hatte. Lieutenant O'Malleys Beweismaterial hatte sich als überaus nützlich erwiesen. Abel wußte, daß er ihm mehr schuldete als einen Milchshake. Er war mit dem Angebot der Versicherungsgesellschaft, das er für angemessen hielt, zufrieden, doch Osborne schlug ihm vor, eine größere Summe zu verlangen und ihm von der Differenz einen Prozentsatz zu überlassen. Abel, dem jede unehrliche Handlung fernlag, sah Osborne danach mit anderen Augen an; wenn Osborne so bereitwillig seine eigene Firma betrog, würde er auch Abel hinters Licht führen, wann immer er Lust hatte.

Zu seiner Überraschung erhielt Abel im Frühling 1932 einen Brief von Melanie Leroy, der freundlicher gehalten war, als sie selbst sich je gezeigt hatte. Er fühlte sich geschmeichelt, ja er war sogar ein wenig aufgeregt und rief sie an, um ein Dinner im Stevens zu vereinbaren, ein Entschluß, den er bereute, als sie den Speisesaal betraten, denn dort stand nichtsahnend, müde und verletzlich Zaphia. Melanie dagegen schaute hinreißend aus in einem blaßgrünen Kleid, das sehr genau zeigte, wie sie ohne dasselbe aussehen würde. Ihre Augen schienen grüner und verführerischer denn je.

»Ich freue mich, daß Sie so gut aussehen, Abel«, bemerkte sie, während sie einen Tisch in der Mitte des Saales wählte, »und natürlich weiß jeder, wie phantastisch Sie die Richmond-Gruppe betreuen.«

»Die Baron-Gruppe«, sagte Abel.

Sie wurde ein wenig rot. »Ich wußte nicht, daß Sie den Namen geändert haben.«

»Ja, letztes Jahr«, log Abel. Tatsächlich hatte er die Namensänderung in diesem Moment beschlossen. Warum hatte er nicht schon früher daran gedacht?

»Ein guter Name«, sagte Melanie lächelnd.

Zaphia stellte die Pilzsuppe mit einigem Nachdruck vor Melanie hin – für Abel sprach es Bände. Fast wäre die Suppe übergeschwappt und auf das blaßgrüne Kleid gespritzt.

»Arbeiten Sie nicht im Augenblick?« erkundigte sich Abel, und schrieb das Wort Baron-Gruppe auf die Rückseite der Speisekarte.

»Nicht im Moment, aber die Lage bessert sich langsam. In dieser Stadt muß eine Frau mit einem Philosophiediplom herumsitzen und warten, bis jeder Mann angestellt ist, bevor sie auf einen Job hoffen darf.«

»Wenn Sie für die Baron-Gruppe arbeiten wollen«, sagte Abel und betonte den Namen ein wenig, »müssen Sie es mich nur wissen lassen.«

»Nein, nein«, wehrte Melanie ab. »Vielen Dank.«

Sie wechselte rasch das Thema und plauderte von Musik und Theater. Sich mit ihr zu unterhalten, war eine ungewohnte und amüsante Herausforderung für Abel; sie zog ihn ein wenig auf, aber mit Takt und Intelligenz. Er fühlte sich wohler in ihrer Gesellschaft als je zuvor. Das Dinner zog sich bis nach elf hin, und als alle, einschließlich Zaphia, mit verdächtig roten Augen den Speisesaal verlassen hatten, fuhr er Melanie zu ihrer Wohnung. Diesmal lud sie ihn auf einen Drink ein. Er saß an einem Sofaende, während sie ihm verbotenen Whisky einschenkte und eine Grammophonplatte auflegte.

»Ich kann nicht lang bleiben«, sagte Abel. »Morgen gibt es viel zu tun.«

»Das sollte eigentlich ich sagen, Abel. Laufen Sie nicht gleich wieder weg, dieser Abend war so gemütlich – genau wie in alten Zeiten.«

Sie setzte sich neben ihn. Das Kleid war so kurz, daß es die Knie sehen ließ. Nicht ganz wie in alten Zeiten, dachte er. Unglaubliche

Beine. Er machte keinen Versuch, zu widerstehen, als sie näher rückte. Und dann stellte er fest, daß er sie küßte – oder küßte sie ihn? Seine Hände wanderten zu den herrlichen Beinen und Brüsten; diesmal wehrte sie sich nicht. Schließlich nahm sie ihn an der Hand und führte ihn ins Schlafzimmer, schlug ordentlich die Decke zurück, wandte sich ihm zu und bat ihn, den Reißverschluß ihres Kleides zu öffnen. Abel gehorchte nervös und ungläubig und löschte das Licht, bevor er sich auszog. Es fiel ihm leicht, Joyces sorgfältige Erziehung in die Praxis umzusetzen. Ohne Zweifel fehlte es auch Melanie nicht an Erfahrung; Abel hatte die Liebe noch nie so sehr genossen und sank nachher in einen tiefen befriedigten Schlaf.

Am Morgen bereitete Melanie ein Frühstück und kümmerte sich rührend um ihn, bis er das Haus verließ.

»Ich werde die Baron-Gruppe mit neu erwachtem Interesse beobachten«, sagte sie. »Nicht, daß jemand an ihrem Erfolg zweifeln würde!«

»Danke«, sagte Abel, »für das Frühstück und eine denkwürdige Nacht.«

»Ich hatte gehofft, wir würden uns bald einmal wiedersehen.«

»Das wäre schön«, sagte Abel.

Sie küßte ihn, wie eine Frau, deren Mann ins Büro geht, auf beide Wangen.

»Ich bin neugierig, welche Art von Frau du einmal heiraten wirst«, bemerkte sie unschuldig, während sie Abel in den Mantel half.

Er schaute sie an und lächelte süß. »Wenn ich einmal diesen Entschluß fasse, kannst du sicher sein, Melanie, daß er nur von deinen Ansichten beeinflußt sein wird.«

»Was meinst du damit?« fragte Melanie erstaunt.

»Nur, daß ich deinen Rat beherzigen und ein nettes polnisches Mädchen suchen werde, das mich heiratet«, sagte Abel.

Abel und Zaphia wurden einen Monat später getraut. Zaphias Vetter Janek war Trauzeuge, und George Brautführer. Der Empfang fand im Stevens statt, und das Fest dauerte bis tief in die Nacht hinein. Nach altem Brauch zahlte jeder Mann ein bestimmtes Handgeld, um mit der Braut tanzen zu dürfen, und George schwitzte, während er im Saal auf und ab lief und die Hochzeitsgäste in allen möglichen Posen und Kombinationen fotografierte. Nach einem Mitternachtssouper mit Borschtsch, Pierogi und Bigos, das mit reichlich Wein, Brandy und Danziger Wodka hinuntergespült wurde, durften sich Abel und Zaphia unter den Tränen der Frauen und dem Augenzwinkern der Männer in das Brautgemach zurückziehen.

Abel war angenehm überrascht, als ihm Curtis Fenton am nächsten Morgen mitteilte, daß die Rechnung für den Empfang im Stevens von Mr. Maxton beglichen worden sei und dessen Hochzeitsgeschenk war. Abel verwendete das Geld, das er für den Empfang beiseite gelegt hatte, als Anzahlung für ein kleines Haus in der Rigg Street.

Zum erstenmal im Leben besaß er ein eigenes Heim.

21

Im Februar 1934 beschloß William, bevor er eine definitive Entscheidung über seine Zukunft traf, einen Monat Ferien in England zu machen.

Er spielte sogar mit dem Gedanken, sich aus dem Aufsichtsrat zurückzuziehen, doch Matthew überzeugte ihn davon, daß das sein Vater unter den gegebenen Umständen nicht getan hätte. Matthew schien sich mit der Niederlage seines Freundes beinahe noch schwerer abzufinden als William selbst. In der folgenden Woche erschien er mit unverkennbaren Anzeichen eines Katzenjammers in der Bank und ließ wichtige Arbeit unerledigt liegen. William beschloß, die Vorfälle kommentarlos zu übergehen, und lud Matthew ein, mit ihm und Kate zu Abend zu essen. Matthew lehnte mit der Ausrede ab, daß er noch eine Menge Arbeit zu erledigen habe. William hätte nicht weiter darüber nachgedacht, hätte Matthew nicht am selben Abend mit einer auffallend hübschen Dame im Ritz Carlton gespeist, die – darauf meinte William schwören zu können – die Frau eines der Abteilungsleiter von Kane and Cabot war. Kate sagte nichts, außer daß Matthew nicht sehr gut aussah.

William, den die bevorstehende Abreise beschäftigte, nahm von dem seltsamen Benehmen seines Freundes weniger Notiz, als er es unter anderen Umständen getan hätte. Im letzten Moment schien William die Idee, allein einen Monat in England zu verbringen, unerträglich, und er bat Kate, ihn zu begleiten. Zu seiner Überraschung und Freude willigte sie ein.

William und Kate fuhren auf der *Mauritania* in getrennten Kabinen nach England. Nachdem sie im Ritz abgestiegen waren – in getrennten Zimmern und sogar in verschiedenen Stockwerken –, suchte William die Londoner Niederlassung von Kane and Cabot in der Lombard Street auf und erledigte den scheinbaren Anlaß seiner Reise, nämlich die europäischen Aktivitäten der Bank zu überprüfen. Alles stand zum besten, Tony Simmons war offenbar ein beliebter Direktor gewesen. Für William blieb nichts anderes zu tun, als seine Zustimmung zu murmeln.

Er verbrachte mit Kate zwei herrliche Wochen in London, Hampshire und Lincolnshire; gemeinsam besichtigten sie ein Terrain von mehr als sechstausend Hektar, das William vor ein paar Monaten gekauft hatte. Die Einkünfte aus Farmland sind nie sehr hoch, aber wie William zu Kate sagte:

»Es wird immer dasein, falls die Dinge in Amerika wieder einmal schiefgehen sollten.«

Ein paar Tage vor der geplanten Rückreise erklärte Kate, daß sie gern Oxford kennenlernen würde, und William war einverstanden, sie am folgenden Morgen hinzufahren. Er mietete einen neuen Morris, ein Auto, das er noch nie gesteuert hatte. In der Universitätsstadt wanderten sie in den Colleges umher: Magdalen, herrlich am Fluß gelegen; Christchurch, großartig, aber ohne Kapelle; und Merton, wo sie einfach im Gras saßen und träumten.

»Es ist nicht erlaubt, im Gras zu sitzen«, sagte die Stimme eines College-Aufsehers.

Sie lachten und gingen Hand in Hand, wie Schüler, zum Ufer des Cherwell und schauten zu, wie acht Matthews sich mühten, ein Boot so schnell wie möglich vorwärts zu bringen. William konnte sich ein Leben ohne Kate nicht mehr vorstellen.

Am späten Nachmittag fuhren sie nach London zurück; als sie nach Henley-on-Thames kamen, gingen sie in das am Fluß gelegene Bell Inn, um Tee zu trinken. Nach einer Portion *scones* und einer Kanne starkem englischen Tee (Kate war mutig und trank ihn nur mit Milch, während William ihn mit Wasser verdünnte) meinte Kate, sie sollten weiterfahren, um noch vor Einbruch der Dunkelheit etwas von der Landschaft zu sehen. Als William den Wagen startete, wollte der Motor trotz aller Versuche nicht anspringen. William gab auf, und da es spät wurde, beschlossen sie, die Nacht in Henley zu verbringen. Er ging zur Rezeption des Bell Inn und verlangte zwei Zimmer.

»Tut mir leid, Sir, ich habe nur noch ein Doppelzimmer.«

William zögerte einen Moment, dann sagte er: »Gut, wir nehmen es.«

Kate sah etwas erstaunt drein, sagte jedoch nichts. Der Portier schaute sie mißtrauisch an.

»Mr. und Mrs.... eh...?«

»Mr. und Mrs. William Kane«, sagte William bestimmt. »Wir kommen später vorbei.«

»Soll ich die Koffer auf Ihr Zimmer bringen lassen, Sir?« fragte der Portier.

»Wir haben kein Gepäck«, erwiderte William lächelnd.

»Ich verstehe, Sir.«

Eine verwirrte Kate folgte William die High Street hinauf, bis sie vor der Pfarrkirche stehenblieben.

»Darf ich fragen, was wir hier machen, William?« erkundigte sich Kate.

»Etwas, was ich schon längst hätte machen sollen, mein Liebes.«

Kate stellte keine Fragen mehr. Als sie die Sakristei betraten, ordnete ein Kirchendiener eben die Gesangbücher.

»Wo finde ich den Pfarrer?« fragte William.

Der Kirchendiener richtete sich zu seiner vollen Größe auf und schaute William mitleidig an.

»Im Pfarrhaus vermutlich.«

»Wo ist das Pfarrhaus?« fragte William.

»Sie sind Amerikaner, nicht wahr?«

»Ja«, erwiderte William bereits ungeduldig.

»Das Pfarrhaus wird wohl neben der Kirche liegen, nicht wahr?« sagte der Kirchendiener.

»Vermutlich«, sagte William. »Können Sie noch zehn Minuten hierbleiben?«

»Warum sollte ich das tun, Sir?«

William zog eine neue Fünf-Pfund-Note aus der Innentasche und entfaltete sie. »Sagen wir lieber fünfzehn Minuten, um sicherzugehen.«

Der Kirchendiener studierte die Fünf-Pfund-Note sehr sorgfältig, dann sagte er: »Amerikaner. Ja, Sir.«

William ließ den Mann mit seiner Banknote stehen und eilte mit Kate aus der Kirche. Als sie an der Anschlagtafel in der Vorhalle vorbeikamen, las er: »Der Pfarrer dieser Kirchengemeinde ist Reverend Simon Tukesbury, M. A. (Cantab)«, und neben dieser Erklärung hing, mit einem Nagel befestigt, ein Aufruf, für ein neues Kirchendach zu spenden. Jeder Penny würde helfen, die notwendigen fünfhundert Pfund aufzubringen, erklärte der Aufruf bescheiden. William eilte zum Pfarrhaus, Kate ein paar Schritte hinter ihm. Eine lächelnde, beleibte Frau mit rosa Wangen antwortete auf Williams energisches Klopfen.

»Mrs. Tukesbury?« fragte William.

»Ja.« Sie lächelte.

»Kann ich mit Ihrem Mann sprechen?«

»Er trinkt eben Tee, können Sie etwas später zurückkommen?«

»Leider ist es ziemlich dringend«, beharrte William.

Kate hatte ihn jetzt eingeholt, sagte jedoch kein Wort.

»Nun, in diesem Fall muß ich Sie wohl hereinbitten.«

Das Pfarrhaus stammte aus dem frühen 16. Jahrhundert, in dem kleinen Wohnzimmer brannte ein einladendes Holzfeuer. Der Pfarrer, ein großer, hagerer Mann, der hauchdünne Gurkensandwiches verzehrte, stand auf, um sie zu begrüßen.

»Guten Abend, Mr....?«

»Kane, Sir. William Kane.«

»Was kann ich für Sie tun, Mr. Kane?«

»Kate und ich«, sagte William, »wollen heiraten.«

»Ach, wie nett«, bemerkte Mrs. Tukesbury.

»Ja, wirklich«, sagte der Pfarrer. »Sind Sie ein Mitglied dieser Kirchengemeinde? Ich glaube, ich erinnere mich nicht...«

»Nein, Sir. Ich bin Amerikaner. Ich gehöre zu St. Paul's in Boston.«

»Massachusetts, nehme ich an, nicht Lincolnshire«, sagte der Reverend.

»Ja«, sagte William, der vergessen hatte, daß es auch in England ein Boston gab.

»Ausgezeichnet«, sagte der Pfarrer und hob die Hände, als wolle er den Segen erteilen. »Und welches Datum haben Sie für diese Vereinigung der Seelen im Sinn?«

»Jetzt, Sir.«

»Jetzt, Sir?« wiederholte der fassungslose Pfarrer. »Ich kenne die Gebräuche nicht, die in den Vereinigten Staaten die heilige, feierliche und bindende Institution der Eheschließung begleiten, Mr. Kane, obwohl man von seltsamen Vorfällen liest, besonders bei Ihren Landsleuten in Kalifornien. Ich sehe es jedoch als meine Pflicht an, Sie davon zu unterrichten, daß diese Sitten vorläufig nicht bis Henley-on-Thames gedrungen sind. In England, Sir, müssen Sie einen vollen Monat in einer Kirchengemeinde ansässig sein, bevor Sie heiraten können, und das Aufgebot muß zu drei verschiedenen Gelegenheiten bekanntgemacht werden, außer es liegen ganz besondere Umstände vor. Und selbst wenn diese besonderen Umstände vorlägen, müßte ich vom Bischof eine Dispens erhalten, was mindestens drei Tage beanspruchen würde«, fügte Mr. Tukesbury hinzu und legte die Hände resolut auf den Tisch. Jetzt sprach Kate zum erstenmal. »Wieviel fehlt Ihnen noch für das neue Kirchendach?«

»Ach, das Dach. Eine traurige Angelegenheit aber ich will jetzt nicht von seiner Geschichte sprechen, 11. Jahrhundert, wissen Sie...«

»Wieviel brauchen Sie?« fragte William und preßte Kates Hand.

»Wir hoffen, fünfhundert Pfund zu sammeln. Es ging nicht schlecht bisher; in nur sieben Wochen haben wir schon siebenundzwanzig Pfund, vier Shilling und vier Pence bekommen.«

»Nein, nein, mein Lieber«, unterbrach Mrs. Tukesbury. »Du hast ein Pfund, elf Shilling und zwei Pence nicht mitgezählt, die ich letzte Woche mit meinem Basar verdient habe.«

»Ganz recht, meine Liebe. Wie unbedacht von mir, deinen persönlichen Beitrag nicht zu erwähnen. Das macht alles in allem...« Der Reverend begann die Zahlen im Kopf zu addieren und schaute zum Himmel, als erwarte er sich eine Inspiration von dort.

William zog die Brieftasche hervor, stellte einen Scheck über fünfhundert Pfund aus und schob ihn wortlos Hochwürden Tukesbury zu.

»Ich... ah, ja, ich sehe, daß hier besondere Umstände vorliegen, Mr. Kane«, stammelte der verblüffte Pfarrer. Sein Ton änderte sich. »War einer von Ihnen jemals verheiratet?«

»Ja«, sagte Kate. »Mein Gatte wurde vor vier Jahren bei einem Flugzeugunglück getötet.«

»Ach, wie furchtbar«, sagte Mrs. Tukesbury. »Das tut mir leid. Ich...«

»Psst, meine Liebe«, sagte der Mann Gottes, im Augenblick mehr interessiert am Kirchendach als an den Gefühlen seiner Frau. »Und Sie, Sir?«

»Ich war nie verheiratet«, erklärte William.

»Ich muß den Bischof anrufen.« Williams Scheck in der Hand, verschwand Hochwürden Tukesbury im nächsten Zimmer.

Mrs. Tukesbury forderte die beiden auf, sich zu setzen, und bot ihnen Gurkensandwiches an. Sie plauderte und plauderte, und William und Kate hörten nicht zu, sondern schauten einander an. Kurze Zeit später kam der Pfarrer zurück.

»Es ist gegen alle Regeln, absolut gegen alle Regeln, aber der Bischof gab seine Einwilligung unter der Bedingung, daß Sie morgen früh alles bei der amerikanischen Botschaft und dann sofort nach Ihrer Rückkehr bei Ihrem Bischof in St. Paul's bestätigen lassen.«

Er hielt immer noch die Fünfhundert-Pfund-Note in der Hand. »Wir brauchen nur zwei Zeugen«, fuhr er fort. »Meine Frau kann eine Zeugin sein, und wir wollen hoffen, daß der Kirchendiener noch hier ist, um den zweiten Zeugen abzugeben.«

»Er ist bestimmt noch hier, das weiß ich«, versicherte William.

»Woher wollen Sie das so bestimmt wissen?«

»Er kostete ein Prozent.«

»Ein Prozent?« wiederholte Reverend Tukesbury verwirrt.

»Ein Prozent Ihres Kirchendaches«, sagte William.

Der Pfarrer führte William, Kate und seine Frau auf einem schmalen Weg zur Kirche zurück und blinzelte dem wartenden Kirchendiener zu.

»Tatsächlich, ich sehe, daß Mr. Sprogget noch im Dienst ist... Für mich blieb er noch nie so lang; offenbar haben Sie etwas Besonderes an sich, Mr. Kane.«

Simon Tukesbury zog Meßgewand und Chorhemd an, während der Kirchendiener eher fassungslos zuschaute.

William wandte sich Kate zu und küßte sie zärtlich. »Ich weiß, unter den gegebenen Umständen klingt es verdammt dumm. Trotzdem: Willst du mich heiraten?«

»Du guter Gott«, rief Reverend Tukesbury aus, der in seinen siebenundfünfzig Lebensjahren noch nie den Namen Gottes eitel genannt hatte. »Wollen Sie damit sagen, daß Sie sie noch nicht einmal gefragt haben?«

Fünfzehn Minuten später verließen Mr. und Mrs. William Kane die Pfarrkirche von Henley-on-Thames in Oxfordshire. Im letzten Moment mußte Mrs. Tukesbury einen Ring beistellen, den sie von einem Vorhang in der Sakristei nahm. Alles verlief ausgezeichnet; Reverend Tukesburys Kirche hatte ein neues Dach und Mr. Sprogget eine schöne Geschichte, die er im ›*Green Man*‹, wo er den Großteil der fünf Pfund ausgab, erzählen konnte.

Vor der Kirche übergab der Pfarrer William ein Stück Papier. »Zwei Shilling und Sixpence, bitte.«

»Wofür?« fragte William.

»Für Ihren Trauschein, Mr. Kane.«

»Sie hätten Bankier werden sollen, Sir«, bemerkte William und gab Reverend Tukesbury eine halbe Krone.

In glückseligem Schweigen ging William mit seiner Frau die High Street zurück zum Bell Inn. In dem Eßzimmer mit den schweren Eichenbalken aus dem 15. Jahrhundert aßen sie in Ruhe zu Abend und gingen kurz nach neun zu Bett. Als sie die Holztreppe hinauf zu ihrem Zimmer stiegen, zwinkerte der Chef der Rezeption dem Portier zu: »Wenn die verheiratet sind, bin ich der König von England.«

William summte: »God Save the King.«

Am nächsten Morgen nahmen Mr. und Mrs. Kane, während das Auto repariert wurde, ein gemütliches Frühstück zu sich. (Sein Vater hätte William gesagt, daß es nichts anderes brauchte als einen neuen Ventilatorriemen.) Ein junger Kellner schenkte Kaffee ein.

»Magst du ihn schwarz, oder willst du ein wenig Milch?« fragte William.

Ein älteres Ehepaar lächelte die beiden wohlwollend an.

»Mit Milch, bitte«, sagte Kate, langte über den Tisch und berührte Williams Hand.

Er strahlte sie an und merkte plötzlich, daß das ganze Frühstückszimmer sie beobachtete.

In der kühlen Vorfrühlingsluft fuhren sie durch Henley, über die

Themse und weiter durch Berkshire und Middlesex nach London.

»Hast du den Blick bemerkt, mit dem dich der Portier heute morgen angeschaut hat, Liebling?« fragte William.

»Ja, vielleicht hätten wir ihm unseren Trauschein zeigen sollen.«

»O nein, das hätte das ganze schöne Bild der liderlichen Amerikanerin verdorben. Wenn er heute abend nach Hause kommt, möchte er seiner Frau bestimmt nicht erzählen, daß wir verheiratet sind.«

Als sie rechtzeitig zum Lunch wieder im Ritz eintrafen, nahm der Direktor erstaunt zur Kenntnis, daß William Kates Zimmer aufgab. Später hörte man ihn bemerken. »Der junge Mr. Kane schien so ein Gentleman zu sein. Sein ehrenwerter verstorbener Vater hätte sich nie so benommen.«

William und Kate fuhren auf der *Aquitania* nach New York zurück, nachdem sie die amerikanische Botschaft in der Grosvenor Street von ihrer Eheschließung informiert hatten. Der Konsul gab ihnen ein langes Formular zum Ausfüllen, verlangte ein Pfund und ließ sie länger als eine Stunde warten. Die amerikanische Botschaft brauchte offenbar kein neues Dach. William wollte zu Cartier in die Bond Street gehen und einen goldenen Ehering kaufen, aber davon wollte Kate nichts wissen. Um keinen Preis wollte sie sich von ihrem kostbaren Vorhangring trennen.

William fiel es nicht leicht, unter dem neuen Präsidenten in Boston zu arbeiten. Die Reformen des New Deal nahmen unglaublich rasch die Form von Gesetzen an, und William und Tony Simmons konnten sich nicht einigen, ob die Folgen für den Aktienmarkt gut oder schlecht sein würden. An einer Front jedenfalls wurde eine Expansion unvermeidlich, als Kate bald nach ihrer Rückkehr aus England verkündete, daß sie ein Kind erwarte. Die Neuigkeit wurde von ihren Eltern und ihrem Mann mit großer Freude aufgenommen. William versuchte, seine Arbeitszeit seinem neuen Status als Ehemann anzupassen, mußte aber immer öfter die heißen Sommerabende am Schreibtisch verbringen. Kate, frisch und glücklich in ihrem geblümten Umstandskleid, überwachte die Einrichtung eines Kinderzimmers im Red House. Zum erstenmal im Leben stellte William fest, daß er seinen Arbeitstisch verlassen und sich auf zu Hause freuen konnte. Hatte er noch etwas zu erledigen, nahm er die Unterlagen ins Red House mit, eine Gewohnheit, die er während ihrer ganzen Ehe beibehielt.

Kate und das Baby, das gegen Weihnachten erwartet wurde, machten William sehr glücklich, im Büro aber machte ihm Matthew Sorgen. Er hatte zu trinken begonnen und sich angewöhnt, ohne Entschuldigung zu spät ins Büro zu kommen; William stellte fest, daß er sich nicht mehr auf das Urteil seines Freundes verlassen konnte. Zuerst sagte er nichts und hoffte, es sei nicht mehr als eine seltsame Reaktion auf das Ende der Prohibition, die schnell vorübergehen würde. Aber so war es nicht. Die Dinge wurden immer schlimmer. Als Matthew an einem Novembermorgen zwei Stunden zu spät kam, offensichtlich einen Katzenjammer hatte und einen völlig überflüssigen Fehler machte – er verkaufte eine wichtige Anlage, was einem Kunden, der einen netten Gewinn hätte machen sollen, einen kleinen Verlust brachte –, hielt William die Zeit reif für eine unangenehme, aber unvermeidliche Konfrontation. Matthew gab seinen Irrtum zu und entschuldigte sich beschämt. William war froh, diese Sache erledigt zu haben, und wollte eben ein gemeinsames Mittagessen vorschlagen, als seine Sekretärin ganz gegen ihre Gewohnheit in sein Büro stürzte.

»Ihre Frau, Sir. Man hat sie in die Klinik gebracht.«

»Warum?« fragte William verwundert.

»Das Baby«, antwortete die Sekretärin.

»Aber es soll doch erst in sechs Wochen kommen«, murmelte William ungläubig.

»Ich weiß, Sir, aber Doktor MacKenzie klang besorgt und möchte, daß Sie so rasch wie möglich in die Klinik kommen.«

Matthew, der noch vor kurzem wie ein geknickter Bambus schien, nahm die Dinge in die Hand und fuhr William in die Klinik. Beide mußten an den Tod von Williams Mutter und an das totgeborene Kind denken. »Oh, Gott, nicht Kate«, sagte Matthew, als er auf den Parkplatz fuhr.

William benötigte keinen Führer zur Anne-Kane-Entbindungsstation, die Kate vor sechs Monaten offiziell eröffnet hatte. Vor dem Kreißsaal stand eine Krankenschwester, die ihm mitteilte, daß Doktor MacKenzie bei seiner Frau sei und daß sie sehr viel Blut verloren habe. William ging im Korridor auf und ab, hilflos, halb betäubt, wartend – wie er es vor Jahren getan hatte. Die Szene war ihm gespenstisch vertraut. Wie unwichtig war es, ob er Präsident der Bank war oder nicht, verglichen mit der Gefahr, Kate zu verlieren. Wann hatte er ihr zum letztenmal gesagt, daß er sie liebte? Matthew saß neben William, ging mit William auf und ab, blieb mit William stehen, aber er sprach nicht. Es gab nichts zu sagen. Wann immer eine Schwester in den oder aus dem Kreißsaal eilte, schaute William auf die Uhr. Aus Sekunden wurden Minuten, und aus Minuten Stunden. Endlich erschien Doktor MacKenzie mit kleinen Schweißperlen auf der Stirn, Nase und Mund von einer Maske bedeckt. William konnte den Gesichtsausdruck des Arztes erst erkennen, bis dieser die weiße Maske ablegte und ein breites Lächeln sehen ließ.

»Meinen Glückwunsch, William, du hast einen Jungen, und Kate geht es ausgezeichnet.«

»Gott sei Dank«, hauchte William und klammerte sich an Matthew.

»Obwohl ich den lieben Gott sehr respektiere«, sagte Doktor MacKenzie, »glaube ich, daß ich auch ein wenig mit der Entbindung zu tun hatte.«

William lachte. »Darf ich zu Kate?«

»Nein, noch nicht. Ich habe ihr ein Beruhigungsmittel gegeben, und sie schläft. Sie hat ziemlich viel Blut verloren, aber morgen wird sie wieder in Ordnung sein; vielleicht ein wenig schwach, doch bestimmt bereit, dich zu sehen. Nichts jedoch hindert dich, deinen Sohn zu besichtigen. Sei nicht bestürzt über seine Größe; du weißt, daß er zu früh gekommen ist.«

Der Arzt führte William und Matthew zu einer Glastür, und sie starrten auf eine Reihe von sechs kleinen rosa Köpfen in sechs kleinen Bettchen. »Der dort.« MacKenzie wies auf ein Baby, das eben angekommen war.

William schaute betreten auf das häßliche kleine Gesichtchen.

»Nun, eines muß ich dem kleinen Mann lassen«, sagte MacKenzie vergnügt, »er schaut besser aus als du in diesem Alter, und dabei hast du dich gar nicht so schlecht entwickelt.«

William lachte erleichtert.

»Wie werdet ihr ihn nennen?«

»Richard Higginson Kane.«

Der Arzt klopfte dem frisch gebackenen Vater liebevoll auf die Schulter. »Ich hoffe, ich lebe lang genug, um Richards erstes Kind auf die Welt zu bringen.«

William telegrafierte sofort dem Rektor von St. Paul, der den Jungen für 1943 vormerkte, dann betranken sich die beiden Freunde gründlich und kamen am nächsten Tag verspätet in die Klinik, um Kate zu besuchen.

William ging nochmals mit Matthew den kleinen Richard anschauen.

»Häßlicher kleiner Wurm«, sagte Matthew, »ganz anders als seine schöne Mama.«

»Das finde ich auch«, sagte William.

»Aber dir schaut er unglaublich ähnlich.«

William kehrte in Kates Zimmer zurück, das voller Blumen war.

»Gefällt dir dein Sohn?« erkundigte sich Kate. »Er ist dir so ähnlich.«

»Den nächsten Menschen, der das behauptet, werde ich verprügeln«, erwiderte William. »Er ist das häßlichste Geschöpf, das ich je gesehen habe.«

»O nein«, sagte Kate mit gespielter Empörung, »er ist wunderschön.«

»Ein Gesicht, das nur einer Mutter gefallen kann.« William nahm seine Frau in die Arme.

Sie schmiegte sich an ihn und war glücklich in seinem Glück.

»Was hätte Großmutter Kane dazu gesagt, daß unser Erstgeborener weniger als acht Monate nach unserer Heirat auf die Welt kam? ›Ich möchte nicht herzlos scheinen, aber jeder, der unter fünfzehn Monaten geboren wird, muß von zweifelhafter Herkunft sein; unter neun Monaten unakzeptabel‹«, ahmte er sie nach. »Übrigens vergaß ich dir etwas zu sagen, bevor man dich in die Klinik brachte.«

»Was denn?«

»Ich liebe dich.«

Kate und der kleine Richard mußten beinahe drei Wochen in der Klinik bleiben. Erst nach den Weihnachtsfeiertagen war Kate wieder ganz die alte. Richard dagegen gedieh wie Unkraut; offensichtlich hatte ihn niemand darüber informiert, daß er ein Kane war und sich so etwas nicht schickte. William wurde der erste männliche Kane, der eine Windel wechselte und einen Kinderwagen schob. Kate war stolz auf ihn und ein wenig überrascht. William erklärte Matthew, daß es höchste Zeit für ihn sei, sich eine Frau zu nehmen und einen Hausstand zu gründen.

Matthew lachte abwehrend. »Du sprichst ja wie ein alter Mann. Nächstens werde ich bei dir nach grauen Haaren Ausschau halten.«

Ein paar waren während des Kampfes um die Präsidentschaft bereits zum Vorschein gekommen. Matthew hatte sie nicht bemerkt.

William konnte nicht genau sagen, wann seine Beziehung zu Tony Simmons sich so verschlechterte; was immer William vorschlug, wurde von Tony boykottiert, und diese negative Einstellung ließ William ernstlich an einen Rücktritt denken. Matthew, der wieder zu seinen alten Trinkgewohnheiten zurückkehrte, machte die Sache auch nicht besser. Seine Reformperiode hatte nicht länger als ein paar Monate gedauert, und jetzt trank er noch etwas mehr als früher und erschien jeden Morgen etwas später in der Bank.

William wußte nicht recht, was er tun sollte, und erledigte nicht nur die eigene, sondern auch Matthews Arbeit. Bevor er wegging, kontrollierte er täglich Matthews Post und erledigte die von ihm nicht beantworteten Telefonate.

Im Frühjahr 1936, als die Kapitalanleger wieder Zutrauen faßten und die Sparer zurückkehrten, fand William es an der Zeit, versuchsweise wieder in den Aktienmarkt einzusteigen. Tony lehnte diesen Vorschlag in einem bürointernen Memo an das Finanzkomitee rundweg ab. William stürmte in Tonys Büro und fragte ihn, ob man seinen Rücktritt wünsche.

»Keineswegs, William. Du solltest nur begreifen, daß es immer meine Politik war, diese Bank auf konservative Art und Weise zu führen, und daß ich nicht bereit bin, mich mit dem Geld unserer Anleger Hals über Kopf in den Aktienmarkt zu stürzen.«

»Aber die anderen Banken schnappen uns ununterbrochen die besten Geschäfte weg, und wir sitzen daneben und schauen zu, wie sie die augenblickliche Lage zu ihrem Vorteil nutzen. Banken, die wir vor zehn Jahren nie als Konkurrenz angesehen hätten, sind heute dabei, uns zu überholen.«

»Worin überholen, William? Nicht, was den guten Ruf betrifft. Vielleicht mit raschen Profiten, nicht mit ihrem Ruf.«

»Ich bin nicht interessiert an Profiten«, erwiderte William. »Ich halte es für die Pflicht einer Bank, das Geld ihrer Kunden gut anzulegen und nicht in vornehmer Zurückhaltung fortwährend zuzuwarten.«

»Ich finde einen Stillstand immer noch besser als den Verlust des hohen Ansehens, das diese Bank unter deinem Großvater und deinem Vater während mehr als fünfzig Jahren erworben hat.«

»Richtig, aber beide haben immer nach neuen Möglichkeiten Ausschau gehalten, um den Tätigkeitsbereich der Bank zu erweitern.«

»In guten Zeiten.«

»Und auch in schlechten«, sagte William.

»Warum regst du dich so auf, William? Deine eigene Abteilung kannst du ganz nach deinem Gutdünken führen.«

»Keine Spur. Du blockierst alles, was nur im entferntesten nach neuen Ideen riecht.«

»William, wir wollen einmal ehrlich zueinander sein. Ich bin in letzter Zeit besonders vorsichtig, weil man sich auf Matthews Urteil nicht mehr verlassen kann.«

»Laß Matthew aus dem Spiel. Du blockierst nicht ihn, sondern mich; ich bin der Leiter der Abteilung.«

»Ich kann Matthew nicht aus dem Spiel lassen. Ich wollte, ich könnte es. Letztlich trage ich gegenüber dem Aufsichtsrat die gesamte Verantwortung für alles, was hier geschieht, und Matthew ist der zweite Mann in der wichtigsten Abteilung der Bank.«

»Ja, und daher bin ich verantwortlich, weil ich der erste Mann in dieser Abteilung bin.«

»Nein, William, ganz gleich, wie eng ihr befreundet seid, es fällt nicht mehr nur in deine Verantwortung, wenn Matthew um elf Uhr morgens betrunken in die Bank kommt.«

»Bitte, übertreib nicht.«

»Ich übertreib nicht, William. Die Bank hat Matthew Lester mehr als ein Jahr ertragen, und ich habe meine Bedenken nur deshalb nicht geäußert, weil ich weiß, wie gut du mit ihm und seiner Familie befreundet bist. Ich wäre nicht traurig, wenn er kündigte. Ein größerer Mann hätte das längst getan, und seine Freunde hätten ihm dazu geraten.«

»Nie«, sagte William. »Wenn er geht, gehe ich auch.«

»Wenn du das willst«, sagte Tony. »Ich bin in erster Linie unseren Kunden verantwortlich, nicht deinen alten Schulfreunden.«

»Diesen Ausspruch wirst du noch bereuen, Tony«, sagte William und stürmte aus dem Büro des Präsidenten. Wütend kehrte er in sein Zimmer zurück.

»Wo ist Mr. Lester?« fragte William seine Sekretärin.

»Er ist noch nicht gekommen, Sir.«

Verärgert schaute William auf die Uhr.

»Sagen Sie ihm, ich möchte ihn sofort sprechen, wenn er kommt.« – »Ja, Sir.«

Fluchend ging William in seinem Büro auf und ab. Alles, was Tony über Matthew gesagt hatte, war richtig, und das machte die Sache noch schlimmer. Er versuchte zurückzudenken, wann alles begonnen hatte, um eine Erklärung zu finden. Seine Gedanken wurden von der Sekretärin unterbrochen.

»Mr. Lester ist soeben gekommen, Sir.«

Matthew sah ziemlich verlegen aus und zeigte alle Symptome eines schweren Katzenjammers. Er war alt geworden im letzten Jahr, und seine Haut hatte die gesunde sportliche Farbe verloren. William kannte den Mann kaum wieder, der beinahe zwanzig Jahre lang sein bester Freund gewesen war.

»Wo, zum Teufel, warst du, Matthew?«

»Ich habe verschlafen«, erwiderte Matthew und kratzte sich an der Wange. »Es war ziemlich spät gestern.«

»Du meinst, du hast zuviel getrunken.«

»Nein, ich hab gar nicht so viel getrunken. Eine neue Freundin hat mich die ganze Nacht wachgehalten. Sie war absolut unersättlich.«

»Wann wirst du endlich aufhören, Matthew? Du hast beinahe mit jeder unverheirateten Frau in Boston geschlafen.«

»Übertreib nicht, William. Es müssen noch ein oder zwei übrig sein; das hoffe ich wenigstens. Und vergiß nicht die Tausende, die verheiratet sind.«

»Es ist nicht sehr komisch, Matthew.«

»Ach, William, hör auf, und gib mir eine Chance.«

»Eine Chance? Eben hat mir Tony Simmons deinetwegen Vorwürfe gemacht, und leider hat er völlig recht. Du gehst mit allem, was einen Rock hat, ins Bett, und was noch schlimmer ist, du trinkst dich zu Tode. Dein Urteil ist wertlos geworden. Warum, Matthew? Sag mir, warum. Es muß eine einfache Erklärung geben. Bis vor einem Jahr warst du einer der verläßlichsten Burschen, die ich kannte. Was ist los, Matthew? Was soll ich Tony Simmons sagen?«

»Sag Simmons, er soll zur Hölle fahren und sich um seine Angelegenheiten kümmern.«

»Matthew, sei gerecht; es ist seine Angelegenheit. Wir leiten eine Bank und kein Bordell, und du bist aufgrund meiner persönlichen Empfehlung hier Direktor geworden.«

»Und jetzt entspreche ich nicht mehr deinen Anforderungen, willst du das sagen?«

»Nein, das sage ich nicht.«

»Was, zum Teufel, sagst du dann?«

»Setz dich auf deinen Hintern und arbeite ein paar Wochen. Dann wird in kürzester Zeit alles vergessen sein.«

»Ist das alles, was du verlangst?«

»Ja«, sagte William.

»Ich werde tun, was du befiehlst, o Herr«, sagte Matthew, schlug die Hacken zusammen und ging.

»Verdammt«, murmelte William.

Am Nachmittag wollte William mit Matthew das Portfolio eines Kunden besprechen, aber niemand konnte ihn finden. Er war nach dem Lunch nicht mehr in die Bank gekommen und wurde nicht mehr gesehen. Selbst die Freude, den kleinen Richard abends zu Bett zu bringen, konnte William nicht von seinen Sorgen um Matthew ablenken. Richard konnte bereits »zwei« sagen, und William versuchte ihm »drei« beizubringen, aber Richard bestand darauf, »Brei« zu sagen.

»Wie willst du jemals hoffen, ein Bankier zu werden, wenn du nicht drei sagen kannst, Richard?« fragte William seinen Sohn, als Kate ins Zimmer kam.

»Vielleicht wird er eines Tages etwas tun, das sich lohnt«, meinte sie.

»Was kann lohnender sein als das Bankgeschäft?« wollte William wissen.

»Nun, vielleicht wird er Musiker oder Baseballspieler oder sogar Präsident der Vereinigten Staaten.«

»Unter den von dir genannten Möglichkeiten wäre mir am liebsten, er würde Baseballspieler; dabei verdient man am meisten«, sagte William und deckte Richard zu.

Richards letztes Wort vor dem Einschlafen war: »Brei, Daddy.« William gab es auf; es war offensichtlich nicht sein Tag.

»Du siehst müde aus, Liebling. Hoffentlich hast du nicht vergessen, daß wir später zum Cocktail bei Andrew MacKenzie sind.«

»Mein Gott, das habe ich völlig vergessen, wann erwartet er uns?«

»In etwa einer Stunde.«

»Zuerst werde ich jedenfalls ein ausführliches heißes Bad nehmen.«

»Ich dachte, das sei ein Privileg der Frauen«, meinte Kate.

»Heute abend muß ich mich ein wenig verwöhnen. Ich hatte einen zermürbenden Tag.«

»Hat Tony dich wieder sekkiert?«

»Ja, aber diesmal leider mit Recht. Er beklagte sich über Matthews Trinkgewohnheiten. Ich war nur froh, daß er nicht auch seine Amouren erwähnte. Man kann Matthew jetzt kaum mehr zu einer Party mitnehmen, ohne die älteste Tochter und gelegentlich auch die Frau des Hauses aus Sicherheitsgründen einzuschließen. Läßt du mir ein Bad ein?«

William saß mehr als eine halbe Stunde in der Wanne, und Kate mußte ihn hinausjagen, bevor er einschlief. Obwohl sie zur Eile antrieb, kamen sie fünfundzwanzig Minuten zu spät zu MacKenzie und fanden dort einen bereits angeheiterten Matthew vor, der im Begriff war, die Frau eines Kongreßabgeordneten kirre zu machen. William wollte eingreifen, aber Kate hielt ihn zurück. »Bitte sag nichts«, flüsterte sie.

»Ich kann einfach nicht zuschauen, wie er vor meinen Augen kaputtgeht«, sagte William. »Er ist mein bester Freund. Ich muß etwas unternehmen.«

Doch schließlich folgte er Kates Rat und verbrachte einen trübseligen Abend damit, zuzuschauen, wie Matthew sich betrank. Tony Simmons blickte von der anderen Zimmerseite vielsagend zu William hinüber, der erleichtert war, als Matthew bald die Party verließ, allerdings in Begleitung der einzigen alleinstehenden

Frau. Erst nach Matthews Abgang entspannte sich William zum erstenmal an diesem Tag.

»Wie geht es dem kleinen Richard?« fragte Andrew MacKenzie.

»Er kann nicht ›drei‹ sagen«, beschwerte sich William.

»Scheint beinahe so, als ob etwas Vernünftiges aus ihm werden würde«, bemerkte Doktor MacKenzie.

»Genau das gleiche fand ich auch«, sagte Kate. »Was für eine gute Idee, William, Richard könnte Arzt werden.«

»Da kann wenig passieren«, sagte Andrew, »ich kenne nur wenige Ärzte, die weiter als bis zwei zählen können.«

»Außer wenn sie ihre Honorarnoten senden«, meinte William.

Andrew lachte. »Noch einen Drink, Kate?«

»Nein danke, Andrew, höchste Zeit, daß wir nach Hause gehen. Sonst bleiben am Schluß nur Tony Simmons und William übrig, und beide können weiter als zwei zählen. Das heißt, wir würden den Rest des Abends mit Bankgesprächen verbringen.«

»Ganz richtig«, sagte William. »Danke für die gemütliche Party, Andrew. Übrigens, ich muß mich für Matthews Benehmen entschuldigen.«

»Warum?« fragte MacKenzie.

»Andrew, er war nicht nur betrunken, er hat sich auch an jeden weiblichen Gast herangemacht.«

»In seiner Situation würde ich mich nicht anders verhalten«, sagte Andrew MacKenzie.

»Warum sagst du das?« fragte William. »Du kannst doch nicht, nur weil er Junggeselle ist, seine Lebensweise billigen?«

»Nein, aber ich habe versucht zu verstehen und glaube, ich wäre ähnlich unverantwortlich, wenn ich mit seinem Problem fertig zu werden hätte.«

»Was meinen Sie?« fragte Kate.

»Mein Gott«, sagte Doktor MacKenzie. »Er ist euer bester Freund und hat euch nichts gesagt?«

»Was gesagt?« fragten beide gleichzeitig.

Dr. MacKenzie starrte sie ungläubig an.

»Kommt in mein Arbeitszimmer.«

William und Kate folgten dem Arzt in ein kleines Zimmer, dessen Wände von medizinischen Wälzern verdeckt waren; nur da und dort sah man in einer Lücke zumeist ungerahmte Fotos aus des Doktors Studententagen in Cornell.

»Setzen Sie sich, Kate«, sagte er, »William, ich entschuldige mich nicht für das, was ich euch jetzt sage, denn ich war überzeugt, ihr wißt, daß Matthew schwer krank ist; er stirbt an der Hodgkinschen Krankheit. Das weiß er seit einem Jahr.«

William ließ sich in einen Sessel fallen. Er brachte kein Wort hervor.

»Hodgkinsche Krankheit?«

»Eine praktisch immer letal endende Entzündung und Vergrößerung der Lymphknoten«, sagte der Arzt trocken.

William schüttelte ungläubig den Kopf. »Warum hat er es mir nicht gesagt?«

»Ihr kennt euch seit der Schulzeit. Nach meiner Ansicht ist er viel zu stolz, um jemand anderen mit seinen Problemen zu belasten. Vermutlich möchte er lieber auf seine Art sterben als jemanden wissen zu lassen, was er durchmacht. Ich bitte ihn seit sechs Monaten, es seinem Vater zu sagen, und ich habe natürlich meine Schweigepflicht ihm gegenüber verletzt, weil ich es euch mitgeteilt habe. Aber ich kann nicht zulassen, daß ihr ihm etwas vorwerft, worüber er absolut keine Kontrolle hat.«

»Danke, Andrew«, sagte William. »Warum war ich bloß so blind und dumm?«

»Mach dir keine Vorwürfe. Du hast es nicht erraten können.«

»Gibt es wirklich keine Hoffnung? Gibt es keine Spezialisten oder Klinken? Geld wäre kein Problem...«

»Nicht alles ist käuflich, William. Ich habe die drei besten Leute in Amerika konsultiert und einen Mann in der Schweiz. Sie stimmen alle mit meiner Diagnose überein. Die Medizin kennt leider noch keine Therapie für die Hodgkinsche Krankheit.«

»Wie lang wird es dauern?«

»Höchstens sechs Monate, vermutlich nur noch drei.«

»Und ich dachte, *ich* hätte Probleme«, sagte William. Er klammerte sich an Kates Hand, als wäre sie ein Rettungsanker. »Wir müssen gehen, Andrew. Danke, daß du es uns gesagt hast.«

»Hilf ihm, wie und wo immer du kannst«, sagte der Arzt, »aber um Himmels willen, sei tolerant. Laß ihn tun, was er will. Es sind seine letzten paar Monate, nicht deine. Und laß ihn nicht wissen, daß ich es dir gesagt habe.«

Schweigend fuhr William mit Kate nach Hause. Sobald sie das Red House erreichten, rief William das Mädchen an, mit dem Matthew die Party verlassen hatte.

»Könnte ich vielleicht mit Matthew Lester sprechen?«

»Er ist nicht hier«, sagte eine verärgerte Stimme. »Er hat mich in den ›In and Out‹-Club geschleppt, aber als wir dort ankamen, war er so betrunken, daß ich mich weigerte, mit ihm hineinzugehen.« Sie legte auf.

Der ›In and Out‹-Club. William hatte eine vage Erinnerung, das Schild gesehen zu haben. Er sah im Telefonbuch nach, fuhr in den Norden der Stadt und fand, nachdem er einen Fußgänger gefragt hatte, schließlich den Klub. William klopfte an die Tür. Sie wurde einen Spalt geöffnet.

»Sind Sie Mitglied?«

»Nein«, sagte William und steckte eine Zehn-Dollar-Note durch das Gitter.

Die Tür öffnete sich, und William befand sich mitten auf einem Tanzparkett. In seinem dreiteiligen Bankeranzug nahm er sich etwas seltsam aus. Innig umschlungene Paare machten ihm Platz, ohne sich weiter um ihn zu kümmern. Williams Augen suchten in dem raucherfüllten Lokal nach Matthew. Er war nicht da. Endlich glaubte er eine von Matthews vielen Freundinnen wiederzuerkennen; bestimmt hatte er sie einmal morgens aus der Wohnung seines Freundes kommen sehen. Sie saß mit überkreuzten Beinen in einer Ecke neben einem Matrosen.

»Verzeihen Sie, Fräulein.«

Sie schaute auf, erkannte William jedoch nicht.

»Die Dame gehört zu mir, verschwinden Sie«, sagte der Matrose.

»Haben Sie Matthew Lester gesehen?«

»Matthew?« fragte das Mädchen. »Matthew wer?«

»Ich sagte dir bereits, du sollst verschwinden«, wiederholte der Matrose und stand auf.

»Noch ein Wort und ich schlag dich nieder«, sagte William.

Der Matrose hatte schon einmal im Leben eine so kalte Wut in den Augen eines Mannes gesehen. Damals hatte er beinahe ein Auge verloren. Er setzte sich wieder.

»Wo ist Matthew?«

»Ich kenne keinen Matthew, Liebling.« Jetzt hatte auch das Mädchen Angst.

»Etwa ein Meter fünfundachtzig groß, blond, gekleidet wie ich und vermutlich betrunken.«

»Ach, Sie meinen Martin. Hier nennt er sich Martin und nicht Matthew.« Sie entspannte sich. »Lassen Sie mich nachdenken. Mit wem ist er heute abend verschwunden?« Sie drehte sich zur Theke und rief dem Barkellner zu: »Terry, mit wem ist Martin fortgegangen?«

Der Barkellner nahm einen alten Zigarettenstummel aus dem Mundwinkel »Jenny«, sagte er und steckte den Stummel wieder in den Mund.

»Ach ja, Jenny«, sagte das Mädchen. »Sie macht es kurz. Läßt keinen Mann länger als eine halbe Stunde bei sich. Also sollten sie bald zurück sein.«

»Danke«, sagte William.

Er wartete beinahe eine Stunde, saß an der Theke, trank einen stark gewässerten Scotch und fühlte sich immer unbehaglicher. Schließlich wies der Barkellner auf ein Mädchen, das eben zur Tür hereinkam.

»Das ist Jenny«, sagte er. Matthew war nicht mit ihr.

Der Barkellner winkte Jenny herbei. Ein schlankes, dunkles, nicht unhübsches Mädchen zwinkerte William zu und kam mit schwingenden Hüften an die Theke.

»Suchst du mich, Liebling? Ich habe Zeit, aber ich rechne zehn Dollar für die halbe Stunde.«

»Nein, ich will dich nicht«, sagte William.

»Reizend«, meinte Jenny.

»Ich suche den Mann, der bei dir war, Matthew – ich meine Martin.«

»Martin war so betrunken, daß nicht einmal ein Kran ihm zu einem Ständer verholfen hätte. Aber er hat seine zehn Dollar bezahlt. Das tut er immer. Ein echter Gentleman.«

»Wo ist er jetzt?« fragte William ungeduldig.

»Ich weiß nicht; er hat eingesehen, daß nichts zu machen war, und ist nach Hause gegangen.«

William rannte auf die Straße hinaus. Die kalte Luft traf ihn fast wie ein Schlag. Er entfernte sich langsam vom Klub und fuhr in die Richtung von Matthews Wohnung. Er schaute jeden Fußgänger an, an dem er vorbeikam; manche eilten weiter, wenn sie seinen prüfenden Blick bemerkten, andere versuchten ein Gespräch zu beginnen. Als er an einem Nachtcafé vorüberkam, erkannte er hinter der beschlagenen Scheibe seinen Freund, der sich, ein Glas in der Hand, zwischen den Tischen einen Weg bahnte. William parkte das Auto, ging hinein und setzte sich neben Matthew. Dieser war an einem Tisch zusammengesackt, auf dem eine unberührte, halb verschüttete Tasse Kaffee stand, und war so betrunken, daß er William nicht erkannte.

»Matthew, ich bin es«, sagte William und sah den zusammengesunkenen Mann an. Tränen liefen seine Wangen hinab.

Matthew schaute auf und verschüttete noch mehr Kaffee. »Warum weinst du, mein Alter? Hast du dein Mädchen verloren?«

»Nein, meinen besten Freund«, sagte William.

»Ach, die sind viel rarer.«

»Ich weiß.«

»Ich habe einen guten Freund«, lallte Matthew. »Er hat immer zu mir gehalten, bis wir heute zum erstenmal gestritten haben. War aber meine Schuld. Ich hab ihn ziemlich enttäuscht.«

»Nein, das stimmt nicht«, sagte William.

»Woher wollen Sie das wissen?« fragte Matthew ärgerlich. »Sie sind es nicht einmal wert, ihn kennenzulernen.«

»Gehen wir nach Hause, Matthew.«

»Ich heiße Martin«, sagte Matthew.

»Entschuldige, gehen wir, Martin.«

»Nein, ich will hierbleiben. Will auf ein Mädchen warten, das vielleicht später vorbeikommt. Ich glaube, jetzt bin ich für sie bereit.«

»Ich habe einen guten alten Malzwhisky zu Hause«, sagte William, »warum kommst du nicht mit mir?«

»Sind Frauen bei dir?«

»Ja, eine Menge.«

»Gut. Dann komm ich mit.«

William half Matthew auf, stützte ihn unter der Achsel und führte ihn langsam durch das Café zum Ausgang. Zum erstenmal merkte er, wie schwer Matthew war. Als sie an zwei Polizisten vorbeikamen, die an einer Ecke der Theke saßen, hörte William den einen zum anderen sagen: »Verdammte Schwule.«

William half Matthew ins Auto und nahm ihn mit nach Beacon Hill. Kate hatte auf sie gewartet.

»Du hättest zu Bett gehen sollen, Liebling.«

»Ich konnte nicht schlafen.«

»Er ist leider praktisch nicht bei Sinnen.«

»Ist das das Mädchen, das du mir versprochen hast?« fragte Matthew.

»Ja, sie wird sich um dich kümmern.« William und Kate halfen ihm ins Gästezimmer hinauf und legten ihn aufs Bett. Kate zog ihn aus.

»Du mußt dich auch ausziehen, Liebling«, sagte er. »Ich habe meine zehn Dollar schon bezahlt.«

»Wenn du im Bett liegst«, sagte Kate leichthin.

»Warum schaust du so traurig aus, schöne Dame?« fragte Matthew.

»Weil ich dich liebhabe«, sagte Kate, und in ihren Augen standen Tränen.

»Wein nicht«, sagte Matthew. »Es gibt keinen Grund zu weinen. Diesmal wird es mir gelingen, du wirst sehen.«

Als sie Matthew ausgezogen hatten, deckte ihn William zu, und Kate löschte das Licht.

»Du hast versprochen, dich zu mir zu legen«, sagte Matthew schläfrig.

Sie schloß leise die Tür.

Aus Angst, er könne aufwachen und versuchen, wegzugehen, schlief William auf einem Stuhl vor Matthews Zimmer. Kate weckte ihn, bevor sie Matthew ein Frühstück brachte.

»Was mache ich hier, Kate?« waren Matthews erste Worte.

»Du bist gestern nach Andrew MacKenzies Party mit uns nach Hause gekommen«, log Kate nicht sehr überzeugend.

»Nein, ich bin mit einem schrecklichen Mädchen ins ›In and Out‹ gegangen. Patricia irgendwer. Sie wollte nicht mit mir hinein. Mein Gott, ist mir elend. Kann ich einen Tomatensaft haben? Ich will nicht unfreundlich sein, aber im Augenblick kann ich kein Frühstück sehen.«

»Natürlich, Matthew.«

William kam ins Zimmer. Matthew hob den Kopf. Schweigend schauten die Freunde einander an.

»Du weißt es, nicht wahr?« sagte Matthew schließlich.

»Ja«, sagte William, »ich war ein Narr, und ich hoffe, daß du mir verzeihst.«

»Wein nicht, William, ich hab dich nicht weinen gesehen, seit du zwölf warst; damals, als Covington dich verprügelte und ich ihn wegziehen mußte. Erinnerst du dich? Was Covington jetzt wohl macht? Vermutlich führt er ein Bordell in Tijuana; das ist so ungefähr das einzige, zu dem er taugt. Übrigens, wenn Covington ein solches Etablissement führt, wird er es sehr gut führen. Du könntest mich hinbringen. Wein nicht, William. Erwachsene Männer weinen nicht. Es ist nichts zu machen. Ich habe alle Spezialisten aufgesucht, von New York über Zürich bis Los Angeles. Sie wissen nichts. Macht es dir etwas aus, wenn ich heute vormittag nicht in die Bank komme? Mir ist immer noch ziemlich schlecht. Weck mich auf, wenn ich zu lang bleibe oder im Weg bin, dann geh nach Hause.«

»Dein Zuhause ist hier.«

Matthews Gesichtsausdruck veränderte sich. »Wirst du es meinem Vater sagen, William? Ich kann es einfach nicht. Du bist auch ein einziger Sohn; du verstehst das Problem.«

»Ja«, sagte William. »Ich fahre morgen nach New York und sag es ihm, wenn du versprichst, hier bei uns zu bleiben. Ich werde dich nicht davon abhalten, dich zu betrinken, wenn es das ist, was du willst, oder so viele Frauen zu haben, wie du möchtest, aber du mußt hierbleiben.«

»Das schönste Angebot seit Wochen, William. Aber jetzt werde ich noch ein wenig schlafen. Ich werde in letzter Zeit so leicht müde.«

William blieb, bis Matthew in tiefen Schlaf versunken war, dann nahm er das halbvolle Glas aus seiner Hand. Auf der Decke bildete sich ein Tomatenfleck.

»Stirb nicht«, sagte er leise, »bitte, stirb nicht, Matthew. Hast du vergessen, daß wir beide die größte Bank Amerikas führen wollen?«

Am nächsten Morgen fuhr William nach New York und besuchte Charles Lester. Der große Mann schien mit einem Schlag gealtert, nachdem er die Nachricht erfahren hatte; er sah aus, als schrumpfe er in seinem Lehnsessel zusammen.

»Danke, daß du gekommen bist, um es mir persönlich zu sagen, William. Ich wußte, daß etwas nicht in Ordnung ist, als Matthew aufhörte, mich jeden Monat zu besuchen. Ich werde jedes Wochenende zu euch kommen. Er ist bestimmt am liebsten bei dir und Kate, und ich will mich bemühen, nicht zu zeigen, wie mich die Nachricht getroffen hat. Weiß Gott, was er getan hat, ein solches Schicksal zu verdienen. Seit dem Tod meiner Frau plante ich nur mehr für Matthew, und jetzt gibt es niemanden, dem ich die Bank überlassen kann. Susan interessiert sich nicht dafür.«

»Kommen Sie, wann immer Sie wollen, nach Boston, Sir. Sie sind stets willkommen.«

»Danke, William. Danke auch für alles, was du für Matthew tust.«

Der alte Mann schaute ihn an. »Ich wollte, dein Vater hätte erlebt, wie würdig du dich des Namens Kane erweist. Wenn ich nur mit Matthew tauschen und ihn leben lassen könnte...«

»Ich sollte wieder zu ihm zurückfahren, Sir.«

»Ja, natürlich. Sag ihm, ich hätte die Nachricht mit stoischer Ruhe aufgenommen. Sag ihm nichts anderes.«

»Ja, Sir.«

William fuhr am selben Abend nach Boston zurück. Matthew war mit Kate zu Hause geblieben; er saß auf der Veranda und hatte begonnen, den neuesten Bestseller, »Vom Winde verweht« zu lesen. Als William durch die Glastür kam, schaute er auf.

»Wie hat es mein Vater aufgenommen?«

»Er hat geweint«, sagte William.

»Der Präsident der Lester Bank hat geweint?« fragte Matthew. »Das dürfen die Aktionäre nie erfahren.«

Matthew hörte zu trinken auf und arbeitete, soviel er konnte. William war erstaunt über seine Ausdauer und mußte ihn fortwährend ermahnen, sich nicht zu überarbeiten. Matthew erledigte alles, was in der Abteilung zu erledigen war, und zog William auf, indem er jeden Abend dessen Post kontrollierte. Vor dem Abendessen spielten sie zusammen Tennis oder ruderten gegeneinander auf dem Fluß. »Wenn ich dich nicht mehr schlagen kann, werde ich wissen, daß ich tot bin«, spottete Matthew. Er ging nicht ins Krankenhaus, sondern zog es vor, im Red House zu bleiben. Für William vergingen die Wochen langsam und doch zu schnell. Jeden Morgen, wenn er erwachte, fragte er sich, ob sein Freund noch lebte.

Matthew starb an einem Donnerstag. Vierzig Seiten von »Vom Winde verweht« blieben ungelesen.

Das Begräbnis fand in New York statt, und William und Kate wohnten bei Charles Lester. In sechs Monaten war Matthews Vater beinahe ein Greis geworden, und als er an den Gräbern seiner Frau und seines Sohnes stand, sagte er zu William, daß sein Leben jeden Sinn verloren habe. William schwieg; es gab keine Worte, die den gramgebeugten Mann hätten trösten können. Am nächsten Tag fuhren Kate und William nach Boston zurück. Das Red House schien seltsam leer ohne Matthew. Die letzten Monate hatten zu den glücklichsten und gleichzeitig zu den unglücklichsten in Williams Leben gehört. Der Tod hatte ihm Matthew und auch Kate so nahegebracht, wie es das Alltagsleben nie vermocht hätte.

Als William nach Matthews Tod wieder in die Bank zurückkehrte, fiel es ihm schwer, sich wieder in der normalen Routine zurechtzufinden. Wieder und wieder stand er auf und wollte in Matthews Zimmer gehen, um etwas zu besprechen, um sich zu unterhalten oder auch nur, um sich seiner Gegenwart zu vergewissern; aber er war nicht mehr da. Es dauerte Wochen, bevor William sich das abgewöhnte.

Tony Simmons zeigte sich sehr verständnisvoll, aber auch das half nicht. Während er monatelang seinen Freund betrauerte, verlor William jedes Interesse am Bankgeschäft, sogar an Kane and Cabot. Er hatte es immer als gegeben hingenommen, daß er und Matthew gemeinsam alt werden und ein gemeinsames Schicksal teilen würden. Niemand sagte etwas, als Williams Arbeit nicht den gewohnten hohen Standard zeigte. Aber selbst Kate begann sich Sorgen zu machen, als William Stunden um Stunden allein verbrachte.

Dann erwachte sie eines Morgens, und William saß an ihrem Bett und starrte auf sie herab. Sie blinzelte zu ihm auf. »Was ist los, Liebling?«

»Nichts, ich betrachte nur einfach meinen kostbarsten Besitz und vergewissere mich, daß ich ihn nicht als gegeben hinnehme.«

22

Als sich Amerika Ende 1932 immer noch in einer Wirtschaftskrise befand, begann Abel sich um die Zukunft der Baron-Hotels Sorgen zu machen. Zweitausend Banken hatten in den vergangenen zwei Jahren schließen müssen, und jede Woche sperrte eine andere zu. Neun Millionen Menschen waren arbeitslos, was allerdings den Vorteil bot, daß Abel in seinen Hotels ausgezeichnetes Personal hatte. Dennoch verlor die Baron-Gruppe in dem Jahr, in dem Abel ohne Verlust aussteigen wollte, zweiundsiebzigtausend Dollar, und er fragte sich, ob Geld und Geduld seines Gönners ausreichen würden, bis die Dinge wieder besser wurden.

Während Anton Cermaks erfolgreichem Wahlkampf um das Amt des Bürgermeisters von Chikago hatte Abel sich für amerikanische Politik zu interessieren begonnen. Cermak überredete Abel, der Demokratischen Partei beizutreten, die eben einen energischen Feldzug gegen die Prohibition führte. Abel unterstützte Cermak mit Begeisterung, da die Prohibition dem Hotelgewerbe sehr geschadet hatte. Daß Cermak auch Einwanderer war, und zwar aus der Tschechoslowakei, brachte die beiden Männer einander näher, und Abel war beglückt, als er bei dem Parteitag der Demokraten in Chikago zum Abgeordneten gewählt wurde. Alle Anwesenden brachen in eine stehende Ovation aus, als Cermak rief: »Es stimmt, ich bin nicht mit der *Mayflower* gekommen, aber ich kam, sobald ich konnte.«

Auf dem Parteitag wurde Abel auch Franklin D. Roosevelt vorgestellt, der auf ihn einen tiefen Eindruck machte. Roosevelt gewann mühelos den Wahlkampf, und im ganzen Land bekamen demokratische Kandidaten Posten und Stellungen. Einer der neu gewählten Stadträte in der City Hall von Chikago war Henry Osborne. Als Anton Cermak einige Wochen später in Miami Opfer eines Attentats wurde, das Roosevelt gegolten hatte, beschloß Abel, einen guten Teil seiner Zeit und seines Geldes der Sache der polnischen Demokraten in Chikago zu widmen.

1933 verlor die Gruppe nur dreiundzwanzigtausend Dollar, und eines der Hotels, dasjenige in St. Louis, warf sogar einen Gewinn ab. Als der Präsident am 12. März sein erstes Kamingespräch hielt und seine Landsleute aufforderte, »wieder an Amerika zu glauben«, hatte Abel genug Vertrauen in die Zukunft, um die beiden Hotels, die er ein Jahr zuvor geschlossen hatte, wieder zu eröffnen.

Zaphia war ärgerlich über seinen langen Aufenthalt in Charleston und Mobile, wo er die zwei Hotels wieder in Schwung brachte. Stellvertretender Direktor des Stevens war der Posten, den sie für Abel erträumt hatte; damit hatte sie Schritt halten können. Doch jetzt geschah jeden Monat etwas Neues; sie spürte, wie sie hinten nachblieb, und hatte Angst, daß Abel bald jedes Interesse an ihr verlieren würde.

Sie machte sich auch Sorgen, daß sie noch kein Kind bekam, und ging zu verschiedenen Ärzten, die ihr alle versicherten, daß einer Schwangerschaft nichts im Wege stehe. Einer der Ärzte schlug vor, auch Abel zu untersuchen, aber das lehnte Zaphia ab, da sie wußte, daß er auch nur die Erwähnung dieser Möglichkeit als Zweifel an seiner Männlichkeit auffassen würde. Als das Thema so emotionsgeladen wurde, daß sie es kaum noch miteinander besprechen konnten, blieb endlich Zaphias Periode aus. Sie wartete einen weiteren Monat, bevor sie Abel etwas sagte oder auch nur ihren Arzt aufsuchte. Dieser bestätigte, daß sie schwanger war. Am Neujahrstag des Jahres 1934 brachte Zaphia ein Mädchen zur Welt und Abel war selig. Es wurde nach Abels Schwester Florentyna getauft. Abel war vom ersten Augenblick an verzaubert von seiner Tochter, und Zaphia wußte, daß sie nicht mehr die größte Liebe in seinem Leben war. George und Zaphias Vettern waren die Paten des Kindes, und Abel lud am Abend nach der Taufe zu einem traditionellen polnischen Abendessen mit zehn Gängen ein. Das Kind erhielt einen Berg von Geschenken, unter anderem einen schönen antiken Ring von Abels Gönner. Abel revanchierte sich für dieses Geschenk, als die Baron-Gruppe am Ende dieses Jahres einen Gewinn von dreiundsechzigtausend Dollar aufwies. Nur das Baron-Hotel in Mobile war noch in den roten Zahlen.

Abel stellte fest, daß er nach Florentynas Geburt wesentlich mehr Zeit in Chikago verbrachte, und entschied, daß es an der Zeit war, dort ein Baron-Hotel zu bauen. Im Anschluß an die Weltausstellung florierten alle Hotels der Stadt. Das neue Hotel sollte im Angedenken an Davis Leroy das Aushängeschild der Gruppe werden. Die Gesellschaft besaß immer noch das Grundstück des alten Richmond-Hotels in der Michigan Avenue, und Abel hatte, in der Hoffnung, eines Tages finanziell stark genug zu sein, um das Hotel wieder aufzubauen, verschiedene Angebote für das Grundstück abgelehnt. Das Projekt kostete Geld, und Abel beabsichtigte, die siebenhundertfünfzigtausend Dollar, die er von der Great Western Casualty für das alte Richmond bekommen hatte, für den Bau zu verwenden. Sobald seine Pläne Gestalt angenommen hatten, informierte er Curtis Fenton von seinen Absichten, mit der Einschränkung, daß er das Projekt fallenlassen würde, falls David Maxton keine Konkurrenz für das Stevens haben wolle. Abel hatte das Gefühl, das sei das wenigste, was er unter den gegebenen Umständen tun konnte. Einige Tage später teilte ihm Curtis Fenton mit, daß sein Geldgeber über die Idee eines Baron-Hotels in Chikago entzückt sei.

Mit Hilfe von Stadtrat Henry Osborne, der die notwendigen Bewilligungen des Rathauses in kürzester Zeit beschaffte, entstand das neue Baron-Hotel in zwölf Monaten. Das Gebäude wurde 1936 vom Bürgermeister der Stadt, Edward J. Kelly, eröffnet, der nach Anton Cermaks Tod der erste Mann in der demokratischen Parteimaschine geworden war. Im Andenken an Davis Leroy hatte das Hotel keinen 12. Stock, eine Tradition, die Abel bei jedem neuen Baron-Hotel, das er baute, beibehielt.

Auch die beiden Senatoren von Illinois waren bei der Eröffnung anwesend und hielten vor zweitausend Gästen eine Ansprache. Das Chikago Baron war, sowohl was den Bau als auch die Einrichtung betraf, ein prachtvolles Hotel. Abel hatte letztlich mehr als eine Million Dollar ausgegeben, und es schien jeder Penny gut angelegt. Die Räume waren groß und elegant, die hohen Stuckdecken waren in blassem Grün gehalten – das wirkte angenehm und entspannend; dicke Teppiche bedeckten alle Fußböden. Das dunkelgrüne »B« war diskret, aber allgegenwärtig; es zierte die Flagge, die auf dem zweiundvierzigstöckigen Gebäude wehte, ebenso wie die Rockaufschläge des jüngsten Pagen.

»Dieses Hotel besitzt bereits den Stempel des Erfolges«, sagte J. Hamilton Lewis, der ältere der beiden Senatoren von Illinois, »denn, meine Freunde, es ist nicht das Gebäude, sondern der Erbauer, der immer als The Chikago Baron bekannt sein wird.« Abel strahlte über das ganze Gesicht, als die zweitausend Gäste Beifall klatschten.

Abels Erwiderung war elegant, er sprach gut und erntete Ovationen. Er begann sich unter bedeutenden Geschäftsleuten und älteren Politikern sicher zu fühlen. Zaphia hielt sich während der Feier etwas im Hintergrund; sie war sichtlich überfordert. Weder wollte sie, noch verstand sie einen Erfolg von dieser Größenordnung; und obwohl sie sich jetzt die teuersten Kleider leisten konnte, war sie geschmacklos und unbeholfen angezogen. Sie wußte, daß Abel das ärgerte. Als er sich mit Henry Osborne unterhielt stand sie daneben.

»Das muß der Höhepunkt Ihrer Karriere sein«, bemerkte Henry und klopfte Abel auf die Schulter.

»Der Höhepunkt? Ich war eben dreißig«, erwiderte Abel. Ein Blitzlicht flammte auf, als er einen Arm um Henrys Schulter legte. Abel strahlte und merkte zum erstenmal, wie wohl es tat, als bekannte Persönlichkeit behandelt zu werden. »Ich werde Baron-Hotels rund um den Erdball errichten«, sagte er gerade so laut, daß es die umstehenden Reporter hören konnten. »Ich beabsichtige in Amerika das zu werden, was César Ritz für Europa war; halten Sie sich an mich, Henry, und es wird Ihnen Spaß machen.«

23

Am nächsten Morgen beim Frühstück wies Kate auf eine kleine Notiz auf Seite 17 des *Globe;* darin wurde von der Eröffnung des Chikago Baron berichtet.

William lächelte, als er den Artikel las. Schade, daß Kane and Cabot nicht auf seinen Rat gehört hatte, die Richmond-Gruppe zu unterstützen. Er war zufrieden, daß seine Einschätzung von Rosnovski sich als richtig erwiesen hatte, selbst wenn die Bank an dem Erfolg nicht partizipierte. Sein Lächeln vertiefte sich, als er den Spitznamen *The Chikago Baron* las. Und dann wurde ihm plötzlich übel. Er schaute das Foto nochmals an; es war kein Irrtum, und der Begleittext bestätigte es: »Abel Rosnovski, Präsident der Baron-Gruppe, im Gespräch mit Mieczyslaw Szymczak, einem leitenden Beamten des Federal Reserve Board, und Stadtrat Henry Osborne.«

William legte die Zeitung auf den Tisch und dachte einen Augenblick lang nach. Sobald er im Büro war, rief er Thomas Cohen von Cohen and Yablons an.

»Ich habe lange nichts von Ihnen gehört, Mr. Kane«, waren Thomas Cohens erste Worte. »Mit Bedauern habe ich vom Tod Ihres Freundes Matthew Lester gehört. Wie geht es Ihrer Gattin und Ihrem Sohn – Richard heißt er, nicht wahr?«

Wie immer bewunderte William Thomas Cohens fabelhaftes Gedächtnis für Namen und Verwandtschaftsbeziehungen.

»Ja, richtig. Es geht beiden gut, danke, Mr. Cohen.«

»Nun, was kann ich diesmal für Sie tun, Mr. Kane?« Thomas Cohen hatte nicht vergessen, daß William nach einem Satz genug von persönlicher Konversation hatte.

»Ich möchte mit Ihrer Hilfe einen verläßlichen Detektiv finden. Mein Name darf mit den Nachforschungen nicht in Verbindung stehen, aber ich brauche wieder eine Auskunft über Henry Osborne. Alles, was er tat, seit er Boston verlassen hat, und insbesondere, ob eine Verbindung zwischen ihm und Abel Rosnovski von der Baron-Gruppe besteht.«

Es trat eine kurze Pause ein, bevor der Anwalt »gut« sagte.

»Können Sie mir in einer Woche berichten?«

»Zwei Wochen, Mr. Kane, zwei«, sagte Mr. Cohen.

»Ein ausführlicher Bericht auf meinem Schreibtisch in zwei Wochen, Mr. Cohen?«

»Zwei Wochen, Mr. Kane.«

Thomas Cohen war verläßlich wie immer, und am Morgen des 15. lag ein ausführlicher Bericht auf Williams Schreibtisch. Offenbar gab es keine Geschäftsverbindung zwischen Abel Rosnovski und Henry Osborne. Rosnovski sah in Osborne einen nützlichen politischen Kontakt, aber nicht mehr. Osborne selbst hatte einen Job nach dem anderen gehabt und war schließlich in der Zentrale der *Great Western Casualty Company* gelandet. Vermutlich hatte er dort Abel Rosnovski kennengelernt, da das alte Chikago Richmond bei der Great Western versichert war. Als das Hotel niederbrannte, hatte sich die Versicherung anfangs geweigert auszuzahlen. Ein gewisser Desmond Pacey, ehemaliger Direktor des Hotels, wurde wegen Brandstiftung zu zehn Jahren Gefängnis verurteilt; es kam der Verdacht auf, Abel Rosnovski hätte eventuell etwas damit zu tun gehabt. Da nichts bewiesen werden konnte, erklärte sich die Versicherung bereit, eine dreiviertel Million Dollar zu zahlen. Osborne, so fuhr der Bericht fort, war jetzt Stadtrat und Berufspolitiker im Rathaus. Man wußte, daß er eines Tages Kongreßabgeordneter von Chikago zu werden hoffte. Er hatte vor kurzem eine gewisse Marie Axton, Tochter eines wohlhabenden Arzneimittelherstellers, geheiratet. Bis jetzt keine Kinder.

William las den Bericht ein zweitesmal, um ganz sicherzugehen, daß ihm auch nicht das kleinste und unwichtigste Detail entgangen war. Obwohl die beiden Männer anscheinend nicht viel miteinander zu tun hatten, konnte er das Gefühl nicht loswerden, daß ihm eine Verbindung zwischen Abel Rosnovski und Henry Osborne, die ihn beide aus völlig verschiedenen Gründen haßten, gefährlich werden könnte. Er schickte Thomas Cohen einen Scheck und bat, die Akte jedes Vierteljahr à jour zu bringen, doch als die Monate vergingen und die vierteljährlichen Berichte nichts Neues brachten, hörte er auf, sich Sorgen zu machen. Vielleicht hatte er zuviel in das Foto im *Boston Globe* hineininterpretiert.

Im Frühling 1937 schenkte Kate ihrem Mann eine Tochter, die Virginia getauft wurde. Wieder wechselte William Windeln und war von der kleinen Dame so fasziniert, daß Kate das Kind jeden Abend vor ihm retten mußte, damit es genügend Schlaf bekam. Der zweieinhalbjährige Richard war anfangs von dem Neuankömmling nicht sehr begeistert, aber die Zeit und ein neuer hölzerner Soldat auf einem Pferd beschwichtigten seine Eifersucht.

Am Jahresende konnte Williams Abteilung in der Bank einen hübschen Gewinn vorweisen. Er hatte die Lethargie nach Matthews Tod überwunden und seinen Ruf als ausgezeichneter Anlageberater wiedergewonnen, besonders, als der berühmte Börsenmakler Smith erklärte, er habe nur die von William Kane in Boston entwickelte Methode perfektioniert. Selbst mit Tony Simmons' Direktion fand er sich nun besser ab. Dessenungeachtet machte sich William heimlich Gedanken, daß er erst in siebzehn Jahren, wenn Simmons sich zurückzog, Präsident von Kane and Cabot werden konnte; er begann sich nach einer Stellung in einer anderen Bank umzusehen.

William und Kate hatten es sich zur Gewohnheit gemacht, Charles Lester einmal im Monat für ein Wochenende zu besuchen. Der große Mann war in den drei Jahren seit Matthews Tod sehr alt geworden, und in Finanzkreisen gab es Gerüchte, daß er alles Interesse an seiner Arbeit verloren habe und nur mehr selten in der Bank gesehen werde. William begann sich zu fragen, wie lang der alte Herr noch leben werde; ein paar Wochen später war Charles Lester tot. William fuhr zum Begräbnis nach New York

Jedermann schien daran teilzunehmen, einschließlich des Vizepräsidenten der Vereinigten Staaten, John Nance Garner. Nach dem Begräbnis stiegen William und Kate in dem traurigen Bewußtsein, die letzte Verbindung zu der Familie Lester verloren zu haben, in den Zug nach Boston.

Etwa sechs Monate später erhielt William von den angesehenen Notaren Sullivan and Cromwell aus New York einen Brief; sie fragten an, ob er wohl so freundlich sein würde, der Testamentseröffnung des verstorbenen Charles Lester in ihrem Büro in Wall Street beizuwohnen. William fuhr mehr aus Loyalität zur Familie Lester hin als aus Neugierde. Er hoffte auf eine kleine Erinnerung an Matthew, ähnlich dem »Harvard-Ruder«, das immer noch an der Wand des Gästezimmers hing. Er freute sich auch, verschiedene Familienmitglieder wiederzusehen, die er während der Schulzeit und der College-Ferien mit Matthew kennengelernt hatte.

Am Vorabend der Testamentseröffnung fuhr William in seinem neuen Daimler nach New York und stieg im Harvard Club ab. Das Testament sollte am nächsten Morgen um zehn Uhr verlesen werden, und William war sehr verblüfft, bei seiner Ankunft im Büro von Sullivan and Cromwell mehr als fünfzig Personen anzutreffen. Viele sahen William an, als er den Saal betrat, und er begrüßte einige von Matthews Tanten und Vettern, die alle älter waren, als er sie in Erinnerung hatte; er nahm an, daß die anderen von ihm das gleiche dachten. Seine Augen suchten Matthews Schwester Susan, doch er konnte sie nirgends entdecken. Um Punkt zehn Uhr betrat Mr. Arthur Cromwell den Saal, begleitet von seinem Sekretär, der eine braune Ledermappe trug. Alle Gespräche verstummten in hoffnungsvoller Erwartung. Der Notar erklärte den versammelten präsumtiven Erben, daß das Testament auf ausdrückliche Anordnung von Charles Lester erst sechs Monate nach seinem Tod eröffnet werden sollte. Da er keinen Sohn hatte, den er als Erben einsetzen konnte, hatte er nach seinem Tod eine Beruhigungsperiode vorgesehen, bevor er seinen Letzten Willen kundgetan haben wollte.

William schaute auf die interessierten Gesichter der Anwesenden; alle hingen wie gebannt an den Lippen des Anwalts. Arthur Cromwell brauchte beinahe eine Stunde, um das Testament zu verlesen. Nachdem er die üblichen Zuwendungen an langjährige Dienstboten, Wohltätigkeitsorganisationen und die Universität von Harvard erwähnt hatte, gab Cromwell bekannt, daß Charles Lester sein persönliches Vermögen zwischen allen seinen Verwandten aufgeteilt hatte, und zwar ungefähr nach dem Verwandtschaftsgrad. Seine Tochter Susan erhielt den größten Teil des Vermögens, während fünf Neffen und drei Nichten gleich hohe Quoten des verbleibenden Vermögens bekamen. Geld und Aktienbesitz sollten bis zum dreißigsten Lebensjahr der Erben von der Bank in einem Trust verwaltet werden. Verschiedene andere Vettern, Tanten und entferntere Verwandte erhielten bestimmte Beträge sofort in bar ausgezahlt.

William war erstaunt, als Mr. Cromwell verkündete: »Das sind die Verfügungen über den Besitz des Verstorbenen.«

Die Leute begannen auf ihren Stühlen hin- und herzuwetzen und leise und nervös Konversation zu machen. Niemand wollte zugeben, daß der traurige Tod ihn reich gemacht hatte.

»Das ist jedoch nicht das Ende von Charles Lesters letztwilliger Verfügung«, fuhr der Notar unbeirrt fort, und alle wurden wieder ruhiger, voller Angst, es könnte sich noch etwas ändern.

Mr. Cromwell erklärte: »Ich werde jetzt mit Mr. Charles Lesters eigenen Worten fortfahren: ›Ich war immer der Meinung, daß eine Bank und ihr Ruf so gut sind, wie die Menschen, die ihr dienen. Es ist bekannt, daß ich gehofft hatte, mein Sohn Matthew würde mir als Präsident der Lester Bank nachfolgen; sein tragischer und frühzeitiger Tod hat es vereitelt. Bis jetzt habe ich nie über meinen Nachfolger gesprochen. Ich möchte daher meinen Wunsch bekanntgeben, daß William Lowell Kane, Sohn eines meiner bester Freunde, des verstorbenen Richard Lowell Kane, und gegenwärtig Vizepräsident von Kane and Cabot, bei der nächsten Vollversammlung des Aufsichtsrates zum Präsident der Lester Bank ernannt werden möge.‹«

Sofort brach ein Tumult aus. Alles sah sich um nach dem geheimnisvollen Mr. William Lowell Kane, von dem niemand außer dem engsten Familienkreis der Lesters je etwas gehört hatte.

»Ich bin noch nicht fertig«, sagte Arthur Cromwell ruhig.

Wieder wurde es still, und die Anwesenden tauschten in der Erwartung einer weiteren Bombe ängstliche Blicke aus.

Der Anwalt fuhr fort: »Alle oben erwähnten Anteilquoten an der Lester Bank sind an die Bedingung geknüpft, daß die Begünstigten bei der nächsten jährlichen Aufsichtsratssitzung und weitere fünf Jahre danach für Mr. Kane stimmen, außer Mr. Kane selbst erklärt, daß er die Stellung des Präsidenten nicht annehmen möchte.«

Wieder brach ein Tumult aus. William wünschte sich meilenweit weg und war nicht sicher, ob er unbeschreiblich glücklich sein oder sich klarmachen sollte, daß er vermutlich die meistgehaßte Person im Saal war.

»Das ist das Ende des letzten Willens und Testamentes des verstorbenen Charles Lester«, sagte Mr. Cromwell, aber es hörte ihn nur die erste Reihe.

William schaute auf. Susan Lester kam auf ihn zu. Der Kinderspeck war verschwunden, die hübschen Sommersprossen waren geblieben. Er lächelte, doch sie ging an ihm vorüber, ohne seine Anwesenheit auch nur zur Kenntnis zu nehmen. William runzelte die Stirn.

Die allgemeine Aufregung ignorierend, kam ein großer, grauhaariger Mann in Nadelstreif mit Silberkrawatte rasch auf ihn zu.

»Sie sind William Kane, nicht wahr, Sir?«

»Ja«, sagte William nervös.

»Mein Name ist Peter Parfitt«, sagte der Unbekannte.

»Der Vizepräsident der Bank«, sagte William.

»Richtig, Sir. Ich kenne Sie nicht, aber ich kenne Ihren Ruf, und ich schätze mich glücklich, Ihren verehrten Vater gekannt zu haben. Wenn Charles Lester der Meinung war, daß Sie der richtige Mann für die Stellung eines Präsidenten unserer Bank sind, so genügt mir das.«

Noch nie im Leben hatte sich William so erleichtert gefühlt.

»Wo wohnen Sie in New York?« fuhr Peter Parfitt fort, bevor William antworten konnte.

»Im Harvard Club.«

»Ausgezeichnet. Darf ich fragen, ob Sie vielleicht heute abend Zeit haben, mit mir zu essen?«

»Eigentlich wollte ich nach Boston zurückfahren«, sagte William, »aber ich glaube, wie die Dinge liegen, werde ich ein paar Tage in New York bleiben müssen.«

»Gut. Wie wäre es, wenn Sie, sagen wir um acht, zum Dinner zu mir nach Hause kämen?«

Der Bankier übergab William eine Visitenkarte mit der in Kupferdruck geprägten Adresse. »Ich freue mich darauf, mich mit Ihnen in einer etwas angenehmeren Umgebung zu unterhalten.«

»Danke, Sir«, sagte William und steckte die Karte ein, während neue Leute sich um ihn zu drängen begannen. Einige blickten ihn feindselig an, andere wollten ihn beglückwünschen.

Als es William schließlich gelang, zu flüchten und in den Harvard Club zurückzukehren, rief er als erstes Kate an und teilte ihr die Neuigkeit mit.

Sie sagte sehr leise: »Wie glücklich wäre Matthew für dich, Liebling.«

»Ich weiß«, antwortete William.

»Wann kommst du zurück?«

»Weiß Gott. Ich esse heute mit einem Peter Parfitt zu Abend, der Vizepräsident von Lester ist. Er war besonders freundlich, was die ganze Sache erleichtert. Ich werde wieder hier im Club übernachten und dich morgen anrufen, um dir zu sagen, wie die Sache weitergeht.«

»Gut, mein Schatz.«

»Nichts Neues an der häuslichen Front?«

»Nun, Virginia hat einen Zahn bekommen und scheint zu glauben, daß sie deshalb besonders verwöhnt werden muß. Richard wurde früh ins Bett geschickt, weil er unmanierlich zu Nanny war, und wir alle vermissen dich.«

William lachte. »Ich ruf dich morgen an.«

»Ja, bitte. Übrigens, meinen Glückwunsch. Ich schließe mich Charles Lesters Beurteilung an, selbst wenn ich sehr ungern in New York leben werde.«

Zum erstenmal fiel auch William ein, daß er nach New York übersiedeln würde.

Um acht Uhr abends kam William zu Peter Parfitt, der in einem Haus in der 64. Straße wohnte, und war erstaunt, den Gastgeber im Smoking anzutreffen. William fühlte sich ein wenig verlegen und fehl am Platz in seinem dunklen Anzug. Rasch erklärte er der Hausfrau, daß er ursprünglich vorgehabt habe, am gleichen Abend nach Boston zurückzufahren. Diana Parfitt, Peters zweite Frau, wie William erfuhr, hätte zu ihrem Gast nicht charmanter sein können und schien entzückt, daß William der nächste Präsident der Lester Bank sein würde. Im Lauf eines vorzüglichen Dinners konnte sich William nicht enthalten zu fragen, wie der Vorstand nach Parfitts Ansicht auf Charles Lesters letzte Verfügung reagieren würde.

»Sie werden sich alle damit abfinden«, sagte Parfitt. »Mit den meisten habe ich bereits gesprochen. Montag morgens findet eine Vollversammlung des Aufsichtsrates statt, an der Ihre Bestellung bestätigt werden wird. Ich sehe nur eine kleine Wolke am Himmel.«

»Und die wäre?« fragte William, und versuchte, nicht besorgt zu klingen.

»Unter uns gesagt – der andere Vizepräsident. Ted Leach hatte mehr oder weniger erwartet, selbst Präsident zu werden. Ich möchte so weit gehen zu behaupten, daß er es für sicher hielt. Wir wußten alle, daß eine Nominierung erst nach der Testamentseröffnung vorgenommen werden konnte, aber Charles Lesters Wunsch muß für Ted ein ziemlicher Schock gewesen sein.«

»Wird er sich zur Wehr setzen?«

»Das wäre möglich, aber machen Sie sich keine Sorgen darüber.«

»Ich muß zugeben«, sagte Diana Parfitt, »daß er nie zu meinen Favoriten gehört hat.«

»Bitte, meine Liebe«, sagte Parfitt vorwurfsvoll, »wir dürfen kein Wort hinter Teds Rücken sagen, bevor Mr. Kane Gelegenheit hatte, sich selbst ein Urteil zu bilden. Ich bin fest überzeugt, daß der Vorstand Mr. Kanes Bestellung bestätigen wird, und es besteht sogar die Möglichkeit, daß Ted Leach zurücktritt.«

»Ich möchte nicht, daß jemand das Gefühl hat, er müsse meinetwegen zurücktreten«, sagte William.

»Sehr lobenswert«, meinte Parfitt. »Machen Sie sich jedenfalls keine Gedanken über diese Dinge. Meiner Meinung nach geht alles in Ordnung. Sie fahren morgen zurück nach Boston, und ich werde Sie über den Stand der Dinge auf dem laufenden halten.«

»Vielleicht wäre es gut, wenn ich morgen auf einen Sprung in die Bank ginge. Werden Ihre Kollegen es nicht sonderbar finden, wenn ich keine Anstalten mache, sie kennenzulernen?«

»Nein, unter den gegebenen Umständen halte ich es nicht für ratsam. Ich glaube, es ist klüger, wenn Sie sich bis zur Aufsichtsratssitzung am Montag im Hintergrund halten. Die Kollegen werden nicht abhängiger erscheinen wollen als nötig, und vermutlich fühlen sie sich bereits ein wenig wie Marionetten. Folgen Sie mir, Bill, fahren Sie nach Boston, und ich rufe Sie Montag mittags an, um Ihnen die guten Neuigkeiten mitzuteilen.«

Widerwillig fügte sich William seinem Rat und verbrachte einen angenehmen Abend mit seinen Gastgebern; man besprach, wo er und Kate wohnen sollten, bis sie einen festen Wohnsitz in New York gefunden hatten.

William war etwas erstaunt, daß Peter Parfitt nicht den Wunsch hatte, mit ihm über seine Auffassung vom Bankwesen zu sprechen, und führte es auf die Anwesenheit der Hausfrau zurück. Ein hübscher Abend endete mit etwas zuviel Brandy, und William kehrte erst nach ein Uhr in den Harvard Club zurück.

Sobald William in Boston war, informierte er Tony Simmons über das, was sich in New York ereignet hatte, um zu verhindern, daß er die Nachrichten von dritter Seite erfuhr. Tony zeigte sich erstaunlich gelassen.

»Es tut mir leid, daß du uns verläßt, William. Lesters ist natürlich zwei- oder dreimal größer als Kane and Cabot, aber ich werde keinen Ersatz für dich finden, und ich hoffe, daß du es dir gut überlegst, bevor du die Ernennung annimmst.«

William konnte seine Überraschung nicht verbergen.

»Ehrlich gesagt, war ich der Meinung, du würdest glücklich sein, mich aus deiner Nähe zu wissen, Tony.«

»William, wann wirst du mir endlich glauben, daß die Bank bei mir an erster Stelle kommt und ich dich für einen der besten Anlageberater Amerikas halte? Wenn du Kane and Cabot heute verläßt, werden viele unserer besten Kunden mit dir gehen.«

»Ich würde mein eigenes Vermögen nie zu Lester transferieren«, sagte William, »und ebensowenig erwarte ich es von den Kunden unserer Bank.«

»Natürlich wirst du ihnen nicht vorschlagen, dir zu folgen, William, aber einige wollen sicher, daß du ihr Portefeuille weiterverwaltest. Wie dein Vater und Charles Lester sind sie zu Recht der Meinung, daß das Wesentliche einer Bank ihr Ruf und ihre Leiter sind.«

William und Kate verbrachten ein Wochenende in Nervosität, während sie auf den Montag und das Ergebnis der Aufsichtsratssitzung warteten. William blieb den ganzen Montag vormittag im Büro und beantwortete jeden Anruf persönlich, doch der Vormittag verging, es wurde Mittag (er verließ sein Büro nicht einmal zum Lunch) und Nachmittag, und noch immer hatte er keine Nachricht.

Endlich, kurz nach sechs, rief Peter Parfitt an.

»Es tut mir leid, aber es haben sich unerwartete Schwierigkeiten ergeben«, begann er.

William verschlug es den Atem.

»Kein Grund, sich zu sorgen, denn ich glaube immer noch, Herr der Lage zu sein. Aber der Aufsichtsrat will das Recht haben, einen Gegenkandidaten aufzustellen. Einige Herren gingen so weit zu behaupten, der relevante Absatz der testamentarischen Verfügung habe keine Gültigkeit. Mir wurde die unangenehme Aufgabe übertragen, Sie zu fragen, ob Sie bereit wären, sich einer Wahl gegen den Kandidaten des Aufsichtsrates zu stellen.«

»Und wer ist der Kandidat?« fragte William.

»Bis jetzt wurde kein Name erwähnt, aber ich nehme an, daß die Wahl auf Ted Leach fallen wird. Sonst ist niemand interessiert, gegen Sie zu kandidieren.«

»Ich möchte mir das eine Weile überlegen«, erwiderte William. »Wann findet die nächste Aufsichtsratssitzung statt?«

»Heute in einer Woche. Aber regen Sie sich nicht auf über Ted Leach, ich glaube immer noch, daß Sie mühelos gewinnen werden, und ich werde Sie über alle Entwicklungen während der nächsten Tage informieren.«

»Wollen Sie, daß ich nach New York komme, Peter?«

»Nein, nicht im Moment. Ich glaube nicht, daß es helfen würde.«

William dankte ihm und legte den Hörer auf. Er packte seine alte lederne Aktenmappe und verließ deprimiert das Büro. Auf dem Parkplatz traf er Tony Simmons, einen Koffer in der Hand. »Ich wußte nicht, daß du verreist, Tony.«

»Nur zum monatlichen Bankersdinner in New York. Morgen nachmittag bin ich wieder zurück. Ich glaube, ich kann Kane and Cabot beruhigt vierundzwanzig Stunden in den fähigen Händen des nächsten Präsidenten der Lester Bank lassen.«

William lachte. »Vielleicht bin ich bereits der Expräsident.« Er erzählte Tony von den letzten Entwicklungen. Wieder war William über Tonys Reaktion überrascht.

»Es stimmt, daß Ted Leach immer gedacht hatte, der nächste Präsident von Lester zu werden«, überlegte er. »In Finanzkreisen ist das bekannt. Aber er ist loyal, und ich kann mir nicht vorstellen, daß er sich gegen einen ausdrücklichen Wunsch von Charles Lester auflehnt.«

»Ich wußte nicht einmal, daß du ihn kennst«, sagte William.

»Ich kenne ihn nicht sehr gut. In Yale war er ein Jahr über mir, und jetzt sehe ich ihn von Zeit zu Zeit bei diesen verdammten Bankersdinners, an denen du auch teilnehmen mußt, wenn du Präsident bist. Er ist heute abend bestimmt dort. Wenn du willst, kann ich mit ihm sprechen.«

»Ja, bitte, aber sei vorsichtig, ja?«

»Mein lieber William, seit zehn Jahren sagst du mir wieder und wieder, ich sei zu vorsichtig.«

»Entschuldige, Tony. Komisch, wie man verunsichert ist, wenn es um ein eigenes Problem geht, obwohl man, ginge es um jemanden anderen, sicher ein richtiges Urteil hätte. Ich lege mein Schicksal in deine Hände und werde tun, was du mir rätst.«

»Gut, dann überlasse alles weitere mir. Ich will sehen, was Leach zu sagen hat, und rufe dich morgen sofort an.«

Tony rief kurz nach Mitternacht aus New York an und weckte William aus tiefem Schlaf.

»Habe ich dich geweckt, William?«

»Ja, wer spricht?«

»Tony Simmons.«

William knipste das Licht neben dem Bett an und sah auf den Wecker. Zehn Minuten nach zwölf.

»Du hast gesagt, du rufst mich am Morgen an.«

Tony lachte. »Es tut mir leid, aber was ich dir zu sagen habe, ist nicht wirklich komisch. Der Mann, der dir den Präsidentenposten streitig machen will, ist Peter Parfitt.«

»Was?« William war plötzlich hellwach.

»Hinter deinem Rücken versuchte er den Aufsichtsrat dazu zu bringen, ihn zu unterstützen. Wie ich erwartete, ist Ted Leach für deine Ernennung, aber jetzt sind die Meinungen im Aufsichtsrat geteilt.«

»Zum Teufel. Erstens, vielen Dank, Tony, und zweitens, was soll ich jetzt tun?«

»Wenn du der nächste Präsident der Lester Bank werden willst, dann komm möglichst rasch hierher, bevor sich die Aufsichtsräte fragen, warum du dich in Boston versteckst.«

»Versteckst?«

»Das bemüht sich Parfitt den Direktoren einzureden.«

»Hurensohn.«

»Ich muß sagen, über seine Eltern bin ich nicht informiert.«

William lachte.

»Komm her und steig im Yale Club ab. Dann können wir die ganze Angelegenheit gleich morgen früh besprechen.«

»Ich komme so rasch ich kann«, sagte William.

»Wenn du ankommst, werde *ich* schlafen. Dann darfst *du* mich wecken.«

William legte den Hörer auf und schaute zu Kate, die nichts von seinen neuen Problemen ahnte; sie war nicht wach geworden. Er wünschte, er könnte es ihr gleichtun; er wachte auf, wenn sich auch nur ein Vorhang bewegte. Kate würde vermutlich auch die Posaunen des jüngsten Gerichts verschlafen. Er schrieb ihr ein paar erklärende Zeilen, legte den Zettel auf den Nachttisch, zog sich an, packte – diesmal dachte er an einen Smoking – und machte sich auf den Weg.

Die Straßen waren leer, und die Fahrt im neuen Daimler dauerte nicht mehr als fünf Stunden. Er kam gemeinsam mit Postboten, Zeitungsjungen und Lieferwagen in der Morgensonne in New York an und erreichte den Yale Club, als die Glocke in der Halle einmal läutete; es war ein Viertel vor sechs. Er packte aus und beschloß, sich eine Stunde auszuruhen, bevor er Tony weckte. Das nächste, was er hörte, war ein beharrliches Klopfen an seiner Tür. Schläfrig stand er auf.

Tony Simmons stand vor der Tür.

»Hübscher Morgenmantel, William«, sagte Tony grinsend. Er war vollständig angezogen.

»Ich muß eingeschlafen sein. Wenn du eine Minute wartest bin ich fertig.«

»Nein, ich muß den Zug nach Boston erwischen. Nimm eine Dusche und zieh dich an, während wir uns unterhalten.«

William ging ins Badezimmer und ließ die Tür offen.

»Also, dein wesentlichstes Problem...« begann Tony.

William steckte den Kopf aus der Badezimmertür. »Ich höre dich nicht, wenn das Wasser rinnt.«

Tony wartete, bis er abgedreht hatte. »Dein wesentlichstes Problem ist Peter Parfitt. Er hatte geglaubt, der nächste Präsident zu werden, und gehofft, daß sein Name in Charles Lesters Testament genannt sein würde. Als es anders kam, versuchte er, die Direktoren auf seine Seite zu ziehen und gegen dich Stimmung zu machen. Ted Leach kann dir alle Details erzählen und möchte, daß du heute mit ihm im Metropolitan Club den Lunch nimmst. Vielleicht wird er diesen oder jenen Aufsichtsrat mitbringen, auf den er sich verlassen kann. Übrigens scheint der Aufsichtsrat noch immer in zwei Lager geteilt zu sein.«

William schnitt sich mit dem Rasiermesser. »Verdammt. Welcher Klub?«

»Metropolitan, ganz nahe der Fifth Avenue in der 60. Straße.«

»Warum ausgerechnet dort und nicht irgendwo in der Wall-Street-Gegend?«

»William, wenn man es mit den Parfitts dieser Welt zu tun hat, hängt man seine Absichten nicht an die große Glocke. Sei vorsichtig und spiel deine Karten richtig. Leach meint, daß du immer noch gewinnen kannst.«

William kam, ein Handtuch um die Hüften, ins Schlafzimmer zurück. »Ich werde mich bemühen, kühl zu bleiben.«

Tony lächelte. »So, jetzt muß ich nach Boston zurück. Mein Zug fährt in zehn Minuten von der Grand Central Station ab.« Er sah auf die Uhr. »Verdammt, in sechs Minuten.«

Tony blieb an der Tür stehen. »Du weißt, daß dein Vater Peter Parfitt nie traute. Zu glatt, pflegte er immer zu sagen. Nichts sonst, nur ein wenig zu glatt.« Er nahm seinen Koffer. »Viel Glück, William.«

»Wie soll ich dir danken, Tony?«

»Gar nicht. Nimm es als meinen Versuch, wiedergutzumachen, daß ich Matthew so schlecht behandelt habe.«

Die Tür schloß sich. William zog sich fertig an, band die Krawatte um und überlegte, wie seltsam das war; jahrelang hatte er Tür an Tür mit Tony Simmons gearbeitet, ohne ihn wirklich kennenzulernen. Und jetzt, während einer persönlichen Krise, stellte er fest, daß er dem Mann, den er bisher nie zur Kenntnis genommen hatte, nicht nur vertraute, sondern ihn auch sehr gern mochte. Er ging in den Speisesaal und aß ein typisches Klubfrühstück: ein kaltes weiches Ei, harten Toast, Butter und Marmelade vom Nebentisch. Der Portier brachte ihm das *Wall Street Journal,* das andeutete, daß in der Lester Bank nach der Nominierung von William Kane zum Präsidenten nicht alles glatt ginge. Wenigstens besaß das *Journal* keine genaueren Informationen. William ging in sein Zimmer zurück und verlangte eine Nummer in Boston. Man ließ ihn eine Weile warten, bevor er verbunden wurde.

»Ich bitte um Entschuldigung, Mr. Kane. Ich wußte nicht, daß Sie es sind, der anrief. Darf ich zu Ihrer Ernennung zum Präsidenten von Lester gratulieren? Ich hoffe, das heißt, daß unser New Yorker Büro Sie künftig viel öfter sehen wird.«

»Das wird weitgehend von Ihnen abhängen, Mr. Cohen.«

»Ich verstehe nicht ganz«, sagte der Anwalt.

William erklärte ihm, was sich in den letzten Tagen abgespielt hatte, und las ihm den wesentlichen Teil des Testaments vor.

Thomas Cohen brauchte eine Weile, bis er jedes Wort notiert und dann seine Aufzeichnungen nochmals studiert hatte.

»Glauben Sie, daß diese Verfügung vor Gericht hält?« fragte William.

»Tja, ich kenne keinen Präzedenzfall für eine solche Situation. Im 19. Jahrhundert vermachte ein Parlamentsmitglied jemandem seinen Wahlbezirk, und niemand erhob Einwände. Der Erbe wurde später Premierminister. Aber das war vor hundert Jahren und in England. Wenn der Aufsichtsrat sich entschließt, das Testament anzufechten, und Sie den Fall vor Gericht bringen, möchte ich keine Wette abschließen, wie die Sache ausgeht. Lord Melbourne mußte sich nicht vor einem New Yorker Gericht herumraufen. Jedenfalls ein interessanter Rechtsfall, Mr. Kane.«

»Was würden Sie mir raten?« fragte William.

»Ich bin Jude, Mr. Kane. Ich bin um die Jahrhundertwende per Schiff aus Deutschland nach Amerika gekommen, und ich mußte mir alles, was ich wollte, hart erkämpfen. Wollen Sie wirklich so gern Präsident von Lester werden?«

»Ja, Mr. Cohen.«

»Dann müssen Sie auf einen alten Mann hören, der im Lauf der Jahre gelernt hat, Sie zu respektieren, und der, wenn ich das sagen darf, auch Zuneigung für Sie empfindet. Ich werde Ihnen genau sagen, was ich an Ihrer Stelle tun würde.«

Eine Stunde später legte William den Hörer auf, und da er noch etwas Zeit hatte, schlenderte er die Park Avenue hinauf. Er kam an einem Platz vorbei, wo ein riesiges Gebäude errichtet wurde. Eine große Tafel verkündete: »Das nächste Baron-Hotel wird in New York stehen. Wenn der Baron Ihr Gastgeber war, werden Sie nie mehr woanders absteigen.« Zum erstenmal an diesem Morgen lächelte William und ging etwas fröhlicher in den Metropolitan Club.

Ted Leach, ein kleiner, adrett gekleideter Mann mit braunem Haar und etwas hellerem Schnurrbart, erwartete ihn im Foyer und führte ihn in die Bar. William bewunderte den im Renaissance-Stil gehaltenen Klub, der 1894 von Otto Kuhn und Stanford White erbaut worden war. J. P. Morgan hatte den Klub gegründet, als einer seiner besten Freunde nicht in die Union League aufgenommen wurde.

»Sogar für einen sehr guten Freund eine ziemlich extravagante Geste«, bemerkte Ted Leach, bemüht, Konversation zu machen. »Was möchten Sie trinken, Mr. Kane.«

»Einen trockenen Sherry, bitte«, sagte William.

Ein paar Sekunden später kam ein Boy in einer schicken blauen Uniform und brachte einen Sherry und einen Scotch mit Wasser; Mr. Leachs Wünsche kannte er bereits.

»Auf den nächsten Präsidenten der Lester Bank«, sagte Ted Leach und hob sein Glas.

William zögerte.

»Trinken Sie nicht, Mr. Kane. Wie Sie wissen, soll man nie auf sich selbst trinken.«

William lachte und wußte nicht recht, was er antworten sollte.

Ein paar Minuten später kamen zwei ältere Herren auf sie zu, beide hochgewachsen und selbstsicher, in der bekannten Bankiersuniform – dreiteiliger Anzug, steifer Kragen, dunkle, einfarbige Krawatte. Wären sie die Wall Street hinuntergeschlendert, William hätte sich nicht nach ihnen umgedreht; hier im Metropolitan Club schaute er sie prüfend an.

»Mr. Alfred Rodgers und Mr. Winthrop Davies«, stellte Ted Leach vor.

William lächelte zurückhaltend; er wußte immer noch nicht recht, wer auf wessen Seite stand. Die beiden Neuankömmlinge schauten ihn ebenso prüfend an. Einen Moment lang schwiegen alle.

»Gehen wir hinauf zum Lunch«, schlug Ted Leach vor.

Sofort drehten sich alle drei um; offensichtlich kannten sie sich im Klub aus. William folgte ihnen. Der Speisesaal im zweiten Stock war groß und hatte eine prächtige Decke. Der *Maître* führte sie zu einem Fenstertisch mit Blick über den Central Park; hier konnte man ungestört reden.

»Bestellen wir zuerst und unterhalten wir uns später«, schlug Ted vor.

Durch das Fenster sah William das Plaza Hotel. Erinnerungen an die Feier nach seiner Graduierung kehrten zurück – und da war noch etwas bei diesem Tee im Plaza gewesen, an das er sich zu erinnern versuchte...

»Mr. Kane, wir wollen unsere Karten auf den Tisch legen«, sagte Ted Leach. »Charles Lesters Entschluß, Sie zum Präsidenten zu bestimmen, war für uns eine Überraschung, um es milde auszudrücken. Doch wenn der Aufsichtsrat sich über seinen Wunsch hinwegsetzt, könnte das zu einem Chaos in der Bank führen, das keiner von uns wünscht. Er war ein kluger alter Mann und wußte bestimmt, warum er Sie als Präsident haben wollte. Das genügt mir.«

Diese Worte hatte William schon einmal gehört – von Peter Parfitt.

»Wir drei«, übernahm Winthrop Davis, »verdanken Charles Lester alles, was wir sind, und wir werden seine Wünsche ausführen, auch wenn es das letzte sein sollte, was wir als Aufsichtsräte tun.«

»Eben das könnte es sein«, sagte Ted Leach, »falls es Peter Parfitt gelingt, Präsident zu werden.«

»Es tut mir sehr leid, meine Herren«, sagte William, »daß ich so viel Verwirrung verursacht habe. Wenn meine Ernennung zum Präsidenten für Sie eine Überraschung war, so kam sie für mich wie ein Blitz aus heiterem Himmel. Ich hatte erwartet, von Charles Lester eine kleine persönliche Erinnerung an Matthew zu erhalten, nicht die Verantwortung, seine ganze Bank zu führen.«

»Wir verstehen Ihre Situation, Mr. Kane«, sagte Ted Leach, »und Sie müssen glauben, wenn wir Ihnen versichern, daß wir hier sind, um Ihnen zu helfen. Wir wissen, daß es Ihnen nach Ihren Erfahrungen mit Peter Parfitt und den Methoden, die er hinter Ihrem Rücken anwandte, um selbst Präsident zu werden, schwerfällt, uns zu vertrauen.«

»Ich muß Ihnen glauben, Mr. Leach, denn ich habe keine andere Wahl, als mein Schicksal in Ihre Hände zu legen und zu hören, wie Sie die augenblickliche Situation beurteilen.«

»Danke«, sagte Leach. »Die Situation ist klar. Peter Parfitts Kampagne ist gut organisiert, und er fühlt sich stark. Wenn es uns gelingen soll, ihn zu schlagen, müssen wir völlig offen miteinander sein, Mr. Kane. Ich gehe natürlich von der Voraussetzung aus, daß Sie zu einem solchen Kampf bereit sind.«

»Ich wäre nicht hier, wenn es anders wäre, Mr. Leach. Und nachdem Sie jetzt unsere Situation so klar skizziert haben, werden Sie mir vielleicht erlauben vorzuschlagen, wie wir Mr. Parfitt besiegen können.«

»Natürlich«, sagte Ted Leach.

Die drei Männer hörten aufmerksam zu.

»Sie haben zweifellos recht, wenn Sie sagen, daß Parfitt in einer starken Position ist; bis jetzt war er immer der Angreifer und wußte genau, was als nächstes geschehen würde. Ich halte die Zeit für gekommen, diesen Trend umzukehren und selbst anzugreifen – und zwar dort, wo er es am wenigsten erwartet, nämlich in seinem eigenen Sitzungssaal.«

»Wie stellen Sie sich das vor, Mr. Kane?« fragte Winthrop Davies etwas verblüfft.

»Ich will es Ihnen sagen, wenn Sie mir zuerst ein paar Fragen beantworten. Wie viele in der Bank tätige Direktoren sitzen im Aufsichtsrat?«

»Sechzehn«, sagte Ted Leach sofort.

»Und bei welchen Kandidaten liegen im Augenblick ihre Sympathien?« fragte William.

»Das ist gar nicht so einfach zu beantworten, Mr. Kane«, warf Winthrop Davies ein. Er zog ein zerknittertes Kuvert aus der Tasche und studierte die Rückseite, bevor er fortfuhr. »Ich glaube, wir können mit sechs, Peter Parfitt kann mit fünf sicheren Stimmen rechnen. Es war ein Schock für mich, als ich heute morgen hörte, daß Rupert Cork-Smith, Charles Lesters bester Freund, nicht bereit ist, Sie zu unterstützen, Mr. Kane. Es ist wirklich seltsam, weil ich weiß, daß er Parfitt nicht besonders schätzt. Damit würden wir auf einen Stand von sechs zu sechs kommen.«

»Und wir haben bis Donnerstag Zeit herauszufinden, wie sich die restlichen vier Direktoren zu Ihrer Ernennung stellen«, fügte Leach hinzu.

»Warum bis Donnerstag?« fragte William.

»Weil Donnerstag die nächste Sitzung stattfindet«, erwiderte Leach und strich sich über den Schnurrbart, was er, wie William bemerkt hatte, stets tat, wenn er etwas zu sagen hatte. »Punkt eins auf der Tagesordnung ist die Wahl des neuen Präsidenten.«

»Mir wurde gesagt, die nächste Aufsichtsratssitzung finde erst Montag statt«, erklärte William erstaunt.

»Von wem?« fragte Davies.

»Von Peter Parfitt.«

»Seine Methoden«, bemerkte Ted Leach, »sind nicht immer die eines Gentlemans.«

»Ich habe genug über diesen Gentleman gehört«, sagte William, das Wort ironisch betonend, »um mir darüber klar zu sein, daß ich ihn zum Kampf herausfordern muß.«

»Leichter gesagt als getan, Mr. Kane. Im Augenblick hat er die Zügel in der Hand«, sagte Winthrop Davies, »und ich weiß nicht, wie wir sie ihm abnehmen können.«

»Wir werden das Licht auf Rot stellen«, erwiderte William. »Wer ist autorisiert, eine Sitzung einzuberufen?«

»Solange der Aufsichtsrat ohne Präsident ist, jeder Vizepräsident«, sagte Leach, »das heißt, Peter Parfitt oder ich.«

»Wie viele Aufsichtsräte bilden ein Quorum?«

»Neun«, sagte Davies.

»Und wenn Sie einer der Vizepräsidenten sind, Mr. Leach, wer ist der Schriftführer?«

»Ich«, sagte Alfred Rodgers, der bisher kaum den Mund aufgemacht hatte, genau die Art, die William sich von einem Schriftführer erwartete. »Wie rasch können Sie in dringenden Fällen eine Vorstandssitzung einberufen?«

»Jeder Direktor muß mindestens vierundzwanzig Stunden vorher informiert werden, obwohl das außer beim Börsenkrach von 1929 nie vorgekommen ist. Charles Lester versuchte immer, drei Tage Spielraum zu lassen.«

»Aber nach den Statuten kann eine Sitzung binnen vierundzwanzig Stunden einberufen werden?« fragte William.

»Ja, Mr. Kane«, bestätigte Alfred Rodgers, der William jetzt interessiert durch sein Monokel betrachtete.

»Ausgezeichnet, dann werden wir unsere eigene Sitzung einberufen.« Die drei Bankiers starrten William an, als hätten sie ihn nicht recht verstanden.

»Bitte, überlegen Sie, meine Herren«, fuhr William fort. »Mr.

Leach als Vizepräsident beruft eine Sitzung ein, und Mr. Rodgers, als Schriftführer der Gesellschaft, informiert die Direktoren.«

»Für wann wollen Sie diese Vorstandssitzung einberufen?« fragte Ted Leach.

»Für morgen nachmittag.« William sah auf die Uhr. »Drei Uhr.«

»Meine Güte, das ist reichlich knapp«, sagte Alfred Rodgers. »Ich bin nicht sicher ...«

»Etwas knapp für Peter Parfitt, nicht wahr?« bemerkte William.

»Das stimmt«, sagte Leach, »wenn Sie genau wissen, wie die Sitzung verlaufen soll.«

»Überlassen Sie das mir. Vergewissern Sie sich nur, daß die Sitzung korrekt einberufen und jeder Direktor informiert wird.«

»Ich bin gespannt, wie Peter Parfitt darauf reagieren wird«, sagte Ted Leach.

»Zerbrechen Sie sich nicht den Kopf über Parfitt«, sagte William. »Das war von Anfang an unser Fehler. Zur Abwechslung soll er sich über uns den Kopf zerbrechen. Wenn er als letzter Direktor vierundzwanzig Stunden vorher informiert wird, haben wir nichts zu befürchten. Wir wollen ihm möglichst wenig Zeit gönnen, eine Gegenoffensive zu starten. Und noch etwas, meine Herren: Seien Sie bitte über nichts erstaunt, was ich morgen tun oder sagen werde. Vertrauen Sie meinem Urteil, und halten Sie zu mir.«

»Glauben Sie nicht, daß wir wissen sollten, was Sie vorhaben?«

»Nein, Mr. Leach, Sie müssen unvoreingenommen zu der Sitzung kommen, als Direktoren, die nichts anderes tun, als ihre Pflicht zu erfüllen.«

Langsam begannen Ted Leach und seine beiden Kollegen zu begreifen, warum Charles Lester William Kane zu seinem Nachfolger bestimmt hatte. Sie verließen den Metropolitan Club wesentlich zuversichtlicher, als sie gekommen waren, obwohl sie keine Ahnung hatten, wie die Sitzung, die sie einberufen sollten, verlaufen würde. William hingegen, der den ersten Teil von Thomas Cohens Anweisungen ausgeführt hatte, freute sich darauf, den zweiten, schwierigeren Teil erfolgreich durchzuziehen.

Er verbrachte den größten Teil des Nachmittags und den Abend in seinem Zimmer im Yale Club und überlegte sich haargenau seine Taktik für die bevorstehende Sitzung. Er unterbrach seine Arbeit nur einmal, um Kate anzurufen.

»Wo bist du, mein Schatz?« fragte sie. »Sich einfach mitten in der Nacht weiß Gott wohin wegzustehlen!«

»Zu meiner Geliebten in New York«, sagte William.

»Armes Geschöpf«, sagte Kate. »Sie kennt dich noch nicht. Was meint sie zu dem hinterlistigen Mr. Parfitt?«

»Hatte noch keine Zeit, sie zu fragen, wir waren so beschäftigt mit anderen Dingen. Übrigens, da ich dich gerade am Telefon habe, wie ist deine Meinung?«

»Tu nichts, was Charles Lester oder dein Vater nicht auch unter diesen Umständen getan hätten«, sagte sie, plötzlich ernst werdend.

»Vermutlich spielen sie eben auf der achtzehnten Wolke zusammen eine Runde Golf und schließen eine kleine Wette ab, während sie uns beobachten.«

»Was immer du tust, William, du kannst nicht fehlgehen, wenn du daran denkst, daß sie dich beobachten.«

William erwachte, als es dämmerte. Es war ihm nicht gelungen, mehr als ein paar unruhige Stunden zu schlafen. Kurz nach sechs stand er auf, nahm eine kalte Dusche, machte einen langen Spaziergang im Central Park, um einen klaren Kopf zu bekommen, und kehrte zu einem leichten Frühstück in den Yale Club zurück. In der Halle wartete eine Nachricht auf ihn – von Kate. Er lachte, als er sie zum zweitenmal las: »Wenn du nicht zu beschäftigt bist, denke bitte an einen Baseball-Handschuh für Richard.« William überflog das *Wall Street Journal*, das immer noch von Unstimmigkeiten über die Präsidentenwahl im Aufsichtsrat der Lester Bank schrieb. Diesmal brachte die Zeitung Peter Parfitts Version, die andeutet, daß er vermutlich bei der Sitzung am Donnerstag als Präsident bestätigt werden würde. William fragte sich, wessen Version morgen in der Zeitung stehen würde. Ach, könnte er bloß heute die Zeitung von morgen lesen! Den Vormittag verbrachte er damit, die Statuten und Bestimmungen der Lester Bank zu studieren. Er nahm keinen Lunch, fand jedoch Zeit, einen Baseball-Handschuh für seinen Sohn zu besorgen.

Um halb drei nahm er ein Taxi zur Bank in der Wall Street und kam kurz vor drei dort an. Der junge Portier fragte ihn, ob er mit jemandem verabredet sei.

»Ich bin William Kane.«

»Ja, Sir; dann werden Sie zum Sitzungssaal wollen.«

Mein Gott, dachte William, ich kann mich nicht einmal erinnern, wo er ist.

Der Portier sah seine Verlegenheit. »Den Korridor nach links, Sir, dann die zweite Tür rechts.«

»Danke«, sagte William und ging, so selbstsicher er nur konnte, durch den Korridor. Er hatte das Gefühl, sein Herzschlag sei lauter als die große Uhr in der Eingangshalle.

Ted Leach stand allein vor der Tür des Sitzungssaals. »Es wird Ärger geben«, waren seine ersten Worte.

»Gut«, sagte William. »Das hätte Charles Lester nur gefreut; er hätte den Stier direkt bei den Hörnern gepackt.«

William betrat den schönen, eichenholzgetäfelten Sitzungssaal und mußte nicht zählen, um sich zu vergewissern, daß alle Direktoren anwesend waren. Diese Sitzung gehörte nicht zu jenen, die ein Direktor dann und wann versäumen konnte. Als William in den Saal kam, verstummten die Gespräche, und es trat eine betretene Stille ein, während alle umherstanden und ihn anstarrten. Bevor Peter Parfitt erfaßte, was geschah, hatte sich William auf den Stuhl des Vorsitzenden am Kopf des langen Mahagonitisches gesetzt.

»Bitte, meine Herren, nehmen Sie Platz«, sagte William und hoffte, daß seine Stimme fest klang.

Ted Leach und einige andere Direktoren setzten sich sofort; manche zögerten. Man hörte Gemurmel.

William sah, daß zwei ihm unbekannte Direktoren aufstanden und ihn unterbrechen wollten.

»Bevor jemand das Wort ergreift, möchte ich, wenn Sie mir gestatten, eine einleitende Feststellung machen. Dann können Sie, meine Herren, entscheiden, wie wir fortfahren wollen. Ich glaube, das mindeste, was wir tun können, ist den Wünschen des verstorbenen Charles Lester Rechnung zu tragen.«

Die beiden Männer setzten sich.

»Danke, meine Herren. Zuerst möchte ich allen Anwesenden versichern, daß ich absolut nicht den Wunsch habe, Präsident dieser Bank zu werden –« William hielt inne, um seine Worte einsinken zu lassen – »außer, es ist der Wunsch der Mehrheit der Direktoren.«

Alle Blicke waren jetzt auf William gerichtet.

»Ich bin augenblicklich Vizepräsident von Kane and Cabot und besitze einundfünfzig Prozent der Anteile. Kane and Cabot wurde von meinem Großvater gegründet, und ich glaube, die Bank kann sich, zwar nicht, was die Größe, wohl aber was den Ruf anbelangt – sehr wohl mit Lester messen. Müßte ich, um den Wünschen Charles Lesters zu entsprechen, Boston verlassen und nach New York übersiedeln, um Präsident dieser Bank zu werden, so wäre dieser Ortswechsel für mich und meine Familie nicht einfach. Da Charles Lester jedoch eben das gewünscht hat – und er war nicht der Mann, der einen solchen Vorschlag leichthin macht –, fühle ich mich verpflichtet, seine Wünsche ernst zu nehmen. Ich möchte auch hinzufügen, daß sein Sohn Matthew Lester fünfzehn Jahre lang mein bester Freund war, und ich halte es für eine Tragödie, daß ich und nicht er heute zu Ihnen, meine Herren, als designierter Präsident spreche.«

Einige der Direktoren nickten beifällig.

»Meine Herren, wenn ich die Ehre haben sollte, heute Ihre Stimmen zu erhalten, dann werde ich alles, was ich in Boston habe, aufgeben, um Ihnen zu dienen. Ich hoffe, ich muß Ihnen keinen detaillierten Bericht über meine Erfahrung im Bankwesen geben. Ich nehme an, daß jeder, der Charles Lesters Testament las, sich die Mühe nahm herauszufinden, warum er mich für den richtigen

Mann hielt, seine Nachfolge anzutreten. Mein eigener Präsident, Anthony Simmons, den viele von Ihnen kennen, bat mich, weiter bei Kane and Cabot zu bleiben.

Ich hätte Mr. Parfitt gestern von meinem Entschluß verständigt, wenn er sich die Mühe genommen hätte, mich anzurufen und sich zu informieren. Ich hatte das Vergnügen, letzten Freitag mit Mr. und Mrs. Parfitt in ihrem Haus zu speisen, und bei dieser Gelegenheit teilte mir Mr. Parfitt mit, daß er nicht interessiert sei, der nächste Präsident dieser Bank zu werden. Nach seiner Meinung sei mein einziger Rivale Mr. Edward Leach, Ihr anderer Vizepräsident. Inzwischen habe ich mit Mr. Leach persönlich gesprochen, und er erklärte mir, daß ich seine volle Unterstützung habe. Ich nahm daher an, daß beide Vizepräsidenten meine Nominierung befürworten. Als ich heute morgen das *Wall Street Journal* las – nicht, daß ich seit meinem achten Lebensjahr seinen Voraussagen getraut hätte« – kurzes Gelächter –, »hatte ich das Gefühl, ich müßte der heutigen Sitzung beiwohnen, um mich zu vergewissern, daß ich noch immer die Unterstützung beider Vizepräsidenten besitze und der Bericht des *Wall Street Journals* unrichtig ist. Mr. Leach berief diese Sitzung ein, und ich möchte ihn jetzt fragen, ob er meine Nominierung zum Nachfolger von Charles Lester immer noch unterstützt.«

William schaute zu Ted Leach, der den Kopf gesenkt hielt. Das Warten auf sein Urteil lastete über dem Raum. Sein »Nein« würde den Parfitt-Anhängern freie Bahn geben.

Ted Leach hob langsam den Kopf und sagte: »Ich unterstütze Mr. Kane vorbehaltlos.«

Zum erstenmal an diesem Tag schaute William Peter Parfitt direkt an. Parfitt war schweißbedeckt, und als er sprach, wandte er keinen Blick von dem gelben Notizblock, der vor ihm lag.

»Nun, einige Direktoren meinten«, begann er, »ich sollte mich in den Kampf stürzen ...«

»Sie haben also Ihre Meinung geändert, wollen meine Nominierung nicht unterstützen und den Wunsch von Charles Lester ignorieren?« unterbrach William und erlaubte seiner Stimme, ein leises Erstaunen auszudrücken.

Peter Parfitt hob ein wenig den Kopf. »Das Problem ist nicht so einfach, Mr. Kane.«

»Ja oder nein, Mr. Parfitt?«

»Ja, ich bin Ihr Gegenkandidat«, sagte Peter Parfitt plötzlich und mit Nachdruck.

»Obwohl Sie mir letzten Freitag versicherten, Sie seien nicht interessiert, Präsident zu werden?«

»Ich möchte meinen Standpunkt darlegen«, sagte Parfitt, »bevor Sie zuviel als gegeben hinnehmen. Noch ist das nicht Ihr Sitzungssaal, Mr. Kane.«

»Selbstverständlich, Mr. Parfitt.«

Bis jetzt war die Sitzung genauso verlaufen, wie William es erhofft hatte. Seine eigene Rede hatte er sorgfältig geplant, und Peter Parfitt litt jetzt unter dem Nachteil, die Initiative aus der Hand gegeben zu haben; gar nicht davon zu reden, daß man ihn öffentlich einen Lügner genannt hatte.

»Meine Herren«, sagte er, als suche er nach Worten. »Nun«, sagte er.

Alle Blicke hatten sich von William abgewandt und fixierten jetzt Peter Parfitt. Das gab William die Chance, sich ein wenig zu entspannen und die Gesichter der anderen Direktoren zu studieren.

»Nachdem ich mit Mr. Kane zu Abend gegessen hatte, suchten mich verschiedene Aufsichtsräte privat auf, und ich hielt es für meine Pflicht, ihre Wünsche in Betracht zu ziehen und mich einer Wahl zu stellen. Ich hatte nie die Absicht, den Wunsch von Charles Lester, den ich bewunderte und respektierte, zu ignorieren. Natürlich hätte ich Mr. Kane vor der für morgen vorgesehenen Aufsichtsratssitzung von meinen Absichten informiert, aber ich muß zugeben, daß die heutige Entwicklung mich etwas überrascht hat.«

Er holte tief Atem und begann nochmals. »Ich arbeite seit zweiundzwanzig Jahren in der Lester Bank und bin seit sechs Jahren ihr Vizepräsident. Ich glaube daher ein Recht zu haben, als Präsident zu kandidieren. Ich wäre entzückt, wenn Mr. Kane in unseren Aufsichtsrat käme, aber seine Ernennung zum Präsidenten kann ich nicht unterstützen. Ich hoffe, meine Kollegen werden jemandem ihr Vertrauen schenken, der seit über zwanzig Jahren für diese Bank arbeitet, und sich nicht für einen unbekannten Außenstehenden entscheiden, den die Laune eines Mannes ins Spiel brachte, der über den Tod seines einzigen Sohnes nicht hinwegkam. Danke, meine Herren.«

Er setzte sich.

Unter den gegebenen Umständen fand William Parfitts Rede recht beeindruckend, aber Parfitt wußte nichts von Mr. Cohens Hinweis, wie wichtig das letzte Wort in einem harten Kampf ist. Wieder stand William auf.

»Meine Herren, Mr. Parfitt wies darauf hin, daß ich für Sie ein Unbekannter bin. Ich möchte daher niemanden von Ihnen darüber im Zweifel lassen, aus welchem Holz ich geschnitzt bin. Wie ich schon sagte, bin ich der Enkel und der Sohn eines Bankiers. Ich war mein ganzes Leben Banker, und es wäre unehrlich zu behaupten, ich wäre nicht beglückt, Präsident dieser Bank zu werden. Wenn Sie, meine Herren, sich jedoch nach allem, was Sie heute hörten, für Mr. Parfitt entscheiden, werde ich nach Boston zurückkehren und weiter ganz zufrieden meiner Bank dienen. Ich werde überdies öffentlich mitteilen, daß ich nicht den Wunsch habe, Präsident von Lester zu werden, und das wird Sie gegen alle Behauptungen schützen, Sie hätten die letzten Wünsche von Charles Lester nicht respektiert.

Unter keinen Umständen aber würde ich unter Mr. Parfitt Ihrem Vorstand beitreten. Ich möchte mich zu diesem Punkt ganz ehrlich äußern. Ich stehe mit dem großen Handicap vor Ihnen, meine Herren, nach Mr. Parfitts Worten ein unbekannter Außenstehender zu sein. Ich habe jedoch den Vorteil, von einem Mann unterstützt zu werden, der heute nicht anwesend sein kann. Von einem Mann, den Sie alle bewunderten und respektierten, von einem Mann, der nicht dafür bekannt war, Launen nachzugeben oder übereilte Entscheidungen zu treffen. Ich schlage daher vor, Ihre wertvolle Zeit nicht länger zu verschwenden. Wenn jemand an meinen Fähigkeiten zweifelt, diese Bank zu leiten, dann wird er für Mr. Parfitt stimmen. Ich selbst werde an der Abstimmung nicht teilnehmen, und ich vermute, auch Mr. Parfitt wird es unterlassen.«

»Sie können nicht abstimmen«, sagte Peter Parfitt ärgerlich. »Noch sind Sie kein Vorstandsmitglied. Ich aber bin es und werde meine Stimme abgeben.«

»Wie Sie wollen, Mr. Parfitt. Niemand wird sagen können, Sie hätten keine Gelegenheit gehabt, jede nur mögliche Stimme zu bekommen.«

William wartete, um seine Worte wirken zu lassen, und erst als ein ihm unbekannter Direktor ihn unterbrechen wollte, fuhr er fort:

»Ich möchte Dr. Rodgers als Schriftführer bitten, die Wahl zu leiten; wenn Sie Ihre Wahl getroffen haben, werden Sie die Freundlichkeit haben, ihm Ihre Stimmzettel zu übergeben.«

Alfred Rodgers hatte während der ganzen Sitzung in periodischen Abständen sein Monokel fallen lassen. Nervös übergab er jetzt jedem Direktor einen Stimmzettel. Nachdem alle den Namen ihres Kandidaten niedergeschrieben hatten, erhielt er die Zettel zurück.

»Vielleicht wäre es unter den gegebenen Umständen angezeigt, Mr. Rodgers, die Stimmen laut zu zählen. So können wir jeden unbeabsichtigten Irrtum vermeiden, der zu einem zweiten Wahlgang führen würde.«

»Gern, Mr. Kane.«

»Sind Sie damit einverstanden, Mr. Parfitt?«

Peter Parfitt nickte zustimmend, ohne aufzuschauen.

»Danke. Würden Sie die Freundlichkeit haben, jetzt dem Aufsichtsrat die Stimmzettel vorzulesen.«

Mr. Rodgers öffnete den ersten Stimmzettel.

»Parfitt.«

Und den zweiten.
»Parfitt.«
Jetzt konnte William den Lauf der Dinge nicht mehr beeinflussen. Die Jahre des Wartens auf den Preis, den er, wie er Charles Lester vor so langer Zeit gesagt hatte, eines Tages gewinnen sollte, würden in wenigen Minuten zu Ende sein.
»Kane. Parfitt. Kane.«
Drei zu zwei gegen ihn; würde er das gleiche erleben wie in seinem Kampf gegen Tony Simmons?
»Kane. Kane. Parfitt.«
Vier zu vier. Er sah, daß Parfitt, der an der anderen Tischseite saß, heftig schwitzte, und er selbst fühlte sich auch nicht eben entspannt.
»Parfitt.«
Williams Gesicht blieb ausdruckslos. Parfitt erlaubte sich ein kleines Lächeln.
Fünf zu vier.
»Kane. Kane. Kane.«
Das Lächeln verschwand.
»Noch zwei, nur noch zwei«, flehte William beinahe hörbar.
»Parfitt. Parfitt.«
Alfred Rodgers brauchte lange Zeit, um einen Zettel zu öffnen, den jemand mehrere Male gefaltet hatte.
»Kane.« Acht Stimmen gegen sieben zu Williams Gunsten.
Jetzt wurde das letzte Papier geöffnet. William beobachtete Alfred Rodgers Lippen. Der Schriftführer schaute auf; in diesem Augenblick war er der wichtigste Mann im Saal.
»Kane.« Parfitt vergrub den Kopf in den Händen.
»Meine Herren, das Resultat lautet: Neun Stimmen für Mr. William Kane, sieben für Mr. Peter Parfitt. Ich erkläre daher Mr. William Kane zum rechtmäßig gewählten Präsidenten der Lester Bank.«
Ehrfürchtige Stille senkte sich über den Raum; alle Köpfe wandten sich William zu und warteten auf die ersten Worte des neuen Präsidenten. Nur Parfitt schaute nicht auf.

William holte tief Atem und stand auf, diesmal um sich an *seinen* Vorstand zu wenden.

»Meine Herren, ich danke Ihnen für das Vertrauen, das Sie mir ausgesprochen haben. Es war Charles Lesters Wunsch, daß ich Ihr neuer Präsident sein sollte, und ich bin glücklich, daß Sie diesen Wunsch durch Ihre Stimmabgabe bestätigt haben. Ich werde dieser Bank nach bestem Wissen und Gewissen dienen, doch dies wird mir nur mit der vollen Unterstützung aller Vorstandsmitglieder möglich sein. Wenn Mr. Parfitt so freundlich wäre ...«

Peter Parfitt schaute hoffnungsvoll auf.

»... mich in ein paar Minuten im Büro des Präsidenten aufzusuchen, wäre ich ihm dankbar. Nachdem ich Mr. Parfitt gesprochen habe, würde ich mich gern mit Mr. Leach unterhalten. Ich hoffe, daß ich morgen Gelegenheit haben werde, jeden von Ihnen persönlich kennenzulernen. Die nächste Sitzung wird die übliche Monatssitzung sein. Die heutige Sitzung ist beendet.«

Die Direktoren standen auf und begannen sich zu unterhalten. William vermied Parfitts Blick und verließ rasch den Saal. Ted Leach holte ihn ein und führte ihn in das Büro des Präsidenten.

»Sie haben viel riskiert«, sagte er, »aber es ist gut ausgegangen. Was hätten Sie getan, wenn Sie die Wahl verloren hätten?«

»Ich wäre nach Boston zurückgefahren«, sagte William gelassen.

Ted Leach öffnete die Tür des Büros. Das Zimmer sah beinahe genauso aus, wie William es in Erinnerung hatte; vielleicht schien es ein wenig größer als damals, als der kleine Schuljunge dem Präsidenten mitteilte, daß er eines Tages die Bank leiten würde. William betrachtete das Porträt des großen Mannes hinter dem Schreibtisch und zwinkerte ihm zu. Dann ließ er sich in den großen roten Lederstuhl fallen und stützte die Ellbogen auf die Mahagoniplatte. Als er ein kleines, in Leder gebundenes Buch aus der Tasche zog und es vor sich auf den Schreibtisch legte, klopfte es an der Tür. Ein alter Mann, der sich schwer auf einen schwarzen Stock mit Silberknauf stützte, betrat das Zimmer. Ted Leach ließ die beiden allein.

»Ich bin Rupert Cork-Smith«, sagte er mit einem leichten englischen Akzent.

William stand auf und begrüßte ihn. Er war das älteste Aufsichtsratsmitglied. Das graue Haar, die langen Koteletten und die massive Golduhr erinnerten an vergangene Zeiten, aber der Scharfsinn des Mannes war in Finanzkreisen zu einer Legende geworden. Mit Rupert Cork-Smith brauchte man einen Kontrakt nicht schriftlich zu besiegeln; sein Wort war gut genug. Er schaute William fest an.

»Ich habe gegen Sie gestimmt, Sir, und selbstverständlich wird mein Rücktritt in einer Stunde auf Ihrem Schreibtisch liegen.«

»Wollen Sie Platz nehmen, Sir?« fragte William freundlich.

»Danke, Sir«, erwiderte Cork-Smith.

»Ich glaube, Sie kannten meinen Vater und meinen Großvater.«

»Ja, ich hatte die Ehre. Ihr Großvater und ich waren zusammen in Harvard, und ich erinnere mich noch mit Bedauern an den tragischen Tod Ihres Vaters.«

»Und Charles Lester?« fragte William.

»Er war mein ältester Freund. Seine letztwillige Verfügung lag schwer auf meinem Gewissen. Es war kein Geheimnis, daß meine Wahl nie auf Peter Parfitt gefallen wäre. Ich hätte Ted Leach zum Präsidenten gewollt, aber da ich mich nie im Leben meiner Stimme enthalten habe, sah ich es als meine Pflicht an, Ihren Gegenkandidaten zu unterstützen. Für einen Mann, den ich nicht kenne, konnte ich nicht stimmen.«

»Ich bewundere Ihre Aufrichtigkeit, Mr. Cork-Smith, aber jetzt muß ich eine Bank leiten. In diesem Augenblick brauche ich Sie viel mehr, als Sie mich brauchen, daher bitte ich Sie als der jüngere, nicht zurückzutreten.«

Der alte Mann hob den Kopf und sah William in die Augen.

»Ich bin nicht sicher, ob das gut wäre, junger Mann. Ich kann meine Gewohnheiten nicht über Nacht ändern«, sagte Cork-Smith und legte beide Hände auf seinen Stock.

»Geben Sie mir sechs Monate Zeit; wenn Sie dann noch derselben Meinung sind, werde ich Ihnen kein Hindernis in den Weg legen.«

Beide schwiegen eine Weile, bevor Cork-Smith sagte:

»Charles Lester hatte recht; Sie sind Richard Kanes Sohn.«

»Werden Sie weiter in der Bank bleiben, Sir?«

»Ja, junger Mann. Es gibt keinen größeren Narren als einen alten Narren; Sie kennen das Sprichwort.«

Langsam erhob sich Cork-Smith, indem er sich auf seinen Stock stützte. William wollte ihm helfen, aber der alte Mann winkte ab.

»Viel Glück, mein Junge. Sie können mit meiner vollen Unterstützung rechnen.«

»Danke, Sir.«

Als William die Tür öffnete, sah er Peter Parfitt im Korridor stehen. Solange Rupert Cork-Smith noch in Sichtweite war, wechselten die beiden kein Wort.

Dann polterte Peter Parfitt los. »Nun, ich habe einen Versuch gemacht und verloren. Mehr kann ein Mann nicht tun«, sagte er lachend. »Keine Verstimmung, nicht wahr, Bill?« Er streckte die Hand aus.

»Keine Verstimmung, Mr. Parfitt. Wie Sie so richtig sagten: Sie haben einen Versuch gemacht und verloren. Jetzt werden Sie Ihre Stellung in dieser Bank zurücklegen.«

»Was?« sagte Parfitt.

»Zurücktreten.«

»Ist das nicht ein wenig hart, Bill? Was ich tat, war keineswegs persönlich gemeint. Ich hatte nur das Gefühl...«

»Ich möchte Sie nicht in meiner Bank haben, Mr. Parfitt. Sie werden heute abend gehen und nicht mehr zurückkommen.«

»Und wenn ich nicht einwillige? Ich besitze ziemlich viele Anteile an dieser Bank, und ich habe auch noch eine Menge Unterstützung bei den Aufsichtsräten, wissen Sie. Außerdem könnte ich den Fall vor Gericht bringen.«

»Da würde ich empfehlen, daß Sie erst die Statuten der Bank lesen, die ich heute morgen sehr genau studiert habe, Mr. Parfitt.«

William nahm das kleine, in Leder gebundene Buch zur Hand, das immer noch vor ihm lag, und blätterte, bis er zu einem Absatz kam, den er heute morgen unterstrichen hatte. Er las vor: »Der Präsident hat das Recht, jeden Mitarbeiter, zu dem er das Vertrauen verloren hat, zu entlassen.« Er schaute auf. »Ich habe das Vertrauen zu Ihnen verloren, Mr. Parfitt. Daher werden Sie zurücktreten und das Gehalt von zwei Jahren bekommen. Wenn Sie mich aber zwingen, Sie zu kündigen, dann werde ich veranlassen, daß Sie diese Bank mit nicht mehr verlassen als mit Ihren Anteilen. Die Entscheidung liegt bei Ihnen.«

»Wollen Sie mir nicht eine Chance geben?«

»Letzten Freitag habe ich Ihnen eine Chance gegeben. Sie haben mich belogen und betrogen. Das sind Eigenschaften, die ich bei meinem Vizepräsidenten nicht schätze. Wird es ein Rücktritt, oder muß ich Sie kündigen, Mr. Perfitt?«

»Verdammt, Kane. Ich trete zurück.«

»Gut. Dann schreiben Sie bitte sofort einen entsprechenden Brief.«

»Nein, ich werde mir Zeit lassen, und Sie erhalten meinen Rücktritt morgen.«

»Jetzt – oder ich werfe Sie hinaus«, sagte William.

Peter Parfitt zögerte. Dann kam er zurück und ließ sich auf einen Stuhl neben Williams Schreibtisch fallen. William gab ihm Papier und eine Feder. Parfitt nahm seine eigene Feder und begann zu schreiben. Als er fertig war, nahm William den Brief und las ihn sorgfältig durch.

»Guten Tag, Mr. Perfitt.«

Wortlos verließ Parfitt das Zimmer. Etwas später kam Ted Leach herein.

»Sie wollten mich sprechen, Mr. Präsident?«

»Ja«, sagte William. »Ich möchte Sie zum einzigen Vizepräsidenten ernennen. Mr. Parfitt ist zurückgetreten.«

»Ach, das erstaunt mich. Ich dachte . . .«

William reichte ihm den Brief. Er las ihn und sah William an.

»Ich freue mich, Vizepräsident der gesamten Bank zu sein, und danke Ihnen für Ihr Vertrauen.«

»Gut. Ich wäre dankbar, wenn Sie es so einrichten könnten, daß ich in den nächsten zwei Tagen jeden Direktor persönlich kennenlerne. Morgen um acht Uhr beginne ich zu arbeiten.«

»Ja, Mr. Kane.«

»Vielleicht wären Sie auch so freundlich, Mr. Parfitts Brief dem Schriftführer zu übergeben?«

»Jawohl, Mr. Präsident.«

»Ich heiße William. Das war der zweite Fehler, den Mr. Parfitt beging.«

Ted Leach lächelte unsicher. »Auf morgen –« er zögerte »– William.«

Als er gegangen war, setzte sich William in Charles Lesters Stuhl und drehte sich in einem für ihn seltenen Ausbruch reinster Freude so lange im Kreis, bis er schwindlig wurde. Dann schaute er aus dem Fenster auf die Wall Street hinunter und genoß den Blick auf die Menschenmenge und auf die anderen großen Bank- und Maklerhäuser von Amerika. Jetzt gehörte er dazu.

William drehte sich herum, und vor ihm stand eine sehr korrekt gekleidete Dame mittleren Alters, die ihn empört anschaute.

»Darf ich wissen, wer Sie sind?« erkundigte sich William.

»Die Sekretärin des Präsidenten«, erwiderte sie steif.

»Und ich«, sagte William, »bin der Präsident.«

Während der nächsten Wochen übersiedelten William und seine Familie nach New York in ein Haus in der 68. Straße. Der Umzug und das Einrichten dauerten länger, als sie es für möglich gehalten hätten. In den ersten drei Monaten, in denen William versuchte, sich von Boston zu lösen, um seiner Arbeit in New York nachzugehen, wünschte William, jeder Tag hätte achtundvierzig Stunden; und es fiel ihm überaus schwer, alle Brücken hinter sich abzubrechen. Tony Simmons half ihm, wo er konnte, und William begann zu verstehen, warum ihn Alan Lloyd zum Präsidenten von Kane and Cabot gemacht hatte; zum erstenmal mußte er zugeben, daß Alans Entscheidung richtig war.

Kates Leben in New York war bald sehr ausgefüllt. Virginia konnte bereits mit Höchstgeschwindigkeit durchs Zimmer und in Williams Arbeitszimmer kriechen, und Richard wünschte sich, wie jeder Junge in New York, eine Windjacke. Als Frau des Präsidenten einer New Yorker Bank mußte Kate in regelmäßigen Abständen Cocktailparties und Dinners geben und sich diskret darum kümmern, daß bestimmte Direktoren und wichtige Kunden mit William privat sprechen konnten, um seinen Rat einzuholen oder ihre Ansichten darzulegen. Kate meisterte alle Situationen mit Geschick und Charme, und William war der Konkursabteilung von Kane and Cabot ewig dankbar für seinen kostbarsten Besitz.

Als Kate William mitteilte, daß sie wieder ein Kind erwarte, fragte er erstaunt: »Wann habe ich dazu Zeit gefunden?« Virginia freute sich über die Nachricht, obwohl sie nicht verstehen konnte, warum ihre Mami so dick wurde, und Richard weigerte sich, über das Thema zu sprechen.

Innerhalb von sechs Monaten gehörte die Auseinandersetzung mit Peter Parfitt der Vergangenheit an; William war der unumstrittene Präsident der Bank und eine Persönlichkeit, mit der man in New Yorker Finanzkreisen rechnete. Nach ein paar weiteren Monaten überlegte er bereits, was er sich jetzt zum Ziel setzen könnte. Mit der Stellung eines Präsidenten der Lester Bank hatte er – mit dreiunddreißig Jahren – sein ehrgeizigstes Ziel erreicht, aber anders als Alexander der Große hatte er das Gefühl, es gäbe noch mehr Welten zu erobern. Weder hatte er die Zeit noch die Neigung, sich niederzusetzen und zu weinen.

Als Williams erstes Jahr als Präsident zur Neige ging, bekam Kate eine zweite Tochter, die sie Lucy nannten. William lehrte Virginia, die bereits umherlief, Lucys Wiege zu schaukeln; Richard hingegen, der jetzt fünf Jahre war und in den Kindergarten der Buckley School eintreten sollte, nutzte die Gelegenheit, um seinen Vater zum Ankauf eines neuen Baseballschlägers zu überreden.

Unter Williams Leitung hatten sich die Gewinne der Bank im ersten Jahr etwas erhöht, und für das zweite Jahr prophezeite er eine ganz wesentliche Besserung.

Am 1. September 1939 fiel Hitler in Polen ein.

William dachte sofort an Abel Rosnovski und sein neues Baron-Hotel in der Park Avenue, das bereits zu den besten Hotels von New York gehörte. Die vierteljährlichen Berichte von Thomas Cohen wiesen Erfolg über Erfolg aus, obwohl Rosnovskis Pläne für eine Expansion nach Europa jetzt vermutlich etwas aufgeschoben werden mußten. Cohen konnte weiterhin keine Verbindung zwischen Henry Osborne und Abel Rosnovski feststellen, aber er mußte zugeben, daß es immer schwieriger wurde, alle notwendigen Unterlagen zu bekommen.

William glaubte nicht, daß die Vereinigten Staaten in einen europäischen Krieg eintreten würden, dessenungeachtet hielt er die Londoner Niederlassung von Lesters offen, um zu zeigen, wo seine Sympathien lagen, und dachte keinen Augenblick daran, die sechstausend Morgen Land in Hampshire und Lincolnshire zu verkaufen. Tony Simmons jedoch informierte William, daß er beabsichtige, Kane and Cabots Londoner Niederlassung zu schließen. William benutzte die in London entstandenen Probleme als Vorwand, sein geliebtes Boston aufzusuchen und Tony zu treffen.

Seit die beiden Präsidenten keine Rivalen mehr waren, war ihre Beziehung überaus entspannt und freundschaftlich; ja, jeder benutzte den anderen als Sprungbrett für neue Ideen. Wie Tony vorausgesagt hatte, verlor Kane and Cabot, als William Präsident von Lesters wurde, einige wichtige Kunden, doch William hielt Tony immer auf dem laufenden, wenn ein alter Klient sein Konto verlegen wollte, und niemals redete er jemandem zu, dies zu tun. Als sie sich am Ecktisch von Locke-Ober zum Lunch setzten, begann Tony Simmons sofort von seiner Absicht zu sprechen, Kane and Cabot in London zu schließen.

»Mein erster Grund ist ganz einfach«, sagte er und nippte an dem importierten Burgunder, ohne einen Gedanken darauf zu verwenden, daß viele Weingärten Frankreichs vermutlich von deutschen Stiefeln zertrampelt werden würden. »Ich fürchte, die Bank wird Geld verlieren, wenn wir uns nicht aus England zurückziehen.«

»Natürlich wirst du ein wenig Geld verlieren«, sagte William, »aber wir müssen die Engländer unterstützen.«

»Warum? Wir sind eine Bank und kein Unterstützungsverein.«

»England ist kein Baseballteam, Tony; es ist das Volk, dem wir unser ganzes Erbe verdanken...«

»Du solltest in die Politik gehen«, sagte Tony. »Ich glaube, im Bankgeschäft sind deine Talente verschwendet. Überdies gibt es noch einen bedeutenderen Grund, warum wir die Bank in London schließen müssen. Wenn Hitler England ebenso überrennt wie Polen und Frankreich – und ich bin überzeugt, daß er das plant –, dann wird die Bank übernommen, und wir verlieren jeden Penny, den wir in London haben.«

»Nur über meine Leiche«, sagte William. »Wenn Hitler auch nur einen Fuß auf britischen Boden setzt, wird Amerika in den Krieg eintreten.«

»Niemals«, behauptete Tony. »Roosevelt sagte, ›jede Hilfe außer Krieg‹. Und die amerikanischen Isolationisten würden laut aufheulen.«

»Glaub keinem Politiker«, sagte William. »Besonders nicht Roosevelt. Wenn er ›niemals‹ sagt, meint er nur ›nicht heute‹ oder zumindest ›nicht heute morgen‹! Denk daran, was Wilson uns 1916 sagte.«

Tony lachte. »Wann wirst du für den Senat kandidieren?«

»Das ist eine Frage, auf die ich mit Sicherheit ›niemals‹ antworten kann.«

»Ich respektiere deine Ansicht, William, aber fort aus England.«

»Du bist Präsident«, erwiderte William. »Wenn der Aufsichtsrat hinter dir steht, kannst du London morgen schließen, und ich würde meine Position nie nützen, um gegen einen Mehrheitsbeschluß aufzutreten.«

»Bis du die beiden Banken fusionierst und es dein Beschluß wird.«

»Ich sagte dir schon einmal, Tony, daß ich das, solange du Präsident bist, nie versuchen werde. Es ist ein Versprechen, das ich zu halten beabsichtige.«

»Aber ich glaube, wir *sollten* fusionieren.«

»Was?« William schüttete etwas von seinem Burgunder auf das Tischtuch. Er traute seinen Ohren nicht. »Du lieber Himmel, etwas muß man dir lassen, Tony, du bist wirklich unberechenbar.«

»Wie immer habe ich nur das Interesse der Bank im Auge, William. Überleg dir einmal unsere Situation. New York wird immer mehr zum Mittelpunkt der amerikanischen Finanzwelt, und sollte England untergehen, so wird es der Mittelpunkt der Weltfinanz werden. Daher muß Kane and Cabot in New York sein. Wenn wir fusionieren, wären wir auch eine wesentlich umfassendere Institution, weil wir einander ergänzen; Kane and Cabot hat immer schon den Schiffsbau und die Schwerindustrie finanziert, Lester macht in dieser Richtung wenig. Anderseits finanziert ihr eine Menge Versicherungen, ein Geschäft, das wir kaum anrühren. Ganz zu schweigen davon, daß wir in vielen Städten Büros haben, die genau das gleiche tun.« – »Tony, du hast mit allem, was du sagst, recht, aber ich würde trotzdem in England bleiben wollen.«

»Eben das bestärkt mein Argument. Man könnte die Kane-and-Cabot-Filiale in London schließen und Lesters Niederlassung weiterarbeiten lassen. Wenn sie harte Zeiten durchmacht, wäre das nicht so schlimm, denn wir wären konsolidiert und daher stärker.«

»Und wenn ich jetzt sage, daß eine Fusion wegen Roosevelts Restriktionen der Handelsbanken nur erfolgreich sein kann, wenn wir sämtliche Geschäfte von New York aus abwickeln und Boston nur als Büro betrachten?«

»Dann stimme ich dir zu«, sagte Tony und fügte hinzu: »Vielleicht überlegst du dir sogar, ins kommerzielle Bankgeschäft zu gehen und die Anlageberatung fallenzulassen.«

»Nein, Tony, Roosevelt hat es einem ehrlichen Mann unmöglich gemacht, beides gleichzeitig zu tun, und auch mein Vater war der Meinung, daß man nur entweder einer kleinen Gruppe reicher Leute oder einer großen Gruppe armer Leute dienen könne. Daher wird Lester, solange ich Präsident bin, eine Privatbank alten Stils bleiben. Aber siehst du nicht große Probleme, wenn wir uns tatsächlich entschließen sollten, die beiden Banken zu fusionieren?«

»Nur wenige, denen wir nicht mit gutem Willen auf beiden Seiten beikommen könnten. Auf jeden Fall mußt du die Folgen sehr sorgfältig überdenken, William; als Besitzer einer Aktienminorität würdest du ohne Zweifel die Gesamtkontrolle der neuen Bank verlieren, und damit könnte dich ein Übernahmeangebot natürlich gefährden.«

»Das würde ich riskieren, um Präsident einer der größten Finanzinstitutionen von Amerika zu werden.«

Erfreut von diesem Gespräch kehrte William am selben Abend nach New York zurück und berief eine Aufsichtsratssitzung ein, um Tonys Vorschlag zu besprechen. Als er feststellte, daß der Aufsichtsrat im Prinzip eine Fusion billigte, bat er alle Direktoren der Lester Bank, den Plan in allen Einzelheiten durchzudenken.

Die Abteilungsleiter brauchten drei Monate, bevor sie dem Aufsichtsrat ihren Bericht vorlegten, und sie kamen ausnahmslos zu demselben Schluß; da sich die beiden Banken in so vieler Hinsicht ergänzten, war eine Fusion absolut anzuraten. Mit verschiedenen Büros in ganz Amerika und Tochtergesellschaften in Europa hatten sie einander eine Menge zu bieten. Überdies besaß der Präsident von Lesters immer noch einundfünfzig Prozent von Kane and Cabot, so daß die Fusion beinahe eine Familienangelegenheit war. Manche Vorstandsdirektoren verstanden nicht, daß William nicht bereits früher auf die Idee gekommen war. Ted Leach war der Ansicht, daß Charles Lester, als er William als seinen Nachfolger einsetzte, bereits an eine Fusion gedacht haben müsse.

Die Details der Fusion festzulegen, dauerte beinahe ein Jahr, und mehrere Anwälte waren Tag und Nacht damit beschäftigt, die notwendigen Vorarbeiten zu erledigen. Beim Austausch der Aktien wurde William mit acht Prozent der neuen Gesellschaft zum größten Aktienbesitzer; er war Präsident und Vorsitzender der neuen Bank. Tony Simmons blieb als Vizepräsident in Boston, Ted Leach in New York war der zweite. Die neue Handelsbank erhielt den Namen Lester, Kane and Company, wurde jedoch immer noch Lester genannt.

William beschloß, am Montag, dem 8. Dezember 1941, in New York eine Pressekonferenz abzuhalten, um die Finanz- und Geschäftswelt über die erfolgreiche Fusion der beiden Banken zu informieren. Die Pressekonferenz mußte abgesagt werden, weil die Japaner am 7. Dezember 1941 Pearl Harbor angriffen.

Die Presseaussendungen waren bereits einige Tage vorher abgegangen, aber am Dienstagmorgen widmeten die Zeitungen der Fusionsankündigung begreiflicherweise nur wenige Spalten. William war jedoch nicht mehr wirklich interessiert an den Presseberichten.

Statt dessen zerbrach er sich den Kopf, wie und wann er Kate sagen sollte, daß er die Absicht hatte, sich freiwillig zu melden. Als er es Kate mitteilte, war sie entsetzt und versuchte sofort, ihm die Idee auszureden.

»Was glaubst du tun zu können, das Millionen andere nicht tun können?« fragte sie.

»Das weiß ich nicht«, erwiderte William. »Ich weiß nur, daß ich das tun muß, was mein Vater oder mein Großvater in der gleichen Situation getan hätten.«

»Bestimmt hätten sie das getan, was im Interesse der Bank liegt.«

»Nein«, widersprach William, »sie hätten das getan, was im Interesse Amerikas liegt.«

Viertes Buch

24

Abel las in den Finanznachrichten der *Chicago Tribune* über die Lester, Kane and Company. Inmitten all der Artikel, die den Folgen von Pearl Harbor gewidmet waren, hätte er die kurze Mitteilung wahrscheinlich übersehen, wäre sie nicht mit einem alten Foto von William Kane illustriert gewesen; Kane sah darauf ungefähr so aus wie vor zehn Jahren, als Abel ihn in Boston aufgesucht hatte. Zweifellos wirkte Kane viel zu jung, um der Beschreibung des hervorragenden Präsidenten der neugegründeten Lester, Kane and Company zu entsprechen. Der Artikel prophezeite: »Die neue Bank, eine Fusion aus Lester's in New York und Kane and Cabot in Boston, könnte sehr wohl eine der wichtigsten Finanzinstitutionen Amerikas werden, nachdem Mr. Kane sich entschlossen hat, die zwei angesehenen Privatbanken zu vereinen.« Soweit die Tribune wußte, befanden sich die Aktien in den Händen von etwa zwanzig Personen, die mit den beiden Familien verwandt oder eng verbunden waren.

Abel war hocherfreut über den letzten Satz, der implizierte, daß William Kane die Gesamtkontrolle verloren hatte. Er las die Mitteilung ein zweitesmal. William Kane war offensichtlich vorwärtsgekommen in der Welt, seit sie die Klingen gekreuzt hatten, aber auch er, Abel, war vorwärtsgekommen, und er hatte mit dem Präsidenten von Lester's noch eine Rechnung zu begleichen.

Die Baron-Gruppe hatte in den letzten zehn Jahren so prosperiert, daß Abel alle seine Kredite zurückzahlen und das ursprüngliche Abkommen mit seinem Geldgeber buchstabengetreu erfüllen konnte; er hatte sich in der vorgeschriebenen Zeit von zehn Jahren den hundertprozentigen Besitz der Gesellschaft gesichert.

Im letzten Viertel des Jahres 1939 hatte Abel nicht nur den Kredit zurückgezahlt, sondern der Gewinn des Jahres 1940 überstieg bereits eine halbe Million. Dieses Ereignis fiel mit der Eröffnung der neuen Baron-Hotels in Washington und San Franzisko zusammen.

Obwohl Abel kein besonders guter Ehemann geworden war, hätte er kein rührenderer Vater sein können. Zaphia, die sich nach einem zweiten Kind sehnte, brachte ihn endlich dazu, einen Arzt aufzusuchen. Als er erfuhr, daß er wegen zu niedriger Spermazahl – vermutlich die Folge von Krankheiten und Unterernährung in der Kindheit – wahrscheinlich kein zweites Kind haben würde, gab er jede Hoffnung auf einen Sohn auf und konzentrierte seine ganze Liebe auf Florentyna.

Abel war jetzt in ganz Amerika bekannt, und sogar die Presse bezeichnete ihn als den »Chikago-Baron«. Die Witze hinter seinem Rücken kümmerten ihn nicht mehr. Wladek Koskiewicz war ganz oben gelandet, und, was noch wichtiger war, er würde auch ganz oben bleiben. 1941 lagen die Gewinne aus seinen dreizehn Hotels knapp unter einer Million, und er hielt den Zeitpunkt für gekommen, mit seinem Kapital etwas Neues anzufangen.

Dann griffen die Japaner Pearl Harbor an.

Seit jenem schrecklichen Tag im September 1939, als die Nazis in Polen einmarschierten und später in Brest-Litowsk, seine Heimat unter sich und den Russen aufteilten, hatte Abel regelmäßig beachtliche Summen an das britische Rote Kreuz überwiesen, um seine Landsleute zu unterstützen. Sowohl in der Presse als auch innerhalb der Demokratischen Partei hatte er mit aller Energie dafür gekämpft, ein unwilliges Amerika zum Kriegseintritt zu bewegen, wenn auch an der Seite der Russen. Bisher hatten sich seine Versuche als fruchtlos erwiesen, aber an jenem Sonntag im Dezember, als die Nation fassungslos von jedem Radiosender die Details des Überfalls hörte, wußte Abel, daß Amerika in den Krieg eintreten würde. Am 11. Dezember teilte Präsident Roosevelt in einer Rede an die Nation mit, daß Deutschland und Italien den Vereinigten Staaten den Krieg erklärt hätten. Abel hatte die Absicht, sich zu melden, doch zuerst wollte er seinen Privatkrieg führen, und zu diesem Zweck rief er Curtis Fenton bei der Continental Trust Bank an. Im Lauf der Jahre hatte Abel gelernt, Fentons Urteil zu vertrauen, und als er die alleinige Kontrolle bekam, hatte er Fenton im Aufsichtsrat der Baron-Gruppe belassen, um zwischen der Gruppe und der Bank eine enge Verbindung herzustellen.

Curtis meldete sich, höflich und formell wie immer.

»Wieviel Geld habe ich auf dem Rücklagekonto der Gruppe?« fragte Abel.

Curtis Fenton nahm die Mappe »Konto Nummer 6« zur Hand und erinnerte sich an die Zeit, als er alles, was Mr. Rosnovski betraf, noch in einer Mappe hatte unterbringen können. Er prüfte die Zahlen.

»Etwas unter zwei Millionen«, sagte er.

»Gut. Ich möchte, daß Sie sich die neue Bank Lester, Kane and Company näher ansehen. Stellen Sie bitte fest, welche Aktienbesitzer wieviel besitzen und unter welchen Bedingungen jemand bereit ist, zu verkaufen. Das muß alles ohne Wissen des Präsidenten, Mr. William Kane, vor sich gehen und ohne Erwähnung meines Namens.«

Curtis Fenton hielt den Atem an und sagte nichts. Er war froh, daß Abel Rosnovski nicht sein erstauntes Gesicht sehen konnte. Warum wollte Rosnovski sein Geld in etwas investieren, das mit William Kane zu tun hatte? Auch Fenton hatte im *Wall Street Journal* von der Fusion der beiden bekannten Privatbanken gelesen. Aber Pearl Harbor und eine Grippe seiner Frau hatten bewirkt, daß er die Angelegenheit vergaß. Rosnovskis Auftrag erinnerte ihn, daß er William Kane ein Glückwunschtelegramm schicken mußte. Er machte eine Notiz auf die Mappe der Baron-Gruppe, während er Abels Instruktionen zuhörte.

»Wenn Sie alle Informationen haben, möchte ich persönlich benachrichtigt werden. Nichts Geschriebenes.«

»Gut, Mr. Rosnovski.«

Vermutlich weiß jemand, was zwischen den beiden los ist, aber ich habe jedenfalls keine Ahnung, fügte Fenton insgeheim hinzu.

»Ihre vierteljährlichen Berichte sollen alle offiziellen Verlautbarungen der Lester Bank enthalten sowie die Namen der Gesellschaften, mit denen die Bank zu tun hat.«

»Natürlich, Mr. Rosnovski.«

»Vielen Dank, Mr. Fenton. Übrigens rät mir mein Marktforschungsteam, ein neues Baron-Hotel in Montreal zu eröffnen.«

»Macht Ihnen der Krieg keine Sorgen, Mr. Rosnovski?«

»O nein. Wenn die Deutschen bis Montreal kommen, können wir alle zusperren, einschließlich der Continental Trust. Jedenfalls haben wir die Kerle letztesmal geschlagen, und wir werden es wieder tun. Der einzige Unterschied ist, daß ich mich diesmal beteiligen kann. Guten Tag, Mr. Fenton.«

Ob ich jemals verstehen werde, was in Abel Rosnovski vorgeht? fragte sich Curtis Fenton, als er den Hörer auflegte. Seine Gedanken kehrten zu Abels Interesse an den Lester-Aktien zurück. Das machte ihm noch mehr Sorgen. Obwohl William Kane mit Rosnovski keinerlei Verbindung mehr hatte, wußte Gott allein, wo es hinführen würde, wenn sein Kunde substantielle Anteile an Lester's erwerben sollte. Er beschloß, Rosnovski im Augenblick nicht seine Meinung mitzuteilen, und hoffte auf den Tag, an dem einer von ihnen verlauten lassen würde, was das Ganze bedeutete.

Auch Abel fragte sich, ob er Curtis Fenton sagen sollte, warum er Anteile von Lester's haben wollte, kam jedoch zu dem Schluß, daß es besser sei, wenn möglichst wenig Leute von seinem Plan wußten.

Er hörte vorübergehend auf, sich mit William Kane zu beschäftigen, und bat seine Sekretärin, George zu suchen, der jetzt Vizepräsident der Baron-Gruppe und sein engster Vertrauter war. Abel saß in seinem Büro im 42. Stockwerk des Chikago-Baron und schaute auf die sogenannte *Gold Coast* des Lake Michigan hinunter, aber seine Gedanken kehrten nach Polen zurück. Er fragte sich, ob er sein Schloß jemals wiedersehen würde, das sich jetzt weit hinter der russischen Grenze unter der Herrschaft Stalins befand. Abel wußte, daß er sich nie mehr in Polen niederlassen wollte, aber sein Schloß, das wollte er zurückhaben. Bei dem Gedanken, daß Deutsche oder Russen sein herrliches Heim besetzt hielten, wünschte er... Seine Gedanken wurden von George unterbrochen.

»Du wolltest mich sprechen, Abel?«

George war der einzige der Gruppe, der den Chikago-Baron immer noch beim Vornamen nannte.

»Ja, George, glaubst du, daß du die Hotels ein paar Monate allein führen kannst, wenn ich für eine Weile verschwinde?«

»Natürlich. Wirst du endlich den Urlaub machen, den du dir so lang versprochen hast?«

»Nein«, erwiderte Abel. »Ich rücke ein.«

»Was?« fragte George. »Was?« wiederholte er.

»Ich fahre morgen nach New York, um mich freiwillig zu melden.«

»Du bist verrückt. Du wirst umgebracht werden.«

»Das ist nicht meine Absicht. Ich habe vor, ein paar Deutsche zu erledigen. Die Hunde haben mich beim erstenmal nicht erwischt, und sie werden es auch jetzt nicht.«

George fuhr fort zu behaupten, daß Amerika den Krieg auch ohne Abel gewinnen könne. Auch Zaphia protestierte. Sie haßte allein den Gedanken an Krieg, und die achtjährige Florentyna brach in Tränen aus. Sie wußte zwar nicht recht, was Krieg bedeutete, aber sie verstand, daß Daddy für lange Zeit fort sein würde.

Trotz aller Proteste nahm Abel am nächsten Tag das erste Flugzeug nach New York. Ganz Amerika schien in verschiedene Richtungen zu reisen, und die Stadt war voll junger Männer in Khakiuniformen, die ihren Eltern, Frauen und Freundinnen Lebewohl sagten und einander versicherten, daß der Krieg in ein paar Wochen vorüber sein würde. Niemand glaubte es.

Abel kam rechtzeitig zum Dinner im New York Baron an. Der Speisesaal war voll mit jungen Menschen; Mädchen klammerten sich verzweifelt an Soldaten, Matrosen und Flieger, während Frank Sinatra zu den Rhythmen von Tommy Dorseys Band seine Lieder sang. Als Abel den jungen Menschen auf dem Tanzparkett zuschaute, fragte er sich, wie viele von ihnen je wieder einen solchen Abend genießen würden. Er konnte Sammys Erzählung nicht vergessen, wie er Maître des Plaza geworden war; die drei ranghöheren Angestellten waren von der Westfront zurückgekehrt – sie hatten zusammen nur mehr ein Bein gehabt. Keiner der Tanzenden ahnte, was Krieg tatsächlich bedeutete. Abel beteiligte sich nicht an der Feier – falls es eine solche war. Statt dessen ging er auf sein Zimmer.

Am Morgen zog er einen einfachen dunklen Anzug an und begab sich zum Rekrutierungsbüro auf dem Times Square. Er hatte New York gewählt, weil er Angst hatte, in Chikago könne ihn jemand erkennen und sofort zu einer Schreibtischarbeit abkommandieren. Das Büro war noch voller als das Tanzparkett am Abend vorher, aber hier klammerte sich niemand an niemanden. Abel verbrachte den ganzen Vormittag damit, ein Formular auszufüllen, wozu er in seinem Büro drei Minuten gebraucht hätte. Es war nicht zu übersehen, daß alle anderen Rekruten gesünder ausschauten als er. Dann mußte er sich zwei Stunden lang anreihen, um von einem Feldwebel interviewt zu werden, der ihn fragte, was er arbeite.

»Hotelmanagement«, sagte Abel und erzählte dem Unteroffizier von seinen Erfahrungen im Ersten Weltkrieg. Mit einem ungläubigen Ausdruck schaute der Feldwebel den kleinen, fünfundneunzig Kilo schweren Mann an und schwieg. Hätte Abel ihm gesagt, daß er der Chikago Baron war, der Feldwebel hätte seine Geschichte über Gefangenschaft und Flucht nicht angezweifelt, aber Abel behielt es für sich, um wie alle anderen behandelt zu werden.

»Sie müssen sich morgen einer Untersuchung unterziehen«, war alles, was der Feldwebel sagte, als Abel geendet hatte. Dann fügte er hinzu, als gehöre das zu seiner Pflicht: »Danke, daß Sie sich freiwillig gemeldet haben.«

Am nächsten Tag wartete Abel weitere Stunden auf seine Untersuchung. Der Arzt war, was Abels Allgemeinzustand betraf, ziemlich deutlich. Stellung und Erfolg hatten Abel in den letzten Jahren vor solchen Feststellungen verschont, und als ihn der Arzt 4 F klassifizierte, war es ein arger Schock.

»Sie haben Übergewicht, Ihre Augen sind nicht gut, Ihr Herz ist schwach und Sie hinken. Kurz gesagt, Sie sind untauglich, Rosnovski. Wir können keine Soldaten in die Schlacht schicken, die einen Herzanfall bekommen, noch bevor sie den Feind gesichtet haben. Das heißt jedoch nicht, daß wir Ihre Talente nicht brauchen können; es wird eine Menge Büroarbeit in diesem Krieg geben, wenn Sie das interessiert.«

Abel wollte ihn niederschlagen, aber er wußte, daß ihm das nicht weiterhelfen würde.

»Nein, danke ... Sir«, sagte er. »Ich will gegen die Deutschen kämpfen, nicht ihnen Briefe schreiben.«

Bekümmert kehrte er abends ins Hotel zurück, aber noch gab er sich nicht geschlagen. Am nächsten Tag versuchte er sein Glück bei einem anderen Rekrutierungsbüro, kehrte jedoch mit dem gleichen Bescheid ins Hotel zurück. Zugegeben, der zweite Arzt war etwas freundlicher, doch Abels Kondition beurteilte er ebenso wie der erste Arzt; Abel erhielt wieder 4 F. Offensichtlich würde man ihm in seinem augenblicklichen Gesundheitszustand nicht erlauben, gegen irgend jemanden zu kämpfen.

Am nächsten Morgen machte er in der 75. Straße eine Turnschule ausfindig und engagierte einen Privatlehrer, der seine Kondition verbessern sollte. Drei Monate lang arbeitete er an seinem Gewicht und an seiner Tauglichkeit. Er boxte, lief, sprang, stemmte Gewicht und hungerte. Als er sechsundsiebzig Kilo wog, versicherte ihm sein Lehrer, daß er kaum noch schlanker und sportlicher werden würde. Abel kehrte in das erste Rekrutierungsbüro zurück und füllte das gleiche Formular unter dem Namen Wladek

Koskiewicz aus. Ein anderer Feldwebel zeigte sich diesmal viel optimistischer, und der Arzt, der ihn untersuchte, nahm ihn schließlich als Reservist an, der auf seine Einberufung zu warten hatte.

»Aber ich will *jetzt* in den Krieg«, sagte Abel. »Ich will mit den Kerlen kämpfen.«

»Wir werden Sie verständigen, Mr. Koskiewicz«, sagte der Feldwebel. »Bitte halten Sie sich bereit. Niemand weiß, wann wir Sie brauchen werden.«

Abel ging wütend hinaus und sah, wie jüngere, schlankere Amerikaner zum Aktivdienst eingeteilt wurden. Als er, unentschlossen, was er als nächstes tun sollte, durch die Tür stürzte, stieß er mit einem großen, schlaksigen Mann zusammen, dessen Uniform an den Epauletten verschiedene Sterne aufwies.

»Entschuldigen Sie, Sir«, sagte Abel, schaute auf und wich zurück.

»Junger Mann«, sagte der General.

Abel ging weiter und kam nicht auf den Gedanken, daß der General zu ihm gesprochen haben könnte. Obwohl er erst fünfunddreißig war, hatte ihn niemand junger Mann genannt, seit ... er wollte nicht wissen, seit wann.

Der General versuchte es nochmals. »Junger Mann«, sagte er etwas lauter.

Diesmal drehte sich Abel um. »Meinen Sie mich, Sir?« fragte er.

»Ja, Sie, Sir.«

Abel ging zu dem General zurück.

»Würden Sie in mein Büro kommen, Mr. Rosnovski?«

Verdammt, dachte Abel, dieser Mann kennt mich, und jetzt wird mich niemand am Krieg teilnehmen lassen. Das provisorische Büro des Generals war im hinteren Gebäudeteil; ein kleines Zimmer mit einem Schreibtisch, zwei Holzstühlen, abblätterndem grünem Anstrich und einer offenen Tür. Abel hätte dem jüngsten seiner Angestellten nicht zugemutet, in einer solchen Umgebung zu arbeiten.

»Mr. Rosnovski«, begann der General und strahlte Energie aus, »mein Name ist Mark Clark, und ich bin Kommandant der 5. Armee. Ich bin für einen Tag von Governors Island zu einer Inspektionstour gekommen. Buchstäblich in Sie hineinzulaufen, ist eine nette Überraschung. Ich bewundere Sie seit langem; Ihre Lebensgeschichte läßt das Herz jedes Amerikaners höher schlagen. Bitte, sagen Sie mir, was Sie hier in diesem Rekrutierungsbüro tun.«

»Ja, was glauben Sie?« sagte Abel, ohne nachzudenken. »Entschuldigen Sie, Sir«, korrigierte er sich rasch. »Ich wollte nicht unhöflich sein, aber niemand läßt mich an diesem verdammten Krieg teilnehmen.«

»Was wollen Sie in diesem verdammten Krieg tun?«

»Einrücken und gegen die Deutschen kämpfen.«

»Als Infanterist?« fragte der General ungläubig.

»Ja«, sagte Abel. »Brauchen Sie nicht jeden Mann, den Sie bekommen können?«

»Natürlich, aber ich könnte ihre Talente wesentlich besser einsetzen als bei der Infanterie.«

»Ich tue alles, was man von mir will«, sagte Abel, »alles.«

»Tatsächlich?« fragte der General. »Und wenn ich Sie bitte, mir Ihr New Yorker Hotel als Armeehauptquartier zur Verfügung zu stellen, wie würden Sie darauf reagieren? Denn, ehrlich gestanden, Mr. Rosnovski, das wäre wesentlich wichtiger, als wenn es Ihnen gelänge, ein paar Deutsche umzulegen.«

»Verfügen Sie über das Hotel«, sagte Abel. »Lassen Sie mich jetzt in den Krieg?«

»Sie wissen, daß Sie verrückt sind, nicht?« fragte General Clark.

»Ich bin Pole«, sagte Abel. Beide lachten. »Sie müssen wissen, daß ich in der Nähe von Slonim geboren wurde. Ich mußte zusehen, wie mein Heim von den Deutschen besetzt und meine Schwester von den Russen vergewaltigt wurde. Später konnte ich aus einem russischen Arbeitslager flüchten und hatte das Glück, nach Amerika zu kommen. Ich bin nicht verrückt. Das hier ist das einzige Land auf der Welt, wo man mit nichts ankommen und, ganz gleich, woher man stammt, Millionär werden kann, wenn man nur hart genug arbeitet. Jetzt wollen diese selben Banditen wieder einen Krieg. Ich bin nicht verrückt, General, ich bin ein Mensch.«

»Nun, wenn Sie tatsächlich unbedingt einrücken wollen, dann kann ich Sie brauchen; aber nicht so, wie Sie es sich vorstellen. General Denvers braucht jemanden als Generalquartiermeister, während die Fünfte Armee an der Front kämpft. Napoleon sagte, eine Armee marschiere mit ihrem Magen; wenn Sie glauben, daß er recht hatte, könnten Sie lebenswichtige Arbeit leisten. Sie bekämen den Rang eines Majors. Das ist eine Möglichkeit, wie Sie Amerika helfen könnten, den Krieg zu gewinnen. Nehmen Sie an?«

»Ja, General.«

»Danke, Mr. Rosnovski.«

Der General drückte auf einen Knopf auf seinem Schreibtisch, ein sehr junger Leutnant kam herein und salutierte zackig.

»Leutnant, begleiten Sie Major Rosnovski zum Personalbüro und dann wieder hierher zurück.«

»Jawohl, Herr General.« Der Leutnant wandte sich an Abel. »Wollen Sie mir bitte folgen, Major?«

Abel folgte ihm. An der Tür drehte er sich um. »Danke, Herr General.«

Das Wochenende verbrachte Abel mit Zaphia und Florentyna in Chikago. Zaphia fragte ihn, was sie mit seinen fünfzehn Anzügen tun solle.

»Heb sie auf«, erwiderte er und verstand nicht ganz, warum sie fragte. »Eines Tages werde ich wiederkommen.«

»Bestimmt, Abel«, sagte sie, »darüber mache ich mir keine Sorgen. Es ist nur, daß die Anzüge jetzt um drei Nummern zu groß sind.«

Abel lachte und brachte die Anzüge zum polnischen Flüchtlingskomitee. Dann kehrte er nach New York zurück, ging ins

Baron, sagte alle Zimmerbestellungen ab und übergab das Gebäude zwölf Tage später der 5. Armee. Die Presse lobte Abels Entschluß als »selbstlose Geste«, würdig eines Mannes, der im Ersten Weltkrieg ein Flüchtling gewesen war.

Es dauerte weitere drei Monate, bis Abel eingezogen wurde; während dieser Zeit organisierte er die Übergabe des New Yorker Baron an General Clark, dann meldete er sich in Fort Benning, um ein Trainingsprogramm für Offiziere zu absolvieren. Als er schließlich den Einberufungsbefehl zur 5. Armee unter General Denvers erhielt, erfuhr er, daß er irgendwohin nach Nordafrika geschickt werden sollte. Abel begann sich zu fragen, ob er je nach Deutschland kommen würde.

Einen Tag vor der Abreise machte Abel sein Testament; er beauftragte die Testamentsvollstrecker, im Falle seines Ablebens David Maxton die Baron-Gruppe zu günstigen Bedingungen anzubieten und den Rest seines Besitzes zwischen Zaphia und Florentyna aufzuteilen. Zum erstenmal seit zwanzig Jahren dachte er wieder an den Tod – nicht, daß er genau wußte, wie man es in einer Regimentskantine bewerkstelligen konnte, getötet zu werden.

Als der Truppentransporter den Hafen von New York verließ, schaute Abel auf die Freiheitsstatue zurück. Er konnte sich noch gut erinnern, was er empfunden hatte, als er sie vor beinahe zwanzig Jahren zum erstenmal gesehen hatte. Als das Schiff an der Dame vorübergefahren war, drehte er sich nicht mehr nach ihr um, sondern sagte laut: »Wenn ich dich das nächstemal sehe, du französisches Luder, dann wird Amerika den Krieg gewonnen haben.«

Abel überquerte den Atlantik mit zwei seiner besten Köche und fünf Küchengehilfen. Am 17. Februar 1943 legte das Schiff in Algier an. Abel verbrachte fast ein Jahr in der Hitze, dem Staub und dem Sand der Wüste, während er darauf achtete, daß jeder Angehörige der Division so gut wie möglich gefüttert wurde.

»Wir essen zwar schlecht, aber, verdammt noch mal, wir essen wesentlich besser als irgend jemand sonst«, war General Clarks Kommentar.

Abel befehligte das einzig gute Hotel von Algier, das zu General Clarks Hauptquartier umfunktioniert worden war. Obwohl Abel einsah, daß er wertvolle Arbeit leistete, fieberte er danach, in das wirkliche Kampfgebiet zu kommen. Doch Majore, die sich um die Versorgung kümmern, werden nur selten an die Front geschickt.

Er schrieb an Zaphia und George und verfolgte anhand von Fotos das Heranwachsen seiner geliebten Florentyna. Dann und wann erhielt er einen Brief von Curtis Fenton, der mitteilte, daß die Baron-Hotels noch besser verdienten, weil alle amerikanischen Hotels infolge der fortwährenden Truppenbewegungen und weil so viele Zivilisten umherreisten, ständig vollbelegt waren. Abel bedauerte es, die Eröffnung des Montreal Baron, wo George ihn vertrat, nicht miterlebt zu haben. Es war das erstemal, daß er bei einer Eröffnung nicht dabei war, doch George schrieb ihm mit tröstlicher Ausführlichkeit über den großen Erfolg des neuen Hotels. Abel wurde sich darüber klar, wieviel er in Amerika aufgebaut hatte und wie er sich freute, in das Land zurückzukehren, das er jetzt als seine Heimat ansah.

Sehr bald hatte er genug von Afrika, den Essensrationen, den ewigen Bohnen und den Fliegenwedeln. Irgendwo draußen in der Wüste hatte es ein paar kleinere Kampfhandlungen gegeben, so versicherten ihm wenigstens die Männer, die von der Front zurückkehrten, aber er selbst erlebte keine Kämpfe, obwohl er, wenn er das Essen an die Front brachte, das Geschützfeuer hören konnte; das machte ihn noch wütender. Eines Tages erhielt die 5. Armee General Clarks zu Abels Freude den Befehl, in Südeuropa zu landen.

Von der amerikanischen Luftwaffe geschützt, landete die 5. Armee in Sizilien. Sie traf zuerst in Anzio und später in Monte Cassino auf erheblichen Widerstand, aber Abel hatte nichts mit den Kampfhandlungen zu tun, und er sah das Ende eines Krieges herannahen, in dem er keinen Kampf erlebt hatte. Es gelang ihm einfach nicht, in die vordersten Linien zu kommen. Daß er zum Oberstleutnant befördert und nach London geschickt wurde, um weitere Befehle abzuwarten, verringerte seine Chancen noch mehr.

Mit dem D-Day begann der eigentliche große Vorstoß nach Europa. Die Alliierten marschierten durch Frankreich und befreiten am 25. August 1944 Paris. Als Abel mit den Amerikanern und den französischen Truppen de Gaulles in festlicher Parade über die Champs-Elysées zog, betrachtete er die immer noch herrliche Stadt und beschloß sofort, das erste europäische Baron-Hotel in Frankreich zu bauen.

Die Alliierten marschierten weiter durch Nordfrankreich und über die deutsche Grenze in Richtung Berlin. Abel wurde an die 1. Armee unter General Bradley überstellt. Nahrungsmittel kamen hauptsächlich aus England, im Land selbst war praktisch nichts vorhanden, weil jede Stadt, die die amerikanischen Truppen erreichten, von den zurückweichenden Deutschen geplündert worden war. Wann immer sie in eine neue Stadt kamen, brauchte Abel nur wenige Stunden, um die gesamten noch vorhandenen Vorräte zu seiner Verfügung zu haben, während andere amerikanische Quartiermeister noch gar nicht wußten, wo sie sich umsehen sollten. Britische und amerikanische Offiziere waren immer beglückt, wenn sie bei der 9. Panzerdivision eingeladen waren, und fragten sich jedesmal, woher sie die ausgezeichneten Lebensmittel hatte. Als General George S. Patton einmal von General Bradley zum Dinner eingeladen wurde, wurde Abel dem berühmten General vorgestellt, der seine Truppen stets selbst in die Schlacht führte, einen Revolver mit Elfenbeingriff in der Hand schwingend.

»Beste Mahlzeit, die ich in diesem verdammten Krieg je hatte«, bemerkte Patton.

Im Februar 1945 wußte Abel, daß der Krieg nur noch eine Sache von Monaten war; er trug jetzt seit drei Jahren Uniform. General Bradley sandte ihm fortwährend Glückwünsche und bedeutungslose Auszeichnungen, dic Abels Uniform schmückten, aber das half wenig. Abel bat den General, ihn doch an einer einzigen Schlacht teilnehmen zu lassen; Bradley wollte nichts davon hören.

Obwohl es die Aufgabe eines untergebenen Offiziers war, die

Lastwagen mit den Essensrationen zur Front zu fahren und die Verteilung zu überwachen, übernahm Abel oft selbst die Aufgabe. Und wie als Hoteldirektor ließ er keinen seiner Untergebenen wissen, wann er wo auftauchen würde.

Der ununterbrochene Strom von Tragbahren ins Lager erweckte an diesem feuchten *St. Patrick's Day* in Abel den Wunsch, an die Front zu fahren und zu schauen, was dort los war. Als er diesen Einbahnverkehr nicht länger ertragen konnte, versammelte Abel seine Leute und organisierte persönlich die vierzehn Lebensmitteltransporte. Er nahm einen Leutnant, einen Feldwebel, zwei Obergefreite und achtundzwanzig Soldaten mit.

Die Fahrt zu der nur etwa dreißig Kilometer entfernten Front war an diesem Morgen besonders langwierig. Abel setzte sich an das Lenkrad des ersten Wagens – er fühlte sich ein wenig wie General Patton – und pflügte durch strömenden Regen und hohen Schlamm. Wieder und wieder mußte er zur Seite fahren, um von der Front kommenden Ambulanzen den Weg freizugeben; Verwundete hatten Vorrang vor leeren Mägen. Abel wünschte, die meisten wären bloß verwundet, aber nur ein gelegentliches Winken oder Nicken deutete ein Lebenszeichen an. Je weiter Abel fuhr, desto klarer wurde ihm, daß nahe bei Remagen etwas Großes im Gang war, und er spürte sein Herz rascher schlagen. Irgendwie wußte er, daß er diesmal mitmachen würde.

Als er endlich den Kommandoposten erreichte, hörte er in der Ferne das feindliche Feuer; er schlug sich wütend auf die Schenkel, als von irgendwo mehr und mehr tote oder verwundete Kameraden auf Bahren zurückgebracht wurden. Abel hatte es satt, nichts vom Krieg zu wissen; jeder Leser der *New York Times* wußte vermutlich besser Bescheid als er.

Abel ließ seinen Konvoi neben der Feldküche anhalten, suchte Deckung vor dem heftigen Regen und war beschämt, daß andere, nur ein paar Meilen entfernt, vor dem Kugelregen Deckung suchen mußten. Er überwachte das Ausladen von vier Hektolitern Suppe, einer Tonne Corned beef, zweihundert Hühnern, einer halben Tonne Butter, drei Tonnen Kartoffeln und einhundertzehn Pfund Dosen Bohnen plus den unvermeidlichen K-Rationen – für jene, die an die Front gingen oder von der Front zurückkehrten. Als Abel in das Messezelt kam, fand er die langen Tische und Bänke leer. Er befahl seinen beiden Küchenchefs, die Mahlzeiten zuzubereiten, und den Ordonnanzen, tausend Kartoffeln zu schälen, während er sich auf die Suche nach dem diensthabenden Offizier machte.

Abel ging direkt zum Zelt von Brigadekommandant John Leonard, um zu erfahren, was vorging. Fortwährend wurden Bahren mit Toten oder – noch schlimmer – sterbenden Soldaten vorübergetragen, deren Anblick unter normalen Umständen jeden krank gemacht hätte; in Remagen schienen sie zum Alltag zu gehören. Als Abel das Zelt betreten wollte, stürzte General Leonard, begleitet von seinem Adjutanten, heraus. Im Weitergehen unterhielt er sich mit Abel.

»Was kann ich für Sie tun, Oberst?«

»Ich ließ eben die Mahlzeiten für Ihr Bataillon zubereiten, wie es der gestrige Befehl verlangt, Sir. Was ...?«

»Kümmern Sie sich nicht um die Mahlzeiten, Oberst. Lieutenant Burrows von der 9. Division entdeckte heute bei Tagesanbruch nördlich von Remagen eine unbeschädigte Eisenbahnbrücke; ich gab Befehl, sie sofort zu überqueren und am Ostufer des Rheins einen Brückenkopf zu errichten. Bis jetzt war es den Deutschen gelungen, jede Rheinbrücke zu sprengen, lange vor unserer Ankunft; wir können nicht warten, bis sie diese auch vernichten.«

»Ist die 9. hinübergekommen?« fragte Abel erregt.

»Natürlich«, erwiderte der General, »aber sie sind auf heftigen Widerstand gestoßen, als sie den Wald am anderen Flußufer erreichten. Die ersten Abteilungen wurden in einen Hinterhalt gelockt und weiß Gott, wie hoch unsere Verluste sind. Sie müssen also Ihre Mahlzeiten selbst essen, Oberst, denn mein einziges Interesse ist es, möglichst viele Leute lebendig zurückzubekommen.«

»Kann ich irgend etwas tun?« fragte Abel.

Der Kommandant blieb einen Moment stehen und schaute den fetten Oberst an. »Wie viele Leute haben Sie unter Ihrem direkten Befehl?«

»Einen Leutnant, einen Feldwebel, zwei Obergefreite und achtundzwanzig Mann; zweiunddreißig, mich selbst eingeschlossen.«

»Gut. Melden Sie sich mit Ihren Leuten beim Feldlazarett und bringen Sie so viele Verwundete und Tote zurück, wie Sie können.«

»Ja, Sir«, sagte Abel und lief den ganzen Weg zurück zur Feldküche, wo seine Leute in einer Ecke saßen und Zigaretten rauchten. Niemand bemerkte ihn, als er das Zelt betrat.

»Auf, ihr Faulpelze. Wir haben zur Abwechslung etwas Wirkliches zu tun.«

Zweiunddreißig Mann standen Habacht.

»Mir nach«, rief Abel, »in Zweierreihen.«

Er drehte sich um und lief, diesmal zum Feldlazarett. Ein junger Arzt instruierte eben fünfzehn Sanitäter, als Abel und seine atemlosen, ungeübten Leute den Eingang erreichten.

»Kann ich etwas für Sie tun, Sir?« fragte der Arzt.

»Nein, ich möchte etwas für Sie tun«, antwortete Abel. »Ich habe zweiunddreißig Mann, die von General Leonard abkommandiert wurden, um sich Ihrer Gruppe anzuschließen« – seine Leute hörten es zum erstenmal.

Erstaunt starrte der Arzt den Oberst an. »Ja, Sir.«

»Nennen Sie mich nicht Sir«, sagte Abel. »Wir sind hier, um *Ihnen* zu helfen.«

»Ja, Sir«, wiederholte der Arzt.

Er gab Abel einen Pappkarton mit Armbinden des Roten Kreuzes, die die Köche, die Küchenhelfer und die Kartoffelschäler überstreiften, während der Arzt mit seinen Instruktionen fortfuhr und Einzelheiten von den Kämpfen im Wald jenseits des Rheins bekanntgab.

»Die 9. hat schwere Verluste erlitten«, fuhr er fort. »Soldaten mit medizinischer Ausbildung bleiben in der Kampfzone, während alle anderen möglichst viele Verwundete in dieses Feldlazarett zurückbringen sollen.«

Abel war glücklich, zur Abwechslung einmal etwas Positives tun zu können. Der Arzt, der jetzt eine Truppe von neunundvierzig Leuten um sich versammelt hatte, gab achtzehn Bahren aus, und jeder Soldat erhielt eine Erste-Hilfe-Ausrüstung. Dann führte er sein Trüppchen zur Ludendorff-Brücke. Abel ging knapp einen Meter hinter ihm. Als sie durch Schlamm und Regen marschierten, begannen sie zu singen; sobald sie die Brücke erreichten, hörten sie auf zu singen; Bahre um Bahre wurde an ihnen vorbeigetragen. Schweigend marschierten sie im Gänsemarsch den Eisenbahngleisen entlang und sahen die Folgen der Sprengung durch die Deutschen, die die Fundamente der Brücke nicht zerstört hatte. Sie näherten sich dem Wald und dem Feuerlärm; Abel war aufgeregt, dem Feind so nahe zu sein, und gleichzeitig zutiefst entsetzt über die Erkenntnis, was für furchtbare Wunden der Feind seinen Landsleuten zufügte. Wo immer er sich hinwandte, sah oder – noch schlimmer – hörte er die Schmerzensschreie seiner Kameraden; Kameraden, die das Kriegsende nahe geglaubt hatten – aber es war nicht nahe genug gewesen. Er schaute zu, wie sich der Arzt immer wieder niederbeugte, um für jeden das Menschenmögliche zu tun. Wenn nicht die geringste Hoffnung bestand, einen Mann wieder zusammenflicken zu können, verhalf er ihm zu einem raschen, barmherzigen Tod. Abel lief von Mann zu Mann und organisierte Bahren für die, die gehunfähig waren, und führte die anderen Verwundeten zurück zur Ludendorff-Brücke. Als sie den Waldrand erreichten, waren von der ursprünglichen Mannschaft nur der Arzt, ein Kartoffelschäler und Abel übrig; alle anderen trugen Tote und Verwundete zum Lager zurück.

Die drei Männer marschierten in den Wald. Das feindliche Feuer war jetzt sehr nahe. Im Unterholz sah Abel die Umrisse eines auf die Brücke gerichteten Maschinengewehrs; es war defekt. Dann hörte er eine Gewehrsalve; sie war so laut, daß der Feind nicht weiter als ein paar hundert Meter entfernt sein konnte. Rasch kniete er nieder und wartete auf das nächste Krachen. Plötzlich wieder Feuer vor ihnen. Abel sprang auf und lief vorwärts, widerwillig gefolgt von dem Arzt und dem Kartoffelschäler. Sie liefen hundert Meter weiter und erreichten eine saftig grüne Grasmulde, die mit weißem Krokus bedeckt war; überall lagen die Leichen amerikanischer Soldaten. Abel und der Arzt liefen von einem zum anderen. »Es muß ein Massaker gewesen sein«, schrie Abel zornerfüllt, als er hörte, wie das Feuer sich entfernte. Der Arzt sagte nichts; vor drei Jahren hatte auch er noch geschrien.

»Kümmere dich nicht um die Toten«, war alles, was er sagte. »Schau, ob du jemanden finden kannst, der noch lebt.«

»Hier«, rief Abel und kniete neben einem Feldwebel nieder, der im Schlamm lag. Er hatte beide Augen verloren.

»Er ist tot, Sir«, sagte der Arzt, ohne nochmals hinzusehen. Abel lief zum nächsten und dann zum nächsten, und es war immer das gleiche; als er einen abgetrennten Kopf im Schlamm liegen sah, blieb er stehen. Er mußte sich immer wieder nach ihm umdrehen — es sah aus wie die Büste eines griechischen Gottes, der sich nicht mehr bewegen konnte. Wie ein Kind wiederholte Abel die Worte, die er einst, zu Füßen des Barons sitzend, gelernt hatte: »›Blut und Zerstörung werden so allgemein sein und schreckliche Dinge so vertraut, daß Mütter nur noch lächeln werden, wenn sie ihre Kinder zerstückelt sehen von den Händen des Krieges.‹ Ändert sich nichts?« fragte sich Abel fassungslos.

»Nur das Schlachtfeld«, erwiderte der Arzt.

Als Abel dreißig — oder waren es vierzig? — Körper untersucht hatte, kehrte er zu dem Arzt zurück, der sich um einen Hauptmann bemühte, der von oben bis unten in blutgetränkte Bandagen gewickelt war; nur ein halbgeschlossenes Auge und der Mund waren sichtbar. Abel schaute dem Arzt hilflos zu, sah auf die Epauletten des Hauptmanns — 9. Panzerdivision — und dachte an Leonards Worte: »Weiß Gott, wie groß unsere Verluste sind.«

»Verdammte Deutsche«, sagte Abel.

»Ja, Sir«, sagte der Arzt.

»Ist er tot?« fragte Abel.

»Beinahe«, antwortete der Arzt mechanisch. »Er verliert so viel Blut, daß es nur eine Frage der Zeit ist.« Er schaute auf. »Sie können hier nichts mehr tun, Oberst. Warum versuchen Sie nicht, den einen Überlebenden zum Feldlazarett zurückzubringen, bevor er stirbt? Teilen Sie dem Lagerkommandanten mit, daß ich weitergehe und jeden Mann brauchen kann.«

»In Ordnung«, sagte Abel und half dem Arzt, den Hauptmann vorsichtig auf die Bahre zu legen. Abel und der Kartoffelschäler trabten langsam zum Lager zurück; der Arzt hatte sie gewarnt, daß jede plötzliche Erschütterung den Blutverlust noch vergrößern könne. Während des ganzen, drei Kilometer langen Marsches zum Basislager ließ Abel den Kartoffelschäler kein einzigesmal ausruhen. Er wollte dem Mann eine Chance geben, weiterzuleben, und dann zum Arzt im Wald zurückkehren.

Mehr als eine Stunde stapften sie im Regen durch den Schlamm, und Abel war überzeugt, daß der Hauptmann gestorben war. Als sie endlich das Feldlazarett erreichten, waren beide Männer erschöpft. Abel übergab die Bahre einem Ärzteteam.

Als der Hauptmann langsam weggefahren wurde, öffnete er das nicht verbundene Auge und schaute Abel an; er versuchte den Arm zu heben. Abel salutierte und hätte vor Freude über das geöffnete Auge und die sich bewegende Hand einen Luftsprung machen können. Wie er betete, daß der Mann am Leben bleiben möge ...

Als er aus dem Lazarett lief, um mit seinen Männern wieder in den Wald zurückzukehren, wurde er vom diensthabenden Offizier aufgehalten.

»Oberst«, sagte er, »ich habe Sie überall gesucht. Mehr als dreihundert Mann müssen was zu essen bekommen. Mein Gott, Mann, wo waren Sie?«

»Habe zur Abwechslung etwas Sinnvolles getan.«

Als er langsam zur Feldküche zurückging, dachte Abel an den jungen Hauptmann.

Für beide Männer war der Krieg vorbei.

25

Die Sanitäter brachten den Hauptmann in ein Zelt und legten ihn behutsam auf den Operationstisch. Hauptmann William Kane bemerkte, daß eine Krankenschwester ihn traurig ansah, aber was sie sagte, konnte er nicht hören. War es, weil sein Kopf verbunden oder weil er jetzt taub war? Er beobachtete ihre Lippen, konnte jedoch nichts ablesen. Er schloß die Augen und dachte nach. Er dachte viel an die Vergangenheit und wenig an die Zukunft; er dachte rasch, es konnte ja sein, daß er sterben mußte. Wenn er am Leben blieb, würde er viel Zeit zum Nachdenken haben. Seine Gedanken wanderten zu Kate nach New York. Sie hatte sich mit seinem Entschluß, einzurücken, nicht abfinden können. Er wußte, daß sie es nie verstehen würde, und daß er ihr seine Gründe nicht erklären konnte; deshalb hatte er es aufgegeben. Er hatte den Tod nie wirklich in Betracht gezogen, und jetzt wollte er nur leben und zu seinem alten Leben zurückkehren.

William hatte die Bank unter der gemeinsamen Leitung von Ted Leach und Tony Simmons zurückgelassen, bis zu seiner Wiederkehr... bis zu seiner Wiederkehr. Er hatte keine Instruktionen hinterlassen, falls er nicht zurückkam. Beide hatten ihn gebeten, sich nicht zu stellen; noch zwei Männer, die ihn nicht verstehen konnten. Als er zwei Tage später einrückte, war es ihm fast unmöglich, seinen Kindern in die Augen zu schauen. Der zehnjährige Richard hatte ihn allein zum Bahnhof begleitet; er hielt die Tränen zurück, bis sein Vater ihm sagte, daß er nicht mit ihm fahren könne, um gegen die Deutschen zu kämpfen.

Zuerst schickte man William nach Vermont in eine Offiziersanwärterschule. Das letztemal war er mit Matthew in Vermont gewesen, zum Skilaufen – langsam die Hügel hinauf und schnell hinunter... Der Kursus dauerte drei Monate, und zum erstenmal seit Harvard war William körperlich wieder in Hochform.

Dann schickte man ihn zunächst nach London, das voller Amerikaner war. Er wurde Verbindungsoffizier zwischen Amerikanern und Briten und wohnte im Dorchester, das das British War Office übernommen und der amerikanischen Armee zur Verfügung gestellt hatte. William las irgendwo, daß Abel Rosnovski das gleiche mit dem Baron-Hotel in New York getan hatte, und fand es sehr lobenswert. Die Verdunkelung, die Raketen und die Luftschutzsirenen sagten ihm, daß Krieg war, aber er fühlte sich seltsam abgeschnitten von allem, was ein paar hundert Kilometer von Hyde Park Corner entfernt vor sich ging. Sein ganzes Leben lang hatte William immer die Initiative ergriffen, nie war er Zuschauer gewesen; sich zwischen Churchills *War Operations* Room in Storey's Gate und Eisenhowers Stabshauptquartier in St. James hin- und herzubewegen, war nicht das, was er unter Initiative verstand. Es sah so aus, als würde er nie einen Deutschen zu Gesicht bekommen, außer Hitlers Armeen marschierten über den Trafalgar Square.

Als ein Teil der 1. Armee zu militärischen Übungen mit dem Hochländerregiment nach Schottland abkommandiert wurde, schickte man William als Beobachter mit. Auf der langen langen Reise nach Schottland in einem Zug, der fortwährend anhielt, bekam er das Gefühl, nichts anderes zu sein als ein besserer Botenjunge, und er fragte sich, warum er sich überhaupt gemeldet hatte. Schottland aber war anders. Hier schien man sich tatsächlich auf den Krieg vorzubereiten, und als William nach London zurückkehrte, bat er um sofortige Versetzung zur 1. Armee. Sein Oberst, der nichts davon hielt, einen Mann, der kämpfen wollte, hinter einem Schreibtisch festzunageln, gab ihn frei.

Drei Tage später fuhr William nach Schottland zu seinem neuen Regiment und bereitete sich in Inveraray mit den amerikanischen Truppen auf die Invasion vor, die, wie alle wußten, unmittelbar bevorstand. Das Training war hart und konzentriert. Die Nächte in den schottischen Hügeln, in denen man Scheingefechte mit dem Hochländerregiment durchführte, waren wesentlich anders als die Abende im Dorchester, wo er Berichte geschrieben hatte.

Drei Monate später sprangen sie mit dem Fallschirm über Nordfrankreich ab. Sie sollten zu Omar N. Bradleys Armee stoßen, die durch Europa marschierte. Ein Hauch von Sieg lag in der Luft, und William wollte der erste Soldat in Berlin sein.

Die 1. Armee rückte gegen den Rhein vor, fest entschlossen, jede Brücke zu überschreiten, die sie finden konnte. An diesem Morgen erhielt Hauptmann Kane den Befehl, mit seiner Kompanie über die Ludendorff-Brücke vorzurücken und auf dem anderen Flußufer eineinhalb Kilometer nordöstlich von Remagen in einem Wald den Feind zu erwarten. William stand auf einem Hügel und sah zu, wie die 9. Division über die Brücke zog, die jeden Augenblick in die Luft fliegen konnte.

Dahinter kam sein Oberst mit seinem eigenen Regiment. William folgte mit den hundertzwanzig Mann, die er befehligte; die meisten hatten wie er noch keinen Kampf erlebt. Das war kein Scheingefecht mit schlauen Schotten, mit Platzpatronen und einem nachfolgenden gemeinsamen Mahl. Das waren Deutsche mit echten Kugeln und Tod, und vielleicht gab es kein Nachher.

Als William und seine Leute den Waldrand erreichten, trafen sie auf keinerlei Widerstand und beschlossen, weiterzumarschieren. Sie kamen zwar nur langsam vorwärts, aber alles war ruhig, und William überlegte, ob die 9. Division so gründliche Arbeit geleistet hatte, daß sie ihr nur mehr zu folgen brauchten, als plötzlich von nirgendwo ein Kugelregen auf sie niederprasselte. William und seine Männer versuchten, zwischen den Bäumen Deckung zu suchen, aber in ein paar Sekunden hatte er mehr als die Hälfte seiner Kompanie verloren. Die Schlacht – wenn man es so nennen konnte – war in weniger als einer Minute vorüber, und er hatte einen Deutschen nicht einmal zu Gesicht bekommen. William kauerte im nassen Unterholz, als er zu seinem Entsetzen die nächste Kompanie durch den Wald kommen sah. Er rannte aus seinem Versteck hinter einem Baum, um sie vor dem Hinterhalt zu warnen. Die erste Kugel traf ihn am Kopf, und als er in die Knie ging und seinen vorrückenden Kameraden weiter verzweifelt zuwinkte, traf ihn eine zweite in den Hals und eine dritte in die

Brust. Ganz still blieb er im Schlamm liegen und wartete auf den Tod. Er hatte den Feind nicht einmal gesehen – ein schmutziger, unheroischer Tod.

Das nächste, was William wußte, war, daß er auf einer Bahre getragen wurde, aber er konnte weder etwas hören noch etwas sehen, er wußte nicht, ob es Nacht war oder ob er das Augenlicht verloren hatte.

Der Marsch schien ihm sehr lang. Als er sein Auge öffnete, sah er einen kleinen fetten Oberst aus einem Zelt hinken. Irgend etwas an dem Mann war ihm bekannt, aber er wußte nicht, was. Die Sanitäter trugen William in das Operationszelt und legten ihn auf den Tisch. Er versuchte den Schlaf abzuwehren, aus Angst, es könnte der Tod sein. Er schlief. William erwachte. Er spürte, daß zwei Leute ihn bewegen wollten. Sie drehten ihn so sanft wie möglich um und stachen ihn mit einer Nadel. William träumte zuerst von Kate und dann von seiner Mutter. Dann spielte Matthew mit seinem Sohn Richard. William schlief.

Er erwachte. Er wußte, daß man ihn in ein anderes Bett gelegt hatte; der Gedanke an den unabwendbaren Tod wurde von einer schwachen Hoffnung abgelöst. William lag bewegungslos, das eine Auge auf das Segeltuchdach des Zeltes geheftet, unfähig, den Kopf zu bewegen. Eine Krankenschwester kam herein, schaute zuerst seinen Krankenbericht und dann ihn an. Er schlief.

Er erwachte. Wieviel Zeit war vergangen? Eine andere Krankenschwester. Diesmal konnte er etwas mehr sehen, und – was für ein Glück – er konnte, wenn auch unter Schmerzen, den Kopf bewegen. Er hielt sich wach, solange er konnte; er wollte leben. Er schlief.

Er erwachte. Vier Ärzte standen um ihn herum, und beschlossen – was? Er konnte sie nicht hören, daher erfuhr er nichts.

Wieder trug man ihn fort. Diesmal sah er, daß man ihn in ein

Sanitätsauto der Armee brachte. Hinter ihm wurde die Tür geschlossen, der Motor angelassen, und der Krankenwagen fuhr über holpriges Gelände; eine Krankenschwester hielt William fest. Seinem Gefühl nach dauerte die Fahrt eine Stunde, aber er war sich seiner Gefühle nicht mehr sicher. Der Wagen blieb auf ebenem Boden stehen. William wurde herausgehoben. Diesmal trug man ihn über glatten Boden und dann ein paar Treppen hinauf in ein dunkles Zimmer. Wieder wurde gewartet, und dann begann sich das Zimmer zu bewegen: vielleicht war es wieder ein Auto. Das Zimmer flog fort. Die Krankenschwester gab William eine Injektion, und er erinnerte sich an nichts, bis er spürte, daß ein Flugzeug landete und ausrollte. Wieder wurde er fortgetragen. Ein anderer Krankenwagen, eine andere Krankenschwester, ein anderer Geruch, eine andere Stadt. New York oder wenigstens Amerika, dachte er. Den Geruch gab es sonst nirgends auf der Welt. Das Sanitätsauto fuhr über glatte Straßen, blieb stehen, fuhr weiter, blieb stehen, fuhr weiter, bis es schließlich an seinem Bestimmungsort ankam. William wurde herausgehoben und eine Treppe hinauf in ein kleines Zimmer mit weißen Wänden getragen. Man legte ihn auf ein bequemes Bett. Er spürte, wie sein Kopf ein Kissen berührte. Als er das nächstemal erwachte, glaubte er sich völlig allein. Dann sah er Kate vor sich. Er versuchte, die Hand zu heben und sie zu berühren, zu sprechen. Es kamen keine Worte. Sie lächelte, aber er wußte, daß sie sein Lächeln nicht sehen konnte. Als er wieder erwachte, war Kate immer noch da, aber sie hatte ein anderes Kleid an. Oder war sie oft gekommen und gegangen? Wieder lächelte sie. Er versuchte, ein wenig den Kopf zu bewegen, und sah seinen Sohn Richard – so groß, so gutaussehend. Er wollte seine Töchter sehen, konnte aber den Kopf nicht weiter drehen. Sie kamen in sein Gesichtsfeld. Virginia – sie konnte noch nicht so alt sein, und Lucy ... das war nicht möglich! Wo waren die Jahre geblieben? Er schlief.

Er erwachte. Es war niemand da, aber jetzt konnte er den Kopf bewegen. Man hatte ein paar Verbände abgenommen, und er sah etwas deutlicher. Er versuchte, etwas zu sagen, es kamen keine Worte.

Er erwachte. Noch weniger Bandagen. Kate war wieder da. Ihr blondes Haar war länger. Es fiel auf die Schultern herab. Ihre sanften braunen Augen, ihr unvergeßliches Lächeln – so schön, so wunderschön. Er sagte ihren Namen. Sie lächelte. Er schlief.

Er erwachte. Noch weniger Verbände. Diesmal sprach sein Sohn.

»Hallo, Daddy«, sagte Richard.

Er hörte ihn und antwortete: »Hallo, Richard«, erkannte jedoch den Klang seiner eigenen Stimme nicht wieder. Eine Krankenschwester half ihm, sich aufzusetzen, um seine Familie zu begrüßen. Er dankte ihr. Ein Arzt berührte seine Schulter.

»Das Schlimmste ist vorüber, Mr. Kane. Sie werden bald gesund sein, und dann können Sie nach Hause gehen.«

Als Kate, gefolgt von Virginia und Lucy, das Zimmer betrat, lächelte er. So viele Fragen. Wo sollte er anfangen? In seinem Gedächtnis gab es viele Lücken, die ausgefüllt werden wollten. Kate sagte ihm, daß er beinahe gestorben wäre. Das wußte er, aber er wußte nicht, daß mehr als ein Jahr seit dem Hinterhalt im Wald bei Remagen vergangen war.

Wo waren die Monate der Bewußtlosigkeit, wo jenes Leben, das dem Tod so ähnlich gewesen war? Richard war jetzt fast zwölf Jahre alt und sprach bereits von Harvard, Virginia war neun und Lucy bald sieben. Ihre Kleider erschienen ihm ziemlich kurz. Er würde alle drei wieder neu kennenlernen müssen.

Kate war irgendwie noch schöner geworden, als William sie in Erinnerung hatte. Sie erzählte William, daß Sie die Tatsache von seinem möglichen Tod nie zu akzeptieren gelernt hatte, sie erzählte, wie tüchtig Richard in Buckley war und wie sehr die beiden Mädchen einen Vater brauchten. Sie nahm all ihren Mut zusammen, um ihm von den Narben in seinem Gesicht und auf seiner Brust zu erzählen, die nie verschwinden würden; sie dankte Gott, daß nach Ansicht der Ärzte seine Sehkraft wiederkehren würde und sein Kopf in Ordnung war. Jetzt wollte sie ihm nur helfen, wieder gesund zu werden; Kate hatte Geduld, William nicht.

Jedes Familienmitglied übernahm eine Aufgabe. Zuerst Gehör, dann Sehen, dann Sprache. Richard half seinem Vater bei den Gehversuchen, bis er keine Krücken mehr brauchte. Lucy fütterte ihn, bis er wieder selbst essen konnte, und Virginia las ihm Mark Twain vor. William war nicht ganz sicher, ob sie ihm oder ihr zuliebe vorlas; so große Freude machte es beiden. Und dann, endlich, nach den Weihnachtsfeiertagen, durfte er nach Hause.

Zu Hause machte Williams Genesung wesentlich raschere Fortschritte, und die Ärzte meinten, daß er in einem halben Jahr seine Arbeit in der Bank wiederaufnehmen können würde. Mit kaum verheilten Narben, aber bereits wieder sehr lebendig, durfte er die ersten Besucher empfangen.

Der erste Besucher, Ted Leach, war etwas schockiert über Williams Aussehen. Damit zu leben, würde William erst lernen müssen. Die Neuigkeiten, die William von Ted Leach hörte, erfüllten ihn mit Befriedigung. Lester's hatte in seiner Abwesenheit gute Erfolge erzielt, und alle Kollegen freuten sich, ihren Präsidenten wieder begrüßen zu können. Ein Besuch von Tony Simmons brachte Neuigkeiten, die ihn traurig stimmten. Alan Lloyd und Rupert Cork-Smith waren gestorben. Er würde ihre vorsichtige Klugheit vermissen. Und dann rief Thomas Cohen an, um zu sagen, wie er sich über Williams Genesung freute. Als ob William weitere Beweise brauchte, wieviel Zeit verflossen war, informierte ihn Thomas Cohen, daß er sich weitgehend zurückgezogen und viele Klienten an seinen Sohn Thaddeus abgegeben habe, der jetzt ein Büro in New York hatte. William bemerkte, daß beide, Vater und Sohn, nach Aposteln benannt waren. Thomas Cohen lachte und gab seiner Hoffnung Ausdruck, daß William weiterhin die Dienste der Firma in Anspruch nehmen werde. William versicherte es ihm.

»Übrigens habe ich eine Neuigkeit, die Sie wissen sollten.«

Schweigend hörte William dem alten Anwalt zu; dann wurde er böse, sehr böse.

Fünftes Buch

26

Am 27. Mai 1945 unterschrieb Generaloberst Jodl in Reims die bedingungslose Kapitulation. An diesem Tag kam Abel in New York an; die Stadt bereitete sich darauf vor, den Sieg und das Ende des Krieges zu feiern. Wieder waren die Straßen voll junger Menschen, aber diesmal zeigten ihre Gesichter Freude und nicht Angst. Abel war traurig über den Anblick der vielen Kriegsversehrten – Männer mit einem Bein, einem Arm, blind oder narbenbedeckt. Für sie würde der Krieg nie zu Ende sein, ganz gleich, welches Papier sechseinhalbtausend Kilometer weit weg unterschrieben wurde.

Als Abel in der Uniform eines Oberst ins Baron-Hotel kam, erkannte ihn niemand. Warum sollte man auch? Als die Angestellten ihn vor zwei Jahren zum letztenmal in Zivilkleidern gesehen hatten, war sein jugendliches Gesicht noch faltenlos gewesen. Das Gesicht, das sie jetzt sahen, war älter als das eines Neununddreißigjährigen, und die tiefen Furchen auf der Stirn zeigten an, daß der Krieg seine Spuren hinterlassen hatte. Abel fuhr mit dem Lift in das 42. Stockwerk, und ein Sicherheitsbeamter erklärte ihm mit Bestimmtheit, daß er sich im falschen Stockwerk befände.

»Wo ist George Novak?« fragte Abel.

»In Chikago, Herr Oberst«, antwortete der Beamte.

»Verbinden Sie mich mit ihm.«

»In wessen Namen soll ich anrufen?«

»Abel Rosnovski.«

Der Beamte verschwand sehr rasch. Georges vertraute Stimme

hieß ihn willkommen. Abel spürte, wie gut es tat, wieder zu Hause zu sein. Er beschloß, nicht in New York zu übernachten, sondern nach Chikago weiterzufliegen. Georges ausführliche Berichte nahm er mit, um sie im Flugzeug zu lesen. Er studierte jedes Detail und konnte zufrieden feststellen, daß George die Baron-Gruppe während seiner Abwesenheit ausgezeichnet geführt hatte. Seine vorsichtige Leitung gab Abel keinerlei Anlaß zur Klage; die Gewinne waren immer noch hoch, weil viele Angestellte eingerückt waren, während die Hotels infolge des fortwährenden Hin- und Herreisens aller am Krieg Beteiligten ständig belegt waren. Abel beschloß, sofort neues Personal zu engagieren, bevor andere Hotels ihm die Besten der Rückkehrer wegschnappten.

Als er am Terminal 11 C des Midway Airport ankam, stand George am Eingang, um ihn zu begrüßen. Er hatte sich kaum verändert – vielleicht war er etwas schwerer geworden und hatte etwas weniger Haare – und nach einer Stunde des Erzählens und Geschichtenaustauschens war es beinahe so, als wäre Abel nie fortgewesen. Abel würde der *Black Arrow* für seinen ersten Vizepräsidenten immer dankbar sein.

George jedoch äußerte sich nicht gerade freundlich über Abels Hinken, das stärker geworden zu sein schien.

»Der Hopalong Cassidy des Hotelgewerbes«, spottete er.

»Nur ein Pole kann einen so dümmlichen Scherz machen«, erwiderte Abel.

George sah Abel gekränkt an, wie ein junger Hund, der von seinem Herrn gescholten wird.

»Gott sei Dank hatte ich einen dümmlichen Polacken, der sich um alles gekümmert hat, während ich nach den Deutschen Ausschau hielt«, fügte Abel tröstend hinzu.

Abel ließ es sich nicht nehmen, einen Rundgang durch das Chikago Baron zu machen, bevor er nach Hause fuhr. Während der Kriegsjahre war der Anstrich von Luxus ziemlich dünn geworden. Er sah eine Reihe von Dingen, die renoviert werden sollten, doch das alles mußte warten; im Augenblick wollte er nur seine Frau und seine Tochter wiedersehen. Und da kam der erste Schock. George hatte sich während der drei Jahre kaum verändert, aber die jetzt elfjährige Florentyna war ein schönes junges Mädchen geworden, während Zaphia mit ihren achtunddreißig Jahren dick, unscheinbar und ältlich aussah.

Anfänglich wußten die beiden nicht recht, wie sie zueinander standen, doch nach ein paar Wochen erkannte Abel, daß ihre Beziehung nie mehr so sein würde wie früher. Zaphia machte keine Anstrengungen, Abel wiederzugewinnen oder sich über seine Erfolge zu freuen. Ihr mangelndes Interesse betrübte Abel, aber alle seine Versuche, sie an seinem Leben teilhaben zu lassen, schlugen fehl. Sie schien nur zufrieden, wenn sie zu Hause war und von den Hotels nichts sah und hörte. Er fand sich damit ab, daß sie sich nicht mehr ändern konnte, und fragte sich, wie lange er ihr treu bleiben würde. Er vermied es, mit ihr zu schlafen, und wenn es doch dazu kam, dann dachte er an andere Frauen. Bald fand er genügend Ausreden, um Chikago und Zaphias anklagendes Gesicht zu meiden.

Er machte lange Reisen zu seinen anderen Hotels, und während der Schulferien nahm er Florentyna mit. In den ersten sechs Monaten nach seiner Rückkehr stattete er, so wie damals, als er nach Leroys Tod die Hotelgruppe übernommen hatte, jedem Hotel einen Besuch ab. Nach einem Jahr hatten alle Hotels den hohen Standard wiedererlangt, den er verlangte; jetzt wollte Abel zu neuen Zielen aufbrechen. Er teilte Curtis Fenton mit, daß sein Marktforschungsteam zum Bau von Hotels in Mexiko und Brasilien riet, und daß man auf der Suche nach entsprechendem Bauland sei.

»Das Mexiko City Baron und das Rio de Janeiro Baron«, sagte Abel; der Klang der Namen gefiel ihm.

»Nun, Sie verfügen über genug Kapital, um die Baukosten aufzubringen«, sagte Curtis Fenton. »In Ihrer Abwesenheit hat sich einiges angesammelt. Sie können ein Baron bauen, wo immer Sie Lust haben. Weiß Gott, wann Sie genug haben werden, Mr. Rosnovski.«

»Eines Tages, Mr. Fenton, werde ich in Warschau ein Baron errichten, und dann werde ich vielleicht genug haben«, erwiderte Abel. »Gegen die Deutschen habe ich gekämpft, aber mit den Russen habe ich noch eine Rechnung zu begleichen.«

Curtis Fenton lachte. Erst am Abend, als er seiner Frau von dem Gespräch erzählte, dämmerte ihm, daß Abel Rosnovski genau das gemeint hatte, was er sagte... ein Baron-Hotel in Warschau.

»Und wie sieht es mit mir und Kanes Bank aus?«

Der plötzlich veränderte Tonfall störte Curtis Fenton. Es machte ihm Sorgen, daß Abel Rosnovski William Kane immer noch für Davis Leroys Selbstmord verantwortlich machte. Er öffnete die entsprechenden Akten und las vor:

»Die Aktien von Lester, Kane and Company sind in Händen von vierzehn Mitgliedern der Familie Lester und sechs ehemaligen oder jetzigen Angestellten, während Mr. Kane mit acht Prozent der größte Aktienbesitzer ist.«

»Ist jemand von der Familie Lester bereit, seine Anteile zu verkaufen?«

»Vielleicht, wenn wir den richtigen Preis bieten. Miss Susan Lester, die Tochter des verstorbenen Charles Lester, deutete an, daß sie eventuell ihr Aktienpaket abgeben möchte, und auch Mr. Peter Parfitt, ein ehemaliger Vizepräsident von Lester, zeigte sich interessiert.«

»Wieviel Prozent besitzen die beiden?«

»Susan Lester hat sechs Prozent, Peter Parfitt nur zwei.«

»Wieviel wollen sie für die Aktien?«

Curtis konsultierte wieder seine Aufzeichnungen, während Abel Lesters' Jahresbericht überflog. Sein Blick blieb an Artikel sieben hängen.

»Miss Susan Lester möchte für ihre sechs Prozent zwei Millionen Dollar und Peter Parfitt eine Million für seine zwei Prozent.«

»Mr. Parfitt ist zu gierig«, sagte Abel, »wir werden daher warten, bis er hungrig ist. Kaufen Sie sofort Susan Lesters Anteile, ohne wissen zu lassen, für wen Sie kaufen, und halten Sie mich über Parfitts Absichten auf dem laufenden.«

Curtis Fenton räusperte sich.

»Haben Sie etwas auf dem Herzen, Mr. Fenton?« fragte Abel.

Curtis Fenton zögerte. »Nein, nichts«, sagte er mit wenig Überzeugung.

»Von jetzt an möchte ich jemandem die Betreuung dieses Kontos übertragen, von dem Sie sicherlich gehört haben – Henry Osborne.«

»Der Kongreßabgeordnete Osborne?« fragte Curtis Fenton.

»Ja – kennen Sie ihn?«

»Nur dem Namen nach«, sagte Fenton mit leichter Mißbilligung, ohne aufzuschauen.

Abel ignorierte die Andeutung. Er kannte Henrys Ruf, aber solange dieser alle bürokratischen Umwege ausschalten und rasche politische Entscheidungen herbeiführen konnte, hielt er das Risiko für gerechtfertigt. Ganz zu schweigen von dem gemeinsamen Haß gegen William Kane, der sie verband. »Ich werde Mr. Osborne auffordern, Direktor der Baron-Gruppe mit besonderer Verantwortung für das Kane-Konto zu werden. Auch diese Information ist, wie immer, streng vertraulich zu behandeln.«

»Wie Sie wünschen«, sagte Fenton unglücklich und fragte sich, ob er Abel Rosnovski seine persönlichen Bedenken mitteilen sollte.

»Benachrichtigen Sie mich, sobald das Geschäft mit Miss Lester abgeschlossen ist.«

»Ja, Mr. Rosnovski«, sagte Curtis Fenton, ohne den Kopf zu heben.

Abel ging zum Lunch ins Baron-Hotel, wo Henry Osborne ihn erwartete.

»Kongreßabgeordneter«, sagte Abel, als sie einander in der Halle begrüßten.

»Baron«, sagte Henry und beide lachten, und gingen Arm in Arm in den Speisesaal, wo sie an einem Ecktisch Platz nahmen.

Abel tadelte einen Kellner, an dessen Jacke ein Knopf fehlte.

»Wie geht es Ihrer Frau, Abel?«

»Ausgezeichnet. Und Ihrer Gattin, Henry?«

»Famos.«

Beide logen.

»Neuigkeiten?«

»Ja. Die Konzession, die Sie in Atlanta brauchen, ist unter Dach und Fach«, sagte Henry verschwörerisch. »Die entsprechenden Dokumente werden in den nächsten Tagen ausgestellt. Um den Monatsersten werden Sie mit dem Bau des Atlanta Baron beginnen können.«

»Damit tun wir aber nichts Illegales, oder?«

»Nichts, was Ihre Rivalen nicht auch tun würden, das kann ich Ihnen versprechen, Abel.« Henry Osborne lachte.

»Das freut mich, Henry. Ich will nicht mit dem Gesetz in Konflikt kommen.«

»Nein, nein«, versicherte Henry. »Nur Sie und ich kennen alle Fakten.«

»Gut«, sagte Abel. »Sie haben mir viel geholfen in den letzten Jahren, Henry, und ich möchte mich für Ihre Hilfeleistungen ein wenig erkenntlich zeigen. Möchten Sie Direktor der Baron-Gruppe werden?«

»Ich würde mich geschmeichelt fühlen.«

»Hören Sie auf damit. Sie wissen, daß Sie mir mit diesen bundesstaatlichen und Gemeindekonzessionen große Dienste erwiesen haben. Ich hätte nie die Zeit gefunden, mich mit all den Politikern und Bürokraten herumzuschlagen. Und auf jeden Fall haben es die Leute lieber mit einem Harvard-Mann zu tun, selbst wenn er ihnen keine Türen öffnet, sondern etwas von ihnen will.«

»Sie haben sich immer großzügig revanchiert, Abel.«

»Sie verdienen es. Und jetzt möchte ich Sie mit einer Aufgabe betrauen, die mir wichtig ist. Sie verlangt äußerste Diskretion, aber sie wird nicht viel von Ihrer Zeit in Anspruch nehmen, und es ist eine kleine Rache an unserem gemeinsamen Freund aus Boston, Mr. William Kane.«

Der Oberkellner brachte zwei große Rumpsteaks, halb englisch. Henry hörte aufmerksam zu, als Abel ihm seine Pläne bezüglich William Kane auseinandersetzte.

Ein paar Tage später, am 8. Mai 1946, fuhr Abel nach New York, um den ersten Jahrestag des *V-E day* zu feiern. Er hatte mehr als tausend polnische Veteranen zu einem Dinner ins Baron eingeladen, und General Kazimierz Sosnkowski, Oberbefehlshaber der polnischen Streitkräfte in Frankreich nach 1943, sollte der Ehrengast sein. Abel freute sich seit Wochen auf das Ereignis und nahm Florentyna mit nach New York. Zaphia ließ er in Chikago zurück.

Am Abend der großen Feier bot der Bankettsaal des New York Baron einen prächtigen Anblick; jeder der hundertzwanzig Tische war mit dem amerikanischen Sternenbanner und der weiß-roten polnischen Nationalflagge geschmückt. An den Wänden hingen riesige Fotografien von Eisenhower, Patton, Bradley, Hodges, Paderewski und Sikorski. Abel saß in der Mitte der Ehrentafel, den General zu seiner Rechten, Florentyna zu seiner Linken.

General Sosnkowski verkündete in seiner Ansprache an die Festgäste, daß Oberst Rosnovski in Anerkennung seiner persönlichen Verdienste um die polnisch-amerikanische und insbesondere für die großzügige Bereitstellung des New York Baron für die gesamte Kriegszeit zum Präsidenten der Polnischen Veteranengesellschaft auf Lebenszeit ernannt worden sei. Einer, der etwas zuviel getrunken hatte, rief aus dem Hintergrund:

»Diejenigen von uns, die die Deutschen überlebten, mußten auch Abels Mahlzeiten überleben.«

Die tausend Veteranen lachten und jubelten und prosteten Abel mit Wodka zu. Dann wurde alles ruhig, und der General berichtete von Polens Schicksal unter der Herrschaft des stalinistischen Rußland; er forderte alle auf, unermüdlich für die nationale Unabhängigkeit der Heimat zu kämpfen. Abel wollte gern glauben, daß

Polen eines Tages wieder frei sein, ja, daß er vielleicht sogar noch zu Lebzeiten sein Schloß zurückerhalten würde, aber nach Stalins Erfolg in Jalta schien diese Hoffnung nicht mehr realistisch.

Der General erinnerte die Gäste, daß die amerikanischen Polen pro Kopf mehr Geld für den Krieg gespendet und mehr Leben verloren hatten als jede andere Volksgruppe in den Vereinigten Staaten. »... Wie viele Amerikaner wissen, daß Polen sechs Million Menschen verloren hat, während die Tschechoslowakei nur hunderttausend verlor. Einige Beobachter behaupten, wir wären töricht gewesen, nicht zu kapitulieren, als wir wissen mußten, daß wir geschlagen waren. Wie kann eine Nation, die Kavallerie gegen deutsche Panzer einsetzte, jemals wissen, daß sie geschlagen ist? Meine Freunde, ich sage euch, wir sind auch heute nicht geschlagen.« Lauter Applaus von allen Polen im Saal.

Es stimmte Abel traurig, daß die Amerikaner immer noch über die polnischen Kriegsanstrengungen lachten und noch mehr über einen polnischen Helden. Der General wartete, bis es wieder ruhig wurde, dann erzählte er den aufmerksam zuhörenden Gästen, wie Abel in der Schlacht von Remagen eine Gruppe von Männern angeführt hatte, die tote oder verwundete Soldaten zurückbrachte. Als der General seine Ansprache beendet hatte und sich niedersetzte, standen alle Veteranen auf und jubelten den beiden Männern zu. Florentyna war sehr stolz auf ihren Vater.

Abel war erstaunt, als die Geschichte in den Morgenblättern stand, denn polnische Leistungen wurden kaum je in einer anderen Zeitung als dem *Dziennik Zwiazkowy* wahrgenommen. Wäre er nicht der Chikago-Baron gewesen, hätte die Presse vermutlich kein Wort verlauten lassen. Abel sonnte sich in seinem neuen Ruhm als amerikanischer Held und verbrachte fast den ganzen Tag damit, sich von Reportern fotografieren und interviewen zu lassen. Am Abend fühlte er sich irgendwie niedergeschlagen; der General war nach Los Angeles weitergeflogen, Florentyna in ihre Schule in Lake Forest zurückgekehrt, George befand sich in Chikago, und Henry Osborne in Washington. Das Hotel schien groß und verlassen, und er hatte wenig Lust, zu Zaphia nach Chikago zu fahren.

Er beschloß, früh zu Abend zu essen und die Wochenberichte der anderen Hotels zu studieren, bevor er sich in das Penthouse neben seinem Büro zurückzog. Er aß selten allein in seiner Suite, weil er jede Gelegenheit wahrnahm, sich in einem der Speisesäle servieren zu lassen; es war der beste Weg, fortwährend mit dem Hotelleben in Fühlung zu bleiben. Je mehr Hotels er baute, desto mehr fürchtete er, den Kontakt mit dem Personal zu verlieren.

Er fuhr hinunter in die Halle und erkundigte sich bei der Rezeption, wie viele Gäste heute abgestiegen waren, wurde jedoch von einer auffallend hübschen Frau abgelenkt, die eben ihre Anmeldekarte ausfüllte. Er hätte schwören können, daß er das Profil kannte, war sich aber seiner Sache nicht ganz sicher. Mitte Dreißig, dachte er. Als sie fertiggeschrieben hatte, drehte sie sich um und schaute ihn an.

»Abel«, sagte sie. »Wie schön, dich wiederzusehen.«

»Mein Gott, Melanie, ich habe dich fast nicht wiedererkannt.«

»Niemand würde dich nicht wiedererkennen, Abel.«

»Ich wußte nicht, daß du in New York bist.«

»Nur für eine Nacht. Ich bin geschäftlich hier für meine Zeitschrift.«

»Bist du Reporterin?« fragte Abel ungläubig.

»Nein, ich bin Finanzberaterin für eine Gruppe von Zeitschriften, deren Zentrale in Dallas ist. Ich wurde für ein Marktforschungsprojekt nach New York geschickt.«

»Klingt sehr beeindruckend.«

»Das ist es nicht«, sagte Melanie, »aber es bewahrt mich vor Dummheiten.«

»Hast du zufällig Zeit, mit mir zu Abend zu essen?«

»Was für eine nette Idee, Abel. Aber ich muß ein Bad nehmen und mich umziehen. Kannst du so lange warten?«

»Natürlich. Wann immer du fertig bist, erwarte ich dich im großen Speisesaal. Sagen wir in etwa einer Stunde?«

Sie lächelte zustimmend und folgte einem Liftboy zum Fahrstuhl. Als sie vorüberging, sog er den Duft ihres Parfums ein.

Abel verbrachte die Stunde damit, sich zu vergewissern, daß auf seinem Tisch frische Blumen standen, und in der Küche wählte er die Speisen, die er für Melanie bestellen wollte. Als er gar nichts mehr zu tun fand, setzte er sich an den Tisch. Immer wieder sah er auf die Uhr und zur Tür, ob Melanie schon käme. Sie brauchte etwas mehr als eine Stunde, aber es hatte sich gelohnt. Als sie endlich in einem langen, engen und fraglos sehr teuren Kleid erschien, das im Schein der Kronleuchter schimmerte und glänzte, sah sie hinreißend aus. Der Kellner führte sie zu Abels Tisch. Er stand auf, um sie zu begrüßen, während ein Kellner eine Flasche Champagner öffnete und jedem ein Glas einschenkte.

»Willkommen, Melanie«, sagte Abel und hob die Champagnerschale. »Es ist schön, dich zu sehen, Baron«, erwiderte sie, »besonders an diesem festlichen Tag.«

»Was meinst du?«

»Ich las in der *New York Post* von deinem großen Dinner gestern abend und wie du dein Leben aufs Spiel gesetzt hast, um bei Remagen Verwundete zu retten. Vom Bahnhof bis zum Hotel habe ich die Geschichte verschlungen; sie haben aus dir eine Kreuzung zwischen Audie Murphy und dem Unbekannten Soldaten gemacht!«

»Es ist alles übertrieben«, sagte Abel.

»Solange ich dich kenne, warst du nie bescheiden, Abel, also muß ich annehmen, daß jedes Wort wahr ist.«

Er schenkte ihr ein zweites Glas Champagner ein.

»Die Wahrheit ist, daß ich immer ein wenig Angst vor dir hatte, Melanie.«

»Der Baron hat vor jemand Angst? Das kann ich nicht glauben.«

»Nun, ich bin kein Gentleman aus dem Süden, wie du mir einmal so deutlich zu verstehen gabst.«

»Und du hörst nie auf, mich an die Bemerkung zu erinnern.« Sie lächelte ein wenig spöttisch. »Hast du ein nettes polnisches Mädchen geheiratet?«

»Ja.«

»Und wie hat sich mein Rat bewährt?«

»Nicht sehr. Sie ist jetzt dick, vierzig, und ich bin nicht mehr verliebt in sie.«

»Als nächstes wirst du mir sagen, daß du dich unverstanden fühlst«, sagte Melanie und ihr Ton verriet, wie sie sich freute.

»Hast du geheiratet, Melanie?«

»O ja«, erwiderte Melanie. »Einen echten Gentleman aus dem Süden mit allen richtigen Zutaten.«

»Meinen Glückwunsch.«

»Letztes Jahr habe ich mich scheiden lassen... mit einer großen Abfindung.«

»Ach, das tut mir leid«, sagte Abel, aber es klang erfreut. »Noch ein wenig Champagner?«

»Hast du vielleicht die Absicht, mich zu verführen, Abel?«

»Nicht, bevor ich meine Suppe gegessen habe, Melanie. Selbst polnische Einwanderer der ersten Generation halten sich an gewisse Regeln, obwohl ich bemerken muß, daß es jetzt an mir ist, zu verführen.«

»Dann muß ich dich warnen, Abel. Seit meiner Scheidung habe ich mit keinem Mann geschlafen. Nicht aus Mangel an Gelegenheit, aber niemand war so wirklich richtig; zu viele fordernde Hände und zu wenig Zuneigung.«

Nach einem geräucherten Lachs, Crême brûlée und einem Mouton Rothschild aus den Vorkriegsjahren hatten beide alle Erlebnisse seit ihrem letzten Zusammensein erzählt.

»Kaffee im Penthouse, Melanie?«

»Habe ich nach einer so vorzüglichen Mahlzeit noch eine andere Wahl?«

Abel lachte und führte sie zum Lift. Sie schwankte ein wenig auf ihren hohen Absätzen, als sie einstieg. Abel drückte auf Knopf 42. Melanie schaute auf die Nummern, als sie nach oben fuhren.

»Warum gibt es keinen 12. Stock?« fragte sie ahnungslos. Abel vermochte nicht, es ihr zu sagen.

»Das letztemal, als ich in deinem Zimmer Kaffee trank...« versuchte es Melanie nochmals.

»Erinnere mich nicht«, bat Abel und dachte an seine Verletzlichkeit. Als sie im 42. Stock aus dem Fahrstuhl traten, öffnete der Liftboy die Tür zu Abels Suite.

»Mein Gott«, sagte Melanie und sah sich in dem Penthouse um. »Du hast gelernt, wie ein Multimillionär zu leben, Abel. Etwas Luxuriöseres habe ich noch nie gesehen.«

Ein Klopfen an der Tür hinderte Abel, sie zu umarmen. Ein junger Kellner brachte Kaffee und eine Flasche Remy Martin.

»Danke, Mike«, sagte Abel. »Das ist alles für heute.«

»Wirklich?« Melanie lächelte.

Der Kellner wäre rot geworden, wäre er nicht schwarz gewesen und rasch hinausgegangen.

Abel schenkte Kaffee und Cognac ein. Melanie saß mit überkreuzten Beinen auf dem Boden und trank langsam. Auch Abel wäre gern so gesessen, aber die Stellung behagte ihm nicht, also legte er sich neben sie. Sie streichelte sein Haar, und er strich ihr zögernd über die Beine. Mein Gott, wie gut er sich an diese Beine erinnerte. Als sie einander küßten, warf Melanie einen Schuh fort, und der Kaffee ergoß sich über den Perserteppich.

»Verdammt«, sagte sie, »ich hab deinen schönen Teppich ruiniert.«

»Macht nichts«, murmelte er und öffnete ihr Kleid. Melanie knöpfelte sein Hemd auf, und Abel versuchte es auszuziehen, während er sie küßte, aber seine Manschettenknöpfe waren im Weg. Also half er ihr aus dem Kleid. Ihre Gestalt war so schön, wie er sie im Gedächtnis gehabt hatte, und daß sie etwas voller geworden war, machte sie noch verführerischer. Die festen Brüste, die langen schlanken Beine. Er gab den Kampf mit den Manschettenknöpfen auf, ließ Melanie los, um sich auszuziehen, und wußte, was für einen Kontrast sein Körper zu ihrer Schönheit bildete.

Er konnte nur hoffen, daß alles, was er über die Faszination von kräftigen Männern auf Frauen gelesen hatte, wahr war. Jedenfalls schnitt sie keine Grimasse, wie sie es früher einmal bei seinem Anblick getan hatte. Zärtlich streichelte er ihre Brüste und schob ihre Beine auseinander. Jetzt war sie an der Reihe, sich auszuziehen, während sie sich küßten. Auch ihr gelang es nicht, aber schließlich hatte sie alles abgestreift, außer – auf Abels Bitte – den Schlüpfer und die Nylonstrümpfe.

Als er ihr Stöhnen hörte, fiel ihm ein, wie lange er eine solche Ekstase nicht mehr erlebt hatte, und dann, wie schnell sie vorüberging. Beide atmeten schwer und schwiegen eine Weile.

Dann lachte Abel.

»Warum lachst du?«

»Ach, nichts«, sagte Abel und dachte an Dr. Johnsons Bemerkung, daß die Stellung lächerlich und das Vergnügen sehr kurz sei.

Abel rollte auf den Rücken und Melanie legte den Kopf auf seine Schulter. Abel war erstaunt, als er feststellte, daß er genug von Melanie hatte. Als er eben überlegte, wie er sie loswerden könne, ohne unhöflich zu sein, sagte sie: »Es tut mir leid, aber ich kann nicht die ganze Nacht bleiben, Abel. Ich habe morgen früh eine Verabredung und ich sollte ein wenig schlafen. Ich möchte nicht so aussehen, als hätte ich die ganze Nacht auf deinem Perserteppich verbracht.«

»Mußt du wirklich gehen?« Abels Stimme klang betrübt, aber nicht allzu betrübt.

»Ja, Liebling, es tut mir leid.« Sie stand auf und ging ins Badezimmer.

Abel schaute zu, wie sie sich anzog, und half ihr, den Reißverschluß des Kleides zu schließen. Um wieviel einfacher war es, sich in Ruhe anzuziehen, als sich – wie vorhin – hastig auszuziehen. Als sie ging, küßte er ihr galant die Hand.

»Ich hoffe, daß wir uns bald wiedersehen«, log er.

»Das hoffe ich auch«, sagte sie und wußte, daß seine Worte nicht ehrlich waren.

Er schloß die Tür und ging zum Telefon neben dem Bett.

»Welches Zimmer hat Miss Melanie Leroy?« fragte er.

Kurze Pause; Abel hörte das Umblättern der Anmeldekarten.

Abel klopfte ungeduldig auf den Tisch.

»Wir haben niemand unter diesem Namen, Sir«, kam endlich die Antwort. »Wir haben eine Mrs. Melanie Seaton aus Dallas, die heute abend ankam und morgen wieder abreist.«

»Ja, das ist die Dame«, sagte Abel, »buchen Sie die Zimmerrechnung auf mein Konto.«

»Ja, Sir.«

Abel legte auf und nahm eine lange kalte Dusche, bevor er sich schlafen legte. Er fühlte sich angenehm entspannt. Als er zum Kamin ging, um die Lampe zu löschen, die Licht gespendet hatte bei seinem ersten Ehebruch, stellte er fest, daß der Kaffeefleck auf dem Teppich getrocknet war.

»Dumme Gans«, sagte er laut und machte das Licht aus.

Nach dieser Nacht vermehrten sich die Kaffeeflecke auf Abels Teppich; einige stammten von Kellnerinnen, einige von anderen nächtlichen Besucherinnen. Abel und Zaphia entfremdeten sich immer mehr. Was er nicht vorausgesehen hatte, war, daß sie einen Detektiv anstellte und dann die Scheidung einreichte. In Abels polnischem Freundeskreis betrog man sich oder man trennte sich, aber eine Scheidung war praktisch unbekannt. Abel versuchte, Zaphia von ihrem Vorhaben abzubringen, weil er genau wußte, daß eine Scheidung seine Stellung in der polnischen Gemeinde nicht verbessern würde und ebensowenig seinen politischen und gesellschaftlichen Ambitionen zuträglich war. Zaphia war jedoch entschlossen, die Scheidung bis zum bitteren Ende durchzuziehen. Abel war überrascht daß die Frau, die sich bisher so unbeholfen und naiv benommen hatte, in ihrer Rachsucht zu einem kleinen Teufel wurde, wie George es ausdrückte.

Als Abel seinen Anwalt konsultierte, stellte er zum zweitenmal fest, wie viele Kellnerinnen und nicht zahlende Gäste es im letzten Jahr gegeben hatte. Er gab nach; das einzige, worum er kämpfte, war Florentyna, jetzt dreizehnjährig und die erste große Liebe seines Lebens. Zaphia willigte ein, ihm das Sorgerecht zu überlassen, und erhielt eine Abfindung von fünfhunderttausend Dollar, das Haus in Chikago und das Recht, Florentyna an jedem letzten Wochenende im Monat zu sehen.

Abel verlegte sein Hauptquartier und seinen Wohnort nach New York, und George nannte ihn jetzt den Chikago-Baron im Exil. Abel fuhr kreuz und quer durch Amerika und baute neue Hotels; nach Chikago kam er nur, wenn er Curtis Fenton aufsuchen mußte.

27

Der Brief lag geöffnet neben Williams Stuhl im Wohnzimmer. William, im Morgenrock, las ihn bereits zum drittenmal, und suchte nach einer Erklärung, warum Abel Rosnovski sich so stark in der Lester Bank engagierte und warum er Henry Osborne zum Direktor der Baron-Kette ernannt hatte. William hatte das Gefühl, daß er es nicht riskieren durfte, weiter herumzuraten, und nahm das Telefon zur Hand. Der neue Mr. Cohen erwies sich als jüngere Ausgabe seines Vaters. Als er in das Haus der Kanes in der 68. Straße kam, mußte er sich nicht vorstellen; sein Haar wurde an den gleichen Stellen dünn und grau, die rundliche Gestalt steckte in der gleichen Art Anzug. Vielleicht war es überhaupt derselbe Anzug. William starrte ihn an, aber nicht nur, weil er seinem Vater so ähnlich sah.

»Sie erinnern sich nicht mehr an mich, Mr. Kane«, sagte der Anwalt.

»Mein Gott, die große Debatte in Harvard. 1920...«

»1928. Sie gewannen die Debatte und verloren die Mitgliedschaft im Porcellian.«

William lachte laut. »Vielleicht haben wir als Team mehr Erfolg, falls es Ihnen Ihr Sozialismus erlaubt, für einen schamlosen Kapitalisten zu arbeiten.«

Er stand auf und schüttelte Thaddeus Cohen die Hand. Einen Augenblick lang hätten beide wieder Studenten sein können.

William lächelte. »Sie kamen nie zu Ihrem Drink im Porcellian; was darf ich Ihnen heute anbieten?«

Thaddeus Cohen lehnte ab. »Ich trinke nichts«, sagte er, und sein Lächeln war ebenso entwaffnend wie damals. William erinnerte sich noch gut daran. »Leider bin ich ebenfalls ein schamloser Kapitalist geworden.«

Es zeigte sich, daß er nicht nur in Äußerlichkeiten seinem Vater ähnlich war. Über das Rosnovski-Osborne-Dossier hatte er sich bis ins kleinste Detail informiert, bevor er zu William kam. William erklärte ihm genau, was er jetzt haben wollte.

»Sofort einen genauen Bericht, und wie bisher alle drei Monate weitere Berichte. Diskretion ist von größter Wichtigkeit. Ich will alle Fakten, die Sie ausfindig machen können. Warum kauft Abel Rosnovski Anteile der Bank? Glaubt er immer noch, ich sei für Davis Leroys Tod verantwortlich? Setzt er seinen Kampf gegen Kane and Cabot fort, obwohl die Bank jetzt zu Lester's gehört? Welche Rolle spielt Henry Osborne? Wäre ein Treffen zwischen mir und Rosnovski zielführend, besonders, wenn ich ihm versichere, daß nicht ich, sondern die Bank es ablehnte, der Richmond-Gruppe zu helfen?«

Thaddeus Cohens Feder kratzte ebenso wild über das Papier, wie es die seines Vaters getan hatte.

»Alle diese Fragen müssen so rasch wie möglich beantwortet werden, damit ich entscheiden kann, ob ich den Vorstand informieren soll.«

Als Thaddeus Cohen seine Aktenmappe schloß, lächelte er ebenso scheu wie sein Vater. »Es tut mir leid, daß Sie während ihrer Rekonvaleszenz soviel Ärger haben. Ich melde mich wieder, sobald ich alle Fakten habe.« Er blieb an der Tür stehen. »Ich bewundere Sie für das, was Sie in Remagen getan haben.«

In den folgenden Monaten kehrten Williams Kräfte rasch zurück, und die Narben auf Gesicht und Brust verblaßten. Abends pflegte Kate bei ihm zu sitzen, bis er einschlief. Dann flüsterte sie: »Gott sei Dank, daß du mir erhalten geblieben bist.« Die furchtbaren Kopfschmerzen und die Gedächtnislücken gehörten jetzt der Vergangenheit an, und sein rechter Arm gewann seine Kraft zurück. Kate erlaubte ihm erst nach einer langen, erholsamen Kreuzfahrt in der Karibik, wieder an die Arbeit zurückzukehren. Seit den zwei Wochen in England hatten William und Kate keine so entspannenden Tage verbracht. Sie genoß es, daß es auf dem Schiff keine Bank gab, mit der William Geschäfte tätigen konnte, obwohl sie es durchaus für möglich hielt, daß William, wären sie eine Woche länger an Bord geblieben, das ganze Schiff für die Lester Bank gekauft hätte. Welch eine Gelegenheit, die Mannschaft, die Routen und den Fahrplan zu reorganisieren und vermutlich sogar die Art und Weise, in der das »Boot«, wie William den großen Luxuskreuzer nannte, betrieben wurde. Als das Schiff wieder im Hafen von New York einlief, war William braun gebrannt und tatendurstig, und Kate konnte ihn nicht davon abhalten, sofort in die Bank zurückzukehren.

Bald war er wieder in die Probleme von Lester's vertieft. Eine neue Art von Männern, gestählt durch den Krieg, unternehmungslustig und rasch von Entschluß, schien Amerikas neue Banken zu führen. Und das alles ging unter den aufmerksamen Blicken von Präsident Truman vor sich, des Mannes, der nach einem Überraschungssieg zum zweitenmal Präsident geworden war, nachdem die ganze Welt geglaubt hatte, daß Dewey die Wahl gewinnen würde. Als hätte ihre Vorhersage allein nicht genügt, verkündete die *Chicago Tribune*, daß Dewey tatsächlich die Wahl gewonnen habe, aber Harry S. Truman blieb im Weißen Haus. William wußte – abgesehen von dem, was in den Zeitungen stand, sehr wenig von dem kleinen Ex-Senator aus Missouri, und als eingeschworener Republikaner hoffte er, daß seine Partei den richtigen Mann finden würde, um die Wahlschlacht von 1952 zu gewinnen.

Von Thaddeus Cohen kam der erste Bericht; Abel Rosnovski war, immer noch auf der Suche nach Aktien der Lester Bank, an alle anderen Erben herangetreten, aber es kam nur zu einer Vereinbarung. Susan Lester hatte sich geweigert, mit Williams Anwalt zu sprechen, daher wußte er nicht, was sie veranlaßt hatte, ihre sechs Prozent zu verkaufen. Das einzige, was er mit Sicherheit wußte, war, daß sie es nicht aus finanziellen Gründen getan hatte.

Der Bericht war unglaublich ausführlich.

Henry Osborne war offensichtlich im Mai 1947 Direktor der Baron-Gruppe geworden und mit der Aufsicht des Lester-Kontos betraut worden. Und, was noch wichtiger war, Abel Rosnovski hatte sich Susan Lesters Aktien gesichert, ohne daß sich der Kauf auf ihn oder Osborne zurückverfolgen ließ. Rosnovski besaß jetzt sechs Prozent der Lester Bank und schien bereit, mindestens weitere siebenhundertfünfzigtausend Dollar zu zahlen, um Peter Parfitts zwei Prozent zu kaufen. William wußte nur zu gut, was Rosnovski alles tun konnte, wenn er einmal acht Prozent in den Händen hatte. Noch mehr beunruhigte William die Tatsache, daß das Wachstum der Bank wesentlich geringer war als jenes der Baron-Gruppe, die bereits ihre größten Konkurrenten, die Hilton- und die Sheraton-Kette, einholte. William fragte sich, ob er den Vorstand von diesen neuen Informationen in Kenntnis setzen sollte, und überlegte sogar, Abel Rosnovski direkt zu kontaktieren. Nach ein paar schlaflosen Nächten fragte er Kate um ihre Meinung.

»Tu nichts«, war Kates Reaktion, »bevor du nicht absolut sicher bist, daß seine Absichten tatsächlich so schlimm sind, wie du befürchtest. Vielleicht ist das ganze nur ein Sturm im Wasserglas.«

»Mit Henry Osborne wird der Sturm sich ganz bestimmt nicht auf ein Wasserglas beschränken. Nichts ist völlig harmlos. Und ich will nicht herumsitzen und warten, bis ich erfahre, was er gegen mich plant.«

»Vielleicht hat er sich geändert, William. Es ist zwanzig Jahre her, seit du mit ihm zu tun hattest.«

»Vielleicht hätte Al Capone sich geändert, wenn er seine Gefängnisstrafe abgebüßt hätte. Sicher werden wir es nie erfahren, aber jedenfalls möchte ich keine Wette darauf abschließen.«

Kate fügte nichts hinzu, aber William ließ sich von ihr überzeugen und tat nicht viel anderes, als Thaddeus Cohens vierteljährliche Berichte genau zu studieren und zu hoffen, daß Kate recht behalten würde.

28

Die Baron-Kette profitierte enorm vom Wirtschaftsboom der Nachkriegsjahre. Seit den zwanziger Jahren war es nicht mehr so einfach gewesen, so rasch so viel Geld zu verdienen – und in den fünfziger Jahren begannen die Leute zu glauben, daß der Boom diesmal andauern würde. Aber Abel gab sich mit dem finanziellen Erfolg nicht zufrieden. Als er älter wurde, begann er über Polens Stellung in der Welt nachzudenken und fand, daß sein Erfolg es ihm nicht erlaube, ein weit entfernter Zuschauer zu bleiben. Was hatte Pawel Zaleski, der polnische Konsul, damals gesagt? »Vielleicht erlebst du noch die Wiedergeburt Polens.« Abel tat alles, was in seinen Kräften stand, um den amerikanischen Kongreß zu einer härteren Haltung gegenüber der russischen Kontrolle der osteuropäischen Satellitenstaaten zu veranlassen. Als sich eine sozialistische Marionettenregierung nach der anderen bildete, schien es Abel, als habe er sein Leben vergeblich aufs Spiel gesetzt. Er sprach mit Politikern in Washington, er informierte Journalisten, er organisierte Dinners in Chikago, New York und anderen Zentren der polnischen Gemeinde, bis die polnische Sache mit dem Chikago-Baron identisch wurde.

Dr. Teodor Szymanowski, ehemaliger Geschichtsprofessor an der Universität von Krakau, schrieb in der Zeitschrift *Freedom* einen glühenden Leitartikel über Abels »Kampf um Anerkennung«, worauf Abel mit ihm Kontakt aufnahm, um festzustellen, wo er sonst noch helfen könne. Der Professor war jetzt ein alter Mann, und als Abel in sein Arbeitszimmer geführt wurde, war er, der die Vehemenz von Szymanowskis Meinungen kannte, von dessen Gebrechlichkeit überrascht. Der Professor begrüßte ihn herzlich und bot ihm Wodka an. »Baron Rosnovski«, sagte er und reichte ihm ein Glas, »ich bewundere seit langem, wie unermüdlich Sie für unsere Sache arbeiten; obwohl wir kaum Erfolge zu verzeichnen haben, scheinen Sie nie den Glauben zu verlieren.«

»Warum sollte ich? Ich war immer der Überzeugung, daß in Amerika nichts unmöglich ist.«

»Leider fürchte ich, Baron, daß eben die Männer, die Sie heute zu beeinflussen suchen, dieselben sind, die diese Dinge geschehen ließen. Sie werden nie aktiv etwas unternehmen, um unser Volk zu befreien.«

»Ich verstehe nicht, was Sie meinen, Professor. Warum werden sie uns nicht helfen?«

Der Professor lehnte sich in seinem Sessel zurück. »Bestimmt sind Sie darüber informiert, Baron, daß die amerikanischen Armeen Befehl hatten, ihren Vormarsch im Osten zu verlangsamen, um den Russen die Besetzung großer Gebiete Zentral- und Osteuropas zu erlauben. Patton hätte lang vor den Russen in Berlin sein können, aber Eisenhower befahl ihm, zuzuwarten. Es waren unsere Führer in Washington – dieselben Leute, die Sie heute dazu bewegen wollen, amerikanische Truppen und Waffen nach Europa zurückzuschicken –, die Eisenhower diese Order gaben.«

»Aber damals konnten sie nicht wissen, was aus der Sowjetunion werden würde. Die Russen waren unsere Verbündeten. Ich gebe zu, daß wir 1945 zu schwach und zu versöhnlich waren, aber es sind nicht die Amerikaner, die für den Verrat am polnischen Volk direkt verantwortlich sind.«

Bevor Szymanowski weitersprach, lehnte er sich zurück und schloß müde die Augen. »Ich wollte, Sie hätten meinen Bruder gekannt, Baron Rosnovski. Ich erfuhr erst letzte Woche, daß er vor sechs Monaten in einem russischen Lager, ähnlich jenem, aus dem Sie fliehen konnten, gestorben ist.«

Abel beugte sich vor, um sein Beileid zu bezeugen, aber Szymanowski winkte ab.

»Nein, sagen Sie nichts. Sie haben die Lager selbst kennengelernt. Sie wissen am besten, daß Mitgefühl nicht mehr am Platz ist. Wir müssen die Welt ändern, Baron, während die anderen schlafen.« Szymanowski machte eine Pause. »Mein Bruder wurde von den Amerikanern nach Rußland geschickt.«

Abel schaute ihn fassungslos an.

»Von den Amerikanern? Wie ist das möglich? Wenn Ihr Bruder in Polen von russischen Truppen gefangengenommen wurde ...?«

»Mein Bruder wurde nicht in Polen gefangengenommen. Er wurde aus einem deutschen Kriegsgefangenenlager bei Frankfurt befreit. Die Amerikaner schickten ihn für einen Monat in ein Auffanglager, dann übergaben sie ihn den Russen.«

»Das kann nicht wahr sein. Warum sollten sie so etwas tun?«

»Die Russen wünschten eine Repatriierung aller Slawen. Repatriierung, um sie zu versklaven oder zu vernichten. Jene, die Hitler nicht erledigte, erledigte Stalin. Und ich kann nachweisen, daß sich mein Bruder länger als einen Monat im amerikanischen Sektor befand.«

»War er eine Ausnahme oder gab es viele wie ihn?«

»Er war keine Ausnahme; es gab viele andere«, sagte Szymanowski ohne merkbare Erschütterung. »Hunderttausende, vielleicht sogar eine Million. Wahrscheinlich werden wir nie die genauen Zahlen erfahren. Ich glaube nicht, daß die Amerikaner über die Operation Kee Chanl sehr genau Aufzeichnungen gemacht haben.«

»Operation *Kee Chanl?* Warum wird sie nie erwähnt? Wenn man erführe, daß wir, die Amerikaner, befreite Gefangene nach Rußland zurückschickten, die dann dort starben, wäre man bestimmt zutiefst betroffen.«

»Es gibt keinen Beweis und keine Dokumentation über die Operation Kee Chanl. Mark Clark, Gott segne ihn, führte seine Befehle nicht aus; einige freundliche GI's warnten manche Gefangene vor dem, was ihnen bevorstand, und sie konnten flüchten, bevor die Amerikaner sie in die Lager schickten. Jetzt halten sie sich im Hintergrund und würden es niemals publik machen. Einer der weniger glücklichen war mein Bruder. Jedenfalls ist es jetzt zu spät.«

»Aber das amerikanische Volk muß das erfahren. Ich werde ein Komitee gründen, ich werde Broschüren drucken, ich werde Reden halten. Der Kongreß wird uns bestimmt anhören, wenn wir die Wahrheit sagen.«

»Baron Rosnovski, ich fürchte, diese Aufgabe ist selbst für Sie zu schwer.«

Abel stand auf.

»Nein, nein, ich unterschätze Sie nicht, mein Freund. Aber Sie kennen nicht die Mentalität der großen politischen Führer. Amerika willigte ein, diese armen Teufel auszuliefern, weil Stalin darauf bestand. Ich bin überzeugt, daß man nicht an Verurteilungen, Straflager und Exekutionen dachte. Aber jetzt, zu Beginn der fünfziger Jahre, wird doch niemand zugeben wollen, daß wir nicht indirekt verantwortlich waren? Nein, ganz sicher nicht. Nicht in den nächsten hundert Jahren. Und dann werden alle, von ein paar Historikern abgesehen, vergessen haben, daß Polen im Krieg mehr Menschenleben opfern mußte als jede andere Nation, einschließlich Deutschland.«

»Ich hatte gehofft, daß Sie sich entschließen würden, eine aktivere Rolle in der Politik zu spielen.«

»Daran dachte ich bereits, aber ich weiß noch nicht, in welcher Form.«

»In diesem Punkt habe ich meine eigenen Vorstellungen, Baron, bleiben Sie mit mir in Verbindung.« Der alte Mann stand langsam auf und umarmte Abel. »Tun Sie in der Zwischenzeit, was Sie für unsere Sache tun können, aber seien Sie nicht überrascht, wenn Sie nur auf taube Ohren stoßen.«

Kaum war Abel zurück im Hotel, als er sich mit Senator Douglas' Büro verbinden ließ. Paul Douglas war liberaldemokratischer Senator von Illinois, mit Hilfe der Parteimaschine von Chikago gewählt. Bisher hatte er sich Abels Wünschen gegenüber immer aufgeschlossen gezeigt, da die größte polnische Gemeinde des Landes zu seinem Wahlkreis gehörte. Sein Sekretär, Adam Tomaszewicz, kümmerte sich um die polnischen Wähler.

»Hallo, Adam. Hier Abel Rosnovski. Ich muß mit dem Senator etwas sehr Beunruhigendes besprechen. Könnten Sie ein Zusammentreffen arrangieren – so bald wie möglich?«

»Heute ist er leider verreist, Mr. Rosnovski. Er wird sich sicher gern mit Ihnen unterhalten, wenn er Donnerstag zurückkommt. Ich werde ihn bitten, sich direkt mit Ihnen in Verbindung zu setzen. Darf ich ihn informieren, um was es sich handelt?«

»Ja, es wird Sie als Polen interessieren. Ich erfuhr aus verläßlicher Quelle, daß die amerikanischen Behörden in Deutschland mithalfen, polnische Flüchtlinge und Verschleppte in von der Sowjetunion besetzte Gebiete zurückzuschicken. Viele dieser polnischen Staatsbürger kamen in russische Arbeitslager, und seitdem hat man nie mehr von ihnen gehört.«

Am anderen Ende des Drahtes entstand eine Pause.

»Ich werde den Senator bei seiner Rückkehr darüber informieren, Mr. Rosnovski. Danke für Ihren Anruf.«

Am Donnerstag meldete sich der Senator nicht. Auch nicht am Freitag oder am Wochenende. Montag morgens ließ sich Abel wieder mit Douglas' Büro verbinden. Wieder war Adam Tomaszewicz am Apparat.

»Ach ja, Mr. Rosnovski.« Abel konnte beinahe hören, wie er rot wurde. »Der Senator hat eine Nachricht für Sie hinterlassen. Wissen Sie, er war mit all den dringenden Eingaben beschäftigt, die noch vor den Kongreßferien behandelt werden müssen. Er bat mich, Ihnen mitzuteilen, daß er sich melden wird, sobald er ein wenig Zeit hat.«

»Haben Sie ihn über den Grund des Anrufs informiert?«

»Natürlich. Ich soll Ihnen versichern, er sei überzeugt, daß das Gerücht, das Sie hörten, nur antiamerikanische Propaganda ist. Er fügte hinzu, er habe persönlich von Oberbefehlshabern gehört, daß die amerikanischen Truppen Weisung hatten, keine Deportierten zu überstellen.«

Es klang, als lese Tomaszewicz eine sorgfältig vorbereitete Erklärung vor, und Abel fühlte, daß er auf die ersten jener tauben Ohren gestoßen war, von denen Professor Szymanowski gesprochen hatte. Bisher war Senator Douglas ihm nie ausgewichen.

Abel legte den Hörer auf und rief einen anderen Senator an, der viel von sich reden machte und sich nicht scheute, über andere zu urteilen.

Senator Joseph McCarthys Büro fragte nach dem Namen des Anrufers. »Ich werde versuchen, den Senator zu finden«, sagte eine junge Stimme, als sie hörte, wer anrief und warum Abel mit dem Boß sprechen wollte. McCarthy näherte sich dem Gipfel seiner Macht, und Abel wußte, daß er sich glücklich schätzen mußte, wenn er länger als ein paar Sekunden mit ihm reden konnte.

»Mr. Rosenevski«, waren McCarthys erste Worte.

Abel fragte sich, ob der Senator seinen Namen absichtlich verstümmelt hatte oder ob die Verbindung schlecht war. »Was ist so wichtig, daß Sie nur mit mir und mit niemandem sonst sprechen wollen?« fragte der Senator. Abel zögerte. Mit McCarthy persönlich zu sprechen, machte Abel ein wenig unsicher.

»Bei mir sind Ihre Geheimnisse sicher«, hörte er den Senator, der sein Zögern gemerkt hatte, sagen.

»Bestimmt«, sagte Abel und versuchte, seine Gedanken zu ordnen. »Sie, Senator, sind ein aufrichtiger Fürsprecher für alle, die die Ostblockstaaten vom Joch des Kommunismus befreit sehen möchten.«

»Richtig, ganz richtig. Und ich bin froh, daß Sie das anerkennen, Mr. Rosenevski.«

Diesmal war Abel überzeugt, daß er seinen Namen absichtlich falsch aussprach, machte jedoch keine Bemerkung.

»Was Osteuropa anbelangt«, fuhr der Senator fort, »müssen Sie sich allerdings darüber klar sein, daß man erst darangehen kann, Ihr Land zu befreien, wenn wir alle Verräter aus unserer Regierung entfernt haben.«

»Eben darüber möchte ich mit Ihnen sprechen, Senator. Sie waren fabelhaft erfolgreich, Verräter in unserer Regierung bloßzustellen. Aber eines der größten Verbrechen der Kommunisten blieb bisher unerwähnt.«

»An welches große Verbrechen denken Sie, Mr. Rosenevski? Seit ich nach Washington kam, habe ich so viele entdeckt.«

»Ich spreche« – Abel setzte sich etwas aufrechter – »von der zwangsweisen Repatriierung von Tausenden polnischer Deportierter durch amerikanische Behörden nach Kriegsende. Unschuldige Feinde des Kommunismus, die nach Polen und dann weiter in die Sowjetunion geschickt wurden, um dort versklavt oder ermordet zu werden.«

Abel wartete auf eine Antwort. Es kam keine. Er hörte ein Klicken und fragte sich, ob jemand mithörte.

»Hören Sie zu, Mr. Rosenevski, Sie Einfaltspinsel. Wie können sie es wagen, mir telefonisch mitzuteilen, daß Amerikaner, loyale amerikanische Soldaten, Tausende Polen nach Rußland schickten, ohne daß jemand davon ein Wort gehört hätte? Verlangen Sie, daß ich das glaube? Selbst ein Polacke kann nicht so dumm sein. Und ich frage mich, welche Art Mensch eine solche Behauptung ohne Beweis akzeptiert? Wollen Sie mir auch vormachen, daß amerikanische Soldaten illoyal sind? Wollen Sie das wirklich? Sagen Sie mir, Rosenevski, was ist los mit Ihren Leuten? Seid Ihr alle zu dumm, kommunistische Propaganda zu erkennen, wenn sie so offensichtlich ist? Müssen Sie die Zeit eines überarbeiteten amerikanischen Senators wegen eines Gerüchtes vergeuden, das die *Prawda* in die Welt gesetzt hat, um Unruhe unter den amerikanischen Einwanderern zu stiften?«

Wie betäubt von dem Ausbruch, saß Abel bewegungslos da. Bereits in der Mitte der Tirade war er überzeugt, daß jedes Gegenargument verschwendet war. Er wartete das Ende der effektvollen Rede ab und war froh, daß der Senator nicht sein verblüfftes Gesicht sehen konnte.

»Senator, bestimmt haben Sie recht, und es tut mir leid, Ihre Zeit in Anspruch genommen zu haben«, sagte Abel ruhig. »Ich hatte die Dinge in einem anderen Licht gesehen.«

»Nun, das zeigt eben wieder, wie schlau diese kommunistischen Banditen sind«, sagte McCarthy etwas versöhnlicher. »Man muß sie fortwährend beobachten. Ich hoffe, Sie werden von nun an die Gefahr, mit der es das amerikanische Volk zu tun hat, besser erkennen.«

»Sicherlich, Senator. Vielen Dank, daß Sie Zeit fanden, persönlich mit mir zu sprechen. Guten Tag, Senator.«

»Leben Sie wohl, Rosenovski.«

Abel hörte das Klicken des Telefons, es klang wie das Schließen einer Tür.

29

William wurde sich seines Alters bewußt, als Kate ihn wegen seiner grauen Haare aufzog – vor nicht allzu langer Zeit hatte er sie noch zählen können – und als Richard Mädchen nach Hause brachte, die er hübsch fand. William gefielen beinahe alle von Richards jungen Damen, wie er sie nannte, vielleicht weil Sie alle ein wenig Kate glichen, die er heute noch schöner fand als früher. Auch seine beiden Töchter Virginia und Lucy, die zu jungen Damen heranwuchsen, und Kate ähnlich waren, machten ihn sehr glücklich. Virginia entwickelte sich zu einer kleinen Künstlerin, und Küche und Kinderzimmer waren immer voll von ihren jüngsten Geniestreichen, wie Richard sie spöttisch nannte. Virginia rächte sich, als Richard Cellostunden nahm und selbst die Dienstmädchen unfreundliche Worte murmelten, wann immer der Bogen die Saiten berührte. Lucy verehrte ihre Geschwister und sah in Virginia einen neuen Picasso und in Richard den neuen Casals. William dachte oft darüber nach, was nach seinem Tod aus den drei Kindern werden würde. Kate fand, daß alle drei befriedigende

Fortschritte machten; Richard, der jetzt St. Paul besuchte, durfte in einem Schülerkonzert das Cello spielen, während Virginias Malkünste so weit fortgeschritten waren, daß ein Bild im Wohnzimmer aufgehängt wurde. Aber als Lucy bereits mit elf Jahren kleine Liebesbriefe von Jungen erhielt, die sich bisher nur für Baseball interessiert hatten, wußte die ganze Familie, daß sie die Schönheit werden würde.

1951 wurde Richard in Harvard aufgenommen, obwohl er kein Stipendium für Mathematik gewonnen hatte, und Kate erinnerte William daran, daß Richard Cello und Baseball für St. Paul gespielt hatte, Leistungen, die William nicht einmal versucht hatte, zu vollbringen. Insgeheim war William stolz auf Richard, aber zu Kate murmelte er, daß er nur wenige Bankiers kenne, die Cello oder Baseball spielten.

Als die Amerikaner an einen dauernden Frieden zu glauben begannen, traten die amerikanischen Banken in eine expansive Periode. William war überarbeitet, und er schob die Bedrohung durch Abel Rosnovski und die damit verbundenen Probleme kurzzeitig in den Hintergrund.

Die Vierteljahresberichte von Thaddeus Cohen zeigten, daß Rosnovski einen neuen Kurs eingeschlagen hatte, den er offenbar weiter verfolgen wollte: durch einen Dritten wurde jeder Aktienbesitzer, mit Ausnahme von William, davon in Kenntnis gesetzt, daß er an Lester-Anteilen interessiert sei. William fragte sich, ob dieser Kurs zu einer direkten Konfrontation zwischen ihm und dem Polen führen würde. Allmählich kam er zu der Überzeugung, daß er den Vorstand von Rosnovskis Aktionen informieren mußte, ja, daß er vielleicht, wenn die Bank gleichsam belagert wurde, seinen Rücktritt anbieten mußte, was Abel den totalen Sieg verschaffen würde. Deshalb zog William diesen Schritt auch nicht ernstlich in Erwägung. Er beschloß, daß er um sein Leben kämpfen würde, wenn er es tun müßte, und wenn einer von ihnen dabei untergehen mußte, dann wollte er alles in seinen Kräften Stehende tun, um zu verhindern, daß dieser eine William Kane hieß.

Das Problem, was er mit Abel Rosnovskis Investitionsprogramm tun sollte, wurde ihm schließlich aus der Hand genommen.

Als Interstate Airways 1951 von der Federal Aviation Agency die Erlaubnis für Flüge zwischen der Ost- und der Westküste erhielt, lud man die Bank ein, diese neue Luftfahrtgesellschaft zu vertreten. Die Luftlinie wandte sich an Lester's, als sie dreißig Millionen Dollar benötigte, um das durch Regierungsverordnungen vorgeschriebene Kapital vorzuweisen.

William hielt die Luftlinie und das ganze Projekt für eine gute Sache und verbrachte viel Zeit damit, eine öffentliche Anleihe aufzulegen, um die nötigen dreißig Millionen zu bekommen. Die Bank stellte als Anleihegarant ihre gesamten Mittel hinter das Projekt. Es war das größte Vorhaben, das William seit seiner Rückkehr zu Lester's in Angriff genommen hatte, und er wußte, daß sein persönlicher Ruf auf dem Spiel stand. Als die Zeichnung im Juli begann, war die Anleihe in wenigen Tagen placiert. William wurde von allen Seiten gelobt und gepriesen, weil er die Angelegenheit so gut in die Wege geleitet und so erfolgreich durchgeführt hatte. Er selbst war beglückt über das Resultat, bis er aus Thaddeus Cohens nächstem Bericht erfuhr, daß eine von Abel Rosnovskis Scheingesellschaften zehn Prozent der Luftlinienanteile gekauft hatte.

Jetzt wußte er, daß er Ted Leach und Tony Simmons seine schlimmsten Befürchtungen mitteilen mußte. Er bat Tony, nach New York zu kommen, lud beide Vizepräsidenten in sein Büro ein und erzählte ihnen die Geschichte von Abel Rosnovski und Henry Osborne. »Warum hast du uns das alles nicht schon früher erzählt?« war Tony Simmons erste Frage.

»Als ich bei Kane and Cabot war, hatte ich mit hundert Gesellschaften wie der Richmond-Gruppe zu tun, und ich ahnte damals nicht, wie ernst er es mit seiner Rache meinte. Erst seit Rosnovski zehn Prozent der Interstate Airways kaufte, weiß ich, daß es eine fixe Idee von ihm ist.«

»Vielleicht mißt du den Dingen zuviel Bedeutung bei«, sagte Ted

Leach, »aber eines weiß ich genau: es wäre nicht klug, den Aufsichtsrat darüber zu informieren. Das letzte, was wir ein paar Tage nach dem Start einer neuen Gesellschaft wollen, ist eine Panik.«

»Das stimmt«, sagte Tony Simmons. »Warum vereinbarst du nicht ein Zusammentreffen mit diesem Rosnovski und sprichst dich mit ihm aus?«

»Ich glaube, das ist genau das, was er gern möchte«, erwiderte William. »Dann wäre er sicher, daß die Bank sich bedroht fühlt.«

»Meinst du nicht, er würde seine Einstellung ändern, wenn du ihm sagst, wie sehr du der Bank zugeredet hast, die Richmond-Gruppe nicht fallenzulassen, und daß ...«

»Ich habe keine Veranlassung zu glauben, daß er das nicht bereits weiß«, sagte William. »Er scheint jedenfalls alles sonst zu wissen.«

»Nun, und was, meinst du, soll die Bank bezüglich Rosnovski unternehmen?« fragte Leach. »Wir können nicht verhindern, daß er unsere Aktien kauft, wenn er einen Verkäufer findet. Wenn wir aber unsere eigenen Aktien aufkaufen, spielen wir direkt in seine Hände; der Wert seines Aktienpaketes würde steigen, und wir würden unsere finanzielle Stellung gefährden. Vermutlich würde es ihn amüsieren zuzuschauen, wie wir vom Regen in die Traufe kämen. Wir haben genau die richtige Größe, um von Harry Truman aufs Korn genommen zu werden, und nichts würde die Demokraten mehr freuen als ein Bankskandal knapp vor den Wahlen.«

»Ich weiß, daß ich nicht sehr viel tun kann«, sagte William, »andererseits wollte ich euch über das informieren, was Rosnovski im Sinn hat, falls er mit einer neuen Überraschung auffährt.«

»Meiner Ansicht nach wäre es immer noch möglich, daß die ganze Sache harmlos ist und er einfach deine Talente als Investitionsfachmann bewundert«, meinte Tony Simmons.

»Wie kannst du das sagen, da du doch weißt, daß mein Stiefvater an der Sache beteiligt ist? Glaubst du, Rosnovski hat Osborne angestellt, um meine Karriere zu fördern? Offensichtlich kennst du

Rosnovski nicht so gut wie ich. Ich beobachte ihn jetzt seit zwanzig Jahren. Er ist es nicht gewohnt zu verlieren; er würfelt einfach so lang, bis er gewinnt. Wenn er zu meiner Familie gehörte, könnt ich ihn besser kennen. Er wird...«

»Hör auf, Gespenster zu sehen. William. Ich nehme an...«

»Was heißt Gespenster sehen, Tony? Denk daran, wieviel Macht unsere Statuten jedem geben, der acht Prozent der Bankanteile besitzt. Übrigens eine Klausel, die ich selbst haben wollte, um mich zu schützen. Der Mann hat bereits sechs Prozent, und damit nicht genug, könnte er Interstate Airways über Nacht platzen lassen, indem er alle seine Anteile auf den Markt wirft.«

»Damit würde er nichts gewinnen«, sagte Ted Leach, »im Gegenteil, er würde eine Menge Geld verlieren.«

»Glaubt mir, ihr versteht nicht, wie Abel Rosnovskis Gehirn arbeitet. Er hat den Mut eines Löwen, und der Verlust wäre ihm ganz gleichgültig. Ich bin sicher, daß er nur eines will: seine Rechnung mit mir begleichen. Natürlich würde er Geld verlieren, wenn er die Aktien abstieße, aber im Hintergrund hat er immer seine Hotels; es gibt jetzt bekanntlich einundzwanzig. Wenn Interstate über Nacht zusammenbricht, wäre das auch für uns ein Schlag, und das weiß er. Das Bankgeschäft beruht auf dem wankelmütigen Vertrauen der Öffentlichkeit – ein Vertrauen, das Abel Rosnovski jetzt zerstören kann, wann immer es ihm Spaß macht.«

»Beruhige dich, William«, sagte Tony Simmons. »So weit sind wir noch nicht. Jetzt, da wir wissen, was Rosnovski plant, können wir seine Aktivitäten genauer beobachten und ihnen entgegentreten, wenn es sein muß. Das erste, dessen wir uns vergewissern müssen, ist, daß niemand seine Anteile verkauft, bevor er sie dir anbietet. Die Bank wird jeden deiner Schritte unterstützen. Ich glaube immer noch, daß du mit Rosnovski persönlich sprechen und die Sache ausfechten solltest. Dann würden wir wenigstens wissen, wie ernst es ihm ist, und können uns entsprechend vorbereiten.«

»Ist das auch deine Ansicht, Ted?« fragte William.

»Ja, ich glaube, Tony hat recht, du solltest mit dem Mann direkt Kontakt aufnehmen. Es kann nur im Interesse der Bank sein festzustellen, wie harmlos oder gefährlich seine Absichten wirklich sind.«

William schwieg eine Weile. »Wenn ihr beide dieser Ansicht seid, will ich es versuchen«, sagte er schließlich. »Ich muß hinzufügen, daß ich anderer Meinung bin, aber vielleicht bin ich zu befangen, um ein objektives Urteil abgeben zu können. Laßt mir ein paar Tage Zeit. Ich werde mir überlegen, wie ich am besten an ihn herankomme, und werde euch dann über das Resultat berichten.«

Nachdem die beiden Vizepräsidenten das Büro verlassen hatten, saß William allein an seinem Schreibtisch und überlegte, was er zu tun versprochen hatte; und er war sicher, daß er dort, wo Henry Osborne seine Hände mit im Spiel hatte, kaum auf Erfolg hoffen konnte.

Vier Tage später saß William allein in seinem Büro; er hatte Weisung erhalten, daß er unter keinen Umständen gestört werden wollte. Er wußte, daß auch Abel Rosnovski im New York Baron in seinem Büro saß, denn er hatte einen Mann in das Hotel geschickt, dessen einzige Aufgabe es war, Abel Rosnovski zu beobachten. Der Beobachter hatte bereits angerufen; Abel Rosnovski war um 8 Uhr 27 am Morgen gekommen und direkt in sein Büro im 42. Stock gefahren. Seitdem war er nicht mehr gesehen worden. William nahm den Telefonhörer und ließ sich mit dem Baron-Hotel verbinden. »Hier spricht das New York Baron.«

»Bitte verbinden Sie mich mit Mr. Rosnovski«, sagte William nervös. Er wurde mit einer Sekretärin verbunden.

»Ich möchte Mr. Rosnovski sprechen«, wiederholte er.

»Wen darf ich melden, bitte?«

»William Kane.«

Eine lange Pause trat ein. Oder schien sie William nur so lang?

»Ich bin nicht sicher, ob er im Haus ist, Mr. Kane. Ich werde nachsehen lassen.«

Wieder eine lange Pause.

»Mr. Kane?«

»Mr. Rosnovski?«

»Was kann ich für Sie tun, Mr. Kane?« fragte eine sehr ruhige Stimme mit einem leichten Akzent.

Obwohl William seine ersten Sätze sorgfältig vorbereitet hatte, merkte er, daß seine Nervosität durchklang.

»Ich mache mir ein wenig Sorgen über Ihre Anteile an der Lester Bank, Mr. Rosnovski«, sagte er, »und auch über die starke Stellung, die Sie in einer Gesellschaft haben, die wir vertreten. Vielleicht ist es an der Zeit, daß wir uns treffen und Ihre Absichten besprechen. Es gibt auch eine private Sache, die ich Ihnen gern mitteilen möchte.«

Wieder eine endlose Pause. Wurden sie unterbrochen?

»Es gibt keinerlei Umstände, die eine Aussprache zwischen uns rechtfertigen würden, Kane. Ich weiß bereits genug über Sie, ohne daß ich mir Ihre Entschuldigungen über die Vergangenheit anhören muß. Halten Sie die Augen offen, und Sie werden sehr bald feststellen, was meine Absichten sind. Sie sind sehr verschieden von jenen, die in der Bibel stehen, Mr. Kane. Eines Tages werden Sie aus dem 12. Stock eines meiner Hotels springen wollen, weil Ihnen Ihre Anteile an der Lester Bank solche Sorgen machen. Ich brauche nur mehr zwei Prozent, um Paragraph sieben in Anwendung zu bringen, und wir wissen beide, was das heißt, nicht wahr? Vielleicht werden Sie dann begreifen, was es für Davis Leroy bedeutete, sich monatelang zu fragen, wie die Bank über sein Leben entscheiden würde. Jetzt können Sie sich hinsetzen und sich jahrelang fragen, was ich mit Ihrem Leben tun werde, sobald ich die nötigen acht Prozent habe.«

Bei Abel Rosnovskis Worten wäre William beinahe erstarrt, aber irgendwie gelang es ihm, ruhig weiterzusprechen, während er wütend mit der Faust auf den Tisch schlug. »Ich verstehe Ihre Gefühle, Mr. Rosnovski, aber ich glaube trotzdem, es wäre klug, wenn wir uns zusammensetzen und einmal über den ganzen Komplex sprächen. Es gibt ein, zwei Aspekte der Angelegenheit, die Sie unmöglich wissen können.«

»Zum Beispiel, wie Sie Henry Osborne um fünfhunderttausend Dollar betrogen haben, Mr. Kane?«

Einen Augenblick war William sprachlos, dann wollte er explodieren. Aber es gelang ihm nochmals, sich zu beherrschen.

»Nein, Mr. Rosnovski, worüber ich mit Ihnen sprechen möchte, hat nichts mit Mr. Osborne zu tun. Es ist eine persönliche Sache, und sie hat nur mit Ihnen zu tun. Dessenungeachtet versichere ich Ihnen, daß ich Henry Osborne nie auch nur um einen Cent betrogen habe.«

»Henrys Version lautet anders. Er sagt, Sie seien für den Tod Ihrer eigenen Mutter verantwortlich, um eine Schuld an ihn nicht auszahlen zu müssen. Nach dem, wie Sie Davis Leroy behandelt haben, halte ich das für durchaus glaubhaft.«

Nie war es William schwerer gefallen, seine Gefühle zu beherrschen, und er brauchte ein paar Sekunden, bevor er antworten konnte. »Darf ich vorschlagen, daß wir dieses ganze Mißverständnis ein für allemal aufklären, indem wir uns an einem neutralen Ort Ihrer Wahl treffen, wo uns niemand erkennt?«

»Es gibt nur einen Ort, wo Sie niemand erkennen würde, Mr. Kane.«

»Und der wäre?«

»Im Himmel«, sagte Abel und legte auf.

»Verbinden Sie mich sofort mit Henry Osborne«, sagt er zu seiner Sekretärin.

Er trommelte mit den Fingern auf den Schreibtisch, während man fünfzehn Minuten brauchte, um Osborne zu finden, der, wie sich herausstellte, einige seiner Wähler durch das Kapitol geführt hatte.

»Abel, sind Sie es?«

»Ja, Henry, Sie sollen als erster erfahren, daß Kane alles weiß. Jetzt kommt es zum offenen Kampf.«

»Was heißt, er weiß alles? Glauben Sie, weiß er, daß ich damit zu tun habe?« fragte Henry ängstlich.

»Natürlich, und er scheint auch von dem Sonderkonto zu wissen, von meinen Anteilen an der Lester Bank und an Interstate Airways.«

»Wie konnte er alle diese Details erfahren? Nur Sie und ich wissen von dem Sonderkonto.«

»Und Curtis Fenton«, unterbrach ihn Abel.

»Ja, aber er würde Kane nie darüber informieren.«

»Offenbar doch. Sonst kommt niemand in Frage. Vergessen Sie nicht, daß Kane direkt mit Fenton zu tun hatte, als ich die Richmond-Gruppe von seiner Bank übernahm. Vermutlich haben sie die ganze Zeit irgendeinen Kontakt aufrechterhalten.«

»Mein Gott.«

»Sie klingen besorgt, Henry.«

»Wenn William Kane alles weiß, dann schaut die Sache ganz anders aus. Ich warne Sie, Abel, er ist nicht gewöhnt zu verlieren.«

»Ich bin es auch nicht«, erwiderte Abel »Und vor William Kane habe ich keine Angst; nicht, solange ich alle Trümpfe in der Hand habe. Wieviel von Kanes Effekten haben wir im Augenblick?«

»Soviel ich auswendig weiß, haben Sie sechs Prozent der Lester-Bank, zehn Prozent von Interstate Airways und ein wenig von diesen und jenen Gesellschaften, an denen die Bank interessiert ist. Sie brauchen noch zwei Prozent, um Paragraph 7 zu nutzen, und Peter Parfitt hängt noch immer an der Angel.«

»Ausgezeichnet«, sagte Abel. »Die Lage könnte nicht rosiger sein. Bleiben Sie im Gespräch mit Parfitt; wir haben keine Eile, denn Kane kann nicht einmal an ihn herantreten. Vorläufig soll Kane sich den Kopf zerbrechen, was wir vorhaben. Unternehmen Sie nichts, bis ich aus Europa zurückkomme. Nach meinem heutigen Telefongespräch mit Kane kann ich Ihnen versichern, daß er transpiriert, um einen vornehmen Ausdruck zu gebrauchen. Und ich transpiriere nicht, Henry. Er kann weiterschwitzen, denn ich werde mich erst rühren, wenn ich dazu bereit bin.«

»Gut«, sagte Henry. »Wenn auf meiner Seite irgend etwas geschieht, das uns unangenehm werden könnte, benachrichtige ich Sie.«

»Sie müssen endlich einsehen, Henry, daß es nichts gibt, das uns unangenehm werden kann. Ihr Freund Mr. Kane ist uns ins Netz gegangen, und ich beabsichtige, es ganz langsam einzuholen.«

»Darauf freue ich mich«, meinte Henry und klang etwas fröhlicher.

»Manchmal glaube ich, Sie hassen Kane mehr als ich.«

Henry lachte nervös. »Gute Reise nach Europa.«

Abel legte den Hörer zurück und starrte vor sich hin, während er sich die nächsten Schritte überlegte. Er trommelte noch immer auf die Schreibtischplatte. Die Sekretärin kam herein.

»Verbinden Sie mich mit Mr. Curtis Fenton von der Continental Trust Bank«, sagte Abel, ohne sie anzusehen. Die Finger klopften weiter. Er starrte weiter ins Leere. Einen Augenblick später schrillte das Telefon.

»Fenton?«

»Guten Morgen, Mr. Rosnovski, wie geht es Ihnen?«

»Ich möchte alle meine Konten bei Ihnen schließen.«

Keine Antwort vom anderen Ende des Drahtes.

»Haben Sie mich gehört, Fenton?«

»Ja«, sagte der fassungslose Bankier. »Darf ich fragen, warum, Mr. Rosnovski?«

»Weil Judas nie mein Lieblingsapostel war, Fenton. Deshalb. Von diesem Augenblick an gehören Sie nicht mehr zum Aufsichtsrat der Baron-Gruppe. Demnächst erhalten Sie schriftliche Instruktionen, an welche Bank Sie meine Konten zu überweisen haben.«

»Aber ich verstehe nicht, warum, Mr. Rosnovski. Was habe ich...?«

Abel hängte auf, als seine Tochter ins Zimmer kam.

»Das klang nicht sehr freundlich, Daddy.«

»Es war auch nicht freundlich gemeint, aber darum mußt du dich nicht kümmern, mein Schatz.« Abels Tonfall änderte sich sofort. »Hast du alle Kleider gekauft, die du für Europa brauchst?«

»Ja, danke, Daddy. Aber ich bin nicht sicher, was man in London und Paris trägt. Hoffentlich habe ich das Richtige gekauft; ich möchte nicht auffallen.«

»Du wirst bestimmt auffallen, mein Schatz, weil du das Hübscheste bist, das die Briten seit langem gesehen haben. Bei deinem Geschmack und bei deinem Gefühl für Farben werden sie merken, daß deine Kleider nicht von Woolworth stammen. Die jungen Europäer werden sich darum reißen, mit dir auszugehen, aber ich werde dasein und dich vor ihnen beschützen. Und jetzt gehen wir essen und besprechen dabei, was alles wir in London unternehmen wollen.«

Zehn Tage später – nachdem Florentyna ein langes Wochenende mit ihrer Mutter verbracht hatte, nach der sich Abel nie erkundigte – flogen die beiden von New York nach London. Der Flug in der Boeing 377 dauerte fast vierzehn Stunden, und obwohl sie eigene Schlafkojen hatten, waren sie bei ihrer Ankunft im Claridge so erschöpft, daß sie nur eines wollten – ordentlich ausschlafen.

Abel fuhr aus drei Gründen nach Europa: erstens, um einen Bauauftrag für neue Baron-Hotels in London, Paris und eventuell Rom zu unterschreiben; zweitens, um Florentyna Europa zu zeigen, bevor sie nach Radcliffe ging, um Sprachen zu studieren, drittens – und für ihn war das der wichtigste Grund –, um sein Schloß in Polen wiederzusehen und festzustellen, ob es vielleicht doch eine Chance gab, sein Besitzrecht nachzuweisen.

London wurde für beide ein großer Erfolg. Abels Ratgeber hatten einen Baugrund in der Nähe des Hyde Park Corner gefunden, und er beauftragte seine Anwälte, sofort alle notwendigen Schritte zu unternehmen, damit Englands Hauptstadt sich auch eines Baron-Hotels rühmen könnte. Florentyna fand die Sparmaßnahmen im Nachkriegs-London nach dem Luxus, den sie von zu Hause gewöhnt war, etwas bedrückend, aber die Londoner schienen unbeeindruckt davon, daß ihre Stadt halb zerstört war, und hielten sich immer noch für eine Weltmacht. Sie wurde zu Lunches, Dinners und Bällen eingeladen, und was ihre Kleider und die Reaktion der jungen Briten betraf, so hatte ihr Vater recht gehabt. Mit glänzenden Augen und Berichten von neuen Eroberungen kam sie jeden Abend nach Hause zurück – und am nächsten Morgen hatte sie alles vergessen. Sie konnte sich nicht entscheiden, ob sie einen Eton-Schüler von den Grenadier Guards heiraten sollte, der fortwährend salutierte, oder ein Mitglied des Oberhauses, der *Lord in waiting* – königlicher Kammerherr – war. Florentyna war sich nicht ganz sicher, was »in waiting« bedeutete, aber jedenfalls wußte er, wie man eine Dame behandelte.

In Paris war es auch keine Minute langweilig, und da Abel und Florentyna gut französisch sprachen, kamen sie mit den Parisern ebenso gut aus wie mit den Engländern. Für gewöhnlich begann sich Abel nach der zweiten Ferienwoche zu langweilen und zählte die Tage, bis er zu seiner Arbeit zurückkehren konnte. Mit Florentyna als Reisebegleiterin aber war das anders. Seit seiner Trennung von Zaphia war sie zum Mittelpunkt seines Lebens und zur Alleinerbin seines Vermögens geworden.

Als der Abreisetermin näher rückte, hatte noch keiner von ihnen Lust, Paris zu verlassen; unter dem Vorwand, daß Abel noch immer in Verhandlungen über den Kauf eines berühmten, aber heruntergewirtschafteten Hotels auf dem Boulevard Raspail stand, blieben sie noch ein paar Tage. Abel klärte den Hotelbesitzer, der, wenn möglich, noch verfallener aussah als das Hotel, nicht darüber auf, daß er plante, das Gebäude abzureißen. Als Monsieur Neuffe einige Tage später die Papiere unterschrieb, gab Abel den Befehl, das Gebäude dem Erdboden gleichzumachen, während er, der jetzt keine Ausrede mehr hatte, schweren Herzens mit Florentyna nach Rom weiterfuhr.

Nach der Freundlichkeit der Briten und der Fröhlichkeit von Paris fanden sie die graue, verfallende Ewige Stadt bedrückend. Die Römer hatten keinen Anlaß zu feiern. In London waren Abel und Florentyna gemeinsam durch die herrlichen königlichen Gärten geschlendert, hatten historische Gebäude bewundert, und Florentyna hatte die Nächte durchgetanzt. In Paris hatten sie die

Oper besucht, an der Seine zu Mittag gegessen, waren mit dem Schiff flußabwärts gefahren, vorbei an Notre-Dame, und hatten den Abend im Quartier Latin verbracht. In Rom spürte Abel nur ein überwältigendes Gefühl finanzieller Unsicherheit und beschloß, seine Pläne für ein Baron-Hotel in der italienischen Hauptstadt auf Eis zu legen. Florentyna spürte, wie ihr Vater darauf brannte, sein Schloß in Polen wiederzusehen, und schlug vor, Italien einen Tag früher zu verlassen.

Abel hatte feststellen müssen, daß es schwerer war, für sich und Florentyna ein Visum in einen Ostblockstaat zu bekommen als alle Bewilligungen zum Bau eines Fünfhundert-Zimmer-Hotels in London. Ein weniger hartnäckiger Besucher hätte vermutlich aufgegeben, aber Abel und Florentyna fuhren, die entsprechenden Visa im Paß, mit einem Mietauto nach Polen.

An der Grenze wurden sie stundenlang aufgehalten, und nur die Tatsache, daß Abel fließend polnisch sprach, verhalf ihm zu einer Einreiseerlaubnis. Abel wechselte fünfhundert Dollar in Zloty – das schien den Polen zu gefallen –, und sie fuhren weiter. Je näher sie Slonim kamen, desto klarer erkannte Florentyna, wieviel die Reise ihrem Vater bedeutete.

»Daddy, ich kann mich nicht erinnern, daß du jemals so aufgeregt warst.«

»Hier wurde ich geboren«, versuchte Abel zu erklären. »Nach so langer Zeit in Amerika, wo sich die Dinge täglich ändern, ist es fast surreal, hierher zurückzukehren, wo alles so aussieht als hätte sich in all den Jahren nichts verändert.«

Sie fuhren weiter in Richtung Slonim. Abel war hin- und hergerissen zwischen Vorfreude und Wut über die Zerstörung der Landschaft und der hübschen kleinen Landhäuser. Über eine Zeitspanne von fast vierzig Jahren hinweg hörte er eine kindliche Stimme den Baron fragen, ob die Stunde der unterdrückten Völker Europas gekommen sei, und ob er einen Teil zu ihrer Befreiung beitragen könne. Tränen traten ihm in die Augen, als er daran dachte, wie kurz diese Stunde gewesen und wie klein die Rolle, die er gespielt hatte.

Als sie um die letzte Kurve fuhren und die großen Eisengitter des Parks vor sich sahen, lachte Abel laut vor Aufregung und hielt an.

»Es ist alles wie in meiner Erinnerung. Nichts hat sich verändert. Komm, gehen wir zuerst zu dem kleinen Haus, in dem ich die ersten fünf Jahre meines Lebens verbracht habe – vermutlich ist es heute unbewohnt –, und dann werden wir mein Schloß anschauen.«

Florentyna folgte ihrem Vater, der zuversichtlich einen kleinen Pfad zwischen moosbedeckten Birken und Eichen entlangging, der sich vermutlich auch in hundert Jahren nicht ändern würde. Nach etwa zwanzig Minuten kamen sie zu einer kleinen Lichtung, und vor ihnen lag das Haus des Wildhüters. Abel stand da und starrte es an. Er hatte vergessen, wie klein die Hütte war; hatten tatsächlich neun Menschen darin gelebt? Das Strohdach war nicht ausgebessert, und das kleine Haus mit den zerbrochenen Fensterscheiben machte einen unbewohnten Eindruck. Der einst so ordentliche Gemüsegarten war verwildert und nicht mehr zu erkennen.

War das Haus verlassen? Florentyna nahm den Arm ihres Vaters und führte ihn langsam zur Tür. Abel stand bewegungslos davor; Florentyna klopfte leise. Schweigend warteten sie. Florentyna klopfte nochmals und etwas lauter. Im Haus bewegte sich etwas.

»Schon gut, schon gut«, sagte eine heisere Stimme auf polnisch, und eine Sekunde später öffnete sich ein Türspalt. Ein alte, ganz in Schwarz gekleidete Frau, gebückt und abgemagert, musterte die Besucher. Schneeweiße Haarsträhnen lugten unter dem Kopftuch hervor, graue Augen schauten mit leerem Blick auf Abel und Florentyna.

»Das ist nicht möglich«, sagte Abel leise auf englisch.

»Was wollen Sie?« fragte die alte Frau mißtrauisch.

Sie hatte keine Zähne, Nase, Mund und Kinn bildeten einen konkaven Bogen.

Abel antwortete auf polnisch. »Dürfen wir hereinkommen und mit Ihnen sprechen?«

Ängstlich wanderte ihr Blick von einem zum anderen. »Die alte Helena hat nichts Böses getan«, sagte sie weinerlich.

»Ich weiß«, sagte Abel, »ich bringe Ihnen gute Nachrichten.«

Widerwillig erlaubte sie ihnen, den kahlen, kalten Raum zu betreten, ohne ihnen einen Stuhl anzubieten. Das Zimmer hatte sich nicht verändert: zwei Stühle, ein Tisch und die Erinnerung, daß er bis zum Verlassen das Hauses nicht gewußt hatte, was ein Teppich ist. Florentyna schauderte.

»Ich kann das Feuer nicht anmachen«, jammerte die Alte und stocherte mit einem Stock im Kamin. Das schwach glimmende Holzscheit wollte nicht brennen, und sie suchte vergeblich in ihrer Tasche. »Ich brauche Papier.« Zum erstenmal schaute sie Abel mit einem Funken Interesse an. »Haben Sie etwas Papier?«

Abel sah sie unverwandt an. »Erinnerst du dich an mich?«

»Nein ich kenne Sie nicht.«

»Doch, Helena. Ich heiße ... Wladek.«

»Sie kannten meinen kleinen Wladek?«

»Ich bin Wladek.«

»O nein«, sagte sie mit trauriger Bestimmtheit. »Er war zu gut für mich, er trug das Zeichen Gottes. Der Baron nahm ihn fort, er sollte ein Engel werden. Ja, er nahm Matkas Kleinsten ...«

Die alte Stimme brach und verstummte. Sie setzte sich, die abgearbeiteten müden Hände bewegten sich in ihrem Schoß.

»Ich bin zurückgekehrt«, sagte Abel dringlicher. Die alte Frau betrachtete ihn nicht und fuhr fort, vor sich hin zu plappern, als wäre sie allein.

»Sie haben meinen Jasio umgebracht und alle meine hübschen Kinder in ein Lager geschafft, alle außer Sophia. Ich hab sie versteckt und sie sind fortgegangen.« Ihre Stimme war gelassen und resigniert.

»Was geschah mit der kleinen Sophia?« fragte Abel.

»Die Russen haben sie im Zweiten Krieg mitgenommen«, sagte sie tonlos.

Abel zitterte.

Die alte Frau riß sich von ihren Erinnerungen los. »Was wollen Sie? Warum stellen Sie mir so viele Fragen?«

»Ich möchte, daß Sie meine Tochter Florentyna kennenlernen.«

»Einmal hatte ich eine Tochter, die hieß Florentyna. Aber jetzt bin nur mehr ich übrig.«

»Aber ich...« begann Abel und öffnete sein Hemd.

Florentyna hielt ihn zurück. »Das wissen wir«, sagte sie und lächelte die alte Frau an.

»Wie können Sie das wissen? Das alles geschah lang, bevor Sie auf die Welt gekommen sind.«

»Man hat es uns im Dorf erzählt«, sagte Florentyna.

»Haben Sie vielleicht ein wenig Papier?« fragte die Alte. »ich brauche Papier für das Feuer.«

Abel schaute Florentyna hilflos an. »Nein«, sagte er, »leider haben wir kein Papier mit.«

»Was wollen Sie hier?« Die Alte klang wieder feindselig.

»Nichts«, erwiderte Abel und fand sich damit ab, daß sie ihn nicht wiedererkennen würde. »Wir wollten Ihnen nur guten Tag sagen.« Er zog die Brieftasche und übergab ihr alles polnische Geld, das er an der Grenze eingewechselt hatte.

»Danke, danke«, sagte sie bei jeder Note, und ihre alten Augen wurden naß vor Glück.

Abel beugte sich vor, um seine Ziehmutter zu küssen, aber sie wandte sich ab.

Florentyna nahm den Arm ihres Vaters, führte ihn aus dem kleinen Haus und den Waldweg hinunter zum Auto.

Die alte Frau schaute ihnen aus dem Fenster nach, bis sie die beiden nicht mehr sehen konnte. Dann nahm sie die neuen Banknoten, zerdrückte jede Note zu einem kleinen Knäuel und legte sie sorgfältig in den Kamin. Sie fingen sofort Feuer. Die Frau legte Zweige und kleine Holzscheite auf die brennenden Zloty, setzte sich zum Feuer, dem besten seit Wochen, und wärmte ihre Hände.

Auf dem Rückweg sprach Abel kein Wort, bis man wieder das Eisentor sehen konnte. Er versuchte das kleine Haus zu vergessen und versprach Florentyna: »Jetzt wirst du das schönste Schloß der Welt sehen.«

»Hör auf, so zu übertreiben, Daddy.«

»Auf der ganzen Welt«, wiederholte Abel leise.

Florentyna lachte. »Wir werden sehen, wie es den Vergleich mit Versailles aushält.«

Sie stiegen ins Auto, Abel fuhr durch das Tor und dachte an den Wagen, in dem er das letztemal hier durchgefahren war. Sie fuhren zwei Kilometer weit bis zum Schloß. Erinnerungen umfingen Abel. Glückliche Kindheitstage mit dem Baron und Leon, unglückliche Tage, als ihn die Russen von seinem geliebten Schloß wegbrachten und er glaubte, es nie mehr wiederzusehen. Jetzt aber kehrte er, Wladek Koskiewicz, zurück, kehrte im Triumph zurück, um sein Eigentum zu fordern.

Das Auto fuhr die gewundene Einfahrt hinauf, und beide schwiegen erwartungsvoll, als sie zur letzten Biegung vor dem Schloß des Baron Rosnovski kamen. Abel hielt an und starrte auf sein Schloß. Keiner sprach. Fassungslos schauten sie auf die ausgebombten Ruinen.

Langsam stiegen Abel und Florentyna aus. Noch immer sprachen sie nicht. Florentyna hielt die Hand ihres Vaters fest, während Tränen seine Wangen hinabliefen. Nur eine Wand stand noch und erinnerte an längst vergangene Pracht. Alles andere war ein Trümmerhaufen. Abel war nicht imstande, seiner Tochter von den großen Hallen, den Wohntrakten, den Küchen und Schlafzimmern zu erzählen. Abel ging zu den drei Hügeln, die jetzt dicht mit Gras bewachsen waren: die Gräber des Barons, seines Sohnes Leon und Abels geliebter Florentyna. Vor jedem Grabhügel blieb er stehen und dachte daran, daß Leon und Florentyna heute noch am Leben sein könnten. Er kniete nieder, und die Erinnerung an die furchtbaren Augenblicke vor ihrem Tod kehrte zurück. Seine Tochter stand schweigend neben ihm, ihre Hand lag auf seiner Schulter. Eine lange Zeit verging, bevor Abel aufstand. Gemeinsam kletterten sie über die Trümmer. Steinhaufen markierten die Orte, an denen einmal herrliche, von Lachen erfüllte Räume gewesen waren. Abel schwieg. Hand in Hand gingen sie in die Kerker hinunter. Abel setzte sich auf den feuchten Boden nahe dem winzigen Gitterfenster – oder dem, was von dem Gitterfenster noch übrig war – und drehte und drehte den Silberreif an seinem Arm.

»Hier hat dein Vater vier Jahre seines Lebens verbracht.«

»Das kann nicht sein«, sagte Florentyna, die sich nicht gesetzt hatte.

»Heute ist es besser als damals. Jetzt gibt es frische Luft, Vogelgezwitscher und das Gefühl der Freiheit. Damals gab es nichts, nur Dunkelheit und Tod und den Geruch des Todes und – das Schlimmste – die Hoffnung auf den Tod.«

»Komm, Daddy, gehen wir. Je länger wir hierbleiben, desto elender fühlst du dich.«

Florentyna führte ihren widerstrebenden Vater zum Auto und fuhr langsam den Weg hinunter. Als sie zum letztenmal durch das schmiedeeiserne Tor fuhren, drehte sich Abel nicht mehr um.

Auf dem Rückweg nach Warschau sprach er kaum ein Wort, und Florentyna gab es auf, ihn aufheitern zu wollen. Als ihr Vater sagte: »Jetzt bleibt mir nur mehr eines im Leben«, fragte sie sich, was er wohl meinte, drängte jedoch nicht auf eine Erklärung. Es gelang ihr, den Vater zu einem Wochenende in London zu überreden, das ihn bestimmt aufheitern und vielleicht sogar seine alte, verwirrte Ziehmutter und die Ruinen des Schlosses ein wenig vergessen lassen würde.

Am nächsten Tag flogen sie nach London. Abel war froh, wieder in einem Land zu sein, wo er rasch eine telefonische Verbindung mit Amerika bekam. Als sie ihre Zimmer im Claridge bezogen hatten, verschwand Florentyna, um alte Freunde aufzusuchen und neue zu finden, während Abel, in der Hoffnung, sich über alles informieren zu können, was sich in seiner Abwesenheit zugetragen hatte, sämtliche Zeitungen durchlas. Er mochte das Gefühl nicht, daß irgend etwas geschehen *könnte*, während er nicht da war; zu deutlich erinnerte es ihn daran, daß die Welt auch ohne ihn auskommen konnte.

Eine kleine Notiz in der *Times* vom letzten Samstag erregte seine Aufmerksamkeit. Es geschahen doch Dinge, während er nicht da war. Eine Vickers Viscount der Interstate Airways war gestern morgen kurz nach dem Start in Mexiko City abgestürzt. Siebzehn Passagiere und die Besatzung waren getötet worden. Die mexikanischen Behörden beeilten sich, die Schuld auf eine schlechte Wartung des Flugzeuges zurückzuführen. Abel nahm den Telefonhörer und verlangte eine Verbindung mit Übersee.

Samstag ist er wahrscheinlich wieder in Chikago, dachte Abel. Er blätterte in seinem kleinen Notizbuch nach der Privatnummer.

»Sie müssen mit einer Wartezeit von etwa einer halben Stunde rechnen«, sagte eine klare, angenehme englische Stimme.

»Danke«, erwiderte Abel, legte sich, das Telefon neben sich, aufs Bett und überlegte.

Zwanzig Minuten später klingelte es.

»Ihr Gespräch nach Übersee«, sagte dieselbe präzise Stimme.

»Abel, sind Sie es? Wo sind Sie?«

»Ich bin in London, Henry.«

»Sind Sie durchgekommen?« erkundigte sich das Mädchen.

»Ich habe noch nicht einmal angefangen«, sagte Abel.

»Entschuldigen Sie, Sir. Ich meine, sprechen Sie mit Amerika?«

»Oh, ja, natürlich. Mein Gott, Henry, hier spricht man eine andere Sprache.«

Henry Osborne lachte.

»Hören Sie zu. Haben Sie die Nachricht über den Absturz einer Vickers Viscount der Interstate Airways in Mexiko City gelesen?«

»Ja«, erwiderte Henry, »aber kein Anlaß, sich Sorgen zu machen. Das Flugzeug war voll versichert, es entsteht also kein Verlust, und die Aktien haben sich nicht gerührt.«

»Die Versicherung interessiert mich nicht. Das ist eine gute Chance für uns, einmal auszuprobieren, wie gut Mr. Kane beisammen ist.«

»Ich glaube, ich verstehe Sie nicht, Abel. Was meinen Sie?«

»Hören Sie gut zu. Ich will Ihnen erklären, was Sie Montag morgen, wenn die Börse eröffnet, tun sollen. Dienstag bin ich wieder in New York, um beim Finale mitzuspielen.«

Henry Osborne hörte aufmerksam zu. Zwanzig Minuten später legte Abel ab.

Er war durchgekommen.

30

William wußte, daß er von Abel Rosnovski weitere Schwierigkeiten zu erwarten hatte, als Curtis Fenton ihm mitteilte, der Chikago-Baron habe alle Konten der Hotel-Gruppe geschlossen und Fenton persönlich der Illoyalität und unethischen Verhaltens beschuldigt.

»Ich dachte, das richtige zu tun, als ich Ihnen von Mr. Rosnovskis Käufen der Lester-Aktien Mitteilung machte«, sagte der Bankier unglücklich, »und es hat damit geendet, daß ich einen meiner besten Kunden verlor. Ich habe keine Ahnung, was mein Aufsichtsrat dazu sagen wird.«

William versuchte eine unzulängliche Entschuldigung und beruhigte Fenton ein wenig mit dem Versprechen, daß er mit dessen Vorgesetzten sprechen wolle. Viel mehr beschäftigte ihn jedoch der Gedanke, was Abel Rosnovski als nächstes vorhatte.

Einen Monat später wußte er es. Er schaute die Montagmorgen-Post an, als ihm sein Makler telefonisch mitteilte, daß jemand Interstate-Airways-Aktien im Wert von einer Million Dollar auf den Markt geworfen hatte.

William entschloß sich, die Aktien mit seinem Privatvermögen zu erwerben, und gab sofort eine Kauforder. Um zwei Uhr nachmittags waren Aktien im Wert einer weiteren Million auf dem Markt. Bevor William sie aufkaufen konnte, begann der Preis zu fallen. Als die Börse um drei Uhr schloß, war der Preis der Interstate-Airways-Aktien um ein Drittel gesunken.

Am nächsten Morgen um zehn nach zehn erhielt William einen Anruf von seinem jetzt sehr aufgeregten Makler. Als die Glocke ertönte, wurden wieder Aktien im Wert von einer Million angeboten. Der Makler berichtete, daß dieser Schritt eine Lawine ausgelöst habe; Verkaufsorder für Interstate kamen aus allen Richtungen, und die Aktien wurden jetzt nur mehr für ein paar Cents gehandelt. Noch vor vierundzwanzig Stunden waren sie aber viereinhalb Dollar wert gewesen.

William wies seinen Schriftführer Alfred Rodgers an, für den folgenden Montag eine Aufsichtsratssitzung einzuberufen. So viel Zeit brauchte er, um festzustellen, wer für das Dumping verantwortlich war. Mittwoch hatte er bereits die Idee aufgegeben, durch den Ankauf aller anfallenden Aktien Interstate zu stützen. An diesem Tag teilte die Securities and Exchange Commission nach Börsenschluß mit, daß sie eine Untersuchung über alle mit Interstate verbundenen Transaktionen einleiten würde. William wußte, daß Lester sich jetzt entscheiden mußte, ob man die Luftlinie während der nächsten drei bis sechs Monate – so lange würde die S. E. C. für ihre Untersuchung brauchen – unterstützen oder vor die Hunde gehen lassen sollte. Die Alternativen sahen verdammt unangenehm aus, sowohl für Williams Geldbeutel wie für den Ruf der Bank.

William war nicht überrascht, am folgenden Tag von Thaddeus Cohen zu erfahren, daß die Gesellschaft, die die ersten Aktien im Wert von drei Millionen auf den Markt geworfen hatte, eine von Abel Rosnovskis Scheingesellschaften war; sie nannte sich Guaranty Investment Corporation. Der Sprecher der Gesellschaft hatte in einer Presseaussendung einen plausiblen Grund für die Verkäufe angegeben: nach der ernstzunehmenden Feststellung der mexikanischen Regierung über die schlechte Wartung des Flugzeuges habe man sich Sorgen um die Zukunft der Luftlinie gemacht. »Ernstzunehmende Feststellung«, sagte William wütend. »Seit ihrer Behauptung, Speedy Gonzales werde die 100 Meter bei der Olympiade von Helsinki gewinnen, haben die Mexikaner keine ernstzunehmende Feststellung mehr gemacht.«

Die Massenmedien walzten die Presseaussendung der Guaranty Investment entsprechend aus, und am Freitag erließ die Federal Aviation Agency ein Startverbot für die Fluglinie, bis eine gründliche Untersuchung ihrer Wartungsmodalitäten durchgeführt sei.

William war überzeugt, daß Interstate von einer derartigen Inspektion nichts zu fürchten hatte, dennoch erwies sich der Schritt für die Fluglinie als katastrophal. Keine Fluglinie kann es sich leisten, Flugzeuge im Hangar stehen zu lassen; sie verdient nur, solange die Maschinen in der Luft sind.

Zu allem Überfluß begannen jetzt andere von Lester vertretene große Gesellschaften ihre weitere Politik zu überdenken. Die Presse hatte sehr rasch darauf hingewiesen, daß Lester Interstates Anleihegarant war. Erstaunlicherweise begannen sich die Aktien von Interstate Freitag nachmittag wieder zu erholen. William erriet rasch, warum: der Käufer war, wie Thaddeus Cohen ihm bestätigte, Abel Rosnovski. Er hatte seine Aktien zu Höchstpreisen abgestoßen und jetzt, da sie nichts wert waren, kaufte er sie allmählich wieder zurück. William schüttelte mit widerwilliger Bewunderung den Kopf: Rosnovski machte ein kleines Vermögen, während er William, sowohl was den Ruf als auch die finanzielle Situation betraf, an den Rand des Ruins brachte.

William konnte sich ausrechnen, daß die Baron-Gruppe, obwohl sie über drei Millionen Dollar riskiert hatte, vermutlich mit einem enormen Gewinn aussteigen würde. Überdies war es klar, daß ein vorübergehender Verlust Rosnovski nichts ausmachte, weil er ihn in jedem Fall von der Steuer abschreiben konnte; sein einziges Interesse war die völlige Vernichtung des Rufs der Lester-Bank.

Als der Aufsichtsrat am Montag zusammentrat, informierte ihn William über seine Beziehung zu Rosnovski und bot seinen Rücktritt an. Er wurde nicht angenommen, und es wurde auch nicht abgestimmt, aber es gab Gemurmel, und William wußte, daß seine Kollegen, wenn Rosnovski nochmals erfolgreich angriff, weniger tolerant sein würden.

Anschließend überlegte der Aufsichtsrat, ob man Interstate Airways weiter unterstützen solle. Tony Simmons überzeugte die Aufsichtsräte, daß die Untersuchung der F. A. A. positiv ausfallen und die Fluglinie im Lauf der Zeit alle Verluste wettmachen würde. Tony gab nach der Sitzung William gegenüber zu, daß der Entschluß à la longue Rosnovski nur nützen konnte, andererseits hatte die Bank keine andere Wahl, wenn sie ihren guten Ruf behalten wollte.

Er behielt in beidem recht. Als die S. E. C. endlich ihre Ergebnisse veröffentlichte, erklärte sie Lester über jeden Vorwurf erhaben, während sie einige harte Worte für die Manipulationen der Guaranty Investment Corporation fand. Als der Handel mit Interstate-Aktien an diesem Morgen begann, konnte William eine stark steigende Tendenz feststellen; bald stand die Aktie wieder wie früher auf viereinhalb.

Thaddeus Cohen informierte William, daß der Hauptkäufer wieder Abel Rosnovski war.

»Das hat mir gerade noch gefehlt«, sagte William. »Nicht nur, daß er an der Transaktion sehr ordentlich verdient hat, kann er jetzt das Spiel, wann immer er Lust hat, von neuem beginnen.«

»Ja, es ist genau das, was wir brauchen«, sagte Thaddeus Cohen.

»Wovon reden Sie, Thaddeus?« fragte William. »Bisher haben Sie nie in Rätseln gesprochen.«

»Mr. Abel Rosnovski hat zum erstenmal einen Fehler gemacht, weil er gesetzwidrig gehandelt hat. Jetzt ist es an Ihnen, ihn festzunageln. Vermutlich weiß er gar nicht, daß er etwas Illegales tat, weil er es aus ganz anderen Gründen machte.«

»Wovon sprechen Sie eigentlich?« erkundigte sich William.

»Ganz einfach«, sagte Cohen. »Weil Sie von Rosnovski besessen sind und er von Ihnen, haben Sie offenbar beide etwas Wesentliches übersehen: Wenn man Aktien nur mit der Absicht kauft, den Markt zu drücken, um dann die gleichen Aktien zum Tiefstpreis wieder aufzukaufen und daher bestimmt einen Profit einzustreichen, so verstößt das gegen Regel 10b-5 der Securities and Exchange Commission und man begeht einen Betrug. Ich bezweifle nicht, daß Mr. Rosnovskis ursprüngliche Absicht nicht die war, einen raschen Profit einzustreichen; im Gegenteil, wir wissen genau, daß er nur Ihnen persönlich Schwierigkeiten machen wollte. Aber wer wird Mr. Rosnovski glauben, wenn er erklärt, daß er die Aktien abgestoßen hat, weil er die Gesellschaft für unverläßlich hielt, um sie dann zum besten Preis wieder aufzukaufen? Antwort: niemand – und ganz bestimmt nicht die S. E. C. Ich werde Ihnen morgen einen ausführlichen Bericht mit allen gesetzlichen Einzelheiten zugehen lassen, William.«

»Danke«, sagte William, beglückt über die Nachricht.

Am nächsten Morgen um neun Uhr lag Thaddeus Cohens Bericht auf Williams Schreibtisch, und nachdem William den Inhalt sehr genau studiert hatte, berief er eine neuerliche Aufsichtsratssitzung. Die Direktoren stimmten den von William geplanten Schritten zu. Thaddeus Cohen wurde beauftragt, eine sorgfältig formulierte Presseaussendung zu verfassen. Am nächsten Morgen brachte das *Wall Street Journal* die Mitteilung auf der ersten Seite:

Mr. William Kane, Präsident der Lester-Bank, hat Grund zu der Annahme, daß die im November 1952 von der Guaranty Investment Corporation erteilte Verkaufsorder für Aktien der Interstate Airways (einer Gesellschaft, für welche die Lester-Bank die Haftung übernommen hat) einzig dem Zweck diente, einen illegalen Profit zu machen.

Es wurde nachgewiesen, daß die Guaranty Investment Corp. am Montag, dem 12. Mai 1952, bei Eröffnung der Börse Interstate-Aktien im Wert von einer Million Dollar auf den Markt geworfen hat. Sechs Stunden später wurden Aktien im Wert von einer weiteren Million verkauft. Als die Börse Dienstag, dem 13. Mai 1952, eröffnete, verkaufte Guaranty Investment Corp. Aktien für eine dritte Million. Damit fiel die Aktie ins Bodenlose. Nachdem eine Untersuchung der S. E. C. ergab, daß weder die Lester-Bank noch Interstate Airways illegale Transaktionen vorgenommen hatten, wurde die Aktie wieder gehandelt. Guaranty Investment war rasch wieder da und kaufte die Anteile zu einem Tiefstpreis zurück. Sie kaufte weiter, bis sie wieder Aktien im Wert von drei Millionen Dollar besaß, die ursprünglich von ihr abgestoßen worden waren.

Der Präsident und die Direktoren der Lester-Bank schickten Kopien der relevanten Dokumente an die Betrugsabteilung der Securities and Exchange Commission mit der Bitte um Untersuchung.

Der Artikel zitierte im weiteren den genauen Wortlaut von Regel 10b-5 der S. E. C. und bemerkte, das sei genau der Testfall, auf den Präsident Truman gewartet habe. Eine Karikatur zeigte Harry S. Truman, wie er gerade einen Geschäftsmann mit den Händen in einer Pralinendose erwischt.

William lächelte, als er den Artikel las. Das war das letzte, was er von Abel Rosnovski gehört hatte — so hoffte er.

Als Henry Osborne ihm den Artikel vorlas, runzelte Abel die Stirn und schwieg. Dann schaute er auf und trommelte nervös mit den Fingern auf die Tischplatte.

»Die Jungs in Washington«, sagte Osborne, »werden der Sache bestimmt auf den Grund gehen.«

»Henry, Sie wissen sehr gut, daß ich die Interstate-Aktien nicht verkauft habe, um einen raschen Profit an der Börse zu machen. Der Profit hat mich überhaupt nicht interessiert.«

»Das weiß ich«, erwiderte Osborne, »aber versuchen Sie, das Finanzkomitee des Senats davon zu überzeugen, daß der Chikago-Baron nicht an einem finanziellen Vorteil interessiert war, sondern nur eine persönliche Rechnung mit William Kane begleichen wollte. Man wird Sie aus dem Gerichtssaal förmlich hinauslachen — oder aus dem Senat, um präziser zu sein.«

»Verdammt. Und was zum Teufel soll ich jetzt tun?«

»Nun, vorläufig würde ich mich ruhig verhalten, bis der Sturm vorüber ist. Beten Sie, daß ein größerer Skandal auftaucht, über den sich Truman aufregt, oder daß die Politiker von den Wahlen so in Atem gehalten werden, daß sie keine Zeit haben, eine Untersuchung zu verlangen. Eine neue Regierung könnte sogar die ganze Sache fallenlassen. Was immer Sie tun, Abel, kaufen Sie keine Aktien mehr, die mit der Lester Bank in Verbindung stehen, sonst ist eine enorme Geldstrafe das mindeste, das Sie erwartet. Überlassen Sie es mir, die Demokraten in Washington umzustimmen.«

»Erinnern Sie Harry Trumans Büro, daß ich bei der letzten Wahl fünfzigtausend Dollar für seinen Wahlfonds gespendet habe und für Adlai das gleiche zu tun beabsichtige.«

»Das hab ich bereits getan«, sagte Henry. »Und ich würde Ihnen raten, auch den Republikanern fünfzigtausend zu spenden.«

»Sie machen aus einer Mücke einen Elefanten«, ärgerte sich Abel.

»Eine Mücke, die Kane in einen Elefanten verwandeln wird, wenn wir es zulassen.« Seine Finger fuhren mit dem Trommelkonzert fort.

31

Thaddeus Cohens nächster Vierteljahresbericht zeigte, daß Abel Rosnovski aufgehört hatte, Aktien der Lester-Gesellschaften zu kaufen oder zu verkaufen. Es schien, als konzentriere er jetzt alle seine Energien auf den Bau neuer Hotels in Europa. Nach Cohens Ansicht würde sich Rosnovski ruhig verhalten, bis die S. E. C. in der Interstate-Affäre zu einer Entscheidung gekommen war.

Vertreter der S. E. C. hatten William verschiedentlich in der Bank besucht. Er hatte mit ihnen offen gesprochen, sie jedoch deuteten mit keinem Wort an, wie die Nachforschungen sich entwickelten. Schließlich schloß die S. E. C. die Untersuchung ab und dankte William für seine Kooperationsbereitschaft.

Er hörte nichts mehr von ihnen.

Die Wahlen rückten immer näher, und Präsident Truman schien sich auf die Entflechtung des DuPont-Konzerns zu konzentrieren; William begann zu fürchten, daß man Abel Rosnovski laufenlassen würde. Er wurde den Verdacht nicht los, daß Henry Osborne seine Beziehungen im Kongreß hatte spielen lassen. Auch fiel ihm ein, daß Cohen einmal eine Mitteilung über eine Fünfzigtausend-Dollar-Spende der Baron-Gruppe an Harry Trumans Wahlfonds unterstrichen hatte. Es überraschte ihn, in Cohens letztem Bericht zu lesen, daß Rosnovski nicht nur für Adlai Stevenson, den demokratischen Präsidentschaftskandidaten, fünfzigtausend Dollar gespendet hatte, sondern auch für den Eisenhower-Wahlfonds. Wieder hatte Cohen die Mitteilung unterstrichen.

William, dem nie der Gedanke gekommen war, jemand anderen als einen Republikaner zu unterstützen, hoffte, daß Eisenhower, der beim Parteitag in Chikago gewählt worden war, Adlai Stevenson schlagen würde, obwohl eine republikanische Regierung weniger auf eine Untersuchung über Aktienmanipulationen bestehen würde als die Demokraten.

Als General Dwight D. Eisenhower am 4. November 1952 zum 34. Präsidenten der Vereinigten Staaten gewählt wurde – es schien, daß die Nation Ike tatsächlich mochte –, nahm William an, daß Abel Rosnovski eine Untersuchung erspart bleiben würde. Er konnte nur hoffen, daß Rosnovski nach diesen Erfahrungen die Lester-Bank in Frieden lassen würde. Eine kleine Befriedigung brachte der Wahlausgang für William: Henry Osborne verlor seinen Sitz im Kongreß an einen republikanischen Kandidaten. Thaddeus Cohen vertrat die Meinung, daß Henry Osbornes Einfluß auf Abel Rosnovski schwächer geworden sei. In Chikago kursierte ein Gerücht, wonach Osborne nach der Scheidung von seiner wohlhabenden Frau Rosnovski große Beträge schuldete und wieder um hohe Einsätze spielte.

William wurde fröhlicher und entspannter und freute sich, an den friedlichen Jahren einer Wirtschaftsblüte teilzuhaben, die Eisenhower in seiner Inaugurationsrede in Aussicht stellte.

Nach den ersten Jahren der Eisenhower-Regierung begann William Rosnovskis Drohungen aus seinen Gedanken zu streichen und zu glauben, daß sie der Vergangenheit angehörten. Sein Anwalt äußerte sich nicht. Man hatte ihn nicht dazu aufgefordert.

William arbeitete mit vollem Einsatz an der Konsolidierung der Bank, sowohl was ihre Größe als auch was ihren Ruf betraf, und stellte fest, daß er dies jetzt ebenso sehr für seinen Sohn tat wie für sich selbst. Einige der Bankangestellten sprachen bereits von ihm als »der Alte«.

»Das mußte kommen«, sagte Kate.

»Und warum nicht bei dir?« erkundigte sich William.

Kate schaute William an und lächelte. »Jetzt weiß ich, warum dir so viele Abschlüsse mit eitlen Männern gelungen sind.«

William lachte. »Und mit einer schönen Frau.«

In einem Jahr würde Richard einundzwanzig werden, und William ging daran, sein Testament zu ändern. Er vermachte Kate fünf Millionen Dollar und jeder Tochter zwei Millionen, das restliche Familienvermögen sollte Richard bekommen. Bedauernd stellte William fest, wieviel davon an Vermögenssteuer abgehen würde. Ein Legat von einer Million Dollar war für Harvard vorgesehen.

Richard hatte die vier Jahre in Harvard gut genutzt. Zu Beginn des letzten Jahres durfte er nicht nur auf ein *summa cum laude* hoffen, sondern spielte auch im Universitätsorchester das Cello und war Werfer des Baseballteams der Universität, eine Leistung, die sogar William Bewunderung abforderte. Und Kate stellte die rhetorische Frage: Wie viele Studenten spielen Samstag nachmittags für Harvard Baseball gegen Yale und Sonntag abends in der Lowell-Konzerthalle das Cello im Streichquartett?

Das letzte Jahr verging rasch, und nachdem Richard mit einem B. A. in Mathematik, einem Cello und einem Baseballschläger Harvard verlassen hatte, machte er noch rasch ordentliche Ferien, bevor er am anderen Flußufer in die Harvard Business School eintrat. Er flog mit einem Mädchen namens Mary Bigelow, von deren Existenz seine Eltern zu ihrem Glück keine Ahnung hatten, auf die

Barbados. Miss Bigelow hatte unter anderem in Vassar Musik studiert, und als die beiden zwei Monate später, braungebrannt wie Indianer, zurückkamen, stellte Richard das Mädchen seinen Eltern vor. William war mit Miss Bigelow zufrieden; schließlich war sie die Großnichte von Alan Lloyd.

Am 1. Oktober 1955 begann Richard mit der Harvard Business School. Er wohnte wieder im Red House, warf Williams Rohrmöbel hinaus und entfernte die bunte Tapete, die Matthew Lester einst so modern gefunden hatte, stellte einen Eichentisch ins Eßzimmer, eine Geschirrspülmaschine in die Küche, legte einen großen Spannteppich ins Wohnzimmer und Miss Bigelow dann und wann in sein Schlafzimmer.

32

Als Abel im Oktober 1952 von David Maxtons tödlichem Herzinfarkt hörte, kehrte Abel, der sich auf einer Reise nach Istanbul befand, sofort zurück. Mit George und Florentyna wohnte er dem Begräbnis in Chikago bei und versicherte Mrs. Maxton, daß sie ihr Leben lang in jedem Baron-Hotel ein willkommener Gast sein würde. Sie hatte keine Ahnung, warum Abel sich so großzügig zeigte.

Als Abel am folgenden Tag nach New York zurückkehrte, war er beglückt, auf seinem Schreibtisch einen Bericht von Henry Osborne zu finden, der ihm mitteilte, daß die Dinge sich beruhigt hätten. Nach Henrys Meinung würde die Eisenhower-Regierung keine Untersuchung des Interstate-Fiaskos einleiten, besonders, da die Aktien sich seit fast einem Jahr nicht verändert hatten. Es gab keinen Anlaß, der das Interesse an dem Skandal wiedererweckt hätte. Eisenhowers Vizepräsident Richard Nixon schien mehr damit beschäftigt, jene Geisterkommunisten zu jagen, die Joe McCarthy entgangen waren.

Die nächsten zwei Jahre konzentrierte sich Abel auf die Errichtung neuer Hotels in Europa. 1953 eröffnete er das Paris Baron und Ende 1954 das London Baron. Auch in Brüssel, Rom, Amsterdam, Genf, Bonn, Edinburgh, Cannes und Stockholm wurden Baron-Hotels gebaut.

Abel war so überarbeitet, daß ihm keine Zeit blieb, sich mit William Kanes blühenden Geschäften zu befassen. Weder kaufte er Aktien der Lester-Bank noch Aktien von Gesellschaften, die mit der Bank assoziiert waren. Doch die bereits in seinem Besitz befindlichen Effekten behielt er, in der Hoffnung, daß sich einmal eine Gelegenheit bieten würde, William Kane eine Lektion zu erteilen, von der er sich nie mehr erholen würde. Das nächstemal, so versprach er sich, würde er vorsichtiger sein und nicht mehr mit dem Gesetz in Konflikt geraten.

Während Abels zahlreichen Reisen führte George die Hotel-Gruppe, und Abel hoffte, daß Florentyna, wenn sie im Juni 1955 Radcliffe verließ, in den Vorstand eintreten würde. Abel plante bereits, daß sie die Führung aller Hotelläden übernehmen und deren Einkäufe koordinieren sollte; diese Läden entwickelten sich rasch zu einem eigenen kleinen Imperium.

Florentyna freute sich auf die Aufgabe, bestand jedoch darauf, noch anderswo Erfahrungen zu sammeln, bevor sie in die Gruppe ihres Vaters eintrat. Ihr Sinn für Farben, Design und Organisation waren ihrer Meinung nach kein Ersatz für Erfahrung. Abel schlug ihr vor, nach Lausanne zu gehen und die berühmte *École Hotelière* von Monsieur Maurice zu besuchen. Florentyna war nicht einverstanden; sie wollte lieber, bevor sie die Hotelläden übernahm, zwei Jahre in einem Geschäft in New York arbeiten. Sie sei entschlossen, den Job nicht als »die Tochter ihres Vaters« anzutreten, sondern sie wolle sich für die Stellung qualifizieren, teilte sie ihm mit. Abel konnte ihr nur beipflichten.

»Ein Geschäft in New York läßt sich leicht finden«, sagte er. »Ich werde Walter Hoving von Tiffany anrufen, und du kannst ganz oben beginnen.«

»Nein«, erwiderte Florentyna und bewies, daß sie die Hartnäckigkeit ihres Vaters geerbt hatte. »Was entspricht einem jungen Kellner im Plaza Hotel?«

»Eine Verkäuferin im Warenhaus«, sagte Abel lachend.

»Dann ist es genau das, was ich tun werde.«

Abel lachte nicht mehr. »Ist das dein Ernst? Mit einem Diplom von Radcliffe und all dem Wissen und der Erfahrung, die du dir auf den Reisen durch Europa angeeignet hast, willst du eine kleine Verkäuferin werden?«

»Daß du ein kleiner Kellner im Plaza warst, hat dir auch nicht geschadet, als der Zeitpunkt kam, eine der erfolgreichsten Hotelketten der Welt aufzubauen.«

Abel wußte, wenn er geschlagen war. Er brauchte nur in die stahlgrauen Augen seiner schönen Tochter schauen, um zu merken, daß sie fest entschlossen war, und daß keine Worte – sanfte oder andere – sie davon abbringen würden.

Nach der Abschlußprüfung in Radcliffe fuhr Florentyna mit ihrem Vater für einen Monat nach Europa und verfolgte mit ihm die Fortschritte der im Bau befindlichen Baron-Hotels. Sie eröffnete das Brüssel Baron und eroberte das Herz des jungen, gutaussehenden französischen Direktors, von dem Abel behauptete, er rieche nach Knoblauch. Drei Tage später, als der Flirt das Kußstadium erreicht hatte, beendete sie die Romanze, gestand ihrem Vater jedoch nie, daß der Grund dafür Knoblauchgeruch gewesen war.

Sofort nach ihrer Rückkehr nach New York bewarb sich Florentyna um eine freie Stellung als Verkaufshilfe bei Bloomingdale. Als sie das entsprechende Formular ausfüllte, gab sie als Name Jessie Kovats an, da sie genau wußte, daß man sie als Tochter des Chikago-Barons nie in Ruhe lassen würde.

Trotz der Proteste ihres Vaters gab sie ihre Suite im Baron-Hotel auf und ging auf Zimmersuche. Wieder gab Abel nach und schenkte seiner Tochter zu ihrem 22. Geburtstag eine kleine, elegante Wohnung in der 57. Straße, nahe dem East River.

Florentyna fühlte sich in New York zu Hause und hatte einen großen Bekanntenkreis, aber sie beschloß, niemandem zu verraten, daß sie bei Bloomingdale arbeiten wollte. Sonst würde man sie besuchen kommen, und binnen kurzem wäre ihre Anonymität dahin, und niemand würde sie mehr wie einen gewöhnlichen Lehrling behandeln.

Wenn ihre Freunde fragten, was sie denn tue, behauptete sie, daß sie in den Hotelläden ihres Vaters mithelfe. Niemand bezweifelte das.

Jessie Kovats – sie brauchte eine Weile, bis sie sich an den Namen gewöhnt hatte – begann in der Kosmetikabteilung. Nach sechs Monaten war Florentyna soweit, daß sie eine eigene Kosmetikabteilung führen konnte. Die Mädchen bei Bloomingdale arbeiteten zu zweit, was Florentyna sofort zu ihrem Vorteil nutzte; sie nahm das faulste Mädchen der ganzen Abteilung zur Partnerin. Das Arrangement war beiden recht, denn Florentyna wählte eine gutaussehende, etwas naive Blondine namens Maisie, die sich nur für zwei Dinge interessierte: für die Uhr, wenn sie sechs zeigte, und für Männer. Ersteres einmal am Tag, letzteres fortwährend.

Die beiden Mädchen wurden zu guten Kameradinnen, wenn auch nicht zu Freundinnen. Florentyna erfuhr, wie man sich von der Arbeit drückt, ohne aufzufallen, und auch, wie man Männer auf sich aufmerksam macht.

Nach den ersten sechs Monaten gemeinsamer Arbeit waren die Einnahmen ihrer Abteilung beträchtlich gestiegen, obwohl Maisie die meiste Zeit damit verbrachte, die Produkte auszuprobieren, anstatt sie zu verkaufen; sie konnte allein zwei Stunden damit verbringen, ihre Fingernägel zu lackieren. Florentyna aber entwickelte ein Verkaufstalent, das man nicht in Kursen lernen konnte. Dieses Talent und rasche Auffassungsgabe erweckten bei ihren Vorgesetzten nach kurzer Zeit den Eindruck, als sei sie bereits seit Jahren Verkäuferin bei Bloomingdale gewesen.

Die Partnerschaft mit Maisie war Florentyna durchaus recht, und als sie in die Kleiderabteilung versetzt wurden, verbrachte

Maisie mit Florentynas Zustimmung ihre Zeit damit, Kleider zu probieren, während Florentyna sie verkaufte. Maisie wirkte auf die Männer, die ihre Frauen oder Freundinnen begleiteten, wie ein Magnet; und kaum waren sie in die Falle gegangen, erschien Florentyna und verkaufte ihnen irgend etwas. Es war erstaunlich, daß diese Kombination auch in der Kleiderabteilung funktionierte, aber Florentyna brachte es fast immer zustande, Maisies Opfer zu einem Einkauf zu veranlassen; die wenigsten entkamen, ohne die Brieftasche zu öffnen.

Wieder waren die Einnahmen nach einem halben Jahr gestiegen, und der Manager fand, daß die beiden offenbar ein gutes Team bildeten. Florentyna widersprach nicht. Während sich andere Verkäuferinnen beklagten, wie wenig ihre Partnerinnen arbeiteten, pries Florentyna die ihre, die ihr gezeigt hatte, wie ein großes Warenhaus funktioniert. Die wichtigen Ratschläge, zum Beispiel, wie man sich zudringliche Männer vom Leib hält, erwähnte sie nicht.

Das beste, was eine Verkäuferin bei Bloomingdale erreichen kann, ist ein Arbeitsplatz gegenüber dem Eingang von der Lexington Avenue; in diesem Fall ist sie die erste Person, die die Käufer bei ihrem Eintritt sehen; die Arbeit an einem dieser Tische gilt als eine Art Beförderung, und meistens dürfen dort nur Mädchen verkaufen, die bereits mindestens fünf Jahre bei Bloomingdale gearbeitet haben. Maisie war mit siebzehn Jahren eingetreten und vollendete eben ihr fünftes Arbeitsjahr, während Florentyna erst seit zwölf Monaten verkaufte. Aber da ihre Resultate so gut waren, beschloß der Verkaufsleiter, die zwei Mädchen in der Papierabteilung im Erdgeschoß zu beschäftigen. Für Maisie brachte diese Abteilung wenig Vorteile, da sie nicht gern las und noch weniger gern schrieb – Florentyna war nicht ganz sicher, ob sie überhaupt lesen und schreiben konnte. Dessenungeachtet war Maisie von ihrem neuen Arbeitsplatz entzückt, denn sie genoß es, im Mittelpunkt der Aufmerksamkeit zu stehen. So wurde die ideale Partnerschaft fortgesetzt.

Abel beichtete George, daß er einmal heimlich zu Bloomingdale gegangen war, um Florentyna bei der Arbeit zu beobachten, und sie sei verdammt tüchtig gewesen. Er freue sich, sagte er zu George, daß Florentyna nach Beendigung ihrer zweijährigen Lehrzeit bei ihm arbeiten würde. Die beiden Männer waren übereingekommen, daß Florentyna, wenn sie Bloomingdale verließ, Vizepräsidentin werden und für alle Hotelläden verantwortlich sein sollte. Sie war aus gutem Holz geschnitzt, wie man eben auch bei Bloomingdale feststellte, und Abel hegte keine Zweifel, daß sie der Aufgabe gewachsen sein würde.

Florentyna verbrachte ihre letzten sechs Monate bei Bloomingdale mit dem neuen Titel einer Zweiten Aufseherin, als Herrin über sechs Ladentische. Jetzt gehörten die Warenkontrolle, die Barzahlungen und die Beaufsichtigung von achtzehn Verkäufern zu ihren Pflichten. Bei Bloomingdale war man sich darüber im klaren, daß Jessie Kovats einmal eine ideale Einkäuferin werden würde.

Florentyna hatte ihrem Arbeitgeber noch nicht mitgeteilt, daß sie das Kaufhaus bald verlassen würde, um Vizepräsidentin der Baron-Gruppe zu werden. Als die sechs Monate zu Ende gingen, fragte sie sich, was nach ihrem Abgang mit der armen Maisie geschehen würde. Maisie nahm an, daß Jessie, wie alle anderen, ein Leben lang bei Bloomingdale bleiben würde; etwas anderes kam ihr nicht in den Sinn. Florentyna dachte sogar daran, sie in einem der Läden des New York Baron anzustellen. Solange Maisie hinter einem Ladentisch stand, an dem Männer Geld ausgaben, war sie ihr Geld wert.

Eines Nachmittags, als Maisie einen Kunden bediente – sie arbeitete jetzt in der Abteilung für Handschuhe, Schals und Wollmützen –, nahm sie Florentyna beiseite und zeigte ihr einen jungen Mann, der Handschuhe aussuchte.

»Was hältst du von dem?« fragte sie kichernd.

Florentyna betrachtete Maisies neuestes Opfer mit der üblichen

Gleichgültigkeit, aber diesmal mußte sie zugeben, daß der Mann recht gut aussah, und beinahe beneidete sie Maisie.

»Sie wollen alle nur eines, Maisie.«

»Ich weiß. Und das kann er haben.«

»Ich bin sicher, daß er das gern hören wird«, sagte Florentyna lachend und wandte sich einem anderen Kunden zu, der sich ärgerte, weil Maisie ihn nicht beachtete. Maisie nutzte Florentynas Beistand aus und bediente den handschuhlosen jungen Mann. Florentyna beobachtete die beiden aus dem Augenwinkel. Es amüsierte sie, daß der Käufer sie immer wieder nervös anschaute; offensichtlich hatte er Angst, daß Maisie von einer Vorgesetzten beobachtet werden könnte. Maisie kicherte und lächelte, und der junge Mann verließ das Geschäft mit einem Paar dunkelblauer Lederhandschuhe.

»Nun, hat er deinen Erwartungen entsprochen?« fragte Florentyna und fühlte, daß sie ein wenig eifersüchtig war.

»Noch nicht«, erwiderte Maisie, »aber er kommt bestimmt zurück.« Sie lachte.

Maisies Prophezeiung erwies sich als richtig. Am folgenden Tag sah man den jungen Mann wieder in den Handschuhen kramen; er wirkte noch verlegener.

»Ich glaube, du solltest ihn bedienen«, sagte Florentyna.

Folgsam eilte Maisie von dannen. Als der junge Mann kurz darauf mit einem zweiten Paar dunkelblauer Handschuhe abzog, konnte Florentyna kaum ein lautes Lachen unterdrücken.

»Zwei Paar!« erklärte Florentyna. »Ich glaube, ich kann im Namen von Bloomingdale sagen, daß er dich verdient hat.«

»Aber er wollte noch immer nicht mit mir ausgehen.«

»Was?« staunte Florentyna. »Dann muß er ein Handschuhfetischist sein.«

»Das war eine große Enttäuschung«, sagte Maisie, »er gefällt mir.«

»Ja, er sieht gut aus«, gab Florentyna zu.

Als der junge Mann am nächsten Tag wieder erschien, ließ Maisie eine alte Dame mitten im Satz stehen, um zu ihm zu eilen. Florentyna übernahm rasch Maisies Kundin und beobachtete die beiden wieder aus dem Augenwinkel. Diesmal schienen sie in ein Gespräch vertieft, und schließlich ging der junge Mann mit einem dritten Paar Handschuhen aus dem Geschäft.

»Das ist die wahre Liebe«, sagte Florentyna.

»Vielleicht, aber er hat mich immer noch nicht gebeten, mit ihm auszugehen.«

Florentyna war sprachlos.

»Hör zu«, bat Maisie verzweifelt, »bedienst du ihn, wenn er morgen wiederkommt? Ich glaube, er hat Angst, mich direkt zu bitten. Vielleicht fällt es ihm leichter, mit deiner Vermittlung ein Rendezvous auszumachen.«

Florentyna lachte. »Eine Viola für deinen Orsino.«

»Was?«

»Ach, nichts«, beschwichtigte Florentyna. »Ob ich auch imstande bin, ihm ein Paar Handschuhe zu verkaufen?«

Was immer der junge Mann war – jedenfalls war er hartnäckig, dachte Florentyna, als er am nächsten Tag zu genau der gleichen Zeit durch die Drehtür kam und sofort auf den Handschuhtisch zusteuerte. Maisie stieß Florentyna in die Rippen, und Florentyna fand, sie könne sich auch einmal amüsieren.

»Guten Tag.«

»Ach, guten Tag«, sagte der junge Mann und sah erstaunt aus, oder enttäuscht?

»Kann ich Ihnen helfen?«

»Nein – ich meine, ja. Ich möchte ein Paar Handschuhe«, fügte er mit wenig Überzeugung hinzu.

»Haben Sie an ein dunkelblaues Paar gedacht? Leder? Wir haben bestimmt Ihre Größe – außer wir sind ausverkauft.«

Der junge Mann schaute sie mißtrauisch an, als sie ihm die Handschuhe reichte. Er probierte sie. Sie waren ein wenig zu groß. Florentyna zeigt ihm ein anderes Paar. Es war etwas zu knapp. Er schaute hilfesuchend zu Maisie, aber sie war von Kunden umringt.

Trotzdem fand sie Zeit, dem jungen Mann zuzunicken und zu grinsen.

Nervös erwiderte er das Lächeln. Florentyna reichte ihm ein drittes Paar; es paßte.

»Ich glaube, das sind die Handschuhe, die Sie wollten«, sagte Florentyna.

»Nein, eigentlich nicht«, sagte der verlegene Kunde.

Florentyna beschloß, daß es an der Zeit sei, den armen Kerl zu erlösen, und sagte leise: »Ich werde Maisie holen. Warum gehen Sie nicht mit ihr aus? Ich bin sicher, daß sie ja sagt.«

»O nein«, sagte der junge Mann. »Sie verstehen mich falsch. Ich will nicht mit ihr ausgehen, sondern mit Ihnen.«

Florentyna war sprachlos. Der junge Mann schien all seinen Mut zusammenzunehmen.

»Wollen Sie heute abend mit mir essen gehen?«

»Ja, gern«, hörte sie sich sagen.

»Darf ich Sie zu Hause abholen?«

»Nein«, sagte Florentyna etwas zu bestimmt. Unter keinen Umständen wollte sie in ihrem Apartment abgeholt werden, wo jeder erraten konnte, daß sie keine kleine Verkäuferin war. »Treffen wir uns in einem Restaurant«, fügte sie rasch hinzu.

»Wohin möchten Sie gern gehen?«

Florentyna suchte nach einem Lokal, das nicht zu bekannt war.

»Vielleicht bei Allen's, an der Ecke 73. Straße–Third Avenue?« schlug er vor.

»Ja, gut«, sagte Florentyna und dachte, daß Maisie der Situation viel besser gewachsen wäre.

»Paßt Ihnen acht Uhr?«

»Ja, gern«, sagte Florentyna.

Der junge Mann verlies das Geschäft mit einem breiten Lächeln. Florentyna schaute ihm nach, als er auf der Straße verschwand, und merkte plötzlich, daß er keine Handschuhe mehr gekauft hatte.

Florentyna brauchte sehr lang, bis sie sich entschieden hatte, was sie abends anziehen sollte. Sie durfte nicht zu elegant wirken. Für ihre Arbeit bei Bloomingdale hatte sie eine kleine Garderobe gekauft, aber es waren alles Tageskleider, die sie abends nie anzog. Wenn der junge Mann – mein Gott, sie wußte nicht einmal seinen Namen – sie für eine Verkäuferin hielt, durfte man ihn nicht enttäuschen. Erstaunt stellte sie fest, daß sie sich auf den Abend mehr freute, als sie gedacht hatte.

Kurz vor acht verließ sie ihre Wohnung in der 57. Street und mußte ein paar Minuten warten, bis sie ein Taxi fand.

»Allen's, bitte«, sagte sie zu dem Chauffeur.

»Third Avenue?«

»Ja.«

»Gern, Miss.«

Florentyna betrat das Restaurant ein wenig verspätet. Ihre Blicke suchten den jungen Mann. Jetzt hatte er eine graue Flanellhose und einen blauen Blazer an; sehr konservativ, fand Florentyna, und sehr gut aussehend.

»Es tut mir leid, daß ich mich verspätet habe«, begann sie.

»Das ist nicht wichtig. Wichtig ist nur, daß Sie gekommen sind.«

»Dachten Sie, ich würde nicht kommen?«

»Ich war nicht ganz sicher.« Er lächelte. »Ich weiß nicht einmal, wie Sie heißen.«

»Jessie Kovats«, sagte Florentyna, entschlossen, ihren wahren Namen nicht preiszugeben.

»Richard Kane«, sagte der junge Mann und streckte die Hand aus.

Sie gab ihm die Hand, und er hielt sie etwas länger als üblich fest.

»Und was machen Sie, wenn Sie keine Handschuhe bei Bloomingdale kaufen?« zog sie ihn auf.

»Ich gehe in die Harvard Business School.«

»Erstaunlich, haben Sie dort nicht gelernt, daß die meisten Menschen nur zwei Hände haben?«

Sein Lachen war fröhlich und gewinnend; schade eigentlich, daß sie nicht von vorn anfangen und ihm sagen konnte, daß sie sich während ihrer Jahre in Radcliffe und Cambridge hätten treffen können.

»Sollen wir bestellen?« Er nahm ihren Arm und führte sie zu einem Tisch.

Florentyna schaute auf die Speisen, die an einer schwarzen Tafel angepriesen wurden.

»Was ist ein Salisbury Steak?« wollte sie wissen.

»Ein anderer Name für einen Hamburger.«

Beide lachten, so wie junge Menschen, die sich noch nicht kennen, aber kennenlernen wollen. Selten hatte sich Florentyna so gut unterhalten. Richard plauderte mit so viel Charme über New York, über Theater und über Musik – offenbar seine große Liebe –, daß Florentyna sich ungeheuer wohl fühlte. Vielleicht hielt er sie für eine Verkäuferin, aber er behandelte sie, als stamme sie aus einer der ältesten Familien Amerikas. Sie hoffte, daß er nicht zu erstaunt über ihre ähnlichen Interessen war, denn auf seine Fragen sagte sie ihm, daß sie Polin sei und mit ihren Eltern in New York wohne. Im Laufe des Abends fiel es ihr immer schwerer, das Täuschungsmanöver aufrechtzuerhalten. Aber vielleicht werden wir uns nie mehr wiedersehen, und dann ist alles gleichgültig, dachte sie.

Als der Abend seinem Ende zuging und keiner von ihnen mehr Kaffee trinken konnte, verließen sie Allen's, und Richard suchte ein Taxi; alle, die vorüberfuhren, waren besetzt.

»Wo wohnst du?« fragte er.

»In der 57.«, sagte sie, ohne nachzudenken.

»Gut, gehen wir zu Fuß«, schlug Richard vor und nahm Florentynas Hand.

Sie lächelte zustimmend. Sie gingen, blieben vor Schaufenstern stehen, lachten, unterhielten sich. Keiner von ihnen bemerkte die vorüberfahrenden leeren Taxis. Sie brauchten beinahe eine Stunde, um die sechzehn Blocks entlangzugehen, und fast hätte

Florentyna Richard die Wahrheit gesagt. Als sie die 57. Straße erreichten, blieb sie hundert Meter vor ihrer Wohnung vor einem kleinen alten Apartmenthaus stehen.

»Hier wohnen meine Eltern«, sagte sie.

Er schien zu zögern, dann gab er ihre Hand frei.

»Ich hoffe, daß wir uns wiedersehen«, sagte Richard.

»Gern«, sagte Florentyna höflich und bescheiden.

»Vielleicht morgen?« bat Richard unsicher.

»Morgen?«

»Ja, warum gehen wir nicht ins ›Blue Angel‹ und sehen uns Bobby Short an?« Wieder nahm er ihre Hand. »Das wäre ein wenig romantischer als Allen's.«

Einen Moment lang war Florentyna verwirrt. Ihre Pläne mit Richard hatten kein »Morgen« vorgesehen.

»Natürlich nicht, wenn du keine Lust hast«, fügte er hinzu, bevor sie etwas sagen konnte.

»Doch, ich möchte sehr gern«, sagte sie leise.

»Ich gehe mit meinem Vater essen, kann ich dich um zehn Uhr abholen?«

»Nein, ich werde dich dort treffen. Es ist ja nur zwei Blocks entfernt.«

»Gut, also um zehn Uhr.« Er beugte sich vor und küßte sie zart auf die Wange. »Gute Nacht, Jessie«, sagte er und verschwand in der Dunkelheit.

Langsam ging Florentyna zu ihrer Wohnung zurück; sie wünschte, sie hätte nicht so viele Lügen erzählt. Vielleicht war alles in ein paar Tagen vorüber? Aber eigentlich wollte sie das gar nicht.

Maisie, die ihr nicht verziehen hatte, verbrachte einen großen Teil des nächsten Tages damit, sie nach Richard auszufragen. Vergeblich versuchte Florentyna, das Thema zu wechseln.

Florentyna verließ Bloomingdale sofort nach Geschäftsschluß; zum ersten Mal in fast zwei Jahren ging sie vor Maisie weg. Sie nahm ein Bad, zog das hübscheste Kleid an, das – in ihrem Fall

– gerade noch möglich war, und ging zum ›Blue Angel‹. Als sie ankam, stand Richard bereits vor der Garderobe und erwartete sie. Er hielt sie an der Hand, als sie den Vorraum betraten, wo sie bereits Bobby Short hören konnten:

»Are you telling me the truth, or am I just another lie?«

Als Florentyna das Lokal betrat, hob Short grüßend den Arm. Florentyna gab vor, es nicht zu bemerken. Mr. Short war zwei-, dreimal im Baron aufgetreten, und Florentyna hätte nie gedacht, daß er sich an sie erinnerte. Richard war zuerst verblüfft, dann meinte er, daß der Gruß jemand anderem gegolten hatte. Als sie sich in dem schwach erleuchteten Saal an einen Tisch setzten, drehte Florentyna dem Klavier vorsichtshalber den Rücken zu.

Ohne ihre Hand loszulassen, bestellte Richard eine Flasche Wein und erkundigte sich nach ihrem Tagesablauf. Sie wollte ihm nichts vormachen. Sie wollte die Wahrheit sagen. »Richard, ich muß dir...«

»Hallo, Richard.« Ein großer, gutaussehender Mann kam an ihren Tisch.

»Hallo, Steve. Darf ich euch bekannt machen: Jessie Kovats Steve Mellon. Steve und ich waren zusammen in Harvard.«

Florentyna hörte zu, als sich die beiden über die New York Yankees unterhielten, über Eisenhowers Handicap beim Golf, und warum Yale immer schlechter wurde. Endlich verabschiedete sich Steve mit einem höflichen »Hab mich gefreut, Sie kennenzulernen, Jessie«.

Der Augenblick war vorüber.

Richard erzählte ihr von seinen Plänen, was er tun wollte, wenn er die *Business School* beendet hätte; er hoffte, dann nach New York zu kommen und in die Bank seines Vaters einzutreten. Den Namen Lester-Bank hatte Florentyna schon einmal gehört, aber sie erinnerte sich nicht, in welchem Zusammenhang. Aus irgendeinem Grund ging ihr der Name nicht aus dem Kopf. Sie verbrachten einen langen Abend zusammen; sie lachten, sie aßen, sie hörten Bobby Short zu. Auf dem Heimweg blieb Richard an der Ecke der 57. Street stehen und küßte sie zum erstenmal. Sie konnte sich nicht erinnern, jemals einen ersten Kuß so empfunden zu haben. Er führte sie in das Dunkel der 57. Straße zurück, und sie dachte daran, daß er kein Morgen erwähnt hatte. Die Affäre, die keine war, erfüllte sie mit unbestimmter Traurigkeit.

Als Richard sie Montag bei Bloomingdale anrief und für Freitag abend einlud, war sie erstaunt, wie sehr sie sich darüber freute.

Sie verbrachten fast das ganze Wochenende zusammen: ein Konzert, ein Kino, ein Baseballspiel. Nachdem das Weckend vorüber war, hatte Florentyna so viel harmlose Lügen über ihr Leben erzählt, daß die Erfindungen einander widersprachen und Richard mehr als einmal verwirrten. Jetzt fiel es ihr noch schwerer, ihm eine ganz andere, diesmal wahre Geschichte zu erzählen. Als Richard Sonntag abends nach Harvard zurückkehrte, versuchte sie sich einzureden, daß ihre Täuschung unwichtig sein würde, sobald ihre Beziehung zu Ende ging. Aber Richard rief jeden Tag an und verbrachte auch die folgenden Wochenenden mit Florentyna. Allmählich wurde ihr klar, daß die Sache nicht so einfach enden würde; sie hatte sich in ihn verliebt. Sobald sie sich das eingestanden hatte, beschloß sie, ihm am nächsten Wochenende die Wahrheit zu sagen.

33

Richard saß in einer Vorlesung und träumte vor sich hin. Er war so verliebt in das Mädchen, daß er sich nicht einmal auf den Börsenkrach von 1929 konzentrieren konnte. Wie sollte er seinem Vater beibringen, daß er ein polnisches Mädchen heiraten wollte, das bei Bloomingdale Wollmützen und Handschuhe verkaufte? Richard verstand absolut nicht, warum sie, die so intelligent war, so wenig Ehrgeiz zeigte; hätte sie Möglichkeiten gehabt wie er, sie wäre, davon war er überzeugt, bestimmt nicht bei Bloomingdale gelandet. Richard entschied, daß seine Eltern sich mit seiner Wahl abfinden mußten, denn am folgenden Wochenende würde er Jessie bitten, seine Frau zu werden.

Wann immer Richard Freitag abends zu seinen Eltern zurückkam, verließ er das Haus in der 68. Straße, um irgend etwas Sinnloses bei Bloomingdale einzukaufen – nur damit Jessie wußte, daß er wieder in New York war. Er hatte bereits jeden seiner Verwandten mit einem Paar Handschuhen beglückt. An diesem Freitag sagte er seiner Mutter, daß er Rasierklingen kaufen gehe.

»Mußt du nicht, Liebling, du kannst die deines Vaters benutzen.«

»Nein, nein, ich kaufe mir selbst welche. Wir benützen nicht dieselbe Marke«, fügte er schwach hinzu. »In ein paar Minuten bin ich wieder zurück.«

Er lief beinahe die acht Blocks zu Bloomingdale und wurde gerade noch vor Geschäftsschluß eingelassen. Er wußte, daß er Jessie um halb acht sehen würde, aber er konnte nie der Gelegenheit widerstehen, kurz mit ihr zu plaudern. Steve hatte einmal behauptet, daß Liebe etwas für Dummköpfe sei. Heute morgen hatte er an seinen beschlagenen Rasierspiegel gemalt: »Ich bin ein Dummkopf.« Als er zu Jessies Tisch kam, war sie nirgends zu sehen. In einer Ecke stand Maisie und bemalte sich die Fingernägel. Er fragte nach Jessie, und Maisie schaute auf, als hätte man sie bei der wichtigsten Tätigkeit des Tages unterbrochen.

»Sie ist schon nach Hause gegangen, Richard. Vor ein paar Sekunden. Weit kann sie noch nicht sein. Ich dachte, ihr trefft euch später?«

Ohne zu antworten lief Richard auf die Lexington Avenue hinaus. Unter den vielen Menschen, die nach Hause eilten, suchte er nach Florentynas Gesicht. Er entdeckte sie auf der anderen Straßenseite, sie ging in Richtung Fifth Avenue. Offensichtlich war sie nicht auf dem Heimweg, und etwas schuldbewußt beschloß Richard, ihr zu folgen. Vor Scribner's auf der 48. blieb sie stehen.

Richard sah sie in den Buchladen gehen. Wenn sie etwas lesen wollte, konnte sie es doch bei Bloomingdale finden? Richard war verwirrt. Er schaute durchs Fenster, während Jessie sich mit einem Verkäufer unterhielt, der verschwand und mit zwei Büchern wiederkehrte. Er konnte die Titel lesen: *The Affluent Society* von John K. Galbraith und *Inside Russia Today* von John Gunther. Jessie unterschrieb etwas und bekam die beiden Bücher – auch das wunderte Richard – und verließ das Geschäft. Er verschwand um die Ecke.

»Wer *ist* sie?« fragte sich Richard laut, als sie zu Bendel's ging. Der Portier grüßte respektvoll, er kannte sie offenbar. Wieder schaute Richard durch das Fenster, während sich Verkäufer mit mehr als üblicher Beflissenheit um Florentyna bemühten. Eine alte Dame brachte ein Paket, das Florentyna offensichtlich erwartet hatte. Sie öffnete es und entnahm ihm ein sehr einfaches, sehr elegantes Abendkleid. Florentyna lächelte zufrieden, der Verkäufer packte das Kleid in eine schwarzweiße Schachtel. Florentyna schien »danke« zu sagen und verließ das Geschäft, ohne für ihren Einkauf zu bezahlen oder einen Scheck auszustellen. Richard blieb wie angewurzelt stehen und konnte gerade noch einen Zusammenstoß vermeiden, als sie herauseilte und in ein Taxi sprang. Er nahm das nächste Taxi und wies den Fahrer an, ihm zu folgen. Als sie an dem kleinen Gebäude vorbeikamen, vor dem sie sich für gewöhnlich trennten, fühlte er Übelkeit. Kein Wunder, daß sie ihn nie hereingebeten hatte. Das Taxi vor ihnen fuhr hundert Meter weiter und hielt vor einem neuen Apartmenthaus. Der uniformierte Portier öffnete Florentyna die Eingangstür. Halb ärgerlich, halb verblüfft sprang Richard aus dem Taxi und ging auf die Tür zu, hinter der sie verschwunden war.

»Das macht fünfundneunzig Cents«, rief eine Stimme hinter ihm.

»Ach, entschuldigen Sie«, sagte Richard, warf ihm eine Fünf-Dollar-Note zu und wartete das Wechselgeld nicht ab.

»Danke«, sagte der Fahrer. »Heute ist jemand zweifellos sehr glücklich.«

Richard lief zum Eingang zurück und holte Florentyna beim Fahrstuhl ein. Florentyna sah, wie sich die Tür öffnete, und starrte Richard sprachlos an.

»Wer bist du?« fragte Richard.

»Richard«, stammelte sie, »heute abend wollte ich dir alles sagen. Es schien sich nie die richtige Gelegenheit zu ergeben.«

»Nichts hättest du mir erzählt!« Er folgte Florentyna in die Wohnung. »Mich drei Monate lang mit einem Sack voller Lügen hinzuhalten. Heraus mit der Wahrheit.«

Florentyna hatte Richard noch nie böse gesehen und nahm an, daß das selten vorkam. Er schob sie brüsk beiseite und musterte die Wohnung. Am Ende des großen Vorzimmers öffnete sich die Tür zu einem großen Wohnraum mit einem Perserteppich. Über einem Wandtisch hing eine prachtvolle antike Uhr. Auf dem Tisch stand eine Vase mit frischen Blumen. Das Zimmer war schön, auch wenn Richard es mit seinem Heim verglich.

»Ein erstaunlich hübsches Nest für eine Verkäuferin«, bemerkte Richard. »Welcher deiner Liebhaber bezahlt es?«

Florentyna schlug so fest zu, daß ihr die Handfläche schmerzte. »Wie kannst du wagen, so etwas zu sagen? Hinaus.«

Und im gleichen Augenblick begann sie zu weinen. Sie wollte nicht, daß er fortging – niemals. Richard nahm sie in die Arme.

»Mein Gott, bitte verzeih mir. Das war scheußlich von mir. Ich liebe dich so sehr und dachte, daß ich dich so gut kenne, und jetzt sehe ich, daß ich überhaupt nichts von dir weiß.«

»Richard, ich liebe dich auch, und es tut mir leid, daß ich dich geohrfeigt habe. Ich wollte dich nicht täuschen, und es gibt niemanden sonst. Das schwöre ich dir.« Ihre Stimme brach.

»Ich hab es verdient.« Er küßte sie.

Eng umschlungen liegen sie sich auf die Couch fallen und blieben eine Weile liegen, ohne sich zu rühren. Zärtlich strich er über das Haar, bis die Tränen versiegt waren. Hilf mir, mich auszuziehen, wollte sie sagen, aber sie schwieg und schob ihre Finger zwischen seine Hemdknöpfe. Richard schien nicht bereit, den nächsten Schritt zu tun.

»Willst du mit mir schlafen?« flüsterte sie.

»Nein, ich will die ganze Nacht mit dir wach bleiben.«

Ohne zu sprechen zogen sie sich aus, und sie liebten einander scheu und zärtlich, hatten Angst, dem anderen weh zu tun, und versuchten um jeden Preis, das richtige zu tun. Danach legte sie den Kopf auf seine Schulter, und sie sprachen.

»Ich liebe dich«, sagte Richard. »Ich liebe dich, seit ich dich zum erstenmal gesehen habe. Willst du mich heiraten? Denn mir ist es völlig egal, wer du bist, Jessie, oder was du tust. Ich weiß nur, daß ich den Rest meines Lebens mit dir verbringen will.«

»Ich möchte dich auch heiraten, aber zuerst will ich dir die Wahrheit sagen.«

Florentyna breitete Richards Jacke über ihre nackten Körper und erzählte ihm alles über sich, bis zu ihrer Stellung bei Bloomingdale.

Als sie geendet hatte, schwieg Richard.

»Hast du schon aufgehört, mich zu lieben?« fragte sie. »Jetzt, da du weißt, wer ich bin?«

»Mein Geliebtes«, sagte Richard sehr leise, »mein Vater haßt deinen Vater.«

»Was soll das heißen?«

»Das, was ich sage. Ich hörte ein einziges Mal den Namen deines Vaters in seiner Gegenwart, und damals wurde mein Vater blaß vor Zorn und sagte, der einzige Lebenszweck deines Vaters sei es, die Familie Kane zu ruinieren.«

»Was? Warum?« fragte Florentyna entsetzt. »Ich hörte nie von deinem Vater. Woher kennen sie einander überhaupt?«

Jetzt war Richard an der Reihe, Florentyna zu erzählen, was er von seiner Mutter über den Streit mit Abel Rosnovski erfahren hatte.

»Oh, mein Gott«, sagte sie. »Das muß diese ›Illoyalität‹ gewesen sein, von der mein Vater sprach, als er nach fünfundzwanzig Jahren die Bank wechselte. Was sollen wir bloß tun?«

»Ihnen die Wahrheit sagen. Daß wir uns zufällig kennenlernten, uns verliebten und heiraten werden. Und daß uns nichts davon abhalten wird.«

»Warten wir ein paar Wochen«, sagte Florentyna.

»Warum? Glaubst du, dein Vater kann dir ausreden, mich zu heiraten?«

»Nein«, sagte sie und legte zärtlich den Kopf auf seine Schulter zurück. »Nein, nie, mein Liebes, aber versuchen wir zumindest, es ihnen schonungsvoll beizubringen, anstatt sie vor ein *fait accompli* zu stellen. Und vielleicht finden sie es gar nicht so furchtbar, wie du denkst. Schließlich hat sich die Geschichte mit der Fluggesellschaft vor fünf Jahren abgespielt.«

»Sie hassen einander immer noch, das kann ich dir versichern. Mein Vater wäre entsetzt, wenn er uns zusammen sähe, ganz davon zu schweigen, wie empört er über den Gedanken einer Heirat wäre.«

»Um so mehr Grund, abzuwarten, bevor wir ihnen die Neuigkeit mitteilen. Das gibt uns ein wenig Zeit, zu überlegen, wie wir es am besten tun können.«

Er nahm sie in die Arme. »Ich liebe dich, Jessie.«

»Florentyna.«

»Auch daran muß ich mich erst gewöhnen. Ich liebe dich, Florentyna.«

Während der nächsten vier Wochen suchten Florentyna und Richard möglichst viel über die Fehde zwischen ihren Eltern zu erfahren. Florentyna stellte vorsichtige Fragen an ihre Mutter und an George. Richard studierte die Akten seines Vaters. Bei jeder neuen Entdeckung wurde ihnen klarer, daß es keine Möglichkeit gab, ihren Eltern behutsam von ihrer Liebe zu erzählen. Während dieser Zeit verbrachten sie, jede freie Minute, die sie finden konnten, zusammen. Richard war aufmerksam und zärtlich, und nichts war ihm zuviel. Er tat, was in seinen Kräften stand, um Florentyna von dem Problem abzulenken, dem sie sich eines Tages gegenübersehen würden. Sie gingen ins Theater, sie gingen eislaufen, und sonntags machten sie lange Spaziergänge im Central Park. Aber lange bevor es dunkel wurde, lagen sie im Bett. Florentyna begleitete Richard sogar zu den New York Yankees, die sie »nicht verstehen konnte«, und zu den New Yorker Philharmonikern, die sie »göttlich« fand. Sie weigerte sich zu glauben, daß Richard Cello spielte, bis er ihr ein privates Konzert gab. Als er seine liebste Brahms-Sonate beendet hatte, klatschte sie hingerissen in die Hände, ohne zu bemerken, daß er ihr in die grauen Augen starrte.

»Wir müssen es ihnen sagen.« Er legte den Bogen fort und nahm sie in die Arme.

»Das weiß ich. Ich will nur meinem Vater nicht weh tun.«

Jetzt sagte er: »Das weiß ich.«

Sie mied seinen Blick. »Nächsten Freitag kommt Daddy aus Washington zurück.«

»Dann wird es der nächste Freitag«, sagte Richard und hielt sie so eng an sich gepreßt, daß sie kaum atmen konnte.

Richard fuhr am Montagmorgen nach Harvard zurück. Er telefonierte jeden Abend mit Florentyna, und beide waren überzeugt, daß niemand und nichts sie trennen konnte.

Freitag kam Richard etwas früher nach Hause und verbrachte mit Florentyna, die sich einen halben Tag freigenommen hatte, eine Stunde allein. An der Ecke der 57. Straße—Park Avenue blieben sie stehen – die Ampel war rot –, Richard drehte sich zu Florentyna und fragte sie nochmals, ob sie ihn heiraten wolle. Dann nahm er ein kleines rotes Lederetui aus der Tasche, öffnete es und steckte an Florentynas linken Ringfinger einen Ring mit einem in Diamanten gefaßten Saphir, der so schön war, daß ihr die Tränen kamen. Er paßte wie angegossen. Erstaunt schauten die Passanten das Paar an, das sich eng umschlungen hielt und das grüne Licht für Fußgänger gar nicht bemerkte. Als sie sich endlich trennten, küßten sie einander noch einmal, und dann gingen sie in entgegengesetzte Richtungen, um den Kampf mit den Eltern aufzunehmen. Sie hatten vereinbart, sich, wenn alles vorüber war, in Florentynas Wohnung zu treffen. Unter Tränen versuchte sie ihm zuzulächeln.

Florentyna ging zum Baron-Hotel und schaute von Zeit zu Zeit den Ring an. Er war neu und fremd an ihrem Finger, und sie hatte das Gefühl, daß der herrliche Saphir die Blicke aller Vorübergehenden anzog; er sah so schön aus neben dem antiken Ring, der bis jetzt ihr liebster gewesen war. Das Geschenk hatte sie überrascht; die Probleme der elterlichen Zwistigkeiten hatten bewirkt, daß sie Ringe und andere Begleitumstände einer glücklichen Verlobung vergaß. Sie berührte den Edelstein und stellte fest, daß er ihr Mut einflößte, obwohl sie immer langsamer ging, je näher sie dem Hotel kam.

An der Rezeption teilte man ihr mit, daß ihr Vater mit George im Penthouse sei. Der Portier meldete Florentyna an. Viel zu rasch erreichte der Fahrstuhl den 42. Stock, und Florentyna zögerte, bevor sie ihn verlies. Sie trat auf den grünen Spannteppich und hörte, wie sich die Tür hinter ihr schloß. Dann stand sie einen Moment allein im Korridor, bevor sie leise an die Tür klopfte. Abel öffnete sofort.

»Florentyna, was für eine nette Überraschung. Komm herein, Liebling, ich hatte dich nicht erwartet.«

George Nowak stand am Fenster und schaute hinunter auf die Park Avenue. Er drehte sich um, um sein Patenkind zu begrüßen. Florentynas Blicke baten ihn, zu gehen. Sie wußte, daß sie die Nerven verlieren wurde, wenn er blieb. Geh, geh, geh, sagte sie lautlos. George fühlte sofort ihre Bedrängnis.

»Ich muß wieder an die Arbeit, Abel. Heute abend kommt ein Maharadscha an.«

»Sag ihm, er soll seine Elefanten im Plaza parken«, schlug Abel vor. »Jetzt, da Florentyna hier ist, könntest du einen Drink mit uns nehmen.«

George schaute Florentyna an.

»Nein, Abel, ich muß gehen. Der Mann hat den ganzen 33. Stock gemietet. Das mindeste, was er erwartet, ist eine Begrüßung durch den Vizepräsidenten. Gute Nacht, Florentyna.« Er küßte sie und drückte einen Moment lang ihren Arm, als ahne er, daß sie Kraft brauchen würde. Dann ließ er die beiden allein, und plötzlich wünschte Florentyna, er wäre nicht gegangen.

»Wie geht's bei Bloomingdale?« erkundigte sich Abel und strich seiner Tochter zärtlich über das Haar. »Hast du ihnen bereits mitgeteilt, daß sie die beste Abteilungsleiterin verlieren werden, die sie jemals hatten? Bestimmt werden sie überrascht sein, wenn sie erfahren, daß Jessie Kovats demnächst das Baron in Cannes eröffnet.« Er lachte laut.

»Ich werde heiraten«, sagte Florentyna und streckte scheu die linke Hand aus. Sie wußte nicht, was sie hinzufügen sollte, und wartete auf Abels Reaktion.

»Das kommt ein wenig plötzlich, nicht?« sagte Abel, mehr als verblüfft.

»Nicht wirklich, Daddy. Ich kenne ihn schon ziemlich lang.«

»Kenne ich den Jungen? Habe ich ihn je gesehen?«

»Nein, Daddy.«

»Woher kommt er? Aus welchem Milieu? Ist er Pole? Warum hast du ihn vor mir versteckt, Florentyna?«

»Er ist kein Pole, Daddy. Er ist der Sohn eines Bankiers.«

Abel wurde weiß, nahm sein Glas und leerte es auf einen Zug. Florentyna wußte genau, was in ihm vorging, als er sich einen zweiten Drink einschüttete. Rasch rückte sie mit der Wahrheit heraus.

»Er heißt Richard Kane, Daddy.«

Abel drehte sich zu ihr und schaute ihr ins Gesicht. »Ist er der Sohn von William Kane?«

»Ja.«

»Du denkst daran, William Kanes Sohn zu heiraten? Weißt du, was dieser Mann mir angetan hat? Dieser Mann ist für den Tod meines besten Freundes verantwortlich. Ja, er ist es, der Davis Leroy in den Selbstmord getrieben hat, und damit noch nicht genug, versuchte er, mich bankrott zu machen. Hätte mich David

Maxton nicht im letzten Moment gerettet, Kane hätte meine Hotels übernommen und sie verkauft, ohne auch nur einen Gedanken daran zu verschwenden. Und wo wäre ich heute, wenn William Kane seine Absicht verwirklicht hätte? Du hättest froh sein können, Verkäuferin bei Bloomingdale zu werden. Hast du dir das überlegt, Florentyna?«

»Ja, Daddy, in den letzten Wochen habe ich kaum an etwas anderes gedacht. Richard und ich sind entsetzt über den Haß zwischen dir und seinem Vater. Er steht ihm eben jetzt gegenüber.«

»Nun, ich kann dir sagen, wie er reagieren wird. Er wird wütend sein. Dieser Mann wird seinem kostbaren Sohn aus gutem Haus nie erlauben, dich zu heiraten, also kannst du diese ganze verrückte Idee sofort vergessen, junge Dame.«

Er brüllte jetzt.

»Ich kann sie nicht vergessen, Vater«, erwiderte sie ruhig. »Wir lieben einander, und wir wollen beide deinen Segen, nicht deinen Zorn.«

»Hör mir einmal zu, Florentyna«, sagte Abel, und sein Gesicht war vor Wut gerötet. »Ich verbiete dir, den jungen Kane wiederzusehen. Verstehst du mich?«

»Ja. Aber ich werde ihn trotzdem sehen. Ich werde mich nicht von Richard trennen, weil du seinen Vater haßt.«

Sie berührte ihren Ringfinger und zitterte.

»Und ich werde es nicht zulassen«, sagte Abel. »Nie werde ich in diese Heirat einwilligen. Meine eigene Tochter verläßt mich wegen des Sohns dieses Kerls! Ich wiederhole, du wirst ihn nicht heiraten.«

»Ich verlasse dich nicht. Sonst wäre ich mit ihm durchgegangen, aber ich wollte nichts hinter deinem Rücken tun. Ich bin älter als einundzwanzig, und ich werde Richard heiraten. Ich habe die Absicht, den Rest meines Lebens mit ihm zu verbringen. Bitte, hilf uns, Daddy. Willst du ihn nicht kennenlernen? Dann wirst du verstehen, was ich für ihn empfinde.«

»Ich werde ihm nie erlauben, mein Haus zu betreten. Ich will kein Kind von William Kane kennenlernen. Nie, hörst du mich?«

»Dann muß ich dich verlassen.«

»Florentyna, wenn du mich verläßt, um diesen Jungen zu heiraten, bekommst du keinen Penny mehr von mir. Keinen Penny, verstanden?« Abels Stimme wurde weicher. »Überleg ein wenig, junge Dame. Du wirst darüber hinwegkommen. Du bist sehr jung, und es gibt Dutzende andere Männer, die sich darum reißen werden, dich zu heiraten.«

»Ich will nicht Dutzende andere Männer. Ich habe den Mann getroffen, den ich heiraten werde, und es ist nicht seine Schuld, daß er der Sohn seines Vaters ist. Keiner von uns hat sich seinen Vater ausgesucht.«

»Wenn dir meine Familie nicht gut genug ist, dann verschwinde«, sagte Abel. »Und ich schwöre, daß dein Name in meiner Gegenwart nie mehr fallen wird.« Er wandte sich ab und schaute aus dem Fenster. »Zum letzten Mal, ich warne dich, Florentyna – heirate diesen Jungen nicht.«

»Daddy, wir werden heiraten. Obwohl wir beide großjährig sind, bitten wir dich um deine Einwilligung.«

Abel wandte sich vorn Fenster ab und ging auf sie zu.

»Bist du schwanger? Ist das der Grund? Mußt du heiraten?«

»Nein, Vater.«

»Hast du mit ihm geschlafen?«

Die Frage schockierte Florentyna, aber sie zögerte nicht. »Ja«, erwiderte sie. »Sehr oft.«

Abel hob die Hand und schlug sie ins Gesicht. Der Silberreif traf ihren Mundwinkel und sie schwankte. Blut tropfte über ihr Kinn. Sie drehte sich um, lief weinend aus dem Zimmer und lehnte sich, das blutige Gesicht bedeckend, an die Lifttür. Die Tür öffnete sich, und George trat aus dem Fahrstuhl. Einen Moment lang sah sie sein entsetztes Gesicht, dann ging sie rasch in die Kabine und drückte wie verrückt auf den Knopf. George stand da und sah sie weinen, während sich die Tür langsam schloß.

Auf der Straße nahm Florentyna das nächste Taxi und fuhr

direkt in ihre Wohnung. Unterwegs wischte sie sich das Blut von den Lippen. Richard war bereits da; mit gebeugtem Kopf stand er vor dem Hauseingang. Er sah niedergeschlagen aus.

Sie sprang aus dem Taxi und lief auf ihn zu. Sobald sie die Wohnung erreicht hatten, schloß sie die Tür, und sie fühlten sich in Sicherheit.

»Ich liebe dich, Richard.«

»Ich liebe dich auch«, sagte Richard und nahm sie in die Arme.

»Ich will nicht fragen, wie dein Vater reagiert hat«, sagte Florentyna und klammerte sich verzweifelt an ihn.

»Ich sah ihn noch nie so zornig«, sagte Richard. »Er schimpfte deinen Vater einen Lügner und Betrüger, einen hochgekommenen polnischen Einwanderer. Er fragte mich, warum ich nicht jemanden aus meinem Milieu heirate.«

»Und was sagtest du darauf?«

»Ich erklärte ihm, daß kein Mädchen aus der allerbesten Familie so wundervoll sein könne wie du, und er verlor völlig die Beherrschung.«

Florentyna hielt Richard noch immer fest umschlungen.

»Dann drohte er, mir keinen Penny zu geben, wenn ich dich heirate«, fuhr Richard fort. »Wann werden sie endlich begreifen, daß wir uns verdammt wenig aus ihrem Geld machen? Ich bat meine Mutter um Hilfe, aber auch sie konnte ihn nicht beschwichtigen. Er bestand darauf, daß sie das Zimmer verlasse. Noch nie sah ich ihn meine Mutter so behandeln. Sie weinte, und das bestärkte mich nur in meinem Entschluß. Ich ging mitten in einem Satz. Hoffentlich läßt er seinen Ärger nicht an Virginia und Lucy aus. Was geschah, als du fortgingst?«

»Mein Vater hat mich geschlagen«, sagte Florentyna sehr leise, »zum erstenmal im Leben. Ich glaube, er wird dich umbringen, wenn er uns zusammen sieht. Richard, mein Liebes, wir müssen fort von hier, bevor er herausfindet, wo du bist, und natürlich wird er dich zuerst hier suchen. Ich habe solche Angst.«

»Kein Grund, Angst zu haben, Florentyna. Wir fahren heute

abend fort, so weit wie möglich, und zum Teufel mit den beiden.«

»Wie rasch kannst du packen?« fragte Florentyna.

»Gar nicht. Ich kann nie mehr nach Hause zurück. Pack deine Sachen, und dann gehen wir. Ich habe ungefähr hundert Dollar bei mir; wie kommt es dir vor, einen Hundert-Dollar-Mann zu heiraten?«

»Viel mehr kann sich eine Verkäuferin nicht erhoffen, glaube ich. Und dabei hab ich immer davon geträumt, eine ausgehaltene Frau zu sein. Als nächstes wirst du auch noch eine Mitgift verlangen«, fügte Florentyna hinzu und kramte in ihrer Tasche. »Ich besitze zweihundertzwölf Dollar und eine American-Express-Karte, also schuldest du mir sechsundfünfzig Dollar, Richard Kane. Aber ich gebe mich mit einer Rückzahlung von einem Dollar pro Jahr zufrieden.«

Eine halbe Stunde später hatte Florentyna gepackt. Sie setzte sich an den Schreibtisch, schrieb ein paar Zeilen und legte den Brief auf den Nachttisch.

Richard rief ein Taxi. Florentyna war beglückt, daß Richard in einer Krisensituation so ruhig reagierte, und begann sich zu entspannen. »Idlewild«, sagte er und legte Florentynas drei Koffer in den Gepäckraum.

Am Flughafen buchten sie einen Flug nach San Franzisko; sie entschieden sich dafür, weil es die Stadt zu sein schien, die am weitesten entfernt war von New York.

Um 7 Uhr 30 rollte die Super Constellation der American Airlines auf die Startbahn, und der siebenstündige Flug begann.

Richard half Florentyna mit den Sitzgurten. Sie lächelte ihn dankbar an.

»Weißt du, wie sehr ich dich liebe, Mr. Kane?«

»Ja, ich glaube – Mrs. Kane«, erwiderte er.

Kurz nachdem die beiden zum Flughafen gefahren waren, betraten Abel und George Florentynas Wohnung. Abel bereute bereits bitter, daß er Florentyna geschlagen hatte. Er wollte sich auch nicht vorstellen, wie sein Leben ohne sein einziges Kind aussehen würde. Wenn er sie nur erreichen konnte, bevor es zu spät war. Vielleicht würde es ihm doch noch mit Güte gelingen, ihr eine Ehe mit dem jungen Kane auszureden. Er wollte ihr alles versprechen, um diese Heirat zu verhindern.

George klingelte an der Wohnungstür. Nichts. George drückte nochmals auf die Klingel, und sie warteten eine Weile, bevor Abel den Schlüssel benutzte, den Florentyna für Notfälle bei ihm hinterlegt hatte. Sie durchsuchten die Wohnung und wußten, daß sie niemanden finden würden.

»Sie muß bereits fort sein«, sagte George, als er zu Abel ins Schlafzimmer kam.

»Ja, aber wohin?« fragte Abel, und dann sah er den Brief, der an ihn adressiert war.

Lieber Papa,

bitte verzeih mein Verschwinden, aber ich liebe Richard, und ich werde ihn nicht aufgeben, weil Du seinen Vater haßt. Wir werden sofort heiraten, und was immer Du tust, Du kannst uns nicht daran hindern. Solltest Du versuchen, Richard zu schaden, so schadest Du mir. Keiner von uns wird nach New York zurückkehren, bevor der sinnlose Kampf zwischen den beiden Familien beendet ist. Ich liebe Dich mehr, als Du ahnst, und ich danke Dir für alles, was Du für mich getan hast. Ich bete, daß dies nicht das Ende unserer Beziehung ist, aber bis Du Deine Meinung geändert hast – »Such nie den Wind in den Feldern – es ist sinnlos zu suchen, was fort ist.«

Deine Dich liebende Tochter
Florentyna

Abel ließ sich auf das Bett fallen und gab George den Brief. Dieser las ihn und fragte hilflos: »Kann ich irgend etwas tun?«

»Ja, George. Ich will meine Tochter zurückhaben, selbst wenn das bedeutet, daß ich mit diesem Hundesohn Kane direkt sprechen muß. Eines weiß ich mit Sicherheit: Es wird ihm kein Opfer zu groß sein, diese Heirat zu verhindern. Verbinde mich mit ihm.«

George brauchte eine Weile, bis er Kanes Geheimnummer erfuhr. Er erhielt sie vom Sicherheitsbeamten in der Lester-Bank, als er erklärte, daß es sich um eine dringende Familienangelegenheit handle. Abel saß, Florentynas Brief in der Hand, schweigend auf dem Bett und dachte daran, wie er das kleine Mädchen Florentyna das alte polnische Sprichwort gelehrt hatte, das sie in ihrem Brief zitierte.

Als George mit dem Haus Kanes verbunden wurde, antwortete eine männliche Stimme.

»Kann ich Mr. William Kane sprechen?« fragte George.

»Wen darf ich melden?« fragte die ungerührte Stimme.

»Mr. Abel Rosnovski.«

»Ich werde nachsehen, ob er zu Hause ist, Sir.«

»Ich glaube, das war Kanes Butler. Er sieht nach, ob Kane zu Hause ist«, sagte George und gab Abel den Hörer. Abel wartete und trommelte auf die Bettkante.

»Hier William Kane.«

»Hier Abel Rosnovski.«

»Tatsächlich?« Williams Ton war schneidend. »Und wann kam Ihnen die Idee, Ihre Tochter mit meinem Sohn zu verkuppeln? Vermutlich, als es Ihnen nicht gelang, meine Bank zu ruinieren?«

»Seien Sie kein verdamm . . .« Abel suchte sich zu beherrschen. »Ich will diese Heirat ebenso verhindern wie Sie. Ich versuchte nie, Ihnen Ihren Sohn wegzunehmen. Erst heute erfuhr ich von seiner Existenz. Ich liebe meine Tochter noch mehr, als ich Sie hasse, und ich will Florentyna nicht verlieren. Können wir uns nicht treffen und irgend etwas unternehmen?«

»Nein«, sagte William. »Diese Frage habe ich Ihnen einmal gestellt, Mr. Rosnovski, und Sie haben mir sehr deutlich gesagt, wann und wo Sie mich treffen würden. Bis dahin kann ich warten, denn ich bin sicher, daß Sie dort sein werden und nicht ich.«

»Was hat es für einen Sinn, jetzt die Vergangenheit aufzurühren,

Kane? Wenn Sie wissen, wo die beiden sind, können wir sie vielleicht zurückhalten. Das wollen Sie doch auch. Sind Sie so verdammt stolz, daß Sie einfach zusehen wollen, wie Ihr Sohn meine Tochter heiratet, anstatt zu helfen …?«

Bei dem Wort helfen wurde die Verbindung unterbrochen. Abel vergrub das Gesicht in die Hände und schluchzte. George brachte ihn ins Baron zurück.

Die ganze Nacht und den ganzen nächsten Tag versuchte Abel mit allen Mitteln, Florentyna zu finden. Er rief sogar ihre Mutter an, die zugab, daß ihre Tochter ihr alles über Richard Kane erzählt hatte.

»Er scheint sehr nett zu sein«, sagte sie boshaft.

»Weißt du, wo sie jetzt sind?« fragte Abel ungeduldig.

»Ja.«

»Wo?«

»Das finde du selbst heraus.« Wieder wurde ein Hörer aufgelegt.

Abel gab Inserate auf und ließ sogar eine Rundfunkdurchsage verlesen. Er bat die Polizei um Hilfe, aber da sowohl Florentyna als auch Richard über einundzwanzig waren, konnte sie nicht mehr tun, als eine allgemeine Suchmeldung durchzugeben. Florentyna meldete sich nicht. Schließlich sah Abel ein, daß sie, wenn er sie fand, bestimmt schon verheiratet sein würde.

Wieder und wieder las er den Brief und schwor sich, daß er dem Jungen niemals schaden würde. Der Vater, das war allerdings ein anderes Kapitel. Er, Abel Rosnovski, war in die Knie gegangen und hatte um Hilfe gebettelt, und der Hundesohn hatte nicht einmal zugehört. Abel schwor sich, daß er William Kane ein für allemal fertigmachen würde, wenn sich eine Gelegenheit dazu bot. George bekam es mit der Angst zu tun, als er den leidenschaftlichen Haß seines alten Freundes sah.

»Soll ich deine Europareise absagen?«

Abel hatte völlig vergessen, daß er vorgehabt hatte, mit Florentyna nach Europa zu fahren, sobald sie Ende des Monats ihre

Lehrzeit bei Bloomingdale beendet hätte. Sie hätte das Edinburgh Baron und das Cannes Baron eröffnen sollen. Jetzt war es ihm egal, wer was eröffnete oder ob die Hotels überhaupt eröffnet wurden.

»Ich kann nicht absagen«, erwiderte Abel, »ich werde die Hotels selbst eröffnen müssen, aber während meiner Abwesenheit mußt du Florentyna finden, und zwar ohne daß sie es merkt. Sie soll nicht glauben, daß ich ihr nachspioniere; das würde sie nie verzeihen. Vielleicht versuchst du es über Zaphia, aber sei vorsichtig. Bestimmt wird sie versuchen, einen Vorteil herauszuschlagen. Es ist klar, daß sie Florentyna alles, was sie von Kane weiß, mitgeteilt hat.«

»Soll Osborne irgend etwas bezüglich der Kane-Aktien unternehmen?«

»Nein, nicht im Augenblick. Jetzt ist nicht der richtige Zeitpunkt, Kane zu erledigen. Wenn ich es tue, dann will ich sichergehen, daß es endgültig ist. Ich kann jederzeit darauf zurückkommen. Im Augenblick mußt du Florentyna finden.«

George versprach, daß er sie bei Abels Rückkehr gefunden haben würde.

Drei Wochen später eröffnete Abel das Edinburgh Baron, ein prächtiges Hotel, auf einem Hügel über dem »Athen des Nordens« gelegen. Es waren immer Kleinigkeiten, die Abel bei einer Neueröffnung am meisten ärgerten, und bei seiner Ankunft versuchte er, alles noch rasch in Ordnung zu bringen: Lichtschalter, an denen man sich wegen der Nylonspannteppiche ein wenig elektrisierte; ein Zimmerservice, der eine halbe Stunde brauchte; oder ein Bett, das für einen sehr dicken oder sehr großen Gast zu klein war. Die Presse wies sofort darauf hin, daß Florentyna Rosnovski, die Tochter des Chikago-Barons, die Eröffnung hätte vornehmen sollen. Und in den Klatschspalten des *Sunday Express* wurden Familienzwistigkeiten angedeutet; Abel sei nicht so fröhlich und überschwenglich gewesen wie sonst. Abel leugnete alle Gerüchte – er sei über fünfzig, und das sei kein Alter mehr für Überschwenglichkeit, erklärte er auf Anraten seines P. R.-Mannes. Die Presse ließ sich nicht so leicht überzeugen, und am nächsten Tag brachte die *Daily Mail* das Bild einer Bronzeplakette – man hatte sie in einem Mülleimer gefunden – mit der Aufschrift:

The Edinburgh Baron
eröffnet von
Florentyna Rosnovski
17. Oktober 1957

Abel flog nach Cannes. Ein weiteres Luxushotel, diesmal mit Blick auf das Mittelmeer. Aber auch das konnte Florentyna nicht aus seinen Gedanken vertreiben. Wieder eine nicht verwendete Plakette, diesmal auf französisch. Eine Eröffnung ohne Florentyna war einfach nicht das richtige.

Abel begann zu fürchten, daß er seine Tochter nie mehr wiedersehen würde. Um seiner Einsamkeit zu entfliehen, schlief er mit einigen sehr teuren und einigen ziemlich billigen Frauen. William Kanes Sohn besaß jetzt den einzigen Menschen, den er wirklich liebte. Allein hatte ihm Frankreich nichts zu bieten, und als er seine Angelegenheiten erledigt hatte, flog er nach Bonn, um Verhandlungen über einen Baugrund für das erste Baron-Hotel in Deutschland abzuschließen. Mit George stand er in ständiger telefonischer Verbindung; Florentyna war immer noch unauffindbar, und über Henry Osborne gab es beunruhigende Nachrichten.

»Er hat große Schulden bei verschiedenen Wettbüros«, berichtete George.

»Ich habe ihn bereits gewarnt, daß ich ihn nicht mehr auslösen werde«, sagte Abel. »Seit er seinen Sitz im Kongreß verloren hat, ist er für nichts mehr zu gebrauchen. Aber ich glaube, dieses Problem wird bis zu meiner Rückkehr warten müssen.«

»Er hat Drohungen geäußert.«

»Das ist nichts Neues für mich«, sagte Abel. »Von Drohungen

habe ich mich noch nie einschüchtern lassen. Sag ihm, was immer er will, er muß warten, bis ich zurückkomme.«

»Wann planst du, wieder hier zu sein?«

»In drei, spätestens vier Wochen. Ich möchte mir in der Türkei und in Ägypten Baugründe anschauen. Hilton baut dort bereits, daher will ich mich auch umsehen. Übrigens sagte man mir, daß du mich, wenn das Flugzeug im Nahen Osten gelandet ist, kaum erreichen wirst; diese verdammten Araber können nicht mal einander finden, geschweige denn Besucher aus dem Ausland. Also wirst du dich bis zu meiner Rückkehr um alles kümmern müssen.«

Abel verbrachte mehr als drei Wochen damit, im gesamten arabischen Raum nach geeigneten Baugründen zu suchen. Legionen von Beratern begleiteten ihn, und die meisten behaupteten, Prinzen zu sein und über enormen Einfluß zu verfügen, weil sie mit dem wichtigsten Minister verwandt oder engstens befreundet seien. Leider stellte sich immer heraus, daß es der falsche Minister war oder die Verwandtschaftsbeziehung nicht eng genug. Nach dreiundzwanzig Tagen in Sand und Hitze, mit viel Soda, aber ohne Whisky, kam Abel nur zu dem einen Schluß: Wenn die Behauptungen seiner Ratgeber über die Ölreserven des Nahen Ostens stimmten, dann würde die Golfregion à la longue sehr viele Hotels brauchen. Und die Baron-Gruppe mußte sich entsprechend darauf vorbereiten, um nicht von der Konkurrenz überflügelt zu werden.

Es gelang Abel, mit Hilfe seiner »Prinzen« einige geeignete Terrains zu finden, aber es blieb ihm keine Zeit festzustellen, welcher von ihnen genügend Einfluß hatte, die maßgeblichen Behörden für seine Pläne zu gewinnen; Abel hatte nichts gegen Bestechung einzuwenden, wenn die Gelder in die richtigen Hände gelangten. In Amerika hatte Henry Osborne immer gewußt, welcher Beamte wieviel erwartete. Abel eröffnete in Bahrain ein kleines Büro und schärfte dem dortigen Leiter ein, daß die Baron-Gruppe an Baugründen interessiert sei, nicht aber an Prinzen oder Verwandten des Ministers.

Dann flog er nach Istanbul weiter, wo er sofort ein ideales Grundstück mit Blick auf den Bosporus fand. Es war kaum hundert Meter von der britischen Botschaft entfernt. Als er auf dem Terrain stand, dachte er an seinen letzten Aufenthalt in der Türkei zurück. Er ballte die Faust und hielt sein rechtes Handgelenk fest. Die Schreie der wütenden Menschenmenge klangen ihm noch im Ohr, und obwohl seither dreißig Jahre vergangen waren, hatten sie nichts von ihrem Schrecken verloren.

Erschöpft von den Reisen flog Abel nach New York. Während des endlos langen Fluges dachte er kaum an etwas anderes als an Florentyna, und ob George sie gefunden hatte. Wie immer wartete George hinter dem Schalter der Zollkontrolle, um ihn zu begrüßen. Sein Ausdruck verriet nichts.

»Was gibt es Neues?« fragte Abel und setzte sich in den Cadillac, während der Chauffeur das Gepäck verstaute.

»Gutes und Schlechtes«, sagte George und drückte auf einen Knopf neben dem Seitenfenster. Eine Glasscheibe schob sich zwischen die Vorder- und die Hintersitze. »Florentyna hat sich bei ihrer Mutter gemeldet. Sie wohnt in einer kleinen Wohnung in San Franzisko.«

»Verheiratet?«

»Ja.«

Einen Augenblick sprach keiner von ihnen.

»Und der junge Kane?«

»Er ist in einer Bank angestellt. Wie es scheint, hatte er Schwierigkeiten, einen Posten zu finden, weil es sich herumsprach, daß er die Harvard Business School nicht abgeschlossen hat und sein Vater sich weigert, eine Auskunft zu geben. Natürlich lehnten es viele aus Angst, mit der Bank des Vaters Schwierigkeiten zu bekommen, ab, ihn anzustellen. Schließlich bekam er einen Job als Kassierer bei der Bank of America – bei seinen Qualifikationen eine absurde Arbeit.«

»Und Florentyna?« – »Sie arbeitet als stellvertretende Geschäftsführerin in einem Modenhaus namens ›Wayout Columbus‹

in der Nähe des Golden Gate Parks; sie versuchte bei verschiedenen Banken einen Kredit aufzunehmen.«

»Warum? Hat sie irgendwelche Schwierigkeiten?« fragte Abel besorgt.

»Nein, sie braucht das Kapital, um ein eigenes Geschäft zu eröffnen.«

»Wieviel braucht sie?«

»Nur vierunddreißigtausend Dollar für die Miete eines kleinen Hauses auf Nob Hill.«

Abel lehnte sich zurück und überdachte, was er gehört hatte. Seine kurzen Finger trommelten gegen das Wagenfenster. »Sieh zu, daß sie das Geld bekommt, George. Laß es so aussehen, als wäre es ein normaler Bankkredit, und vergewissere dich, daß mein Name nicht genannt wird. Das muß immer zwischen uns bleiben, George.«

»Was immer du willst, Abel.«

»Und berichte mir alles, was sie tut, auch wenn es noch so unwichtig ist.«

»Und was ist mit ihm?«

»Er interessiert mich nicht«, sagte Abel. »Und was sind die schlechten Neuigkeiten?«

»Wieder Ärger mit Henry Osborne. Es scheint, daß er überall Schulden hat. Ich bin ziemlich sicher, daß du seine einzige Einkommensquelle bist. Überdies äußert er verschiedene Drohungen, er würde auffliegen lassen, daß du seinerzeit, beim Aufbau der Hotelkette, Bestechungen angewandt oder geduldet hättest. Er behauptet, er besitze alle Unterlagen seit dem Beginn eurer Bekanntschaft; damals habe er nach dem Brand des alten Richmond in Chikago bei der Versicherung für dich eine zusätzliche Zahlung erreicht. Heute sei dein Dossier zwanzig Zentimeter dick.«

»Henry werde ich mir morgen vornehmen«, sagte Abel.

Der Rest der Fahrt verging mit Georges Berichten über andere geschäftliche Angelegenheiten; alles schien zufriedenstellend, nur in Lagos sei das Baron Hotel nach einem neuerlichen Umsturz beschlagnahmt worden. Es kümmerte Abel nicht.

Am nächsten Morgen traf er Henry Osborne. Osborne schaute alt aus, das einst so glatte, hübsche Gesicht war jetzt von tiefen Furchen durchzogen. Die zwanzig Zentimeter dicke Akte erwähnte er nicht.

»Ich brauche ein wenig Geld, um eine schwierige Situation zu überbrücken. Ich hatte Pech«, sagte Henry.

»Schon wieder? In Ihrem Alter sollten Sie vernünftiger sein. Sie verlieren mit Pferden ebenso wie mit Frauen. Wieviel brauchen Sie diesmal?«

»Zehntausend würden mir helfen.«

»Zehntausend?« Abel spuckte die Worte beinahe aus. »Halten Sie mich für ein Goldbergwerk? Das letztemal waren es nur fünftausend.«

»Die Inflation«, sagte Henry und lachte gequält.

»Das ist das letzte Mal, verstanden?« sagte Abel und zückte sein Scheckbuch. »Sollten Sie noch mal betteln kommen, Henry, sind Sie nicht mehr im Aufsichtsrat und verschwinden ohne einen Cent.«

»Sie sind ein wahrer Freund, Abel. Ich schwöre, daß sich das nicht mehr wiederholt.« Henry nahm eine Zigarre aus Abels Zigarrenschachtel und zündete sie an. »Danke, Abel. Sie werden es sicher nicht bereuen.«

Henry verließ das Büro, als George eintrat. George wartete, bis sich die Tür hinter ihm geschlossen hatte.

»Was war mit Henry?«

»Ich hab zum letztenmal nachgegeben«, sagte Abel. »Weiß Gott, warum – es hat mich zehntausend gekostet.«

»Du meine Güte, ich komme mir vor wie der Bruder des Verschwenders«, sagte George. »Denn er kommt bestimmt zurück, darauf möchte ich wetten.«

»Das würde ich ihm nicht raten, denn ich habe genug von ihm.

Was immer er in der Vergangenheit für mich getan hat, ist abgegolten. Gibt es etwas Neues von Florentyna?«

»Florentyna geht es gut. Bezüglich Zaphia hattest du recht; sie fährt jeden Monat nach San Franzisko, um die beiden zu besuchen.«

»Verdammtes Weibsbild.«

»Mrs. Kane ist auch ein paarmal gekommen«, fügte George hinzu.

»Und Kane?«

»Kein Anzeichen von Nachgiebigkeit.«

»Das ist etwas, was uns verbindet«, sagte Abel.

»Ich ließ Florentyna durch Crocker National Bank von San Franzisko einen Kredit geben«, fuhr George fort. »Vor einer Woche kam sie in die Kreditabteilung der Bank. Die Vereinbarung sieht aus wie ein normaler Bankkredit, ohne besondere Vergünstigungen. Sie verlangen sogar ein halbes Prozent mehr als üblich, also kann sie keinen Verdacht hegen. Daß du für den Kredit bürgst, wird sie nie erfahren.«

»Danke, George. Das ist ausgezeichnet. Ich wette mit dir um zehn Dollar, daß sie den Kredit in zwei Jahren zurückgezahlt hat und nie mehr einen anderen brauchen wird.«

»Diese Wette würde ich nur fünf zu eins halten. Warum wetten wir nicht im Fall Henry? Da hätte ich bessere Chancen.«

Abel lachte. »Berichte mir alles, George, alles, was sie macht. Alles.«

34

Als William Thaddeus Cohens Bericht las, hatte er das Gefühl, über alles Wesentliche informiert zu sein, und jetzt machte ihm nur noch eines Sorgen: Warum nützte Abel Rosnovski nicht seinen großen Aktienanteil an der Lester-Bank aus? William konnte nicht vergessen, daß ihm sechs Prozent der Bank gehörten; mit weiteren zwei Prozent konnte er sich auf Artikel 7 der Statuten berufen. Es war unwahrscheinlich, daß Rosnovski immer noch Angst vor der Börsenaufsichtskommission hatte, insbesondere da Eisenhower mitten in der zweiten Regierungsperiode war und nie ein Interesse gezeigt hatte, die alte Untersuchung weiterzuführen.

Die Mitteilung, daß sich Henry Osborne wieder in finanziellen Schwierigkeiten befand und Rosnovski immer noch seine Schulden bezahlte, faszinierte William. Er fragte sich, wie lang das so weitergehen würde und was Henry über Rosnovski wußte. War es möglich, daß Rosnovski so viele eigene Probleme hatte, daß ihm für William Kane keine Zeit blieb? Cohens Bericht sprach von den Fortschritten der acht neuen Hotels, die Rosnovski rund um die Welt baute. Andererseits verlor das London Baron Geld, und das Lagos Baron war geschlossen. Überall sonst war die Hotelkette erfolgreich. William überflog nochmals den beigelegten Ausschnitt aus dem *Sunday Expess,* aus dem hervorging, daß Florentyna Rosnovski das Edinburgh Hotel nicht eröffnet hatte. Er dachte an seinen Sohn. Dann legte er den Bericht in eine Mappe, schloß sie im Safe ein und war überzeugt, daß er nichts Besorgniserregendes enthielt. Der Chauffeur fuhr ihn nach Hause.

William bereute den Zornausbruch gegenüber seinem Sohn. Obwohl er mit Rosnovskis Tochter nichts zu tun haben wollte, tat es ihm weh, sich von seinem einzigen Sohn so unwiderruflich abgewandt zu haben. Kate hatte sich sehr für ihren Sohn eingesetzt, und es war zu einer langen und erbitterten Auseinandersetzung gekommen – eine Seltenheit in ihrer Ehe –, die zu keiner Einigung führte. Kate versuchte alles, von sanfter Überredung bis zu Tränen, aber nichts schien William umstimmen zu können. Virginia und Lucy vermißten ihren Bruder: »Es gibt niemanden mehr, der meine Bilder kritisiert«, klagte Virginia.

»Du meinst wohl verspottet?« fragte Kate.

Virginia lächelte traurig.

Lucy schloß sich ins Badezimmer ein, drehte das Wasser auf

und schrieb Richard lange Briefe; Richard konnte sich nie erklären, warum sie immer so feucht waren. Niemand im Haus wagte es, vor William Richards Namen zu erwähnen. Das alles lag wie ein dunkler Schatten über der Familie.

William verbrachte mehr Zeit in der Bank, ja, er versuchte Tag und Nacht zu arbeiten, aber auch das half nicht. In einer Zeit, in der er Erholung dringend nötig gehabt hätte, beanspruchte die Bank wieder einmal alle seine Energien. In den letzten zwei Jahren hatte er sechs neue Vizepräsidenten ernannt und gehofft, daß sie ihn entlasten würden. Das Gegenteil war der Fall: sie schufen ihm mehr Arbeit, stellten ihn vor neue Entscheidungen, und der tüchtigste von ihnen, Jake Thomas, entpuppte sich als der chancenreichste Anwärter, sein Nachfolger als Präsident der Bank zu werden, falls Richard Rosnovskis Tochter nicht aufgab. Obwohl die Gewinne der Bank mit jedem Jahr höher wurden, stellte William fest, daß ihn das Geldverdienen nicht mehr interessierte. Vielleicht befand er sich in der gleichen Situation wie Charles Lester: Jetzt, da er Richard aus seinem Leben gestrichen, sein Testament geändert und den Familientrust aufgelöst hatte, besaß er keinen Sohn, dem er sein Vermögen hinterlassen und die Stellung eines Präsidenten vorbehalten konnte.

Im Jahr ihrer Silbernen Hochzeit beschloß William, Kate und die Mädchen für eine lange Ferienreise nach Europa einzuladen; vielleicht würde das helfen, Richard aus ihren Gedanken zu verdrängen. Mit einer Boeing 707 flogen sie nach London und wohnten im Ritz. Das Hotel rief viele glückliche Erinnerungen an den ersten London-Besuch mit Kate wach. Sie unternahmen eine nostalgische Reise nach Oxford und zeigten Virginia und Lucy die Universitätsstadt, bevor sie nach Stratford-on-Avon fuhren, um ein Shakespeare-Stück zu sehen: Richard III. mit Laurence Olivier. Ein König mit einem anderen Namen wäre ihnen lieber gewesen.

Auf der Rückreise von Stratford hielten sie bei der Kirche in Henley-on-Thames an, wo William und Kate geheiratet hatten. Sie hätten auch gern im Bell Inn übernachtet, aber man hatte auch diesmal nur ein Zimmer frei. Auf der Rückfahrt nach London konnten sich Kate und William nicht einigen, ob der Reverend, der sie getraut hatte, Tukesbury oder Dukesbury hieß; die Frage fand bis zu ihrer Ankunft im Ritz keine Lösung. Aber über einen Punkt waren sie sich einig: das neue Kirchendach machte sich ausgezeichnet.

Als sie abends zu Bett gingen, nahm William seine Frau in die Arme und küßte sie zärtlich: »Niemals wieder habe ich fünfhundert Pfund so gut angelegt«, sagte er.

Sie besichtigten alle Sehenswürdigkeiten Englands, die ein anständiger amerikanischer Tourist besichtigen muß, und viele, die Touristen im allgemeinen links liegenlassen, und flogen eine Woche später nach Italien. In Rom tranken die beiden Mädchen zuviel schlechten italienischen Wein und waren beide an Virginias Geburtstag krank, während William zuviel Spaghetti aß und sieben Pfund zunahm. Alle wären viel glücklicher gewesen, hätten sie das verbotene Thema Richard erwähnen dürfen. Virginia weinte an diesem Abend, und Kate versuchte sie zu trösten.

»Warum getraut sich niemand, Daddy zu sagen, daß es im Leben wichtigere Dinge gibt als Stolz?« fragte Virginia wieder und wieder.

Kate wußte keine Antwort.

Als sie nach New York zurückkehrten, war William erholt und begierig, sich wieder in seiner Arbeit zu vergraben. Die sieben Pfund verlor er in sieben Tagen.

Die Monate verstrichen, und William hatte das Gefühl, daß die Alltagsroutine wiedergekehrt sei. Diese Routine wurde jedoch jäh unterbrochen, als Virginia nach ihrem Abgang von Sweetbriar eines Tages verkündete, daß sie einen Studenten von der Virginia Law School heiraten werde. William war erschüttert.

»Sie ist noch viel zu jung«, sagte er.

»Virginia ist zweiundzwanzig«, erwiderte Kate, »sie ist kein Kind mehr, William. Wie gefällt dir übrigens der Gedanke, Großvater zu werden?« fügte sie hinzu und bereute sofort ihre Worte.

»Was willst du damit sagen?« fragte William entsetzt. »Virginia ist doch nicht schwanger, oder?«

»Ach nein, wo denkst du hin«, sagte Kate und fügte leise, als hätte man sie ertappt, hinzu: »Richard und Florentyna haben ein Kind bekommen.«

»Woher weißt du das?«

»Richard hat es mir geschrieben. Ist jetzt nicht die Zeit gekommen, ihm zu verzeihen, William?«

»Nie«, erwiderte William und verließ wütend das Zimmer.

Kate seufzte niedergeschlagen; er hatte nicht einmal gefragt, ob sein Enkel ein Junge oder Mädchen war.

Virginia heiratete im folgenden Jahr an einem schönen Frühlingstag im März in der Trinitykirche von Boston. David Telford, der junge Anwalt, mit dem Virginia ihr weiteres Leben verbringen wollte, gefiel William.

Virginia hatte sich Richard als Brautführer gewünscht, und Kate bat William, ihn zur Hochzeit einzuladen. Aber William weigerte sich. Er hätte gern ja gesagt, wußte aber, daß Richard nie ohne das Rosnovski-Mädchen kommen würde. Am Hochzeitstag sandte Richard seiner Schwester ein Telegramm und ein Geschenk. William erlaubte nicht, daß das Telegramm beim anschließenden Empfang verlesen wurde.

Sechstes Buch

35

Abel saß allein in seinem Büro im 42. Stock des New York Baron und wartete auf einen Wahlhelfer, der Geld für die Kennedy-Kampagne sammelte. Der Mann hatte sich bereits zwanzig Minuten verspätet, und Abel trommelte ungeduldig auf die Schreibtischplatte, als die Sekretärin eintrat.

»Ein Mr. Vincent Hogan möchte Sie sprechen, Sir.«

Abel sprang auf. »Kommen Sie nur herein, Mr. Hogan«, sagte er und klopfte dem gutaussehenden jungen Mann auf die Schulter. »Wie geht es?«

»Danke, gut, Mr. Rosnovski. Es tut mir leid, daß ich mich verspätet habe«, erwiderte Hogan mit unverkennbarem Bostoner Akzent.

»Ich habe es gar nicht bemerkt. Möchten Sie einen Drink?«

»Nein danke, Mr. Rosnovski, ich versuche an einem Tag, an dem ich so viele Leute aufsuchen muß, möglichst nichts zu trinken.«

»Sehr vernünftig. Hoffentlich haben Sie nichts dagegen, wenn ich etwas trinke; ich beabsichtige nicht, heute noch viele Leute zu sehen.«

Hogan lachte wie ein Mann, der wußte, daß er die Scherze der anderen würdigen mußte.

Abel schenkte sich einen Whisky ein.

»Und was kann ich für Sie tun, Mr. Hogan?«

»Die Partei hofft, daß sie auch diesmal auf Ihre Unterstützung zählen darf, Mr. Rosnovski.«

»Wie Sie wissen, war ich immer Demokrat, Mr. Hogan. Ich

unterstützte Franklin D. Roosevelt, Harry Truman und Adlai Stevenson, obwohl ich meistens keine Ahnung hatte, worüber Adlai sprach.«

Beide Männer lachten gezwungen.

»Ich habe auch meinem alten Freund Dick Daley in Chikago geholfen und den jungen Ed Muskie unterstützt – Sohn eines polnischen Einwanderers, wie Sie vielleicht wissen –, seit er 1954 Gouverneur von Maine werden wollte.«

»Kein Zweifel, Sie waren immer ein treuer Anhänger der Partei, Mr. Rosnovski«, sagte Vincent Hogan in einem Ton, der andeutete, daß die übliche Zeit für leichte Konversation vorbei war. »Wir wissen auch, daß die Demokraten, nicht zuletzt der ehemalige Kongreßabgeordnete Osborne, sich entsprechend revanchiert haben. Ich glaube, ich muß auf die Einzelheiten dieses unerfreulichen Vorfalls nicht eingehen.«

»Das gehört alles der Vergangenheit an«, sagte Abel.

»Natürlich, und obwohl die wenigsten Self-made-Multimillionäre eine genaue Durchleuchtung ihrer Geschäfte schätzen würden, werden Sie bestimmt begreifen, daß wir besonders vorsichtig sein müssen. Unser Kandidat kann so knapp vor den Wahlen kein persönliches Risiko eingehen. Ein Skandal zu diesem Zeitpunkt käme Nixon gerade gelegen.«

»Wir verstehen einander genau, Mr. Hogan. Und nachdem dieser Punkt geklärt ist, sagen Sie mir, bitte, wieviel Sie von mir für den Wahlkampf erwarten.«

»Ich brauche jeden Penny, den ich bekommen kann.« Hogans Worte kamen langsam und deutlich. »Nixon gewinnt überall im Land Stimmen, und es wird nicht so einfach sein, unseren Mann ins Weiße Haus zu bringen.«

»Nun, ich unterstütze Kennedy, wenn er mich unterstützt«, sagte Abel. »So einfach ist das.«

»Er unterstützt Sie mit Vergnügen, Mr. Rosnovski. Wir alle wissen, daß Sie eine Säule der polnischen Gemeinde sind, und Senator Kennedy weiß von Ihrem mutigen Einsatz für Ihre Landsleute, die immer noch hinter dem Eisernen Vorhang in Arbeitslagern dahinvegetieren, ganz zu schweigen von Ihren Verdiensten im Krieg. Ich darf Ihnen mitteilen, daß der Kandidat bereits einwilligte, während einer Wahlreise Ihr neues Hotel in Los Angeles persönlich zu eröffnen.«

»Das ist eine gute Nachricht«, sagte Abel.

»Der Kandidat ist auch über Ihren Wunsch informiert, Polen einen Sonderstatus im Handel mit den Vereinigten Staaten zu gewähren.«

»Das verdienen wir auch für unsere Leistungen im letzten Krieg«, sagte Abel und machte eine kleine Pause. »Und wie steht es mit der anderen Angelegenheit?«

»Senator Kennedy studiert im Augenblick die polnisch-amerikanische Stimmung, und bisher wurden keine Einwände erhoben. Natürlich kann er erst nach seiner Wahl zu einer endgültigen Entscheidung kommen.«

»Natürlich. Würden zweihundertfünfzigtausend Dollar bei dieser Entscheidung helfen?« fragte Abel.

Vincent Hogan antwortete nicht.

»Also werden es zweihundertfünfzigtausend sein. Das Geld wird Ende der Woche in Ihren Wahlfonds eingezahlt sein, Mr. Hogan. Sie haben mein Wort darauf.«

Das Geschäft war erledigt, der Handel abgeschlossen. Abel stand auf. »Bitte übermitteln Sie Senator Kennedy meine besten Wünsche, und natürlich hoffe ich, daß er der nächste Präsident der Vereinigten Staaten sein wird. Ich hasse Richard Nixon, nachdem er Helen Gahagan Douglas so niederträchtig behandelt hat, und es gibt persönliche Gründe, warum ich Henry Cabot Lodge nicht als Vizepräsidenten haben möchte.«

»Ich werde Ihre Nachricht mit Vergnügen weitergeben«, sagte Mr. Hogan. »Darf ich Ihnen meinen Dank für Ihre unermüdliche Unterstützung der Demokratischen Partei und insbesondere unseres Kandidaten aussprechen?« Der Mann aus Boston reichte Abel die Hand.

»Bleiben Sie mit mir in Verbindung, Mr. Hogan. Ich trenne mich nicht von einer solchen Summe, ohne entsprechende Zinsen zu erwarten.«

»Das verstehe ich«, erwiderte Vincent Hogan.

Abel begleitete seinen Gast zum Fahrstuhl und kehrte lächelnd ins Büro zurück. Wieder trommelte er mit den Fingern auf die Tischplatte. Die Sekretärin erschien.

»Bitten Sie Mr. Novak, zu mir zu kommen«, sagte Abel.

Ein paar Minuten später kam George aus seinem Büro zu Abel.

»Ich glaube, es ist gelungen, George.«

»Meinen Glückwunsch, Abel, ich freue mich wirklich. Wenn Kennedy Präsident wird, geht einer deiner größten Träume in Erfüllung. Florentyna wird stolz auf dich sein.«

Abel lächelte, als er ihren Namen hörte. »Weißt du, was diese kleine Person gemacht hat?« fragte er lachend. »Hast du letzte Woche die *Los Angeles Times* gelesen, George?«

George schüttelte den Kopf, und Abel reichte ihm das Blatt. George las laut: »Florentyna Kane eröffnet ihre dritte Boutique in Los Angeles. Sie besitzt bereits zwei Boutiquen in San Franzisko und hofft, vor Jahresende ein weiteres Geschäft in San Diego eröffnen zu können. ›Florentyna's‹, wie die Boutiquen heißen, werden bald für Kalifornien das sein, was Balenciaga für Paris ist.«

George legte lachend die Zeitung nieder.

»Sie muß den Artikel selbst geschrieben haben«, sagte Abel. »Ich warte schon mit Ungeduld, bis sie ein Florentyna's in New York eröffnet. Ich wette, daß sie das in fünf, längstens zehn Jahren erreicht. Willst du wieder wetten, George?«

»Ich habe auch die erste Wette nicht angenommen, wie du dich erinnern wirst; sonst hätte ich bereits zehn Dollar verloren.«

Abel schaute ihn fragend an und fragte leise: »Glaubst du, sie würde nach Los Angeles kommen, wenn Senator Kennedy das neue Baron eröffnet? Glaubst du, sie würde kommen, George?«

»Nicht, wenn der junge Kane nicht auch eingeladen wird.«

»Nie«, sagte Abel. »Dieser Kane ist ein Niemand. Ich hab deinen letzten Bericht gelesen, George. Er kündigte bei der Bank of America, um mit Florentyna zusammenzuarbeiten; konnte nicht einmal eine gute Stellung halten, sondern wollte von ihrem Erfolg profitieren.«

»Du liest nur das, was du lesen willst, Abel. Dabei weißt du ganz genau, daß es sich in Wahrheit anders verhält, weil ich es sehr präzis geschildert habe. Der Junge kümmert sich um die finanziellen Angelegenheiten, während Florentyna die Boutiquen führt; das ist eine ideale Kombination. Vergiß nicht, daß eine große Bank dem jungen Kane anbot, ihre europäische Niederlassung zu führen. Es war Florentyna, die ihn als Partner haben wollte, weil sie nicht mehr imstande war, das Geschäftliche selbst zu erledigen. Du mußt dich damit abfinden, daß die Ehe glücklich ist. Ich weiß, daß du daran würgst, aber warum steigst du nicht von deinem Piedestal hinunter und lernst den Jungen kennen?«

»Du bist mein bester Freund, George. Niemand auf der Welt würde es wagen, so mit mir zu sprechen. Daher weiß niemand besser als du, warum ich nicht hinuntersteigen kann – nicht, bis dieser Kane bereit ist, mir auf halbem Weg entgegenzukommen. Bis dahin werde ich keinen Schritt tun, solange er lebt.«

»Und wenn du zuerst stirbst, Abel? Ihr seid genau gleich alt.«

»Dann hätte ich verloren, und Florentyna würde alles erben.«

»Du hast mir gesagt, daß sie keinen Cent bekommt und du dein Testament zugunsten deines Enkels ändern willst.«

»Ich hab es nicht fertiggebracht, George. Als ich die Dokumente unterschreiben sollte, war ich einfach nicht dazu imstande. Ach, zum Teufel, dieser verdammte Enkel wird schließlich unsere beiden Vermögen erben.«

Abel nahm seine Brieftasche heraus, blätterte in einigen alten Fotos von Florentyna und zeigte George ein Bild seines Enkels.

»Sieht fein aus, der kleine Mann«, sagte George.

»Natürlich«, erwiderte Abel, »seiner Mutter wie aus dem Gesicht geschnitten.«

George lachte schallend. »Du gibst dich nie geschlagen, nicht wahr, Abel?«

»Und wie, glaubst du, haben sie ihn getauft?«

»Du weißt sehr gut, wie er heißt«, sagte George.

»Ich meine, wie, glaubst du, nennen sie ihn?«

»Woher soll ich das wissen?«

»Finde es heraus, das ist mir wichtig.«

»Wie soll ich das zuwege bringen?« fragte George. »Soll jemand hinter ihnen hergehen, während sie den Kinderwagen durch den Golden Gate Park schieben? Du hast eindeutige Weisungen gegeben: Florentyna darf nie erfahren, daß du dich noch für sie oder den jungen Kane interessierst.«

»Ach, das erinnert mich, mit seinem Vater habe ich noch eine Kleinigkeit zu erledigen«, sagte Abel.

»Was willst du mit den Lester-Aktien tun? Peter Parfitt zeigte sich etwas interessierter, seine zwei Prozent zu verkaufen, aber ich würde Henry nicht mit den Verhandlungen betrauen. Wenn die zwei ein Geschäft machen, werden alle daran verdienen außer dir.«

»Ich unternehme nichts mehr. Sosehr ich Kane hasse, will ich keine Schwierigkeiten mit ihm haben, bevor Kennedy nicht die Wahl gewonnen hat. Daher lasse ich vorläufig alles ruhen. Wenn Kennedy nicht Präsident wird, kaufe ich Parfitts zwei Prozent und führe den Plan wie besprochen aus. Mach dir keine Sorgen wegen Henry; ich habe ihm bereits das Kane-Konto weggenommen. Von jetzt an betreue ich es selbst.«

»Ich mache mir aber Sorgen, Abel. Ich weiß, daß er wieder bei den meisten Wettbüros von Chikago hohe Schulden hat, und ich wäre nicht erstaunt, wenn er demnächst in New York auftauchte, um wieder zu schnorren.«

»Henry wird nicht mehr zu mir kommen. Ich habe ihm bei seinem letzten Besuch sehr deutlich gesagt, daß er keinen Cent mehr zu erwarten hat. Wenn er noch einmal betteln kommt, verliert er seinen Aufsichtsratposten und damit seine letzte Verdienstquelle.«

»Das macht mir noch größere Sorgen«, sagte George. »Nehmen wir einmal an, daß er sich direkt an Kane wendet, um Geld zu bekommen.«

»Ausgeschlossen, George. Henry ist der einzige Mensch, der Kane mehr haßt als ich, und das nicht ohne Grund.«

»Woher willst du das so sicher wissen?«

»William Kanes Mutter war Henrys zweite Frau, und der sechzehnjährige William hat ihn aus seinem eigenen Haus geworfen.«

»Mein Gott, woher hast du diese Information?«

»Es gibt nichts, was ich über William Kane nicht weiß«, sagte Abel, »und das gleiche trifft übrigens auch auf Henry zu. Absolut nichts – angefangen von der Tatsache, daß wir am selben Tag geboren wurden. Und ich möchte wetten, daß Kane ebenso alles über mich weiß, daher müssen wir vorsichtig sein. Aber du brauchst keine Angst zu haben, daß Henry zum Verräter wird; er würde eher sterben als zugeben, daß er in Wahrheit Vittorio Tosna heißt und einmal eine Gefängnisstrafe absitzen mußte.«

»Du lieber Himmel – ahnt Henry, daß du das alles weißt?«

»Nein. Ich habe es jahrelang für mich behalten, weil ich glaube, daß man über einen Menschen, der einen vielleicht einmal erpressen will, immer ein paar Kleinigkeiten wissen sollte. Seit damals, als Henry vorschlug, die Versicherungsgesellschaft zu beschwindeln, obwohl er dort angestellt war, habe ich ihm nie getraut, obwohl er mir oft gute Dienste geleistet hat. Ich bin auch überzeugt, daß er mir in Zukunft keinen Ärger machen wird, denn ohne sein Direktorgehalt stünde er über Nacht ohne einen Cent da. Reden wir nicht mehr von ihm, sag mir lieber etwas Erfreuliches: Wann wird das Baron in Los Angeles spätestens fertig?«.

»Mitte September«, sagte George.

»Gut. Das heißt, sechs Wochen vor den Wahlen. Wenn Kennedy das Hotel eröffnet, werden es alle Zeitungen Amerikas auf der Titelseite bringen.«

36

Als William von einer Konferenz in Washington nach New York zurückkehrte, fand er die Nachricht vor, er solle sich sofort mit Thaddeus Cohen in Verbindung setzen. Er hatte Cohen schon lange nicht gesprochen, da Abel Rosnovski seit dem letzten Telefongespräch am Vorabend von Florentynas und Richards Hochzeit – das war jetzt fast drei Jahre her – keine Schwierigkeiten mehr gemacht hatte. Alle Vierteljahresberichte hatten nur bestätigt, daß Rosnovski die Bankaktien weder zu kaufen noch zu verkaufen versuchte. Dessenungeachtet rief er sofort und etwas besorgt Thaddeus Cohen an. Der Anwalt teilte ihm mit, daß er eine Information erhalten habe, die er nicht am Telefon besprechen wolle. William bat ihn, in die Bank zu kommen, sobald er Zeit habe.

Vierzig Minuten später war Thaddeus Cohen bei ihm im Büro. William hörte ihm schweigend und aufmerksam zu.

Als Cohen geendet hatte, sagte William: »Ihr Vater hätte solche Methoden nicht gebilligt.«

»Auch der Ihre nicht«, erwiderte Thaddeus Cohen, »aber unsere Väter hatten es nicht mit Leuten wie Abel Rosnovski zu tun.«

»Und weshalb halten Sie Ihren Plan für durchführbar?«

»Denken Sie an den Fall Bernard Goldfine und Sherman Adams. Es ging nur um eintausendsechshundertzweiundvierzig Dollar in Hotelrechnungen und um einen Vicuñamantel. Aber der Präsident kam in größte Verlegenheit, als man Adams einer bevorzugten Behandlung beschuldigte, weil er Sekretär des Präsidenten war. Wir wissen, daß Mr. Rosnovski viel höher hinauswill. Es sollte daher leichter sein, ihn zu Fall zu bringen.«

»Spiel, Satz und Match. Wieviel wird es mich kosten?«

»Ungefähr fünfundzwanzigtausend, aber vielleicht kann ich die Angelegenheit auch billiger bewerkstelligen.«

»Woher sollen Sie so sicher wissen, daß Rosnovski nicht erfährt, daß ich die Hand im Spiel habe?«

»Ich würde eine dritte Person beauftragen, die nicht einmal Ihren Namen kennt.«

»Und was wollen wir tun, damit Ihr Plan klappt?«

»Sie schicken Senator John Kennedys Büro alle Einzelheiten, und ich garantiere Ihnen, daß damit alle ehrgeizigen Pläne des Herrn Rosnovski ein für allemal beendet sind. Denn in dem Augenblick, in dem seine Glaubhaftigkeit erschüttert ist, ist er erledigt. Dann wird er auch nicht mehr imstande sein, Paragraph 7 der Bankstatuten anzuwenden – selbst wenn er acht Prozent von Lester bekommt.«

»Vielleicht – falls Kennedy Präsident wird«, sagte William. »Und was geschieht, wenn Nixon die Wahl gewinnt? Er liegt bei allen Meinungsumfragen weit vorn, und ich möchte wetten, daß er gute Chancen gegen Kennedy hat. Können Sie sich einen Katholiken im Weißen Haus vorstellen? Ich nicht, aber andererseits muß ich zugeben, daß eine Investition von fünfundzwanzigtausend Dollar bescheiden ist, wenn auch nur eine schwache Chance besteht, Abel Rosnovski damit auszuschalten, so daß ich wieder Ruhe habe.«

»Wenn Kennedy Präsident wird...«

William öffnete die Schreibtischlade, nahm ein großes Scheckbuch mit der Aufschrift »Privatkonto« heraus und schrieb die Zahlen: Zwei, fünf, null, null, null.

37

Abels Vorhersage, daß von der Eröffnung des Baron Hotels durch Kennedy auf allen Titelseiten berichtet werden würde, traf nicht ganz zu. Obwohl der Präsidentschaftskandidat tatsächlich das Hotel eröffnete, mußte er an diesem Tag bei Dutzenden anderen Veranstaltungen in Los Angeles erscheinen und am folgenden Abend mit Nixon eine Fernsehdebatte führen. Doch die Eröffnung des neuen Baron wurde von der gesamten Presse ausführlich wahrgenommen, und Vincent Hogan versicherte Abel unter vier Augen, daß Kennedy die andere Sache nicht vergessen habe. Florentynas Boutique war nur ein paar hundert Meter entfernt, aber Vater und Tochter sahen einander nicht.

Als die Wahlresultate von Illinois bekannt wurden und John F. Kennedy aller Voraussicht nach 35. Präsident der Vereinigten Staaten zu werden schien, trank Abel auf das Wohl von Bürgermeister Daley und feierte im demokratischen Hauptquartier auf dem Times Square. Erst um fünf Uhr morgens ging er nach Hause.

»Zum Teufel, ich habe einiges zu feiern«, sagte er zu George, »ich werde der nächste ...« Er schlief ein, bevor er den Satz beendet hatte. George lachte und brachte ihn zu Bett.

William hörte die Wahlresultate in der Stille seines Arbeitszimmers in der 68. Straße. Nach den Resultaten von Illinois, die erst am nächsten Morgen um zehn Uhr bestätigt wurden (William hatte Bürgermeister Daley nie vertraut), erklärte Walter Cronkite, daß die Sache entschieden sei. William ging zum Telefon und rief Thaddeus Cohen zu Hause an.

»Die fünfundzwanzigtausend waren, wie sich zeigt, eine gute Anlage«, war alles, was er sagte. »Jetzt wollen wir dafür sorgen, daß Mr. Rosnovski nicht zu lange feiert. Aber unternehmen Sie nichts, bevor er in die Türkei fährt.«

William legte den Hörer auf und ging schlafen. Er war enttäuscht, daß es Nixon nicht gelungen war, Kennedy zu schlagen, und daß sein entfernter Vetter Henry Cabot Lodge nicht Vizepräsident werden würde.

Als Abel eine Einladung zu einer der Inaugurationsfeiern von Präsident Kennedy in Washington erhielt, gab es nur einen Menschen, mit dem er diese Ehre teilen wollte. Er besprach die Idee mit George; er mußte jedoch einsehen, daß Florentyna ihn nur begleiten würde, wenn sie überzeugt war, daß der Streit mit Richards Vater endlich beigelegt werden würde. Er begriff also, daß er allein hinfahren mußte.

Um den Feierlichkeiten in Washington beizuwohnen, verschob Abel seine Reise nach Europa und in den Nahen Osten um ein paar Tage. Die Inauguration zu versäumen konnte er sich nicht leisten, die Eröffnung des Istanbul Baron konnte er ohne weiteres verschieben.

Abel ließ sich für diesen besonderen Anlaß einen sehr konservativ dunklen Anzug machen und wohnte während der Inauguration in der Präsidentensuite des Washington Baron. Er genoß die Inaugurationsrede des jungen Präsidenten, die so voller Hoffnungen und Versprechen für die Zukunft war.

»Eine neue Generation von Amerikanern, in diesem Jahrhundert geboren« – das betraf Abel gerade noch –, »gestählt durch den Krieg« – das betraf Abel zweifellos –, »von einem harten und bitteren Frieden ernüchtert« – wieder traf es auf Abel zu. »Fragt nicht, was euer Land für euch tun kann. Fragt, was ihr für euer Land tun könnt.«

Wie ein Mann stand die jubelnde Menschenmenge auf, und niemand kümmerte es, daß es zu schneien begonnen hatte, weil nichts den Eindruck von John F. Kennedys brillanter Rede dämpfen konnte.

Beschwingt kehrte Abel in das Washington Baron zurück. Er nahm eine Dusche, bevor er sich in den Frack warf, den er ebenfalls für diese besondere Gelegenheit hatte anfertigen lassen. Als Abel sein etwas ausladendes Spiegelbild betrachtete, mußte er zugeben, daß er nicht gerade der Inbegriff einer eleganten Erscheinung war. Der Schneider hatte sein möglichstes getan und sich nicht beklagt, daß er in den letzten drei Jahren drei neue und jedesmal etwas weitere Abendanzüge hatte machen müssen. Florentyna hätte ihn wegen der überflüssigen Zentimeter, wie sie es nannte, gescholten, und ihretwegen hätte er auch gefastet. Warum seine Gedanken immer und immer wieder zu Florentyna zurückkehrten? Er studierte seine Auszeichnungen: zuerst die Medaille der polnischen Veteranen, dann die Auszeichnung für den Kriegsdienst in der Wüste und in Europa und dann die »Besteckmedaillen«, wie Abel sie nannte, für seine ausgezeichneten Leistungen mit Messer und Gabel.

An diesem Abend fanden insgesamt sieben Inaugurationsbälle in Washington statt, und Abel war ins D. C. Armoury eingeladen. Er saß an einem Tisch für polnische Demokraten aus New York und Chikago. Man hatte viel zu feiern. Edmund Muskie saß im Senat, und zehn weitere polnische Demokraten waren in den Kongreß gewählt worden. Niemand erwähnte die zwei neu gewählten polnischen Republikaner. Abel verbrachte einen vergnügten Abend mit zwei alten polnischen Freunden, die, ebenso wie er, zu den Gründungsmitgliedern des polnisch-amerikanischen Kongresses gehörten. Beide erkundigten sich nach Florentyna.

Das Dinner wurde vom Eintreffen John F. Kennedys und seiner schönen Frau Jacqueline unterbrochen. Sie blieben etwa fünfzehn Minuten, unterhielten sich mit einigen, sorgfältig ausgewählten Leuten und gingen zum nächsten Ball. Abel sprach zwar nicht mit dem Präsidenten, obwohl er seinen Tisch verließ und sich ihm strategisch günstig in den Weg stellte, aber er wechselte einige Worte mit Vincent Hogan, als dieser mit Kennedy und dessen Gefolge fortging.

»Mr. Rosnovski, wie nett, Sie zufällig zu treffen.«

Abel hätte dem jungen Mann gern erklärt, daß nichts bei ihm zufällig war, aber es war weder der richtige Zeitpunkt noch der richtige Ort dafür. Hogan nahm Abels Arm und führte ihn rasch hinter eine große Marmorsäule.

»Ich kann im Moment nicht viel sagen, weil ich beim Präsidenten bleiben muß, aber ich glaube, Sie dürfen sehr bald einen Anruf von uns erwarten, Mr. Rosnovski. Natürlich ist der Präsident im Augenblick noch sehr beschäftigt.«

»Natürlich«, stimmte Abel zu.

»Aber ich hoffe«, fuhr Vincent Hogan fort, »daß in Ihrem Falle alles Ende März oder Anfang April bestätigt sein wird. Darf ich der erste sein, der meinen Glückwunsch ausspricht, Mr. Rosnovski? Ich bin überzeugt, daß Sie dem Präsidenten gut dienen werden.«

Abel sah Vincent Hogan nach, der buchstäblich wegrannte, um die Kennedys und ihre Begleitung einzuholen, die bereits wartende Limousinen bestiegen.

»Sie sehen zufrieden aus«, bemerkte einer seiner polnischen Freunde, als Abel zum Tisch zurückkehrte und ein zähes Steak in Angriff nahm, das es in einem Baron nie gegeben hätte.

»Hat Kennedy dich gebeten, sein neuer Staatssekretär zu werden?«

Alles lachte.

»Noch nicht«, sagte Abel, »aber er teilte mir mit, daß das Weiße Haus nicht an ein Baron Hotel heranreicht.«

Nach einem Besuch der polnischen Kapelle, die der Muttergottes von Tschenstochau geweiht war, flog Abel am nächsten Tag nach New York zurück. Auf dem Flughafen von Washington herrschte das Chaos, und Abel kam drei Stunden später als geplant im New York Baron an. George, der mit ihm zu Abend aß, wußte, daß alles gutgegangen war, als Abel eine Flasche Dom Perignon bestellte.

»Heute abend feiern wir«, erklärte Abel. »Ich sah Hogan auf dem Ball, und meine Ernennung soll in den nächsten Wochen bestätigt werden. Wenn ich aus dem Nahen Osten zurückkomme, erfolgt die offizielle Mitteilung.«

»Meinen Glückwunsch, Abel. Ich kenne niemanden, der diese Ehre mehr verdient als du.«

»Danke, George. Ich kann dir versichern, daß dich nicht nur der Himmel belohnen wird; wenn die Sache offiziell wird, ernenne ich dich in meiner Abwesenheit zum geschäftsführenden Präsidenten der Baron-Gruppe.«

George trank noch ein Glas Champagner. Sie hatten bereits die halbe Flasche geleert.

»Wie lang willst du diesmal fortbleiben, Abel?«

»Nur drei Wochen. Ich will nachsehen, ob mich diese Araber von vorn und hinten bestehlen, und dann fahre ich in die Türkei, um das Istanbul Baron zu eröffnen. In London und Paris will ich mich nur kurz aufhalten.«

George schenkte Champagner nach.

Abel blieb drei Tage länger als geplant in London und versuchte, zusammen mit einem Hoteldirektor, der alle Schuld auf die Gewerkschaften schob, die verschiedenen Probleme des Hotels zu lösen. Das London Baron hatte sich als eine der wenigen Fehlinvestitionen erwiesen, obwohl Abel nie genau feststellen konnte, warum das Hotel fortwährend in den roten Zahlen war. Er hätte es gern geschlossen, aber die Baron-Kette mußte in der britischen Hauptstadt vertreten sein, also entließ er den Direktor und bestellte einen neuen.

In Paris war es anders; das Hotel war eines der erfolgreichsten in Europa, und Abel hatte einmal, so widerwillig, wie ein Vater zugibt, daß er ein Lieblingskind hat, Florentyna gestanden, daß das Paris Baron sein liebstes Hotel war. Abel stellte fest, daß auf dem Boulevard Raspail alles wie am Schnürchen lief, und nach zwei Tagen fuhr er weiter in den Nahen Osten.

Abel besaß jetzt in fünf Golfstaaten Grundstücke, aber nur in Riad hatte man bereits mit dem Bau eines Hotels begonnen. Wäre Abel jünger gewesen, er hätte ein paar Jahre im Nahen Osten verbracht, um die arabische Mentalität kennenzulernen. Aber er haßte den Sand und die Hitze ebenso wie die Ungewißheit, ob er einen Whisky bestellen durfte oder nicht. Auch die Araber gingen ihm auf die Nerven, woraus er schloß, daß er älter wurde. Er überließ sie einem jungen Direktor-Stellvertreter und schärfte ihm ein, daß er erst in das gottlose Amerika zurückkehren dürfe, wenn er sich unter den rechtgläubigen Mohammedanern bewährt habe. Der Unglückliche blieb also in der reichsten Hölle auf Erden zurück, und Abel flog in die Türkei.

In den letzten Jahren hatte Abel einige Male die Türkei besucht, um die Fortschritte des Istanbul Barons zu verfolgen. Konstantinopel mit all seinen Erinnerungen blieb für Abel immer eine besondere Stadt, und er freute sich darauf, in dem Land, das er verlassen hatte, um ein neues Leben zu beginnen, ein Hotel zu eröffnen.

Während er wieder einmal in einer Luxussuite seine Koffer auspackte, fand er fünfzehn Einladungen vor, auf die er antworten mußte. Diese Art von Einladungen gab es immer bei einer Hoteleröffnung; sie kamen von Leuten, die plötzlich aus dem Nichts auftauchten und bei jeder Eröffnung dabeizusein wünschten. Diesmal jedoch waren zwei der Einladungen eine angenehme Überraschung für Abel; sie kamen vom amerikanischen und vom britischen Botschafter. Vor allem die Einladung in die alte Britische Botschaft wollte er unbedingt annehmen, da er das Gebäude seit beinahe vierzig Jahren nicht mehr betreten hatte.

An diesem Abend speiste Abel als Gast von Sir Bernard Burrows, dem britischen Botschafter in der Türkei. Zu seiner Überraschung saß er zur Rechten der Botschaftersgattin, eine Ehre, die Abel noch in keiner anderen Botschaft zuteil geworden war. Als das Dinner vorüber war, wurde Abel erstmals Zeuge einer seltsamen englischen Tradition: die Damen verließen das Zimmer, während die Herren sich in aller Ruhe ihren Zigarren und dem Port oder dem Brandy widmeten. Abel wurde aufgefordert, mit dem amerikanischen Botschafter, Fletcher Warren, in Sir Bernards Arbeitszimmer einen Port zu trinken. Sir Bernard nahm den amerikanischen Botschafter ins Gebet, weil er ihm erlaubt hatte, den Chikago-Baron vor ihm zum Dinner einzuladen.

»Die Briten waren schon immer ein überheblicher Stamm«, sagte der amerikanische Botschafter und zündete sich eine große kubanische Zigarre an.

»Eines muß ich den Amerikanern vorwerfen«, erwiderte Sir Bernard. »Sie wissen nicht, wann sie sich geschlagen geben müssen.«

Abel hörte den Scherzen der beiden Diplomaten zu und fragte

sich, warum man ihn zu dieser privaten Unterhaltung aufgefordert hatte.

Sir Bernard bot Abel einen alten Port an, und der amerikanische Botschafter erhob sein Glas.

»Auf Abel Rosnovski«, sagte er.

Auch Sir Bernard erhob sein Glas. »Soviel ich höre, sind Glückwünsche angezeigt.«

Abel errötete und schaute Fletcher Warren an, in der Hoffnung, daß dieser ihm helfen würde.

»Ach, habe ich ein Geheimnis verraten, Fletcher?« Sir Bernard wandte sich an den amerikanischen Botschafter. »Sie sagten doch, man wisse bereits von der bevorstehenden Ernennung?«

»Ja, ja, das stimmt«, bemerkte Fletcher Warren. »Es wäre ja nicht zum erstenmal, daß die Engländer ein Geheimnis nicht für sich behalten konnten.«

»Brauchten die Amerikaner deshalb so lang, bis sie draufkamen, daß wir mit Deutschland Krieg führten?« erkundigte sich Sir Bernard.

»Um dann einzugreifen und für einen Sieg zu sorgen?«

»Um den Ruhm einzuheimsen«, sagte Sir Bernard.

Der amerikanische Botschafter lachte. »Mir wurde gesagt, daß man in den nächsten Tagen die offizielle Bekanntgabe erwarten dürfe.«

Beide Männer schauten Abel an; Abel schwieg.

»Nun, dann möchte ich jedenfalls der erste sein, der Ihnen gratuliert, Exzellenz«, sagte Sir Bernard. »Ich wünsche Ihnen sehr viel Glück zu Ihrer Ernennung.«

Abel wurde dunkelrot, als er die Anrede hörte, die er in den letzten Monaten so oft seinem Rasierspiegel zugeflüstert hatte. »Sie werden sich daran gewöhnen müssen, Exzellenz genannt zu werden«, fuhr der britische Botschafter fort, »und noch an vieles andere auch, zum Beispiel an diese verdammten offiziellen Anlässe, denen man fortwährend beiwohnen muß. Ihre heutigen Gewichtsprobleme sind nichts im Vergleich zu jenen, die Sie nach

Ablauf Ihrer Amtsperiode haben werden. Vielleicht werden Sie dem Kalten Krieg noch dankbar sein; wenigstens hält er Ihre gesellschaftlichen Verpflichtungen in Grenzen.«

Der amerikanische Botschafter lächelte. »Darf ich meine besten Wünsche für Ihren weiteren Erfolg hinzufügen, lieber Abel. Wann waren Sie zum letztenmal in Polen?« erkundigte er sich.

»Ich war nur einmal vor ein paar Jahren für einen kurzen Besuch in meiner Heimat. Seitdem wünsche ich mir immer, wieder zurückzukehren.«

»Nun, jetzt werden Sie im Triumph zurückkehren«, sagte Fletcher Warren. »Kennen Sie unsere Botschaft in Warschau?«

»Nein.«

»Kein schlechtes Gebäude«, sagte Sir Bernard, »wenn man bedenkt, daß Ihr Leute aus dem Wilden Westen erst nach dem Zweiten Weltkrieg in Europa Fuß gefaßt habt. Aber das Essen ist unbeschreiblich schlecht. Ich erwarte, daß Sie etwas dagegen tun, Mr. Rosnovski. Leider fürchte ich, daß Ihnen nichts anderes übrigbleiben wird, als in Warschau ein Baron zu bauen. Als Botschafter wird das das mindeste sein, was man von einem alten Polen erwartet.«

Abel war euphorisch; er lachte und genoß Sir Bernards kleine Scherze, er trank ein wenig mehr Port als gewöhnlich und war mit sich und der Welt zufrieden. Er konnte es kaum erwarten, nach Amerika zurückzukehren und Florentyna die Neuigkeit – jetzt, da sie offiziell zu sein schien – mitzuteilen. Sie würde stolz auf ihn sein. In diesem Augenblick beschloß er, daß er von New York direkt nach San Franzisko weiterfliegen und sich mit ihr versöhnen würde. Er wünschte sich das schon seit langem, und jetzt hatte er einen Vorwand. Irgendwie würde er sich schon überwinden, den jungen Kane zu mögen. Und er mußte aufhören, von ihm als dem »jungen Kane« zu sprechen. Wie hieß er doch – Richard? Ja, Richard. Abel fühlte sich jetzt, da er diesen Entschluß gefaßt hatte, unendlich erleichtert.

Die drei Männer kehrten in das Empfangszimmer und zu den

Damen zurück. Abel berührte den britischen Botschafter an der Schulter. »Ich sollte nach Hause fahren, Exzellenz.«

»Zurück ins Baron«, sagte Sir Bernard. »Erlauben Sie mir, Sie zum Auto zu begleiten, lieber Freund.«

Die Frau des Botschafters verabschiedete sich von ihm an der Tür.

»Gute Nacht, Lady Burrows, ich danke für einen denkwürdigen Abend.«

Sie lächelte. »Ich weiß, daß ich nichts wissen sollte, Mr. Rosnovski, aber meinen Glückwunsch zu Ihrer Ernennung. Sie müssen stolz sein, als höchster Vertreter Ihres Landes in Ihre Heimat zurückzukehren.«

»Das bin ich«, sagte Abel schlicht.

Sir Bernard begleitete ihn die Marmortreppe hinunter zu dem wartenden Wagen. Der Chauffeur öffnete den Wagenschlag.

»Gute Nacht, Rosnovski«, sagte Sir Bernard, »und viel Glück in Warschau. Übrigens hoffe ich, daß Sie Ihre erste Mahlzeit in der britischen Botschaft genossen haben.«

»Es war eigentlich meine zweite, Sir Bernard.«

»Sie waren schon hier, alter Knabe? Als wir das Gästebuch durchsahen, konnten wir Ihren Namen nicht finden.«

»Nein«, sagte Abel, »das letztemal aß ich mein Abendbrot in der Küche der britischen Botschaft. Ich glaube nicht, daß dort ein Gästebuch aufliegt, aber die Mahlzeit damals war jedenfalls die beste, die ich seit Jahren gehabt hatte.«

Abel lächelte, als er sich in den Wagenfond setzte. Sir Bernard wußte offensichtlich nicht genau, ob er ihm glauben sollte oder nicht. Während der Fahrt zum Baron klopfte Abel mit den Fingern gegen das Seitenfenster und summte vor sich hin. Er wäre gern am nächsten Morgen nach Amerika zurückgeflogen, konnte jedoch die Einladung des amerikanischen Botschafters am folgenden Abend nicht absagen. So etwas tut ein künftiger Botschafter nicht, hörte er Sir Bernard sagen.

Auch das Dinner beim amerikanischen Botschafter erwies sich

als angenehmer Abend. Abel mußte allen anwesenden Gästen erzählen, wie er dazu gekommen war, in der Küche der britischen Botschaft zu essen. Als er es ihnen berichtete, schaute man ihn mit erstaunter Bewunderung an. Er war nicht sicher, ob man der Geschichte, wie man ihm beinahe die Hand abgehackt hätte, Glauben schenkte, aber alle bewunderten den Silberreif, und an diesem Abend nannte ihn jeder »Exzellenz«.

Am nächsten Morgen stand Abel früh auf; er freute sich auf den Rückflug. Seine DC 8 wurde sechzehn Stunden in Belgrad festgehalten; etwas mit dem Fahrgestell war nicht in Ordnung, erklärte man ihm. Er saß im Warteraum des Flughafens und trank ungenießbaren jugoslawischen Kaffee. Der Gegensatz zwischen der britischen Botschaft und der Snackbar in einem kommunistischen Land war bemerkenswert. Endlich war die DC 8 startbereit, nur um in Amsterdam nochmals aufgehalten zu werden. Diesmal mußte er das Flugzeug wechseln.

Als er endlich in Idlewild ankam, war Abel fast sechsunddreißig Stunden unterwegs gewesen. Er war so müde, daß er kaum gehen konnte. Als er den Zollraum verließ, wurde er plötzlich von Journalisten und Reportern mit gezückten Kameras umringt. Sofort lächelte er. Die Ernennung scheint nun offiziell zu sein, dachte er. Er hielt sich, so gerade er nur konnte, und ging langsam und würdevoll, um das Hinken zu verbergen. Die Kameraleute stießen einander rüde beiseite, um gute Bilder zu bekommen; von George keine Spur. Dann sah Abel ihn totenblaß in einer Ecke stehen. Abels Herz begann zu pochen, als er durch die Sperre ging und ein Journalist, weit davon entfernt, ihn zu fragen, wie er sich als erster polnisch-amerikanischer Botschafter in Warschau fühlte, laut ausrief: »Haben Sie etwas auf die Anklagen zu erwidern?«

Die Kameras klickten weiter, und nun prasselten Fragen auf ihn ein.

»Sind die Anschuldigungen wahr, Mr. Rosnovski?«

»Wieviel haben Sie dem Kongreßabgeordneten Osborne tatsächlich gezahlt?«

»Leugnen Sie die Anschuldigungen?«

»Sind Sie nach Amerika zurückgekehrt, um sich dem Gericht zu stellen?«

Die Reporter schrieben Abels Antworten nieder, obwohl er nicht einmal den Mund öffnete.

»Laßt mich hier heraus«, schrie Abel.

George drängte sich vor, und es gelang ihm, Abel zu erreichen und ihm einen Weg zu dem wartenden Cadillac zu bahnen. Abel verbarg das Gesicht in den Händen, während die Blitzlichter aufflammten und George den Chauffeur anwies, loszufahren.

»Zum Baron, Sir?« fragte er.

»Nein, zu Miss Rosnovskis Wohnung in der 75. Straße.«

»Warum?« fragte Abel.

»Weil die Presseleute im Baron warten.«

»Ich verstehe nichts mehr«, sagte Abel. »In Istanbul behandelt man mich, als wäre ich bereits Botschafter, und bei meiner Ankunft in New York bin ich ein Verbrecher. Was, zum Teufel, ist hier los, George?«

»Willst du es von mir hören, oder willst du mit deinem Anwalt sprechen?«

»Wer vertritt mich?« fragte Abel.

»H. Trafford Jilks, der beste Verteidiger von Amerika.«

»Und der teuerste.«

»Ich war der Meinung, daß dir das Geld in einem solchen Fall egal sein würde.«

»Du hast recht, George. Entschuldige. Wo ist er jetzt?«

»Im Gerichtsgebäude. Aber er versprach, in die Wohnung zu kommen, sobald er fertig ist.«

»So lang kann ich nicht warten, George. Um Himmels willen, klär mich auf. Sag mir das Schlimmste.«

George holte tief Atem. »Es wurde ein Haftbefehl gegen dich erlassen, Abel.«

»Und wie lautet die Anklage?«

»Bestechung von Regierungsbeamten.«

»In meinem ganzen Leben habe ich nie etwas mit Beamten zu tun gehabt«, protestierte Abel.

»Ich weiß, aber Henry hat nichts anderes getan, und wie sich jetzt herausstellt, unternahm er alles in deinem Namen oder in deinem Auftrag.«

»O du lieber Gott«, stöhnte Abel, »ich hätte diesen Mann nie anstellen sollen. Die Tatsache, daß wir beide Kane haßten, hat mein Urteil getrübt. Aber trotzdem kann ich nicht glauben, daß Henry aus der Schule geplaudert hat; letztlich würde er sich auch selbst beschuldigen.«

»Henry ist verschwunden«, sagte George, »und plötzlich wurden geheimnisvollerweise auch alle seine Schulden beglichen.«

»William Kane«, sagte Abel. Er spuckte die Worte aus. »Wir haben nichts gefunden, was auf ihn hinweist«, sagte George. »Es gibt keinen Beweis, daß er irgend etwas damit zu tun hat.«

»Wer braucht Beweise? Erklär mir, wie die Behörden alle Details erfahren haben?«

»Wir wissen nur soviel«, sagte George, »ein Paket mit allen Unterlagen wurde ohne Absender an die Staatsanwaltschaft in Washington geschickt.«

»Mit einem New Yorker Poststempel vermutlich?«

»Nein, aus Chikago.«

Abel schwieg eine Weile. »Unmöglich, daß Henry das Beweismaterial selbst übersandt hat«, sagte er schließlich. »Das ergibt keinen Sinn.«

»Wie kannst du so sicher sein?« fragte George.

»Weil du sagst, alle seine Schulden seien bezahlt worden. Das Justizministerium würde soviel Geld höchstens ausgeben, um Al Capone zu fangen. Henry muß die Unterlagen jemandem verkauft haben. Aber wem? Das einzige, was wir mit Sicherheit wissen, ist, daß er die Informationen nie an Kane direkt weitergegeben hätte.«

»Was meinst du mit direkt?«

»Direkt«, wiederholte Abel. »Vielleicht hat er sie nicht direkt verkauft. Kane könnte einen Mittelsmann beauftragt haben, wenn er wußte, daß Henry so verschuldet war und die Wettbüros ihn bedrängten.«

»Das mag sein, Abel, und bestimmt hat es keines Sherlock Holmes bedurft, um Henrys finanzielle Probleme festzustellen. Jeder, der in Chikago an einer Theke saß, wußte davon; aber zieh keine voreiligen Schlüsse, Abel. Warten wir ab, was dein Verteidiger zu sagen hat.«

Der Cadillac hielt vor Florentynas ehemaliger Wohnung, die Abel in der Hoffnung, daß seine Tochter eines Tages wiederkehren würde, behalten hatte; es war immer tadellos aufgeräumt. H. Trafford Jilks wartete bereits. George öffnete die Tür, und sie setzten sich ins Wohnzimmer. George schenkte Abel einen doppelten Whisky ein. Abel stürzte das Glas in einem Zug hinunter und reichte George das leere Glas, der es wieder anfüllte.

»Sagen Sie mir das Schlimmste, Mr. Jilks. Ich will es hinter mir haben.«

»Es tut mir sehr leid, Mr. Rosnovski«, begann Mr. Jilks, »Mr. Novak erzählte mir von Warschau.«

»Das ist jetzt alles vorbei, und wir können die ›Exzellenz‹ vergessen. Wenn man Vincent Hogan fragte, würde er sich bestimmt nicht mehr an meinen Namen erinnern. Los, Mr. Jilks, was wirft man mir vor?«

»Sie wurden siebzehnmal in vierzehn verschiedenen Bundesstaaten wegen Beamtenbestechung angeklagt. Ich habe mit dem Justizministerium vereinbart, daß Sie morgen hier in der Wohnung verhaftet und gegen eine Kaution wieder entlassen werden.«

»Sehr gemütlich«, sagte Abel, »und wenn man die Anklagen beweisen kann?«

»Ach, einiges wird man beweisen können«, sagte der Anwalt sachlich, »aber solange Henry Osborne verschwunden bleibt, wird es in den meisten Fällen schwierig sein, Sie festzunageln. Leider müssen Sie sich mit der Tatsache abfinden, daß der größte Schaden bereits geschehen ist, ob Sie nun verurteilt werden oder nicht.«

»Das weiß ich nur zu gut«, sagte Abel und betrachtete sein Bild auf der Titelseite der *Daily News.* »Stellen Sie fest, wer Henry Osborne dieses Dossier abgekauft hat, Mr. Jilks. Setzen Sie so viele Leute an, wie Sie brauchen, es ist mir völlig gleichgültig, was es kostet. Aber stellen Sie es fest, und zwar rasch, denn wenn es William Kane gewesen sein sollte, dann werde ich diesen Mann ein für allemal zugrunde richten.«

»Stürzen Sie sich nicht in weitere Schwierigkeiten«, sagte H. Trafford Jilks, »Sie haben bereits mehr als genug.«

»Keine Sorge, wenn ich Kane erledige, so wird das legal und unanfechtbar geschehen.«

»Bitte hören Sie genau zu, Mr. Rosnovski. Vergessen Sie William Kane, wenigstens für eine Weile, und konzentrieren Sie sich auf die bevorstehende Verhandlung, denn sie wird das wichtigste Ereignis in Ihrem Leben sein – außer es macht Ihnen nichts aus, die nächsten zehn Jahre hinter Gittern zu verbringen. Heute abend können wir nicht mehr viel tun, und ich würde vorschlagen, daß Sie zu Bett gehen. Inzwischen werde ich eine kurze Presseaussendung aufsetzen, daß wir alle Anklagen zurückweisen und eine Erklärung haben, die Sie vollständig reinwaschen wird.«

»Besitzen wir die tatsächlich?« fragte George hoffnungsvoll.

»Nein, aber damit gewinnen wir ein wenig Zeit, und die brauchen wir dringend. Es würde mich nicht wundern, wenn Mr. Rosnovski beim Durchgehen der Namensliste feststellt, daß er mit keinem der Leute direkten Kontakt gehabt hat. Es ist möglich, daß Henry Osborne immer als Mittelsmann agierte, ohne Mr. Rosnovski darüber zu informieren. Dann wird es meine Aufgabe sein, zu beweisen, daß Osborne seine Vollmachten als Direktor der Gruppe überschritt. Wenn Sie einen der Männer persönlich kannten, Mr. Rosnovski, dann sagen Sie es mir, um Himmels willen, denn die Staatsanwaltschaft wird den Beamten bestimmt als Zeugen gegen Sie vorladen. Das alles werden wir uns morgen überlegen. Versuchen Sie, sich auszuschlafen, Sie müssen erschöpft sein nach der Reise. Ich sehe Sie morgen früh.«

Um halb acht Uhr morgens wurde Abel ohne viel Aufsehen in der Wohnung seiner Tochter verhaftet und von einem Vollzugsbeamten zum Bezirksgericht für den *Southern District* von New York gebracht. Die Schaufenster, die für den Valentinstag fröhlich dekoriert waren, verstärkten Abels Gefühl der Verlassenheit. Jilks hatte gehofft, die Verhaftung so diskret arrangiert zu haben, daß sie von der Presse nicht wahrgenommen werden würde, bei seiner Ankunft wurde Abel jedoch wieder von Fotografen und Reportern umringt. Sein Weg zum Gerichtssaal, zwischen George und Jilks, war ein Spießrutenlauf. Dann saßen sie schweigend im Warteraum, bis sie aufgerufen wurden.

Die Verlesung der Anklageschrift dauerte nur ein paar Minuten und brachte nichts Neues. Der Schriftführer verlas die Anklagen, der Verteidiger antwortete auf jeden Punkt »nicht schuldig« und verlangte eine Freilassung gegen Kaution. Wie vereinbart, willigte das Gericht ein. Jilks bat Richter Prescott um drei Monate Zeit, um die Verteidigung vorzubereiten. Der Richter setzte die Verhandlung für den 17. Mai an und wandte sich, scheinbar gleichgültig, dem nächsten Fall zu.

Abel war wieder frei; frei, um mit der Presse und weiteren Blitzlichtern konfrontiert zu werden. Am Fuß der Treppe wartete sein Auto mit geöffneter Tür. Abels Chauffeur hatte es nicht leicht, sich durch die hartnäckigen Reporter einen Weg zu bahnen, die immer noch hinter ihrer Geschichte her waren. Erst als er sicher war, alle abgeschüttelt zu haben, fuhr er zur Wohnung in der 57. Straße. Während der ganzen Verfolgungsjagd sprach Abel kein Wort. Als sie ihr Ziel erreicht hatten, wandte er sich George zu und legte ihm den Arm um die Schultern.

»Hör zu, George. Du wirst mindestens drei Monate lang die ganze Hotelkette allein führen müssen, während ich mit Jilks meine Verteidigung vorbereite. Wir wollen hoffen, daß du sie danach nicht weiter allein führen mußt.« Abel versuchte zu lachen.

»Bestimmt nicht, Abel. Mr. Jilks bekommt dich frei, du wirst sehen.« George nahm seine Aktenmappe und berührte Abels Arm. »Lächeln, immer nur lächeln«, sagte er und ging.

»Ich wüßte nicht, was ich ohne George täte«, sagte Abel zu seinem Anwalt, als sie sich im Wohnzimmer niedersetzten. »Vor vierzig Jahren sind wir auf demselben Schiff herübergekommen, und seitdem haben wir eine ganze Menge zusammen erlebt. Jetzt sieht es so aus, als läge noch ziemlich viel vor uns, also fangen wir an, Mr. Jilks. Gibt es eine Spur von Henry Osborne?«

»Nein. Aber ich habe sechs Mann angesetzt, und die Staatsanwaltschaft hat auch mindestens sechs Leute, die ihn suchen. Wir können also ziemlich sicher sein, daß er auftauchen wird, nur wollen wir nicht, daß die anderen ihn zuerst finden.«

»Und was ist mit dem Mann, dem Osborne das Dossier verkaufte.«

»Ich habe ein paar verläßliche Leute in Chikago, die ich mit den Nachforschungen betraut habe.«

»Gut«, sagte Abel. »Und jetzt wollen wir einmal die Namensliste durchgehen, die Sie mir gestern abend daließen.«

Trafford Jilks las zuerst die Anklageschrift vor, und dann besprach er mit Abel jeden einzelnen Punkt im Detail.

Nach drei Wochen fortwährender Unterredungen war Jilks endlich überzeugt, von Abel nichts mehr erfahren zu können, und ließ ihn in Ruhe. In diesen drei Wochen hatten weder Trafford Jilks noch die Leute der Staatsanwaltschaft etwas über Osbornes Aufenthalt in Erfahrung bringen können. Auch die Suche nach der Person, der Henry seine Informationen verkauft hatte, erwies sich als erfolglos, und Jilks Leute begannen sich zu fragen, ob Abel mit seiner Theorie vielleicht doch recht habe.

Die Verhandlung rückte näher, und Abel machte sich darauf gefaßt, tatsächlich eine Gefängnisstrafe absitzen zu müssen. Er war jetzt fünfundfünfzig, und die Aussicht, seine letzten Lebensjahre ebenso verbringen zu müssen wie einige seiner ersten, beschämte und verstörte ihn. Nach Trafford Jilks Ansicht enthielt Osbornes Dossier genug Material, um ihn für längere Zeit hinter Gitter zu bringen – falls die Anklagen bewiesen werden konnten. Die Ungerechtigkeit – und in Abels Augen war es eine Ungerechtigkeit – empörte ihn. Die Bestechungen, die Osborne in seinem Namen gemacht hatte, waren zwar erheblich, aber keineswegs unüblich; Abel bezweifelte, daß irgendein neues Unternehmen ohne diese Art von Schmiergeldern, wie sie in Trafford Jilks Akten mit minuziöser Genauigkeit aufschienen, hochgekommen wäre. Mit Bitterkeit dachte er an das glatte, ungerührte Gesicht William Kanes, der während all dieser Jahre in seinem Bostoner Büro gesessen war – mit einem ererbten Vermögen im Hintergrund, dessen vermutlich ebenfalls nicht ganz lupenreiner Ursprung unter Generationen der Ehrbarkeit begraben war. Dann kam ein rührender Brief von Florentyna, die einige Fotos seines Enkels schickte und ihm versicherte, daß sie ihn liebe und achte und an seine Unschuld glaube.

Drei Tage vor der Verhandlung wurde Osborne von der Staatsanwaltschaft in New Orleans aufgegriffen. Man hätte ihn nie gefunden, wäre er nicht mit zwei gebrochenen Beinen in einem städtischen Krankenhaus gelandet. Ein eifriger Polizist stellte fest, daß Henrys Verletzungen von einer Auseinandersetzung wegen unbezahlter Wettschulden stammten. Der Polizist reimte sich die Dinge zusammen, und nachdem man beide Beine eingegipst hatte, wurde Henry Osborne mit Eastern Airlines nach New York geschafft.

Am folgenden Tag wurde gegen Henry Osborne Anklage wegen Mithilfe zum Betrug erhoben und eine Kaution abgelehnt. H. Trafford Jilks ersuchte das Gericht um Erlaubnis, ihn befragen zu dürfen. Die Befragung verlief jedoch ergebnislos für Jilks; offensichtlich hatte Osborne bereits mit der Staatsanwaltschaft verhandelt und versprochen, gegen Abel auszusagen, um selbst mildernde Umstände zugebilligt zu bekommen.

»Ohne Zweifel werden die Anklagen gegen Mr. Osborne erstaunlich substanzlos sein«, bemerkte der Anwalt trocken.

»So wird das also gespielt«, sagte Abel, »ich bin der Sündenbock, und er geht frei. Und jetzt werden wir auch nicht feststellen, wem er das Dossier verkaufte.«

»Nein, hier irren Sie sich, Mr. Rosnovski. Das war das einzige, worüber er bereit war, zu sprechen«, sagte Jilks. »Er behauptet, es sei nicht William Kane gewesen. Unter keinen Umständen hätte er die Dokumente an Kane verkauft. Ein Mann namens Harry Smith aus Chikago bezahlte Osborne in bar für das Beweismaterial, und ob Sie es glauben oder nicht, Harry Smith war ein Deckname, denn es gibt Dutzende Harry Smith in Chikago, und keiner von ihnen paßt auf die Beschreibung.«

»Finden Sie ihn«, sagte Abel, »finden Sie ihn vor Verhandlungsbeginn.«

»Wir sind bereits auf der Suche«, sagte Jilks, »und wenn der Mann noch in Chikago ist, haben wir ihn binnen einer Woche. Osborne fügte noch hinzu, dieser sogenannte Smith habe ihm versichert, die Dokumente aus persönlichen Gründen haben zu wollen. Er habe nicht die Absicht, den Inhalt an die Behörden weiterzugeben.«

»Warum wollte dieser ›Smith‹ dann alle Details?« fragte Abel.

»Es wurde Erpressung angedeutet. Deshalb verschwand Osborne; er wollte Ihnen nicht unter die Augen kommen. Wenn Sie sich das überlegen, könnte es auch wahr sein. Schließlich sind die Dokumente auch für ihn überaus kompromittierend, und vermutlich war er ebenso entsetzt wie Sie, als er hörte, daß sie in die Hände der Staatsanwaltschaft gelangt waren. Kein Wunder, daß er untertauchte und Zeuge der Anklage wurde, als man ihn fand.«

»Wissen Sie«, sagte Abel, »ich habe diesen Mann nur aus einem Grund angestellt: weil er William Kane ebenso haßte wie ich. Und jetzt hat er uns beide hereingelegt.«

»Es gibt keinen Beweis, daß Mr. Kane etwas mit der Sache zu tun hat.«

»Ich brauche keine Beweise.«

Auf Verlangen der Staatsanwaltschaft wurde die Verhandlung vertagt. Sie behauptete, für die Einvernahme von Henry Osborne mehr Zeit zu brauchen. Er war jetzt der wichtigste Zeuge der Anklage. Trafford Jilks erhob Einspruch und teilte dem Gericht mit, daß der Gesundheitszustand seines Mandanten, der kein junger Mann mehr war, unter der Belastung falscher Anklagen sich zunehmend verschlechtere. Richter Prescott blieb ungerührt, gab dem Verlangen der Staatsanwaltschaft statt und verschob die Verhandlung für weitere vier Wochen.

Die Monate schleppten sich dahin, und zwei Tage vor dem neuen Verhandlungsbeginn hatte Abel sich damit abgefunden, zu einer langen Gefängnisstrafe verurteilt zu werden. Dann fand Trafford Jilks' Detektiv in Chikago den Mann, der sich Harry Smith nannte. Er war ein Privatdetektiv, der auf strikte Weisung seiner Klienten, einer Anwaltsfirma in New York, einen Decknamen benutzt hatte. Es kostete Jilks tausend Dollar und weitere vierundzwanzig Stunden, bis er erfuhr, daß es sich bei der Anwaltsfirma um Cohen, Cohen and Yablons handelte.

»Das ist Kanes Anwalt«, sagte Abel sofort.

»Sind Sie sicher?« fragte Jilks. »Nach allem, was ich über William hörte, hätte ich gedacht, er sei der letzte, der eine jüdische Firma beschäftigt.«

»Damals, als ich die Hotels von Kanes Bank kaufte, wurden einige der Formalitäten von einem Mann namens Thomas Cohen erledigt. Aus irgendeinem Grund benutzte die Bank zwei Anwaltsfirmen für die Transaktion.«

»Soll ich etwas unternehmen?« wandte sich George an Abel.

»Nein«, sagte Trafford Jilks. »Ich will keine neuen Schwierigkeiten vor der Verhandlung. Verstehen Sie mich, Mr. Rosnovski?«

»Ja, Sir«, sagte Abel. »Ich werde mich um Kane kümmern, wenn die Verhandlung vorbei ist. Hören Sie mir jetzt bitte genau zu, Mr. Jilks. Sie müssen sofort zu Henry Osborne gehen und ihm mitteilen, daß das Dossier von Harry Smith an William Kane verkauft wurde und daß Kane den Inhalt benutzte, um sich an uns beiden zu rächen. Die Betonung liegt auf ›uns beiden‹. Wenn Osborne das hört, wird er den Mund im Zeugenstand nicht aufmachen, gleichgültig, was er der Staatsanwaltschaft versprochen hat. Henry Osborne ist der einzige Mensch, der Kane vielleicht mehr haßt als ich.«

»Wie Sie wollen«, sagte Jilks, sichtlich nicht überzeugt, »aber ich glaube, ich muß Sie warnen, Mr. Rosnovski. Bisher hat er Ihnen die gesamte Schuld in die Schuhe geschoben und sich in keiner Weise hilfreich gezeigt.«

»Bitte glauben Sie mir, Mr. Jilks. Seine Einstellung wird sich in dem Augenblick ändern, in dem er hört, daß Kane an der Sache beteiligt ist.«

Am selben Abend erhielt Trafford Jilks Erlaubnis, mit Henry Osborne zehn Minuten in dessen Zelle zu verbringen. Osborne hörte zu und sagte kein Wort. Jilks war überzeugt, daß seine Mitteilung auf den Kronzeugen der Anklage keinen Eindruck gemacht hatte, und beschloß, dies Abel Rosnovski erst am nächsten Morgen mitzuteilen. Er wollte seinem Mandanten vor der Verhandlung eine ruhige Nacht verschaffen.

Vier Stunden vor Beginn der Verhandlung wurde Henry Osborne erhängt in seiner Zelle gefunden. Er hatte eine Harvardkrawatte benutzt. Die Verhandlung begann ohne den Kronzeugen der Anklage, und es wurde eine weitere Vertagung beantragt. Nachdem Trafford Jilks in bewegten Worten den Gesundheitszustand seines Mandanten geschildert hatte, wurde der Antrag auf Vertagung von Richter Prescott abgelehnt. Die Öffentlichkeit verfolgte jedes Wort der »Chikago-Baron-Verhandlung« auf dem Fernsehschirm und in den Zeitungen, und zu Abels Entsetzen saß Zaphia im Gerichtssaal und schien die Situation zu genießen. Nach neun Tagen wußte der Staatsanwalt, daß die Anklage auf schwachen Beinen stand, und bot Trafford Jilks einen Vergleich an. Jilks teilte Abel den Vorschlag mit.

»Man wird alle wichtigen Anklagen wegen Bestechung fallenlassen, wenn Sie sich in zwei unwesentlichen Punkten schuldig bekennen, nämlich, den Versuch unternommen zu haben, Regierungsbeamte ungebührlich zu beeinflussen.«

»Und wie, meinen Sie, stehen meine Chancen, ganz freigesprochen zu werden, wenn ich den Vergleich nicht annehme?«

»Ich würde sagen, fünfzig zu fünfzig.«

»Und wenn ich nicht freigesprochen werde?«

»Richter Prescott ist ein harter Knochen. Das Urteil würde nicht unter sechs Jahren lauten.«

»Und wenn ich auf den Vergleich eingehe und mich in zwei Punkten schuldig bekenne?«

»Eine saftige Geldstrafe. Vermutlich nichts sonst.«

Abel überlegte die Alternativen eine ganze Weile.

»Ich werde mich schuldig bekennen. Diese verdammte Sache soll möglichst rasch erledigt werden.«

Der Staatsanwalt informierte den Richter, daß er bereit sei, fünfzehn der gegen Abel Rosnovski erhobenen Anklagen fallenzulassen.

H. Trafford Jilks stand auf und teilte dem Gericht mit, daß sein Mandant sich in den zwei verbleibenden Punkten schuldig bekenne. Die Geschworenen wurden entlassen; und Richter Prescott zeigte sich in seiner Zusammenfassung sehr hart: Er erinnerte Abel daran, daß das Recht, Geschäfte zu machen, nicht das Recht mit einschließe, Regierungsbeamte zu bestechen. Bestechung sei ein Verbrechen, und ein intelligenter, tüchtiger Mann, der solche Methoden nicht nötig haben sollte, begehe dabei ein noch größeres Verbrechen. In anderen Ländern, fügte der Richter gezielt hinzu und gab Abel das Gefühl, wieder ein kleiner Einwanderer zu sein, mochte Bestechung vielleicht an der Tagesordnung sein, aber in den Vereinigten Staaten von Amerika sei dies nicht der Fall. Richter Prescott verurteilte Abel zu sechs Monaten bedingt und zu einer Geldstrafe von fünfundzwanzigtausend Dollar plus den Gerichtskosten.

George fuhr Abel zurück zum Baron, und sie saßen eine Stunde, Whisky trinkend, im Penthouse, bevor Abel etwas sagte.

»George, ich möchte, daß du dich mit Peter Parfitt in Verbindung setzt und ihm die Million Dollar zahlst, die er für seine zwei Prozent von Lester verlangt. Wenn ich acht Prozent der Bank habe, werde ich Paragraph 7 der Statuten in Anspruch nehmen und William Kane in seinem eigenen Sitzungssaal umbringen.«

George nickte traurig sein Einverständnis.

Ein paar Tage später teilte das State Department mit, daß Polen als Handelspartner die Meistbegünstigungsklausel erhalten habe und der nächste amerikanische Botschafter in Warschau John Moors Cabot sein würde.

38

An einem bitterkalten Februarabend lehnte sich William zurück und las zum zweitenmal Thaddeus Cohens Bericht. Henry Osborne hatte alle Informationen beigesteuert, die er brauchte, um Abel Rosnovski zu erledigen, hatte die fünfundzwanzigtausend Dollar genommen und war untergetaucht. Sieht ihm ganz ähnlich, dachte William und legte die abgegriffene Rosnovski-Mappe in den Safe zurück. Die Originaldokumente hatte Thaddeus Cohen vor ein paar Tagen an die Staatsanwaltschaft in Washington D. C. gesandt.

Als Abel Rosnovski aus der Türkei zurückkehrte und verhaftet wurde, hatte William erwartet, daß dieser, als Gegenschlag gewissermaßen, sofort seine Interstate-Aktien auf den Markt werfen würde. Diesmal war William darauf vorbereitet gewesen. Er hatte seinen Makler bereits gewarnt, daß größere Mengen dieser Aktien auf den Markt kommen könnten, und seine Anweisungen waren klar. Sie sollten sofort gekauft werden, um keinen Preisverfall zuzulassen. Er war bereit, sein Privatvermögen anzugreifen, um der Bank keine Schwierigkeiten zu bereiten. William hatte auch ein Rundschreiben an alle Besitzer von Lester-Aktien verfaßt, in dem er sie warnte, keine Interstate-Aktien zu verkaufen, ohne ihm vorher davon Mitteilung zu machen.

Als die Wochen vorübergingen und Rosnovski nichts von sich hören ließ, begann William zu glauben, daß Thaddeus Cohen recht gehabt hatte und man die Spur nicht zurückverfolgen konnte. Offenbar gab Rosnovski Henry Osborne die ganze Schuld.

Thaddeus Cohen war davon überzeugt, daß Osbornes Beweismaterial Abel Rosnovski für lange Zeit ins Gefängnis bringen würde. So könnte er niemals Paragraph 7 geltend machen und wäre weder für die Bank noch für William Kane mehr eine Bedrohung. William hoffte auch, daß das Urteil seinen Sohn veranlassen würde, nach Hause zurückzukehren. Bestimmt würde er nach dem, was jetzt über diese Familie zutage kam, Rosnovskis Tochter verachten, und er würde einsehen, daß sein Vater von Anfang an recht gehabt hatte.

William wünschte sich Richards Rückkehr. Im Vorstand der Bank gab es seit Tony Simmons' Rücktritt und Ted Leachs Tod zwei Lücken. Richard mußte spätestens vor Williams 65. Geburtstag in zehn Jahren nach New York zurückkehren, oder es würde zum erstenmal seit mehr als hundert Jahren im Vorstand der Bank kein Mitglied der Familie Kane geben. Cohen berichtete, daß Richard in brillanten Verhandlungen einige neue Geschäfte für Florentyna gekauft hatte. Doch die Möglichkeit, nächster Präsident der Lester-Bank zu werden, würde ihm sicherlich mehr bedeuten als ein Leben mit dieser Rosnovski.

Noch etwas anderes machte William Sorgen: die neuen Direktoren seiner Bank gefielen ihm nicht recht. Jake Thomas, der neue Vizepräsident, war der erklärte Favorit für die Nachfolge als Präsident. Er mochte in Princeton erzogen worden sein und mit Phi Beta Kappa graduiert worden sein, dennoch war er kein wirklicher Herr, und außerdem zu ehrgeizig, fand William. Absolut nicht der Typ, den er sich als nächsten Präsidenten der Bank wünschte. Er würde bis zu seinem 65. Geburtstag weitermachen und Richard überzeugen müssen, vor diesem Zeitpunkt in die Bank einzutreten. William wußte nur zu gut, daß Kate ihren Sohn unter allen Umständen zurückhaben wollte, aber als die Jahre verstrichen, fiel ihm ein Einlenken immer schwerer. Gott sei Dank ging Virginias Ehe gut, und sie erwartete jetzt ein Baby. Falls Richard sich weiter weigerte, nach Hause zurückzukehren, konnte er immer noch alles Virginia hinterlassen – wenn sie nur einen Enkel zur Welt brächte.

William saß am Schreibtisch in der Bank, als er seinen ersten Herzanfall hatte; keinen sehr ernsten, und die Ärzte versicherten ihm, daß er sich nur ein wenig erholen solle, dann hätte er noch weitere zwanzig Jahre vor sich. Er erklärte seinem Arzt, einem jungen Mann aus der neuen Generation – wie er Andrew MacKenzie vermißte! –, daß er nur zehn Jahre überleben wolle, um seine Amtszeit als Bankpräsident zu vollenden.

Während der wenigen Wochen, die er sich zu Hause erholen mußte, übertrug William widerwillig alle Geschäfte und Entscheidungen Jake Thomas, aber sobald er zurückkehrte, übernahm er, aus Angst, Thomas könnte in seiner Abwesenheit zuviel Autorität gewonnen haben, wieder die gesamte Leitung. Von Zeit zu Zeit nahm Kate all ihren Mut zusammen und bat ihn um die Erlaubnis, sich direkt mit Richard in Verbindung setzen zu dürfen, aber William blieb starrköpfig und erklärte: »Der Junge weiß, daß er jederzeit nach Hause kommen kann, wenn er will. Das einzige, was ich verlange, ist, daß er seine Beziehung zu diesem durchtriebenen Mädchen abbricht.«

An dem Tag, an dem Henry Osborne Selbstmord beging, hatte William einen zweiten Herzanfall. Kate saß die ganze Nacht an seinem Bett und bangte um ihn, doch der Prozeß gegen Abel Rosnovski hielt William am Leben. Er verfolgte tagtäglich den Stand der Verhandlung und wußte, daß Osbornes Selbstmord Rosnovskis Stellung verbesserte. Als Rosnovski schließlich mit sechs Monaten bedingt und einer Geldstrafe von fünfundzwanzigtausend freikam, war William nicht erstaunt. Natürlich konnte er sich ausrechnen, daß der Staatsanwalt mit Rosnovskis berühmtem Verteidiger einen Vergleich geschlossen hatte.

William war jedoch verwundert, daß er sich ein wenig schuldbewußt fühlte und erleichtert war, daß Abel Rosnovski nicht ins Gefängnis geschickt wurde. Als die Verhandlung vorüber war, interessierte es William nicht mehr, ob Rosnovski seine Interstate-Aktien abstieß oder nicht. Schließlich hatte er sich auf alles vorbereitet. Aber es geschah nichts, und als die Wochen vergingen, verlor William jedes Interesse an dem Chikago-Baron und dachte nur mehr an Richard, den er für sein Leben gern wiedersehen wollte. »Alter und Todesangst verändern ganz plötzlich die Gefühle«, hatte er einmal irgendwo gelesen. Eines Septembermorgens teilte er Kate seinen Wunsch mit. Sie fragte nicht, warum er seine Meinung geändert habe; es genügte ihr, daß William seinen Sohn wiedersehen wollte.

»Ich werde Richard sofort in San Franzisko anrufen und beide einladen«, sagte sie und war freudig überrascht, daß das Wörtchen »beide« William nicht aufzuregen schien.

»Das wird schön sein«, sagte William leise. »Bitte sag Richard, daß ich ihn vor meinem Tod noch einmal sehen möchte.«

»Sei nicht dumm, Liebling. Der Arzt sagt, daß du, wenn du vernünftig lebst, noch zwanzig Jahre vor dir hast.«

»Ich möchte nur meine Zeit als Präsident vollenden und erleben, daß Richard meinen Platz im Vorstand einnimmt. Das genügt mir. Warum fliegst du nicht wieder hinüber und richtest Richard meinen Wunsch selbst aus?«

»Was meinst du mit wieder?« fragte Kate unsicher.

William lächelte. »Ich weiß, daß du bereits mehrmals in San Franzisko warst, mein Liebes. Wann immer ich in den letzten Jahren auf Geschäftsreisen war, gabst du vor, deine Mutter zu besuchen. Als sie letztes Jahr starb, wurden deine Ausreden immer unglaubwürdiger. Du bist immer noch so bezaubernd wie damals, als wir uns kennenlernten, aber ich glaube doch, daß du mit vierundfünfzig wahrscheinlich keinen Liebhaber hast. Also war es nicht schwer, sich auszurechnen, daß du bei Richard warst.«

»Ja, ich war bei ihm«, sagte Kate. »Warum hast du nie gesagt, daß du es wußtest?«

»Im Innersten war ich froh darüber«, sagte William. »Ich wollte nicht, daß er den Kontakt mit uns beiden verliert. Wie geht es ihm?«

»Es geht beiden gut, und jetzt hast du nicht nur einen Enkel, sondern auch eine Enkelin.«

»Nicht nur einen Enkel, sondern auch eine Enkelin«, wiederholte William.

»Ja, sie heißt Annabel«, berichtete Kate.

»Und mein Enkel?« fragte William zum erstenmal.

Als Kate ihm den Namen sagte, mußte er lächeln. Es war nur eine halbe Lüge.

»Gut«, sagte William. »Also flieg nach San Franzisko und sieh, was du ausrichtest. Sag ihm, daß ich ihn liebe.« Das hatte er einmal einen anderen alten Mann sagen gehört, der bald darauf seinen Sohn verlor.

Kate war an diesem Abend glücklicher als seit vielen Jahren. Sie rief Richard an, um ihm zu sagen, daß sie nächste Woche zu Besuch käme und gute Nachrichten brächte.

Als Kate drei Wochen später nach New York zurückkel rte, freute sich William über die Nachricht, daß Richard und Florentyna Ende November kämen; es war die erste Möglichkeit für sie, gemeinsam fortzufahren. Kate erzählte immer und immer wieder, wie erfolgreich die beiden waren, wie der junge William Kane seinem Großvater glich und wie sich alle darauf freuten, zu Besuch nach New York zu kommen. William hörte sehr aufmerksam zu und stellte fest, daß er glücklich war und seinen Frieden gefunden hatte. Er hatte Angst gehabt, daß Richard, wenn er nicht bald käme, nie mehr nach Hause zurückkehren würde. Damit wäre das Amt des Präsidenten Jake Thomas in den Schoß gefallen. Das wollte sich William nicht vorstellen.

Am folgenden Montag kehrte William nach langer Abwesenheit gut gelaunt in die Bank zurück. Er hatte sich von seinem zweiten Anfall völlig erholt und wußte jetzt, daß er etwas hatte, wofür es sich zu leben lohnte.

»Sie müssen Ihr Arbeitspensum ein wenig einschränken«, hatte ihm der kluge junge Arzt geraten, aber William war entschlossen, wieder fest die Zügel in die Hand zu nehmen, um den Platz für seinen einzigen Sohn zu sichern. Bei seiner Ankunft wurde er vom Portier begrüßt, der ihm mitteilte, daß Jake Thomas ihn suche und bereits zu Hause zu erreichen versucht hatte. William dankte dem ältesten Angestellten der Bank, dem einzigen, der Lester länger gedient hatte als der Präsident selbst.

»Nichts ist so wichtig, daß es nicht warten kann«, sagte er.

»Ganz richtig, Sir.«

William ging langsam in sein Büro. Als er die Türe öffnete, fand er drei seiner Direktoren in ein Gespräch vertieft, und Jake Thomas saß auf seinem Platz.

»War ich so lange fort?« fragte William lachend. »Bin ich nicht mehr Präsident der Bank?«

»Natürlich sind Sie das. Willkommen, William«, sagte Thomas Jake und verließ rasch den Stuhl des Präsidenten.

William konnte sich nicht daran gewöhnen, das Jake Thomas ihn beim Vornamen nannte. Die neue Generation war einfach zu unkonventionell. Sie kannten einander erst ein paar Jahre, und der Mann war bestimmt nicht älter als vierzig.

»Wo gibt es Probleme?« fragte William.

»Abel Rosnovski«, sagte Jake Thomas ausdruckslos.

William spürte ein ungutes Gefühl in der Magengegend und setzte sich auf den nächsten Stuhl.

»Was will er diesmal?« fragte er matt. »Will er mir nicht erlauben, meine Tage in Frieden zu beenden?«

Jake Thomas stand auf und ging auf William zu.

»Er beabsichtigt, Paragraph 7 in Anspruch zu nehmen und eine Konferenz mit dem einzigen Zweck einzuberufen, Sie als Präsident abzusetzen.«

»Nein«, sagte William. »Ich habe alle Aktien fortwährend kontrollieren lassen. Niemand würde an Rosnovski verkaufen. Niemand.«

»Peter Parfitt«, sagte Jake Thomas.

»Nein«, William lächelte triumphierend. »Ich ließ seine Aktien vor einem Jahr durch einen Mittelsmann kaufen.«

Jake Thomas schaute bestürzt drein, und einen Moment lang schwiegen alle. Zum erstenmal wurde William klar, wie sehr Thomas sich wünschte, nächster Präsident der Bank zu werden.

»Nun«, sagte Jake Thomas. »Wir müssen uns mit seiner Behauptung abfinden, daß er morgen acht Prozent besitzt, was ihn berechtigt, drei Direktoren in den Vorstand zu wählen und alle wesentlichen Entscheidungen drei Monate aufzuschieben. Es sind jene Vorkehrungen, die Sie in die Statuten aufnehmen ließen, um Ihre Stellung auf lange Sicht zu schützen. Rosnovski beabsichtigt auch, seine Entscheidung mittels Annoncen im ganzen Land bekanntzumachen. Und überdies droht er, mit Hilfe der Hotelkette die ganze Bank zu übernehmen, falls seine Pläne auf Widerstand stoßen. Er sagte ganz deutlich, daß er nur unter einer Bedingung den ganzen Plan fallenlasse.«

»Und die wäre?« fragte William.

»Wenn Sie als Präsident der Bank zurücktreten«, erwiderte Thomas.

»Das ist Erpressung.« William schrie es beinahe.

»Vielleicht, aber wenn Sie bis nächsten Montag nicht zurückgetreten sind, beabsichtigt er, allen Aktienbesitzern seinen Entschluß mitzuteilen. Er hat bereits in vierzig Zeitungen und Zeitschriften den Platz für die entsprechenden Anzeigen gekauft.«

»Der Mann ist verrückt geworden«, sagte William. Er zog ein Taschentuch hervor und wischte sich über die Stirn.

»Das ist noch nicht alles«, fügte Jake Thomas hinzu. »Er verlangt weiters, daß kein Mitglied der Familie Kane während der nächsten zehn Jahre Ihren Platz im Vorstand einnimmt und daß Sie Ihren Rücktritt weder mit einem schlechten Gesundheitszustand noch mit irgendeinem anderen Grund erklären dürfen.«

Er hielt William ein langes Schreiben mit dem Briefkopf »Die Baron-Gruppe« hin.

»Verrückt«, wiederholte William, als er den Brief überflogen hatte.

»Dessenungeachtet habe ich für morgen eine Aufsichtsratssitzung einberufen«, sagte Jake Thomas. »Um zehn Uhr. Ich glaube, wir sollten seine Forderungen im Detail besprechen, William.«

Die drei Direktoren ließen William allein in seinem Büro zurück, und während des ganzen Tages kam kein Mensch zu ihm. Er versuchte, einige der anderen Direktoren zu erreichen, konnte aber nur mit einem oder zwei sprechen und war sich ihrer Unterstützung nicht sicher. Es wurde ihm klar, daß es bei der morgigen Konferenz zu einer harten Auseinandersetzung kommen würde, aber solange niemand außer ihm acht Prozent besaß, konnte ihm nichts geschehen. Er ging daran, seine Strategie vorzubereiten, um seinen eigenen Aufsichtsrat unter Kontrolle zu halten. Er ging die Liste der Aktienbesitzer durch; soweit er wußte, beabsichtigte niemand, zu verkaufen. Er lachte leise; Abel Rosnovskis Coup war mißlungen. An diesem Abend ging er früh nach Hause und bat Kate nur, Richards Besuch zu verschieben. Dann zog er sich in sein Arbeitszimmer zurück und überlegte, wie er Rosnovski zum letztenmal besiegen wollte. Er ging erst um drei Uhr nachts zu Bett, aber da wußte er, was zu geschehen hatte. Jake Thomas hatte zu verschwinden, so daß Richard seinen Platz einnehmen konnte.

Am nächsten Morgen ging William zeitig in die Bank, saß in seinem Büro und schaute, siegesgewiß, nochmals seine Notizen durch. Er hatte das Gefühl, daß sein Plan alle Eventualitäten berücksichtigt hatte. Fünf Minuten vor zehn meldete sich seine Sekretärin. »Ein Mr. Rosnovski ist am Apparat«, sagte sie.

»Was?«

»Ein Mr. Rosnovski.«

»Mr. Rosnovski.« Ungläubig wiederholte William den Namen. »Verbinden Sie mich«, sagte er mit zitternder Stimme.

»Ja, Sir.«

»Spreche ich mit Mr. Kane?«

Der schwache Akzent, den William nie vergessen würde. »Ja, was wollen Sie diesmal?«

»Nach den Statuten der Bank muß ich Ihnen mitteilen, daß ich jetzt acht Prozent der Stammaktien besitze und Paragraph 7 geltend machen werde, falls meine Forderungen nicht bis Montag mittag erfüllt sind.«

»Wie haben Sie die restlichen zwei Prozent bekommen?« stammelte William. Ein Hörer wurde aufgelegt. Rasch ging William die Liste der Aktienbesitzer durch, um herauszufinden, wer ihn verraten hatte. Er zitterte immer noch, als das Telefon zum zweitenmal klingelte.

»Die Sitzung beginnt, Sir.«

Um Punkt zehn betrat William den Sitzungssaal. Er blickte um sich und merkte plötzlich, wie wenige der jungen Direktoren er gut kannte. Das letztemal, als er in diesem Raum zum Kampf angetreten war, hatte er jeden einzelnen gekannt und hatte gewonnen. Er lächelte im stillen und war immer noch ziemlich sicher, daß er Abel Rosnovski besiegen konnte. Er erhob sich.

»Meine Herren, diese Sitzung wurde einberufen, weil die Bank eine Forderung von Mr. Abel Rosnovski von der Baron-Gruppe erhielt; von einem verurteilten Kriminellen, der die Unverschämtheit besitzt, eine offene Drohung zu äußern; und zwar, daß er die acht Prozent der Stammaktien dazu benutzen will, uns alle in Verlegenheit zu bringen; sollte seine Taktik nicht erfolgreich sein, wird er eine Übernahme versuchen, außer ich ziehe mich als Präsident und Vorstand dieses Gremiums zurück, ohne eine Erklärung abzugeben. Sie alle wissen, daß ich in neun Jahren in den Ruhestand treten werde. Sollte ich mich früher zurückziehen, würde mein Rücktritt von der Finanzwelt völlig falsch ausgelegt werden.«

William schaute auf seine Notizen und beschloß, seine Trumpfkarte zu spielen.

»Meine Herren, ich bin bereit, der Bank mein ganzes Aktienpaket sowie weitere zehn Millionen Dollar aus meinem Privatvermögen zur Verfügung zu stellen, so daß Sie jeden von Mr. Rosnovskis Schritten abwehren können, ohne die finanzielle Situation der

Bank zu gefährden. Ich hoffe, meine Herren, daß ich unter diesen Umständen Ihrer Unterstützung in meinem Kampf mit Abel Rosnovski sicher sein kann. Ich bin überzeugt, daß Sie sich nicht einer Erpressung beugen werden.«

Im Saal wurde es sehr still. William war überzeugt, gewonnen zu haben, doch dann fragte Jake Thomas, ob der Aufsichtsrat ihn über seine Beziehung zu Abel Rosnovski befragen dürfe. Auf diesen Wunsch war William nicht vorbereitet, doch willigte er sofort ein. Vor Jake Thomas hatte er keine Angst.

»Diese Vendetta zwischen Ihnen und Abel Rosnovski besteht seit dreißig Jahren«, sagte Jake Thomas. »Glauben Sie, daß die Affäre erledigt wäre, wenn wir Ihren Plan annehmen?«

»Was kann der Mann sonst noch tun? Was sonst kann er tun?« stammelte William und sah sich im Saal nach Unterstützung um.

»Das wissen wir vorläufig noch nicht, aber mit acht Prozent ist er ebenso mächtig wie Sie«, sagte der neue Schriftführer – er war nicht nach Williams Geschmack und redete zuviel. »Das einzige, was wir wissen, ist, daß keiner von Ihnen imstande zu sein scheint, diese alte Geschichte zu begraben. Obwohl Sie zehn Millionen angeboten haben, um unsere finanzielle Situation abzusichern, würde es zweifellos zu einer Panik führen, wenn Rosnovski fortwährend Entscheidungen blockierte, Sitzungen einberiefe und Übernahmsangebote machte, die nicht im Interesse der Bank liegen. Die Bank und ihre Tochtergesellschaften, denen wir als Direktoren verpflichtet sind, wären im besten Fall in großer Verlegenheit und könnten im schlimmsten Fall zusammenbrechen.«

»Nein, nein«, versicherte William, »mit meiner persönlichen Unterstützung können wir Rosnovski frontal entgegentreten.«

»Die Entscheidung, die wir heute zu treffen haben«, fuhr der Schriftführer fort, »lautet, ob es Umstände gibt, die eine direkte Konfrontation mit Rosnovski rechtfertigen. Vielleicht werden wir à la longue die Verlierer in diesem Kampf sein.«

»Nicht, wenn ich die Kosten aus meinem Privatvermögen bestreite«, sagte William.

»Das können Sie natürlich tun«, sagte Jake Thomas, »aber es geht hier nicht nur um Geld. Für die Bank gibt es größere Probleme. Jetzt, da Rosnovski imstande ist, Paragraph 7 geltend zu machen, kann er mit uns Katz und Maus spielen. Die Bank müßte ihre ganze Zeit damit verbringen, alle Schritte von Abel Rosnovski im vorhinein zu erraten.«

Jake Thomas wartete, bis alle seine Worte verdaut hatten. Dann schaute Thomas William direkt an und fuhr fort: »Ich muß jetzt eine sehr persönliche Frage an Sie richten, Mr. President, die jedem von uns hier Sorgen macht, und ich hoffe, daß Sie uns ehrlich antworten werden, auch wenn das für Sie unangenehm sein sollte.«

William schaute auf und fragte sich, worum es ging. Was hatte man hinter seinem Rücken besprochen? Für wen, zum Teufel, hielt sich dieser Jake Thomas? William fühlte, daß er die Initiative verloren hatte. »Ich werde jede Frage beantworten, die der Aufsichtsrat stellt«, sagte William. »Ich habe nichts und niemanden zu fürchten.« Er schaute Jake Thomas scharf an.

»Danke«, sagte Thomas. »Mr. President, hatten Sie irgend etwas mit der Übersendung eines Dossiers an die Staatsanwaltschaft in Washington zu tun, das die Verhaftung Abel Rosnovskis und einen Prozeß wegen Bestechung auslöste, obwohl Sie wußten, daß er einer der bedeutenderen Aktienbesitzer unserer Bank ist?«

»Hat er Ihnen das gesagt?« fragte William.

»Ja, er behauptet, er habe seine Verhaftung nur Ihnen zu verdanken.«

William schwieg eine Weile und überlegte die Antwort, während er seine Notizen studierte. Sie halfen ihm nicht. Auf diese Frage war er nicht vorbereitet, andererseits hatte er den Aufsichtsrat in dreiundzwanzig Jahren nie belogen. Er konnte nicht jetzt damit anfangen.

»Ja«, sagte er und brach das Schweigen. »Ich bekam die Informationen und hielt es für meine Pflicht, sie an die Staatsanwaltschaft weiterzuleiten.«

»Wie erhielten Sie die Informationen?«

William antwortete nicht.

»Ich glaube, wir alle kennen die Antwort auf diese Frage, Mr. President«, sagte Jake Thomas. »Überdies informierten Sie die Behörden, ohne den Aufsichtsrat zu informieren, und damit haben Sie uns alle gefährdet – unseren Ruf, unsere Karrieren, alles, wofür die Bank steht, alles, für eine persönliche Rache.«

»Aber Rosnovski wollte mich zugrunde richten«, sagte William und merkte, daß er schrie.

»Und um ihn zugrunde zu richten, setzten Sie den Ruf und die Sicherheit der Bank aufs Spiel.«

»Es ist meine Bank«, sagte William.

»Nein«, widersprach Jake Thomas. »Sie besitzen acht Prozent der Stammaktien, ebenso wie Mr. Rosnovski, und im Augenblick sind Sie Präsident und Vorsitzender von Lester, aber Sie können die Bank nicht für Ihre persönlichen Launen benützen, ohne die andern Direktoren zu informieren.«

»Dann muß ich die Vertrauensfrage stellen«, sagte William. »Ich bitte Sie, mich gegen Abel Rosnovski zu unterstützen.«

»Darum geht es nicht«, sagte der Schriftführer. »Wir müßten abstimmen, ob Sie unter den gegebenen Umständen der richtige Mann sind, diese Bank zu leiten. Sehen Sie das nicht ein, Mr. President?«

»Einverstanden«, sagte William mit abgewandtem Blick. »Der Aufsichtsrat soll entscheiden, ob er meine Karriere nach beinahe fünfundzwanzig Jahren schmachvoll beenden und den Drohungen eines verurteilen Kriminellen nachgeben will.«

Jake Thomas nickte dem Schriftführer zu, und die Stimmzettel wurden verteilt. William hatte den Eindruck, daß alles bereits vor der Sitzung entschieden worden war. Er blickte die neunundzwanzig Männer an, die um den Tisch saßen; viele von ihnen hatte er selbst ausgewählt, manche kannte er kaum. Einmal hatte er gehört, daß eine kleine Gruppe von Direktoren offen die Demokraten und John Kennedy unterstützte. Einige schauten ihn an, andere wandten den Blick ab. Bestimmt würden sie ihn unterstützen; sie konnten es nicht zulassen, daß Rosnovski ihn erledigte. Nicht jetzt. Bitte laßt mich meine Jahre als Präsident vollenden, dann werde ich stillschweigend und ohne Aufhebens verschwinden – aber nicht auf diese Weise.

Er beobachtete, wie die Mitglieder dem Schriftführer die Stimmzettel zurückgaben. Der Schriftführer öffnete sie langsam. Es war still im Saal; alle Blicke waren auf den Mann gerichtet, der die Zettel entfaltete und jedes Ja und jedes Nein auf einem mit zwei Spalten versehenen Bogen Papier eintrug. William konnte sehen, daß die eine Namensliste wesentlich länger war als die andere, aber seinen schwachen Augen gelang es nicht, auszunehmen, welche welche war. Er war nicht imstande, sich damit abzufinden, daß der Tag gekommen war, an dem in seinem eigenen Sitzungssaal zwischen ihm und Abel Rosnovski abgestimmt wurde.

Der Schriftführer sagte etwas. William konnte nicht glauben, was er hörte: Mit siebzehn gegen zwölf Stimmen hatte er das Vertrauen des Aufsichtsrates verloren. Es gelang ihm, aufzustehen. Abel Rosnovski hatte ihn im Endkampf besiegt. Niemand sprach, als William den Saal verließ. Er ging in sein Büro zurück, nahm seinen Mantel, warf einen letzten Blick auf Charles Lesters Porträt, und ging durch den langen Korridor zum Ausgang.

Der Portier sagte: »Schön, daß Sie wieder zurück sind, Mr. President. Auf morgen, Sir.«

William wußte, daß er ihn nie mehr sehen würde. Er drehte sich um und reichte dem Mann, der ihm vor dreiundzwanzig Jahren den Weg zum Sitzungssaal gezeigt hatte, die Hand.

Der erstaunte Portier sagte: »Gute Nacht, Sir«, und sah William zum letztenmal in sein Auto einsteigen.

Der Chauffeur fuhr William nach Hause. Als sie die 68. Straße erreichten, brach William vor seinem Haus zusammen. Der Chauffeur und Kate halfen ihm herein. Kate sah, daß er weinte, und legte den Arm um ihn.

»Was ist geschehen, William? Was ist los?«

»Man hat mich aus meiner Bank geworfen. Mein eigener Aufsichtsrat hat kein Vertrauen mehr zu mir. Als es darauf ankam, unterstützten sie Rosnovski.«

Er weinte.

Irgendwie gelang es Kate, ihn ins Bett zu bringen. Sie saß die ganze Nacht bei ihm. Er sprach kein Wort. Und er schlief auch nicht.

Die Mitteilung im *Wall Street Journal* am folgenden Montag lautete einfach: »William Lowell Kane, Präsident und Vorsitzender der Lester-Bank, trat nach der gestrigen Aufsichtsratssitzung zurück.«

Für seinen plötzlichen Abgang wurde keine Erklärung gegeben, und die Möglichkeit, daß sein Sohn seinen Platz einnehmen könnte, wurde nicht erwähnt. William wußte, welche Gerüchte in Wall Street kursieren würden; man würde das Schlimmste annehmen. Er saß allein im Bett, und alles auf dieser Welt hatte seine Wichtigkeit verloren.

Abel Rosnovski las die Mitteilung von William Kanes Rücktritt am selben Tag im *Wall Street Journal.* Er nahm den Telefonhörer, rief die Lester-Bank an und verlangte den neuen Präsidenten. Ein paar Sekunden später meldete sich Jake Thomas. »Guten Morgen, Mr. Rosnovski.«

»Guten Morgen, Mr. Thomas. Ich rufe nur an, um Ihnen mitzuteilen, daß ich heute morgen alle meine Interstate-Aktien zum Marktpreis der Bank und meine acht Prozent Anteil an den Lester-Aktien Ihnen persönlich für zwei Millionen Dollar überlasse.«

»Vielen Dank, Mr. Rosnovski. Das ist sehr großzügig von Ihnen.«

»Kein Grund, mir zu danken, Mr. Präsident. Es ist nicht mehr, als wir vereinbarten, als Sie mir Ihre zwei Prozent der Stammaktien verkauften«, sagte Abel Rosnovski.

Siebentes Buch

39

Es erstaunte Abel, daß der endgültige Triumph ihm so wenig Befriedigung verschaffte.

George versuchte, ihn zu einer Reise nach Warschau zu überreden, um nach Grundstücken für ein neues Baron-Hotel zu suchen, aber Abel hatte keine Lust. Mit zunehmendem Alter bekam er Angst, im Ausland zu sterben und Florentyna nie mehr wiederzusehen. Auch für seine Hotelgruppe brachte er monatelang kein Interesse mehr auf. Als John F. Kennedy am 22. November 1963 ermordet wurde, versank Abel noch mehr in Trübsinn und sorgte sich um die Zukunft Amerikas. Schließlich gelang es George, ihn zu einer Reise ins Ausland zu überreden; vielleicht würde er die Dinge bei seiner Rückkehr etwas rosiger sehen.

Abel fuhr nach Warschau, wo ihm eine streng geheimgehaltene Vereinbarung die Errichtung des ersten Baron-Hotels in der kommunistischen Welt zusicherte. Sein fließendes Polnisch beeindruckte die Leute in Warschau, und Abel war stolz, Holiday Inns und Intercontinental hinter dem Eisernen Vorhang zuvorgekommen zu sein. Immer wieder mußte er daran denken ... Und daß Lyndon Johnson John Gronowski zum ersten polnisch-amerikanischen Botschafter ernannte, machte die Sache auch nicht besser. Aber jetzt schien ihm nichts mehr Befriedigung zu verschaffen. Er hatte Kane geschlagen und seine Tochter verloren; und er fragte sich, ob der Mann ebenso um seinen Sohn trauerte. Nach dem Besuch in Warschau fuhr er in der Welt herum, wohnte in seinen Hotels und schaute dem Bau von neuen Barons zu. Nach der

Eröffnung eines Baron-Hotels in Cape Town, Südafrika, flog er nach Deutschland, um ein weiteres Hotel in Düsseldorf zu eröffnen.

Sechs Monate blieb er in seinem Lieblingshotel in Paris, streifte bei Tag durch die Straßen, ging abends in die Oper und versuchte, die Erinnerung an glücklichere Tage mit Florentyna wachzurufen.

Schließlich verließ er Paris und flog nach diesem langen Exil zurück nach Amerika. Als er mit gebeugtem Rücken, die Glatze mit einem dunklen Hut bedeckt, am Kennedy-Airport aus einer Boeing 707 die Gangway hinunterstieg, erkannte ihn kein Mensch. George, der gute treue George, auch er sichtlich gealtert, begrüßte ihn. Auf der Fahrt zum New York Baron erzählte ihm George wie gewöhnlich die letzten Neuigkeiten von den Hotels. Die Gewinne waren noch höher als erwartet, und seine tüchtigen jungen Direktoren setzten sich überall in der Welt durch. Zweiundsiebzig Hotels mit zweiundzwanzigtausend Angestellten; Abel schien gar nicht zuzuhören. Er wollte nur von Florentyna hören.

»Es geht ihr gut«, sagte George, »sie kommt Anfang nächsten Jahres nach New York.«

»Warum?« fragte Abel, plötzlich aufgeregt.

»Sie eröffnet eine Boutique in der Fifth Avenue.«

»Fifth Avenue?«

»Das elfte Geschäft«, sagte George.

»Hast du sie gesehen?«

»Ja«, gab George zu.

»Geht es ihr gut? Ist sie glücklich?«

»Beiden geht es gut, und beide scheinen erfolgreich und glücklich zu sein. Du solltest stolz auf die beiden sein, Abel. Dein Enkel ist schon ein richtiger Junge, und deine Enkelin ist schön. Das Abbild von Florentyna, als sie so alt war.«

»Möchte sie mich sehen?«

»Möchtest du ihren Mann sehen?«

»Nein, George, solange sein Vater lebt, kann ich diesen Jungen nicht sehen.«

»Und wenn du zuerst stirbst?«

»Du mußt nicht alles glauben, was in der Bibel steht.«

Schweigend fuhren sie ins Hotel zurück, und an diesem Abend aß Abel allein in seinem Zimmer.

Während der folgenden sechs Monate verließ er kein einziges Mal das Penthouse.

40

Als Florentyna Kane im März 1967 ihre neue Boutique in der Fifth Avenue eröffnete, schien *tout le monde* anwesend zu sein, alle, außer William Kane und Abel Rosnovski.

Kate und Lucy kamen zur Eröffnung von ›Florentyna's‹. William blieb zu Hause im Bett und redete mit sich selbst.

George ließ Abel allein in seiner Suite, um der Feier beizuwohnen. Er hatte Abel zu überreden versucht, ihn zu begleiten, aber Abel brummte, seine Tochter habe zehn Geschäfte ohne ihn eröffnet, und auf das eine käme es auch nicht mehr an. George nannte ihn einen störrischen alten Narren und ging allein. Als er in der Boutique ankam, einem prachtvollen, eleganten Geschäft mit dicken Teppichen und den modernsten schwedischen Möbeln – es erinnerte ihn an die Art, wie Abel Dinge in Angriff zu nehmen pflegte –, sah er Florentyna in einem langen blauen Abendkleid mit dem jetzt berühmten ›F‹ auf dem Stehkragen. Sie reichte George ein Glas Champagner und stellte ihn Kate und Lucy Kane vor, die sich mit Zaphia unterhielten. Kate und Lucy waren sichtlich vergnügt, und sie erstaunten George, als sie sich nach Abel Rosnovski erkundigten.

»Ich sagte ihm, er sei ein störrischer alter Narr, eine so tolle Party zu versäumen. Ist Mr. Kane hier?«

Kate Kanes Antwort entzückte George.

William las die *New York Times* und brummte etwas über Johnson, der sich in Vietnam herumschlug, dann legte er die Zeitung beiseite und stand auf. Langsam zog er sich an und starrte, als er fertig war, sein Spiegelbild an. Ich sehe aus wie ein Bankier, stellte er ärgerlich fest. Aber wie sonst sollte er aussehen? Er zog einen schweren schwarzen Mantel an, setzte den alten Homburg auf, nahm den Spazierstock mit dem Silberknauf, den Rupert Cork-Smith ihm hinterlassen hatte, und gelangte irgendwie auf die Straße. Es war das erstemal seit seinem schweren Herzanfall vor drei Jahren, daß er das Haus allein verließ, und das Hausmädchen war erstaunt, daß er ohne Begleitung fortging.

Der Frühlingsabend war ungewöhnlich warm, doch William fröstelte nach dem langen Hausarrest. Er brauchte eine lange Weile, bis er die Fifth Avenue erreichte, und als er endlich zur Boutique kam, war die Menschenmenge davor so groß, daß er nicht die Kraft hatte, sich durchzukämpfen. Er stand am Straßenrand und schaute zu, wie die Leute sich unterhielten; junge, vergnügte Leute drängten sich in Florentynas elegantem Laden. Ein paar Mädchen trugen bereits die neuen Miniröcke aus London. Was würde als nächstes kommen? fragte sich William, und dann sah er, wie sein Sohn sich mit Kate unterhielt. Er war ein so gutaussehender Mann geworden – groß, selbstsicher, ruhig, mit einem Auftreten, das William an seinen eigenen Vater erinnerte. Aber in dem Kommen und Gehen konnte er nicht feststellen, wer Florentyna war. Fast eine Stunde stand er dort, freute sich an dem Treiben und bedauerte die Jahre, die er vergeudet hatte.

Ein Wind war aufgekommen und pfiff die Fifth Avenue hinunter. Er hatte vergessen, wie kalt Märzwind sein konnte, und schlug den Kragen hoch. Er mußte nach Hause gehen, denn abends würden sie alle zum Dinner kommen, und er würde zum erstenmal Florentyna und seine Enkelkinder sehen: den Enkel und die kleine Annabel und ihren Vater, seinen geliebten Sohn. Er hatte Kate gesagt, daß er ein Narr gewesen sei, und sie um Verzeihung gebeten. »Ich werde dich immer lieben«, war alles, was sie geantwortet hatte. Florentyna hatte ihm geschrieben. Einen so großherzigen Brief. Auch für die Vergangenheit hatte sie verständnisvolle Worte gefunden. Und ihr letzter Satz lautete: »Ich kann es nicht erwarten, dich kennenzulernen.«

Er wandte sich um, um nach Hause zu gehen, und sah ein paar Meter weiter einen alten Mann in einem schwarzen Mantel, den Hut ins Gesicht gezogen und einen Schal um den Hals. Auch ihm war kalt. Kein Abend für alte Männer, dachte William, als er auf ihn zuging. Und dann sah er den Silberreif am Handgelenk, knapp unter dem Ärmel. Wie ein Blitz ging es ihm auf, und zum erstenmal fügte sich alles zusammen: das Plaza, dann Boston, dann Deutschland, und jetzt die Fifth Avenue. Er mußte lang dort gestanden sein, denn sein Gesicht war vom Wind gerötet. Die unverwechselbaren blauen Augen starrten William an. Jetzt waren die beiden Männer nur ein paar Meter voneinander entfernt. Als sie aneinander vorübergingen, hob William grüßend den Hut. Der alte Mann erwiderte den Gruß, und ohne ein Wort zu wechseln, gingen sie ihrer Wege.

Ich muß nach Hause, bevor sie kommen, dachte William. Die Freude, Richard zu sehen, würde das Leben wieder lebenswert machen. Er mußte Florentyna um Verzeihung bitten und darauf vertrauen, daß sie verstehen würde, was er heute kaum mehr selbst verstand. So ein prächtiges Mädchen, sagten ihm alle.

Als er die 68. Straße erreichte, suchte er nach dem Schlüssel und öffnete das Haustor. Man muß alle Lichter aufdrehen, sagte er dem Mädchen, und das Feuer im Kamin anzünden, um die Gäste willkommen zu heißen. Er war sehr zufrieden und sehr, sehr müde.

»Ziehen Sie die Vorhänge zu und zünden Sie die Kerzen auf dem Eßtisch an«, sagte er. »Es gibt so viel zu feiern.«

William konnte die Ankunft kaum erwarten; er saß in seinem alten roten Lederstuhl neben dem lodernden Feuer und dachte glücklich an den bevorstehenden Abend. Enkel um ihn, die verlorenen Jahre ... Wann hatte sein kleiner Enkel zum erstenmal

»drei« gesagt? Eine Gelegenheit, die Vergangenheit zu begraben und Vergebung für die Zukunft zu erlangen. Nach dem kalten Wind war das Zimmer angenehm und warm. Aber der Ausflug war der Mühe wert gewesen.

Ein paar Minuten später waren unten aufgeregte Stimmen zu hören, und das Hausmädchen kam, um William zu melden, daß sein Sohn angekommen sei. Er sei in der Halle – mit seiner Mutter, seiner Frau und den reizendsten Kindern, die das Mädchen je gesehen hatte. Dann lief sie fort, um sich zu vergewissern, daß das Essen für Mr. Kane rechtzeitig fertig sein würde. Sicher wollte er, daß an diesem Abend alles perfekt sei.

Als Richard das Zimmer betrat, war Florentyna an seiner Seite. Sie sah strahlend aus.

»Vater«, sagte er, »ich möchte dir meine Frau vorstellen.«

William Lowell Kane hätte sich umgedreht, um sie zu begrüßen, aber das konnte er nicht. Er war tot.

41

Abel legte den Umschlag auf den Tisch neben seinem Bett. Er war noch nicht angekleidet. In letzter Zeit stand er selten vor Mittag auf. Er versuchte das Frühstückstablett von seinen Knien auf den Boden zu stellen, eine Bewegung, die für seine steifen Glieder zu schwierig war. Es endete stets damit, daß er das Tablett mit einem Krach fallen ließ. Auch heute war es nicht anders. Es war ihm egal. Wieder nahm er den Umschlag in die Hand und las den Brief zum zweitenmal. »Wir erhielten von dem verstorbenen Mr. Curtis Fenton, ehemals Direktor der Continental Trust Bank, La Salle Street, Chikago, den Auftrag, Ihnen, wenn bestimmte Umstände eingetreten sind, den beigelegten Brief zu senden. Bitte bestätigen Sie den Erhalt dieses Briefes mit Ihrer Unterschrift auf der Kopie, die Sie bitte in dem beigeschlossenen, adressierten Umschlag an uns retournieren wollen.«

»Verdammte Anwälte«, brummte Abel und riß den Umschlag auf.

Lieber Mr. Rosnovski,

aus Gründen, die Sie im folgenden erfahren werden, blieb dieser Brief bis heute in den Händen meines Anwalts.

Als Sie 1951, nach mehr als zwanzig Jahren, Ihre Konten bei der Continental Trust schlossen, war ich natürlich unglücklich und bestürzt. Bestürzt nicht nur, weil ich einen der besten Kunden unserer Bank verloren hatte, und so etwas immer betrüblich ist, sondern vor allem, weil ich das Gefühl hatte, unehrenhaft gehandelt zu haben. Was Sie damals nicht wissen konnten, war, daß ich von Ihrem Geldgeber ausdrücklich angewiesen wurde, Ihnen bestimmte Fakten nicht mitzuteilen.

Als Sie mich 1929 zum erstenmal in der Bank besuchten, suchten Sie finanzielle Hilfe, um die Schulden von Mr. Davis Leroy zu begleichen und jene Hotels zu übernehmen, die damals die Richmond-Gruppe bildeten. Obwohl ich an verschiedene Financiers herantrat, gelang es mir nicht, einen Geldgeber zu finden. Ich engagierte mich persönlich für die Sache, weil ich Sie für die von Ihnen gewählte Laufbahn für besonders befähigt hielt. Und es hat mich in meinem Alter zutiefst befriedigt, daß mein Vertrauen in Sie gerechtfertigt war. Ich darf auch hinzufügen, daß ich mich bis zu einem gewissen Grad verantwortlich fühlte, da ich Ihnen seinerzeit riet, die fünfundzwanzig Prozent von meiner Kundin, Miss Amy Leroy, zu übernehmen, ohne zu ahnen, in welchen Schwierigkeiten sich Mr. Leroy damals befand. Aber ich schweife ab.

Ich fand keinen Financier für Sie und hatte bereits alle Hoffnung aufgegeben, als Sie mich an jenem Montagmorgen aufsuchten. Ob Sie sich an diesen Tag wohl erinnern? Nur dreißig Minuten vor Ihrer Ankunft erhielt ich einen Anruf von einem Geldgeber, der bereit war, das notwendige Kapital zur Verfügung zu stellen und der, wie ich, ein großes Zutrauen zu Ihnen hatte. Seine einzige Bedingung war, wie ich Ihnen damals mitteilte, daß er anonym bleiben wollte, um keinen Konflikt zwischen privaten und geschäftlichen Interessen heraufzubeschwören. Sein Angebot, das es Ihnen erlaubte, mit der Zeit die gesamte Hotelgruppe zu übernehmen, hielt ich für außerordentlich großzügig, und Sie akzeptierten es mit Recht und Freuden. Ihr Gönner war entzückt, als es Ihnen dank Ihrer Tüchtigkeit gelang, seine ursprüngliche Investition zurückzuzahlen. Nach 1951 verlor ich mit Ihnen und Ihrem Financier Kontakt, aber als ich mich aus der Bank zurückgezogen hatte, las in ich der Zeitung eine erschütternde Geschichte über Ihren Financier, die mich bewog, diesen Brief zu schreiben für den Fall, daß ich früher sterben sollte als einer von Ihnen.

Ich schreibe diese Zeilen nicht, um meinen guten Willen in der Angelegenheit zu beweisen, sondern damit Sie nicht weiter in der Illusion leben, Ihr Gönner sei Mr. David Maxton vom Stevens Hotel gewesen. Mr. Maxton bewunderte Sie sehr, aber er trat in dieser Angelegenheit nie an die Bank heran. Der Mann, der durch seine Voraussicht und seine persönliche Großzügigkeit das Gedeihen der Baron-Gruppe ermöglichte, war William Lowell Kane, Präsident der Lester Bank in New York.

Ich bat Mr. Kane, Sie von seiner persönlichen Beteiligung zu unterrichten, aber er weigerte sich, gegen die Klausel zu verstoßen, die vorschrieb, daß kein Begünstigter von den Investitionen des Familienkapitals erfahren dürfe. Nachdem Sie den Kredit zurückgezahlt hatten und Mr. Kane von Henry Osbornes Mitarbeit in der Baron-Gruppe hörte, bestand er noch ausdrücklicher darauf, Sie unter keinen Umständen zu informieren.

Ich habe Anweisung gegeben, diesen Brief zu vernichten, falls Sie vor Mr. Kane sterben sollten. In diesem Fall erhält Mr. Kane einen Brief, der ihm erklärt, daß Sie von seiner persönlichen Großmut nie etwas wußten.

Wer auch immer von Ihnen einen Brief von mir erhält – es war mir eine Ehre, Ihnen gedient zu haben.

Mit vorzüglicher Hochachtung
Ihr Curtis Fenton

Abel griff zum Telefon neben seinem Bett. »Suchen Sie George«, sagte er. »Ich muß mich anziehen.«

42

Zu William Lowell Kanes Begräbnis hatte sich eine große Menschenmenge eingefunden. Kate war flankiert von Richard und Florentyna auf der einen und von Virginia und Lucy auf der anderen Seite. Großmutter Kane hätte das Aufgebot an Trauergästen gebilligt. Drei Senatoren, fünf Kongreßabgeordnete, zwei Bischöfe, beinahe alle führenden Bankiers und der Herausgeber des *Wall Street Journal;* sie alle waren gekommen. Auch Jake Thomas und sämtliche Direktoren von Lester waren anwesend, die Köpfe im Gebet zu einem Gott gebeugt, an die William nie so recht geglaubt hatte.

Niemand bemerkte zwei alte Männer, die sich mit gesenkten Köpfen im Hintergrund hielten, als gehörten sie nicht ganz zu den Trauergästen. Sie waren ein paar Minuten zu spät gekommen und gingen nach Beendigung des Gottesdienstes rasch fort. Florentyna meinte, das Hinken zu erkennen, als der kleinere alte Mann forteilte. Sie sagte es Richard, erwähnte aber nichts Kate Kane gegenüber.

Ein paar Tage später suchte der größere der beiden Männer Florentyna in ihrer Boutique in der Fifth Avenue auf. Er habe gehört, daß sie nach San Franzisko zurückkehre, und brauche vor ihrer Abreise ihre Hilfe. Florentyna hörte aufmerksam zu und willigte mit Freuden in seine Bitte ein.

Am folgenden Nachmittag erschienen Richard und Florentyna Kane im Baron-Hotel. George Novak empfing sie und geleitete sie in den 42. Stock. Nach zehn Jahren erkannte Florentyna ihren Vater kaum wieder, der, eine starke Brille auf der Nasenspitze, halb aufrecht im Bett saß, immer noch ohne Kissen, und mit einem herausfordernden Lächeln auf den Lippen.

Sie sprachen von glücklicheren Tagen, sie lachten ein wenig und weinten viel.

»Du mußt verzeihen, Richard«, sagte Abel, »die Polen sind ein sentimentales Volk.«

»Das weiß ich, meine Kinder sind halbe Polen«, antwortete Richard.

Am späteren Abend aßen sie zusammen – einen vorzüglich zubereiteten Braten, der Rückkehr der verlorenen Tochter angemessen, wie Abel sagte.

Abel sprach von der Zukunft und wie er die Weiterentwicklung der Hotelgruppe sah.

»Wir sollten in jedem Hotel eine Florentyna-Boutique haben«, sagte er.

Florentyna lachte und stimmte zu.

Er erzählte Richard von seiner Trauer über das Verhältnis zu seinem verstorbenen Vater, zählte alle Irrtümer auf, die er im Laufe der vielen Jahre begangen hatte, und daß es ihm nie in den Sinn gekommen sei, William Kane könne sein Gönner gewesen sein. Wie gern er eine einzige Gelegenheit gehabt hätte, ihm persönlich zu danken.

»Er hätte dich verstanden«, sagte Richard.

»Wir begegneten einander an dem Tag, an dem er starb«, sagte Abel.

Florentyna und Richard schauten ihn verblüfft an.

»O ja«, sagte Abel. »Es war in der Fifth Avenue; er war gekommen, um die Eröffnung deines Geschäftes mit anzusehen. Er zog den Hut. Das war genug. Genug.«

Abel hatte nur eine Bitte an Florentyna. Daß sie und Richard ihn in neun Monaten nach Warschau begleiten sollten, zur Eröffnung des neuesten Baron-Hotels.

»Könnt ihr euch das vorstellen«, fragte er aufgeregt und trommelte mit den Fingern auf den Nachttisch, »ein Baron-Hotel in Warschau? Das ist wirklich ein Hotel, das nur vom Präsidenten der Hotelkette eröffnet werden kann.«

Während der folgenden Monate erhielt Abel regelmäßig Besuch von Richard und Florentyna, und zwischen Vater und Tochter erwachte wieder die alte Vertrautheit. Abel bewunderte Richard und seinen klugen Hausverstand, der den Ehrgeiz seiner Tochter in die richtigen Bahnen lenkte. Und seinen Enkel vergötterte er. Die kleine Annabel aber war – wie hieß doch dieser schreckliche neumodische Ausdruck? –, nein, sie war etwas anderes. Abel war kaum jemals in seinem Leben glücklicher gewesen und begann Pläne für seine triumphale Rückkehr nach Polen zur Eröffnung des Hotels in Warschau zu schmieden.

Das Warschauer Hotel wurde ein halbes Jahr später als vorgesehen eröffnet; in Warschau, wie überall auf der Welt, wurden Termine nicht immer eingehalten.

In ihrer ersten Ansprache als Präsidentin der Hotelgruppe sagte Florentyna den Gästen, daß ihr Stolz auf das prachtvolle Hotel von Trauer überschattet sei, weil ihr verstorbener Vater das Warschau-Baron nicht selbst hatte eröffnen können.

In seinem Testament hatte Abel seine Tochter zur Alleinerbin eingesetzt – mit einer einzigen kleinen Ausnahme – einem besonderen Gegenstand. Das Testament beschrieb ihn als schweren, gravierten Silberreif, ein seltenes Schmuckstück von unbekanntem Wert, mit der Aufschrift »Baron Abel Rosnovski«.

Der Empfänger war sein Enkel, William Abel Kane.

Zwei Männer, grundverschieden und doch gleich: Der eine, Lubji Hoch, entstammt einer armen Familie osteuropäischer Juden. Er dient sich in der britischen Armee unter falschem Namen zum Offizier hoch und beginnt im Nachkriegs-Berlin mit dem Aufbau einer Zeitung.
Der andere, Keith Townsend, Sohn eines Zeitungsbesitzers in Melbourne, ausgebildet in Oxford, steigt in wenigen Jahren zum bedeutendsten Verleger Australiens auf. Doch seine Träume gehen weit darüber hinaus.
Es ist nur eine Frage der Zeit, bis sich die Kreise dieser beiden Männer schneiden werden. Jeder von ihnen hat das Ziel, das größte Medienimperium der Welt zu besitzen. Nur einer von ihnen wird überleben...

ISBN 3-404-14263-2

BASTEI
LÜBBE

Der dritte Zwilling. Ein Follett wie kein zweiter.

Stellen Sie sich vor, es gibt einen Menschen, der Ihnen völlig gleicht, bis in die kleinste Zelle ... Jeannie Ferrami, die sich mit der Entstehung kriminellen Verhaltens befaßt, entdeckt ein solches Paar genetischer Zwillinge. Der eine, Steve Logan, ist ein Mann, wie sie ihn lieben könnte, der andere sitzt als Mörder im Gefängnis. Dann wird eine junge Frau vergewaltigt, Steve aufgrund ihrer Beschreibung als Verdächtiger festgenommen – und eindeutig als Täter identifiziert. Aber Steve schwört, daß er unschuldig ist. Gibt es noch einen dritten Zwilling?
»Unerhörte Spannung, blutvolle Charaktere und lebendige Sprache machen das Buch zum Lesevergnügen.«

(Hamburger Abendblatt)

ISBN 3-404-12942-3

BASTEI LÜBBE